Française, prof, et
" accessoirement "
petite amie d'un
super - héros

AURÉLIE VENEM

ISBN: 978-2-9561236-0-6
ISBN-13: 978-2956123606

Aux amateurs de camembert…
Mais le livarot, c'est très bien aussi !

PRÉFACE

Il arrive parfois que les choses s'imposent à nous sans qu'on n'ait rien vu venir. Dans mon cas, décidément, c'est une manie...

Après avoir mis le point final à ma saga *Samantha Watkins ou Les chroniques d'un quotidien extraordinaire*, je pensais prendre mon temps pour amorcer un nouveau projet d'écriture. Cela faisait un bon moment qu'une histoire à classer dans le genre fantasy trottait dans ma tête, et c'était à elle que je voulais accorder la priorité.

Il m'a suffi de visionner une rediffusion de *Superman, Man of steel* pour tout remettre en cause. Dire qu'à la base, je n'ai même pas aimé ce film...

Est-ce la vue de Henry Cavill, tout de bleu et de rouge vêtu, qui m'a fait courir vers mon bloc-notes pour jeter ce qui serait les premiers jalons de mon propre récit de super-héros ? Je ne saurais le dire. Or, comme la vision de trois vampires se battant dans une ruelle devant une humaine s'était imposée à mon esprit une nuit d'insomnie, je n'ai pas pu occulter celle d'un être mystérieux muni d'une cape et d'une épée, qui défendait sa ville contre l'injustice. Mais comment être originale quand, chaque année, sortent au moins deux blockbusters retraçant les aventures des super-héros les plus connus des célèbres franchises *Marvel* et *DC-Comics* ? J'ai trouvé la réponse en ne cherchant pas à les concurrencer. Au contraire, j'ai choisi de partir à contre-courant de ce qui se pratiquait déjà.

Pour commencer, l'intrigue serait centrée non pas sur le super-héros, mais sur sa petite amie, non pas sur un quelconque méchant maléfique voulant conquérir la planète, mais sur le quotidien de ces deux âmes sœurs, et non pas dans une grande et illustre métropole des États-Unis, mais dans une ville fictive de Normandie, le pays du bocage et du camembert.

En effet, mon récit s'ancre volontairement dans un réel que tout le monde connaît, avec ses joies et ses turpitudes, chacun pouvant se retrouver dans les personnages que j'y présente avec, je l'espère, une bonne dose d'humour. Ainsi, il est autant question de combattre le grand méchant (il en faut quand même un) que de ranger des chaussettes qui puent ou récurer une casserole de lait brûlé.

Par conséquent, que ceux qui s'attendent ici à des explosions à tout-va, des démonstrations de puissance à gogo et des discours glorieux devant un parterre de fans en délire passent leur chemin.

J'ai occulté à dessein les actions coup de poing de mon « super-camembert » (clin d'œil aux personnes remarquables qui me suivent sur Facebook et qui ont contribué au choix de ce surnom) pour me concentrer sur ce que c'était, au quotidien, d'être la « petite amie d'un super-héros » quand on n'est ni une journaliste de haut vol comme Loïs Lane[1], ni un génie de l'informatique comme Felicity Smoak[2], dans une ville où le méchant ne lance pas des éclairs avec ses mains, comme l'empereur Palpatine[3].

De même, je n'ai pas choisi Paris parce qu'à mon sens il n'est nul besoin d'être une capitale internationale pour connaître la violence, et surtout, je n'avais nul besoin de la Tour Eiffel ou du Louvre quand j'avais à disposition des falaises de craie, des vaches dans d'immenses prés entourés d'arbres verts, et des villes en expansion rayonnant sur un territoire millénaire.

Que l'on m'excuse donc pour ce petit « cocorico régional » sachant que « rugissement de deux léopards » serait plus approprié eu égard aux armoiries de la Normandie, il s'agit là simplement de l'expression de la fierté d'une auteure d'appartenir à celle-ci.

Et même si, pour l'heure, elle n'a pas de vrai super-héros, je rends hommage aux héros du quotidien qui, chaque jour, s'engagent à nous la rendre encore plus chère à nos cœurs en y luttant contre le crime et l'injustice avec les « pouvoirs » dont ils disposent.

A.Venem

---

[1] Petite amie de Superman, et journaliste au *Daily Planet*.
[2] Personnage féminin liée à *Arrow*.
[3] Personnage de la saga Star Wars.

Prologue

Cela vous est-il arrivé de réfléchir avec le recul aux circonstances de votre rencontre avec la personne qui a changé votre vie ? Je me doute que pour beaucoup d'entre vous ce devait être extrêmement romantique et qu'en y repensant, vos bouches ne peuvent réprimer soit un petit soupir béat, soit un sourire tendre et discret impulsé par un cerveau tyrannique en mode réminiscence positive. Tant mieux. Je suis contente pour vous.

Vous devez vous demander pourquoi je pose cette question et les plus clairvoyants d'entre vous suspecteront que moi aussi je suis en pleine réflexion. Bien.

C'est exactement cela.

Au pire moment de mon existence, après une suite d'événements qui m'ont conduite ici, en cet instant, je repense à ce qui fut le déclencheur de tout ceci.

Et malgré le stress et l'angoisse provoqués par la situation, rien de moins qu'effroyable, j'ai presque envie de rire.

Tout ce que j'ai vécu depuis environ un an, tout ce qui m'est tombé dessus au sens propre comme au sens figuré, tout ce qui a transformé mon quotidien avant cela simple et heureux, je ne le dois qu'à une basique, insignifiante et ridicule petite chose :

La frite du Destin.

1ère PARTIE : COMMENT TOMBER AMOUREUSE D'UN SUPER-HÉROS.

Chapitre I : Le plus beau métier du monde

*****

- Alors, qui peut me rappeler à qui l'on doit *La Joconde*, exposée actuellement au musée du Louvre que nous visiterons lors de notre prochaine sortie scolaire ?

Quelle joie de voir les mains de mes élèves de 2nde Bac Professionnel se lever pour attester que l'enseignement sur l'Humanisme et la Renaissance que je leur prodiguais depuis le mois de septembre, en Histoire, s'était apparemment imprimé dans leurs esprits ! En même temps, je n'avais jamais autant bénéficié de leur attention qu'avec mon cours sur ce tableau où nous nous étions amusés à dresser une liste non exhaustive des théories sur Mona Lisa, allant de la prostituée aux sourcils épilés au travesti pur et simple.

- Madame, madame !

Tiens, il semblait même que notre ami Axel, dit « le Ronchon » étant donné son manque d'enthousiasme habituel pour ma matière, était volontaire pour participer. Décidément, ce mardi 3 octobre était un jour béni malgré le ciel grisâtre d'un début d'automne assez maussade.

- Je vous écoute, Axel.

- Je sais, c'est de Vinci !

- Tout à fait. Et pouvez-vous me dire son lieu de naissance ?

Silence réflexif. Pourtant, je n'avais pas été chercher la complication avec une réponse contenue dans la question, c'était un peu comme demander quelle était la couleur du cheval blanc d'Henri IV…

Du coin de l'œil, je pouvais déjà voir, aux tressautements et aux yeux écarquillés de plusieurs de ses camarades désireux d'attirer mon attention, que cela les démangeait de répondre à sa place. Mais ils connaissaient les règles que j'avais imposées et tentaient de réfréner leur ardeur adolescente qui veut bien souvent que ce qui est pensé soit aussitôt exprimé, peu importait que ce ne soit ni le lieu ni le moment.

- Alors, Axel ?

- Euh… l'Amérique ?

Éclat de rire général. À la façon dont les oreilles d'Axel rougirent et à la fermeture immédiate de son expression, je sus que je n'aurais plus le plaisir d'une de ses rares interventions avant un bout de temps.

- Pff ! Quel *bolos* [4]! s'écria Maxime. On ne t'a donc rien appris dans ta famille de *cassos* [5]?!

Je n'avais peut-être que vingt-sept ans, mais j'avais déjà quelques années d'expérience dans cette voie parfois trouble qu'est l'enseignement, et je peux dire que j'avais rarement eu l'occasion de rencontrer des élèves aussi suffisants que Maxime Fortillet. Il se considérait supérieur aux autres juste parce qu'il arborait une chevelure brillante à la manière de Charmant dans *Shrek 2*, qu'il avait on ne sait comment échappé à l'acné, et surtout parce que sa

---

[4] Terme péjoratif qui désigne une personne peu intelligente, quelqu'un de nul.
[5] Diminutif de « cas social ».

voie était toute tracée grâce à l'agence immobilière que tenait son papa et qui lui offrait un lieu de stage sans effort de recherche.

Je n'étais pas particulièrement attachée à « Sire Ronchon », davantage adepte du dessin de manga sur mes polycopiés que de la retranscription exacte des éléments de mon cours, mais s'il y avait une chose que je détestais, c'était qu'on s'autorise à oublier la notion de respect dû à l'autre dans ma classe. Axel vivait en foyer parce que justement son père alcoolique ne voulait plus de lui à la maison, le considérant comme une bouche inutile depuis le départ de sa mère Dieu savait où. Maxime l'ignorait certainement, mais ça n'autorisait pas pour autant de telles paroles. J'entrai donc en action.

- Il est vrai, Maxime, que votre dernier devoir prouve que vous êtes un expert sur le sujet.

L'intéressé se décomposa quelque peu. Il savait exactement où je voulais en venir. Je pris un air faussement perplexe et me grattai le menton.

- Je ne me rappelle plus exactement de votre note… (Je le consultai du regard) Vous non plus, n'est-ce pas ? Pas de souci, je vais regarder dans mon carnet et vous dire ça de suite.

J'esquissais un pas vers mon bureau quand :

- Il vient de Chine !

Nouvel éclat de rire. Le regard acéré de Maxime me signifiait clairement qu'il ne goûtait guère ma manière de l'avoir obligé à se remettre à sa place tout seul. Certes l'adolescent, j'en étais sûre, avait le bagout pour vendre un kit de brosses à cheveux à un chauve, mais côté culture générale, il ne valait pas mieux que les autres adeptes des *Marseillais*, *Secret story*[6], et autres émissions du même acabit amenant doucement, mais sûrement, à la mort cérébrale. De fait, sa moyenne de 6/20 était l'un des meilleurs appuis pour lui remettre les pendules à l'heure.

- Quelqu'un peut me donner la réponse ?

---

[6] Émissions de téléréalité.

- Léonard de Vinci est né à Vinci, près de Florence, en Italie ! Et il est mort à Amboise, en France ! s'exclama Charlène, toute contente, à son habitude, de participer.

Commencer par de l'histoire ou du français à 8h30 le matin avec une bande de jeunes de lycée professionnel en pleine overdose hormonale n'est pas une mince affaire et en tant qu'enseignant, on se sent parfois très seul au moment de vérifier, à l'oral, leurs acquis. C'est pour cela que quand on a la chance de bénéficier de quelques éléments moteurs, comme Charlène, on se tourne souvent vers eux, des étoiles dans les yeux, leur véhiculant de manière subliminale un message signifiant : « Sauve-moi ! »

- Parfait. Et qui peut me rappeler le nom de la technique employée par les peintres de la Renaissance pour donner l'illusion de la profondeur ?

Silence. J'attendis quelques secondes supplémentaires au cas où l'un de mes élèves ait une réminiscence.

Et puis…

La sonnerie d'un téléphone portable retentit, agrémentant notre espace de travail d'une horrible chanson de rap.

Ok. Le moment de grâce venait de s'achever.

- Alexis. Le concept de portable éteint dans le sac vous est étranger ? dis-je au perturbateur qui cherchait désespérément à atteindre son outil de communication dans le fouillis inextricable qui constituait le contenu de son sac à dos.

- Désolé, dit-il une fois qu'il eut éteint l'objet du délit.

- Moi, ce qui me désole, c'est l'amas informe que je distingue dans votre sac. Comment voulez-vous vous y retrouver dans vos cours avec des morceaux de feuilles volantes un peu partout ?

Alexis trouva la réponse adéquate : il haussa les épaules. Tss…

- Bref, passons. La technique pour donner l'illusion de la profondeur, c'est la perspective, jeunes gens !

Il y eut en réaction un léger brouhaha où je pus distinguer des « Mais oui ! je le savais ! » et des « Ben oui, on l'a vu ça », des « Qu'est-ce qu'on s'en fout ! » et des « De quoi elle parle la prof ? ».

Heureusement, la sonnerie du lycée retentit et plus vifs que l'éclair, les élèves s'emparèrent de leurs affaires pour les fourrer dans leurs sacs et s'enfuir en récréation au triple galop, faisant preuve de plus de motivation pour faire entendre leur « Au revoir » d'usage que pour ce qu'ils en avaient montré pour le « Bonjour ».

Pas de problème. Pour moi, cela ne signifiait qu'une chose : CAFÉ !

Beaucoup de rumeurs circulent sur les enseignants : ce sont des fainéants, des gauchistes agités déterminés à faire grève, déprimés en permanence et jamais remplacés pour des absences souvent injustifiées. S'il est vrai que certains parmi nous remplissent ces critères, c'est loin d'être une loi générale contrairement à ce que nombre de profanes peuvent penser. Néanmoins, pour éviter qu'on dise que je ne fais que défendre ma corporation, je veux bien concéder quelque chose : l'histoire d'amour du prof avec sa machine à café est véridique.

Mettez un groupe d'enseignants qui, pendant deux heures, ont dû se battre avec les paupières encore collées par le sommeil d'élèves parfois retardataires et dont l'addiction au téléphone portable engendre des situations comme celle évoquée plus haut, ajoutez à cela une machine à café en panne, et là, vous verrez. C'est le drame le plus complet. Un prof sans caféine dans le sang, c'est une exception qui confirme la règle stipulant qu'il n'y a pas de transmission de savoirs sans arabica.

Et je n'étais pas une exception.

Ce n'était pas tant pour la caféine que je gardais jalousement ma place dans la queue pour obtenir ma dose quotidienne, que pour le sentiment de chaleur revigorante que ce breuvage peut procurer en début de journée. Et pendant dix minutes, je pouvais le savourer en compagnie d'une accro du café totalement dingue, ma meilleure amie Marianne, professeure de mathématiques avec laquelle j'avais immédiatement sympathisé à mon arrivée dans l'établissement privé catholique Saint Éloi six ans auparavant (c'était mon tout premier poste). Je m'entendais bien avec tout le monde ici, mais d'aucuns savaient que le lien qui m'unissait à Marianne dépassait désormais celui de simples collègues de travail.

- Alors, que nous raconte Adeline Tremen sur ses amours ce matin ?

Je levai les yeux au ciel. C'était un jeu pour Marianne que de me poser tous les jours cette sempiternelle et horripilante question, dont la réponse était invariablement et fatalement la même :

- Certainement moins de choses que toi, Marianne Chaumont.

L'étincelle que je vis briller dans ses yeux m'assura qu'encore une fois, Marianne avait une belle anecdote à me raconter sur l'une des rencontres qu'elle faisait régulièrement grâce à *Meetic* et autres sites de ce genre sur lesquels elle était inscrite. À une époque, j'avais essayé de trouver ma moitié de la même façon, mais force me fut de constater qu'outre le fait que je ne trouvais pas chaussure à mon pied, si je puis dire, les hommes avec lesquels je faisais connaissance ne cherchaient pas une relation durable, juste une aventure d'un soir.

- Ça, tu peux le dire. Ce n'est pas en restant chez toi que tu vas te trouver quelqu'un. Ça fait combien de temps depuis Paul ? Un an ? Et depuis, plus rien. Ne me dis pas que tu te morfonds encore pour ce salaud.

- Si je devais me morfondre, ce ne serait pas pour un type qui a vécu à mes crochets pendant deux ans avant de me tromper avec une fille plus mince et plus blonde que moi, mais plutôt pour le fait de devoir supporter une meilleure amie qui cherche à tout prix à vouloir me caser avec des minables.

- Adeline, si Paul t'a trompée, ce n'est pas parce que tu es grosse, c'est parce qu'il est simplement con. Tu es une petite blonde aux yeux bleus qui met du 42, et alors ? Toutes les femmes qui ont plus de douze ans font du 42 !

Je ne pus m'empêcher de rire. Marianne, la belle Marianne au visage d'ange avec ses yeux vert émeraude magnifiques, ses dents blanches et alignées et sa cascade de cheveux bruns bouclés tombant dans son dos, la belle Marianne à la silhouette élancée, aux formes parfaites et aux talons toujours vertigineux, avait une façon à elle de me remonter le moral qui marchait à tous les coups.

- Tu fais plus vieille que ton âge, alors ! lui lançai-je.

Elle m'offrit un sourire *Émail diamant*[7].

- Je parais vingt-huit ans, mais j'ai douze ans en vrai !

- Ce n'est pas ce que disent tes élèves. Ils t'appellent « la vieille peau de vache ».

Elle éclata de rire.

- Je préfère qu'ils me prennent pour la méchante, au moins j'ai la paix.

C'était sûr. Tous tremblaient devant cette arme d'enseignement massif et sa réputation de rigueur et de sévérité n'était plus à démontrer. J'admirais sa façon d'imposer sa loi à ses classes, mais je ne fonctionnais pas pareillement. Si j'imposais une ambiance studieuse à mes élèves, cela n'empêchait pas des échanges drôles basés sur mon sens de la répartie. Sens qui me permettait aussi parfois de désamorcer des tensions au sein du groupe.

- Jules n'était pas minable.

Je lui lançai un regard lourd de sens.

- Bon d'accord, c'était un plan foireux.

- C'est bien pour ça que je ne veux plus jamais que tu montes des plans pour moi.

Elle but tranquillement une gorgée de son café en regardant droit devant elle.

- Ah, ça y est, Monique nous a encore bloqué la photocopieuse.

Je jetai un œil du côté de l'appareil en question. Effectivement, Monique, la professeure d'EPS, s'escrimait à ouvrir tous les panneaux de la machine pour enlever les feuilles de papier coincées à l'intérieur pendant que d'autres collègues désespéraient en attendant leur tour.

- Mais comment elle se débrouille ?

- Marianne…

- Mmmmh ?

- Marianne, regarde-moi et dis-moi que tu ne m'as pas encore organisé une rencontre à la noix avec l'une de tes connaissances.

---

[7] Marque de dentifrice qui vante sa « magie du blanc ».

Elle me regarda, toute souriante.

- Promis !

Je soufflai de soulagement. Le dernier rendez-vous auquel elle m'avait poussée à me rendre s'était soldé par un échec complet. Le type travaillait dans le bâtiment et était passionné de motos, jusque là rien d'anormal ; plutôt beau garçon en plus. Or, l'a priori positif s'était immédiatement évaporé dès que je compris qu'en guise de restaurant j'aurais droit au *Mac Drive*, où il avait commandé pour moi ce que je n'aimais pas vu qu'il ne m'avait pas consultée pour le choix du produit. Si manger nos hamburgers sur le parking du centre commercial relevait pour lui du parfait romantisme, la balade qui s'ensuivit avait achevé de me convaincre que ce Jules ne serait jamais le mien. Il m'avait d'abord assommée en passant une heure à me décrire la *Suzuki* dont il avait récemment fait l'acquisition, puis, croyant certainement que j'étais conquise, il m'avait purement et simplement embrassée en transvasant des litres de bave dans ma bouche. Je l'avais giflé, puis, sans lui laisser le temps de se remettre, j'avais piqué un sprint en direction du tramway pour rentrer chez moi et maudire Marianne de toutes les façons possibles.

Bref, il semblait que mon amie avait retenu la leçon...

- Ce n'est pas une de mes connaissances ! Je t'ai inscrite sur « Meilleuresrencontres.com » et je me suis fait passer pour toi afin de faire le tri dans les potentiels en les testant un peu pendant nos discussions.

... ou pas.

- Sérieux, Marianne, tu m'énerves ! Tu avais promis !

- Oh je sais, mais tu ne peux pas m'en vouloir de chercher ton bonheur !

- Arrête ton cinéma et tes grandes phrases, je te connais par cœur ! Je t'ai dit que je ne voulais plus de rencontres arrangées. J'en ai marre de ne tomber que sur des gogos nombrilistes. Comment as-tu osé m'inscrire dans mon dos ?!

- Je te promets que celui-là n'est pas un gogo nombriliste et tu me remercieras quand vous serez mariés !

11

- N'importe quoi. Et puis comment tu peux savoir que ce n'est pas un gogo ?

Elle se tapota la narine droite.

- Je le sens.

Je me levai et allai jeter mon gobelet à la poubelle.

- Et moi je sens que tu vas te débrouiller pour expliquer à ton illustre inconnu que nous ne nous verrons jamais.

Elle m'attrapa le bras et tira dessus pour me forcer à regarder ses yeux de biche en mode *Chat Potté* [8] irrésistible.

- S'te plaît, s'te plaît, s'te plaît ! Je lui ai déjà dit que tu te réjouissais à l'idée de le voir en personne et il a même réservé le restaurant ! Je te jure que si tu te rends à ce rendez-vous, je fermerai ton compte sur « Meilleuresrencontres.com » !

Je soupirai. La plaie ! Sa technique empruntée à cette boule de poil bottée était maîtrisée à la perfection.

- Tu vas surtout me promettre que tu ne te mêleras plus de ma vie sentimentale après cela !

La sonnerie retentit pour annoncer la reprise des cours.

Marianne et moi allâmes prendre nos cartables et nos photocopies avant de nous diriger vers nos salles de classe.

- Je te le promets, Adeline. J'arrêterai de chercher à te caser.

Je ne me fiai pas à son air angélique.

- Et tu as intérêt à tenir ta promesse ce coup-ci, sinon, tu devras te trouver quelqu'un d'autre pour te donner de l'argent quand tu auras oublié de recharger ton badge pour la machine à café.

Elle me regarda, outrée. C'était la menace absolue pour elle. Ça et l'épilateur électrique.

- D'accord, d'accord, maugréa-t-elle.

Nous montâmes les escaliers menant au premier étage, au milieu de la cohue d'élèves agités semblant bien plus pressés que nous d'aller travailler.

---

[8] Le Chat Potté est un personnage de la saga animée *Shrek* qui peut attendrir n'importe qui par son regard.

- Et quand est-ce que tu as prévu de me faire sortir avec Monsieur X ? demandai-je.

- Ce samedi. Ce grand brun aux yeux marron qui gère une des bijouteries de la ZAC du centre ville s'appelle Benjamin. Il te retrouvera samedi soir au « Filet mignon » à 19h30 et ensuite, il a dit qu'il te laisserait choisir le meilleur endroit pour une promenade digestive. Alors, tu crois toujours que je te branche uniquement avec des minables ?

Je saisis au vol la casquette d'un jeune que deux autres s'amusaient à se lancer et lui rendis avant de reprendre ma route, n'ayant aucun doute sur le fait que la simple vue de « la vieille peau de vache » suffise à faire fuir les deux comiques irrespectueux.

- C'est vrai que la cuisine du « Filet mignon » est excellente même si les serveuses n'y sont pas très dégourdies. Bon choix. Quant au fait qu'il tienne une bijouterie, je m'en contrefiche ; je peux parfaitement sortir avec un éboueur si tant est qu'il a de bonnes manières et que ce n'est pas un égocentrique névrosé.

- Amen. Qu'est-ce que tu as, tout de suite ? demanda Marianne en avisant le petit attroupement formé devant ma salle.

- Français [9] avec des Première Logistique[10].

- Diderot [11] chez les machos ? ricana-t-elle.

- Tu serais surprise. Les machos peuvent se montrer philosophes, quoi qu'on en dise.

Je venais d'une filière littéraire et enseigner les valeurs des philosophes du XVIIIe siècle à des apprentis magasiniers avait de quoi amuser le quidam, or malgré les préjugés sur les lycées professionnels, on avait aussi de très bonnes surprises quant aux

---

[9] Dans les lycées professionnels, les enseignants sont bivalents. Ainsi, l'héroïne est professeure de Lettres-Histoire.
[10] Les métiers du transport et de la logistique permettent de travailler dans des domaines variés (transport de marchandises, déménagement, transport de voyageurs, tourisme, etc.). La logistique ne se limite pas au transport et est indispensable dans tous les secteurs d'activités qui nécessitent une organisation de la livraison et de l'approvisionnement en biens ou produits de consommation.
[11] Denis Diderot (1713-1784) : Philosophe, écrivain et encyclopédiste français des Lumières.

capacités d'analyse de nos élèves. Contrairement à ce que les conseillers d'orientation des collèges ont laissé croire pendant des années aux gens, on n'est pas un cancre parce qu'on se dirige vers une voie qui apprend un métier. Je détestais qu'on encense les filières générales en laissant penser le pire du professionnel, surtout quand on voyait certains gamins qui, après le bac, se retrouvaient perdus à l'université car mal conseillés justement, et qui finissaient au Pôle emploi sans diplôme. D'ailleurs, chaque année au mois de juin, j'étais hors de moi que les journalistes passent toujours les mêmes sujets sur le bac, allant de l'habituel ado surdoué de 14 ans révisant ses fiches pour se diriger vers médecine ou ingénierie, à l'encore plus habituelle préparation des lycéens des filières S pour la philosophie. Jamais ils ne parlaient du stress des futurs vendeurs en boutique, ou des futures secrétaires ! Quelle injustice !

- Tu prêches une convaincue, dit-elle sincèrement avant de se diriger vers ses élèves de Gestion/Administration. QU'EST-CE QUE VOUS FAITES AVACHIES CONTRE LE MUR, VOUS ?! C'EST COMME ÇA QUE VOUS ACCUEILLEREZ VOS CLIENTS EN MILIEU PROFESSIONNEL ?! REDRESSEZ-VOUS ! ET MAINTENANT QUE JE SUIS LÀ, JE NE VEUX PLUS ENTENDRE UN BRUIT D'ICI L'HEURE SUIVANTE. ALLEZ, RENTREZ, ET PRESSEZ-VOUS UN PEU !

Je m'étais retenue de rire à partir du moment où Marianne avait endossé son rôle de revêche insupportable et m'étais surtout abstenue de répondre à la question que me posa Adama, le garçon le plus grand de ma classe de Log.

- Madame, est-ce que vous croyez qu'on aura cette prof-là l'année prochaine ? Parce qu'elle fait trop peur, *wesh* [12]!

Je me contentai de lui demander, à lui et à son groupe, de sortir leur séance sur la philosophie des Lumières et de commencer mon cours comme si de rien n'était.

*****

---

[12] Interjection appréciée par la jeunesse.

À 16h30, je fermai la porte de ma classe à clef, après avoir terminé ma journée par un cours sur l'histoire de la condition féminine en France de la Belle Époque à nos jours, destiné à un public de Première bac Commerce. Si j'avais obtenu de lui l'instauration prolifique d'un mini-débat civilisé sur l'égalité hommes-femmes aujourd'hui, je n'en avais pas vraiment profité parce que je n'arrêtais pas de penser au déroulement de ma soirée de samedi. J'y pensais à 10h10, j'y pensais à 12h, j'y pensais à 16h. En fait, j'y pensais tout le temps.

Dans quel pétrin je m'étais encore fourrée ! À coup sûr, ce serait à classer au même niveau que ma décision d'emmener des 3èmes Prépa Pro[13] visiter Versailles il y a trois ans. L'un d'eux s'était retrouvé dans le Grand Canal et nous avait causé une avalanche d'imprécations et d'ennuis de la part des responsables du site. Ce jour-là, j'étais entrée dans une telle colère contre l'imbécile et sa bande qu'ils n'osèrent plus jamais émettre un son devant moi jusqu'à la fin de l'année.

Enfin bref, ce rencard imposé me mettait déjà les nerfs en pelote et je souhaitais en être débarrassée au plus vite. Nous étions mardi, j'avais donc encore quatre jours pour imaginer le désastre à venir.

Je n'étais pas négative, ce n'était d'ailleurs pas dans mon tempérament. Résolument optimiste en général, ma rupture avec Paul un an auparavant m'avait pourtant laissé un goût amer dans la bouche quant à la confiance qu'on peut accorder aux hommes. J'avais naïvement cru qu'il m'aimait, pour m'apercevoir ensuite qu'il n'avait fait que profiter de la petite maison que m'avait léguée ma tante à sa mort. Grâce à moi, il avait économisé un loyer plus les factures et les à-côtés car j'étais celle qui supportait toutes les dépenses. En y repensant, je ne peux m'empêcher de me sentir totalement stupide. Quand j'avais présenté Paul et Marianne,

---

[13] Classe de 3ème préparatoire à l'enseignement professionnel : donne la possibilité aux élèves d'affiner le choix de leur parcours de formation, sans pour autant décider définitivement de leur champ professionnel ni de leur orientation. La poursuite d'études se fait souvent en 2nde professionnelle, mais n'exclut pas la voie générale ou technologique des possibilités offertes (source : eduscol.education.fr).

l'aversion entre eux avait été aussi profonde qu'immédiate, chacun ayant percé l'autre à jour dès le premier regard. Marianne savait que Paul n'était qu'un parasite et Paul savait que celle-ci tenterait de m'ouvrir les yeux. J'avais eu quelques difficultés au début et cela avait créé des tensions entre nous, mais je dus bien admettre qu'elle avait raison quand, en rentrant chez moi plus tôt que prévu un jour, j'avais trouvé mon petit ami nu et allongé sur le tapis du salon, se faisant chevaucher à grands cris enthousiastes par une fille taille 38 et bonnet A.

Comme ils ne m'avaient pas vue arriver, et prise d'un coup de sang, j'étais ressortie pour m'emparer du tuyau d'arrosage que j'avais employé par la suite à pleine puissance pour leur faire passer l'envie de continuer leurs cochonneries. J'avais ruiné mon tapis et mes canapés au passage mais je m'en fichais, de toute façon, avec ce que j'avais vu, je comptais bien les jeter. Paul me réclama tout de même ses affaires pour quitter les lieux comme je le lui avais ordonné et eut l'idée malheureuse, pendant que je m'activais à les entasser dans le jardin, de m'expliquer qu'il m'avait trompée parce qu'il s'était rendu compte qu'il ne trouvait pas les femmes rondes attirantes.

J'avais rétorqué qu'il ferait bien de se regarder dans un miroir, avant de me mordre la lèvre de dépit : Paul était un très bel homme qui connaissait parfaitement l'effet que son mètre quatre-vingt-dix, ses cheveux blonds épais mais disciplinés, et son corps sculpté faisaient sur les femmes et sur moi en particulier, moi, la petite blonde aux cuisses et aux fesses bien en chair, qui avais naïvement cru que mon petit ami aimait mes formes généreuses.

De rage, j'avais pris du détergent que j'avais déversé sur ses vêtements avant d'enflammer le tout grâce à une allumette. J'étais quelqu'un de très sociable et de vraiment gentil, mais là, Paul avait réveillé la tigresse qui dormait profondément en moi. Il avait commencé à m'insulter mais avait vite pris la fuite en me voyant saisir le manche de mon râteau. Paul n'était pas très courageux en plus d'être un salaud de première.

Je ne l'avais plus jamais revu et je n'avais pas cherché à lui trouver un remplaçant. Échaudée, j'avais choisi de m'octroyer une année sabbatique sentimentalement parlant, me recentrant plutôt sur moi-même. Le soutien de Marianne me fut d'une aide précieuse…

… Jusqu'à ce qu'elle décide que je devais, selon ses termes, remettre le pied à l'étrier. Mon amie était comme toutes les femmes et cherchait l'homme de sa vie, mais à la différence de moi et de beaucoup d'autres certainement, elle refusait de vivre comme une sainte en l'attendant. Elle profitait et s'éclatait. Et elle avait raison.

J'adorais vraiment Marianne parce qu'avec elle, je me sentais libre de me confier et elle comprenait mes problèmes vu qu'elle exerçait le même métier. Paradoxalement, quand nous nous retrouvions aux récréations, nous parlions d'autres choses que de nos élèves, sujet de conversation dominant dans toute salle des profs qui se respecte. C'était vraiment agréable, alors que je n'avais plus de famille encore en vie, de pouvoir compter sur une personne au moins autant qu'elle pouvait compter sur moi.

Mais là, elle m'avait franchement énervée. J'étais toujours à fleur de peau lorsque le CPE m'aborda alors que je m'apprêtais à franchir les grilles de l'établissement.

- Mademoiselle Tremen !

Boris Darandier était un homme vigoureux, dans la force de l'âge, très largement respecté par l'équipe enseignante et les élèves pour sa capacité à faire régner l'ordre dans l'établissement sans apparaître comme un tyran. À bien des égards, nous entrions dans la catégorie des « zones sensibles » pour l'enseignement, voire plus que sensible, je dirais même. Or, grâce à notre CPE pour une grande part et à la détermination du reste de l'équipe d'autre part, les autres lycées de la ville nous enviaient si ce n'est l'absence, en tout cas notre bas niveau de violence entre nos murs. Je reviendrai après sur ce point.

- Oui, Mr Darandier ?

- Est-ce que ça vous dérangerait demain matin d'échanger votre salle de classe avec celle de Mme Neuville ? Elle trouve que la sienne est trop froide.

Je soupirai.

- Je suppose que si je dis qu'effectivement, ça me dérange, je l'y verrais de toute manière installée comme la reine pour laquelle elle se prend ?!

Laurence Neuville, depuis que je la connaissais, avait tendance à confondre son PLP[14] en secrétariat avec un doctorat et estimait que, de fait, tout lui était dû. Tout le monde, moi comprise, avait un jour eu maille à partir avec « Sa Majesté » comme nous l'appelions ; c'était une vraie plaie.

Mr Darandier haussa les épaules, résigné.

- Il faudra qu'un jour elle redescende sur Terre, celle-là. Quel boulet ! râlai-je.

- Voyez le bon côté des choses, il ne lui reste que cinq ans à faire avant de prendre sa retraite.

- Cinq ans de trop si vous voulez mon avis. Mr Planchet est bien trop gentil avec elle.

- Pauvre Mr Planchet, ajouta le CPE.

Mr Planchet était le directeur du lycée depuis l'année précédente. Je l'appréciais, c'était quelqu'un de passionné et de compétent. Néanmoins, sa tendance à toujours privilégier le compromis pouvait être pénible avec des personnes comme Laurence Neuville qui ne comprennent qu'une autorité ferme et définitive, car dans ma situation, je voyais bien que ruer dans les brancards ne serait qu'une perte de temps.

- Bon, considérez que je suis d'accord pour l'échange de salles mais que ce soit clair, ce sera la seule et unique fois. J'en parlerai à Mr Planchet, histoire qu'il soit au courant qu'un meurtre risque de se produire si Mme Neuville cherche encore à jouer les divas auprès de moi.

Boris Darandier rigola.

- Croyez-moi si je vous dis que vous êtes loin d'être la seule à vouloir tordre le cou à cette vieille bique arrogante.

- Je n'en doute pas. Je vous souhaite une bonne soirée, Mr Darandier.

---

[14] Diplôme permettant d'enseigner en lycée professionnel.

- Pour vous également, Mademoiselle Tremen.

Je le quittai et marchai en direction de ma petite *Fiat 500* garée un peu plus loin. Une professeure de lycée qui rentre chez elle après sa journée de boulot, rien de plus banal me direz-vous. Or, tous les profs de France ne se baladent pas avec la main crispée sur une arme, non ? Là, ma main qui ne tenait pas mon cartable était glissée dans le fond de ma poche, agrippant fermement le spray au poivre et le canif qui ne me quittaient jamais.

Car c'était là le problème. J'aimais mon travail, j'aimais ma maison, j'aimais mes amis et j'aimais ma vie. Toutefois, une ville gangrenée par les trafics et la violence n'était pas ce que j'appellerais un cadre idyllique pour en profiter.

Chapitre II : Le super-héros ou l'espoir du renouveau

*****

Vous pensez à Paris ou à Marseille ? Vous êtes complètement à côté, et je ne peux guère vous le reprocher.

Si le nom de Fort-Bénédicte ne vous parle pas, dites-vous que c'est tout à fait normal. En l'occurrence, la France et les Français n'aiment pas Fort-Bénédicte et préfèrent oublier son existence, allant même jusqu'à taire celle-ci pendant des années dans les guides destinés aux touristes du monde entier. Située sur la côte nord de la Normandie, entre Fécamp et Dieppe, ma ville natale était au XVIIIe siècle un repaire de naufrageurs/pilleurs qui avait vu son activité portuaire fleurir au début du XXe siècle jusqu'à ce qu'elle fût détrônée dans la région par le géant havrais. En termes de population, pourtant, que ce soit par rapport au Havre ou Rouen, nous soutenions largement la comparaison puisque le dernier recensement comptait environ cent soixante mille habitants à Fort-Bénédicte, faisant de la ville l'une des plus grandes de la région. Nous aurions pu être le pôle normand le plus compétitif.

Or c'était l'inverse qui s'était produit. L'effondrement du port avait ruiné nombre de familles, et ce dernier s'était vu repris en main par des groupes mafieux qui avaient profité du marasme local et de la proximité de tous les réseaux de communication les reliant à la capitale et à l'Union Européenne pour construire une nouvelle plaque tournante : celle de tous les trafics illégaux. Pire que cela, ces réseaux s'étaient unifiés en un groupe aux multiples ramifications connu sous le nom de « Comité », qui s'était petit à petit emparé de tous les secteurs de la commune et donc du destin de ses habitants. Si le maire de l'époque avait demandé l'aide nécessaire au gouvernement pour stopper net cette évolution négative, peut-être qu'on aurait pu éviter de se retrouver, vingt ans plus tard, à vivre dans une ville où les valeurs républicaines n'étaient qu'une façade abritant des valeurs beaucoup moins nobles.

Or cela n'aurait pas été dans son intérêt…

Fort-Bénédicte était aux mains d'un homme dont tout le monde savait qu'il était la tête pensante du « Comité », mais que personne n'osait défier : Théodore Vincel. C'était lui notre maire.

Un maire qui, comme par magie, voyait son mandat renouvelé à chaque élection et qui mettait un point d'honneur à apparaître comme l'homme providentiel qui sauverait Fort-Bénédicte alors qu'en réalité il la maintenait sous sa coupe, profitant du fait que l'État nous avait complètement abandonnés. L'ordre très relatif qu'il faisait régner dans les rues n'était là encore qu'une façade pour lui permettre de mener à bien tous ses projets et chacun était encouragé à vivre sa petite vie sans se plaindre du climat criminel sous-jacent.

Les citoyens faisaient ce qu'ils pouvaient pour améliorer leur sort au quotidien, mais sans une police efficace et neutre pour les aider, beaucoup considéraient que c'était vain. Comme nombre de ces pessimistes, j'aurais pu quitter la ville et m'installer ailleurs, mais cela aurait été trop facile. Il y avait des jeunes qu'on pouvait aider à sortir de leur condition et des trafics par l'éducation et l'accès à une formation débouchant sur un emploi. Je faisais partie de ceux qui refusaient de croire que la ville était perdue, je faisais partie de ceux qui continuaient à vivre malgré tout, en espérant qu'un jour quelqu'un vienne mettre de l'ordre dans tout ça.

Je ne sais si ce quelqu'un avait entendu mes prières et celles des autres habitants de Fort-Bénédicte.

Toujours est-il qu'*il* était apparu un an plus tôt…

*****

Je ne l'avais jamais vu autrement qu'à la télévision, pensai-je en ouvrant ma voiture, jetant des coups d'œil furtifs derrière mon épaule, comme à l'accoutumée. Tous les habitants de Fort-Bénédicte étaient constamment sur le qui-vive pour éviter une agression. Comme eux, je vérifiais toujours l'éventualité d'une présence étrangère dans mon dos ou dans les coins sombres dès que je mettais le pied dehors. Ce réflexe était si bien ancré en moi que je l'avais conservé malgré l'espoir suscité par *sa* première apparition publique.

Je me rappelle que c'était suite à l'explosion qui s'était produite non loin de mon établissement, nous obligeant à l'évacuer en début d'après-midi. Il s'agissait d'un entrepôt en plein cœur de la zone d'action du Comité, dans l'ancien port. Personne ne savait ce qui se trouvait exactement là-bas, mais j'avais l'intuition que ce devait être important pour Théodore Vincel ainsi que pour son fils et bras-droit, Florent Vincel. En effet, leurs visages apparaissaient totalement fermés sur mon écran, pendant leur déclaration à la presse locale le soir même, alors qu'ils débitaient des propos rassurants sur une fuite de gaz dans un bâtiment vide.

Ce sentiment fut confirmé deux minutes plus tard lorsqu'une silhouette sombre toute de cuir vêtue apparut comme par magie près du maire. Les gardes du corps furent projetés à travers la pièce, sans que l'homme masqué les touche, et allèrent s'écraser aux pieds des journalistes. Ces derniers se retrouvèrent pour une fois à court de mots pour décrire ce qui se passait, tandis que l'inconnu s'avançait d'une démarche menaçante vers notre « représentant » politique. Il tenait une épée quasi translucide à la main, qu'il lui pointa sur la gorge :

- Ton temps à Fort-Bénédicte est compté, Vincel, et celui de ta horde de criminels aussi, dit l'homme avec un timbre de voix grave certainement déformé par un appareil qu'il portait. Désormais tu ne pourras plus faire un projet, une affaire, un deal, sans que tu ne te demandes quand je vais apparaître pour ruiner tes plans. Exactement comme cet après-midi dans cet entrepôt où tu entassais des kilos d'héroïne.

Sa cape et sa capuche noires m'empêchaient de distinguer l'inconnu dans sa totalité, mais je vis nettement Théodore Vincel déglutir comme la pointe de l'épée faisait perler une goutte de sang au creux de son cou.

- Je compte bien nettoyer cette ville de la crasse que toi et tes sbires vous représentez. Il est temps que la justice revienne à Fort-Bénédicte et que les criminels qui composent le Comité, toi le premier, aient le sort qu'ils méritent.

Théodore Vincel le toisa et eut un rictus qui témoignait de la naissance d'une haine qui n'allait cesser de croître au fil du temps :

- J'ignore qui vous êtes et de quoi vous parlez. Je suis le maire de Fort-Bénédicte et ses habitants m'ont élu démocratiquement. Si vous enquêtez sur moi, vous ne pourrez qu'attester de mon honnêteté et de la légalité de tous mes projets. Vous n'êtes qu…

Il n'alla pas plus loin car la lame de l'épée s'était relevée jusqu'à son menton.

- Trêve de mensonges, Vincel. Je connais ton vrai visage, tout le monde le connaît.

L'angle de la caméra me permit de voir Florent Vincel faire discrètement signe à des hommes armés qui arrivaient de l'autre côté de l'estrade où son père était aux prises avec ce personnage échappé des DC-Comics américains.

- Cette ville n'a pas peur de vous, lança rageusement Théodore Vincel à son agresseur.

Au moment où les gardes du corps le mettaient en joue, ce dernier releva son épée qui se transforma tout à coup en un bouclier stoppant toutes les balles tirées dans sa direction.

Un grand silence s'abattit sur la pièce face à ce prodige, ce qui permit d'entendre distinctement les mots prononcés par l'inconnu... :

- Cette ville n'a pas à me craindre. Toi, oui.

... avant qu'il ne s'évapore purement et simplement, laissant acteurs, témoins et public de cette scène dans la stupeur générale.

Je me revois encore, debout dans ma cuisine, devant mon plan de travail, le couteau plongé dans la tomate que j'avais commencé à découper pour mon repas du soir lorsque tout ceci avait débuté. Pétrifiée pendant toute l'intervention de l'homme-mystère, je m'étais rendu compte en sortant de ma transe que le tranchant de ma lame était suspendu à quelques millimètres du doigt que j'avais malencontreusement glissé dessous. Par conséquent, outre la joie d'avoir vu Vincel humilié en public, je lui devais donc de ne pas avoir eu à courir à l'hôpital pour un stupide accident domestique.

Peu importait mon doigt.

Quelque chose de fantastique et d'essentiel venait de se produire à Fort-Bénédicte ! Non seulement un être courageux avait décidé de s'élever contre la tyrannie de Théodore Vincel, mais en plus, cet être possédait des dons qui ne pouvaient faire de lui un humain ordinaire !

Était-ce un alien ? Un mutant ? Le fruit d'une expérience scientifique interdite ? Aucune idée !

Ce que je savais, c'était que parmi tous les endroits sur Terre où il aurait pu intervenir pour faire régner l'ordre, c'était *chez nous* que cet individu exceptionnel avait choisi d'opérer. Au lieu de métropoles mondiales connaissant aussi la délinquance comme Chicago, New York, Los Angeles, Shangai, ou au plus proche, Berlin ou Paris, il avait choisi notre petit coin obscur de Normandie pour entrer dans la lumière d'une Humanité qui ne connaissait aucun justicier doté de pouvoirs magiques hormis ceux qu'elle avait elle-même inventés pour divertir un public adepte de BD ou de films à grand spectacle.

Cela ne lasserait pas de surprendre, certainement. Et combien de personnes avaient fait comme moi aussitôt qu'il se fut volatilisé : foncer sur internet à la pêche aux informations et aux replays de l'Événement le plus dingue de toute l'Histoire !! La planète tout entière était entrée en ébullition ce jour-là, cherchant dans les légendes normandes à quelle créature pouvait être apparenté ce phénomène incroyable et pourtant vrai !

Mais finalement, peu importait pourquoi ce choix du pays du camembert plutôt que Hollywood. Quelque chose était à l'œuvre et me redonnait espoir.

Fort-Bénédicte avait son super-héros.

*****

Depuis environ un an, « Le Justicier » faisait tourner en bourrique les équipes de Théodore Vincel. Vous me direz que c'était un nom bien peu original comparé aux *Superman*, *Iron man*, *Spiderman*, *Batman* et autres super-héros en *-man*. Mais vu qu'il était le seul à s'être manifesté pour de vrai et que personne n'avait d'idée valable pour le désigner hormis « L'homme-qui-brandit-une-épée-translucide-et-qui-apparaît-et-disparaît-comme-il-veut », le concept de « Justicier » avait paru plutôt approprié.

Bien sûr, il fallait éviter de l'appeler ainsi dans la rue, car sa façon de mettre des bâtons dans les roues du Comité lui avait valu le statut d'ennemi public n°1. Les journalistes étrangers qui venaient du monde entier pour tenter d'apercevoir notre héros ne comprenaient pas pourquoi il était si mal perçu par les autorités. Notre maire rabâchait le même discours sur la nécessité d'empêcher le premier obsédé des complots venu employant des gadgets sophistiqués de croire qu'il pouvait faire le travail de la police. Il faut dire qu'il se donnait un mal de chien pour saboter son image et pour le faire passer pour un criminel pire que ceux de son propre réseau…

… Justement parce que l'intérêt suscité par le Justicier faisait sortir Fort-Bénédicte d'une ombre qui arrangeait bien son maire lorsqu'il vaquait à ses petites affaires.

Les feux de la curiosité internationale l'avaient poussé à adopter une posture d'incorruptible qui jetterait le doute sur les motivations de son adversaire déclaré. Nous autres Bénédictins n'étions pas dupes de ce qui continuait à se tramer dans les bas-fonds de la ville, mais il semblait que ce ne soit pas le cas de tout le monde. Le Président de la République avait même été jusqu'à recevoir Théodore Vincel à l'Élysée pour l'assurer de son soutien, déclarant publiquement que les forces de l'État français étaient suffisantes pour maintenir l'ordre, et que si le Justicier voulait vraiment employer ses pouvoirs au service du pays, il pouvait le faire en sortant de l'anonymat et en s'engageant dans l'armée ou la police.

Franchement, pour quelqu'un qui s'était fait élire à la fonction suprême sur la force du changement[15], on en venait à souhaiter qu'un changement de présidence ait lieu très rapidement. Quel idiot !

Enfin bref. La population bénédictine avait enfin retrouvé un peu d'espoir et ses jeunes, quelqu'un de bien à qui s'identifier.

Nous savions sans plus de détails que, régulièrement, la prison de Rouen accueillait de nouveaux pensionnaires venus de Fort-Bénédicte. Cela nous laissait supposer que le Justicier avait passé un accord avec des autorités compétentes et incorruptibles pour empêcher les voyous à la solde de Théodore Vincel de regagner ses rangs grâce à l'influence de ce dernier sur la soi-disant justice de sa ville. Nous l'admirions d'autant plus que les récits toujours plus nombreux de personnes sauvées d'agressions crapuleuses par le Justicier circulaient par le bouche-à-oreille. On offrait *même* en toute discrétion aux enfants des poupées à l'effigie de notre super-héros, interdites à Fort-Bénédicte (mais faisant fureur partout ailleurs). Elles alimentaient un marché souterrain dans une ville où régnait justement un marché souterrain ; le comble !

---

[15] Référence au slogan « Le changement, c'est maintenant » pour l'élection présidentielle de 2012.

Confortablement installée au volant de ma *Fiat 500*, je souris en pensant combien cette année fut mouvementée, et je démarrai le moteur en souhaitant que le Justicier parvienne à ses fins en réussissant là où tout le monde avait échoué : faire tomber Théodore Vincel et le Comité.

Chapitre III : D'une rencontre à LA rencontre

*****

Après avoir fait quelques courses au *Super U* près de chez moi, je me garai dans mon petit garage et attrapai mes sacs. J'accédai au jardin par la porte arrière et remontai l'allée menant à la maison. Ma tante avait acheté son bien dans les années 70 et en était très fière car situé sur les hauteurs de la ville, avec deux chambres, une très grande cheminée, un jardin modeste et un sous-sol complet. Elle considérait qu'elle avait trouvé son « petit paradis » comme elle l'appelait. Ce n'était qu'une maisonnette en pierres typique de Normandie avec un toit en tuiles, et quelques arbres empêchant tout vis-à-vis depuis l'extérieur, mais il fallait reconnaître qu'elle avait son charme, notamment grâce au cœur qu'avait mis sa propriétaire dans son entretien. Tante Bernadette, « Nanette », comme je l'appelais, avait toujours fait preuve d'une énergie débordante et d'un optimisme à toute épreuve. Même pendant la phase terminale de son cancer des poumons, quatre ans plus tôt, elle n'avait pas voulu se départir de son sourire. J'adorais cette femme.

Elle m'avait recueillie à la mort de mes parents. Mon père, Charles Tremen, avait voulu se présenter aux élections municipales vingt ans auparavant, contre Théodore Vincel. Par un heureux hasard pour ce dernier, son rival avait perdu le contrôle de sa *Peugeot 405* alors qu'il circulait avec sa femme, Barbara, et sa petite fille de six ans sur l'Autoroute A13. Je fus la seule survivante ; un miracle compte-tenu de l'état de la voiture.

Je n'avais aucun souvenir de l'accident, hormis celui d'un cri strident qui venait hanter mes nuits de temps à autre. Là, je me réveillais en me demandant à qui il appartenait : à ma mère ou à moi.

Lors des funérailles, Nanette n'avait jamais lâché ma main. Enfin si, une fois. Pour la coller dans la figure de Théodore Vincel qui était venu sans avoir été invité pour « rendre hommage » à l'adversaire dont la mort lui avait assuré la victoire. Pas un mot ne fut échangé et sur le moment, je ne pouvais comprendre les raisons d'un tel acte, mais par la suite, mes propres soupçons rejoignirent ceux de ma tante sans que je ne puisse rien prouver pour autant. Théodore Vincel avait peut-être orchestré le sabotage de la *Peugeot*, alors j'avais autant, si ce n'est plus de raisons que quiconque de le voir tomber. Je le haïssais, mais je ne me faisais pas d'illusion, je ne faisais pas le poids contre lui. Alors j'avais choisi de lutter autrement.

Je me battais effectivement à ma façon pour rendre cette ville meilleure : en ouvrant l'esprit de sa jeunesse sur un avenir autre que celui que lui promettait son maire. Ce n'était pas grand-chose, mais j'avais au moins l'impression d'apporter ma contribution. Marianne aussi raisonnait ainsi. Son jeune frère, Noah, avait mal tourné et était entré à seize ans dans l'un des gangs affiliés au Comité. Il fut assassiné trois mois plus tard. Peut-être que nos pertes respectives avaient été l'un des facteurs de notre amitié indéfectible. Il faut dire aussi que ce « point commun » dans notre parcours avait été découvert de manière assez particulière.

Trois semaines après mes débuts officiels devant élèves, Monsieur Hadert, notre ancien directeur, avait invité par politesse Théodore Vincel pour l'inauguration de notre nouveau CDI. En général, c'étaient les conseillers municipaux qui assistaient à ce genre d'événements si secondaires dans la « gestion efficace » de la ville par le maire. Or, il s'était déplacé en personne et avait demandé à être présenté à tous les enseignants sans exception.

Nous n'avions pas été prévenus. Pris de court, tout le monde s'était empressé de se mettre au garde-à-vous tandis que je cherchais un moyen d'échapper à cette visite inopinée. Il était hors de question que je serre la main de celui qui avait peut-être contribué à me rendre orpheline en plus de prendre ses concitoyens en otage. Dans ma quête d'une issue de secours, j'avais tout de même vu l'une de mes collègues s'emparer d'une grande paire de ciseaux qu'elle avait cachée dans son dos avant de se mettre dans les rangs dans un état d'agitation extrême. Sa crispation sur l'objet au moment où Théodore et Florent Vincel étaient entrés dans la salle des profs avec Mr Hadert, suivis de plusieurs gorilles armés, m'avait indiqué qu'elle s'apprêtait à commettre un acte qui signerait son arrêt de mort. J'avais alors fait l'impensable : j'avais abandonné l'idée de la fuite et m'étais approchée de ma cible pour lui arracher des mains son poignard improvisé. Le discret mais intense mouvement de défense qu'elle fit pour me faire lâcher prise sans attirer l'attention m'obligea à lui écraser les orteils avec mon talon. Ce fut un succès puisque je pus lui subtiliser les ciseaux que je jetai plus loin, dans une poubelle, juste avant que Vincel ne s'approche de nous avec Mr Hadert.

- Et voici Mesdemoiselles Chaumont et Tremen, avait dit ce dernier, enseignant respectivement les mathématiques et le français.

Notre maire était un homme de haute stature, avec des épaules larges témoignant du fait qu'il devait être très bel homme dans sa jeunesse. Il était loin d'avoir perdu de son charme car ses cheveux très blancs, ses yeux bleus et la coupe parfaite de son costume noir lui conféraient une allure très séduisante. Séduction réduite à néant par l'éclat de méchanceté pure contenu dans son regard froid et calculateur, ainsi que par sa démarche hautaine laissant penser qu'il aimait écraser tous ceux qu'il voulait voir ployer sous son autorité. Quant à son fils, Florent, dont personne ne connaissait très bien les attributions auprès de son père, peut-être celle d'âme damnée, je ne savais qu'en penser du fait que son expression fermée empêchait de se faire la moindre opinion sur le personnage. Il était aussi neutre et indéchiffrable que lors de ses passages télévisuels aux informations locales pour parler de telle ou telle action « merveilleuse » de la municipalité sur notre bonne ville de Fort-Bénédicte. La seule chose que j'identifiai en lui, c'étaient les ressemblances physiques avec son géniteur : comme lui, Florent Vincel était grand (plus d'un mètre quatre-vingt), avec des yeux bleus, une belle bouche, et un corps mince enveloppé dans un costume bleu-nuit qui accentuait son pouvoir de séduction. Ses cheveux sombres bouclaient légèrement sur sa nuque, lui donnant l'air plus jeune qu'il devait l'être en réalité. Je me souviens avoir senti un frisson parcourir mon dos quand l'image de deux serpents prêts à mordre le souriceau que j'étais se substitua un instant au réel.

Ignorant complètement celle qui allait devenir ma meilleure amie, les deux Vincel s'étaient approchés de moi, le père m'offrant un sourire empreint d'une bienveillance mielleuse.

- Tremen… Seriez-vous Adeline, la fille de Charles et Barbara Tremen, seule rescapée du terrible accident qui leur coûta la vie il y a vingt ans ?

Tous mes muscles avaient crié à l'agonie tant je les avais contractés. J'avais vu Marianne me jeter un drôle de regard.

- C'est cela.

J'avais décidé de réduire mes réponses au minimum, mais mon interlocuteur ne semblait pas pressé de conclure. Et ma tension avait atteint des sommets au point de me faire craindre une perte de contrôle en bonne et due forme.

- Et comment se porte votre tante ? Une femme de caractère, d'après mes souvenirs.

- Très bien, merci. Il lui arrive parfois de ressentir quelques démangeaisons dans la main droite.

Le sourire de Vincel se figea. Il n'était pas le seul à avoir bonne mémoire ; sa joue également.

- Vous lui adresserez toutes mes *amitiés*. Je suis heureux d'avoir fait votre connaissance et je suivrai votre parcours avec attention, *en mémoire de votre père*.

Alors que Florent Vincel m'adressait un regard énigmatique, alors que mon poing se refermait déjà dans l'optique de frapper celui qui venait de nous menacer indirectement, ma tante et moi, j'avais senti une main se refermer sur celui-ci dans un message de renoncement explicite. Cette main, c'était celle de Marianne. Je lui avais sauvé la mise, elle me rendait la pareille.

Par un suprême effort de volonté, je m'étais forcée à sourire poliment :

- Aucun problème. J'imagine déjà ses regrets de ne pas avoir pu vous offrir ses salutations en personne.

Si Mr Hadert avait tremblé dans ses mocassins en anticipant une réaction violente de la part de son invité, le rictus amusé de Vincel le « rassura ». Ce sourire avait découvert des dents qui m'avaient aussitôt fait penser à un requin affamé.

- Je suis sûr qu'avec un esprit comme le vôtre, les élèves de ce lycée se dirigeront sans faille vers une réussite qui profitera à la ville.

Sa façon d'insinuer que j'éduquais des gamins destinés à travailler pour lui m'avait plus encore scandalisée que sa menace précédente. La main de Marianne était devenue un véritable étau comprimant mon poing.

- Certainement, avais-je répliqué, les mâchoires serrées.

Il s'était ensuite tourné vers le directeur pour lui demander de l'emmener au CDI et Marianne et moi n'eûmes plus jamais l'occasion de les approcher, lui et son fils, lors de visites de ce genre ; Mr Hadert y avait veillé, conscient que le volcanisme de l'une et le passé de l'autre étaient des raisons valables pour nous en tenir éloignées.

À partir de là, elle et moi étions devenues inséparables.

D'où le texto que je lui envoyai dès que j'eus fini de ranger mes courses dans ma cuisine :

- *« Tu es une prof tyrannique et une entremetteuse ratée, mais je t'adore. »*

*****

Quatre jours plus tard, la teneur de mon texto à Marianne avait bien changé :

- « *Je suis devant ma penderie à chercher désespérément une tenue pour ce soir. Je te déteste !* »

J'avais effectivement ouvert tous mes placards en espérant trouver l'inspiration quant à ce que j'allais porter pendant cette soirée. J'avais un rendez-vous avec un inconnu dans un restaurant, bon certes. Mais la qualité de la nourriture ne suffirait certainement pas à alimenter une conversation pendant tout le repas. Pourvu que nous nous trouvions des points communs !

Mon téléphone sonna l'arrivée d'un SMS :

- « *Arrête de geindre et fais-toi belle. Foudroie-le sur place par ton sex-appeal !* »

Je levai les yeux au ciel et répondis :

- « *Si je le foudroie sur place il ne sera plus capable de payer l'addition, espèce de grosse nouille.* »

- « *Ne dévie pas du sujet. Fais péter le décolleté et les talons. Tu t'es épilée partout ?* »

- « *Marianne !* »

- « *Quelle sainte-nitouche tu fais ! Tu entretiens tes toiles d'araignée ou quoi ?! »*

- « *Ce que tu es bête ! Il est hors de question que je couche ni même que je l'embrasse le premier soir dans l'éventualité où il me plaise. Et ce n'est pas gagné !* »

- « *Vous êtes trop difficiles, toi et tes bonnes manières. Fais-moi confiance, je sens que ton destin va se jouer ce soir. Et tu me remercieras après m'avoir tout raconté demain.* »

- « *Mon destin ? Je ne savais pas que je textotais Nostradamus. Franchement, Marianne, tu as vraiment un grain.* »

- « *C'est comme ça que tu m'aimes, ma poulette* ».

- « *Je suis juste maso.* »

- « *Pour avoir supporté ton Paul pendant tout ce temps, c'est clair que tu es maso.* »

- « *Et toi une peau de vache. Bon, l'heure tourne. Je vais m'habiller simplement. Si ton Benjamin n'aime pas, qu'il aille se faire pendre ailleurs.* »
- « *Si c'est le cas, je lui fournirai la corde à ce con.* »
- « *Salut. Souhaite-moi bonne chance.* »
- « *Bonne chance, Adeline. Bisous.* »

Je reposai mon Smartphone sur le lit. Je n'avais pas cherché ce rendez-vous et je ne cherchais pas à plaire, par conséquent je fis comme je l'avais précisé à Marianne : je choisis la simplicité. J'optai pour le classique du tailleur pantalon noir avec un haut satiné bleu, et des escarpins noirs vernis à hauteur de talons raisonnable. Un long collier noir brillant complétait l'ensemble. Quand je voyais Marianne se balader avec des échasses lui conférant douze bons centimètres de plus sur le mètre soixante-dix qu'elle avait déjà, je me faisais l'effet d'être *Joséphine ange gardien*[16] en mode lobotomie.

J'adorais mon amie, vraiment, mais parfois, je ne pouvais m'empêcher de jalouser son physique de rêve qui attirait tous les regards quand nous nous baladions toutes les deux. Elle était aussi grande et fine que j'étais petite (j'atteignais à peine le mètre soixante) et grassouillette (Marianne, elle, préférait pour moi le terme « plantureuse », elle était adorable), et alors que j'attachais mes cheveux blonds et raides en queue de cheval par souci de confort, elle aimait laisser ses boucles cascader dans son dos, parce qu'elle considérait que ça, plus encore que ses dents parfaites ou ses lèvres roses et charnues, était son point fort dans son physique.

Les hommes se battaient, parfois littéralement, pour obtenir ses faveurs, mais au lieu de s'en trouver flattée, elle voyait ces derniers comme de parfaits crétins et n'hésitait pas à les envoyer promener avec une verve plus corrosive encore que de l'acide chlorhydrique. Marianne était une bombe, dans tous les sens du terme.

À côté, je ne soutenais pas la comparaison. Je ne me trouvais pas laide, ce n'était pas ça, et contrairement à ce que disait cet abruti fini de Paul, je n'entrais pas dans la catégorie des femmes qu'on

---

[16] Série télévisée avec Mimie Mathy.

qualifiait de « rondes » pour ne pas dire « grosses ». J'avais quelques kilos en trop, ça je ne pouvais pas le nier, mais je les assumais et compensais par un style vestimentaire misant sur l'élégance dans la simplicité qui m'avait permis quelques succès auprès de la gent masculine avant ma rencontre avec Paul. Ce dernier m'avait blessée, mais j'étais suffisamment intelligente et surtout suffisamment à l'aise dans mon corps pour ne pas souffrir dans mon estime de moi. Je m'acceptais telle que j'étais, et j'en mesurais ma chance quand pour nombre de personnes dans le monde ce n'était pas le cas. Néanmoins, tout aurait été certainement beaucoup plus simple si j'avais eu la silhouette de mon amie.

Je soupirai en voyant mon reflet dans le miroir.

Bon je ne serais jamais aussi sexy que Gal Gadot[17] mais au moins j'étais sortable. Je m'étais coiffée à l'ancienne grâce à un bandeau terminé par un cylindre sur lequel j'avais enroulé mes cheveux, retenus à l'aide de quelques épingles, j'avais utilisé un maquillage discret sauf pour les lèvres dont le rouge vif tranchait avec le noir de ma tenue, et j'avais utilisé un peu de *Dior Addict* pour me parfumer. J'étais prête.

Pff… Je n'avais aucune envie d'y aller.

Marianne avait beau avoir sélectionné ce Benjamin en fonction de mes goûts, je pressentais que j'allais mourir d'ennui pendant cette soirée qu'on m'avait imposée.

En vérité, ce n'était pas tout à fait exact.

J'allais mourir de honte.

*****

« Le Filet mignon » était situé non loin de mon lieu de travail, à une vingtaine de minutes de mon domicile selon la circulation. Près d'un bassin réhabilité pour des activités de loisirs nautiques comme le pédalo notamment, il offrait en plein cœur d'une ville complexe

---

[17] Mannequin et actrice d'origine israëlienne, incarnant notamment « Wonder woman ».

une vue reposante et agréable en plus de petits plats très savoureux typiquement normands.

Comme l'endroit était assez fréquenté, je ne m'étonnai pas de devoir tourner pour trouver une place. Il était hors de question que je me risque dans une des rues sombres attenantes alors je continuai à chercher jusqu'à trouver mon bonheur. Résultat, il était 19h35 quand j'arrivai devant le restaurant. Supposant que le dénommé Benjamin m'attendrait à l'extérieur, je déduisis que j'étais arrivée la première et me réjouis de ne pas être en retard.

Cependant, ma joie fut vite douchée à mesure que les minutes s'écoulaient. J'étais quelqu'un de ponctuel et s'il m'arrivait de dépasser l'heure prévue, je m'arrangeais pour prévenir de mon contretemps. Là, je voyais mal comment Benjamin pouvait me prévenir vu que nous n'avions pas nos numéros de téléphone respectifs, toutefois j'espérais qu'il avait une bonne raison pour me faire patienter ainsi dans la fraîcheur de ce début octobre. J'avais très peu mangé à midi en prévision du tournedos sauce livarot que je n'allais pas manquer de commander au « Filet mignon », du coup, mon estomac gargouillait depuis deux bonnes heures déjà et me faisait savoir que si je ne m'attablais pas bientôt, il me donnerait d'autant plus de ses nouvelles. Je voyais les clients entrer à mesure que je me desséchais dehors et que mon humeur se dirigeait droit vers les abysses, de fait, à 20h, pour me calmer, je décidai de me focaliser sur la vue qu'offrait le bassin dont l'onde presque invisible était baignée par la lueur d'une lune qui bataillait avec une armée de nuages pour pouvoir se montrer aux hommes.

C'est là que je l'entendis :

- Bonsoir. Vous êtes Adeline ?

Je sursautai et me tournai pour découvrir une silhouette masculine qui me dévisageait avec curiosité.

- Benjamin ?

Il sourit et me tendit la main. Sa moiteur déclencha un frisson de dégoût le long de ma colonne vertébrale. Ça commençait bien.

- Enchanté. Eh bien, nous y allons ? dit-il sereinement en m'attirant vers le restaurant par cette même main qu'il n'avait pas lâchée (beurk).

Ah bon ? Pas d'explications ni d'excuses pour le retard ? Était-il simplement conscient que si nous avions été au mois de janvier, je serais rentrée chez moi sans regretter d'avoir manqué une occasion de manger au « Filet mignon » ? N'avait-il pas un minimum d'éducation ?

J'avais comme le pressentiment que ce type ne se préoccupait guère du bien-être de l'autre. Mais peut-être que je me trompais.

Ne jamais juger les gens trop vite, disait Nanette à tout-va. Entre une main gluante et le non-respect d'un horaire imposé, je n'étais pas convaincue. Mais bon. Je lui devais bien ça après tout.

Il me précéda à l'intérieur, comme le ferait un parfait gentleman... et je dus rattraper la porte avant qu'elle ne m'arrive dans la figure. *De mieux en mieux...*

Comme cet homme si galant hélait une serveuse pour lui signifier qu'il avait réservé une table pour deux, je tentai de penser à autre chose qu'au calvaire à venir en regardant autour de moi. « Le Filet mignon » était un restaurant à la décoration rappelant les vieilles maisons normandes, avec des colombages noirs et des murs blanchis à la chaux. Des tableaux de peintres paysagistes de la région égayaient l'ensemble d'une touche colorée et l'éclairage tamisé des lustres donnait l'impression d'une intimité en vérité inexistante en raison d'un nombre de tables assez conséquent au rez-de-chaussée, renforcé par des tables supplémentaires à l'étage. Il arrivait d'ailleurs fréquemment que la disposition de celles-ci amène les serveuses à se cogner aux clients ou à carrément faire tomber leurs assiettes, d'où leur réputation de grande maladresse. Les gens revenaient malgré tout, car la cuisine était véritablement délicieuse et le propriétaire, un être au grand cœur qui accueillait tout le monde avec le sourire.

Comme d'habitude, il y avait foule ce soir. Le climat ambiant n'empêchait pas les gourmands de Fort-Bénédicte de vouloir goûter un minimum aux plaisirs de la vie. Ça pouvait se comprendre. Je regardai du côté de l'escalier menant au premier. J'y avais mangé une fois, l'endroit était plus calme car plus petit et mieux disposé pour circuler et discuter librement.

Malheureusement, nous n'aurions pas la chance d'en profiter ce soir. On nous conduisit près de la baie vitrée donnant sur l'extérieur et mon chevalier servant tira la chaise dos à la vitre avec un sourire à mon adresse ne laissant aucun doute sur sa volonté de garder pour lui la place avec la vue sur le dehors. *Okayyyyy...*

Je m'astreignis encore une fois au calme et m'installai à table, profitant de cet instant pour vraiment détailler l'individu avec lequel j'allais passer la soirée. C'était un homme d'environ trente-cinq ans, au teint pâle et aux yeux marron peu expressifs. Son allure était très soignée et je le soupçonnai, en le voyant saisir le menu que lui tendait la serveuse, de s'être fait faire une manucure récemment. Ses cheveux blonds tirant sur le roux étaient impeccablement coiffés grâce au gel qui les recouvrait et ses vêtements alliaient chic et bon goût. D'aspect, il était plutôt acceptable.

Mais alors les bonnes manières...

- Je crois que le menu à 19,90 € sera tout à fait savoureux, dit-il un moment après avoir plongé le nez dans la carte sitôt que nous fûmes seuls.

Bien, que pouvais-je lui répondre après ce silence qu'il nous avait imposé ? Récapitulons. L'homme qui m'invitait dans mon restaurant préféré se permettait d'arriver en retard sans s'excuser, manquait m'envoyer une porte en pleine face, me privait d'une belle vue et escomptait ensuite me priver de fromage. L'inspiration ne fut pas difficile à trouver.

- Certainement, mais je prendrai celui à 27 €. Le froid d'octobre, ça creuse.

L'allusion à mon attente précédente était on ne peut plus claire, or il m'offrit un regard digne d'un bovin devant un problème de maths, puis reposa sa carte pour enfin amorcer un début d'échange en me posant LA question du premier rendez-vous :

- Bien, parlez-moi de vous.

Bon d'accord, ce n'était pas une question. Et en plus, c'était ridicule puisqu'il avait déjà échangé sur le net avec mon moi/Marianne à propos de mes goûts.

Je me retins de lever les yeux au ciel et commençai à lui parler de mon quotidien d'enseignante et de mes loisirs en général. Ses hochements de tête me firent croire qu'il m'écoutait avec attention jusqu'à ce que la serveuse vienne prendre notre commande et que je le voie ranger dans sa poche son *iPhone 7*, jusqu'ici caché derrière sa serviette. Si j'avais déjà chopé des élèves à pianoter sur leurs portables pendant mes cours, jamais aucun en six ans n'avait eu le culot de jouer avec alors que je m'adressais à eux directement. C'était une première !

J'admettais que mon job n'était pas aussi aventureux que celui d'espion, mais c'était loin d'être ennuyeux et je ne m'étais pas étendue sur le sujet au point de perdre mon interlocuteur. Quant à mes loisirs… Marianne et moi nous étions inscrites au même cours de *Zumba* le mercredi après-midi, et je vouais une passion à la pâtisserie. Tous les ans, je mettais un point d'honneur à tester chez moi les recettes oubliées de Mercotte dans *Le Meilleur pâtissier* [18] et j'amenais souvent des parts au lycée, à la plus grande joie de mes collègues. C'était un quotidien très simple et il me convenait, de quoi ce malotru aurait préféré que je parle à la fin ?!

- Et vous, avez-vous toujours souhaité travailler dans la joaillerie ? m'obligeai-je à demander après que la serveuse, venue prendre notre commande, fut retournée en cuisine.

- Je *ne travaille pas* dans la joaillerie, je *gère* une chaîne de bijouteries, me reprit-il avec une certaine arrogance qui me hérissa. Je baigne dans les produits de luxe depuis que je suis né, voyez-vous. Mon père offrait régulièrement des parures de bijoux à ma mère et j'admirais déjà le travail d'orfèvrerie. Même le maire reconnaît la qualité de nos produits, puisqu'il se fournit exclusivement chez nous pour gâter ses conquêtes.

---

[18] Mercotte est une blogueuse culinaire qui met au défi les candidats de l'émission *Le meilleur pâtissier* de réaliser des recettes très techniques.

Cette information me donna la nausée, mais heureusement, Benjamin ne s'y étendit pas :

- Vous ne connaissez pas L.A, n'est-ce pas ? Pour ma part, j'y vais deux fois par an pour sélectionner auprès de nos fournisseurs les meilleures pierres. À l'occasion, j'aime retrouver certains de mes clients et amis sur leurs yachts. Il n'y a pas meilleur endroit pour faire affaire, je trouve. Et le champagne y est certainement meilleur que ce qu'on sert ici. Mais bon, ici, l'avantage, c'est que c'est bon marché. Je suis monté sur le yacht de Richard Bronson, le fondateur de la marque *Virgin*, une fois, et j'y ai rencontré Jay-Z. Lui aussi était impressionné par mes chaînes en or.

Le reste de son monologue se perdit dans mon esprit à mesure que celui-ci décrochait de la conversation. Je n'avais aucun préjugé sur les milieux sociaux, mais là j'étais face à l'archétype du rentier imbécile qui ne s'intéressait qu'à son compte en banque. Dire qu'en plus j'étais tombée sur le radin de service ! Boire le champagne des autres, oui, mais payer la qualité du sien, non ! Pff !! Il me fallut fournir un effort colossal pour maintenir mon regard vers lui, et mon expression un tant soit peu intéressée. À moi, il restait encore assez d'honneur et de dignité pour ne pas lire mes mails pendant un rencard !

Aussi parce que mon portable était rangé dans mon sac et que le sortir n'aurait pas été très discret…

De fait, j'accueillis avec soulagement l'arrivée de mon foie gras aux pommes que je comptais bien déguster en mettant de côté les nombreux points négatifs du contexte.

Enfin c'est ce que j'aurais voulu.

- Mademoiselle, dit Benjamin à la serveuse, ce feuilleté de la mer ne fume pas. Je suppose qu'il est froid au lieu d'être chaud…

Je haussai les sourcils devant son attitude soudainement agressive.

- Euh… Mais Monsieur, ce feuilleté se mange tiède.

- Je ne tolèrerai pas votre insolence ! Renvoyez-moi ce plat tout de suite ou je fais ce qu'il faut pour vous faire virer.

La serveuse, une jeune femme à peine plus vieille que moi vira à l'écarlate. Quant à moi, j'étais trop choquée pour parler.

- Et remmenez également l'assiette de ma compagne pendant que vous y êtes !

- Mais mon assiette me convient ! protestai-je, outrée. Et je ne suis pas votre *compagne* !

Benjamin me jeta un regard qui n'avait plus rien du bovin, plutôt celui d'une hyène en chasse. *Dr Jekyll et Mr Hyde* [19]! Marianne m'avait offert un rencard avec Dr Jekyll et Mr Hyde !

- Faites ce que je vous dis, lui ordonna-t-il.

Elle reprit donc nos assiettes et s'enfuit en cuisine.

- Vous n'étiez pas obligé d'être aussi désagréable, dis-je dans le silence qui s'était instauré à notre table et aux voisines dont les occupants avaient suivi cet échange avec sidération.

Benjamin me regarda avec compassion.

- Vous êtes bien trop sensible, on vous mangerait tout cru à L.A. Il faut se faire respecter par le petit personnel.

- Le *petit personnel* ? Je vous rappelle que nombre de choses que vous faites dans votre journée, comme allumer la lumière ou manger du pain par exemple, vous sont permises par le petit personnel.

- Je ne dis pas le contraire, cependant, à trop les choyer, ils deviennent fainéants. Le patron de cet établissement est bien trop gentil avec ses employées. Tout le monde le sait, et vous aussi.

- Peut-être, mais ce n'est pas une raison pour leur manquer de respect. Rappelez-vous ce qui s'est passé pendant la Révolution. À trop être traité de fainéant, le petit peuple a fini par guillotiner son roi.

Et toc ! Pour qui se prenait-il celui-là ?! Je voulais rester calme, mais de là à ne pas lui signifier ce que j'en pensais !

Il eut toutefois une réaction qui me prit au dépourvu : il sourit.

- Encore une fois, vous êtes trop émotive. Vous m'en voulez parce que j'ai fait reporter votre assiette pour que le cuisinier fasse enfin le travail parfait qu'on attend de lui, c'est un comble.

- Non, je vous en veux parce que, maintenant, le cuisinier risque de cracher sur mon foie gras en plus de cracher sur votre feuilleté !

---

[19] Livre de Robert Louis Stevenson, publié en 1886.

Il s'esclaffa et sortit son *iPhone* de sa poche.

- Vous avez de l'humour ! Tenez, pour vous faire patienter, je vais vous montrer mes dernières acquisitions pour la bijouterie de la ZAC du centre. Diamants et saphirs, tout ce qu'une femme désire.

Il était vraiment temps que j'aille m'aérer l'esprit car ma patience avait cette fois atteint ses limites. J'étais au bord de l'explosion, mais je ne voulais pas en arriver à planter ce type en plein restaurant. Je détestais les scandales.

- Désolée, mais pour l'instant, tout ce que je désire, c'est aller aux toilettes.

Je ne lui laissai pas le temps de réagir et après avoir pris mon téléphone dans mon sac sans me soucier s'il me verrait ou non, je me dirigeai vers les escaliers du premier étage.

Il y avait bien des WC au rez-de-chaussée, près de l'entrée des cuisines, mais ils étaient assez étroits et je voulais m'éloigner au maximum de Benjamin pour pouvoir appeler tranquillement Marianne.

Je composai le numéro en montant les marches et arrivée sur le palier desservant les privilégiés que je voyais déguster des plats succulents quand, moi, je n'avais même pas avalé un morceau de pain, ma colère se raviva, décuplée lorsque le répondeur de mon amie me pria de lui laisser un message.

- Marianne, tu es la meilleure amie qui puisse exister, vraiment ! Non seulement tu m'as inscrite sur un site de rencontre à mon insu, mais en plus, tu as réussi l'exploit de m'avoir fait accepter de dîner avec un type qui, en comparaison, fait paraître Jules le baveux pour un homme extraordinaire !

J'étais tellement énervée que je ne m'aperçus que je faisais rageusement les cent pas dans ce petit espace que lorsqu'une serveuse munie de plusieurs chiffons et d'eau savonneuse me demanda de la laisser passer dans la salle attenante.

Je m'écartai dans un coin.

- Je te garantis que quand je serai sortie de cet enfer, tu auras des comptes à me rendre et des thermos de café à te préparer. Parce qu'après ça, il est hors de question, tu m'entends, hors de question que je te dépanne ne serait-ce que d'un centime pour ta dose quotidienne de caféine ! En attendant, dès que tu auras ce message, tu auras intérêt à me désinscrire *illico presto* de ton site débile ! Tes plans foireux, c'est terminé ! Tiens-le toi pour dit !

Je raccrochai.

J'avais été dure, mais tant pis. Marianne avait toujours tendance à n'en faire qu'à sa tête, chose qui ne me dérangeait pas en temps normal, cependant il fallait qu'elle comprenne que, désormais, je ne voulais plus qu'elle s'obstine à vouloir me caser à tout prix. Comme entremetteuse, elle n'était vraiment pas douée.

Je soupirai. Je n'avais pas réellement envie de faire pipi, mais maintenant que j'étais là, et comme je n'avais pas envie de descendre rejoindre l'autre psychopathe, autant aller aux toilettes au fond de la salle.

Celle-ci comptait une quinzaine de tables alignées de part et d'autre d'un corridor de service menant aux cabinets et au bureau du gérant. Toutes étaient prises. Le succès du « Filet mignon » était dû également au fait qu'on y mangeait bien pour des prix restant raisonnables pour les gens du commun comme moi.

Toujours en colère, je m'engageai dans la pièce en maugréant à voix basse combien cette soirée était pourrie et combien j'aurais mieux fait de rester chez moi à regarder un film sous un plaid bien chaud. Je ne fis même pas attention à la serveuse de tout à l'heure que je croisai, alors que jusqu'ici elle était accroupie pour faire je ne savais quoi.

Si j'avais été plus observatrice, si je n'avais pas été si engluée dans ma frustration, j'aurais peut-être fait le rapprochement entre les produits de nettoyage que je l'avais vu tenir et ce qu'elle faisait par terre à l'instant. Peut-être… Je ne le saurai jamais.

En effet, alors que je marchais d'un bon pas vers les toilettes, je sentis tout à coup mon pied droit glisser sur quelque chose de non identifié. Déséquilibrée, je tentai l'impossible pour me redresser, mais mes moulinets de bras ne servirent qu'à emporter un peu plus mon poids vers l'avant.

J'allais m'écraser au sol et je ne pouvais rien y faire.

Cette soirée était *vraiment* pourrie.

*****

Le choc fut rude, mais pas autant que ce que j'aurais cru. Partie la tête la première, j'avais fermé les yeux et m'étais attendue à la douleur terrible d'un nez qui rencontre un parquet à pleine vitesse. Pourtant, je ne ressentais en cet instant qu'une gêne légère à la cheville en plus de la sensation que mon corps tout entier était comprimé dans un étau.

J'ouvris les yeux et sursautai.

Les voix des autres clients qui demandaient si nous allions bien me parvenaient de manière très éloignée en raison de la nature du *nous* en question.

Si j'étais seule à avoir chuté, force m'était de constater qu'un homme était également par terre avec moi.

Euuuuuh...

En fait, il était *sous* moi et me tenait serrée *contre* lui.

Avant que je ne comprenne ce qui était arrivé, il s'arrangea pour nous redresser en position assise.

- Est-ce que ça va, mademoiselle ?

Il me tenait encore, craignant certainement que l'émotion ne me fasse m'écrouler à nouveau s'il me lâchait, de fait, j'étais très proche de lui.

Un visage, dont la virilité était renforcée par la naissance d'une barbe de deux ou trois jours, aux yeux ambrés assombris par l'inquiétude, et encadré de cheveux très courts blond foncé, guettait ma réaction.

- Euh... oui. J'ai glissé.

- Ça nous l'avons tous vu, mademoiselle.

Je le regardai avec stupeur, ses prunelles amusées aux reflets dorés me scrutaient. *Génial...* J'avais offert un spectacle comique à ces gens.

- Avez-vous mal quelque part ?

Je voulus lui répondre que ça allait, mais il se passa plusieurs choses en même temps.

D'abord, focaliser mon attention sur mon sauveur déclencha une drôle de réaction du côté de mes jambes dont le plomb qui les constituait après ma chute se transforma soudain en coton, puis, dans ma colonne vertébrale le long de laquelle des fourmillements s'égaillèrent en une débandade désordonnée, et enfin, je fus incapable de prononcer le moindre son, ma langue refusant de se décoller de mon palais.

Totalement désorientée, j'entendis à peine le… :

- Oh, mon Dieu ! Est-ce que ça va ?

… de la serveuse de tout à l'heure qui revenait avec un plateau de verres à cocktail bien remplis, tout comme je ne vis pas les clients autour de nous s'écarter pour la laisser passer.

- C'est ma faute, je suis tellement maladroite. Je vais chercher le gérant, je suis dé…

Elle ne finit pas sa phrase.

Le reste se perdit dans le cri qu'elle et les autres personnes présentes poussèrent lorsqu'elle glissa à son tour sur le sol qu'elle venait de nettoyer, et je tournai la tête juste au moment où quelqu'un la retint sans pouvoir empêcher les verres à cocktail de voler vers nous à la vitesse de l'éclair.

Un centième de seconde plus tard, je me retrouvai imbibée comme mon sauveur de daïquiri, de mojito, de kyr royal et d'un mélange à base de noix de coco.

Je fermai les yeux et inspirai, m'imaginant sur une plage tropicale, abritée sous un parasol, seul le bruit des vagues brisant le silence apaisant qui m'entourait.

- Oh mon Dieu ! Oh mon Dieu ! Oh mon Dieu !

Je reconnus la voix désespérée de la serveuse.

- Ce n'est rien, dit une voix grave à côté de moi. Personne n'est blessé.

Personne n'est blessé ? Ha ! Et ma dignité dans tout cela ? Sur ce coup, j'étais certaine qu'elle était morte et enterrée !

Caaaalme… Plaaaaaaage… Cocotiers…

Une poigne puissante saisit mon bras et m'obligea à me relever, me sortant par là de mon refuge paradisiaque.

En ouvrant les yeux, je crus mourir de honte. Mon sauveur m'aidait à tenir debout, son visage encore dégoulinant et son costume noir élégant totalement trempé. Quant à moi, je ne valais guère mieux : mes vêtements collaient à ma peau, laquelle n'allait pas tarder à être collante elle aussi, et je dus enlever une feuille de menthe restée sur ma joue. Et je préférais taire l'état de mes cheveux.

- Auriez-vous un endroit au calme où nous pourrions nous installer pour nous nettoyer un peu ?

J'étais trop abasourdie par ce qui venait de se passer pour me préoccuper du fait qu'il tenait toujours mon bras, mais j'appréciai dans un coin de mon esprit qu'il souhaitât nous épargner le regard des autres, déjà bien insistant.

- Oui, venez, je vais vous ouvrir le bureau du patron. Je vais voir pour vous trouver ce qu'il faut. Oh, je suis tellement désolée.

Mon sauveur inconnu se retourna vers moi.

- Vous allez pouvoir marcher ?

- Mon amour-propre ne s'en relèvera pas, mais ça n'empêche pas mes jambes de fonctionner. Ça ira.

Il me sourit et me lâcha enfin, sans pour autant s'écarter au cas où je glisserais de nouveau. Ce que je fis, évidemment.

En me raccrochant à son bras pour ne pas tomber, je fus surprise par sa musculature d'acier, comprenant d'où m'était venue l'image de l'étau de tout à l'heure quand il m'avait rattrapée au vol.

- Désolée, dis-je piteusement.

- Je vous en prie, répondit-il avec légèreté en s'emparant de ma main. Allons, suivons cette gentille serveuse avant qu'elle ne déclenche une nouvelle catastrophe.

Il m'entraîna d'un pas décidé vers ma destination première, à savoir l'autre côté de la salle à manger, sauf qu'au lieu d'entrer dans les toilettes, nous pénétrâmes dans le bureau du propriétaire.

- Installez-vous, je vais voir mon patron et nous allons chercher de quoi vous nettoyer.

La serveuse, toujours fébrile et écarlate, referma ensuite la porte derrière elle, nous laissant seuls, mon sauveur et moi, dans cette pièce de taille moyenne, pourvue d'une unique chaise, d'un bureau et d'un nombre incalculable d'étagères remplies de cartons d'archives de comptabilité et de babioles en tout genre collectées par ce qui semblait être un passionné de voiliers.

Si la situation était particulièrement humiliante et choquante, le silence gêné qui s'instaura entre mon compagnon de fortune et moi acheva de faire passer mes nerfs au stade critique.

J'avais très envie de mettre un coup de pied dans quelque chose, ce qui me rappela l'élément déclencheur de toute cette situation. Je regardai sous ma chaussure droite.

- C'était une frite.

Je me tournai vers l'origine de cette information capitale. Mon sauveur se tenait nonchalamment contre le bureau du gérant, les bras croisés.

- Pardon ?

- Vous avez glissé sur une frite. La serveuse en avait renversé une corbeille avec un pot de sauce roquefort avant que vous arriviez. Elle devait croire qu'elle avait tout nettoyé.

Je fixais mon interlocuteur sans savoir comment réagir. Il venait de m'apprendre que je devais le clou de cette soirée désastreuse à une malheureuse frite, tout cela avec un calme olympien. Mes nerfs tendus à l'extrême rompirent…

J'éclatai de rire.

- Je crois que cette fois c'est sûr, je vais vraiment tuer Marianne ! dis-je pendant une reprise d'oxygène. Non mais vous vous rendez compte ?!

L'homme me dévisagea avec amusement.

- Pas vraiment, non.

Comme une cocotte minute se libère de sa vapeur pour être de nouveau utilisable, je me libérai de la pression accumulée en faisant les cent pas et en me parlant à moi-même :

- Franchement, oser m'inscrire sur ce site de rencontre à la noix dans mon dos ! Parler avec des étrangers en mon nom pour finalement m'infliger un dîner avec un égocentrique imbécile, impoli et totalement névrosé ! Cette fois elle a dépassé les bornes ! Elle sait pourtant que j'ai des principes : pas de collègues, pas de minets, pas de nombrilistes et surtout pas de tarés psychopathes ! « *J'ai fait reporter votre assiette pour que le cuisinier fasse le travail parfait qu'on attend de lui... Il faut se faire respecter par le petit personnel... Vous êtes trop émotive...* » (J'avais mimé les guillemets avec mes doigts) Je t'en ficherai de l'émotion, crétin ! Est-ce qu'il serait un tant soit peu venu voir si j'allais bien, depuis le temps que je suis partie aux toilettes ?! Penses-tu ! Il doit être en train de passer en revue les photos de ces diamants chéris... Et maintenant, je vais devoir retourner là-bas et supporter qu'il me regarde, toute collante d'un cocktail récolté après une rencontre avec une saleté de frite !

Je m'étais retournée vers mon sauveur à la fin de ma tirade, réalisant a fortiori que je lui offrais de nouveau un triste spectacle dans cet espace clos. Je ricanai de dépit.

- Et en plus je me ridiculise devant un parfait inconnu que je n'ai même pas remercié dans les formes d'avoir empêché mon nez de s'écraser sur le sol de ce restaurant. Pardonnez-moi.

Il sourit. La pièce sembla tout à coup se réchauffer.

- Ne vous excusez pas, vous êtes... divertissante. Et puis il me semble que vous passez une soirée bien plus mauvaise que la mienne. Vous avez le droit d'être énervée. Qui ne le serait pas ?

J'allais répondre lorsque le patron du « Filet mignon » et la serveuse firent irruption dans la pièce avec une bassine d'eau, des torchons, de l'essuie-tout et du savon.

- Oh mes amis, dit le premier, un moustachu longiligne et grisonnant d'une soixantaine d'années. Je suis vraiment confus pour tout ça, vous me ferez parvenir votre facture de pressing et je m'engage à vous rembourser. La maison vous offre également le repas de ce soir plus un repas complet pour deux à ses frais.

- Je suis tellement désolée, se répéta la serveuse.

Je lui pris la cuvette des mains et la posai sur le bureau.

- Ce n'est pas grave. Ce sont des choses qui arrivent, dis-je pour la rassurer.

Pas aussi fréquemment que dans cet établissement, pensai-je en la maudissant copieusement en mon for intérieur.

- Nous allons vous laisser vous passer un petit coup de propre, nous serons juste derrière en attendant, annonça le gérant.

- Merci, dit mon sauveur.

C'est ainsi que nous nous retrouvâmes à nouveau seuls tous les deux.

- Hum, voici le rouleau d'essuie-tout, dis-je pour meubler le silence.

- Merci.

Il se servit puis me le tendit. Je pris quelques feuilles que je trempai ensuite dans l'eau avant de commencer à me débarbouiller le visage. Mon compagnon d'infortune m'imitait lorsqu'il s'esclaffa.

- Pourquoi riez-vous ? demandai-je.

Il secoua la tête.

- Je me disais simplement que nous avions peut-être inventé sans le vouloir une nouvelle recette de masque pour la peau. Je pense que demain, mon visage sera aussi doux et lisse que celui d'un enfant.

Je ne pus m'empêcher de rire aussi.

- En ce qui concerne la peau, je ne dis pas, mais pour les vêtements, je ne crois pas que nous ayons découvert la lessive qui va changer le monde. Tout au plus un parfum entêtant en plus d'être collant.

- Effectivement.

Je jetai un œil à mon voisin pendant que je terminais de m'essuyer le cou. Il tentait d'enlever les tâches de kyr sur sa chemise blanche bonne à mettre à la poubelle, et ce faisant, il l'avait d'autant plus humidifiée. En conséquence, la transparence du tissu mouillé et collé à la peau de son torse me permit d'admirer un jeu d'abdominaux à en baver d'extase. Mieux valait que je ne m'attarde pas trop à cet endroit, de fait, j'entrepris de l'étudier de haut en bas.

Il ne paraissait vraiment pas avoir passé le cap de la trentaine, ses traits étaient sensiblement dans la vingtaine : peut-être vingt-huit ou vingt-neuf ans ? Il était calme et son sourire n'avait pas encore disparu de son visage, ce qui me laissait supposer une personnalité agréable, sentiment appuyé par la lueur d'espièglerie de ses yeux tirant plus sur le doré que sur le marron clair. Je n'avais jamais vu une telle couleur, c'était... comme du miel.

Il y avait toutefois des éléments qui m'interdisaient de voir en lui un homme juste gentil avec de beaux yeux. Ses cheveux et sa barbe, loin de lui donner une allure négligée, lui conféraient une aura presque... guerrière, confirmée par une musculature impressionnante bien que discrète, enfermée dans un costume noir augmentant encore un sex appeal déjà plus qu'imposant.

- Qui est Marianne ? demanda-t-il soudain en me dévisageant.

Je me rendis compte que ma main était restée bloquée sur mon cou tout au long de mon observation et je la plongeai dans la bassine d'eau pour donner le change en espérant ne pas avoir été repérée.

- Hum... C'est ma collègue de travail et meilleure amie. Outre la noble mission de transmettre ses connaissances à un public de lycée professionnel, elle s'est également fait un devoir de briser mon célibat en m'obligeant à rencontrer des types soi-disant triés sur le volet.

Je levai les yeux au ciel. L'homme sourit et s'approcha.

- Vous voulez bien me passer un torchon sec s'il-vous-plaît ?

Il pointa du doigt la petite pile sur la chaise dans mon dos. J'en saisis un.

- J'en déduis que votre rendez-vous de ce soir n'est pas à la hauteur de vos espérances, dit-il.

- C'est un euphémisme, rétorquai-je en lui donnant ce qu'il voulait.

Il s'essuya rapidement le visage, mieux valait que je me focalise sur mes chaussures sinon j'allais béer comme une idiote en le regardant.

- Quand je pense que quand je l'ai eue au téléphone, elle m'a presque prédit que je rencontrerai l'homme de ma vie ce soir !

Le petit rire qui m'échappa au rappel de cette ineptie se stoppa net quand je levai les yeux vers mon interlocuteur. Je fus tout à coup incapable de prononcer le moindre son ni d'esquisser le moindre geste, sans que je ne m'explique pourquoi.

Ou peut-être y avait-il une raison…

Nous étions proches. Très proches. J'avais une vue plus que plongeante sur sa poitrine et son ventre musclés dévoilés par sa chemise encore trop humide, son parfum typiquement masculin me parvenait en des effluves embaumant, légers mais pourtant incroyablement étourdissants, sa bouche parfaite était étirée en une sorte de sourire mystérieux pour la compréhension duquel il me fallait me confronter au doré de ses yeux. Mon Dieu… c'était comme être face à des rivières d'or…

J'avais envie d'embrasser cet homme. Une *folle envie* d'embrasser cet homme.

Reprends-toi, crétine !

- Euh… hum… Je suis bête… balbutiai-je tant bien que mal. Je… me rends compte que je ne connais même pas votre nom.

Non mais qu'est-ce qui me prenait ? Je venais de m'offrir le ridicule du siècle après avoir vécu un enfer de goujaterie avec l'imbécile du rez-de-chaussée, et tout ce à quoi je pensais, c'était goûter les lèvres de l'homme à qui je venais de ruiner la soirée malgré moi. N'importe quoi ! Vraiment.

Non, j'allais retrouver mes esprits, échanger des politesses avec Monsieur, et garder le peu de dignité qu'il me restait pour retraverser le restaurant avec mes vêtements tachés. Voilà, *ça* c'était un programme ! Déjà, il inspirait pour certainement me délivrer son identité.

- Ni moi le vôtre…

Oh… Oh…

La rivière devint océan, l'or devint feu. Comme celui qui m'embrasa tout entière lorsque je perçus la lueur de défi cachée derrière ses iris.

Donne-lui ton nom, serre-lui la main et dis que tu es enchantée, puis sors de la pièce et rejoins Benjamin le radin ! Abrège le dîner et rentre chez toi !

Ma conscience hurlait et cognait contre le rempart qui l'empêchait de me dicter ma conduite. Sans elle, en cet instant, j'étais livrée à mes instincts les plus primaux, ceux que j'avais enfouis au fond de moi toutes ces années pour ne laisser paraître que ma bonne éducation.

Ils parlèrent.

Je comblai si vite les derniers centimètres entre nous que mon sauveur n'eut pas le temps de reculer.

Et je l'embrassai.

*****

Le baiser dura certainement moins de cinq secondes. Néanmoins, quand je libérai mon compagnon, j'avais eu l'impression qu'il avait duré une éternité et qu'il s'était imprimé dans ma chair et mon âme pour au moins le même laps de temps. Sa bouche contre la mienne, son corps contre le mien… Je m'étais égarée en plein rêve.

Et je venais de retomber dans le réel en une chute terriblement douloureuse, aussi douloureuse que la prise de conscience subite d'un comportement inacceptable en plus d'être totalement inapproprié entre deux inconnus.

Je reculai prestement, le souffle court, les joues en feu, avec l'impression de m'être conduite comme la pire des nymphomanes.

- Je… Je suis désolée. C'est la première fois que je…

Je n'arrivais même plus à formuler mes phrases. Mon sauveur, lui, me contemplait avec stupéfaction, visiblement non remis de ce qui venait de lui arriver.

Et il était hors de question que j'assiste à son retour sur Terre sous forme de sourire moqueur, regard compatissant ou silence gêné.

J'attrapai mon téléphone portable posé un peu plus loin, que le gérant avait dû ramasser alors que je l'avais complètement oublié, et sortis en trombe de la pièce, manquant envoyer la porte au visage dudit gérant et de la serveuse qui attendaient toujours.

- Mademoiselle ! me hélèrent ceux-ci comme je volais plus que je ne marchais vers le rez-de-chaussée.

Je ne répondis pas et filai directement à ma table. Après ce que je venais de faire, les bonnes manières auxquelles j'étais si attachée n'avaient pas lieu d'être, tout comme ce rendez-vous totalement stérile n'avait plus de raison de perdurer.

Je fus confortée dans mon intention de quitter les lieux au plus vite lorsque je m'aperçus que l'homme que j'avais laissé seul au moins le temps de s'inquiéter de ma disparition, s'était occupé en mangeant la moitié de mon foie gras et tous les toasts l'accompagnant.

- Vous en avez mis un temps ! Mais… vous empestez l'alcool ! s'écria-t-il assez fort pour que tout le monde l'entende.

J'avais dans l'optique de simplement récupérer mon sac et mon manteau, or, sa sortie plus qu'inconvenante me décida à passer le cap auquel je m'étais refusée jusqu'ici.

- Vous, ce n'est pas l'alcool que vous empestez, mais la suffisance et l'impolitesse. Je ne resterai pas une minute de plus en votre compagnie, je préfère m'en aller. Bon appétit. À défaut de vous étouffer avec mon foie gras, je vous souhaite de vous étouffer avec votre ego ! Au revoir.

Il était tellement estomaqué par mon emportement et embarrassé devant tous les curieux autour de nous qu'il resta assis. Je n'attendis pas qu'il reprenne ses esprits et me dirigeai vers la porte principale.

En refermant celle-ci, ce n'est pas tant le « Mademoiselle ! » lancé par le gérant qui cherchait encore à me retenir que la vue de l'inconnu que j'avais embrassé qui me retourna. Il était sur la première marche de l'escalier et me regardait, j'en étais sûre.

Je me dépêchai de quitter les lieux au plus vite, ne soufflant qu'une fois dans ma voiture et plusieurs pâtés de maison derrière moi.

Je viens d'embrasser un homme dans le bureau d'un restaurant. Je ne connais pas son nom, sa profession, son âge, bref, je ne sais rien sur lui. A-t-il une petite amie ? Mon Dieu !! Est-il venu au « Filet mignon » avec elle ?! Qu'est-ce qui m'a pris ? C'est Marianne qui agit sur un coup de tête d'habitude, pas moi. J'ai pour règle numéro un de ne jamais coucher ni même embrasser au premier rendez-vous et là, je viens de tout jeter aux orties au bout de dix minutes avec un type qui s'est fait renverser du cocktail sur son costume par ma faute.

Je ne dus mettre qu'un petit quart d'heure à revenir chez moi quand en temps normal il m'en fallait vingt minutes à bon rythme. J'étais essoufflée, avec des jambes flageolantes comme après un marathon sauf que je n'avais pas couru. Ma réaction tenait en tout et pour tout à une seule chose : le ressassement incessant du baiser échangé… euh plutôt imposé à mon sauveur. Tout le reste de la soirée était passé aux oubliettes tant ce dernier événement m'avait chamboulée.

À peine débarrassée de mon manteau et de mon sac à main, que je rangeai rapidement dans le placard de l'entrée, je fonçai au premier étage vers la salle de bain où je revoyais à en devenir folle la scène tourner en boucle pendant que je prenais ma douche. Je composai ensuite frénétiquement le numéro de Marianne en même temps que j'enfilai tant bien que mal un pyjama. Elle répondit alors que je me débattais avec mes manches.

- Allô ? Adeline ? Tu es chez toi ? Tu vas bien ?

Heureusement, j'avais mis le haut-parleur.

- Je ne vais pas bien ! Je vais te tuer !

- Quoi ? C'était un vaurien qui voulait te mater ? Je ne comprends rien !

Bon, parler la tête coincée dans un T-shirt, ce n'est pas toujours une bonne idée. Je terminai l'opération haut et bas de pyjama et m'emparai du téléphone.

- Marianne, c'est ta faute si j'ai complètement déconné ! Si tu ne m'avais pas mise dans cette situation, je ne l'aurais pas embrassé et je ne me serais pas enfuie toute gluante et empestant l'alcool à deux kilomètres !

Il y eut un silence puis :

- Adeline Tremen ! Est-ce que je rêve ou tu es en train de me dire que tu as arrosé ton premier rendez-vous avec Benjamin au point de faire des cochonneries avec lui juste avant de le planter en beauté ?!

Il y eut un deuxième silence.

- Quoi ?! Ça ne va pas, non ?! Ton Benjamin était encore pire que Jules. Tu n'as pas eu mon message ?

Et un troisième…

- Non, Adeline, je n'ai pas eu ton message, mon répondeur débloque, il va falloir que tu m'expliques parce que je n'ai rien compris.

Je lâchai un juron bien senti, ensuite, j'entrepris de raconter à mon amie le déroulement de ma soirée. Elle se montra à la hauteur puisqu'au fur et à mesure de mon récit, j'entendais des : « En retard, ça commence bien », « Putain, ce sont bien les riches les plus pingres ! », « Il a dit ça ?! la hooooooooonte !!! » « Une *frite* ?! », pour finir sur « J'hallucine, tu as dû vouloir être foudroyée sur place » au moment où je m'étais retrouvée par terre arrosée de « sauce cocktail ».

- Alors c'est ce mec que tu as embrassé ? Comment il était ? Décris-le-moi !

- Marianne, je te jure que je ne sais pas ce qui m'a pris ! On était en train de se débarbouiller, sa chemise collait sur son torse, on a parlé et je me suis jetée sur lui. Ce n'est pas moi ! Ce n'est pas possible, j'ai dû être possédée !

Marianne éclata de rire.

- Tu te fiches de moi ?! m'écriai-je.

- Non, c'est juste que j'aurais aimé te voir sortir de ta réserve habituelle, pour une fois. Adeline, l'embrasseuse démoniaque du « Filet mignon » !

- Marianne !

- Je t'en prie, ce n'est pas si grave ! Tu t'es laissé aller et ça n'a fait de mal à personne.

- J'ai l'impression de ne m'être pas mieux comportée que ton Benjamin.

- Pour le coup, je te dois des excuses. J'ai été trompée par son profil énumérant des qualités parmi lesquelles figurait l'altruisme. Sur ce point, je me suis fait avoir. Quant aux trois conversations qu'on a eues, à partir du moment où il a dit qu'il aimait la musique irlandaise, comme toi, j'ai cru que c'était le bon et je n'ai pas approfondi mon enquête.

- Ne te donne plus la peine d'approfondir quoi que ce soit, soupirai-je. Je veux que tu arrêtes de te prendre pour Emma l'entremetteuse[20].

- T'inquiète, j'ai compris. Je suis en train de supprimer tes comptes sur les sites de rencontre.

- *Tous* les sites, Marianne.

- Je suis désolée, Adeline. Comment tu te sens ?

Je m'allongeai dans mon lit, bien calée sur mes oreillers. Il n'était pas si tard et je n'avais pas mangé, mais tout ça m'avait tellement bouleversée que j'étais épuisée et que je n'aurais de toute façon rien pu avaler. Je fermai les yeux.

- Je ne pourrais pas te dire. Je suis passée par tellement d'émotions différentes ce soir : énervement, dépit, douleur, honte, désir, mortification…

- Désir ? À ce point-là ?

Je me sentis rougir.

- Ça ne m'était jamais arrivée. Je le trouvais beau, même… très beau. Du genre, inaccessible pour une fille comme moi.

- Adeline… commença mon amie.

- Non, Marianne. Crois-moi, on ne voit pas beaucoup ce genre d'Apollon avec des filles quelconques. Il était… maintenant que j'y repense… en-dehors de toute catégorie.

Je revis son image et notamment le doré de ses pupilles.

- Je ne sais pas, je crois que j'ai été hypnotisée par ses yeux, ce qui m'a poussé à me prendre pour Miranda Kerr [21].

- Miranda Kerr ?

- Une égérie de Victoria's Secret. Elle, il aurait certainement eu envie de l'embrasser.

- Adeline… répéta Marianne.

---

[20] *Emma*, est un roman de Jane Austen dans lequel l'héroïne se plaît à jouer les entremetteuses.
[21] Top model australien.

- Laisse tomber, j'ai dérapé. Heureusement pour moi, je ne le reverrai jamais.

- Tu n'aimerais pas savoir s'il a apprécié le goût de tes lèvres ?

Je pouvais voir mon amie ricaner dans le salon de son F3. Je souris.

- Avec ma senteur cocktail exotique, je suppose que ce devait être original.

- Tu ne m'as pas dit comment ça s'est terminé avec Benjamin.

Elle éclata de rire quand je le lui expliquai.

- Mais qui es-tu et qu'as-tu fait d'Adeline Tremen, ma gentille collègue au sens aigu des bonnes manières ?

- Désolée, je n'avais pas de verre d'eau ou de vin à lui balancer à la figure.

- Oui, ça aurait été divertissant. Et ce n'aurait pas été cher payé étant donné son comportement. Tu aurais pu faire une crise cardiaque dans les toilettes et lui, il préférait manger ton foie gras. Quel naze !

- Je ne te le fais pas dire. Bref, je crois qu'on peut passer sur cette soirée désastreuse pour ma part. Et toi, qu'est-ce que tu as fait de beau ?

- Tu veux dire, qu'est-ce que je *fais* avec *un beau* ?

Mon amie n'était pas prof de lettres mais c'était une championne du jeu de mots. Et comme elle était également une adepte des blagues potaches, elle se branchait tous les soirs sur *RTL* pour écouter « Les Grosses têtes » de Laurent Ruquier, juste pour le plaisir d'entendre les formules de Bernard Mabille faire mouche à chaque fois.

Enfin, là, ce n'était pas à cette émission que je pensais.

- Euh ? Ne me dis pas que tu me parles depuis tout à l'heure alors qu'il y a un homme nu qui attend dans ta chambre ?!

Marianne éclata de rire.

- Mais qu'est-ce que tu vas chercher ! À t'entendre je suis une vraie nympho ! C'est Jason, notre prof de Zumba. Nous avons discuté pendant que tu te changeais au dernier cours et nous nous sommes aperçus que nous avions en commun le fait de collectionner des vieux vinyles. Je lui ai proposé de venir ce soir pour un dîner jazzy, c'est moi qui cuisine. Je te l'ai dit l'autre jour, mais tu t'es tellement focalisée sur le rencard avec Benjamin que tu n'as rien écouté.

Je me sentis légèrement honteuse.

- Oups…

Ne vous méprenez pas sur Marianne. Elle n'était pas nymphomane, loin de là. Elle était sûre d'elle et savait ce qu'elle voulait avec les hommes. Pour elle, hors de question de transiger avec ses principes, de fait, elle s'autorisait quelques aventures mais ne s'engageait jamais dans une relation si elle sentait que le candidat potentiel n'allait pas suivre son rythme. « Plutôt seule que mal accompagnée », c'était son leitmotiv, mais sans aller jusqu'à l'extrême de l'année sabbatique, comme moi. Donc si je n'avais eu aucune relation avec un homme depuis ma rupture avec Paul, ce n'était évidemment pas son cas, mais mon amie ne collectionnait pas non plus les amants de passage. Elle était simplement… une femme. Voilà tout.

- Mais ne t'inquiète pas, je compte bien pimenter la soirée avec Jason par un tango endiablé qui s'achèvera dans mon lit.

Qu'est-ce que je disais ! Je ris. Sacrée Marianne ! En même temps, si Jason était aussi dynamique en amour que pendant ses cours de danse où il nous faisait suer à grande eau pour notre plus grand bonheur, je gageais que ce serait le lit de mon amie volcanique qui se verrait achevé plutôt qu'autre chose.

- Il ne va rien faire du tout si tu continues à me parler au lieu d'aller le retrouver.

- Au contraire, tu me croiras si tu veux mais quand tu as téléphoné, il s'est proposé de lui-même de débarrasser la table ! J'en suis toute excitée !

Cela faisait environ quatre ans que nous suivions les cours de notre beau professeur brun et bronzé, et son entrain, ses goûts musicaux, son professionnalisme et son affabilité lui avaient permis d'entrer dans les bonnes grâces de mon amie. Il arrivait souvent que nous discutions ensemble, après le cours, et nous avions développé une réelle complicité. Visiblement, ce soir, Marianne avait décidé de redéfinir le cadre de cette complicité pour eux deux.

- Marianne, je crois que celui-là, c'est un spécimen en voie d'extinction ! Tu as intérêt à le dorloter !

- Aucun problème. Il va se sentir comme un coq en pâte entre mes draps et entre mes doigts.

Je n'avais pas envie d'en entendre davantage.

- Allez, ouste ! Tu me raconteras tout ça lundi, sans trop rentrer non plus dans les détails. J'aimerais digérer tranquillement mon café.

- On fait comme ça. Bon week-end, ma belle.

- Bon week-end, Marianne.

Nous raccrochâmes. Je regardai l'heure sur mon réveil : 21h30. J'allumai la télévision, c'était le bulletin d'informations de la chaîne locale. Ils parlaient de l'inauguration prochaine par le maire du casino qu'il avait voulu faire construire sur un site archéologique notoire. Personne n'avait osé protester.

J'attrapai le livre que j'avais laissé sur ma table de chevet : *Le jeu de l'Assassin*, d'Amy Raby. J'avais entamé le premier tome de cette saga la veille et j'avais vraiment envie de savoir comment allait tourner l'histoire entre Vitala et Lucien. J'en étais à retirer mon marque-page quand un nom prononcé par le présentateur télé attira mon attention.

- *Les deux videurs ne sont que légèrement blessés après leur résistance héroïque face au criminel masqué. D'après le gérant du night-club* Bella Vita, *Arthur Montrouge, ce dernier n'a rien volé et s'est enfui après la bagarre. Selon lui, « Cet individu n'a rien d'un héros. En venir à agresser des innocents est un signe typique de déséquilibre mental. »*

- Innocents ?! commentai-je à haute voix. Aucun innocent n'a jamais mis les pieds au *Bella Vita*, c'est bien connu ! C'est un repaire de gangsters, de dealers et de meurtriers, voilà tout. Et le déséquilibré mental n'est pas celui qu'on croit en sachant pour qui tu travailles, Montrouge !

Tous les habitants de Fort-Bénédicte savaient que le véritable patron du *Bella Vita* était Théodore Vincel. J'espérais que le Justicier avait quand même réussi à trouver ce qu'il était venu chercher, quoi qu'en disent ces journalistes. Ceux-ci avaient les mains liés et ne pouvaient guère exprimer « la vérité vraie » sur une chaîne locale entièrement dévouée au Comité. En effet, Théodore Vincel était si riche grâce à ses activités qu'il s'était offert une chaîne de télévision, œuvrant ainsi dans l'esprit du *Cavaliere* Silvio Berlusconi, à une échelle encore plus mafieuse que cet amateur, évidemment. Ainsi, *France 3 Normandie* ne venait jamais faire de reportages dans notre cité puisque le privilège était réservé aux journalistes payés par « FBTV » pour dresser le portrait d'une ville dirigée de main de maître par son maire, et personne à l'échelle nationale ne savait vraiment ce qui s'y tramait.

Je me demandais parfois pourquoi je m'obstinais à la regarder. Surtout que j'avais une autre source d'informations sur ce qui se passait à Fort-Bénédicte.

Comme je le disais, dans notre charmante ville la presse était muselée. Cependant, le maire avait eu beau faire, il n'avait jamais vraiment réussi à bâillonner le dernier bastion de résistance à son encontre, à savoir le *Fort-Béné*, le quotidien le plus ancien de notre cité. Là, le Justicier n'était jamais présenté comme un criminel, ce qu'il n'était certes pas, mais bien comme le défenseur de citoyens retenus en otages par une bande de hors-la-loi de haut-vol, et contrairement aux autres organes de presse français qui taisaient ses actions, le *Fort-Béné* se faisait une joie de les relayer. Théodore Vincel avait tout tenté pour détruire cette institution qu'était le journal, allant même jusqu'à chercher à le racheter ; peine perdue. Plus il s'acharnait contre lui, plus les habitants étaient solidaires et le protégeaient en venant directement l'acheter dans ses locaux si la Poste égarait « par inadvertance » des exemplaires de leur abonnement. C'était certainement le seul quotidien pour lequel nous pouvions être sûrs de la véracité des faits rapportés et du strict respect de la charte de Munich[22] par ses journalistes.

---

[22] Charte de 1971, réactualisée depuis, qui expose les droits et les devoirs du journaliste.

L'un d'eux, d'ailleurs, retenait souvent mon attention par la qualité de ses articles. Succincts, ils n'en allaient pas moins au cœur du problème avec une précision mortelle, leur auteur, William Fersen, privilégiant l'efficacité à l'épanchement stérile. Son style et ses choix d'articles m'avaient laissé penser que cet homme aimait beaucoup sa ville et qu'il cherchait toujours à faire ressortir ce qu'elle recelait de meilleur en elle.

Bref. Il ne me semblait pas inutile de regarder les informations locales officielles, car ça me permettait de mieux discerner ce qu'on tentait de nous cacher : que le Justicier officiait de manière suffisamment efficace pour donner des boutons au Comité.

Rien que pour cela, si je l'avais eu devant moi, j'aurais été capable de l'embrasser.

J'ignorais alors que c'était déjà fait.

*****

J'avais terminé le livre d'Amy Raby en me maudissant de ne pas avoir les deux opus suivants sous la main et en me promettant d'y remédier très vite. Ma lecture m'avait permis de me détendre assez pour m'endormir sereinement et je ne fis presque aucun cauchemar sur ce qui s'était produit au « Filet mignon ».

Presque.

Je devais bien admettre que les deux seules fois où je m'étais réveillée, c'était juste après avoir rêvé que l'inconnu du restaurant a) avait finalement enlevé sa chemise après l'avoir frottée, b) qu'il m'avait renversée sur le bureau avant de s'employer à m'envoyer au septième ciel.

Il m'avait fallu boire un verre d'eau et me rafraîchir le visage pour retrouver mes esprits.

L'incident de ce samedi 7 octobre était malgré tout presque oublié huit jours plus tard, en cette avant-veille de vacances scolaires.

Mon lycée organisait des portes ouvertes sur les journées du vendredi 16 et du samedi 17, et comme ma classe de Terminale

Vente n'était pas encore rentrée de stage, j'avais deux heures de libre en ce jeudi après-midi avant mon cours de français avec mes Première Logistique. Par conséquent, je m'étais proposée pour aider les collègues à installer le matériel pour la porte ouverte.

Les établissements professionnels souffraient encore de la mauvaise image qu'on leur avait attribuée auparavant pour favoriser les parcours en enseignement général, d'où la nécessité pour eux de redoubler d'efforts afin d'obtenir suffisamment d'inscriptions pour perdurer. Ce n'était pas facile.

Notre établissement, comme tous ceux de Fort-Bénédicte, rencontrait des difficultés en termes de violence et d'échec, mais nous étions réputés pour toujours donner sa chance à celui qui voulait vraiment la saisir. C'était dur d'exercer dans ces conditions dans une ville aussi particulière que la nôtre, mais notre équipe était soudée parce que justement nous étions tous là par vocation.

C'est pour cela que je ne bronchai pas quand on me demanda de monter sur un escabeau à côté de l'accueil pour suspendre au plafond le panneau de présentation des différentes sections du lycée. C'était une bonne idée, comme ça, les nouveaux arrivants auraient une vue directe sur les nominations desdites sections et pourraient être plus facilement aiguillés par les élèves d'ARCU[23] missionnés en renfort pour leur servir de guides vers les salles où des professeurs se chargeraient de présenter leurs enseignements.

Carla, notre réceptionniste, m'aida à choisir le meilleur endroit juste à côté de la porte d'entrée, puis me proposa gentiment de me tenir l'escabeau pendant l'opération. Le téléphone sonna, alors je la libérai et entrepris de passer le petit morceau de ficelle du côté gauche du panneau sur le crochet prévu pour l'ensemble. Comme la hauteur sous plafond était assez conséquente, il m'avait fallu monter sur la quatrième et dernière marche de l'escabeau branlant qu'on m'avait fourni, faute d'avoir pensé à en racheter un neuf. Je n'avais pas spécialement le vertige, toutefois j'avais hâte de descendre de mon perchoir. J'étais vraiment près de la porte de sorte que si

---

[23] ARCU : Accueil relation clients et usager.

quelqu'un venait à ouvrir trop fort le battant, j'avais bien peur de faire le grand plongeon vers le dallage noir et blanc assez daté du sol.

Par chance, à 14 heures, les cours avaient déjà commencé. Et puis je n'en avais pas pour longtemps.

Très concentrée sur le nœud que je refaisais plus solidement à la ficelle côté droit du panneau, et tournée du côté du mur si bien que mon champ de vision était limité, je me rendis à peine compte que quelqu'un venait de passer par le battant derrière lequel je n'étais pas (heureusement) pour s'adresser à l'accueil. De même, j'entendis seulement quelques bribes de la conversation qui s'ensuivit entre Carla et un homme à la voix grave :

- Bonjour (…) rendez-vous avec Mr Planchet (…).

- Je vais l'appeler (…) que vous êtes arrivé. Si vous voulez vous asseoir, (…) chaises derrière vous.

Ha ! Mon nœud était parfaitement exécuté, je n'avais plus qu'à le passer sur le petit crochet ; il me suffisait de tendre le bras.

- Merci, mais je préfère rester debout.

Flûte ! J'avais le bras trop court ! Quand même ! Ce n'était pas un panneau à la noix qui allait me résister ! Je me dressai un peu plus, presque sur la pointe des pieds.

Eeeeeet... voilààààààà... m'applaudis-je mentalement au moment où je réussis à suspendre mon panneau par le deuxième crochet.

Je n'eus malheureusement pas le loisir de me congratuler davantage.

Tout se passa très vite.

En effet, un brusque courant d'air m'indiqua dans un premier temps que quelqu'un ouvrait la porte, puis, le choc violent qui fit vibrer mon escabeau m'indiqua que le nouveau venu n'avait pas fait attention et qu'il avait choisi de pousser trop fort le mauvais battant.

Je ne dus qu'à un réflexe de me rattraper in extremis au montant en métal de l'escabeau pour ne pas partir la tête la première dans le décor. Or, l'anecdote aurait pu s'arrêter là si mon support branlant n'avait pas tout à coup vu en moi un *cowboy* qu'il fallait désarçonner en dansant d'un pied sur l'autre.

- Oh mon Dieu ! entendis-je Carla crier.

J'aurais bien voulu lui montrer que j'étais aussi forte que *Lucky Luke* ou *Buffalo Bill* et dresser la bête pour me redresser ensuite.

Mais ce n'est pas ainsi que cela se termina.

Après un ultime sursaut, l'escabeau indompté eut raison de ma résistance et je me retrouvai propulsée en arrière, dans une chute qui promettait d'être sacrément douloureuse.

Curieusement, la rencontre avec le sol fut assez douce, celui-ci laissant échapper un drôle de bruit étouffé quand je le percutai.

Une minute…

- Madame Tremen ! Vous allez bien ?

Encore sonnée, je reconnus néanmoins la voix de Dimitri, l'un de mes 2ndes, en retard à son cours de maths avec Marianne.

- Adeline, ça va ?! Monsieur, vous êtes blessé ?

Monsieur ? Carla s'enquérait de mon état, mais pas seulement, notai-je, encore allongée sur le dos. Je m'assis.

Non.

En fait, quelqu'un venait de s'asseoir et comme j'étais tombée sur lui, il m'avait fait suivre le mouvement.

- Décidément, mademoiselle, à chacune de nos rencontres vous finissez par tomber dans mes bras.

Oh non.

Je me crispai immédiatement, une rivière de glace coula métaphoriquement dans mon dos. Il y avait justement deux rivières auxquelles j'étais à peu près sûre de me confronter si je tournais la tête, car j'avais reconnu cette voix grave teintée d'amusement. Je m'exécutai, lentement.

Oh nom de nom !

L'inconnu du restaurant, l'homme le plus beau que j'avais rencontré, et que j'avais fui après l'avoir embrassé sans son consentement, me servait de transat à l'instant même ! Horrifiée, je me mis debout tellement vite que je fus prise d'un vertige. Je ne dus mon équilibre qu'aux réflexes de Dimitri qui me retint pas le coude.

- Je m'excuse, madame ! Je vous promets que je ne vous avais pas vue ! J'étais en retard, mais j'avais encore plus peur que Mme

Chaumont m'arrache la tête si je séchais son cours alors j'ai couru comme un ouf ! Je suis désolé !

- Hein ?

Le regard fixé sur mon sauveur qui se relevait, je n'avais pas compris un traître mot de ce que venait de me dire Dimitri.

- Pardon, madame Tremen !

Une migraine commençait à poindre dans ma tête et les gémissements du jeune garçon n'arrangeaient pas les choses.

- Allez en classe, Dimitri. Ce n'est pas grave.

- Vous n'allez pas me punir ?!

Je levai les yeux au ciel. Je n'étais pas sadique à ce point-là ! Enfin, peut-être un peu :

- Je me contenterai de savourer le savon que Mme Chaumont vous passera à votre arrivée dans sa classe. Je lui demanderai de me raconter la scène en détail.

Dimitri blêmit. Marianne était effrayante quand elle s'y mettait.

- Euh… je peux rester avec vous ?

- Déguerpissez avant que je ne m'énerve moi aussi !

Il détala sans demander son reste. En temps normal, ce spectacle m'aurait bien fait rire, mais là, un autre spectacle m'attendait, beaucoup moins drôle, et celui-ci, j'avais bien peur d'en tenir le rôle principal.

*****

- Vous ? Qu'est-ce que vous faites là ?

Je devais avoir l'air complètement ahuri. L'homme sourit malicieusement.

- Il me semble que nous n'avons pas fait les présentations. C'est un tort qu'il faut réparer, vous ne croyez pas ?

Je m'empourprai aussitôt. Le sous-entendu était on ne peut plus explicite. Alors que je ne savais que répondre, j'entendis :

- Mr Fersen, je suis heureux de vous rencontrer.

Nous nous retournâmes tous deux pour voir arriver Mr Planchet. Une minute…

- Fersen ? répétai-je alors que les deux se serraient la main.

Ils se tournèrent vers moi. Mr Planchet me désigna :

- William Fersen, voici Adeline Tremen, l'une de nos enseignantes de Lettres-Histoire.

L'intéressé me tendit la main avec un regard espiègle qui me donna envie de me terrer dans un trou de souris.

- Je suis *enchanté de faire votre connaissance*, mademoiselle Tremen.

Je fus bien obligée de la prendre. Sa poigne était d'une douceur parfaitement maîtrisée, comme s'il avait peur de m'écraser les phalanges en y allant avec entrain. Cela plus son patronyme firent passer ma curiosité au premier plan :

- Vous êtes William Fersen du *Fort-Béné* ?

Il n'avait pas lâché ma main.

- Vous êtes une de nos lectrices ?

- Hum… oui. Je suis abonnée.

Vu la tournure des événements, il était hors de question que je lui dise que j'admirais son travail, sinon il croirait définitivement que j'étais une groupie qui n'aspirait qu'à lui tomber dans les bras, comme il l'avait si bien formulé tout à l'heure.

- Intéressant.

Ses pupilles couleur miel étincelèrent. Ma bouche devint sèche.

- Hum hum… intervint le directeur. Si vous voulez bien me suivre, Mr Fersen, je vais…

- Mr Planchet ! coupa Carla en tenant le téléphone, la main sur le micro pour parler librement.

Nous la regardâmes.

- Mr Marly est en ligne et demande à vous parler. C'est à propos du label développement durable.

- Je suis en rendez-vous, Carla.

- Je suis désolée, il dit que c'est urgent.

Mr Planchet soupira et se tourna vers William Fersen et moi.

- Je dois vraiment prendre ce coup de fil dans mon bureau, je vais en avoir pour quelques minutes. Adeline, il me semble que vous avez un peu de temps libre avant votre prochain cours, puis-je vous demander de faire visiter les locaux à Mr Fersen le temps que je termine avec Mr Marly ?

Je me raidis. *Non ! Non ! Mauvaise idée.*

- C'est que…

- Génial. Cela ne vous ennuie pas j'espère, Mr Fersen ? demanda mon supérieur sans plus se préoccuper de moi.

- Aucun problème, j'en profiterai pour prendre quelques photos.

Hé ! Je comptais pour du beurre, moi, dans cette discussion ?!

- Parfait. Je viendrai vous retrouver si j'ai fini rapidement. Avec mademoiselle Tremen, vous serez entre de bonnes mains.

- Je n'en doute pas, dit le journaliste, de très bonne humeur tandis que je tombais pour ma part au trente-sixième dessous.

Oh là, là ! Moi qui pensais en avoir fini avec cette histoire, voilà que l'inconnu du restaurant débarquait sur mon lieu de travail en la personne d'un journaliste dont j'appréciais la plume au *Fort-Béné*. Au secours ! Si Marianne décidait de sortir de sa classe pour faire des photocopies et me croisait avec lui, mon cauchemar serait complet. Elle ne me lâcherait plus.

- Eh bien, il ne reste plus que nous, dit Fersen après que Mr Planchet nous eut laissés.

Un silence gêné s'instaura quelques secondes, silence que Fersen ne se décidait pas à briser. Il fallait que je me ressaisisse. Je n'allais pas me laisser impressionner par ce type alors qu'en temps normal, je ne m'en laissais pas conter par une bande d'adolescents déchaînés pour qui Charles de Gaulle avait dirigé l'Allemagne nazie ! Ici, c'était mon domaine, et j'allais me montrer telle que j'étais réellement : forte et déterminée.

L'image du baiser dans le bureau du gérant du « Filet mignon » s'imposa à moi et ma détermination se dégonfla comme un ballon de baudruche.

Misère…

Autant se jeter à l'eau.

- Donc ici, c'est l'accueil. Comme vous avez pu le constater, nous y faisons quelques aménagements pour préparer la porte ouverte de demain et samedi…

Je l'emmenai visiter la partie administration et la salle des profs dont il prit des photos, puis je le guidai vers les points clés du lycée (CDI, cantine, étude, cour de récréation) en lui racontant l'histoire de celui-ci. Il m'écouta avec attention et ne fit plus aucun sous-entendu sur ce qui s'était passé la semaine d'avant. Il posa quelques questions, prit des notes en ayant l'air sincèrement intéressé, et je parvins à me détendre un peu. Arrivés au détour d'un des couloirs du premier étage, près de la salle pluri-média, nous tombâmes sur six élèves que je connaissais pour les avoir eus en cours l'an dernier. Il s'agissait de trois garçons et trois filles adorables de dix-sept ans, qui, en cet instant, faisaient leur maximum pour se cacher dans un renfoncement afin de ne pas être repérés.

- Peine perdue, les jeunes, lançai-je en avançant vers eux. Je vous ai vus.

Ils sortirent de leur cachette, l'air piteux. Je croisai les bras et pris un air faussement sévère.

- Il me semble que vous êtes au fait que le règlement stipule que les élèves ne doivent pas circuler dans les couloirs entre les cours.

L'un des membres du petit groupe, le plus grand et le plus sympathique, prit la parole :

- On est désolés, madame, mais le soleil ne donne jamais sur l'étude. On y gèle et ça sent les pieds là-bas.

Je levai les yeux au ciel.

- Forcément, si vous vous y rendez systématiquement après votre cours de sport, Léo ! Vous ne pouvez pas vous plaindre après de l'odeur prégnante en ce lieu.

Ses camarades ricanèrent.

- Mais, c'est pas moi, je vous jure ! réagit Léo, faussement outré.

Il était de notoriété publique que la senteur dégagée par les baskets de Léo après chaque cours d'EPS était abominable. Lui avait intelligemment pris le parti d'en rire vu qu'il n'avait guère de solution pour remédier à ce problème.

- « C'est cela oui »[24] ! En attendant, allez embaumer ailleurs. Vous n'avez pas à être là.

- Rooooh…

Les filles comme les garçons attrapèrent leurs sacs en soufflant. Cependant, avant de partir, Léo revint vers moi en tendant quelque chose :

- Madame, regardez, je l'ai retrouvé au fond de mon placard !

Je pris l'objet.

- Mon Dieu, vous n'avez rien de mieux à me montrer qu'une photo d'un troll qui tire la langue ?

Il y eut un grand éclat de rire du côté de ses camarades.

- Ben, c'est pas un troll, madame ! C'est moi quand j'étais petit !

Je lui rendis la photo en souriant.

- C'est bien ce que je disais ! Et si le troll voulait bien plutôt me montrer des copies de français au-dessus de 8/20, comme il m'y avait habitué l'an passé, je réviserais peut-être mon jugement. Mme Jeunier dit que vous brassez de l'air cette année.

Léo rigola en rangeant son portrait dans sa poche.

- Ben c'est qu'elle est pas aussi cool que vous, Mme Jeunier. On vous regrette, vous savez !

- Il me semble qu'un troll cireur de bottes, c'est inédit. Allez, hors de ma vue et surtout, en dehors des couloirs !

Le petit groupe s'empressa de rejoindre les escaliers en gloussant. Je ne pus retenir mon propre ricanement à leur départ et me retournant, je me sentis soudain stupide. Dans cet échange trivial, j'avais presque oublié William Fersen.

- Euh…

- Vos élèves ont l'air de beaucoup vous apprécier, dit ce dernier pour couper court à mon embarras. J'ai bien aimé votre façon de les faire partir en douceur.

Je le rejoignis du côté de la salle pluri-média que j'ouvris.

- Ils apprécient qu'on se soucie d'eux. Quant à l'autorité, chacun ses méthodes, je dirais. Marianne Chaumont est incontestablement la

---

[24] Réplique du film « Le père Noël est une ordure ».

plus respectée à ce niveau, dis-je en pénétrant dans la pièce, assez vaste pour accueillir une centaine de personnes pour des conférences, et servant à l'occasion de salle de projection pour des films ou des documentaires étudiés en classe.

- Marianne... N'est-ce pas cette amie que vous vouliez tuer lors de notre dernière entrevue ?

Bon, d'accord. Cette fois, il fallait vraiment régler le problème. J'en avais assez de ses constantes allusions moqueuses sur ce qui s'était passé au restaurant.

- Mr Fersen ! dis-je avec plus de force que je ne l'aurais voulu.

- William, me coupa-t-il.

J'en étais encore à rassembler mes idées pour savoir par où j'allais commencer.

- Quoi ?

Et voilà, j'avais perdu le fil ! Il sourit.

- Appelez-moi William.

- Euh... William, je crois qu'il faut qu'on crève l'abcès entre nous.

- Un abcès ?

Il paraissait surpris. Sauf que ses iris pétillaient d'humour. *Reste calme...*

- En ce qui concerne l'autre soir... je... (*Inspire*) Je me suis mal comportée et je vous prie de m'excuser.

Le silence qui s'ensuivit me mit au supplice, d'autant qu'il s'amusait visiblement de la situation. *Calme... Ce type va rédiger un article sur ton lycée, ne t'énerve pas contre lui ou Mr Planchet te fera la peau !*

- Très bien.

Le vent du soulagement me balaya.

- J'accepte de vous pardonner si vous dînez avec moi demain soir.

Correction : une tornade m'avala dans son tourbillon. Il y eut un blanc pendant lequel mes yeux exorbités devaient conférer à mon expression une ressemblance avec une tête de mérou. J'avais lu cette analogie quelque part[25], et je la trouvais appropriée dans ma situation.

- Je… Pourquoi voulez-vous m'inviter à dîner ?

- Et vous, pourquoi m'avez-vous embrassé ? rétorqua-t-il du tac au tac en s'approchant de moi, la lueur espiègle dans ses yeux toujours vivace.

Morte de honte, et totalement décontenancée par son indiscrétion, je reculai d'un pas :

- Vous me mettez mal à l'aise.

Il combla la distance que j'avais prise, et sa voix se fit plus grave… plus profonde.

- Réponse intéressante. Et vous embrassez ainsi tous les hommes qui vous mettent mal à l'aise ?

Mais gifle-le, ce con ! J'entendais dans ma tête la voix de Marianne appeler au branle-bas de combat pour donner une leçon à ce malotru. Non seulement c'était limite grossier, mais en plus, ça n'appelait qu'à un « Seulement vous » qu'il était exclu que je laisse sortir de ma bouche.

- Je ne répondrai pas à cette question.

Il sourit encore, comme si ma stratégie d'évitement avait eu l'effet inverse que celui recherché. Ras-le-bol !

- Vous prenez vraiment plaisir à vous moquer de moi, ou quoi ?!

J'avais haussé le ton.

- En aucun cas, dit-il très sérieusement, le miel redevenant filet d'or dans ses yeux. (Je déglutis) Alors, vous acceptez de dîner avec moi ?

- Oui… Non ! me repris-je en me traitant intérieurement de gourde.

- Pourquoi ? Nous pouvons être ensemble dans un restaurant sans que ça tourne à la catastrophe.

Je rougis instantanément, ce qui m'exaspéra, d'autant que je ne savais pas ce qui, selon lui, relevait de la catastrophe : la chute, les cocktails, le baiser ou tout à la fois.

- Mr Fersen, je n'irai pas…

---

[25] Cf *Samantha Watkins ou Les chroniques d'un quotidien extraordinaire, tome 4.2 : Guerre*, d'Aurélie Venem.

- William, me coupa-t-il encore. Donnez-moi votre adresse et je viendrai vous chercher pour 19h. Je connais un excellent restaurant en-dehors de la ville. Ça fait longtemps que j'ai envie d'essayer leur tournedos à la crème de foie gras et leur gratin dauphinois.

Flûte, j'adorais le gratin dauphinois ! Tant pis, je n'allais tout de même pas accepter de sortir avec celui qui s'amusait à mes dépens depuis tout à l'heure !

- Non, je…
- Alors, où habitez-vous ?
- 38 rue Scarron.

Je me mordis la lèvre. Qu'est-ce que je venais de faire ?! C'était parti tout seul, comme si mon cerveau était en mode échec face à une bouche branchée sur mes instincts papillaires et sensuels (j'avais beau être horripilée par sa façon de me regarder comme si j'étais la personne la plus drôle au monde, je ne pouvais pas occulter le fait que j'avais là encore envie de me rapprocher de lui) !

Il me fixa étrangement :

- Parfait.

Cette voix… Bon sang ! Je voulais *vraiment* me rapprocher de lui !

- Ah ! Vous êtes là ! Comment trouvez-vous notre établissement, Mr Fersen ? Mademoiselle Tremen est-elle un bon guide ?

Je remerciai le Ciel de nous avoir envoyé Mr Planchet. L'instant précédent avait été si… bref !

- C'est un lycée ancien mais dans lequel on ressent la volonté de tout mettre en œuvre pour la réussite des élèves. Mademoiselle Tremen m'a parlé de l'histoire des lieux, c'était passionnant.

Le directeur souriait comme un gamin devant un cadeau de Noël.

- J'en suis bien content. Je vais prendre le relais, si vous êtes d'accord. Merci, mademoiselle Tremen, vous avez été d'un grand secours.

- De rien, marmonnai-je.

Et je sortis.

Dans le couloir, je m'adossai au mur et inspirai fortement pour faire le point sur ce qui venait de se produire : a) le sauveur que j'avais embrassé était en réalité un journaliste de talent du nom de William Fersen b) il avait débarqué ici pour rédiger un article sur mon lycée et en guise d'accueil, sa presque violeuse lui était à nouveau tombée dessus, au sens propre c) il avait l'air de s'amuser comme un petit fou à me faire tourner en bourrique d) il m'avait invitée à dîner.

Et dernier point en rapport avec le précédent, et pas des moindres : e) je ne savais toujours pas pourquoi il l'avait fait.

*****

Honnêtement, après ce qui venait de se passer, souligner ne serait-ce qu'une faute d'orthographe dans le tas de copies de français que j'avais à corriger fut pour moi mission impossible. Comment se concentrer après ça ? En sachant que dans vingt minutes à peine la sonnerie annoncerait la récréation de 15h30 et l'arrivée de Marianne en salle des profs.

Qu'est-ce qui m'avait pris d'accepter son invitation ? Je m'étais laissé mener par le bout du nez par un homme qui n'avait pas l'air de comprendre le sens du mot « non » et qui s'était habilement servi de ses pupilles hypnotiques pour me retourner le cerveau.

Aucun homme n'avait eu cet effet sur moi. Il m'irritait, mais pas assez pour que j'ignore l'accélération des battements de mon cœur en sa présence ou encore la transformation des muscles de mes jambes en coton. C'était... paradoxal : j'avais l'impression à son contact d'être à la fois la dernière des gourdes, et d'en redemander juste pour ressentir encore le miel de son regard s'écouler en une douce caresse sur tout mon corps. Je ne pouvais guère me voiler la face...

J'adorais qu'il me regarde.

- La Terre appelle la Lune. Adeline Tremen est demandée à l'accueil.

Je sursautai, le bouchon de mon stylo sauta en l'air et atterrit dans le gobelet de café du prof d'éco-droit.

- Argh !

Hein ? Mais il est quelle heure à la fin ?! me demandai-je en ignorant les récriminations sonores de mon collègue qui stoppèrent net dès qu'il aperçut l'expression de défi sauvage que Marianne lui adressait. Il alla plutôt s'acheter un autre café en grommelant.

Perdue dans mes pensées, je n'avais pas entendu la récréation sonner ni mon amie s'installer sur le canapé avec moi, et très impoliment, au lieu de la remercier pour avoir endossé la responsabilité du missile *Bic*, je vérifiai fébrilement si Mr Planchet et William Fersen étaient dans les parages. Peut-être que leur entretien n'était pas terminé…

- Adeline ? Tu cherches qui, comme ça ?
- William Fersen.
- William Fersen, du *Fort-Béné* ? s'étonna-t-elle. Qu'est-ce qu'il ferait ici ?

Plus personne n'entrait dans la pièce. Je me détendis, soulagée de ne pas avoir à présenter Marianne et Fersen. Je n'osais même pas imaginer ce que ça donnerait étant donné le caractère volcanique de l'une et l'attitude provocatrice de l'autre.

- Il va faire un article sur le lycée.
- Et comment tu le sais ?
- Nous nous sommes hum… croisés, répondis-je en rougissant.

Ses yeux s'étrécirent, son regard se fit suspicieux :

- Toi, tu me caches quelque chose. Crache le morceau.

Je soupirai. Marianne ne me faisait pas peur, mais elle pouvait se montrer parfaitement insupportable quand elle voulait assouvir sa curiosité.

Bah ! Autant se jeter à l'eau… encore une fois.

- Ok, tu as certainement remarqué le retard de Dimitri Fontenay à ton cours de 13h30.
- Oui, je lui ai passé un savon bien comme il faut. Désormais il fera en sorte d'avaler ses trois *Big Mac* plus vite pour ne pas rater son bus. Tss… Quel goinfre celui-là !
- Bref. J'étais en train d'accrocher un panneau pour les portes ouvertes quand il est arrivé à l'accueil. La porte a tapé l'escabeau sur

lequel j'étais juchée et je suis partie en arrière. C'est William Fersen qui a amorti la chute.

Marianne mit sa main devant sa bouche pour retenir son rire.

- On peut dire que tu sais tomber dans les bras des hommes, toi.

Je fis une grimace :

- Très drôle. Ça le serait encore plus si ce n'étaient pas les mots exacts qu'il a prononcés après m'avoir réceptionnée.

- Les grands esprits se rencontrent, ricana mon amie.

- Et que penses-tu des rencontres improbables qui se reproduisent ?

- Qu'est-ce que tu veux dire ? demanda-t-elle en fronçant les sourcils.

- Je veux dire que William Fersen et l'inconnu du restaurant sont une seule et unique personne.

Voir Marianne stupéfiée était un spectacle rare, ce n'était pas une adepte du silence reposant. Cool, mais j'aurais aimé le savourer dans d'autres conditions.

- Tu rigoles ?!

- J'ai l'air de rigoler ?!

- Et alors, qu'est-ce qui s'est passé ?

- Mr Planchet a eu un impératif et m'a demandé de lui faire visiter l'établissement. Ça se passait *relativement* bien et puis, il m'a invitée à dîner demain soir.

- Tu rigoles ?!

- Marianne !

- Je veux dire… C'est génial !

- Marianne, je l'ai embrassé ! C'est très gênant ! En plus, il n'a pas arrêté d'y faire allusion en scrutant mes réactions avec ses prunelles d'or qui se moquaient de moi !

Elle haussa les épaules.

- Et alors ? Il n'a pas dû trouver cela dégoûtant puisqu'il t'a invité à dîner. Tu… (Elle s'arrêta et focalisa son regard sur moi) Attends… (Ses yeux s'étrécirent) *Ses prunelles d'or* ?!

Je me mordis la lèvre. Ça m'avait échappé.

- Je rêve où il t'a vraiment tapé dans l'œil ? reprit mon amie.

Je me renfrognai.

- Il est plutôt irritant.

- Mais tu as accepté son invitation, oui ou non ?

- Hum… J'ai commencé par dire non et il m'a complètement embrouillé l'esprit. Résultat, je lui ai donné mon adresse et il passera me prendre à 19h demain.

Un grand sourire s'épanouit sur le visage de Marianne.

- Oh, arrête, Marianne. Ce n'est qu'un dîner.

- Sauf que tu l'as déjà embrassé. Il te plaît, c'est l'évidence. C'est agréable que, pour une fois, tu te laisses un peu porter par les événements plutôt que tu refoules tes pulsions en permanence.

- Je ne suis pas coincée, n'exagère pas.

- Ce n'est pas ce que je dis, mais tu ne peux pas nier qu'il n'est pas dans tes habitudes de te laisser aller. Je pense que ce William Fersen doit être hors du commun pour te faire perdre ainsi la tête. (Elle regarda sa montre) Il nous reste cinq minutes de pause, juste le temps pour toi de m'offrir un café et de me dire enfin à quoi il ressemble.

- Tu es impossible ! Et je te rappelle qu'après le fiasco du rendez-vous avec Benjamin, tu es privée de café.

- Ce serait valable si le fiasco était complet. Or, il me semble que grâce à moi, tu as rencontré l'homme de ta vie.

- Je rêve ou tu retournes la situation à ton avantage ?!

- Trente-cinq centimes, ce n'est pas cher payé pour les trente-cinq années et même plus de bonheur conjugal qui s'offrent à toi grâce à ma petite intervention dans ta vie sentimentale.

Je m'esclaffai.

- N'importe quoi.

Marianne était cependant trop retorse pour que je continue à lutter contre elle, je lui donnai son dû.

- Merci, Adeline chérie. Je savais que tu serais raisonnable et que tu reconnaîtrais mes qualités.

- Humpf !

Elle se leva et alla à la machine à café.

- Alors, ce William ?

Elle avait haussé le ton à dessein. Plusieurs têtes se retournèrent dans notre direction. Marianne et moi étions très bien intégrées à l'équipe et notre duo, loin de paraître excluant, faisait sourire tout le monde. Il fallait dire aussi que depuis que j'étais arrivée dans le lycée, Marianne était beaucoup plus facile à vivre. Désormais, il n'y avait que moi qu'elle faisait tourner en bourrique.

- Ça va ! Moins fort ! dis-je en allant la rejoindre. Tu es pénible !

- Et toi, rabat-joie. Accouche !

Je soupirai.

- Il est grand, au moins un mètre quatre-vingt, une silhouette harmonieuse, mais dégageant un je ne sais quoi de… magnétique. (Marianne haussa les sourcils) Des cheveux blonds coupés très courts et une barbe de trois jours tout au plus ; je pense que c'est volontaire. Il souriait beaucoup, mais surtout à cause de moi et de mes bêtises. Je voyais bien dans ses yeux dorés qu'il prenait plaisir à me taquiner.

- Encore ces yeux dorés. On dirait que ce sont eux qui t'ont fait le plus d'effet.

- C'est étrange. On dirait du miel et tout à coup, c'est comme si on se trouvait face au stock d'or complet d'une bijouterie. Limite aveuglant. Carrément… fascinant.

Marianne ricana. Je secouai la tête :

- Peu importent ses yeux tant que je ne connais pas ses intentions.

- Elles sont pourtant évidentes, non ? Tu lui plais.

- Je n'en sais rien. Je veux en savoir plus avant de faire quoi que ce soit avec lui. Le dîner de demain sera un bon moyen de le cerner. Il ne se passera rien d'autre dans le scénario que ce qui est prévu : à savoir un bon repas dans un restaurant qui, semble-t-il, fait un excellent gratin dauphinois, cadre parfait pour que deux personnes étrangères l'une à l'autre apprennent à se connaître avant même de concevoir l'idée d'aller plus loin dans une quelconque relation.

- Tu fais encore des plans, mais regarde les choses en face. Cela fait deux fois que tu tombes sur ce type, au sens propre comme au sens figuré, et à chaque fois, rien ne s'est passé comme prévu. Notamment en raison de l'attirance que tu éprouves pour lui.

- Ce n'est qu'une vague attirance. Je saurai la canaliser. Si ça se trouve, il va manger la bouche ouverte et tu sais que c'est rédhibitoire pour moi.

- Une *vague* attirance ? Depuis le temps que je te connais, tu n'as jamais transigé avec tes principes, même pour cet Irlandais, Owen. Tu n'as accepté de coucher avec lui qu'après le sixième rendez-vous, en sachant pertinemment qu'il repartait dans son pays moins d'une semaine après. Et tu penses me faire croire qu'un homme que tu n'hésites pas à embrasser moins de dix minutes après une rencontre mouvementée ne provoque chez toi qu'une *vague* attirance ?

Présenté comme ça, c'était peu crédible, effectivement.

- Mouais. Il n'empêche que je saurai me tenir.

La sonnerie marquant la fin de la récréation et le début de mon cours sur le surréalisme ne m'empêcha pas d'entendre la réponse de mon amie :

- On verra.

Dans ma tête, en tout cas, c'était tout vu.

*****

Le lendemain, je rentrai chez moi aux alentours de 17h. J'avais réfléchi au déroulement de cette soirée toute la journée en commençant par me demander comment j'allais parvenir à tout gâcher vu ma propension à finir les quatre fers en l'air ces derniers temps. C'est en pensant à cela que je me rendis compte que, contrairement au rendez-vous avec Benjamin, non seulement pour celui-ci j'avais envie d'y aller, mais j'avais également envie que tout se passe bien.

C'était la première fois depuis Paul qu'un homme réussissait à me faire envisager l'abandon de mon célibat, que ce soit pour une courte ou une longue durée.

Je n'étais pas non plus naïve : ce dîner pouvait très bien ne mener nulle part. William Fersen me trouvait peut-être *divertissante*, selon ses termes, mais il n'avait pas non plus justifié son invitation par mon sex appeal. D'un autre côté, si effectivement, je lui plaisais, il pouvait ne chercher auprès de moi qu'une aventure d'un soir, ce que je n'étais pas disposée à lui donner, si beau fût-il. J'avais des principes.

Sous la douche, je me rassurai en me disant que ce dîner était une chance de repartir à zéro avec William Fersen. Jusqu'ici, il ne m'avait vue qu'à travers le prisme de l'embarras qui succède à la pire des maladresses ; je comptais bien lui montrer que je n'étais pas une idiote qui passe son temps à glisser sur des frites ou à tomber des escabeaux. Non, j'étais très sociable, ouverte, tolérante et je m'intéressais à beaucoup de choses en-dehors de mon métier : de la botanique à la peinture, en passant par le cinéma et l'astronomie, j'avais largement de quoi alimenter une conversation. Je voulais montrer à Fersen une Adeline sûre d'elle et de ses atouts, d'où ma décision de sortir le grand jeu pendant ce rendez-vous.

Ce soir, j'avais envie de jouer la carte de la séduction, j'avais envie de m'apprêter pour plaire, j'avais envie que *ses yeux* me regardent.

C'est ainsi que je sélectionnai dans ma penderie ma robe bleu électrique achetée chez *Mango* trois semaines auparavant. Alliant élégance, simplicité et sensualité, elle compensait l'absence d'un décolleté en moulant les formes d'une silhouette destinée à être mise en valeur. Paul avait égratigné mon estime de moi, mais ça n'avait été qu'un sentiment passager. Je savais pertinemment qu'un homme préférait une femme plus en chair et équilibrée qu'une bimbo anorexique qui finirait par le faire déprimer aussi. Et puis, avec quinze kilos en moins, je ne voyais pas comment j'aurais pu remplir un soutien-gorge digne de ce nom. Quand on connaissait la passion de la gent masculine pour la poitrine des femmes… Cela avait de quoi rassurer toute les filles se trouvant trop rondes.

Bref. Avec des collants noirs opaques mes jambes paraîtraient plus fines, illusion complétée par mes escarpins noirs vernis achetés en soldes l'an passé et que je ne sortais que pour les grandes occasions tant j'avais peur de les abîmer.

Pour le maquillage, je décidai de garder un minimum de naturel en me passant de fond de teint au profit d'un fard à paupières dégradé sur des nuances de rose et de violet. Un gloss rose pailleté ferait l'affaire pour la touche finale.

Question bijoux, j'optai pour un fin collier en or blanc qui avait appartenu à Nanette et qu'elle m'avait légué avec tous ses biens. J'espérais que là où elle était, elle approuverait mon choix vestimentaire, entendu qu'elle avait toujours eu un goût très sûr en la matière. La seule chose qu'elle regretterait, j'en étais certaine, c'était ma chevelure laissée libre, elle qui était fan de chignons tirés à quatre épingles.

Je finis par une touche de *Dior Addict* et allai voir le résultat dans ma chambre, face au grand miroir qui constituait l'un des battants de mon placard.

Je souris :

-Voilà ! William Fersen, je suis prête !

Malgré le stress occasionné par ce rendez-vous peu commun, j'avais hâte d'y être pour enfin donner une image un peu plus élégante que celle toute collante et trébuchante que j'avais pu envoyer précédemment au journaliste du *Fort-Béné* au « Filet mignon » et à mon lycée.

Ça tombait bien.

La sonnette tintait.

*****

Il était 19h. Mon chauffeur était ponctuel, bon point.

J'éteignis les lumières, saisis mon sac à main dans l'entrée, et verrouillai derrière moi. J'ignorai l'accélération de mes battements de cœur lorsque je descendis l'allée menant à mon portail, dont l'origine ne pouvait venir que du fait que la haute silhouette de William Fersen se tenait droit devant moi, baignée par les lueurs rougeoyantes du crépuscule agonisant. Nous étions en Normandie donc mon frisson n'aurait pas été incongru en temps normal à cette heure de la journée, or, j'avais enfilé une cape qui me protégeait bien du vent et je n'avais pas froid…

Or je voyais Fersen me balayer du regard à mesure que j'avançais vers lui…

- Mademoiselle Tremen, dit-il poliment dès que j'arrivai à sa hauteur.

La clôture de la propriété consistait en un petit muret surmonté de grandes haies limitant la visibilité depuis la rue. La grille en fer forgé permettait néanmoins de voir le nouvel arrivant depuis l'intérieur de la maison et de donner suite ou non à son coup de sonnette (ma tante détestait les démarcheurs à domicile).

- Mr Fersen, répondis-je en le rejoignant sur le trottoir.

Son sourire m'indiqua que son humeur espiègle ne l'avait pas quitté depuis la veille.

- William, me reprit-il de sa voix grave.

Ses yeux pétillaient, mais pas seulement de malice. Je frémis malgré moi.

- À condition que vous m'appeliez Adeline.

Son sourire s'élargit :

- J'y comptais bien.

Tudieu ! Des jets de vapeur chaude n'étaient-ils pas en train de s'échapper de mes cellules en ébullition ? *Reprends-toi, espèce de nouille !*

- Hum… Où m'emmenez-vous ?

- Oh, mais c'est une surprise.

Il m'escorta vers sa voiture : une *Peugeot 207* grise aux vitres teintées. Simple, efficace ; encore un bon point, je détestais le tape-à-l'œil.

- Vous continuez à chercher à m'embarrasser ?

Il ricana en ouvrant la portière passager avec galanterie.

- Si seulement vous aviez besoin de moi pour ça !

Je me figeai et le foudroyai du regard.

- Rappelez-moi pourquoi j'ai accepté de dîner avec vous…

Il se gratta le menton de manière assez amusante, faussement pensif, puis se pencha à mon oreille pour me murmurer :

- Ça, j'aimerais bien le savoir.

Nom de Zeus !

Je m'engouffrai dans l'habitacle à la vitesse de l'éclair, ce qui le fit s'esclaffer. Alors qu'il fermait ma portière et qu'il faisait le tour de la voiture pour s'installer au volant, je me concentrai de toutes mes forces pour refouler la pulsion soudaine qui m'avait hurlé de l'embrasser.

Je ne vais pas y arriver, je vais encore me ridiculiser ! Ce type me rend dingue !

Il démarra le moteur et s'engagea sur la route, direction… Je ne savais laquelle.

- Vous ne voulez vraiment pas me dire où nous allons ? demandai-je pour briser la glace.

Après tout, nous ne nous connaissions presque pas et il allait bien falloir que nous conversions lors de cette soirée. Autant commencer à « sympathiser » pendant le trajet.

- Vous êtes curieuse, hein ?

Je haussai les épaules.

- Vous avez dit que c'était un excellent restaurant. Je peux me targuer d'en connaître quelques-uns de très bonne qualité dans la région.

- Vraiment ?

- Comme vous pouvez le constater, je suis plutôt une bonne mangeuse.

William me jeta un coup d'œil en s'attardant tout de même quelques secondes supplémentaires sur mes jambes ; le temps pour moi de sentir mon cœur s'emballer.

- Je crois discerner un sous-entendu sur votre poids. Est-ce un problème pour vous ?

Je haussai les sourcils, il avait vraiment l'air de s'inquiéter.

- C'est simplement de l'humour.

Il sourit.

- Je préfère ça. Cela m'aurait peiné que vous ne mangiez rien *cette fois encore.*

Il avait dit ça avec tellement de gaieté que je ne pus que rire.

- Mon Dieu ! Il avait même commencé à manger mon foie gras !

Nous rîmes tous les deux.

- Il devait être vraiment sans-gêne pour vous énerver ainsi.

Je lui racontai en détail et dans la bonne humeur ce qui s'était passé avec Benjamin, et grâce à cela, une certaine complicité s'instaura entre nous là où auparavant il n'y avait de mon côté qu'un embarras chronique.

- Je vous revois glisser sur cette frite. La pauvre serveuse était dans tous ses états.

Il eut la courtoisie de ne pas parler de l'épisode du baiser, ce que j'appréciai, et me permit d'alimenter la conversation en ce sens.

- Franchement, les serveuses du « Filet mignon » ont mérité leur réputation de maladresse !

- D'aussi loin que je me souvienne, depuis que le restaurant a ouvert il y a quatre ans, c'est comme ça. Catherine, notre journaliste culinaire, a reçu une soupière sur la tête le jour de l'inauguration. Ça ne l'a pas empêché de revenir.

- Une fois, la serveuse a renversé un plateau complet de fruits de mer dans le sac d'une cliente. Il me semble en plus que c'était un *Louis Vuitton* !

Nous bavardâmes si bien sur ce sujet que je ne m'aperçus que nous étions sortis de Fort-Bénédicte qu'une fois sur la D 925.

- Nous allons en direction de Dieppe et vous avez parlé de tournedos. Je crois savoir où vous m'emmenez.

Il garda le silence.

- Dites-moi si je me trompe. *Les Voiles d'Or* ?

- Vous ne lâchez rien, n'est-ce pas ? souffla-t-il.

L'exaspération dans sa voix n'était pas crédible. D'autant qu'il souriait.

- Alors ?

- Ça vous fait plaisir ?

Plaisir ?! *Les Voiles d'Or* n'avaient que de bons commentaires sur *Trip Advisor*, j'avais déjà consulté leur site internet et j'avais bavé d'envie rien qu'en lisant leur carte. La seule chose qui m'avait arrêtée dans ma frénésie gourmande, c'étaient les prix. Cuisiner de bons produits avait un coût, et *Les Voiles d'Or* n'étaient pas aussi bon marché que *Le Filet Mignon*. William Fersen m'offrait un repas à la succulence garantie à cent pour cent sans se préoccuper de son porte-monnaie, prouvant par là une réelle élégance et une réelle générosité ; rien à voir avec ce paon apprêté et radin de Benjamin. Alors, est-ce que ça me faisait plaisir ? Tu parles que j'étais aux anges, oui !

Il était toutefois hors de question d'épancher mon enthousiasme à ce point-là. Question de dignité.

- Je sais qu'ils ont de bonnes critiques, mais je n'y suis jamais allée. J'aime bien essayer de nouveaux restaurants, par conséquent cela me fait effectivement plaisir.

- Vous avez l'air d'apprécier les plaisirs de la table au moins autant que moi. Je crois que nous allons nous entendre.

- En tout cas, vous n'avez pas l'air de payer votre gourmandise au prix fort. Vous êtes plutôt athlétique dans votre genre.

- Dois-je comprendre que vous me complimentez sur mon physique, Adeline ?

Mes joues s'enflammèrent, il éclata de rire.

- Vous êtes pénible, cessez de me taquiner ! grondai-je.

- Oh, je crois que ça va être difficile tant vos réactions sont divertissantes ! *Toutes vos réactions…*

Il avait terminé par un sous-entendu sur lequel je ne pouvais me méprendre. Ce baiser était donc pour lui « divertissant » ? Se moquait-il de moi ou y avait-il un message implicite sur la nature du divertissement ? Bon sang ! Ce William était un spécialiste pour souffler le chaud et le froid, il me décontenançait en permanence, moi l'adepte du contrôle de soi.

Mieux valait que je reprenne la main sur la conversation ou sinon, j'allais encore totalement perdre pied. Et je savais exactement comment procéder :

- Vous ne m'avez pas dit si vous étiez accompagné lors de notre rencontre. Auquel cas, j'ai bien peur d'avoir gâché plus d'une soirée.

À partir du moment où j'avais accepté l'invitation de William Fersen, je m'étais promis d'éclaircir un point crucial qui n'avait jusqu'ici, et à tort, jamais été abordé : était-il célibataire ?

Je n'étais pas une briseuse de ménages et si jamais j'apprenais que la personne avec laquelle Fersen dînait ce jour-là était sa petite amie, il n'y aurait pas d'autre rendez-vous entre nous. Même si cet homme me plaisait, il y avait des principes sur lesquels je ne transigerais jamais.

- Vous voulez savoir si j'ai une petite amie ? Pourquoi ?

Étant donné le personnage, je m'attendais à cette question amusée, sauf que cette fois je ne me laisserais pas intimider.

- Ça me paraît sensé, non ? Alors ?

Il me regarda avec insistance.

- Rassurez-vous, Adeline, je ne suis pas du genre à jouer sur deux tableaux en même temps. Je considère la confiance comme l'élément essentiel dans un couple, ce qui explique que je ne m'engage *jamais* à la légère.

Il y avait là encore comme un message implicite dans sa déclaration, un message qui me concernait moi.

- Hum. Donc, vous dîniez seul ?

Il reporta son attention sur la route.

- Non, j'étais en compagnie d'une femme. Qui plus est, d'une femme charmante.

Pour un peu, j'en aurais grincé des dents. Cependant, ce qui m'énervait le plus n'était pas tant le fait qu'il venait de me dire qu'il était célibataire pour se contredire ensuite, mais bien celui qu'il s'extasie sur les qualités de la dame en question. C'était bien le moment d'être jalouse !

Il me jeta un coup d'œil, puis :

- Tous les garçons pensent que leur mère est une personne exceptionnelle, mais je peux attester que la mienne l'est réellement.

- Alors, c'était votre mère ?!

J'avais réagi un peu trop promptement. Le vent du soulagement de savoir William Fersen dégagé de tout attachement amoureux m'avait balayée tout entière et mon enthousiasme avait dû être plus qu'audible dans ma phrase. Cependant, cette joie laissa la place à la mortification lorsqu'enfin je réalisai les implications de cette révélation :

- Oh…

Je suis tombée sur un type et ai provoqué son arrosage en boissons alcoolisées DEVANT SA MÈRE ?!

- Si vous voyiez votre tête !

- Elle me convaincrait de me cacher dans un trou de souris, ripostai-je.

Je suis tombée sur William Fersen devant sa mère ! Quelle honte ! D'accord, ce n'est pas comme si nous étions un couple et qu'il devait me la présenter dans un avenir proche, mais tout de même ! La honte !

- Ah ça, on peut dire que vous avez fait forte impression.

Je soupirai.

- Je me doute. Et je suis sûre qu'elle a dû bien rire quand vous lui avez annoncé que je vous étais à nouveau tombée dessus hier.

- Elle n'est pas au courant que je vous ai revue. Ma mère est charmante, mais elle est également très curieuse. Elle m'aurait harcelé de questions à votre sujet si je lui avais parlé de ce dîner. Oh, nous arrivons.

La vue du restaurant *Les Voiles d'Or* détourna mon attention. Sa façade jaune et son enseigne orange détonnaient dans le paysage, et le bâtiment en lui-même était assez petit, cependant je mourais d'envie d'y entrer pour déguster les plats dont on m'avait si souvent vanté les mérites.

En véritable gentleman, Fersen fit le tour de la voiture, m'ouvrit la portière, et me proposa son bras pour m'accompagner jusqu'à l'établissement déjà bien rempli.

À l'intérieur, la décoration misant sur le blanc pour les murs et le bleu pour les fauteuils rappelait la mer, et les tableaux noirs avec les plats écrits à la craie blanche rendaient l'ensemble moins guindé. C'était tout à fait charmant.

Une serveuse vint nous accueillir et nous mener à notre table, dans un angle très discret du fond de la salle. Elle alla ranger nos manteaux dans une penderie puis proposa à chacun de nous un menu.

- Prendrez-vous un apéritif ?

- Un mojito pour moi, dit mon compagnon en m'adressant un clin d'œil.

Mon sourire se dessina trop vite sur mon visage pour que j'envisage de le retenir. Décidément, William Fersen avait une façon de se jouer de moi qui m'horripilait et qui m'amusait en même temps. Moi aussi j'étais capable de jouer.

- Je prendrai un cocktail à base de noix de coco.

- Je vous apporte ça tout de suite.

La serveuse, une trentenaire épanouie avec une tresse brune lui descendant jusqu'aux reins, nous quitta sur ces mots.

- Et maintenant je suppose que vous allez commander du foie gras et des frites, attaquai-je aussitôt.

William Fersen éclata de rire. Entre ce son grave et puissant, la blancheur de ses dents parfaitement alignées, et l'étincelle dorée dans ses prunelles, j'avais de quoi frissonner dans ma robe.

- C'est un juste retour des choses.

- En effet. Alors je vais essayer d'être sage pour ne pas attirer votre courroux, je ne suis pas aussi courageux que votre Marianne.

- Personne n'est aussi courageux que Marianne. À part le Justicier peut-être.

L'éclat dans les yeux de mon compagnon s'intensifia et il me scrutait désormais avec une insistance frisant celle des rayons X dans un aéroport.

- Vous éprouvez une grande admiration pour cette personne.

- De qui voulez-vous parler ? De Marianne ou du Justicier ?

- Des deux. Quoique je doute que vous me parliez de vos sentiments sur le Justicier tant on sait qu'il peut être dangereux de témoigner trop publiquement des marques de sympathie à son égard.

Il me mettait en garde ou il me testait, j'en étais persuadée. Peu importait, je n'avais pas peur du tabou lié au Justicier. Nanette m'avait montré le jour où elle avait giflé le maire ce qu'était le courage : la volonté d'affirmer son opinion et sa liberté quoi qu'il en coûte. Dans le monde entier, on considérait le Justicier comme un héros, et en France, il était un terroriste, sauf pour les Bénédictins qui ne pouvaient le crier trop fort sans risquer une enquête du commissariat de police de la ville. Par conséquent, on évitait d'en parler en-dehors de chez soi.

Les journalistes du *Fort-Béné* étaient parmi les seuls à rendre compte de ses exploits en jouant sur les mots pour éviter de fournir un prétexte au maire pour les mettre au chômage *manu militari*. C'était pour ça que je les admirais, à commencer par celui qui se tenait devant moi à attendre que je poursuive ou que je me dégonfle sur le sujet.

- Pour Marianne, elle est la première à m'avoir prise sous son aile lorsque j'ai débuté dans mon établissement. Elle est à elle seule la définition la plus parlante de ce que sont un fort caractère et une langue bien pendue. Elle peut se montrer cassante et agressive avec ceux qui l'énervent, mais ça s'explique par les débuts difficiles qu'elle a eus dans la vie. Elle a été obligée de s'endurcir pour protéger son frère, et en cela, c'est une des femmes les plus fortes que j'ai rencontrées avec ma tante Nanette.

Je ne trouvai pas utile de lui préciser que les parents de Marianne étaient des alcooliques notoires qui avaient abandonné leurs enfants en foyer, et que la perte de Noah l'avait rendue encore plus sauvage. Son mauvais caractère lui avait valu des ennuis avec plusieurs collègues, un inspecteur et quelques parents d'élèves qui n'avaient pas accepté d'entendre la vérité vraie sur leur rejeton récalcitrant être révélée en des termes peu diplomates. Par chance, l'ancien directeur, Mr Hadert, avait toujours voué une confiance sans faille dans la capacité de Marianne à trouver son équilibre dans l'enseignement, voie pour laquelle elle était faite selon lui à condition de quelques ajustements qui furent trouvés, d'après lui encore, lors de mon arrivée dans sa vie. Elle qui voulait poignarder Théodore Vincel à tout prix avec une paire de ciseaux qui ne coupaient même pas, avait fini par adopter ma ligne de conduite, à savoir combattre le maire en ouvrant les jeunes esprits à la possibilité d'un monde sans lui. Nos histoires respectives nous avaient rapprochées, et elle se comporta par la suite comme la grande sœur intrusive mais adorable que je n'avais jamais eue, aussi volcanique qu'aimante, aussi pénible qu'attachante. Mr Hadert, avant son départ en retraite, m'avait un jour félicitée pour avoir réussi là où tout le monde avait échoué, à savoir dompter la bête, or, à mon sens, cette bête-là, personne ne pouvait la dompter. Marianne était libre, et jamais elle ne serait plus belle et plus femme qu'en restant ce fauve à langue de vipère que j'aimais comme une sœur.

C'était le genre de lien qu'on ne pouvait pas décrire à un presque inconnu. Je passai donc au second sujet :

- Quant au Justicier, je suis comme tous les Bénédictins, j'admire son dévouement pour notre ville. Il y a tant d'endroits sur Terre où il pourrait combattre le crime, mais c'est à Fort-Bénédicte qu'il a décidé d'agir, ce qui prouve que j'avais, comme d'autres, raison : il reste de l'espoir pour les habitants de cette ville.

William Fersen demeura silencieux après la fin de ma tirade. C'était peut-être bien la première fois, en un sens. Pas même un regard moqueur ou malicieux. Non, il m'observait avec beaucoup d'attention.

La serveuse arriva à cet instant pour nous donner nos cocktails et nous demander si nous avions choisi nos plats. Comme nous lui répondîmes par la négative, elle annonça qu'elle repasserait un peu plus tard.

- Ce n'est pas le genre de discours que le maire apprécie, reprit William Fersen. Vous êtes plutôt courageuse ; un trait de famille, je suppose ?

Je levai les yeux du menu que j'étais en train de consulter. L'allusion à mon père était suffisamment explicite. J'aurais dû me douter qu'il y avait anguille sous roche. Je soupirai :

- J'espère que ce n'est pas pour parler de mon père que vous m'avez invitée à dîner.

Il haussa les sourcils, l'air sincèrement surpris.

- Pourquoi ferais-je une telle chose ?

- Laissez-moi réfléchir... Parce que vous êtes journaliste, peut-être...

- Je ne voulais pas vous offenser. Si vous cherchez en moi de mauvaises intentions à votre égard, vous n'en trouverez pas.

Il semblait peiné, je me sentis stupide.

- Je suis désolée. C'est juste que je n'aime pas parler de mes parents. Je sais bien que beaucoup de gens les admirent encore aujourd'hui pour avoir osé braver Théodore Vincel, mais tout ce que je retiens, moi, c'est que je fus orpheline à six ans. La seule chance que j'ai eue, ce fut d'être confiée aux soins de ma tante et non à ceux de la DDASS. Parfois on me parle d'eux en cherchant auprès de moi ce qu'ils auraient approuvé ou non dans la politique de la ville, mais la vérité, c'est que je ne peux rien répondre. Je n'ai que trop peu de souvenirs de la famille que nous formions. Je ne sais même pas s'ils seraient fiers de mon parcours tant il est différent du leur.

- Peu importent les différences entre les voies que vous avez respectivement choisies si vous faites du bien autour de vous. Vos parents étaient très respectés pour leurs positions contre la misère sociale, ils ne pourraient qu'être fiers de voir leur fille la combattre par l'instruction des jeunes esprits. Je vous ai vue avec vos élèves hier, vous aimez votre métier. Vous êtes *faite* pour l'enseignement parce que vous *croyez vraiment* que vous pouvez apporter à ces jeunes des champs de savoirs dont ils ignoraient tout, à commencer sur leur propre potentiel.

Je l'observai. Il semblait sincère. C'était étrange, je ne le connaissais pas, il ne connaissait rien de ma vie, et pourtant, ses paroles agissaient comme un baume sur la blessure au fond de moi. Il n'y avait qu'avec Marianne que je me confiais sur ce sujet et là, en peu de mots échangés, j'avais l'impression que William Fersen me comprenait mieux que ma meilleure amie. C'était... troublant.

- Qu'y a-t-il ? demanda-t-il, perplexe.

- Pardon ?

- Vous me regardez comme si vous alliez me disséquer pour m'étudier plus en détail.

L'analogie me fit m'esclaffer.

- C'est juste que vous avez l'art de me décontenancer.

- Parce que je vous faisais un compliment ?

Je repris mon sérieux.

- Parce que vous lisez en moi trop facilement.

C'était vrai. Cet homme jouait depuis le début avec moi parce qu'il semblait m'avoir percée à jour. J'étais quelqu'un de très sociable, mais je me considérais comme du genre discret, alors cette façon qu'il avait de voir si facilement en moi me perturbait, et me faisait peur. J'avais peur qu'il ait pressenti l'attirance que j'éprouvais à son égard quand de son côté, je n'étais sûre de rien.

Et ce n'était pas la rivière de miel liquide dans ses yeux scrutateurs qui allait m'aider à y voir clair.

- Vous me prêtez des pouvoirs de divination que je ne possède pas.

Il s'était penché vers moi. Ses lèvres étaient un véritable appel au baiser. *Reprends-toi ou tu vas l'embrasser en plein restaurant !*

Je m'emparai brutalement de la carte et la relevai quasiment sous son nez. Il recula prestement.

- Dommage, car vous auriez pu influencer mon choix de menu ! Maintenant je vais devoir me concentrer pour trouver le repas parfait !

Je souris, bêtement supposai-je, et m'empressai de plonger le regard vers les propositions gastronomiques des *Voiles d'Or*.

Il eut la gentillesse de ne pas rire et nous choisîmes nos plats. Pour ma part, je me laissai tenter par l'émincé de raie avec velouté de chou-fleur aux petits légumes en entrée, par les aiguillettes de bar accompagnées d'une mousseline de Panais et de frites de céleri confites, et par le croustillant de pommes caramélisées à la vanille de Madagascar en dessert. William Fersen opta pour des coquilles Saint-Jacques rôties, un tournedos de filet de bœuf au coulis de foie gras accompagné de son gratin dauphinois, et pour une poire confite à la cannelle farcie et voilée au caramel.

En attendant l'entrée et pour en revenir à un sujet que je maîtrisais, je lui confiai une anecdote assez drôle sur les conséquences de l'arrivée du Justicier sur les adolescentes de Fort-Bénédicte :

- Elles sont toutes amoureuses de lui. Il faut voir ce que je peux lire comme déclaration d'amour enflammées quand je demande à mes Secondes de me décrire les qualités de leur héros préféré.

William Fersen s'esclaffa :

- C'est à ce point-là ?

Je pris une voix haut perchée et battis excessivement des cils pour adopter une posture énamourée :

- « Le Justicier ne peut être qu'un garçon beau car à la télévision, son costume le moule à la perfection. »

William Fersen manqua recracher la gorgée de vin blanc qu'il venait de boire. Je poursuivis :

- « Le Justicier doit avoir des abdominaux d'acier car on ne peut pas être un justicier sans faire des pompes ».

Cette fois, il éclata carrément de rire, attirant l'attention de quelques personnes dans le restaurant.

- J'en ai une autre, attendez : « Je suis sûre que derrière son attitude de guerrier, c'est un lover *so romantic* ! Il doit rêver du jour où la femme de sa vie l'embrassera sous la pluie comme dans *Spiderman* ! Sous son masque, c'est sûrement l'homme le plus beau de la Terre car les justiciers ne peuvent pas ressembler à *Shrek*. »

L'arrivée de nos entrées mit fin à mon jeu d'actrice et au rire de mon spectateur qui essuyait une larme sur le coin de son œil droit. Décidément, Fersen était bon public. J'aimais les hommes avec le sens de l'humour ; *encore un bon point…*

- Hahaha ! Je ne pensais pas que la correction de copies pouvait être aussi drôle, dit-il tandis que je m'emparais de ma cuillère à soupe avec conviction.

- Ce n'est pas toujours évident, mais il y a de bons moments, en effet.

Nous commençâmes à manger en nous enquérant de la qualité du plat de l'autre. Délicieux, évidemment.

J'avalai la dernière cuillérée de mon velouté en me retenant de saucer le petit bol avec mon pain, puis :

- Pour en revenir au Justicier, certaines de mes élèves m'ont confié qu'elles laissaient volontairement leurs volets et leurs fenêtres ouverts pendant la nuit au cas où il aurait besoin d'un endroit où se réfugier pour échapper aux sbires du maire.

Mon compagnon en avala de travers. Je ris.

- Vous l'ignoriez ?

- Complètement ! dit-il en toussant.

- Voilà de quoi faire un bel article ! Le maire serait très heureux.

- En effet, c'est le moins qu'on puisse dire.

- Rassurez-vous, je leur fais à chaque fois la leçon en leur rappelant qu'en agissant ainsi, elles ont plus de chance de voir débarquer un violeur ou un goéland chez elle que le Justicier, prêt à leur déclamer des poèmes dégoulinant d'amour et d'eau fraîche.

- Vous êtes dure avec elles.

- Non, c'est réaliste. Elles sont prêtes à se mettre en danger pour faire venir à elles un individu dont elles ne connaissent même pas le visage. Qui sait ce qui se cache sous ce masque et cette capuche ?

William Fersen m'offrit un sourire à la fois amusé et tentateur.

- Qui sait… ? répéta-t-il.

- Moi, je le sais !

Sa mâchoire se crispa, son sourire se figea.

- Le sosie de Freddie Krueger avec l'haleine de Godzilla.

William Fersen me regarda avec des yeux ronds, le comble du bug cérébral en direct. Je m'esclaffai.

- Si vous voyiez votre tête !

- Vous prenez plaisir à vous moquer de moi ?

Notre échange était la preuve de la connivence qui, je le sentais, s'était instaurée entre nous depuis notre départ de Fort-Bénédicte.

- En aucun cas, répondis-je avec malice.

Le sourire que nous échangeâmes provoqua une onde de chaleur se déversant depuis la racine de mes cheveux jusqu'au bout de mes orteils.

- Ainsi donc, les justiciers masqués ne vous font pas rêver…

L'onde de chaleur se transforma en explosion nucléaire.
Reprends-toi ! Il ne te fait pas rêver !

- Hum. Non, j'ai les pieds sur terre. Je ne me vois pas tomber amoureuse d'un masque, ce ne serait pas juste pour l'homme qui est derrière. Regardez Loïs Lane ou la rouquine dans *Spiderman*, j'ai oublié son nom, eh bien elles ont d'abord aimé le héros avant l'homme.

Un drôle d'éclat brillait dans ses prunelles tandis qu'il écoutait mon discours.

- N'est-ce pas romantique ? s'enquit-il.

- Non, c'est juste pathétique, rétorquai-je. Elles aimaient un costume et non un être humain.

- Votre manière de voir les choses est plutôt originale.

- Comme je vous l'ai dit, j'ai les pieds sur terre. Cela vaut mieux si on ne veut pas être déçue par la réalité de la vie.

Sa façon de plisser les yeux pour me scruter m'indiqua qu'il allait dire quelque chose qui n'allait pas me plaire :

- Ça vous est déjà arrivé, n'est-ce pas ? D'être déçue.

Le temps que la serveuse mit à débarrasser nos assiettes en attendant le plat me permit de réfléchir à la réponse que j'allais donner à William Fersen. Certes sa question était déplacée pour un premier rendez-vous, certes sa curiosité à mon égard depuis notre rencontre allait trop loin, certes j'aurais pu détourner la conversation et ne pas évoquer ma relation avec Paul. Mais j'avais comme une drôle de sensation : le pressentiment que je pouvais avoir confiance en cet homme-là.

- Adeline ? Je vous demande pardon, je me suis encore montré indiscret.

- Non, c'est bon. Je suis un livre ouvert, à l'évidence.

Son expression était clairement navrée. Mieux valait que je me lance et qu'on n'en parle plus :

- Ma dernière relation ne s'est pas très bien terminée. J'ai rencontré Paul quelque temps après la mort de ma tante, grâce à des amis communs qui nous avaient chacun invités à dîner dans l'un des restaurants de la plage du Havre, un soir d'été. J'adore cette ville, il y fait bon vivre et c'est très dynamique. Bref, c'était une excellente soirée, il faisait beau et le courant passait bien entre Paul et moi. Il venait de terminer les Beaux-Arts et se destinait à devenir peintre. J'étais sous le charme. Comme il ne parvenait pas à exposer à Honfleur[26], il s'est dit qu'il pouvait tenter sa chance à Fort-Bénédicte. Nous restions en contact grâce à *Skype*, c'était l'occasion de mettre fin à cette relation à distance très frustrante. Il ne connaissait personne, alors il a emménagé chez moi. Marianne est venue peu de temps après pour le rencontrer...

Je levai les yeux au ciel.

- Je vois. L'entrevue a dû être orageuse, dit Fersen.

- Elle l'a détesté à la seconde où elle l'a vu. Il faut dire qu'il était vautré dans le canapé alors que je rangeais son linge. Avec le recul, je me dis que j'aurais dû l'applaudir au lieu de la reprendre vertement. Comme il ne se levait pas pour lui dire bonjour, elle a sorti un très audible : « Alors, c'est ce gros paresseux que tu entretiens, Adeline chérie ? »

Fersen en resta coi. Puis :

- C'était passablement grossier. Elle l'a jugé en une seconde alors qu'il aurait très bien pu se reposer après avoir réparé quelque chose dans la maison.

- Sauf que c'était moi qui venais de réparer la rambarde de l'escalier.

- Au temps pour moi, il n'a eu que ce qu'il méritait.

- Sur le moment, j'ai surtout relevé la forme plutôt que le fond dans ses paroles et je l'ai rabrouée.

- Il est vrai que vous appréciez les bonnes manières, dit-il avec un clin d'œil.

Je m'esclaffai et repris :

- Ça a duré deux ans environ. J'avais parfois le sentiment d'être coupée en deux entre mon petit ami, dont je ne voulais pas reconnaître les torts, et ma meilleure amie qui n'avait plus assez de vocabulaire pour l'insulter. Je savais qu'elle avait raison, je l'ai toujours su en un sens. C'est dur de se réveiller en prenant

---

[26] Honfleur est réputée pour ses galeries d'art et pour les nombreux artistes qui viennent la peindre.

conscience qu'on a commis l'erreur de devenir le genre de femme soumise et aveugle qu'on a juré de ne jamais être.

Il posa délicatement sa main sur la mienne. Elle était chaude, et douce.

- Vous étiez amoureuse.

Je retirai ma main.

- Ce n'était pas une raison.

Nous nous observâmes un instant en silence. Il ne me considérait pas avec pitié, ce qui m'aurait véritablement énervée, non, il me regardait simplement avec gentillesse et douceur. Je regrettai d'avoir repris ma main.

- Hum. Mon histoire avec Paul s'est terminée lorsqu'il ma trompée et que j'ai mis le feu à ses vêtements en le menaçant avec un râteau.

William Fersen haussa tellement les sourcils que je crus qu'ils allaient s'échapper de son visage. Ensuite, sa tête bascula en arrière et il éclata d'un rire grave et sensuel qui me transforma en éponge à hormones.

- Dire que vous vous décriviez comme une femme soumise ! Cette histoire de râteau ne fait que prouver au contraire que soumise, vous ne l'avez jamais été. Adeline Tremen, l'embrocheuse de Fort-Bénédicte.

Il rigolait encore lorsqu'on apporta nos plats, et je dois dire que moi aussi. Je venais de confier à un type que je connaissais à peine l'un des épisodes les plus pénibles de ma vie et malgré tout, je passais une excellente soirée.

- Je n'aimerais pas être votre ennemi, j'aurais trop peur de retrouver mes affaires en cendres.

- C'était un coup de sang, je n'avais jamais eu d'accès de violence comme ça avant. Quand elle l'a appris, Marianne m'a emmenée au *Filet Mignon* et m'a commandé le plus gros faux-filet existant et a exigé un dessert spécial rupture providentielle.

- Hahaha ! Et qu'est-ce que c'était ?

- Mon dessert préféré : une tarte à la fraise et au pain d'épices. Le chef a joué le jeu et en a préparé une énorme. Tout le restaurant en a profité, c'était incroyable : je venais de rompre, mais c'était un moment extraordinaire. Marianne a porté un toast devant tout le monde : « Au salaud qui n'a pas mesuré sa chance ! » ; tous les clients l'ont repris en chœur en me regardant. C'était… embarrassant.

- Vous décrivez votre amie comme une amazone impitoyable, mais pour le moment, je la trouve plutôt sympathique. Sa loyauté à votre égard est touchante.

- Elle était là quand j'en ai eu besoin. Je ferais n'importe quoi pour elle.

Marianne était une force de la nature, mais elle avait aussi ses faiblesses. Le manque de Noah la faisait souffrir, c'est pourquoi je m'arrangeais pour être toujours disponible pour elle en cas de besoin. Elle se reposait sur moi au moins autant que je me reposais sur elle. C'était ça l'amitié. La vraie.

Je sentis le contact des doigts de William Fersen sur les miens. Je devais les lui retirer ou j'allais me comporter comme une nouille balbutiante.

- Je vous envie, vous savez.

Sa phrase détourna mon attention.

- Pourquoi ?

- Parce que vous avez trouvé une personne capable de vous comprendre, qui voit jusque dans les recoins les plus sombres de votre être, et qui reste là malgré tout.

Je fronçai les sourcils et me perdis dans le miel de ses yeux.

J'oubliai nos doigts désormais entrelacés.

J'oubliai tout.

*****

- Madame, Monsieur, désirez-vous un autre verre de vin avec votre plat ?

Je secouai la tête et la tournai du côté de la serveuse.

- Hein ?

Elle sourit gentiment. Captant la direction de son regard, j'émis un petit cri étranglé en récupérant prestement ma main.

Qu'est-ce qui vient de se passer là ?!

- Pour moi, non. Adeline ?

- Euh. Non merci.

La serveuse s'en alla.

- Il faudrait attaquer votre tournedos ou il va être froid ! lançai-je maladroitement pour que l'opération mastication nous évite de mettre des mots sur le regard que nous venions d'échanger.

Jusque-là, je n'avais pas vraiment de certitude concernant l'effet que je produisais sur William Fersen. Ses insinuations étaient toujours lancées sur le mode humoristique et je n'arrivais pas à clairement discerner ses intentions. Cependant, cet instant hors du temps m'avait fait entrevoir une attirance partagée dont l'issue me faisait peur. Je ne savais pas si j'étais réellement prête, je n'avais pas anticipé cette rencontre avec un homme qui me plaise vraiment vu que je ne croyais pas vraiment aux talents d'entremetteuse de Marianne. Néanmoins, il fallait reconnaître que sans elle, je serais encore chez moi ce soir à ne faire aucun effort pour réellement mettre fin à mon célibat. Je ne savais que penser.

Alors je mangeai. Lui aussi.

En silence.

Heureusement, un violoniste arriva entre le plat et le dessert pour nous faire le plaisir d'un intermède qui réchauffa l'ambiance. J'avais des goûts musicaux assez éclectiques et j'appréciais le classique, de fait, j'étais heureuse d'entendre certains de mes morceaux favoris tels qu'*Orphée aux Enfers* d'Offenbach ou la danse russe de *Casse-noisette*. Cette intervention nous permit de repartir sur une conversation normale en échangeant sur nos préférences respectives. Ainsi, nous nous découvrîmes un goût commun pour le groupe *Police* et pour les chansons pop du moment. Nous prenions notre café quand nous abordâmes nos habitudes télévisuelles. Par chance, Fersen n'était pas un adepte du foot et comme moi, il aimait visionner de bons films. Après, sa conception du bon ou mauvais dans le cinéma différait de la mienne et nos divergences d'opinion sur la qualité du dernier *Expendables* nous conduisirent à un débat vif et passionné.

En parfait gentleman, William Fersen alla payer la note en allant chercher nos manteaux afin que je n'entende pas le montant astronomique de celle-ci. Avec des prix à la carte annoncés à pas moins de trente euros pour les plats, mon compagnon s'était montré plus que généreux, d'autant qu'un journaliste ne gagnait pas non plus des millions, et en sachant que le *Fort-Béné* était le seul quotidien local à ne recevoir aucune subvention de la part de la mairie (la rançon de l'honnêteté). Je ne le connaissais pas vraiment, mais il ne me semblait pas du genre à vouloir en mettre plein la vue à une fille pour la mettre ensuite dans son lit. Et son sourire lorsqu'il m'apporta ma veste me confirma qu'en lui, il n'y avait effectivement aucune mauvaise intention.

Je fonds.

- Je vous remercie pour ce dîner. C'était extravagant, mais succulent, dis-je.

- Ça faisait longtemps que je voulais essayer ce restaurant, en bonne compagnie de préférence. Et vous avez été de très bonne compagnie.

Je me rengorgeai outrageusement en passant ma main dans mes cheveux.

- *C'est parce que je le vaux bien.*[27]

Il s'esclaffa et nous nous dirigeâmes vers la voiture. Le trajet de retour se fit dans un silence relatif puisqu'un fond sonore agréable envahissait notre habitacle, permettant à l'un comme à l'autre de faire le point sur cette soirée avant qu'elle ne s'achève.

Pour ma part, *primo* j'avais mangé dans un excellent établissement, *secundo* mon compagnon s'était comporté avec élégance tout du long et *tertio* je redoutais que notre séparation inévitable de ce soir soit définitive. C'était une réussite en tout point, alors peut-être que nous pourrions envisager un second rendez-vous,

---

[27] Réplique d'une publicité *L'Oréal* très connue.

puis un troisième… Hors de question de déroger à mes principes à nouveau en brûlant les étapes.

Nous arrivâmes devant chez moi vers vingt-trois heures. William Fersen me raccompagna galamment jusqu'à mon porche, les réverbères illuminaient suffisamment la rue pour que le jardin ne baigne pas dans une totale obscurité.

- J'ai passé une très bonne soirée. Merci.

- Vous voyez, ce n'était pas si terrible. Vous qui hésitiez à accepter mon invitation.

- Je reconnais que vous pouvez être de bonne compagnie quand vous ne passez pas votre temps à me taquiner.

Il fit comme s'il recevait une flèche en pleine poitrine.

- Touché !

Je ris de bon cœur.

- Mais j'aime bien vous taquiner, ne serait-ce que pour les réactions que vous avez lorsque vous êtes mal à l'aise.

Je levai les yeux au ciel.

- Vous n'allez pas remettre ça. Tout se passait si bien. Où sont passées vos bonnes manières ?

- Vous avez raison. Je me confonds en excuses et ne sais comment gérer mon embarras.

- Peut-être que…

Je ne vis rien venir.

Tout à coup, ses mains encadrèrent mon visage alors qu'il pressait ses lèvres contre les miennes en un baiser qui transforma mes jambes en flaques de gelée. Totalement surprise par son geste, je ne pus guère réellement en profiter, car il n'insista pas et s'écarta de quelques centimètres qui me parurent une distance affreusement longue.

- Eh bien, comme cela nous sommes à égalité. Vous n'aurez plus de raison de vous sentir embarrassée devant moi désormais, dit-il tout bas.

Encore toute chamboulée par ce qui venait de se passer, je n'arrivais même pas à parler.

- Je… je…

Il sourit.

- La question est : voulez-vous que nous en restions là ?

Je me perdis dans son regard où perçait toujours cette espièglerie qui me rendait dingue, dans tous les sens du terme. C'était quoi sa question déjà ? Voulais-je que nous en restions là ? Là où ?

Subitement je compris.

Et comblai l'espace entre nous.

Cette fois, nous étions deux à nous embrasser.

Et ce fut…

*****

Il m'avait serrée contre lui à la seconde où je m'étais avancée pour m'emparer de ses lèvres et j'avais passé mes bras autour de son cou comme pour l'empêcher de revendiquer une retraite qu'il ne réclama jamais. Au contraire, notre échange passionné dura bien plus longtemps que ce que j'avais connu jusque là et j'eus l'impression qu'il pourrait durer toute l'éternité sans que je n'y voie aucun inconvénient tant il me transportait.

J'avais embrassé plusieurs hommes au cours de ma vie, mais force m'était de constater que ce que je vivais en cet instant où les mains de William Fersen me caressaient le dos tandis que ma langue caressait la sienne en un mélange de douceur et de voracité, dépassait tout ce que j'avais expérimenté avant lui. J'étais à la fois le chamallow et le feu qui le faisait fondre, j'étais hors du temps et pourtant je ressentais avec une intensité incroyable son corps contre le mien, j'étais Adeline Tremen, adepte des bonnes manières et des principes moraux, et je les avais jetés aux orties dès que mon cerveau avait assimilé la question de mon compagnon.

Je ne brûlais pas seulement les étapes en l'embrassant aussi fougueusement dès le premier rendez-vous. Non.

Je brûlais.

Totalement.

Au point que notre séparation fut une véritable torture physique et psychologique lorsque l'asphyxie menaçante nous obligea à reprendre chacun notre souffle.

Impossible pourtant de nous détacher complètement l'un de l'autre. Nous nous tenions donc front contre front, haletants, et visiblement dans le même état de profond trouble.

- Adeline… murmura-t-il, les yeux clos.

Je crus qu'il allait dire quelque chose mais il resta coi, ses épaules se soulevant au rythme d'une respiration désordonnée. Pour ma part, mon cœur battait à mille à l'heure, il s'égayait tellement dans ma poitrine qu'on aurait pu présumer qu'il essayait tout bonnement d'en sortir. J'étais également incapable de parler. J'étais incapable de…

Mon Dieu !

… de résister à un nouveau baiser.

L'une après l'autre, les cellules de mon corps se liquéfièrent pendant ce contact si intime entre nos deux êtres et je compris en cet instant que plus jamais je ne serais la même. William Fersen venait de faire quelque chose qu'aucun autre avant lui n'avait réussi à faire, quelque chose dont j'ignorais même la possibilité : il avait laissé sa marque en moi.

Tout vola en éclat. Mes peurs, mes principes, mes barrières, tout.

Lorsque nous nous séparâmes cette fois, je n'avais plus aucun contrôle sur la suite des événements. C'est pourquoi ma conscience ne se manifesta même pas pour me réfréner quand les mots sortirent tous seuls :

- Est-ce que… tu veux entrer ?

Jamais, ô grand jamais, même avec les petits amis avec lesquels je me sentais vraiment en phase, je n'avais dérogé à la règle du six pour le premier rapport sexuel. Je n'aimais pas les aventures sans lendemain et multiplier le nombre de rendez-vous platoniques était un bon moyen de faire le tri entre ceux qui souhaitaient une relation avec moi et ceux qui ne cherchaient qu'un plaisir à court terme. Mais là, comme je l'ai dit précédemment, je ne contrôlais plus rien.

Il inspira fortement et me regarda avec une fièvre qui ne fit qu'alimenter le brasier qui couvait dans mon organisme. J'acquis la certitude qu'il me désirait au moins autant que je le désirais. Je déposai un baiser léger au coin de sa bouche, sa main caressa ma joue puis descendit de mon cou jusqu'à ma hanche en un frôlement qui acheva de mettre mes cellules en mode thermonucléaire.

- William...

- Adeline…

Nous nous étions exprimés en même temps.

- Je… commençai-je, pensant qu'il allait me laisser la priorité.

- Je vais partir, Adeline.

La douche glacée qui inonda mes terminaisons nerveuses fut autant difficile à avaler que la brique qui venait de tomber au fond de mon estomac. Je lui proposais d'entrer chez moi pour finir la soirée et la nuit, et *il refusait* ?! C'était le monde à l'envers ! D'habitude, c'était moi qui déclinais l'invitation pour un dernier verre, pour qui allait-il me prendre ?! Une Marie-couche-toi-là ?

Je fis un pas en arrière, le souffle court tant la honte m'oppressait. William ne m'en laissa pas faire un deuxième, il me saisit par les bras :

- Ne t'imagine pas que je ne veux pas entrer, Adeline. J'en ai… vraiment envie. *Terriblement* envie.

Rien qu'à la façon dont il regardait mes lèvres, avec un désir presque primal, je savais qu'il disait la vérité.

- Mais alors…

- Je… tu… (Sa respiration hachée démontrait son trouble) Je suis en train de perdre tout contrôle.

Je scrutais ses prunelles d'or empreintes d'une frustration désespérée, mais l'obscurité ambiante m'empêchait d'y discerner ce qui semblait le torturer à ce point.

- Moi non plus, je n'ai aucun contrôle, répondis-je en lui caressant la joue. Est-ce une mauvaise chose pour autant ?

J'étais une professionnelle de l'organisation et une adepte de la maîtrise de soi et pourtant, en cet instant, je me fichais totalement d'être en roue libre. Je le voulais juste *lui*.

Il m'embrassa à nouveau, mais cette fois, avec une tendresse qui fit danser des papillons dans mon ventre. Ses mains caressaient mon dos avec lenteur comme les miennes dessinaient le contour de son visage, savourant le contact piquant mais non désagréable de sa barbe renaissante. Sa langue dansait en communion avec la mienne, laquelle avait incontestablement reconnu son maître dans ce ballet lent et sensuel imposé qu'elle savourait passionnément.

Enfin... :

- Adeline, je dois partir, dit William en s'arrachant à notre baiser bien à contrecœur étant donné la façon dont il me serrait encore contre lui.

- Pourquoi ?

Ma voix était presque implorante, j'avais l'impression de quémander une faveur. C'était proprement ridicule.

- Je pars demain pour un reportage sur les grandes villes de la région.

Je fus foudroyée par cette annonce. Il poursuivit :

- C'était prévu depuis longtemps déjà, mais je voulais te revoir avant mon départ. Je... (Il ferma les yeux, prit une grande inspiration puis rouvrit les yeux et me sourit) Je voulais pouvoir te rattraper à nouveau au cas où une frite se serait encore mise au travers de ta route.

Je fronçai les sourcils. Voyant que je ne mordais pas à l'hameçon de sa tentative de changement de sujet, il reprit son sérieux :

- Adeline, je n'avais pas anticipé cette... situation. J'aurais dû pourtant... Tout est ma faute... Je perds tout bon sens dès que je te vois et je... Bref. Je pars pour quelque temps, alors je ne veux pas entrer chez toi ce soir au risque que cette séparation imposée ne t'ouvre les yeux sur le fait que nous sommes allés trop vite. Est-ce que tu comprends ?

Je sentais qu'il ne me disait pas tout, mais mon cerveau était encore trop anesthésié. Quelque part, j'aurais dû me réjouir qu'au moins l'un de nous ait gardé les pieds sur terre, toutefois ce que je retenais, moi, c'était que je venais d'officiellement me prendre le râteau du siècle quand j'aurais pu mettre fin à une année complète d'abstinence sexuelle.

- Combien de temps seras-tu parti ? demandai-je en éludant volontairement la question précédente.

- Deux semaines.

- C'est long.

- Je sais.

Nous nous observâmes l'un l'autre. Je ne savais pas ce qu'il cherchait dans mon regard, était-ce la même chose que moi, à savoir une réponse à la question qu'induisait notre échange précédent ? Laquelle interrogation était : Nous reverrons-nous ?

William et moi nous étions embrassés, mais rien n'était vraiment clair entre nous deux. Tout s'était effectivement passé si vite. Une rencontre brutale et un baiser dans un restaurant, une autre rencontre brutale une semaine plus tard et une invitation à dîner le lendemain, et enfin une excellente soirée suivie de plusieurs autres baisers à classer parmi les plus torrides et les plus romantiques que j'avais jamais connus. Nous nous connaissions à peine et William repartait déjà pour une durée qui déterminerait si nous pouvions espérer construire quelque chose ensemble. En effet, deux semaines de séparation pour un couple bien établi ne prêtaient pas forcément à conséquence, mais dans notre cas, elles attiseraient ou éteindraient purement et simplement ce qui s'était joué ce soir. J'en avais conscience, et je savais que lui aussi.

- Appelle-moi quand tu rentreras.

William me serra imperceptiblement plus fort tandis qu'il souriait avec cet air espiègle que je lui connaissais bien.

- Vos désirs sont des ordres, madame.

Je souris aussi, plus pour la forme que par réelle conviction, car si mes désirs avaient vraiment été des ordres pour cet homme, il les aurait comblés en la minute en m'emportant dans ses bras dans ma chambre à coucher.

C'est ainsi qu'après avoir échangé nos numéros, je rangeai ma frustration dans un coin de mon esprit pour le laisser partir sans avoir l'air d'une nymphomane en manque, et que, surtout, je refoulai au plus profond de moi des sentiments que je pensais jusqu'ici bien enterrés depuis ma rupture avec Paul : un refoulement nécessaire pour supporter le temps qu'il mettrait à me rappeler, mais aussi pour supporter la douleur qui me frapperait inévitablement si justement il ne le faisait pas.

Chapitre IV : Disparition, apparition, réapparition

*****

Cela faisait désormais plus de quinze jours que je vivais en scrutant mes messageries de téléphones fixe et portable. Je n'avais aucune nouvelle de William. Il ne m'avait certes pas promis de m'appeler pendant son voyage, mais j'espérais malgré moi rentrer et m'apercevoir qu'il avait laissé sur mon répondeur une marque du souvenir de mon existence en me disant qu'il était rentré à Fort-Bénédicte.

J'avais beau me seriner quotidiennement de continuer à vivre comme si de rien n'était et qu'advienne que pourra, je n'arrivais pas à me sortir notre soirée de l'esprit. Tout comme je n'arrivais pas à le sortir *lui* de mon esprit.

- Franchement, Adeline, tu vas devenir pire que nos élèves qui ont le Smartphone greffé dans la main ! Reprends-toi à la fin ! s'emporta Marianne ce jour-là tandis que pour la énième fois, je vérifiais le compte de mes SMS.

- Excuse-moi.

- Je ne t'ai jamais vue dans un état pareil. Que dirait-il s'il te voyait en mode groupie hystérique ?

Je soupirai.

- Il ne dirait rien, il fuirait à toutes jambes cette vision d'une déséquilibrée mentale en manque.

C'était l'impression que je me faisais ces derniers temps : d'être une déséquilibrée. Je tournais en rond, incapable de productivité tant je ressassais ce qui s'était passé entre William Fersen et moi, et tant je m'interrogeais sur la qualité de nos retrouvailles, si retrouvailles il y avait. Après tout, la Normandie, ce n'était pas l'Irak, et il pouvait me contacter si le désir l'en prenait. *Si le désir l'en prenait...*

Je fermai les yeux. En un éclair, je nous revis enlacés, échangeant un baiser paradoxalement aussi torride que tendre.

- Il te manque, hein ?

J'ouvris les yeux et regardai Marianne. Au début, elle avait pris toute cette histoire avec le sourire et s'était même fait le plaisir de retourner le couteau dans la plaie en me qualifiant de libertine dépravée voulant voler la vertu d'un honorable jouvenceau. Seulement, les jours passants lui avaient fait comprendre que je n'arrivais pas à m'en amuser.

- Pour que quelqu'un nous manque, il faut avoir eu le temps de le connaître. Or, je ne l'ai connu, le temps passé ensemble mis bout à bout, qu'une journée tout au plus.

Marianne croisa les bras contre sa poitrine en me scrutant de manière impitoyable.

- Et ?

Je ne pouvais rien contre son œil de lynx.

- Oui, il me manque, dis-je dans un souffle. Je suis stupide, hein ?

Elle haussa les épaules.

- Je ne sais pas, Adeline. Je ne le connais pas et je ne peux pas vraiment juger de votre situation. Tu n'es pas du genre à en rajouter ni à tomber amoureuse au premier regard, alors je me dis que s'il a ressenti ne serait-ce que la moitié de ce que toi tu as ressenti, il aurait dû effectivement t'appeler.

Il était rare que Marianne donne un avis aussi peu tranché. Quelque part, j'aurais préféré qu'elle me dise que j'étais stupide.

- Je n'aime pas te voir comme ça, tu es presque plus démoralisée qu'après ta rupture avec Paul.

Elle posa son gobelet de café encore plein et déjà froid sur la petite table devant nous. Le fait qu'elle n'y ait pas touché témoignait du souci qu'elle se faisait pour moi. Je soupirai une nouvelle fois. Dire que même le fameux « Sire Ronchon » en Seconde m'avait demandé si j'allais bien alors que je regardais dans le vide au lieu de répondre à sa question sur les caractéristiques du personnage de tragédie.

- J'ai la solution à ton problème ! s'écria subitement Marianne, faisant sursauter la moitié de nos collègues, moi incluse, comme tout le monde essayait vainement de se réveiller pendant cette récréation du matin.

Ce lundi de reprise après les vacances de la Toussaint était difficile pour tout le monde. Pour les élèves parce qu'ils étaient trop fatigués pour travailler (en même temps tous les lundis c'était la même chose), pour les profs parce qu'ils étaient trop fatigués après avoir vainement tenté d'intéresser leur public endormi.

Ma collègue d'espagnol, Solène, qui prenait son café avec nous avant d'aller faire un tour aux toilettes et de nous laisser ainsi à nos confidences, nous avait raconté avoir été jusqu'à se mettre à parler successivement en allemand, en arabe et en anglais, langues qu'elle maîtrisait à la perfection, pour voir si sa classe écoutait réellement son cours. Résultat négatif, comme vous pouvez vous en doutez. Cependant, elle ne s'était pas laissé abattre : elle avait dessiné au tableau une copie avec ces mots : « examen sorpresa ! » (interrogation surprise) et avait attendu que la magie opère. Une seconde plus tard, la meute hurlait au scandale, proprement réveillée pour le coup et dut s'avouer vaincue quand elle fut menacée d'une heure de retenue collective si le scandale en question perdurait. Chacun ses méthodes.

Dans tous les cas, nos collègues en salle des profs fronçaient tous les sourcils en regardant mon amie, la maudissant certainement d'avoir interrompu leur moment de grâce avant le retour devant les hordes de gobelins boutonneux avides de les dévorer... Non, pardon... devant un public d'adolescents enthousiastes avides d'engranger des connaissances.

- Mais de quoi tu...

Je n'eus pas le temps de terminer ma phrase qu'elle m'agrippait le bras pour m'entraîner dans la partie travail de la salle des profs, là où on avait installé une dizaine d'ordinateurs plus ou moins récents et fonctionnels, reliés à une photocopieuse-imprimante plutôt capricieuse. Il n'y avait personne pour le moment.

- Marianne, tu m'as fait mal. Tu fais de la musculation ou quoi ?! m'indignai-je tandis qu'elle s'installait sur l'un des postes. Et je peux savoir ce que tu comptes faire ?

- Je vais décanter la situation, en bonne amie que je suis. Tu n'as pas pris l'initiative de lui téléphoner, n'est-ce pas ?

- Tu sais bien que non. On s'était mis d'accord pour que ce soit lui qui appelle dès qu'il serait rentré de son reportage.

- Ok. (Elle s'assit devant un poste informatique et cliqua sur l'icône *Google Chrome*) Et je suppose que tu ne vas pas me donner ses coordonnées pour que je m'en charge.

- Tu rigoles ?! Certainement pas !

Plutôt mourir !

- Bon alors, je vais suivre mon plan.

- Ton plan ? Mais que... Oh non ! Marianne ! Je t'interdis ! Écarte-toi de ce clavier ! m'écriai-je en tentant de la déloger de sa place.

Une lutte s'ensuivit, suffisamment sonore pour que Roger, le doyen parmi les enseignants en Lettres-histoire, vienne voir de quoi il retournait. Quand il nous trouva, moi écroulée sur le bureau tentant de mettre la main sur le clavier que tenait Marianne hors de ma portée et la main de cette dernière sur ma figure pour m'en tenir éloignée, il tendit vers nous son gobelet de café :

- Je porte un toast à la nouvelle génération de profs.

Horriblement gênée, je ne savais plus quoi dire. Quel triste spectacle nous venions de lui offrir et quel exemple nous étions pour la jeunesse ! Notre métier faisait que nous avions tous besoin de décompresser pendant les récréations, mais de là à transformer notre salle de travail en ring de catch !

- Je suis désolée, Roger.

À ma grande surprise, il s'esclaffa.

- Et de quoi, Adeline ? De prouver au monde entier que le monde enseignant n'est pas composé que de cornichons persuadés de leur propre importance au point de bannir rire et gaieté de leur quotidien ? Je vous remercie plutôt d'apporter un peu de fraîcheur à tout ça. Je n'ai jamais autant ri ici que depuis que vous avez décidé de devenir amies toutes les deux.

- Euh…

Pour le coup, il y avait de quoi être muette.

- Moi, je savais bien que tu m'adorais, Roger.

L'intéressé ricana tandis que je me tournais vers Marianne. Elle tenait son téléphone dans sa main et visiblement elle venait de composer un numéro.

- Marianne ! Je vais te tuer ! Raccroche tout de suite !

La garce ! Elle avait profité de la diversion occasionnée par Roger pour trouver le numéro de téléphone du *Fort-Béné*.

- Bon ben, je vous laisse à votre crêpage de chignons, roucoula mon collègue de Lettres avant de nous quitter en sifflotant allègrement la chanson « *Oh les filles, Oh les filles* [28]! » du groupe Au bonheur des dames.

Je l'entendis à peine et poursuivis ma lutte pour prendre son portable à ma meilleure amie. Elle plaquait sa main sur mon front pour me tenir à distance lorsqu'elle me fit soudain les gros yeux pour me signifier que quelqu'un était au bout du fil.

- Oui, bonjour mademoiselle, dit-elle en imitant à la perfection la voix d'une vieille dame. Je suis abonnée à votre journal et je m'étonne depuis quelque temps de l'absence d'articles de William Fersen. J'admire énormément son travail, c'est pourquoi j'aimerais

---

[28] NB : « Oh les filles oh les filles, elles me rendent marteau, oh les filles oh les filles, moi je les aime trop ».

savoir s'il a quitté votre équipe ou s'il s'agit d'une absence temporaire.

Je me mordais la lèvre inférieure pour ne pas délivrer une flopée de jurons bien sentis. Mon éducation et mes bonnes manières m'interdisaient de faire un scandale devant témoin innocent, y compris téléphonique.

Par ailleurs, je m'étais tu aussi dans l'espoir d'entendre la réponse de la standardiste, il aurait été malhonnête de le nier.

- Oui, mh… mmh… oui. Pas de souci, j'attends.

Une petite minute interminable s'écoula, et la sonnerie de reprise des cours retentit. Nous allions être en retard, mais au point où j'en étais, je m'en fichais royalement.

- Franchement, Marianne, tu…

- Tu me menaceras après, tu veux ? J'essaie d'entendre ce qui se dit.

Je croisai les bras sur ma poitrine, outrée, et m'apprêtais à lui exprimer la teneur de mes pensées lorsqu'elle s'agita sur son siège pour me signaler que la standardiste reprenait la communication. Du coup, j'en oubliai mon exaspération et m'assis sur la chaise à côté d'elle, aux aguets.

- Ah, alors, c'était bien une absence temporaire, vous m'en voyez soulagée. J'aimerais savoir quand il rentrera de son périple, j'ai vraiment hâte de retrouver sa plume incisive.

Marianne me fit un clin d'œil. C'était comme ça que j'avais qualifié le travail de William Fersen avant de le rencontrer.

- Ah ?

Son monosyllabe m'interpella moins que le filet de voix avec lequel elle l'avait prononcé.

- Hum… Je vois. Oui. (Sa posture s'était faite soudain beaucoup plus raide) Eh bien, merci pour ces renseignements, mademoiselle. Oui. Au plaisir. Au revoir.

Mon amie raccrocha et mit deux secondes de trop pour me regarder. Je compris immédiatement :

- Il est déjà revenu, dis-je d'une voix blanche.

- Depuis une semaine. Je suis désolée, ma belle. Je ne sais pas quoi te dire hormis qu'il valait peut-être mieux en finir avec l'incertitude.

Une foule d'émotions m'empêchait de lui répondre dans l'immédiat : déception, amertume, soulagement d'être enfin fixée.

- Apparemment il était en déplacement la première semaine, mais il a fini plus tôt et depuis, il travaille chez lui à la rédaction de son article.

Je n'avais pas envie de connaître les détails, il ne m'avait pas rappelée, point final.

- Récupérons nos cartables et allons faire cours.

Pas besoin d'épiloguer sur le sujet. Le mieux à faire pour le moment, c'était de me changer les idées. J'aurais tout le temps de déprimer sur mon sort en rentrant chez moi ce soir.

- Je suis désolée, Adeline, répéta Marianne en m'accompagnant dans le couloir menant aux salles de classe.

Je ne répondis rien, c'était inutile.

Elle savait.

*****

Mon amie avait décrété qu'elle passerait le reste de la journée à mes côtés. De fait, elle avait eu beau finir à 15h30, elle avait corrigé ses copies jusqu'à ce que j'eus terminé mon travail à 17h30. J'avais fonctionné comme un robot tout ce temps en me concentrant sur mes élèves et mes projets de sortie, avec succès, puis, j'avais accepté avec joie que mon amie m'accompagne chez moi. J'avoue que sa présence me fit du bien, ainsi que les pizzas et les pots de glaces *Snickers* qu'elle commanda.

Nous les dégustions tranquillement installées dans le salon devant les informations télé locales. Comme les autres habitants de Fort-Bénédicte, je m'appuyais sur ce média quand il s'agissait de connaître un événement lié à la ville, mais pour ma part, je ne manquais jamais de le confronter avec la version du *Fort-Béné* pour avoir une vue complète de celui-ci et me forger mon propre avis.

- Qu'est-ce qui s'est passé aujourd'hui dans le merveilleux monde de Théodore Vincel ? maugréa Marianne en engloutissant un énorme morceau de sa pizza aux lardons et au camembert.

Je n'arrivais pas à comprendre comment elle faisait pour avaler autant de cochonneries sans jamais prendre un gramme et dans des moments comme celui-ci, je ne la jalousais pas tant sur sa beauté que sur son exaspérante capacité à manger absolument tout ce qu'elle voulait sans restriction ni remords aucun.

- *Un nouveau cambriolage est à inscrire sur la longue liste de ceux perpétrés par le soi-disant Justicier.*

- Encore ?! m'étonnai-je en reportant mon attention sur le présentateur du JT, un homme ventru et dégarni d'une cinquantaine d'années qui ne m'inspirait aucune sympathie. Tu as vu comme le Justicier est actif depuis quelques jours ? C'est le troisième cambriolage qu'on lui attribue depuis la semaine dernière.

- Il doit avoir quelque chose en tête pour agir aussi fréquemment, approuva mon amie.

- *Cette fois-ci, ce sont les bureaux d'AGX qui ont été visités par ce bandit encapuchonné qui n'a pas hésité à assommer lâchement trois des agents de sécurité pour s'emparer de documents importants pour l'entreprise.*

- AGX, EXCO, RANSOM Mobile, je me demande ce que le Justicier peut bien chercher dans ces usines de produits chimiques, dis-je.

- Je sais qu'EXCO cherche par tous les moyens à voler des marchés aux entreprises de la ZIP[29] havraise. Peut-être qu'il y a un rapport. De toute façon, leurs directeurs sont tous acoquinés de près ou de loin avec le Comité, j'espère que ce que le Justicier a volé va les plonger dans la mouise jusqu'au cou.

---

[29] Zone industrialo-portuaire.

- Ce doit être vraiment quelque chose d'important pour que le Justicier prenne autant de risques. Tous les hommes de Vincel ont dû être déployés pour l'empêcher d'agir.

- Ils le captureront un jour ou l'autre.

- Comment peux-tu dire ça ?! dis-je en me tournant vivement vers Marianne, choquée par ses propos.

Elle haussa les épaules.

- Ça fait un an qu'il parvient à rester hors de portée de Vincel et de ses sbires tout en gardant sa véritable identité secrète, ça relève déjà du miracle quand on pense à ce qui arrive très rapidement à ceux qui s'opposent au maire en général…

Mes parents faisaient partie de ces gens. Mon père avait été tué moins d'une semaine après un discours où il avait critiqué avec virulence l'opacité entourant le financement de la campagne de son challenger : Théodore Vincel. Mon géniteur n'était pas stupide et avait pris des dispositions pour engager des gardes du corps devant assurer sa sécurité d'ici sa probable élection ; il n'avait pas eu le temps de lire leurs CV malheureusement. C'est pourquoi Marianne avait raison de dire que ce pied de nez d'une année du Justicier envers le Comité était à inscrire dans les miracles au moins autant que les pouvoirs dont il disposait.

- Je dis juste que la roue peut tourner, acheva-t-elle. Il faut regarder les choses en face, le Justicier a beau se démener, *nous* avons beau nous démener, le Comité nous gâche toujours la vie. Tu te rappelles de Thomas Bilalier en terminale commerce il y a quatre ans ?

- Bien sûr, il devait poursuivre en BTS MUC [30] après son bac. Il avait comme ambition d'être manager dans une boutique de luxe à Paris.

- J'ai appris qu'il manageait les dealers du Comité dans la zone industrielle. Belle carrière, non ?

---

[30] MUC : Management des Unités Commerciales : formation pour prendre la responsabilité d'une unité commerciale de petite taille ou d'une partie de structure plus importante (boutique, supermarché, …).

Je gardai un instant le silence pour assimiler cette information. Thomas Bilalier avait été un élève poli et prometteur, le meilleur de son groupe ; son parcours exemplaire m'avait toujours rassurée quant à l'utilité des valeurs que nous transmettions à nos classes dans le but de les éloigner le plus possible des tentations proposées par le Comité.

- C'est vraiment du gâchis.

- C'est pour ça que je préfère rester lucide sur les chances qu'a le Justicier de faire tomber Vincel et toute son organisation, rétorqua Marianne en croquant un autre morceau de pizza. Ça évitera le goût amer de la désillusion lorsqu'il se fera prendre.

Je soupirai.

- Moi je préfère garder espoir. Il y a enfin quelqu'un qui se bat pour cette ville au mépris du danger que ça représente. Je ne pense pas commettre un crime en croyant qu'à terme, le Justicier réussira.

- Tu es optimiste, bien plus que je ne le serai jamais. C'est ta force. Malheureusement, contre le Comité elle ne pèse pas grand-chose, et j'ai bien peur qu'au final celle du Justicier non plus.

- J'espère que l'avenir te donnera tort.

Nous achevâmes de regarder les informations télévisées dans un silence songeur, chacune perdue dans de sombres pensées. Comme distraction pour oublier William Fersen, pouvait mieux faire. Mais c'était mal connaître Marianne que de croire qu'elle allait tout simplement rester assise à se morfondre, de fait, une fois la table débarrassée, elle alluma ma *Wii U* et inséra d'autorité le CD du jeu *Super Mario 3D World* dont nous étions des adeptes chevronnées.

En cela, elle réussit, du moins pour cette soirée, à occulter la douleur inexplicable et pourtant bien ancrée de la défection de l'homme que j'avais adoré embrasser et duquel, malgré mes efforts, j'allais me languir plusieurs jours encore, jusqu'à ce que deux événements hors du commun, c'était le moins qu'on puisse dire, viennent se percuter et m'obliger à penser mon réel autrement.

*****

Ce vendredi, j'étais d'humeur exécrable. Mon réveil n'avait pas eu l'idée de me réveiller, ma voiture n'avait pas eu l'idée de démarrer, et mon téléphone portable de correctement se recharger. J'avais donc dû prendre le tram puis le bus pour arriver en retard à mon cours d'histoire-géo prévu à 8h30 avec le deuxième groupe de Secondes CVA qui, eux, m'attendaient, parfaitement réveillés. Outre du bavardage pénible à sanctionner, j'avais dû exclure une jeune fille qui, véritablement mal lunée et surtout, mal inspirée, m'avait regardée en faisant une bulle avec le chewing gum que je lui avais précédemment demandé de jeter, tout ça avec un aplomb impressionnant pour une gamine de quinze ans. Comme j'étais légèrement sur les nerfs depuis l'aube voire en fait depuis plusieurs semaines, je lui avais si bien formulé ce que je pensais de son attitude (euphémisme puisque j'avais employé un ton cassant pour une diatribe en mode *Terminator* verbal), que je pense qu'elle accueillit plutôt avec soulagement ma demande express de vider les lieux. J'avais eu la paix jusqu'à 10h puisque tous les élèves étaient à la limite de la prostration sur leurs sièges, mais ça ne m'avait pas du tout satisfaite. Je détestais avoir à recourir à ce genre de recadrage musclé pour stopper dans l'œuf des comportements inadmissibles qu'on ne pouvait laisser perdurer sans perdre définitivement toute autorité. Comme si pendant les vacances de la Toussaint ces jeunes avaient oublié toutes les règles acceptées et rodées depuis septembre. J'étais plutôt sympa en général, mais le manque de respect me mettait hors de moi et je n'avais vraiment pas besoin de ça en ce moment.

C'est ainsi que toute la classe fila ventre à terre en direction de la sortie lorsque je l'autorisai à aller en récréation. Je descendis ensuite les escaliers qui débouchaient à l'accueil du lycée.

- Adeline ! Adeline !

Carla dut s'y reprendre à deux fois pour que je comprenne qu'elle m'interpellait. Je n'avais pas vraiment envie de parler, je voulais juste m'asseoir et boire mon café. Mais bon…

- Oui, Carla ? dis-je avec un sourire aimable pas du tout forcé (ironie).

Quand Marianne était de mauvaise humeur, ça se voyait tout de suite et personne ne se risquait à l'inviter dans une conversation au risque de se voir bouler ou proprement ignorer. Je trouvais ça parfois assez malpoli et je le lui avais déjà dit, cependant, en cet instant, j'aurais aimé pouvoir faire comme elle. Pff ! Les convenances…

- Il se passe quelque chose en salle des profs ! C'est dingue ! s'exclama-t-elle, troublée.

Carla, le Père Noël pourrait y faire un strip-tease que je n'en aurais rien à battre !

Méchant, hein ? Non je ne pouvais pas dire ça.

- Vraiment ? Et c'est quoi ?

Voilà. Aimable.

- Je ne sais pas par où commencer !

Je t'aime bien d'habitude, Carla, mais là j'ai juste envie de t'arracher les yeux.

Non… Aimaaaaable….

- Eh bien il va falloir trouver, ha… ha…

- Mr Planchet ! Il y a quelqu'un avec lui et…

Tant pis pour les convenances, je plantai Carla au beau milieu de l'entrée et me précipitai sans réfléchir, le cœur battant, vers la salle des profs. Je n'avais aucune idée de ce que j'allais dire ou faire quand je verrais William Fersen : lui sourire, lui faire des reproches, le gifler ? Il n'y avait qu'un brouillard épais dans ma tête le temps que je parvienne à destination, m'empêchant de planifier quoi que soit quant à ma gestion de nos retrouvailles surprises, donc je pris juste une inspiration avant de pénétrer dans la pièce.

Bien m'en prit.

Car tout l'air dans mes poumons se vida complètement lorsque mon cerveau assimila l'identité de celui qui se tenait aux côtés du directeur dans notre antre du savoir : ce n'était autre que Florent Vincel.

Que fait le fils de Théodore Vincel ici ?! Que fait un Vincel ici ?! Que fait l'héritier de celui qui a tué ma famille ici ?! Et pourquoi Mr Planchet parle avec ce traître ?!

Je restai plantée là, sur le pas de la porte, à regarder avec une horreur glacée les deux hommes qui discutaient tranquillement devant la machine à café. J'aurais dû faire demi-tour, je le savais. Comme le savaient mes collègues qui m'avaient vu arriver et qui tentaient de me faire discrètement signe de m'en aller pour éviter une confrontation qui ne manquerait pas, comme la dernière, d'être très désagréable. Partir était le choix raisonnable pour lequel je devais opter. Partir était le seul choix raisonnable en vérité.

Mais quelque chose m'empêcha de faire le bon choix et ce ne fut guère difficile à identifier : une immense colère s'éleva en moi en un tourbillon dévastateur que rien ne pourrait arrêter, pas même la raison ; car ce début de journée, dont l'apogée en avait été de croire à tort que William Fersen avait eu envie de me revoir, l'avait éjectée à coups de pied.

J'avais une envie de meurtre et j'avais quelqu'un à assassiner verbalement.

Et ô chance, non seulement il le méritait, mais en plus, il se tournait dans ma direction.

- Mademoiselle Tremen, je vous présente…

- Florent Vincel, que nous vaut cette *agréable* visite ?

N'importe quel individu avec un cerveau convenablement constitué aurait pu déceler la hargne sarcastique avec laquelle j'avais interrompu les présentations de mon patron. Ce dernier haussa fortement les sourcils, ignorant totalement les raisons de cet accès d'impolitesse haineuse de ma part. À sa décharge, sa récente prise de fonction et la discrétion de mes collègues quant à mon passé faisaient qu'il n'était pas au courant de mes démêlés personnels avec la famille Vincel, de fait, s'il avait compté sur mon sens aigu des bonnes manières pour le soutenir dans l'épreuve qui consistait à faire face au numéro 2 de la ville, c'était raté.

- Vous venez au nom de votre père notre puissant *bienfaiteur*, je suppose ? dis-je en fusillant Florent Vincel du regard et en ignorant l'air médusé des autres professeurs de la place.

Vincel junior me contemplait avec stupéfaction, visiblement non habitué à ce qu'on lui manque si ouvertement de respect, mais il n'en conserva pas moins son calme quand il me répondit :

- Je suis ici de mon propre chef. Je m'intéresse sincèrement aux politiques éducatives menées par les établissements de cette ville, d'où ma présence.

- Oh bien sûr, je ne mets pas en doute l'intérêt que porte la mairie à l'utilité des jeunes de nos quartiers.

- Mademoiselle Tremen ! s'insurgea Mr Planchet, très mal à l'aise.

L'allusion au recrutement des adolescents pour le Comité était limpide, suffisamment pour lui donner des sueurs froides, mais je ne m'en préoccupais pas. Toute cette rage accumulée contre Théodore Vincel, aggravée par le sentiment d'avoir été la dernière des nouilles avec William Fersen, avait décidé d'affleurer à la surface pour se déverser sur la personne de l'héritier honni d'une organisation encore plus honnie.

- Ce n'est rien, dit ce dernier avec un air crispé. Nous sommes en démocratie et il est parfois utile de se faire rappeler que nous ne faisons pas forcément l'unanimité.

Je me rapprochai de lui en le foudroyant du regard et lui servis un sourire mauvais :

- Croyez bien que vous faites l'unanimité, mais pas dans le sens où vous le pensez.

- Mademoiselle Tremen… m'avertit encore le directeur entre ses dents.

Je me fichais de la panique grandissante de mon supérieur qui devait déjà se demander sous quelle forme les représailles du père de son invité allaient se présenter. Florent Vincel l'ignora également et avança vers moi pour un face à face :

- Je ne blâmerai personne. Les gens de ce pays sont libres de penser ce qu'ils veulent.

- Pas avec *les* Vincel, répondis-je, du tac au tac.

Il fronça les sourcils, furieux tout à coup d'avoir été mis dans le même sac que son géniteur. J'avais touché un point sensible.

- Je ne suis pas comme mon père. Je ne vous menacerai pas comme lui l'a fait il y a six ans.

- Vous avez bonne mémoire, mais ça ne fait pas de vous un homme de confiance.

Il eut l'air de sincèrement accuser le coup.

- Vous jugez trop vite et ne me laissez aucune chance juste en raison du nom que je porte.

- Et quelle chance vous et le Comité laissez-vous à cette ville ?! m'emportai-je en allant jusqu'à appuyer mon doigt sur sa poitrine si bien couverte par une chemise grand luxe. Je vais vous dire : AUCUNE ! (J'avais haussé le ton) Vous nous manipulez, vous nous menacez, vous nous asphyxiez pour la bonne et simple raison que Vincel et Comité sont synonymes de mort ! Mais croyez bien qu'un jour tout ça vous le paierez, avec ou sans l'aide du Justicier !

- ADELINE TREMEN !

Mr Planchet couvrit mes vociférations en hurlant mon nom, ce qui m'arrêta tout net. Florent Vincel me dévisageait avec une expression sur le visage qui m'étonnait du fait qu'en lieu et place d'une haine farouche à mon encontre, je ne lisais que résignation et amertume.

- Mademoiselle Tremen, veuillez rentrer chez vous, ordonna sèchement le proviseur en tremblant de colère et de peur aussi certainement.

- Quoi ?! Il est hors de question que je laisse la place à cet espèce de… commençai-je, en mode furie cataclysmique.

- VOUS VOUS OUBLIEZ, MADEMOISELLE TREMEN !

Mr Planchet était un homme de compromis et de dialogue. Il ne s'énervait jamais et son calme avait plusieurs fois permis d'apaiser des tensions parmi les membres de notre équipe, par conséquent ce deuxième hurlement à mon endroit me choqua suffisamment pour qu'enfin je reprenne conscience de la réalité du drame qui se jouait par ma faute. En cédant ainsi à la rage qui me consumait, j'avais mis en danger non seulement ma vie, mais aussi celle de toutes les personnes présentes.

Mais qu'est-ce qui m'a pris ?! pensai-je, me mordant la lèvre et empêchant mes larmes de se déverser sur mes joues.

- Visiblement vous n'êtes pas dans votre état normal. Vous allez rentrer chez vous et vous reposer. Nous nous chargerons d'avertir vos élèves de votre absence et de votre retour ce lundi, à condition que vous soyez *pleinement rétablie*, cela va sans dire.

Je n'avais d'autre choix que d'obéir. Il me restait encore quelque chose à faire cependant :

- Très bien, je rentre chez moi me *soigner*, dis-je au directeur. (M'adressant ensuite à Florent Vincel) J'assume mes responsabilités et serai *seule* à en subir les conséquences quelle qu'elles soient.

J'avais parlé durement, mais je savais que mon interlocuteur verrait la supplication dans mon regard. Je ne voulais pas que mes collègues payent pour mon moment d'égarement.

L'expression de Florent Vincel était indéchiffrable et craignant une nouvelle explosion de colère, je fis brusquement demi-tour pour sortir de la salle des profs. Arrivée au niveau de l'accueil, Carla s'apprêta à me parler, mais se ravisa en voyant ma tête.

- Marianne a dû rester au labo de physique pendant la récréation. Surtout, si tu la vois passer, empêche-la de croiser Florent Vincel.

Si jamais cela se produisait, mon esclandre passerait pour un craquage d'allumette comparé à l'explosion nucléaire qui ne manquerait pas d'avoir lieu dans ces circonstances.

- Euh… oui, balbutia Carla.

Je ne cherchai pas plus loin et m'en allai.

J'avais l'impression de suffoquer. Ce n'est que lorsque je sortis au grand air que je pris conscience d'à quel point j'en avais eu besoin. Cette confrontation m'avait totalement bouleversée et je n'arrivais pas à calmer mes nerfs, véritablement décidés à me rendre folle. Je ne pouvais pas prendre les transports en commun dans cet état, j'avais vraiment besoin d'être seule pour encaisser tout ça, alors je marchais sans but dans le quartier avec mon cartable qui pesait une tonne, inspirant et expirant à chaque pas pour essayer de retrouver en moi l'Adeline maîtresse d'elle-même de d'habitude. En vain.

Mes poumons me brûlaient, mais moins que mes yeux dont les larmes cherchaient par tous les moyens à s'échapper. Je cessai de lutter contre elles une fois assise sur un banc public bordant la route et ignorai les vibrations de mon téléphone portable dans mon sac, et par extension les appels de Marianne aux oreilles de laquelle mon altercation avec le fils du maire avait dû arriver.

Pendant un temps interminable, je ressassai mon éclat et chaque fois je me trouvai ridicule et imprudente. Je n'étais pas du genre héroïne et prendre ainsi à partie l'héritier de l'assassin supposé de mes parents tenait plus de l'idiotie que du courage. En l'attaquant de la sorte, j'avais non seulement peut-être signé mon arrêt de mort, mais surtout j'allais causer des ennuis aux personnes avec lesquelles je travaillais et qui n'avaient vraiment pas besoin de ça. Théodore Vincel ne faisait pas de quartiers... Si par ma faute...

J'eus un haut-le-cœur et me pris la tête entre les mains. Je n'entendis même pas la voiture se garer.

- Mademoiselle Tremen ?

Je me raidis. J'avais reconnu cette voix.

Non. Pas vous.

- Puis-je m'asseoir à côté de vous ?

Puis-je vous empêcher de faire quoi que ce soit dans cette ville ?

J'étais toujours penchée en avant. Je l'entendis soupirer et s'installer sur ma droite, mais pas trop près, comme pour respecter une distance de sécurité.

- Je ne suis pas resté longtemps après que... Hum... Je rentrais à la mairie quand je vous ai vue et je me suis dit... Enfin bref, je suis là.

Que voulait-il que je réponde à cette entrée en matière ? *Cher Florent, votre présence m'enchante en tous points ?!*

Je ne fis rien pour rompre le silence entre nous. Au bout de quelques secondes, il s'en chargea :

- Je voulais vous dire que vous vous trompez sur moi, je ne suis pas comme mon père.

S'il espérait une réaction positive de ma part, il fut certainement déçu : je me contentai de hausser les épaules. Je ne sais pas s'il feignit de l'ignorer, en tout cas, il poursuivit sur un ton égal.

- C'est pour cette raison que je ne lui parlerai pas de notre... entretien quand je le verrai.

Je relevai la tête malgré moi, il avait capté mon attention.

- Pourquoi ?

Il soupira à nouveau et regarda le ciel un instant avant de se focaliser sur moi. Ses yeux couleur lagon étincelaient dans son visage long et harmonieux.

- Parce que sa réaction serait forcément disproportionnée comparée au préjudice subi.

Je fronçai les sourcils. Admettait-il que son père n'hésiterait pas à prendre des mesures drastiques contre mes collègues et moi comme le psychopathe qu'il était ?

- Pourquoi me dites-vous ça ?

- Comme je vous l'ai dit, je ne suis pas…

- Comme votre père, le coupai-je.

Il m'offrit un petit sourire triste. C'était assez perturbant.

- Je me souviens de notre première rencontre, vous savez.

- Vous l'avez dit tout à l'heure.

- Et j'étais sincère, je n'ai pas spécialement apprécié la façon dont mon père vous a menacée.

- Ça remonte à longtemps.

- Mon père est très rancunier et le nom de Tremen a tendance à lui donner des boutons. Si je lui racontais ce qui s'est passé aujourd'hui, je doute qu'il se contente de seulement vous menacer.

Je scrutai mon interlocuteur avec un mélange de stupeur et d'incrédulité. Il me protégeait ? À quelles fins ? Était-il vraiment si différent de son père ?

- Ce n'est pas logique, dis-je enfin alors que Florent Vincel respectait mon silence réflexif.

- Quoi donc ?

- Vous avez été élevé par lui, vous travaillez *avec* lui, vous ne devriez pas tenir ce genre de discours envers moi. À moins que vous ne soyez plus sournois encore que votre géniteur.

Il s'adossa au banc, allongea ses longues jambes et souffla sur ses mains. Ce mois de novembre était plutôt froid, effectivement.

- Je ne peux pas vous blâmer de vous méfier de moi, et en vous rejoignant, je n'espérais pas non plus vous faire changer d'avis à mon encontre. Je voulais juste que vous entendiez mon point de vue.

- Il me laisse perplexe.

- Je peux le comprendre.

- Si vous êtes honnête dans le fond, comme vous le prétendez, pourquoi continuer à travailler pour le Comité ?

Il mit ses mains dans ses poches, ses épaules s'affaissèrent.

- Je ne suis peut-être pas aussi courageux que le Justicier. Et il n'est pas aussi aisé pour un fils de s'élever contre son père lorsque celui-ci s'appelle Théodore Vincel.

Je ne savais que dire, alors je ne dis rien. C'était peut-être mieux ainsi.

- Mademoiselle Tremen, je sais que vous détestez mon père et je me doute des raisons qui vous motivent, mais j'aimerais que vous ne me jugiez pas trop vite.

- Pourquoi mon jugement vous importe-t-il ? demandai-je, étonnée par cette requête.

Il garda le silence une seconde, puis :

- Je ne sais pas. Peut-être en raison du nom que vous portez, ou peut-être parce que…

Il s'arrêta net et tourna son visage vers moi. Pour ma part, j'étais aussi perplexe que tout à l'heure.

- Voulez-vous dîner avec moi ?

L'hébétude remplaça la perplexité. *Hein ?!*

Il s'esclaffa doucement en regardant ses mains.

- Si vous voyiez votre tête…

Cette phrase, imitation parfaite de celle prononcée par William Fersen quelques semaines plus tôt, me ramena sur terre.

- Je…

- Ne dites pas non tout de suite, me coupa-t-il en m'offrant un sourire d'excuse pour son interruption. S'il-vous-plaît.

Je m'apprêtais effectivement à lui dire non. *Moi, dîner avec le fils de Théodore Vincel ?!*

- Je vous en prie, insista-t-il. Je vous ai demandé de ne pas me juger trop vite. Ce dîner serait une occasion de vous faire définitivement votre opinion.

Combien de fois avais-je dit à mes élèves de toujours se forger leur avis après mûre réflexion ? Combien de fois Nanette m'avait exhortée à ne pas cataloguer les gens trop vite et à leur laisser le bénéfice du doute ? Bon sauf en ce qui concernait Théodore Vincel qu'elle haïssait de toutes ses tripes, mais bon… C'était une exception qui confirmait la règle.

En toute logique, je devrais donc accorder sa chance à celui qui me proposait ce rendez-vous. *Tout de même, il s'agit de Florent Vincel !*

- Je vois le conflit en vous.

Pour sûr, ma conscience était partagée entre les valeurs inculquées par ma tante, auxquelles j'avais adhéré, et l'impression de trahir mes parents si je dînais en compagnie du fils de celui qui les avait menés à leur perte.

Florent Vincel se leva et me tendit quelque chose.

- Voici ma carte avec mon numéro privé, prenez le temps qu'il faut pour réfléchir. Et si vous ne me rappelez pas, eh bien… je ne vous en voudrai pas.

Je cherchai dans ses prunelles une trace d'une quelconque duperie, sans succès. Je pris donc la carte qu'il me tendait, par politesse. J'avais été odieuse avec lui tout à l'heure et pourtant, il s'était comporté comme un gentleman du début à la fin, je pouvais bien faire ça, même si je ne comptais pas composer son numéro dans un quelconque avenir. C'était trop… bizarre.

- J'ai été heureux de parler avec vous, Mademoiselle Tremen.

Je haussai un sourcil, il rigola.

- Du moins sur ce banc. (Il reprit son sérieux) Il fait froid ce matin, je vous proposerais bien de vous raccompagner chez vous avec ma voiture, mais j'ai comme l'intuition que ce serait vraiment tirer sur la corde de votre bienveillance à mon égard.

Je me surpris à lui sourire, tant en raison de sa perspicacité que de sa formulation.

- Il faut toujours suivre son intuition, dis-je.

Il hocha la tête, amusé.

- Eh bien, au revoir, Mademoiselle Tremen.

- Au revoir, Mr Vincel.

Il rejoignit sa puissante *Porsche 996* et s'en alla. Je le suivis des yeux jusqu'au croisement où il disparut, en réfléchissant à l'étrangeté de la vie : une seconde on laisse répandre sa haine envers quelqu'un, la seconde suivante on en vient à peser le pour et le contre de son invitation à dîner. « Étranges » était bien le mot pour qualifier ma discussion avec Florent Vincel et le comportement plutôt repentant de celui-ci. J'aurais matière à réfléchir pendant cette journée de repos imposé et pendant le week-end, c'était sûr. Mais en attendant :

- Oui, Marianne, soupirai-je une fois avoir décroché le téléphone qui vibrait comme un fou dans mon sac depuis une bonne minute.

- Ça fait au moins une heure que j'essaie de te joindre ! As-tu la moindre idée du sang d'encre que je me suis fait quand Roger m'a expliqué ce qui s'était passé en salle des profs ?! Où es-tu ? Je sais que ta voiture est en panne alors tu as intérêt à me répondre illico presto pour que je puisse venir te chercher et te ramener chez toi ! Florent Vincel ! Il a fallu que tu t'en prennes à Florent Vincel ! En temps normal j'applaudirais ta démarche de laisser de côté ta réserve habituelle pour sortir de tes gonds, mais là on peut dire que tu as mal choisi ton adversaire ! Tu n'es pas préparée pour te confronter à ces racailles, faut-il que j'en vienne à répéter tes propres mots ? Bon sang, prépare-toi au savon du siècle, ma grande parce que…

Je l'écoutai me hurler dessus pendant un temps indéfini, puis, après que je lui eus donné ma position et que nous raccrochâmes, je frémis.

Mon Dieu…

Une Marianne déchaînée pouvait presque me faire regretter d'avoir été épargnée par Florent Vincel.

Gloups.

*****

Il me fallut des trésors de patience pour supporter jusqu'au bout le sermon impitoyable infligé par mon amie tout le temps du trajet vers ma maison ainsi que tout le temps qu'elle y resta. Je savais que sa fureur s'exprimait parce qu'elle me considérait comme un membre de sa famille, et que son devoir était de me faire prendre conscience que j'avais commis la pire des imprudences. J'avais bien envie de lui rétorquer que c'était l'hôpital qui se fichait de la charité connaissant son caractère et que si les rôles avaient été inversés, elle aurait sûrement été encore plus vindicative que moi. Toutefois je tenais à la vie, c'est pourquoi j'avais muselé ma répartie et subi sans broncher sa remontée de bretelles jusqu'à son départ vers 17h30. Bien entendu, je n'avais à aucun moment mentionné l'invitation du fils Vincel.

Épuisée émotionnellement par cette journée, j'avais à peine refermé la porte derrière elle que je plongeai sur mon canapé, m'enveloppai d'un plaid et m'endormis sans remords. Je fus réveillée par les grognements de mon estomac vers 21h30 et encore ensommeillée, je misai sur un petit casse-croûte jambon-beurre pour me sustenter. J'avalai aussi un yaourt aux marrons en guise de dessert et nettoyai ensuite ma table pour enlever les miettes.

C'est alors que je les entendis.

Des sirènes de police résonnèrent dans la nuit, très proches de ma maison. J'habitais un quartier relativement calme alors je me demandais ce qui pouvait bien se passer. Je mis mon manteau et sortis faire ma curieuse. J'arrivai devant ma grille au moment où dix voitures de police fonçaient dans ma rue à toute vitesse. Elles disparurent aussi vite qu'elles étaient apparues, le bruit des sirènes se perdant au loin.

C'est quoi ce délire ? D'habitude, c'était du côté des quais que ça chauffait, quand les dealers refusaient de donner le pot-de-vin habituel aux ripoux qui les rackettaient. Non pas que mon quartier était un havre de tranquillité puisque mes voisins avaient exclu *manu militari* un gang de petits voyous en moto qui comptaient s'y implanter, mais j'avais la chance que ces voisins soient nombreux et adeptes des sports de combat, alors…

Bah ! Je verrais bien aux informations le lendemain de quoi il retournait, pour le moment, mieux valait que je retourne à l'intérieur pour me réchauffer.

Je vérifiai que j'avais bien verrouillé la porte. Je le faisais d'habitude, mais pour cette fois, je redoublai de vigilance car je ne savais pas vraiment qui la police poursuivait dans le quartier. Cette ville était le repère des pires criminels du pays, on pouvait vraiment s'attendre à tout ici.

S'attendre à tout.

Oui.

- AAAAAAAAAAAAAAAAAAAAAAAHHHHH !

Comme j'avais éteint toutes les lumières en sortant, j'avais mis une bonne seconde à réaliser depuis le couloir que l'ombre sur mon canapé était en réalité une silhouette humaine. La panique m'avait fait sursauter et trébucher sur mon sac de cours laissé dans l'entrée. Le fessier douloureux après la chute, je me préoccupai plutôt de l'arrivée imminente du psychopathe qui attendait ma venue pour m'agresser et contre lequel je n'avais pas d'arme.

Enfin...

Qu'est-ce qu'il attend pour me sauter dessus ?

Cette interrogation était parfaitement stupide, j'en avais conscience, pour autant, un intrus dans une maison n'avait-il par pour vocation d'agresser ses occupants ? Or, l'individu qui s'était installé sur mon canapé ne semblait pas vouloir se fatiguer dans ce sens.

Bon. Que faire ?

Relève-toi, déjà, pauvre tache !

Ma conscience, dans les moments de stress, avait toujours tendance à m'insulter. C'était proprement déconcertant, mais entre nous, j'avais d'autres chats à fouetter, n'est-ce pas ?

J'obéis donc et guettai un mouvement du côté du salon, mais rien. L'intrus restait immobile, assis et étrangement affaissé sur lui-même. J'aurais pu sortir en courant de chez moi et me réfugier chez les voisins, cependant une étrange et stupide intuition me poussa plutôt à attraper mon balai en guise d'arme, pour ensuite m'approcher à pas de loup vers le danger.

Je suis folle, pourquoi je fais ça ? me demandai-je à mesure que j'avançais vers l'inconnu, la main crispée sur le manche. J'étais folle, c'était certain. Je faisais fi de la plus élémentaire prudence pour me confronter à un criminel avachi dans mon salon.

Il faut toujours écouter son intuition. Qu'est-ce qui m'avait pris de dire cela à Florent Vincel ce matin ?! Il suffisait de regarder la situation dans laquelle me mettait ma fichue intuition ! Oh là là ! Et si jamais ce type se réveillait ? Et s'il m'assassinait ? Et si...

- Oh !

De surprise, j'en lâchai mon balai et courus allumer la lumière, toutes craintes envolées.

- Oh mon Dieu ! Êtes-vous blessé ? m'enquis-je auprès de l'intrus en me précipitant sur lui.

La raison pour laquelle je n'avais plus peur était que l'intrus n'était autre que le Justicier en personne. En même temps, je doutais qu'un véritable criminel se soit embêté à rentrer chez moi ainsi engoncé dans une sorte de combinaison de moto ultrasophistiquée en cuir noir, avec une cape longue en tissu épais dont la capuche retombait jusqu'au masque de son propriétaire. À moins que le criminel soit branché soirées déguisées... Bref !

N'ayant pas obtenu de réponse à ma question, je voulus prendre son pouls et approchai mes doigts de son cou, la seule partie de son corps, avec le bas de son visage, qui n'était pas couverte. Or, j'avais à peine effleurée sa peau qu'une poigne d'acier se referma autour de ma propre gorge.

Chouette, il est vivant ! C'est ballot, il en profite pour me tuer !

Je ne me préoccupai pas des réflexions stupides qui dansèrent dans mon esprit, j'avais suffisamment à faire avec les petites lumières qui dansaient devant mes yeux. Je suffoquais.

- Je m'appelle... Adeline... Tre...men. Vous... êtes... chez... moi ! ahanai-je misérablement, en tentant de me dégager de l'emprise étouffante de mon agresseur.

Alors que j'avais l'impression que mes globes oculaires allaient être expulsés de leurs orbites dans les secondes à venir, le Justicier releva enfin la tête. Il écarquilla subitement à travers son masque ses yeux d'un noir trop profond pour être naturel, laissa échapper un cri étranglé (un comble vu comment il m'étranglait moi), et me lâcha.

Je tombai à quatre pattes sur le tapis, tâchant de reprendre ma respiration tout en me massant le cou. Il avait serré si fort que j'étais persuadée que la marque de ses doigts s'y était imprimée.

- Est-ce que… vous allez bien ?

Je lui décochai un regard meurtrier pour cette question idiote. Le Justicier ajustait nerveusement une sorte de boîtier situé près de son col, sûrement ce qu'il utilisait pour déformer sa voix comme Oliver Quinn dans *Arrow*. Sa main retomba ensuite sur sa cuisse, comme s'il avait mis ses dernières forces dans cette vérification. Un pressentiment m'envahit :

- Vous êtes blessé alors ? demandai-je en me remettant debout.

Son grognement de douleur et le tremblement de ses genoux lorsqu'il commença à se relever me donnèrent la réponse. Je l'assis d'autorité en appuyant sur ses épaules.

- Vous n'irez nulle part. (J'avalai ma salive en voyant le bout de son étrange épée translucide qui dépassait de sa cape s'éclairer de l'intérieur avant de redevenir « normal ») Du moins pas tant que vous pourrez à peine vous porter.

- Ça… ira. Je… guéris instan… tanément.

- Si c'était le cas, vous n'auriez pas atterri dans mon salon, est-ce que je me trompe ?

Silence.

- C'est bien ce que je disais. Acceptez-vous mon aide ?

- Vous êtes prof, pas médecin ! se rebiffa-t-il.

- Comment le savez-vous ? m'étonnai-je tandis qu'il se mordait inexplicablement la lèvre.

- Euh… Je ne savais pas. (Tiens, il avait l'air vraiment gêné) C'est que… vous n'avez pas l'air d'un médecin et… vous parlez comme un enseignant.

Je levai les yeux au ciel. Si même les justiciers avaient des préjugés sur le métier…

- Merci du compliment. Et je suppose que dans la vie de tous les jours, vous, vous n'avez pas l'air d'un justicier.

Il me gratifia de ce qui semblait être une œillade exaspérée ; je haussai les épaules. Dans le fond, il n'avait pas tort de se méfier puisque je n'avais aucune qualification médicale, néanmoins, je pouvais me targuer de supporter la vue du sang au contraire de Marianne qui tombait dans les pommes à la première goutte, et j'avais appris quelques bases pendant mes cours de secourisme. C'était peu, mais c'était tout ce que je pouvais lui donner.

- Il me semble que vous n'avez guère d'autre option, à moins que vous ne vouliez que je vous donne l'adresse d'un vrai médecin pour aller le terroriser à apparaître chez lui comme par magie…

Un drôle de tic anima sa bouche, un peu comme s'il s'était retenu de justesse de rire.

- Je… ne peux pas me téléporter. J'ai… réussi à échapper à la police par miracle, je ne sais pas… comment je suis arrivé ici.

L'instant suivant, il grimaçait vraiment, mais de souffrance. Je l'aidai à s'allonger sur le côté et disposai un coussin sous sa tête.

C'est là que je vis le sang. Il y en avait partout sur le dossier et l'assise avait commencé à s'imbiber. C'était vraiment sérieux.

Je ne discutai pas davantage et soulevai sa cape qui me gênait. La cause de l'hémorragie n'était pas difficile à trouver.

- Vous avez un gros morceau de métal enfoncé dans la chair.

- Du métal ? Quel métal !

Il haletait désormais, la douleur devenait certainement insupportable.

- Je ne sais pas. Ça a la couleur de l'acier, mais ça n'en est pas. Un alliage peut-être.

- Enlevez-le !

L'ordre avait claqué comme un fouet.

- Quoi ? Vous êtes fou, ça pourrait faire empirer les choses !

En plus des cours de secourisme que j'avais pris étant jeune, j'avais suivi la formation de ma collègue de PSE [31] pour obtenir le statut de Sauveteur Secouriste du Travail et je me rappelais que dans un cas comme celui-là, il fallait s'en remettre aux urgentistes du SAMU sans toucher à quoi que ce soit.

- Je… guérirai… après.
- Vraiment ?
- Oui.

Je considérai le long morceau métallique avec perplexité. J'admirais le Justicier et j'aurais tout le temps de réfléchir à l'honneur qu'il m'avait fait de venir saigner dans mon salon, toutefois, cela n'aurait aucun sens s'il mourait sur mon sofa, et je n'avais aucune envie d'être la cause du décès du héros des enfants de Fort-Bénédicte. Tout de même…

Il dut voir mes mains tremblantes.

- N'hésitez pas, faites-le.
- Et si je vous tue sans le vouloir ? demandai-je en ne pouvant regarder autre chose que cette pièce ensanglantée qui dépassait de son dos.
- Cela me tuera plus sûrement si… vous ne faites rien.

Je pris ma décision.

- Où… allez-vous ? questionna-t-il quand je partis en direction des escaliers.

Je me retournai :

- Ayez confiance, je vais chercher ma trousse à pharmacie. Il vous faudra des bandages.

Je n'attendis pas et repartis vers la salle de bain à l'étage. J'étais tellement concentrée sur ma tâche que ma conscience ne crut pas bon d'analyser ce qui était pourtant arrivé à mes oreilles depuis le salon :

- J'ai confiance en toi.

De retour dans la pièce, la pâleur de la peau du bas de son visage, discernable malgré sa barbe de trois jours, m'alarma. Il s'affaiblissait de plus en plus.

- Ok, ne perdons plus de temps.

---

[31] PSE : Prévention, santé, environnement.

Je ne savais comment je gardais mon sang-froid face à cette situation, néanmoins j'en tirais satisfaction car il me permettait de garder les idées claires et d'être efficace.

C'est ainsi qu'après avoir découpé un carré de cuir autour de la blessure et m'être désinfecté les mains, je plaçai celles-ci de chaque côté du corps étranger enfoncé dans le dos de l'homme qui serrait maintenant les lèvres à les faire blanchir.

- Vous êtes prêt ? dis-je.

Il hocha la tête à la positive et agrippa le bord du sofa.

Doucement, avec moult précautions, je tirai sur l'éclat aux arêtes très coupantes pour le faire sortir complètement. Je suais à grosses gouttes dans la manœuvre, m'étonnant de la taille de ce dernier et me demandant comment il s'était retrouvé là. Je n'osais même pas imaginer la douleur que devait éprouver le Justicier qui en était arrivé à mordre son poing pour limiter le volume de ses cris de souffrance.

- Ça y est ! m'écriai-je une fois que j'eus retiré le tout.

Je m'essuyai le front avec ma manche, et lançai le bout de métal sur ma table basse sans me soucier du sang qui la tacherait. Je n'avais pas de temps à perdre et saisis des compresses pour nettoyer la plaie qui, comme par miracle, maintenant que le corps étranger avait été ôté, commençait à cicatriser. Au bout d'un moment, considérant que le processus s'était arrêté, je m'adressai au Justicier :

- Je pense que c'est bon, ça ne saigne plus. Que dois-je faire maintenant ?

Pas de réponse.

- Euh… Monsieur le Justicier ?

Je me penchai vers lui et pris le risque de repousser un peu sa capuche pour mieux l'observer. Il avait les yeux fermés.

Je le poussai un peu avec mon index ; pas de réaction. Je pris son pouls : un peu rapide, mais régulier.

Il m'avait dit qu'il guérissait vite, ce que j'avais constaté, cependant je décidai de lui faire un pansement pour éviter tout risque d'infection. Le fait qu'il se soit évanoui me facilita grandement la tâche.

Une fois l'opération terminée (ce n'était pas du grand art, mais ça tiendrait), je m'autorisai à m'asseoir par terre et essuyai de nouveau avec ma manche la sueur sur mon front.

Bon. Il me semblait que cette visite inopinée était le clou de cette journée pourrie. Je ne savais même pas comment prendre tout ça : devais-je être horrifiée à l'idée qu'on m'accuse de complicité pour avoir soigné un criminel ? Devais-je être exaltée, au contraire, d'avoir contribué au rétablissement d'un super-héros ? Devais-je être dépitée face à l'obligation certaine de devoir jeter mon canapé bien-aimé et de trouver une bonne explication à servir à Marianne pour ce geste ?

En vérité j'étais trop épuisée nerveusement pour démêler mes émotions. J'avais juste conscience que je devais surveiller mon patient en cas de problème, d'où la prise régulière de son pouls et la vérification tout aussi régulière que le saignement n'avait pas repris. J'avais juste fait une pause pour me laver les mains et nettoyer au mieux ma table basse.

Dans l'attente, je m'occupai en observant l'éclat métallique sous toutes les coutures. Je n'y connaissais rien, mais cela ne me semblait pas être du métal ordinaire. La tension précédente ne m'avait pas empêchée de noter la surprise du Justicier lorsque je lui avais révélé les causes de sa faiblesse. Se croyait-il auparavant indestructible ?

Certes il avait de grands pouvoirs, mais les informations qui circulaient sur ses capacités avaient tellement été verrouillées par les autorités de Vincel qu'elles demeuraient un mystère pour le commun des mortels auquel j'appartenais.

- Je crois que vous venez de découvrir votre kryptonite[32].

Un léger ronflement me répondit.

Je soupirai et trouvai une position plus confortable en m'adossant au canapé. Ce faisant, je n'avais qu'à tourner la tête pour regarder mon visiteur endormi.

Et tendre la main pour abaisser son masque…

---

[32] Éclat de roche de la planète Krypton qui se révélera être le point faible de Superman.

*****

Je n'en fis rien, évidemment, même si la tentation était grande. Je restai plutôt sur ma ligne de conduite précédente en me comportant en infirmière exemplaire.

Et je m'endormis.

Je fus réveillée par une drôle de lumière qui éclaira subitement l'obscurité ambiante, un peu comme la foudre qui déchire le ciel nocturne. La bouche pâteuse, je mobilisai ma salive pour décoller ma langue de mon palais et forçai mes paupières récalcitrantes à s'ouvrir. Bon sang ! Ce que j'avais mal aux fesses !

Et je ne vous raconte pas l'épisode du dépliage des jambes. Dantesque !

Bref, mes mouvements gériatriques eurent pour conséquence de déclencher le retour sur terre du Justicier qui commença à s'agiter légèrement. Avec difficulté, je traversai le salon et le couloir de l'entrée pour me rendre dans ma cuisine dont l'ouverture complète me permettait de suivre le déroulé du réveil de mon malade pendant que je lui préparais un verre d'eau et une tranche de la brioche que j'avais faite l'avant-veille pour décompresser. Il était près de quatre heures du matin d'après le four. Heureusement que c'était le week-end où je n'aurais jamais eu le courage d'aller bosser à huit heures.

Je m'assis sur ma table basse avec mon plateau sur les genoux au moment où le Justicier ouvrit les yeux.

Lorsqu'il me vit, la première chose qu'il fit consista à vérifier la présence de son large masque sur son visage. Il le trouva, forcément, mais la crispation de sa mâchoire m'indiqua qu'il n'en était pas pour autant soulagé.

- J'aurais pu, mais je ne l'ai pas fait, dis-je pour stopper dans l'œuf les questions qui devaient déjà tourner en boucle dans sa tête.

Il devait sûrement se demander si je n'avais pas simplement remis son masque en place après avoir découvert son identité.

- Comment vous sentez-vous ?

Le Justicier jeta d'abord un coup d'œil sur le petit boîtier situé près de son col, puis répondit de sa voix si étrange :

- Mieux. (Il toucha son dos) Vous m'avez fait un pansement ?

- Je ne savais pas si vous risquiez une infection alors j'ai préféré prendre des mesures préventives. Votre pouls est resté stable également, alors je ne m'inquiète pas trop pour votre guérison.

Il s'assit, d'une manière bien plus élégante que moi tout à l'heure, notai-je.

- Vous m'avez veillé tout ce temps ?

Il avait l'air vraiment surpris.

- Bien sûr ! mentis-je éhontément en lui tendant le plateau.

Il mit quelques secondes à le prendre, secondes que je mis à profit en comptant les taches de sang sur mon tapis. Je n'étais pas très douée pour le mensonge, par contre, avec du détachant, je faisais des miracles !

- Merci. Pour tout.

Je levai les yeux et le regardai boire son verre d'eau. Je ressentis une émotion étrangement familière à cet instant, le même que celui choisi par l'épée pour illuminer brièvement le salon.

Bizarre…

Mais pas autant que la façon dont le Justicier serrait désormais son verre à le briser en me scrutant avec un mélange d'incrédulité et de… joie ?

- Hum… C'est une arme… vraiment pas banale, déclarai-je en désignant l'épée.

- Effectivement. C'est un héritage, mon bien le plus précieux.

Son regard sombre et insistant me mettait vraiment mal à l'aise, d'autant plus qu'il m'en rappelait un autre, appartenant à une personne à laquelle je ne voulais pas penser.

- Voulez-vous me dire ce qui vous est arrivé ?

Bingo. Le Justicier se renfrogna immédiatement.

- Le savoir ne ferait que vous mettre en danger.

- Pour vous avoir secouru, je suis *déjà* en danger. Une patrouille de police est passée par ici hier soir.

Mes mains furent soudain enveloppées dans les siennes, totalement gantées. La sensation était particulière.

- Pardonnez-moi.

Ses paroles me choquèrent moins que la ferveur de son ton.

- Pourquoi ?

- La dernière chose que je veux, c'est vous causer des problèmes. Je n'aurais jamais dû faire irruption chez vous.

Par une inspiration subite, j'inversai les rôles et lui retirai mes mains pour envelopper les siennes dans une étreinte rassurante.

- Vous ne l'avez pas fait exprès, et puis il valait mieux que ce soit ici plutôt que chez un des séides de Théodore Vincel, non ? (Il ne dit rien) Je prends mes propres décisions et à part le remplacement de mon canapé, vous ne m'avez pas causé de problème. (Il esquissa un petit rictus que je pris comme un sourire) Au contraire, je pourrais vous aider avec cet éclat de métal.

Oups. Le terrain gagné fut aussitôt perdu quand il se leva brusquement, sa cape l'accompagnant dans ses mouvements avec une grâce qui tempérait l'allure inquiétante du cuir sombre qu'il arborait jusqu'à ses bottes. Ainsi debout et tendu à craquer, j'avais une bonne vue sur l'épée et le baudrier qu'il portait. J'avais l'impression d'être face à un mélange d'Obi-Wan Kenobi, d'Arrow et d'Aragorn, dans un tout qui faisait passer ces derniers pour des amateurs, tant pour le charisme qu'il exhalait que par son parfum de danger extrême. Cependant, je n'avais pas peur, comme si tout en moi me hurlait que cet individu masqué ne me ferait jamais de mal.

- Je travaille seul, je ne veux pas de votre aide.

J'encaissai la fraîcheur du ton avec maestria et le foudroyai du regard.

- Je n'ai jamais dit vouloir faire équipe avec vous. Pour qui me prenez-vous, une groupie ?!

Il parut décontenancé et ne plus savoir quoi dire. Mieux valait arrondir les angles :

- Il y a sûrement des tas de gens qui rêvent de jouer à *Batman et Robin*, mais moi, j'ai conscience de mes limites. Ce que je vous proposais, c'était de demander à une amie à moi de jeter un œil sur l'éclat métallique qui vous a blessé. Nous avons un petit laboratoire de physique là où je travaille, et si ce n'est pas suffisant, Marianne a des amis chercheurs à la fac de Rouen.

- Marianne...

- N'ayez crainte, l'interrompis-je, je ne lui dirai rien à propos de vous.

Il me tourna le dos et soupira :

- J'ai déjà gâché votre soirée, je ne veux pas non plus gâcher votre vie en vous faisant prendre des risques inutiles.

Je ricanai malgré moi en allant rapporter en cuisine le plateau avec le verre et la tranche de brioche à laquelle il n'avait pas touché.

- Croyez-moi si je vous dis que votre venue n'a été finalement que la cerise sur un gros gâteau indigeste.

Je remettais correctement la brioche dans son torchon quand je déclarai :

- Dire qu'après ma confrontation avec Florent Vincel et son invitation à dîner, je me disais que ma journée ne pouvait pas être pire...

J'avais parlé pour moi, cependant il semblait que quelqu'un d'autre m'ait entendue :

- QUOI ?!

Je sursautai ; ce cri avait résonné, ou plutôt explosé, dans ma maison si calme d'habitude.

- Florent Vincel vous a invitée à dîner ?!

Je ne pus que hocher la tête, tant sa vindicte soudaine me pétrifiait.

- Vous comptez honorer cette invitation ?!

Il serrait ses poings gantés avec force, comme on le ferait face à un ennemi. Cela, plus qu'autre chose me fit sortir de ma torpeur.

- Mais enfin, qu'est-ce qui vous prend ?!

- Ce qui me prend ? Vous allez accepter de dîner avec ce type après m... (Il se mordit la lèvre) Je veux dire, après ce que son père a fait à vos parents ?!

Ni une ni deux, je volai vers lui plus que je ne marchai et lui assénai la gifle la plus retentissante qui fût.

- Je vous interdis de me juger ! Vous ne savez rien de mes intentions !

Un lourd silence s'abattit entre nous, nous nous foudroyions chacun du regard.

- Florent Vincel n'est pas un homme pour vous, gronda-t-il, les dents serrées.

- Je ne vois pas en quoi ça vous regarde, rétorquai-je sur le même ton.

Tout Justicier qu'il était, je ne supportais pas qu'il se mêle ainsi de mes affaires, comme si j'étais une écervelée à qui il fallait faire la leçon.

- Vous pourriez sortir avec n'importe qui d'autre, pourquoi celui-là, sachant qui il est et ce qu'il représente ?

- Vous êtes peut-être bon avec votre épée et vos poings, mais en ce qui me concerne, vous ne savez rien du tout. Je n'ai jamais dit que j'allais accepter l'invitation de Florent Vincel. Vous me prenez pour une idiote ?! (Je reculai soudain et me frappai le front avec la paume de ma main) Remarquez, entre vous et William Fersen, je devrais peut-être me remettre en question, je dois vraiment avoir l'air d'une crétine en puissance.

Il avait curieusement frémi puis détourné le regard à la mention du journaliste du *Fort-Béné*.

- Entre un séducteur qui s'est bien moqué de moi (son cou craqua lorsqu'il tourna vivement la tête dans ma direction) et un Justicier qui me prend pour une cruche vénale, je suppose que j'ai quelques efforts à faire sur l'image que je renvoie… poursuivis-je avec cynisme. Je suppose que c'est ce que Paul a vu et que…

- Arrêtez ! s'emporta-t-il soudain en m'attrapant par les épaules.

J'eus un hoquet de stupeur. Il me lâcha aussitôt et fit deux pas en arrière, la respiration saccadée. Il était furieux.

- Vous ne savez rien de ce que je peux penser…

Je me dressai et le toisai sans pitié.

- Vous non plus.

Nous nous affrontâmes du regard une nouvelle fois, et il était absolument exclu que je cède la première. Après tout, je n'étais pas en faute. Enfin, il expira longuement et desserra progressivement les poings.

- Je ne vous considère pas comme quelqu'un de stupide, c'est juste que… Vous et Vincel…

- Il n'y a pas de moi et Vincel. Je l'ai insulté, nous nous sommes expliqués, et il m'a invitée à dîner parce qu'il ressentait le besoin de prouver à quelqu'un qu'il n'est pas comme son père.

Le Justicier plissa ses étranges yeux sombres.

- Vous portez des lentilles de contact ? demandai-je à brûle-pourpoint.

Il sursauta.

- Quoi ? Ce n'est pas le sujet, éluda-t-il avec nervosité. J'aimerais que vous m'expliquiez cette histoire avec le fils Vincel. Alors selon lui il n'est pas comme son père ?

- C'est ce qu'il m'a dit.

- Pourquoi vous dire ça à vous ? Vous le connaissez ?

Je haussai les épaules.

- Non, on s'est juste croisés il y a six ans environ. Je pense qu'il n'a pas apprécié mon emportement de ce matin.

- Votre emportement ?

Je soupirai.

- Ça fait quelque temps que je suis de mauvaise humeur et…

- À cause de William Fersen ? me coupa-t-il.

Je lui lançai un regard mauvais, ne goûtant guère l'interruption, surtout en rapport avec *ce* sujet.

- Hum… pardon, je me montre encore indiscret.

Il paraissait gêné. Il y avait de quoi ! Franchement…

- Bref ! Je me suis défoulée sur Florent Vincel alors qu'il visitait l'établissement. C'était stupide, je n'ai pas réfléchi aux conséquences pour moi ou mes collègues, cependant, alors que je méditais sur les représailles à venir, il est venu pour me dire qu'il n'y en aurait aucune vu qu'il ne parlerait pas de cet épisode à son père. Il paraissait sincère lorsqu'il me disait qu'il ne lui ressemblait pas.

- C'est plutôt étrange.

- Je sais.

- Ce n'est pas pour autant qu'il est digne de confiance.

Je lui lançai un coup d'œil peu amène.

- Et je sais que vous le savez.

Il s'était esclaffé légèrement. L'atmosphère s'allégea quelque peu. C'est là que j'eus une idée totalement folle.

- On peut le vérifier.

- Pardon ?

Le Justicier allait vraiment me prendre pour une écervelée cette fois-ci, mais tant pis :

- Je vais accepter l'invitation de Florent Vincel.

- QUOI ?!

- Vous voulez savoir si cet homme est réellement différent de l'image qu'on a de lui, oui ou non ?

- Oui mais…

- Alors j'irai. Je serai votre informatrice.

- C'est hors de question ! s'écria-t-il.

- Pourquoi ? C'est une occasion en or et je suis volontaire.

- Un tête-à-tête avec un Vincel ? Êtes-vous folle ?!

Qu'est-ce que je disais… Et c'était reparti…

- Réfléchissez ! Dîner avec le fils est un bon moyen d'obtenir des informations sur ce que prépare le père si on sait s'y prendre.

Le Justicier s'approcha dangereusement de moi :

- Je suis curieux de savoir comment vous allez vous y prendre… murmura-t-il avec une colère contenue, mais perceptible dans la voix.

Qu'allait-il encore imaginer ?! Il m'énervait à la fin !

- Pff ! Vous ne me croirez peut-être pas, mais il n'est pas compliqué de faire parler un homme sans coucher avec lui.

- Vraiment… ?

Il serrait encore les poings. Cette fois, j'en avais assez et décidai de lui donner une bonne leçon.

- Vraiment… dis-je en réduisant la distance qui nous séparait à quelques petits centimètres.

J'émis un léger gémissement en même temps que je passai ma main sur ma nuque comme pour la masser, puis je la fis descendre de mon cou à mes hanches, lentement, en passant très impudiquement sur mon sein gauche.

Je n'avais pas enfilé mon pyjama tue-l'amour et le décolleté de mon T-shirt, bien que sage, mettait en valeur une poitrine généreuse qui avait toujours fait son petit effet sur la gent masculine.

- Que faite-vous ? souffla le Justicier qui s'était raidi, mal à l'aise.

J'avais noté toutefois que son regard avait suivi le parcours de mes doigts avec une attention plus que prononcée.

- Surveiller un Justicier inconscient a laissé des traces, j'ai des courbatures un peu partout.

Ce faisant, j'étirai mes bras de sorte de redresser mon buste et ma poitrine.

- Si cela ne vous dérange pas, j'aimerais poursuivre cette discussion tranquillement assise dans mon fauteuil.

Je ne lui laissai pas le temps de répondre et le précédai dans le salon en veillant à bien moduler les mouvements de balancier de mon bassin pour attirer le regard à cet endroit.

- Oups !

J'avais volontairement fait tomber le coussin que je comptais déplacer et me penchai en avant pour le ramasser et le poser un peu plus loin. J'avais guetté du coin de l'œil les réactions de mon visiteur qui ne montrait rien, sauf un mouvement de mâchoire me laissant supposer qu'il se mordait l'intérieur de la joue. *Han ! Tous les mêmes !* ricanai-je en dedans.

Il s'assit sur le canapé, là où il n'y avait pas de sang.

- Comment vous sentez-vous ? m'enquis-je.

Ma question totalement hors sujet atteignit son but : il était complètement décontenancé par mon revirement d'attitude.

- Bien.

- Avez-vous encore mal ?

- Non. Hum… Et je vous remercie encore de m'avoir aidé.

Je balayai le compliment d'un revers de main.

- Tout ce qui m'importe, c'est que vous vous sentiez mieux pour continuer à aider cette ville.

- C'est le cas.

- Vous devez vous sentir bien seul parfois. Je vous plains, vous savez.

Il y eut un court silence, puis :

- Il n'y a pas de raison, j'ai fait le choix de faire ce que je fais.

- Et pour ça vous avez toute mon admiration.

Il se tortilla sur le coussin, embarrassé. Je souris :

- Vous n'avez pas l'habitude des compliments, n'est-ce pas ?

- Disons que je n'ai pas souvent l'occasion de discuter de mes états d'âme avec quiconque.

- Je vois, il n'est pas facile de se laisser aller à faire confiance lorsqu'on est considéré comme l'ennemi public numéro un.

- Effectivement.

Ses épaules s'affaissèrent légèrement et il se cala dans une position plus confortable. Bien ! *À la fin de l'envoi, je touche !*[33]

- Est-ce la haine que vous éprouvez envers les Vincel qui vous a amené à devenir notre Justicier ou êtes-vous poussé par la seule volonté de sauver cette ville ?

- C'est compliqué. Je ne suis pas…

Il se stoppa net et me fixa étrangement.

- Vous êtes douée, lâcha-t-il enfin. J'ai failli dire des choses que j'aurais regrettées ensuite.

Fière de moi, je croisai les jambes et lui adressai un sourire de triomphe.

- Je vous l'avais dit, les confidences peuvent être obtenues par d'autres biais que les relations sexuelles.

- Vous êtes une manipulatrice hors pair, me complimenta-t-il.

- Et non pas une cruche vénale, alors ?

Il fronça les sourcils.

- Je ne vous ai jamais considérée comme telle. J'étais juste…

Il se tut, puis soupira.

- Très bien, j'accepte que vous dîniez avec Florent Vincel pour en obtenir des informations.

Je souris encore.

---

[33] Citation extraite de *Cyrano de Bergerac*, d'Edmond Rostand.

- Mais je veux que vous ne preniez aucun risque inutile. On ne fera ça qu'une seule fois, je ne veux pas vous mettre en danger.

- Tout ira bien. Ce n'est qu'un dîner.

- Théodore Vincel est capable de tout. Vous exposer ainsi à lui, même de loin, en sachant le nom que vous portez, n'a rien d'anodin.

- D'après son fils, mon nom lui donne de l'urticaire, d'autant que je ne lui ai pas laissé un très bon souvenir lors de notre dernière rencontre. C'est pourquoi je doute qu'il lui parle de notre rendez-vous, il m'a donné son numéro personnel.

Le silence qui suivit ma déclaration fut à la limite du stade où on en étouffe. Le Justicier finit quand même par le briser :

- Je n'aime pas ça du tout.

- Pourquoi ? Parce que vous ne supportez pas l'idée de ne pas travailler en solo sur ce coup ? Je vous ai déjà dit que jouer à Batman et Robin ce n'était pas mon truc ! Je veux juste vous aid…

Je fus interrompue par un doigt de cuir sur ma bouche, le Justicier s'était téléporté juste devant moi, à genoux.

- Chut. Je sais que vous voulez m'aider et je sais aussi que Florent Vincel reste un mystère pour moi, malgré mes efforts. Il n'empêche que… j'ai l'impression de me servir de vous et cela me fait horreur.

Je pris sur moi de repousser doucement son index et repris calmement :

- Vous ne seriez pas le héros de cette ville si vous n'aviez pas cette impression, mais je veux le faire. Je fais tout mon possible dans mon travail d'enseignante pour dissuader nos jeunes de rejoindre les rangs des sbires de Théodore Vincel, c'est ma façon à moi de m'opposer à lui. Mais aujourd'hui j'ai une occasion d'en faire plus, je ne la raterai pas… en souvenir de ma famille.

Je fus surprise de sa façon toute délicate de me prendre la main. Son étrange épée, qu'il avait remis à son côté, s'illumina une nouvelle fois de l'intérieur, sans qu'il s'en souciât. Sa capuche lui retombait sur le front, et malgré son masque et ses pupilles artificielles, je pouvais lire dans ses yeux l'inquiétude réelle et incompréhensible qu'il éprouvait pour moi.

- N'ai-je donc aucun moyen de vous faire faire machine arrière ?

Une étrange émotion s'empara de moi, comme si mon instinct me criait quelque chose que mon cerveau ne voulait pas assimiler. Je m'ébrouai mentalement.

- Je laisserai passer quelques jours puis je l'appellerai. Je me débrouillerai pour que cela se passe samedi soir, à vous de me communiquer en amont les questions que vous voulez que je lui pose.

Il soupira et se leva en se détournant.

- Je vous les ferai parvenir.

- Merci.

- Mademoiselle Tremen ?

- Oui.

Il s'était placé de profil, mais je ne pouvais voir son visage à cause de sa capuche.

- Je suis désolé. Pour tout.

Il se volatilisa la seconde suivante.

Je venais de vivre un moment incroyable : une rencontre avec un personnage de bande-dessinée qui acceptait mon aide pour contrecarrer les plans de son ennemi. Néanmoins, je n'arrivais pas à crier de joie pour la simple et bonne raison que je ne pouvais m'ôter de l'esprit qu'il y avait autre chose derrière tout ça, quelque chose qui m'échappait et qui – c'était ça le plus dingue – me concernait moi.

*****

J'avais reçu durant le week-end quelques coups de fil de collègues qui s'inquiétaient pour ma personne. J'avais toujours été quelqu'un de très positif et je m'arrangeais en général pour que mes problèmes personnels ne débordent pas sur mon travail, de fait, même si tout le monde connaissait mon passif avec les Vincel, personne ne s'attendait à ce que je perde ainsi mon self-control, jusqu'à en oublier la prudence élémentaire devant un requin capable de dévorer tout cru un petit poisson comme moi. Les mauvaises langues diraient que ces gens prenaient la température concernant des représailles éventuelles d'un maire impitoyable, et je ne pourrais guère leur en tenir rigueur. C'était humain et… compréhensible. Alors je me faisais un devoir de les rassurer, tout comme j'avais rassuré Mr Planchet lundi matin quand j'étais venue un peu plus tôt pour lui présenter mes excuses.

C'était un homme droit et juste que je ne pus que respecter davantage lorsqu'il me reçut en refusant tout de go que je lui expose les raisons qui m'avaient poussée à agir comme je l'avais fait.

- Mademoiselle Tremen, je ne suis en place que depuis deux ans à ce poste, mais je peux me targuer d'avoir déjà bien cerné les membres de mon équipe. Vous êtes quelqu'un de très professionnel et de très efficace, je sais que je peux compter sur vous. Votre calme apparent ne fait pas de vous quelqu'un d'effacé, loin de là, et vous avez un don pour amadouer les plus sauvages de nos pensionnaires, voire de nos collègues. (Il pensait à Marianne, à l'évidence) Je n'ai pas besoin de savoir pourquoi vous avez si copieusement insulté Théodore Vincel à travers son fils quoique j'en ai mon idée d'après ce qui se murmure ici, tout ce que je veux, c'est que vous mesuriez justement la chance d'avoir eu affaire à Florent Vincel et non à son père, et du fait que le premier vous tienne étrangement en haute estime au point de ne pas relater à qui de droit votre éclat de vendredi.

J'avais baissé honteusement la tête.

- Mademoiselle Tremen, viendra le jour où Théodore Vincel perdra sa guerre contre la Justice et il paiera alors pour tous ses crimes. (J'avais de nouveau affronté le regard de mon directeur, stupéfaite d'une dénonciation aussi directe de celui qui terrorisait la ville depuis des années) En attendant, sélectionnez soigneusement vos batailles. Je sais ce que vous, Mademoiselle Chaumont et quelques autres professeurs essayez de faire à travers vos cours et vous avez mon soutien le plus entier. Les élèves de ce lycée ont besoin de vous et de votre droiture comme exemple, gardez ceci à l'esprit la prochaine fois qu'un Vincel mettra les pieds ici.

Je l'avais remercié, émue, puis étais retournée en cours, feignant la reprise d'une routine rassurante auprès de tous, et surtout auprès de ma meilleure amie à qui, pour une raison que j'ignorais, je n'avais pas parlé de ma rencontre ni de mes projets avec le Justicier.

J'étais suffisamment maîtresse de mes émotions en général pour ne pas les laisser trop paraître à l'extérieur, trait de caractère que j'avais hérité de ma mère d'après Nanette. Par conséquent, le stress qui monta en moi à la perspective du coup de fil décisif que j'allais passer resta invisible pour Marianne, pourtant très attentive à mon égard depuis vendredi. Ce n'était pas très honnête de lui cacher cela, mais en aucun cas je n'aurais voulu qu'elle coure un danger quelconque par ma faute. De fait, il était primordial qu'elle reste en-dehors de mon partenariat à court terme avec le Justicier, hormis pour me donner les résultats des analyses du morceau de métal qui avait affaibli le héros de cette ville et qu'elle avait donné à un ami très proche, chercheur à la fac de Rouen. D'où mon refus de l'accompagner en ce mercredi après-midi à notre cours de Zumba, prétextant des douleurs typiquement féminines incapacitantes.

Marianne compatit et ne chercha pas plus avant, notamment en raison de son aventure, officialisée maintenant, avec notre professeur de danse. C'était bien pour elle, car Jason était un garçon charmant qui ne s'en laissait pas conter, et cela m'arrangeait également.

À 14h, je m'emparai enfin de la carte de Florent Vincel et de mon téléphone portable que je contemplais depuis au moins une bonne vingtaine de minutes, là, assise devant ma table à manger, et inspirai un grand coup avant de composer le numéro redouté.

- Allô ?

- Monsieur Vincel ? Hum… Florent Vincel ? dis-je avec un léger trémolo dans la voix dévoilant ma nervosité.

- Oui, qui est à l'appareil ?

- Je… euh… C'est Adeline Tremen. Hum… Nous nous sommes ren…

- Je me rappelle parfaitement de vous, Mademoiselle Tremen, me coupa-t-il. Comment-allez-vous ?

Son ton était parfaitement affable, comme s'il saluait une connaissance très appréciée.

- Je vais bien. Je… Je ne veux pas vous déranger en plein travail, peut-être pourriez-vous me rappeler si vous avez un moment de libre dans la journée.

- Vous ne me dérangez pas du tout, au contraire. Votre coup de fil est une distraction bienvenue dans cette journée de folie.

- Euh… Ah ?

Je n'avais pas envie de savoir la nature de la folie en question : trafic de drogue, importation de contrefaçons, etc.

- Je parle d'une folie administrative, Mademoiselle Tremen.

Je l'entendis presque sourire à l'autre bout de la ville, il avait apparemment suivi le cours de mes pensées.

- Que me vaut votre appel ? enchaîna-t-il pour dissiper l'embarras qu'il devait deviner, à juste titre, en moi.

Reprends-toi, espèce de gourde ! Tu es en mission et tu dois te montrer forte devant le fils du mafieux le plus dangereux du pays !

Ce fut donc de manière beaucoup moins hésitante que je repris :

- J'ai réfléchi à notre discussion de vendredi. Je vous ai peut-être jugé trop vite, effectivement, ce qui rend mon comportement d'alors d'autant plus inexcusable. J'ai été élevée dans l'idée de réserver mon opinion sur une personne tant que je ne serai pas sûre de qui elle est.

Si Florent Vincel n'était pas stupide, il comprendrait le sous-entendu concernant ma famille.

- Je trouve que ce sont des valeurs éducatives tout à fait honorables.

Bien répondu, pensai-je. *Il ne se mouille ni d'un côté ni de l'autre, l'homme est intelligent.*

- Oui, cependant il y a une chose que vous devez savoir, Monsieur Vincel. (J'inspirai une nouvelle fois) En ce qui concerne votre père je suis sûre de qui il est et de ce que je ressens à son encontre.

Il y eut un silence pesant. J'entendais seulement mon cœur cogner comme un fou dans ma poitrine dans l'attente de sa réponse. Je ne voulais pas de malentendu entre nous et mon instinct me soufflait qu'être au moins honnête sur ce plan-là, à savoir ma haine à l'égard du maire et du Comité, était la bonne carte à jouer.

- La lucidité est un luxe que vous devez cultiver, Mademoiselle Tremen.

Je ne savais pas vraiment comment prendre cette phrase eu égard aux implications cachées derrière elle, néanmoins c'était un tremplin idéal pour ce qui motivait mon appel.

- Je suppose que ce dîner que vous m'aviez proposé entre dans ce champ...

Décidément, j'étais douée pour filer les métaphores. Espérons que Florent Vincel ne détricote pas les efforts que j'avais faits. Je croisai les doigts très fort.

- Êtes-vous libre ce soir ?

Yes ! pensai-je en imitant le mouvement du poing d'Alexandra Lamy lorsqu'elle réussissait à manipuler Jean Dujardin dans *Un gars, Une fille*.

- Non, désolée, je ne serai disponible que samedi soir.

J'entendis le bruit caractéristique des pages qu'on tourne : Vincel devait consulter son agenda.

- Je pense que je peux m'arranger. Puis-je passer vous prendre chez vous à 19h ?

Je sentis mes poils se hérisser et une sensation de malaise m'envelopper. Si Nanette avait encore été en vie, voir Florent Vincel sur son porche l'aurait motivée à ressortir sa vieille carabine pour lui plomber le derrière. L'accueillir, même sur notre trottoir, reviendrait à la trahir elle, mais aussi mes parents. C'était une ligne que je n'étais pas prête à franchir.

- Je serai certainement en ville. Nous pourrions nous retrouver sur le parking du *Gaumont* ?

Un autre silence plana sur notre échange, puis :

- Je vois. (Le ton de sa voix laissait clairement entendre qu'il n'était pas dupe de ma pirouette) Je passerai donc vous prendre sur ce parking.

Ouf ! Il n'avait pas insisté. En même temps, j'étais censée me méfier de lui, alors l'autoriser à venir chez moi n'aurait pas été crédible.

- Vous aimez les restaurants gastronomiques ? reprit-il.

- Bien sûr.

- Je crois que vous jugerez comme moi préférable de sortir de la ville pour notre entretien. (Il ne disait pas que dans le cas contraire, son père serait immédiatement averti de l'identité de son invitée, mais ce n'était pas difficile à comprendre) *Les Voiles d'Or*, vous connaissez ?

J'eus l'impression que des morceaux de verre me lacéraient la gorge quand j'avalai ma salive. *Les Voiles d'Or... Oh non...*

- Mademoiselle Tremen, vous êtes toujours là ?

Je sursautai.

- Euh… oui.

- Quelque chose ne va pas ?

Est-ce que quelque chose ne va pas ? C'était ça sa question ? Que pouvais-je lui dire ? *Je suis allée dans ce restaurant avec un autre homme il y a un mois et notre soirée s'est achevée par un baiser que je n'arrive pas à oublier. J'ai beau faire, William Fersen, du* Fort-Béné, *l'un de vos plus farouches opposants, soit dit en passant, hante mes rêves en un rappel douloureux des risques qu'on prend à baisser sa garde trop vite devant quelqu'un qui ne le mérite pas.*

- N… Non. Tout va bien. *Les Voiles d'Or*, c'est parfait. J'y suis allée récemment et j'ai beaucoup apprécié.

- Très bien, alors il ne me reste qu'à vous dire à samedi, Adeline… Puis-je vous appeler Adeline ?

Je réprimai une grimace, consciente de jouer à un jeu malsain en plus d'être dangereux.

- Oui, bien sûr, Monsieur Vincel.

- Florent, me reprit-il aussitôt, avec ce même sourire sur son visage que je pouvais aisément deviner malgré la distance qui nous séparait.

- Hum… Florent. Au revoir.

- Au revoir, Adeline.

Je raccrochai sans attendre et m'adossai ensuite sur ma chaise (je n'avais plus de canapé), en essayant de détendre tous les muscles de mon corps.

Pffiouuu ! Mission accomplie ! Enfin... du moins la partie la plus facile de la mission. Je m'étais engagée dans un dîner absurde alors que je n'avais toujours aucune nouvelles de celui qui m'y avait motivée. On pouvait dire que j'avais mis les pieds dans une belle galère, cependant je ne comptais pas faire machine arrière. J'avais eu le temps de réfléchir à tout cela et ma détermination n'avait pas failli, au contraire, elle s'était renforcée. Je devais au courage de mes parents de s'être dressés devant Théodore Vincel pour les élections, et à celui de Nanette d'avoir giflé celui-ci, d'agir moi aussi concrètement contre lui. Une mission de renseignement n'était pas extrêmement reluisant, mais si je pouvais orienter ne serait-ce qu'un minimum le Justicier vers une destination qui le conduirait à faire subir au Comité un sérieux revers, je ne reculerais pas. Hors de question.

C'est dans cette humeur combative que mon téléphone sonna, et que, sans regarder plus avant le numéro appelant, je décrochai :

- Allô ?

Je faillis tomber de mon siège quand la personne au bout du fil commença à parler. Encore abasourdie, j'articulai d'une voix blanche :

- William ?

Chapitre V : Vérité et implications

*****

Je ne m'étendrai pas sur le tourbillon d'émotions qui m'avala dès que j'eus réalisé l'identité de mon interlocuteur, mais en gros, cela tournait entre l'incrédulité, l'horreur, la colère et à mon grand désarroi, la joie.

- Adeline ?

Je devais décoller ma langue de mon palais asséché pour ne pas me ridiculiser devant lui.

- Qu'est-ce que tu veux ?

Ma salive m'était à peu près revenue, cependant je ne mis aucun effort pour masquer la sécheresse de ma voix. Il y eut un léger silence à l'autre bout de la ligne, tant mieux ; que William Fersen comprenne qu'il avait intérêt à marcher sur des œufs pendant cette conversation que j'espérais la plus brève possible.

- Je voudrais te parler.

- C'est ce que nous faisons déjà, non ? persiflai-je, sarcastique.

- Adeline… Je sais que je mérite ta colère, mais laisse-moi au moins t'expliquer, je…

- Il n'y a rien à expliquer, William, l'interrompis-je. J'ai vingt-sept ans, je ne suis ni une enfant ni une idiote, par conséquent la signification du fait que tu ne m'aies pas rappelé après ton retour en ville était claire comme de l'eau de roche. La question que je me pose c'est pourquoi m'appelles-tu maintenant ?

Là, c'est bien ! Sois maîtresse de tes émotions, domine la conversation pour le dominer lui.

- Je ne pouvais plus faire autrement.

Je haussai les sourcils tant la violence de ses paroles me percutait.

- Désolée que tu aies perdu ta bataille personnelle pour me sortir de ta vie, dis-je d'une voix grinçante.

- Ce n'est pas ça, Adeline. Je ne peux pas t'expliquer au téléphone, veux-tu qu'on se retrouve dans un café pour discuter ?

Je dressai le buste et inspirai, prête à délivrer une réponse qui me vaudrait certainement des applaudissements de la part de Marianne quand je la mettrais au courant de ce retournement de situation.

- Écoute, William. Je ne suis pas une de ces filles à qui on peut souffler le chaud et le froid à l'envie sans qu'elle se rebiffe. Je ne sais pas pourquoi je t'ai fait confiance au point de même te parler de mon ex, mais en vérité tu ne vaux guère mieux que lui. C'est pour cette raison que je décline ton invitation.

Je l'entendis soupirer.

- Je comprends ta réaction, je la mérite. Mais cela n'empêche qu'il faut que je te parle, je… j'ai besoin que tu entendes que je regrette de t'avoir mise ainsi à l'écart et… j'ai besoin d'apaiser notre relation.

- Mais de *quelle relation* parles-tu ? Nous ne nous sommes vus en tout et pour tout que quelques heures ! Nous ne sommes ni amis, ni quoi que ce soit d'autre !

J'étais fière de lui jeter à la figure les arguments que je m'étais moi-même efforcée de me rentrer dans le crâne pour passer à autre chose.

- Tu oublies que nous nous sommes embrassés…

La voix de William s'était assombrie, je l'avais vexé. Et puis quoi encore ? Devais-je me sentir coupable ? Non, je pouvais tout aussi bien porter le coup final à ce règlement de comptes imprévu :

- Et toi tu oublies qu'après cela je suis restée environ un mois sans nouvelles, rétorquai-je. (Silence) C'est donc bien ce que je disais, nous n'avons pas de relation, et c'est aussi bien comme ça.

Ma nervosité arrivait à son comble, je détestais les confrontations, même lorsque, comme ici, je prenais le dessus. Mieux valait que j'abrège cette conversation inutile et dangereuse pour ma santé mentale.

- Je vais te laisser, William. Tu as sûrement plein d'autres sujets sur lesquels enquêter et de nouveaux articles à rédiger.

- Adeline, je t'en prie…

- Au revoir, William.

Je raccrochai et posai précipitamment mon Smartphone sur la table. J'avais du mal à réaliser ce qui venait de se passer, pourtant, une chose tournait en boucle dans mon esprit, comme une sirène d'alarme alertant sur un désastre à venir : au lieu d'un simple « Au revoir », j'aurais dû lui dire un « Adieu » ferme et définitif.

Je me pris la tête entre les mains et fermai les yeux pour retrouver un semblant de calme, or, je n'en eus pas vraiment l'occasion car une sonnerie caractéristique m'indiqua l'arrivée d'un SMS.

La main un peu tremblante, je m'emparai de l'outil de communication et regardai la teneur du message que je venais de recevoir :

- *« Je suis désolé de t'avoir blessée. Je veux toujours que nous discutions. Je serai au Café du Funambule vendredi à 17h. Je t'attendrai aussi longtemps qu'il le faudra. »*

- Tu peux attendre longtemps, espèce de salaud ! m'emportai-je en repoussant mon téléphone un peu plus loin et en maudissant cette petite part de moi qui sautait de joie à l'idée de le revoir.

Parce qu'il était absolument hors de question que je le revoie ! Il s'était suffisamment moqué de moi, je n'étais pas disposée à être l'une de ces filles que les marins ont dans chaque port et qui désespèrent d'attendre leur retour prochain. Si William Fersen comptait sur le désir encore vivace qu'il m'inspirait pour que je me jette dans ses bras, il se trompait ! *Qu'il aille se faire voir !* J'étais Adeline Tremen, célibataire certes, mais pas aux abois, et j'étais suffisamment intelligente pour ne pas risquer de faire une rechute sentimentale en me rendant à ce rendez-vous.

Là ! C'était dit !

*****

Bon sang, mais qu'est-ce que je fais là ?!

Deux jours plus tard, ce vendredi 14 novembre, j'étais devant l'entrée du *Café du Funambule*, ayant avancé comme un robot depuis le magasin de cosmétiques d'en face où j'avais guetté l'arrivée de William Fersen. Cela faisait plus d'une heure qu'il y était, et j'étais sûre qu'il n'en était pas ressorti. Pour donner le change pendant mon observation discrète, je m'étais installée sur le siège réservé aux clientes désirant se faire maquiller et je m'étais ensuite laissé faire. En vérité, je ne savais pas pourquoi j'étais venue malgré mes résolutions et les exhortations de Marianne. Celle-ci m'avait effectivement applaudie lorsque je lui avais raconté mon échange avec le journaliste et par la suite, elle s'était régulièrement assurée de la force de ma détermination en me faisant répéter des phrases comme : « Je suis une célibattante et je me respecte ! », « Je ne ferai jamais office de bouche-trou ! », « Que William Fersen et ses yeux dorés aillent se faire foutre ! »

Toujours est-il qu'en cet instant, je m'apprêtais à faire voler en éclat toutes mes bonnes résolutions. Déjà, celle de faire des économies avant Noël était un bide complet étant donné les produits de beauté que l'esthéticienne avait réussi à me refourguer, profitant de ma faiblesse pour augmenter son chiffre d'affaire du jour.

Je vis mon reflet dans la porte du café et faillis faire demi-tour. J'avais tellement été hors de moi-même toute cette journée que je m'étais comportée comme un automate, de fait, je ne me rendis compte que maintenant qu'entre mon maquillage discret mais sophistiqué, ma robe et mes collants noirs, mes escarpins, ma cape et mes gants, on aurait pu dire que je m'étais apprêtée avec soin pour ce rendez-vous.

Inspire, expire... Tu écoutes ce qu'il a à te dire et tu t'en vas. Ce n'est pas plus compliqué que ça.

Après une dernière expiration, je poussai le battant pour me retrouver à l'intérieur d'un établissement bondé, où les clients profitaient d'une décoration et d'un accueil chaleureux, comme de la qualité du chocolat chaud. Je balayai la salle du regard ; où pouvait être l'homme qui ne s'était pas mieux comporté que mon ex petit ami ?

Une main se leva au fond à droite, un glaçon métaphorique descendit le long de ma colonne vertébrale. Je déglutis avant de me diriger vers William Fersen qui s'était levé.

Vêtu d'un T-shirt blanc à manches longues près du corps et d'un jean bleu foncé, il n'avait rien perdu de son sex appeal. Quant à ses yeux dorés, en ce moment même braqués sur moi et en mode lave en fusion, ils me donnaient l'impression d'être aussi nue que le jour de ma naissance.

Pour masquer mon malaise, je m'assis en lui refusant royalement la bise de politesse de tout bon Français qui se respecte.

Après avoir hélé la serveuse pour me commander un chocolat chaud, il m'imita, un peu raide, et commença :

- Merci d'être venue.

Je haussai simplement les épaules, je n'allais pas lui faciliter la tâche.

- Hum... Je voulais m'excuser... pour mon comportement envers toi.

Il attendit ma réaction, puis soupira en constatant que je gardais le silence. Il m'en faudrait plus pour justifier un semblant de discussion civilisée entre nous.

- J'aimerais t'expliquer ce qui s'est passé pour que tu comprennes que je n'ai jamais voulu te faire de mal. Voilà... Ce soir-là, au *Filet mignon*, tu m'as pris au dépourvu... pour tout. Je n'ai pas réfléchi en amortissant ta chute, je n'ai pas anticipé le plaisir que j'ai pris à discuter avec toi dans le bureau et surtout, je n'ai pas compris tout de suite ce qui m'arrivait quand tu m'as donné ce baiser. Tu es partie si vite, après, que je n'ai même pas pu te demander ton nom. Tu m'as troublé, au point que je ne comprenais strictement rien de ce que ma mère disait quand je suis retourné à ma table... au point qu'il me fallait te retrouver.

Jusqu'ici, j'avais volontairement tourné la tête vers les autres clients pour ne pas me confronter à son regard, or là, il venait de dire quelque chose qui me fit opérer un changement d'attitude : je fronçai les sourcils et le fixai, dubitative. Il s'esclaffa avec une pointe d'amertume :

- Je sais, c'est dingue. (Il me regarda alors, avec une intensité incroyable) Mais c'est la vérité. Je ne sais pas comment tu t'y es pris, dans tous les cas, je n'arrivais pas à te faire sortir de mon esprit. Il fallait que je me confronte à toi à nouveau alors j'ai repensé à notre discussion. Tu as dit que tu travaillais dans un lycée professionnel avec ta meilleure amie et collègue Marianne. J'ai donc fait mon métier de journaliste et j'ai enquêté.

Soufflée par cette révélation, ma voix n'était plus qu'un murmure quand je dis :

- Alors cet article sur mon établissement...
- N'était qu'un prétexte pour te voir, acheva-t-il.

Je ne savais pas comment réagir. Son aveu, bien que touchant, n'excusait pas son attitude par la suite et quelque part, la rendait d'autant plus incompréhensible. Je bus une gorgée de mon breuvage pour me donner une contenance, puis :

- Je ne comprends pas.

Il hocha la tête, l'air désolé, et finit le reste d'un café qui devait être froid depuis longtemps.

- Dans un premier temps, je ne voulais que me confronter à toi pour que cesse ce qui était en train de devenir une obsession, mais tu m'es encore une fois tombée dessus...

Il ne put réprimer un sourire tendre que je faillis lui rendre. Découvrir que je n'avais pas été la seule à être obnubilée par son visage était dangereux pour les défenses que j'avais érigées autour de ma volonté. Il était hors de question de craquer.

Son sourire s'évanouit devant mon absence de connivence. Il poursuivit :

- J'ai beaucoup apprécié t'écouter présenter ton lycée, tu étais passionnée et ça se voyait, notamment lorsqu'on a croisé ces gamins. Ainsi, tu n'étais plus seulement une image obsédante dans ma tête, mais une femme réelle et réellement sympathique en plus d'être séduisante.

Je rougis malgré moi, je n'avais pas l'habitude de m'entendre dire que j'étais séduisante ; William le vit, mais eut le bon sens de ne pas relever.

- Il fallait que je t'invite à dîner, ne serait-ce que pour comprendre pourquoi tu m'avais embrassé et pourquoi ensuite tu aurais voulu ne jamais l'avoir fait. Je savais que je partais en reportage le lendemain, mais c'était comme si tout en moi me hurlait que je passerais ma vie à le regretter si je n'insistais pas pour que tu acceptes ce rendez-vous.

- Cela ne t'a pas empêché de partir sans un mot juste après. C'est drôle, n'est-ce pas, comme l'instinct peut se tromper...

C'était sorti tout seul. Le visage de William se crispa, certainement pour encaisser la volée verbale qu'il venait de recevoir. Son explication à l'eau de rose paraissait vraiment trop belle pour être vraie. J'aimais lire de temps en temps des romances, malgré les ricanements de certains de mes collègues de lettres sur le sujet, toutefois, je ne m'en gavais pas au point de succomber dès les premiers mots doux d'un homme ; le monde réel était bien trop cruel, j'en avais fait l'amère expérience.

- Mais je t'en prie, continue.

Le cynisme ne faisait pas partie de mon caractère habituellement, mais à l'occasion, ça faisait du bien. Mon interlocuteur ferma les yeux un instant, puis il me fixa avec une étrange lueur dans ses pupilles couleur miel.

- Ma vie est... compliquée. Très... compliquée. Au point que je ne peux être vraiment moi-même devant... quasiment personne, au point d'être obligé de rester vigilant en permanence. Ce qui est arrivé entre nous, ce don que tu as de me faire sentir à l'aise, totalement libre de dire ce que je veux, et… les baisers que nous avons échangés… (l'éclat dans ses yeux gagna en intensité à ces mots) tout ceci n'était pas prémédité. Pour une fois, je me suis laissé porter par les événements pour voir où ils m'amenaient et j'ai agi exactement comme mon instinct, et non ma raison, me le soufflait. Quand je t'ai serrée dans mes bras, devant chez toi, j'ai eu l'impression de m'envoler loin, très loin… trop loin. J'ai compris que si je ne revenais pas très vite, les conséquences seraient désastreuses, et c'est ce qui s'est produit lorsque j'ai dû refuser ta proposition d'entrer chez toi.

J'avais suivi son discours avec attention, buvant ses paroles comme une éponge absorberait l'eau coulant d'un robinet. Mais arrivée à ce stade du récit, le trop-plein se déversa en un torrent furieux :

- Je suis désolée d'avoir choqué ta conscience avec ma proposition indécente ! dis-je d'une voix coupante comme du rasoir, son insulte me brûlant comme de l'acide à mesure qu'elle s'enfonçait profondément dans mon âme. Mais rassure-toi, je ne referai pas la même erreur. D'ailleurs, je vais partir.

Je me levai, piquée au vif et entrepris de remettre ma cape malgré mes mains tremblantes de colère. William m'imita immédiatement, le visage très pâle, et m'attrapa les bras pour immobiliser mon geste.

- Je t'en prie, Adeline, ce n'est pas ce que tu crois.

Je le foudroyai du regard et me libérai brusquement de sa poigne, attirant l'attention des autres clients du café.

- Ah oui ? Et que dois-je croire exactement hormis que coucher avec moi aurait été une calamité ?!

J'avais dépassé la ligne jaune, je le savais. Je m'étais promis, en venant, de rester digne du début à la fin de notre entrevue, en évitant un esclandre par exemple. Nous n'en étions pas encore là, mais j'avais suffisamment élevé la voix pour que nos voisins directs aient clairement entendu ce que je reprochais à mon compagnon. Ils s'empressèrent de baisser le nez vers leurs boissons ou leurs journaux, avec un sourire amusé, bien évidemment, tandis que

William m'obligeait à m'asseoir à côté de lui et à soutenir son regard :

- Tu ne sais rien du tout. Il valait mieux que je parte, pour nous deux.

- Parce que tu partais en reportage le lendemain, c'est ça ?!

- Oui ! gronda-t-il, ne goûtant guère mon sarcasme. Et non... ce n'était pas l'entière vérité.

Mon niveau de fureur monta en flèche à son aveu et je voulus me lever à nouveau. Il m'en empêcha.

- Tu n'as rien à ajouter, je crois, sifflai-je. J'en ai assez de tes explications.

- Tu ne comprends pas, je ne pouvais pas rester parce que j'ai eu *peur*, Adeline !

Je m'immobilisai.

- Je te l'ai dit, ma vie est... trop compliquée. Si j'étais entré, j'aurais été obligé de te mentir et ce n'était pas ce que je voulais.

- Pour sûr, tu m'as servi l'entière vérité par la suite !

- Crois-moi si je te dis que ce petit mensonge valait mieux.

- Non mais c'est quoi cette fuite en avant ?! Tu esquives, encore et toujours le véritable problème ! (Il haussa les sourcils, perplexe) Au lieu de me perdre avec tes histoires de petits mensonges et d'affreuse vérité, comme si tu étais un agent secret en mission, tu aurais dû clairement me dire après ce soir-là que tu ne voulais plus qu'on se revoie parce que si tu avais éprouvé un tant soit peu les sentiments que tu m'as décrits, et si tu avais un minimum de courage, tu serais entré et tu m'aurais parlé ! Le problème réside donc bien dans le fait que tu ne tenais pas assez à moi pour me faire confiance.

- On se connaissait à peine, Adeline ! se défendit-il. Je ne pouvais pas prendre ce risque.

Je me levai, cette fois en lui servant un regard le dissuadant de m'en empêcher, et pointai mon doigt sur son torse :

- Et moi, après une rupture difficile et des principes de vie qui auraient dû renforcer mon bon sens habituel, je t'ai proposé d'aller plus loin, pourquoi ? Parce que pour la première fois de mon existence, j'ai cru voir en toi un risque qui valait la peine d'être pris. Grand Dieu, comme je regrette de m'être trompée !

Livide, il ne savait que répondre, visiblement. Il était temps de mettre un terme à tout cela.

- Adieu, William, dis-je en saisissant mon sac et en le plantant au milieu d'une clientèle qui ne cachait plus désormais son intérêt pour le psychodrame qui se jouait à notre table.

Comme lors d'une certaine soirée, je le vis, alors que je fermai la porte vitrée, debout à me contempler. Ce n'était ni de la perplexité, ni du désarroi que je lus sur son visage en cet instant, mais une détermination sans faille dont l'origine, bien que m'étant inconnue, me fit frissonner du sentiment qu'elle me concernait très directement.

Je rentrai chez moi l'esprit en ébullition et le cœur en miettes, incapable de faire le tri dans toutes les émotions que je ressentais et qui menaçaient de m'engloutir d'un moment à l'autre. Par chance, un événement opéra une diversion plus que bienvenue dans mon marasme sentimental : en arrivant sur le seuil de ma maison, je vis qu'une enveloppe avait été glissée sous la porte. Rien n'y figurait alors je l'ouvris et trouvai une feuille accompagnée d'un petit mot écrit sur un post-it, et sur lequel était inscrit : « Mémorisez les questions puis détruisez le tout ».

Je serrai l'enveloppe contre moi et expirai pour calmer un tant soit peu mes nerfs. Je remerciai le Justicier pour la chance qu'il m'offrait : non seulement j'allais, par son entremise, rendre hommage au courage de ma famille, mais en plus, j'allais opérer la première étape de ce pour quoi j'étais enfin totalement libérée de scrupules : oublier William Fersen.

Comment aurais-je pu prévoir que c'était mission impossible ?

*****

Je m'étais bien gardée de révéler à Marianne mon entrevue avortée avec William Fersen, elle m'aurait littéralement incendiée et je n'étais pas d'humeur à supporter ses « Je t'avais prévenue, bourrique ! ». J'accueillis donc avec enthousiasme son SMS dans lequel elle exprimait, avec moult termes appartenant au champ lexical du bonheur, sa joie d'avoir été invitée en week-end romantique à Deauville par Jason, notre prof de Zumba. Non seulement elle ne risquait pas de découvrir accidentellement mon programme de la soirée de samedi, mais en plus, elle s'éclaterait, ce qui me faisait plaisir pour elle. Jason était quelqu'un de bien, l'un des rares hommes que le caractère volcanique de Marianne n'effrayait pas. Il s'autorisait même à se moquer d'elle, ce qui démontrait de sa part un certain courage quand on connaissait la bête. Ils étaient plutôt bien assortis.

Est-ce que moi aussi je trouverais un jour quelqu'un prêt à me supporter au-delà d'une soirée ?

Je repensai avec amertume à William Fersen. Lui n'avait pas tenu…

Je m'ébrouai mentalement. Tout était clair désormais entre nous : il n'y aurait jamais de nous. J'avais également autre chose à faire que de penser à lui et ouvris ma penderie pour déterminer quelle tenue j'allais porter au dîner de ce soir.

Je n'y allais pas pour séduire Florent Vincel, par conséquent j'éliminai tout ce qui risquait de prêter à confusion. J'optai donc à nouveau pour l'élégance sobre d'un tailleur pantalon noir associé à un chemisier bleu électrique qui faisait ressortir la teinte océan de mes yeux. J'accessoirisai avec un ensemble de petites chaînes noires brillantes et des pendants d'oreille noir et bleu très discrets. Pour le maquillage, je choisis des teintes rosées pour éclairer mon teint. Quant aux chaussures, mes escarpins habituels feraient l'affaire.

Je pris mon fer pour boucler légèrement mes cheveux blonds que je disciplinai avec un peu de laque, puis je vaporisai sur ma nuque un peu de mon parfum favori. J'étais prête.

De retour au salon, je révisai une dernière fois les questions que je devrais glisser dans ma conversation avec Florent Vincel et une fois certaine de les avoir toutes mémorisées, je pris la feuille, le post-it et l'enveloppe, sortis dans le jardin et allumai un petit feu pour détruire l'ensemble, comme me l'avait préconisé le Justicier.

Je me demandais ce qu'il cherchait d'ailleurs. Mises bout à bout, ces questions n'avaient aucun sens pour moi et je ne voyais pas ce qu'il ferait des réponses. Bah ! Cela ne me regardait pas après tout. Et puis, nous étions d'accord tous les deux : c'était un partenariat à court terme.

Je ramassai les cendres de mon forfait et les mis à la poubelle avant d'aller récupérer mon sac dans la maison. Il était temps de se mettre en route, il serait bientôt 19h.

J'arrivais au bout de ma rue lorsqu'une voix grave retentit à mon côté dans l'habitacle de ma *Fiat 500*.

- Êtes-vous prête ?

- Hiiiiiiiiiiiiiiiiiiiiiiiiiiiiiiiiiiiiiiiiii !!!!!!!! hurlai-je en essayant de reprendre le contrôle de ma voiture, partie à faire de grandes embardées sur la route.

Le cœur battant la chamade, je me permis de foudroyer le Justicier du regard dès que je fus certaine que j'étais de nouveau maîtresse de mon véhicule et de mes moyens. Bien sûr, avec sa cape surmontée d'une capuche qui lui mangeait le profil, c'était comme foudroyer de l'air.

- Vous avez failli me faire mourir de peur !

- Vous n'êtes pas morte.

- Et c'est censé être drôle ?!

- Ce n'était pas censé l'être. Je vous ai posé une question.

- Grumpf !

- Ce n'est pas une réponse.

Je ne pouvais discerner ses traits, mais j'étais sûre qu'il était d'une humeur exécrable. *Bonjour la confiance !* pensai-je. Il devait s'attendre à ce que je commette une bourde à un moment ou à un autre du dîner.

- Ça va, j'ai mémorisé toutes vos questions avant de les brûler.

- Je sais.

- Vous savez ? (Je fronçai les sourcils) Vous me surveillez ?

- Je ne serai jamais loin de vous toute la soirée.

Il se pencha subitement vers moi et ouvrit mon manteau pour avoir accès à mon chemisier. Je glapis de surprise et donnai un coup de volant qui manqua nous envoyer dans un platane.

- Mais qu'est-ce que vous faites ?! m'écriai-je quand il frôla mon sein gauche.

- Je vous installe une broche équipée d'une caméra portative et d'un micro cachés. Ainsi, je pourrai suivre votre dîner avec Florent Vincel.

Je baissai la tête pour voir le bijou quand il se fut écarté : c'était une petite salamandre argentée très élégante.

- Où serez-vous ? demandai-je.

- Pas loin, comme je vous l'ai dit.

- Vous êtes de mauvaise humeur, ou quoi ?!

Ses réponses laconiques m'exaspéraient. C'était moi qui allais au feu et il ne trouvait pas utile de m'encourager ou d'être simplement bienveillant à mon égard.

Je rencontrai alors ses yeux sombres qui me scrutaient, l'air de vouloir dire quelque chose qu'il était impératif de taire pour le moment.

- Je suis concentré. Vous devriez l'être vous aussi, je vous rappelle que ce n'est pas juste un rencard.

Je n'avais pas aimé sa façon de dire cela.

- Ce n'est pas un rencard du tout et vous feriez bien d'être aimable parce que pour le moment, je ne goûte guère le plaisir de votre compagnie.

Sa mâchoire se crispa et ses poings se serrèrent.

- Et vous, vous devriez faire attention à ce que vous dites. Ce n'est pas le moment de faire un faux pas.

- Je le sais bien, pourquoi croyez-vous que je suis aussi nerveuse ?! À cause de la perspective de manger aux *Voiles d'Or* ?

J'entendis nettement les dents du Justicier grincer.

- Alors c'est là que Vincel vous emmène ?

- Oui et ça ne m'enchante pas du tout.

- Pourquoi ?

- Parce que la dernière fois que j'y suis allé, ma soirée s'est très mal terminée. (Il ouvrit la bouche) Et je vous interdis de prononcer son nom, le coupai-je. Je sais que vous vous en souvenez, or, personnellement, je veux l'oublier. C'est clair ?

Mon voisin darda sur moi un regard impénétrable que je pris comme un assentiment.

- La circulation se fait plus dense, je vais vous laisser avant d'être repéré.

- Très bien.

- Adeline ?

Je sursautai en sentant sa main recouvrir la mienne, qui était sur le levier de vitesse.

- Soyez prudente.

Je hochai la tête.

- N'ayez crainte.

Il serra un peu plus mes doigts.

- J'ai confiance.

- Mer… ci.

J'avais tourné la tête vers lui pour voir son visage, mais il s'était volatilisé. Le ton de sa voix était sincère lorsqu'il m'avait dit qu'il me faisait confiance. *Quel étrange personnage…*

J'arrivai sur le parking de notre vieux *Gaumont* un peu avant l'heure du rendez-vous et allai m'installer sur l'unique banc en place. Alors que je vérifiais que ma broche était bien accrochée, j'entendis :

- Adeline ?

Levant les yeux, j'aperçus la haute stature de Florent Vincel qui se dirigeait vers moi en souriant. Je me levai.

- Monsieur Vincel, le saluai-je en acceptant de serrer la main qu'il me tendait.

Son sourire s'élargit :

- Vous deviez m'appeler par mon prénom.

- Je suis désolée, j'ai toujours du mal à passer certains caps comme le passage du « Monsieur » au prénom de mon interlocuteur.

- Il n'y a pas de mal, mais je vous en prie, tentez de chasser le « Monsieur » avec moi, cela me donne l'impression d'avoir cinquante ans alors que je n'en ai que trente.

Je souris.

- Allons à ma voiture, proposa-t-il. Nous aurons tout le temps de discuter au chaud pendant la route et ensuite pendant le dîner.

Je le suivis et il m'ouvrit la portière passager de sa *Porsche* comme un gentleman l'aurait fait. Je n'aimais pas cette voiture, mais vu que c'était un moyen de briser la glace, je fis semblant de m'extasier sur ce modèle, ce qui me valut d'être assommée par un discours assez ennuyeux sur la qualité des grosses cylindrées. J'écoutais distraitement jusqu'à ce qu'il livre une confidence inattendue :

- J'aurais adoré travailler dans le milieu des sports mécaniques.

Je me redressai sur mon siège chauffant, soudain attentive :

- Vous ne vouliez pas travailler avec votre père ?

Et pan ! Question numéro un lancée alors qu'on n'est même pas encore entrés dans le restaurant ! Admire donc l'efficacité, Monsieur le Justicier !

- Il arrive souvent que les pères s'opposent aux choix de carrière de leurs fils. Le mien a jugé cela… trop dangereux.

Il s'esclaffa en me voyant.

- Décidément, vos mimiques sont très significatives. Je n'ai jamais vu quelqu'un exprimer aussi nettement l'incrédulité.

- Désolée, mais ce que vous venez de dire est légèrement… (je cherchai le bon terme) paradoxal.

Son sourire s'effaça.

- Le comble de devoir renoncer à un rêve soi-disant dangereux pour exercer une fonction qui l'est encore plus…

- Je suis désolée.

Il se tourna vers moi, un peu surpris.

- C'est bien la première fois que quelqu'un est désolé que j'ai embrassé une carrière politique qui assure de bons revenus plutôt qu'une carrière de coureur automobile qui assure des abonnements réguliers à l'hôpital.

- Il est regrettable de priver quelqu'un de sa passion.

Il me lança un regard indéchiffrable.

- Entre autres choses, ajoutai-je, histoire de le tester un peu.

- Pensez-vous que vous seriez moins sur vos gardes si je n'étais pas le fils de Théodore Vincel ?

Il semblait s'amuser de ma pique sur son père.

- Assurément. Mais je conserverais tout de même à portée de main la prudence élémentaire pour toute femme qui accepte de sortir seule avec un homme qu'elle connaît à peine.

- Ah, et qu'est-ce que c'est ?

Fièrement, j'ouvris mon sac et lui présentai le spray au poivre qui ne me quittait jamais. Florent Vincel éclata de rire.

- Vous êtes pleine de ressources, Adeline !

Lorsque cet homme riait, je ne ressentais aucune malice en lui et j'étais convaincue que son comportement affable, au contraire du mien, n'était pas feint. Il se sentait à l'aise avec moi. Parfait…

- Et encore, vous ne m'avez pas vue manger. Il y a toujours de la place pour un dessert et un café.

Il rigola de nouveau, décidément, il était bon public. *Un bon point…*

Nous discutâmes de nos goûts en matière gastronomique pendant tout le reste du trajet jusqu'à Dieppe. Je supposais que ce devait être ennuyeux pour le Justicier qui écoutait notre conversation en temps réel, néanmoins j'étais convaincue qu'aborder Florent Vincel en terrain neutre était le meilleur moyen pour l'amadouer et le pousser à se livrer un peu plus. N'étais-je pas supposée être une manipulatrice hors pair ?

Nous arrivâmes aux *Voiles d'Or* aux environs de 20h et l'accueil fut aussi chaleureux que la dernière fois où j'étais venue (et à laquelle je préférais éviter de penser).

Je vis nettement la serveuse remettre mon visage et s'apprêter à me dire quelque chose du genre : « Nous sommes heureux de vous revoir si vite ! » Heureusement, elle eut la bonne idée de regarder du côté de mon accompagnateur, dont l'identité la réduisit au silence. Même ici, on connaissait les Vincel et leur réputation, supposai-je lorsqu'elle nous mena à notre table, la meilleure du restaurant apparemment, tout en nous lançant des regards craintifs à la dérobée. Quand elle disparut dans les cuisines après avoir rangé nos manteaux dans une penderie, je compris qu'elle alertait le chef sur la nécessité de ne pas rater nos plats ; question de vie ou de mort. Difficile de lui jeter la pierre…

Pendant ce temps, Florent Vincel se montra très galant en tirant ma chaise pour que je m'asseye, puis en m'aidant à m'avancer. Je n'avais pas l'habitude de ce genre d'attention et quelque part, je trouvais cela légèrement daté. Après tout, j'étais capable de me débrouiller toute seule pour m'attabler. Mais bon… C'était préférable à voir un type se curer les dents avec des os de poulet une fois son assiette terminée (ça m'était arrivé il y a quelques années ; mon rencard, puisque c'en était un, avait ensuite émis des bruits de bouche horripilants qui m'avaient convaincue de lui laisser un faux numéro de téléphone en priant pour qu'on ne soit plus jamais amenés à se croiser).

- On dit que le gratin dauphinois est excellent ici. Hum… J'ai dit quelque chose de mal ?

Il avait dû voir mon expression se décomposer.

- Pardon. Je n'aime pas le gratin dauphinois.

Faux et archi faux, mais c'était la seule pirouette que j'avais trouvée.

- Je suis sûr que vous trouverez votre bonheur sur la carte malgré tout.

- Ne vous en faites pas pour ça.

Il rigola.

- Voulez-vous un apéritif ?

- Je prendrai la même chose que vous, dis-je pour être aimable. Je ne suis pas compliquée.

- Mmh, alors disons, kyr royal ?

J'avalai ma salive de travers. Pitié, non ! Ça me rappelait maintenant le *Filet mignon*.

- Euh finalement je pencherai pour un cocktail sans alcool.

- Pas compliquée, hein ? ricana-t-il.

- Je suis une femme. Il faut que j'alimente le mythe.

Il s'esclaffa franchement.

- Il est vrai que les femmes sont des créatures particulièrement incompréhensibles.

- Vous n'avez pas idée. Parfois, nous ne nous comprenons pas nous-mêmes.

- Je n'en doute pas.

- Madame, Monsieur, désirez-vous un apéritif ?

Je fus surprise par l'arrivée de la serveuse, ce qui me fit réaliser que j'avais pris plaisir à cet échange. *Nan mais t'es pas bien ?! Concentre-toi, ma fille !*

Nous commandâmes nos boissons et nos plats (je veillai bien à choisir des plats différents de la dernière fois) et nous poursuivîmes notre conversation sur des sujets anodins. Florent Vincel semblait parfaitement détendu et je décidai d'attaquer ma liste de questions au détour d'une bouchée de magret de canard.

- Cette nourriture, c'est de l'art.

Florent Vincel avala sa bouchée de gratin dauphinois.

- Vous avez une conception de l'art assez vaste, je suppose.

- Certains rigoristes devraient se détendre et élargir leurs horizons. On peut aimer les arts classiques sans dédaigner les autres. Il n'empêche, je suis une fervente admiratrice de Jean-Michel Basquiat.

- Vraiment ?

- Je ne me cantonne pas uniquement à Léonard de Vinci et à Michel-Ange, vous savez, même si j'apprécie énormément le travail des artistes de la Renaissance. J'estime qu'il n'y a pas assez d'expositions au musée de Fort-Bénédicte.

- C'est en train de changer. Nous avons passé des accords avec plusieurs musées nationaux et européens pour créer une exposition centrée sur l'histoire de la peinture maritime.

- C'est vrai ? m'étonnai-je faussement.

Je savais qu'un approvisionnement en toiles anciennes et modernes était en cours puisque le Justicier avait clairement écrit sur sa fiche : « Pourquoi des caisses contenant des œuvres d'art transitent-elles vers Fort-Bénédicte ? »

- Oui. C'est moi qui en ai eu l'idée, je trouvais également que la vie culturelle dans notre ville manquait singulièrement de renouvellement. J'ai voulu rendre hommage à Fort-Bénédicte en ne faisant venir que des tableaux représentant des paysages maritimes. Nous attendons par camion un nouvel arrivage depuis Dijon d'ici trois jours, on entreposera le tout dans le gymnase Perret avant l'expo.

Ok, s'il y avait anguille sous roche, le fait de savoir que Florent Vincel était à l'origine de ce projet indiquait qu'il n'était pas innocent dans l'histoire. Le Justicier n'avait certainement pas manqué de le noter aussi, comme il avait dû noter la date et le lieu de livraison des œuvres d'art. Le questionnaire était presque terminé, il fallait donc que je continue à le cuisiner.

- C'est une bonne initiative. Entre les visites des établissements scolaires et l'organisation d'expositions, je pourrais croire que votre vocation en tant qu'assistant du maire est de gérer les affaires éducatives et culturelles de la ville, or je suppose que vous avez d'autres attributions.

Il but une gorgée de son verre de *Bourgogne*.

- Êtes-vous en train d'enquêter sur moi, Adeline ? demanda-t-il avec un air inquisiteur impitoyable.

Meeeeeeeerrrrrde !!!!!

- Qui, moi ? bafouillai-je misérablement, consciente du brasier couvrant mes joues et du tremblement de mes genoux.

Le Justicier devait déjà se taper la tête contre les murs en me maudissant moi d'être aussi stupide et en se maudissant lui d'avoir fait appel à une novice gaffeuse pour l'aider à sauver la ville.

L'expression sérieuse de Florent Vincel se transforma tout à coup en véritable éclat de rire qui fit tourner quelques têtes dans notre direction. À ce train-là, le gérant des *Voiles d'Or* allait m'embaucher comme animatrice de soirée vu ma propension à faire rire malgré moi les hommes qui m'y accompagnaient !

- Houhouhou ! Vous êtes écarlate, Adeline ! Je plaisantais, voyons !

- Vous avez une drôle de façon de plaisanter, rétorquai-je, offusquée.

Mon compagnon me sourit :

- Allons, vous avez tellement d'a priori sur moi qu'il fallait bien que je vous taquine un peu.

Je croisai les bras sur ma poitrine et lui lançai un regard réfrigérant. Il se racla la gorge, gêné.

- Pardonnez-moi, c'était puéril.

- Un peu oui…

- Me pardonnez-vous ?

- Je vous le dirai après le dessert.

J'avais vu qu'on nous apportait les derniers mets de notre menu et je comptais bien y faire honneur. Il rit de plus belle, et chose surprenante, je me surpris à rire aussi, sincèrement. Florent Vincel, contrairement aux idées reçues, était quelqu'un qui inspirait la sympathie. Ce qui me mettait doublement dans l'embarras vis-à-vis de ce que j'étais en train de faire. Je restais sur mes gardes, bien sûr, je ne pouvais occulter qu'en tant que fils Vincel, il avait été à l'école du mensonge et de la duperie, néanmoins mon instinct me soufflait que Florent était un personnage bien plus complexe que son ascendance ne le laissait supposer.

- Pour me faire pardonner, je vais répondre à votre question. (J'ouvris grand mes écoutilles et cessai même de déguster mon sabayon de fruits rouges à la vanille de la Réunion) J'assiste mon père pour tout ce qui concerne l'organisation d'événements mondains, je noue des contacts et je les entretiens. C'est important d'avoir un vaste réseau à disposition et…

Il s'arrêta brusquement et fronça les sourcils :

- Quand je parle de réseau, il s'agit de professionnels honnêtes, Adeline.

- Pourquoi me dites-vous cela ?

Il soupira :

- Parce qu'on peut lire vos émotions comme un livre ouvert grâce aux expressions qui passent sur votre visage. Et là, c'est une condamnation pure et simple qui s'y est inscrite.

- Pardon. Je n'y peux rien.

Il soupira une nouvelle fois.

- Je sais.

Je l'observai, il paraissait sincère.

- Je vous ai dit que je n'étais pas comme mon père, il me semblait vous avoir prouvé pendant ce dîner que c'était le cas.

La déception qu'il afficha me désola, je devais être honnête avec lui, tout du moins un minimum.

- Votre père est venu parader aux funérailles de mes parents.

Il me fixa, la mâchoire terriblement crispée, des éclairs de colère dansant dans ses prunelles. Cette colère était-elle dirigée vers moi, ou vers son géniteur ?

- Ma collègue m'a également informée il y a quelques jours qu'un de nos plus brillants élèves était devenu un caïd de la drogue sur la zone industrielle, continuai-je. Je vis dans une ville où le bonheur ne peut être que factice tant la chape de plomb municipale terrifie ses habitants, alors ne m'en voulez pas de garder certaines réserves, Florent, et tant que vous travaillerez pour votre père, elles subsisteront.

- Je ne m'opposerai pas à lui. (Le Justicier venait d'avoir la réponse à sa dernière question) Avec le Comité à ses côtés, il est trop puissant.

Il avait pâli, et dans ses yeux, je pus lire la douleur de la solitude enfermée dans un carcan de lâcheté vis-à-vis de celui qui la lui avait imposée.

- Je suis navrée de vous poser cette question mais ne pourrait-il pas… quitter de lui-même ses fonctions ? Par amour pour vous.

Il eut un rire sans joie.

- Mon père ne m'a jamais aimé.

J'eus soudain le sentiment qu'une brique énorme tombait dans mon estomac. Je n'étais qu'une étrangère pour cet homme et il me confiait, là, en cet instant, l'une de ses blessures les plus profondes. Je m'en voulus subitement de le manipuler.

Je pris sa main dans la mienne.

- Pardonnez-moi. J'ai été indiscrète.

Il regarda ma main puis mon visage, qu'il semblait scruter dans les moindres détails.

- Vous êtes généreuse, Adeline, en plus d'être belle. J'ai voulu ce dîner le jour de notre rencontre, il y a six ans, quand j'ai accompagné mon père dans votre établissement pour la première fois.

Je m'empourprai aussitôt. Celle-là, je ne m'y attendais pas du tout ! Je me raidis lorsqu'il s'empara de ma main et qu'il la retourna pour ensuite la caresser machinalement de son index, son regard perdu au loin, dans un souvenir où je figurais.

- Je vous ai vue arracher cette paire de ciseaux des griffes de votre collègue, puis tenter de garder votre contrôle devant mon père alors même qu'il menaçait indirectement votre vie. Je vous ai trouvée très courageuse… (Il prit un air malheureux) Courageuse comme moi je ne le serai peut-être jamais. (Il se reprit) Mon père vous a fait surveiller pendant un temps, mais il a été pris par d'autres affaires alors il n'a pas donné suite, d'autant que vous n'aviez pas l'air dangereuse. (J'en fus quitte pour une bonne suée) Étant donné la façon dont il s'était comporté avec vous, j'ai préféré vous laisser tranquille alors je vous ai simplement gardé dans un coin de mon esprit toutes ces années. Il y a quelque temps, pourtant, avant notre confrontation, je vous ai croisée.

Je fronçai les sourcils. De toute façon, toutes ces révélations étaient tellement irréelles pour moi que je n'arrivais pas bien à rassembler mes neurones pour un effort conscient.

- Je ne m'en souviens pas.

- Vous ne m'avez pas vu. J'étais dans ma voiture, sur le parking près du *Filet Mignon*. Vous avanciez très vite et je n'ai pu distinguer votre visage qu'un quart de seconde, mais c'était suffisant pour vous reconnaître. Vous irradiiez la même colère que lorsque vous faisiez face à mon père six ans plus tôt.

Je compris. Sans le savoir, le soir de ma rencontre avec William Fersen, j'avais également croisé le fils du maire qui se souvenait de moi d'une manière bien trop précise à mon goût.

- J'ai fait quelques démarches pour que ma visite dans votre lycée passe inaperçue auprès de mon père et je me suis arrangé pour arriver au moment de la récréation dans l'espoir de vous voir.

Cet aveu me fit grincer des dents dans le sens où il ressemblait un peu trop à celui d'un certain journaliste la veille.

Florent Vincel eut à nouveau un rire sans joie.

- J'avoue que je ne savais pas à quel accueil m'attendre. C'était pour le moins… haut en couleur.

Je me mordis la lèvre, embarrassée à ce souvenir.

- Ce n'est pas dans mes habitudes de me montrer aussi grossière. Disons qu'à ce moment-là, j'avais de très bonnes raisons d'être de mauvaise humeur, mais que celles-ci ne justifiaient pas de m'en prendre à vous de la sorte. Vous avez bien fait de venir me parler ensuite.

- J'étais terrifié à l'idée de vous rejoindre sur ce banc, me murmura-t-il comme un grand secret, avec un sourire timide.

Il s'était penché vers moi, je l'imitai :

- Pourtant je ne crois pas avoir jamais mangé personne dans ma courte vie, dis-je, amusée.

Je ne réagis pas assez vite pour la bonne et simple raison que ce qui suivit me prit totalement au dépourvu.

Florent Vincel changea subitement d'expression, passant de la timidité à la détermination, et franchit la distance minime qui nous séparait pour m'embrasser en plein restaurant.

Je reculai vivement, avec la sensation d'avoir été marquée au fer rouge sur le dos par un tison surmonté d'une fleur de lys : le symbole de la flétrissure pour les prostituées. J'aurais giflé Florent Vincel si nous n'avions pas été entourés d'autres clients. Ma respiration était hachée, parasitée par la colère qui m'étouffait d'avoir été embrassée contre mon gré.

L'incriminé était étrangement aussi horrifié que moi et ne savait plus où mettre ses mains qui tremblaient.

- Mon Dieu, Adeline, je ne sais pas ce qui m'a pris. Je suis désolé.

- Je crois qu'il est temps de payer l'addition et de nous en aller, dis-je d'une voix blanche, en me levant.

Je sortis sans attendre en restant la plus calme possible et en saluant à peu près aimablement au passage la serveuse qui s'était occupée de nous.

- Bonne fin de soirée.

- On lui dira… maugréai-je en poussant le battant de la porte.

La lune était pleine et éclairait les nuages qui s'accumulaient dans le ciel sombre. Je ne pus guère profiter du spectacle nocturne puisqu'une poigne d'acier m'attira dans la ruelle derrière le restaurant en m'empêchant de crier, puis deux mains gantées plaquées sur mes joues m'obligèrent à faire face aux prunelles ténébreuses de leur propriétaire.

- Allez-vous bien ? me demanda le Justicier, sa fureur nettement perceptible malgré le filtre artificiel de sa voix.

Je le repoussai doucement, mais fermement. J'en avais assez qu'on me touche contre ma volonté. Le Justicier se laissa faire et recula d'un pas.

- Je vais bien. J'ai été prise par surprise.

- Je vais le tuer, dit-il en s'emparant de son épée translucide.

Son geste occasionna la remontée de petits éclairs blanchâtres depuis la pointe jusqu'au pommeau de celle-ci. Pour qui, pour quoi, je ne doutais pas qu'il allait mettre sa menace à exécution.

- Non, dis-je en plaquant mes mains sur sa poitrine.

Je notai que le cuir de son costume était plus épais et dur ici, comme s'il était renforcé par un matériau quelconque.

- Vous n'allez pas le tuer.

- Il vous a embrassée !

Il fit un pas en direction de la grand-rue, là où devait déjà m'attendre Florent Vincel. Je lui barrai le passage.

- Ça n'a jamais été motif de meurtre ! Reprenez-vous !

Je ressentis tous les poils de mes bras et de ma nuque se dresser juste avant que les détritus et autres objets jonchant la ruelle se mettent à vibrer tout seul alors que l'épée du Justicier se mettait à émettre des bruits rappelant un court-circuit électrique. Mon instinct me cria d'agir, peu importait la façon ; je plaçai donc mes mains des deux côtés de la capuche qui cachait son visage et l'attirai à moi pour plaquer violemment mes lèvres contre les siennes. L'effet de surprise fonctionna puisque je n'entendis plus rien autour de nous risquant d'attirer l'attention d'éventuels badauds, ouf ! Qu'est-ce qu'il ne fallait pas faire pour éviter aux hommes de créer des catastrophes ! Le Justicier, je l'espérais, n'aurait pas envie de m'assassiner pour ce baiser unilatéral et comprendrait par conséquent qu'il ne servait à rien de réduire Florent Vincel en poussière pour si peu de choses. Oui, si peu de choses…

Comme ce baiser unilatéral…

Pourquoi ne me repousse-t-il pas ?

Je hoquetai de surprise quand je me retrouvai soudain écrasée contre le Justicier alors qu'il pressait plus encore sa bouche contre la mienne pour me rendre avec une ardeur totalement insoupçonnée et insoupçonnable, ce que je lui avais donné au départ pour le ramener sur terre. Complètement déboussolée, je mis quelques secondes à comprendre ce qui m'arrivait, et notamment à réaliser qu'une partie de moi en était ravie de par les souvenirs d'un autre baiser qui lui revenait en mémoire au même instant. Je pensais à William Fersen alors que le Justicier m'embrassait ?!

Je reculai vivement tout en assénant à ce dernier la gifle du siècle. Nous nous regardâmes tous deux, à court de souffle et visiblement aussi choqués l'un que l'autre, puis je pris mes jambes à mon cou.

- Adeline !

Je stoppai net à quelques mètres de la ruelle. C'était Florent Vincel qui m'appelait depuis sa *Porsche*.

- Je vous en prie, Adeline, je suis désolé pour ce qui s'est passé, mais je serais encore plus condamnable si je vous laissais rentrer seule. Montez, s'il-vous-plaît.

Seule ? Je n'étais pas seule, et c'était bien là le problème. Je n'avais aucune envie de rentrer avec Florent Vincel, cependant je devais prendre mes problèmes par ordre de priorité décroissante et par conséquent, celui-ci représentait une issue face au premier d'entre eux : le Justicier. Nul doute qu'il voudrait qu'on parle de ce qui venait de se passer et pour le moment, j'étais trop sur les nerfs pour ne serait-ce qu'y penser. Et puis, n'avais-je pas dit qu'il fallait apaiser les choses avec le fils de notre ennemi ?

Je m'installai sur le siège passager du bolide et m'attachai.

Mon chauffeur démarra.

Le silence régnait dans l'habitacle jusqu'à ce qu'il se décide à le rompre une fois sortis de la ville.

- J'ai le sentiment d'avoir gâché les progrès que j'avais faits dans votre estime en me comportant comme un parfait crétin. Je n'aurais jamais dû vous embrasser, je ne sais pas ce qui m'a pris.

Voyant que je ne répondais rien, il serra un peu plus le volant.

- Je vous en prie, Adeline, parlez-moi.

Malgré tout ce qui s'était passé, je ne pouvais en mon âme et conscience oublier la raison première de ce rendez-vous : obtenir des informations sur la personnalité de Florent Vincel et plus si affinités. La mission était un succès puisqu'il s'était avéré un homme différent de son père, tyran qu'il craignait au point de ne jamais s'opposer à sa volonté, et puisqu'il avait permis au Justicier de connaître le lieu de livraison d'œuvres d'art devant cacher quelque mystère tout sauf innocent. En toute logique, j'avais donc terminé mon CDD. Toutefois, et s'il fallait compléter ces données par d'autres ? Et si je devais, pour faire tomber Théodore Vincel, utiliser son fils une nouvelle fois ? Je n'avais pas trente-six solutions : il fallait que je pardonne à Florent Vincel de m'avoir embrassée ce soir pour lui laisser l'espoir non pas d'une romance, j'en serais incapable en raison de la sympathie qu'il m'avait inspirée, mais d'une amitié possible entre nous.

- Je vais être claire avec vous, Florent, si je ne vous ai pas giflé, c'est uniquement parce qu'il y avait du monde autour de nous.

Il soupira, attristé.

- Vous avez raison, je méritais d'être giflé.

- Je ne suis pas une de ces femmes pour qui un regard suffit pour espérer les mettre dans un lit.

Il me fixa, véritablement scandalisé.

- Je n'ai jamais eu ce genre d'intention à votre égard, je vous respecte !

- Je vous crois.

C'était vrai. Tout cela avait au moins eu le mérite de lever le doute là-dessus. Je repris :

- Il n'empêche…

- Oui ?

- Je ne veux plus que vous cherchiez à m'embrasser.

Il fronça les sourcils, et j'entendis même ses dents grincer.

- Vous voulez dire : plus pour le moment ou plus du tout ?

- Plus du tout.

J'avais été catégorique, il le fallait. Car quelque part, moi aussi je respectais Florent Vincel. D'où la peine que je ressentis pour lui quand je vis ses épaules s'affaisser et son visage se décomposer.

- Vous aviez néanmoins raison sur une chose…

Il ne dit rien, son expression était toujours aussi malheureuse. Je poursuivis :

- Vous avez su gagner des points dans mon estime.

Il se redressa, l'air un peu surpris, et un peu soupçonneux.

- Vous croyez que je vous mens ?

- Je crois plutôt que vous cherchez à me ménager, répondit-il.

- Cela aurait du sens si vous étiez l'un de mes amis.

Il se rembrunit.

- Or vous ne l'êtes pas *encore*.

Il me regarda, je lui fis un clin d'œil. Enfin, il esquissa un léger sourire.

- Amis ?

- Pourquoi pas ?

- Mon père vous déteste.

- Ma meilleure amie vous détestera aussi.

Il s'esclaffa.

- Alors amis.

L'atmosphère se réchauffa dans la voiture pendant le trajet de retour même si elle ne regagna jamais l'entrain du départ. Au final, Florent Vincel me reconduisit jusqu'à ma petite *Fiat* en m'arrachant la promesse de l'appeler dès que je me sentirais prête à exercer cette « nouvelle amitié » sereinement.

Je fus soulagée de pouvoir rentrer chez moi tranquillement sans personne pour apparaître sur le siège passager et pour me mener droit à la crise cardiaque.

Toujours est-il que la soirée n'était pas finie, et j'étais consciente qu'elle ne s'achèverait pas bien eu égard à ce qui s'était produit en amont.

Alors je n'étais guère rassurée quand j'insérai la clef dans ma serrure, loin de là. Je savais que j'avais de quoi être nerveuse pour la suite.

Je ne savais pas que ce serait au stade où on a juste envie de fermer les yeux et d'oublier un instant qu'on existe.

*****

- Il faut qu'on parle.

Tous les muscles de mon corps se crispèrent. Je n'avais même pas enlevé mon manteau.

- Laissez-moi le temps de mettre mes chaussons, j'ai mal aux pieds.

Un silence extrêmement pesant nous écrasa pendant l'opération. Les quelques secondes que dura celle-ci ne me permirent en aucun cas de rassembler une quelconque force pour endurer cette confrontation gênante et totalement absurde.

Je me tournai donc vers le Justicier en soupirant. Il se tenait debout entre la cuisine et la salle à manger, les bras croisés sur la poitrine, sa curieuse épée sur son flanc. Il avait repoussé sa cape derrière lui pour être plus libre de ses mouvements.

- Vous avez tout ce qu'il vous faut concernant Florent Vincel ?

Mieux valait débuter cette conversation par le sujet le moins épineux.

- J'ai mieux cerné le personnage et je vais pouvoir approfondir mes recherches sur ces livraisons d'œuvres d'art.

- Que croyez-vous que cela cache ?

Il haussa les épaules.

- Ça peut être beaucoup de choses : drogue, contrefaçons, armes, … Mais je trouverai ce que c'est.

- Et vous y mettrez un terme.

- Je ferai mon possible pour, en tout cas.

Je me mordis la lèvre, je ne savais plus comment alimenter notre échange.

- Merci pour votre aide, Adeline.

Il sembla sur le point de rajouter autre chose, mais il se ravisa.

- J'ai réussi à arrondir les angles avec Florent Vincel, je peux peut-être essayer de lui soutirer de nouvelles informations.

- Non.

Par ce seul mot, prononcé sur un ton tranchant catégorique, je sus que notre collaboration était bel et bien terminée. Je le savais, je le voulais, et pourtant, j'en ressentis une pointe d'amertume ; j'aurais aimé faire plus.

Je devais le lui dire :

- Vous ne devriez pas négliger un atout quand il se présente. Je…

Il fut sur moi avant que j'aie pu formuler la fin de mon idée. Saisissant mes épaules, il les serra et ensuite me secoua en même temps qu'il m'obligeait à l'affronter :

- C'est ce que vous croyez que vous êtes pour moi ? Un atout ?

Un peu effrayée par sa réaction, je répondis :

- Je ne vois pas ce que je pourrais être d'autre.

Il augmenta encore la pression sur mes épaules, puis les relâcha subitement.

- Cette fois, ça suffit, dit-il en reculant de trois pas.

Je ne comprenais pas ce qui lui prenait, quelque part il me faisait peur. C'est sûr ! Un Justicier qui perd son self-control n'aide pas à se sentir en sécurité.

- Qu'est-ce que vous allez faire ?

- Ce que j'aurais dû faire il y a un mois.

- Hein ?

J'allais lui demander d'être plus clair dans ses propos lorsqu'il abaissa sa capuche, libérant ainsi des cheveux blonds foncés assez courts. Je n'osais pas croire ce qui était en train de se passer et pourtant, qu'est-ce que ça pouvait être d'autre ? Le Justicier n'allait quand même pas me révéler son identité secrète ?!

- Vous êtes fou !

Prise brusquement de panique, je me retournai pour ne pas avoir à affronter ce que je n'étais pas prête à apprendre. *Pourquoi moi ? Je n'ai rien fait qui mérite un tel honneur ! Quelles seront les implications pour nous deux ? Je croyais qu'il voulait mettre un terme à notre partenariat ?*

- Adeline, je suis fou, c'est bien possible. Mais ce n'est pas une raison pour laisser perdurer un mensonge qui n'a que trop duré, déclara-t-il avec son timbre modifié par l'appareil qu'il portait.

Bon sang, il va vraiment le faire ! Et qu'est-ce que je vais faire ? Je ne peux pas tout simplement savoir son identité et puis ranger ça dans un coin de ma tête jusqu'à ma mort. Et si Théodore Vincel m'arrêtait pour X raisons, arriverais-je à taire cette information ? Pourquoi prend-il un tel risque ? Pourquoi...

- Je te dois bien la vérité, depuis le temps...

Cette fois la voix n'était plus dénaturée artificiellement, elle était exempte d'impuretés et hautement... reconnaissable.

C'est un rêve... Non, un cauchemar... et je vais me réveiller... C'est impossible ! J'avais fermé les yeux à la seconde où j'eus identifié le propriétaire de cette voix grave et profonde. Un véritable tsunami émotionnel se fracassait dans toutes les parcelles de mon corps, réduisant mon cœur en miettes et mes jambes en coton.

Non...

Je devais lui faire face.

Non !

Je me retournai enfin, lentement.

NON !

- William...

Ravagée par la douleur de la trahison, je ne me rendis même pas compte qu'une rivière de larmes s'écoulait paresseusement sur mes joues, inondant mon cou et mon chemisier de la preuve humide des conséquences de cette révélation. Il semblait pourtant qu'elle ne serait pas suffisante car la seconde suivante, je tombai, évanouie.

Je fus réveillée par la fraîcheur d'un linge qu'on appliquait précautionneusement sur mon front, et en ouvrant les yeux, je vis William Fersen, agenouillé près de moi alors que je gisais sur le sol avec un coussin sous ma tête, et qui me contemplait avec une inquiétude qui assombrissait ses prunelles dorées.

- Maintenant je comprends pourquoi tu mettais des lentilles de cette couleur, croassai-je en me redressant.

Il voulut m'aider en me saisissant le bras, mais je me dégageai si brusquement qu'il comprit qu'il valait mieux qu'il s'éloignât. C'était comme si son contact m'avait brûlée.

Nous nous retrouvions donc assis par terre, l'un en face de l'autre, mais à bonne distance malgré tout.

- Il y a certains points sur lesquels nous devons discuter, toi et moi, commença-t-il.

- Certains points ? J'ai plutôt l'impression qu'il va falloir tout reprendre depuis le début vu que c'est à peu près là que tu as commencé à me mentir !

Il était sur la défensive, j'irradiais la colère : ce n'étaient pas les meilleures conditions pour une explication en bonne et due forme.

- Tout ce que je t'ai dit était vrai.

Je le foudroyai du regard.

- Du moins jusqu'à un certain point, se corrigea-t-il. (Il soupira) Écoute : je suis bien journaliste au *Fort-Béné*, je dînais bien avec ma mère quand on s'est rencontrés, j'ai bien fait des pieds et des mains pour te retrouver, et j'ai bien dû partir pour un reportage après notre soirée ensemble.

- Cela me fait une belle jambe ! ripostai-je, agressive. Tout ce que je retiens, moi, c'est que tu as joué avec mes sentiments parce que tu n'es qu'un lâche !

Il encaissa l'insulte avec un calme olympien. Le traiter de lâche n'était pas forcément intelligent étant donné ses activités de Justicier, mais c'était tout ce que j'avais trouvé pour exprimer la façon dont il m'avait rayée de sa vie après notre baiser.

- Je comprends que tu te sentes trahie, Adeline, mais crois-moi quand je te dis que j'ai souffert de tout cela moi aussi.

J'éclatai d'un rire cynique.

- Je ne te crois pas une seconde.

Il serra et desserra les poings.

- Alors laisse-moi t'expliquer quand même.

Voyant que je ne disais rien, il se lança :

- J'ai cru pouvoir t'oublier jusqu'à ce que je me téléporte dans ton salon, blessé. La raison première pour laquelle je ne t'ai pas rappelée après… ce qui s'est passé entre nous, c'est la crainte de devoir te mentir sur qui j'étais.

- Tu te fiches de moi, ou quoi ?! Tu n'as pas arrêté de…

Il se téléporta juste devant moi pour poser son index sur mes lèvres.

- Chut. De te mentir, oui je sais.

Je repoussai son doigt :

- Arrête… de… faire ça !

Non seulement le fait qu'il me fasse taire me déplaisait, mais sa proximité soudaine me déplaisait également. Il m'ignora :

- Je suis sorti avec quelques femmes dans ma vie, des femmes à qui j'ai toujours caché mon secret et pour lesquelles il n'a jamais été question qu'il en soit autrement. Tu es la première à avoir semé le doute dans mon esprit.

- Je devrais en être flattée ?! dis-je, sarcastique, et décidée à ne pas lui rendre la tâche facile.

Il secoua la tête.

- Je sais que tu es bien au-dessus de ce genre de considération, mais il faut que tu saches que je n'ai jamais voulu te blesser. J'ai cru que… j'ai cru que je pourrais m'accorder au moins une fois le droit d'être moi-même avec quelqu'un qui m'attirait plus que je ne saurais le dire. (Je me mordis l'intérieur de la joue pour me rappeler que je ne devais pas être touchée par ses paroles) C'est pour ça que je voulais te revoir, c'est pour ça que… je t'ai embrassée ce soir-là. (Un frisson me parcourut au souvenir de cette fusion que j'avais ressentie entre nous pendant notre baiser) Je n'avais jamais… C'était si incroyable que ça m'a terrifié tout à coup. Je ne pouvais plus continuer ni… aller plus loin alors que tu ignorais tout de moi. J'ai donc préféré te fuir plutôt que te mentir. C'était lâche, je le savais, mais je pensais que tu passerais plus vite à autre chose si tu me prenais pour un goujat. Et aussi…

Il s'arrêta, indécis, avant de dire dans un souffle :

- Et aussi je ne savais pas si tu avais éprouvé la même chose que moi.

J'aurais dû lui avouer la vérité à ce moment, ne serait-ce que pour lui mettre sous le nez ce qu'il avait définitivement perdu, mais je gardai le silence.

William baissa la tête.

- Ça a été pénible. Je pensais avoir pris la bonne décision en te gardant à distance et pourtant, une part de moi me hurlait que j'avais commis la pire des erreurs. Je n'arrêtais pas de penser à toi, je crois que c'est pour ça qu'après avoir reçu cet éclat de métal, je me suis téléporté dans ta maison. Tu m'as sauvé la vie et tu n'en as même pas profité pour me démasquer, au contraire, tu te proposais de m'aider. Tu es extraordinaire. J'aurais dû refuser, pour ta sécurité, mais je voulais te revoir et je me doutais que tu ne voudrais plus entendre parler de William Fersen, alors j'ai accepté. Tu n'imagines pas ce que ça a été de vous suivre *là-bas*, tous les deux. Et quand il t'a embrassée…

Il ne finit pas sa phrase, je n'en avais pas besoin. Je me rappelais parfaitement les éclairs qui couraient le long de son épée, comme si elle était branchée en canal direct avec ses émotions.

Il continua :

- Je ne m'attendais pas à ton baiser, je n'ai pas compris ce qui te motivait. Mon sang s'est mis à bouillonner dans mes veines et j'ai réagi sans réfléchir aux conséquences. Il était trop tard pour rectifier la situation, et de toute façon, je ne le voulais pas : il était temps de faire tomber le masque.

Il se tut et me regarda ensuite, dans l'expectative. À quoi s'attendait-il après s'être livré de la sorte ? Certes ses paroles étaient romantiques et terriblement touchantes en plus d'être d'une sincérité désarmante, certes j'étais désormais persuadée qu'il n'avait effectivement jamais eu l'intention de me faire du mal, pourtant…

Son expression se ferma, je sus qu'il avait lu mes pensées sur mon visage qui n'était apparemment qu'un fichu livre ouvert.

- J'ai entendu tout ce que tu as dit.

- Mais… ?

- Mais ce que tu as créé entre nous ce soir-là s'est brisé par ton silence et tes mensonges.

Il ferma les yeux, ses traits devinrent indiciblement douloureux. Mon cœur se désagrégea dans ma poitrine, un goût de cendres envahit ma bouche pour ce que je m'apprêtais à faire :

- Va-t-en.

Il mit un peu de temps à digérer mon ordre express de vider les lieux.

- Adeline, je…

- Va-t-en ! le coupai-je, plus férocement cette fois.

Je me levai.

- Tu n'as pas besoin que je t'ouvre la porte avec ton pouvoir.

Il m'imita en me fixant. J'avais de plus en plus de mal à garder le contrôle de mes émotions, il fallait qu'il parte le plus vite possible avant que je craque ; déjà ma respiration se faisait de plus en plus difficile.

Il avança la main comme pour me caresser la joue, je détournai la tête en serrant les lèvres et en fermant les yeux de toutes mes forces.

Lorsque j'ouvris les paupières, je me rendis compte que j'étais seule, le Justicier, ou plutôt William Fersen le Justicier, s'était volatilisé.

Je glissai au sol, vidée de mes dernières forces et me laissai aller à ce que je m'étais jurée de ne plus faire à cause d'un homme depuis ma rupture avec Paul : j'éclatai en sanglots amers et désespérés.

*****

Trois jours passèrent.

Trois horribles et longues journées, deux horribles et longues nuits durant lesquelles je n'avais pas fermé l'œil.

Je n'avais aucune nouvelle, ni de Florent Vincel ni du Justi... de William. Non pas que j'en attendais spécialement, mais une peur irraisonnée me faisait redouter que cela n'arrive au point que je n'étais plus qu'une boule de stress ambulante. Déjà que ce n'était pas joli joli les semaines précédentes, mais là, ça dépassait tous les records.

En même temps, comment rester calme quand on apprend que l'homme sur lequel vous avez flashé vous a abandonnée parce qu'il menait en réalité une double vie de super-héros ?

La réponse est simple : on ne peut pas.

Alors je ne l'étais pas. Clairement.

- Adeline, si tu ne me dis pas maintenant ce qui te tracasse, je vais te plier en format A4 et t'écraser dans la photocopieuse pour que tu admires la tête que tu tires en ce moment !

Marianne avait toujours en stock des menaces complètement délirantes.

- Tu feras comment pour la voir, ma tête, si je suis pliée dans tous les sens ?!

- Tu veux vraiment que je m'énerve, ou quoi ?!

- Laisse tomber, Marianne.

J'eus l'impression que des gerbes de flammes s'apprêtaient à surgir hors de ses narines frémissantes. Nous finissions à la même heure et nous étions sorties du lycée à 16h30 pour nous diriger vers nos véhicules respectifs. Mon sac pesait une tonne et je n'avais pas envie de m'éterniser sur le trottoir par un temps si frais. Je voulais rentrer chez moi.

On a des objectifs dans la vie, comme ça, qu'on ne peut pas atteindre en raison d'une puissance supérieure décidée à y faire obstacle. Là, c'était Marianne.

- Que je laisse tomber ?! Si tu oses me dire ça tout en me connaissant mieux que personne au monde, c'est qu'il y a vraiment un truc qui cloche chez toi !

Je levai les yeux au ciel, maudissant ma stupidité. Comment avais-je pu oublier que mon amie était plus tenace qu'un pitbull déchaîné sur un os à ronger ?

- Dis-moi ce qui ne va pas, tu sais que j'essaierai de t'aider autant que je le peux.

Ça aussi c'était vrai. Mais je ne pouvais décemment pas lui confier l'entière vérité. Peut-être qu'une toute petite partie…

- J'ai revu William.

Elle en resta bouche bée.

- Quand ?

- Vendredi et samedi dernier.

- Deux fois de suite ?!

- Oui, enfin… non… La deuxième fois, ce n'était pas prémédité.

Je revis en une sorte de flash douloureux le moment où il avait enlevé sa capuche.

- Qu'en est-il ressorti ? À voir ta tête, ce n'était pas brillant.

- Il m'a dit qu'il a eu peur de ce qu'il a ressenti quand nous nous sommes embrassés devant chez moi.

Elle souleva un sourcil de perplexité.

- Il était sincère, Marianne, je suis au moins sûre de cela.

- Admettons. Et ensuite ?

- Il m'a recontactée parce qu'il n'arrivait pas à m'oublier. Il voulait… une seconde chance. Enfin je crois.

En y repensant, il n'avait pas non plus demandé à reprendre les choses là où nous les avions laissées le soir de notre dîner puisque je ne lui en avais pas accordé le temps. Le voulait-il vraiment ?

Une deuxième chance…

- La Terre appelle la Lune ! Adeline Tremen !

Je sursautai.

- Adeline, je te demandais ce que tu lui avais répondu.

- Ah, euh… Que je ne pouvais plus lui faire confiance. Je lui ai demandé de sortir de ma vie.

Marianne posa son cartable au sol. *Mauvais signe.* Je l'imitai ; j'avais trop mal au bras.

- Tu es sûre d'avoir fait le bon choix ?

Cette question me prit totalement au dépourvu. J'étais persuadée, étant donné le côté guerrière féministe de mon amie, qu'elle se rangerait dans mon camp, à savoir celui de la raison.

- Je veux dire qu'avec Paul, tu étais amoureuse, (elle ne put retenir une grimace de dégoût) mais ça me semble tellement futile comparé à ce que tu m'as décrit avoir éprouvé pour ce type.

- Qu'est-ce que tu es en train de me dire ? Que j'ai fait une connerie en repoussant un homme qui ne sait pas ce qu'il veut ?

Je me mordis l'intérieur de la joue lorsqu'un nouveau flash m'apparut : lorsque le Justi... William (!) m'avait embrassée dans la ruelle derrière *Les Voiles d'Or*, il avait donné la sensation de savoir *exactement* ce qu'il voulait, à savoir moi. Je frémis.

- Ce n'est pas ça, mais... imagine que ce soit ton grand amour.

Je regardai mon amie avec des yeux grands comme des soucoupes.

- Marianne Chaumont, tu as fumé de l'herbe ?! Qu'est-ce qui t'arrive ?

Elle sourit, rosissant aussi un peu. C'était clair, elle s'était droguée !

- Il m'arrive que j'ai un cerveau et que je sais m'en servir quand il est sollicité !

- Ce n'est pas plutôt en rapport avec le fait que j'aperçois Jason qui t'attend dans ta voiture ?

Elle devint cramoisie. Quant à l'intéressé, je l'avais vu parce qu'il avait ouvert sa fenêtre pour me faire des grands coucous avec son bras.

- Ma parole, tu es tombée amoureuse ? dis-je sérieusement, tout en rendant son salut à Jason avec le même enthousiasme.

Marianne hésita un moment, puis rendit les armes :

- Je ne sais même pas quand ni comment c'est arrivé.

Je lui souris franchement, véritablement heureuse pour elle.

- Marianne, c'est merveilleux.

Elle regarda son homme avec un sourire béat totalement idiot, et surtout totalement en discordance avec la Marianne/Terminator habituelle. Je pouffai.

- Quoi ?!

Je levai les mains en signe de paix.

- Rien, rien. C'est... mignon. Tu le lui as dit ?

Elle grogna :

- Ça m'a échappé.

- Comment ça ?

- Pen… per… sme…

- Hein ? Répète, je n'ai rien compris.

- Pen… per… sme…

- Quoi ? Mais arrête de parler dans tes moustaches, enfin !

- Putain ! Pendant un super orgasme, tu es contente ?! s'écria-t-elle.

Je l'étais pour elle. Tout comme le groupe de dix élèves de Terminale Vente qui passaient derrière nous et qui s'empresseraient d'aller répandre la nouvelle dans leurs discussions sur les réseaux sociaux en rentrant chez eux ce soir. Autant dire que tout le monde saurait demain que « Le dictateur en talons » (un autre de ses surnoms) avait des activités extrascolaires très divertissantes.

- Et merde. Adeline, combien de fois t'ai-je dit de consulter un ORL ?!

- Et combien de fois t'ai-je dit de travailler sur ton mauvais caractère ?!

- Pas faux.

- Ouais, je sais, je devrais consulter un ORL.

Nous rîmes.

Ça faisait du bien.

Et ça ne dura pas longtemps.

- Qu'est-ce que tu comptes faire au final pour William Fersen ?

Je poussai un long soupir.

- Il me semblait que la question était réglée.

Elle posa sa main sur mon épaule et la pressa doucement.

- Je te connais bien, Adeline, et je peux te dire que cette question n'est absolument pas réglée.

- Tu lui pardonnerais, toi ?

La capacité de Marianne à pardonner la trahison était aussi peu élevée que la mienne, j'étais donc dubitative.

- Ce n'est pas parce que je suis en couple avec un homme dont je suis raide dingue que je te dis ça, mais parfois, certains hommes valent la peine qu'on se batte pour eux.

J'en restai coite.

Elle me fit une bise sur la joue et ajouta :

- On n'a qu'une vie, Adeline. Quand le ciel s'éclaircit au-dessus de Fort-Bénédicte, il faut profiter de toute la lumière qu'il y laisse passer, qu'elle ait ou non la forme d'un journaliste désirant se racheter de sa maladresse à ton égard. On se voit demain, au cours de Zumba.

Elle partit sur ces entrefaites, me laissant dans le flou le plus total.

*****

Je rentrai chez moi en silence, n'ayant pas eu le cœur d'allumer l'autoradio. Je réfléchissais aux paroles de Marianne qui tournaient en boucle dans mon esprit et pilotais ma voiture en mode automatique (comportement à risque soit dit en passant).

J'avais fait le bon choix ! Pourquoi me torturer ainsi alors que mon amie ne connaissait pas tous les tenants et aboutissants de l'affaire ?

Elle a tort, elle est amoureuse et cela obscurcit son jugement.

Je n'avais qu'une vie, effectivement. Voulais-je la passer à m'angoisser sur les sorties nocturnes de William ? Jusqu'au jour où il ne me reviendrait plus ? Il m'avait menti de manière éhontée, comment être sûre qu'il n'allait pas recommencer ? Était-ce une vie que de se méfier en permanence des serments de son compagnon ?

Je ne savais même pas qui il était vraiment. Il avait tout d'un être humain, cependant son épée magique venait contredire cette idée. Si je lui pardonnais, irait-il jusqu'à me révéler cet aspect de sa vie ? Et qu'en ferais-je ?

Toutes ces interrogations tourbillonnaient si bien dans ma tête que je me déclenchai une migraine.

Une fois à la maison, je montai à l'étage pour prendre dans l'armoire à pharmacie de la salle de bain un *Doliprane 1000*. Il me fallait au moins ça pour chasser la douleur qui martelait dans mon crâne à en devenir folle.

Il fallait également que je m'occupe.

Lire un livre était exclu parce que je n'arriverais pas à me concentrer, et corriger des copies de français l'était tout autant parce que ça augmenterait mon mal de tête.

J'allumai la lampe de ma cuisine et mis mon tablier. Autant se lancer dans la préparation d'un poulet mijoté au cidre accompagné de ses petits légumes, avec en fond sonore la rediffusion de séries télé démodées sur notre chaîne locale.

Ainsi, j'émonçais mes carottes et mes oignons et je décortiquais mon poulet en écoutant distraitement les aventures d'un autre temps d'*Hélène et les garçons*, suivies des numéros dansés du succès espagnol *Un, Dos, Tres*. Il régnait une douce chaleur dans ma maison, bienfaisante comparée aux températures extérieures, et je me sentais bien. Enfin... pas trop mal dira-t-on si on parle vraiment comme un normand.

La nuit était tombée depuis plus d'une heure lorsque je mis mon plat à mijoter. Comme je n'avais aucune envie de m'arrêter là, je m'engageai dans la préparation périlleuse de macarons dont les coques seraient destinées à être fourrées à la crème de pistache, à la crème de citron, et à la confiture de fraise. J'en avalerais une bonne partie, et le reste, Marianne et mes autres collègues seraient trop contents de les manger jeudi.

J'étais plutôt bien partie dans mon macaronnage car l'appareil prenait une belle texture brillante à souhait. Miam ! J'avais mis un peu de colorant en poudre rose pour les rendre encore plus attractifs et rien qu'à tourner la spatule dans mon saladier pour achever le mélange entre blancs en neige et poudre d'amandes/sucre glace, j'en avais l'eau à la bouche.

Avec ma poche à douille, j'entrepris de former mes petites coques sur ma plaque de four. Comme d'habitude, j'en mettais toujours trop et la pâte me remontait sur les mains dès que je pressais le tout. Je pestais à voix haute lorsque j'entendis le début des informations télévisées. Il devait donc être aux alentours de 19h30.

J'essuyai mes doigts collants sur mon torchon, prête à dégainer de nouveau ma poche à douille.

- *Flash spécial : une course-poursuite est actuellement en cours au cœur de Fort-Bénédicte.* (Je me figeai, un drôle de pressentiment s'insinuant dans mon esprit) *Pour une raison que l'on ignore, l'ennemi public n°1 qui se fait appeler « Le Justicier » a une nouvelle fois fait le choix de fuir le lieu de son forfait en moto plutôt que par la téléportation pure et simple, à laquelle il nous avait pourtant habitués.*

Je lâchai ma poche à douille qui éclaboussa mon plan de travail autant que mon tablier de pâte à macarons quand l'image d'un homme en cape roulant à toute vitesse dans les rues de la ville, prise d'un hélicoptère à l'évidence, apparut sur mon écran.

- Oh mon Dieu…

Je sentis mon cœur s'emballer à un stade critique, la panique me submergeant peu à peu.

- *Des policiers auraient surpris ce criminel en train de s'échapper du gymnase Perret où sont entreposés actuellement des dizaines d'œuvres d'art inestimables, prêtées par des musées de la France entière pour la future exposition consacrée à l'histoire de la peinture maritime qui aura lieu dans notre ville prochainement.*

Des voitures de police, sirènes hurlantes, tentaient de stopper la fuite de William par tous les moyens, quitte à ce que leurs conducteurs se prennent pour des cow-boys comme dans les films américains en effectuant des dépassements suivis de dérapages totalement hasardeux.

William parvenait à les distancer, mais pour combien de temps ? pensai-je, en proie à de violents tremblements.

- Allez ! Plus vite ! Plus vite ! l'encourageai-je malgré moi, tandis qu'il fonçait sur la voie rapide menant au port.

Il espérait sûrement perdre la police dans les méandres des entrepôts là-bas, mais ce plan pouvait tout aussi bien se retourner contre lui vu que c'était une zone entièrement contrôlée par le Comité.

- Plus vite, bon sang, plus vite ! Sors-toi de là !

C'est à cet instant que l'évidence me frappa.

- Non ! Mon Dieu, non !

Il n'y avait qu'une seule raison pour laquelle il ne s'était pas téléporté pour fuir ses poursuivants : il ne le pouvait pas.

Parce qu'il était blessé par ce métal dont l'ami chercheur de Marianne tardait encore à nous donner la composition !

Une terreur sans nom me crispa les entrailles et je sus que je perdrais le goût de vivre si William Fersen, *mon* Justicier, ne ressortait pas vivant de cette course infernale. Il louvoyait entre les immeubles avec une maîtrise parfaite de sa moto, il arrivait à éviter tous les barrages de ses adversaires, jusqu'à sauter carrément par-dessus l'un d'eux en se servant d'un camion de dépannage comme tremplin. Il fallait qu'il s'en sorte !

- ATTENTION ! hurlai-je, lorsqu'un fourgon de police fit irruption devant lui depuis une rue perpendiculaire.

Mes genoux flageolèrent de soulagement lorsqu'il parvint à freiner et à s'enfuir par là où le fourgon était arrivé.

Ce spectacle atroce dura encore cinq bonnes minutes, jusqu'à ce que tout le monde soit dans la partie la plus délabrée du port de Fort-Bénédicte. Là, après avoir contourné une série d'entrepôts à moitié en ruine, il fallut bien se rendre à l'évidence : il était coincé.

- *Ça y est ! Je crois que cette fois, nous le tenons ! s'enthousiasma le présentateur. Le temps de terroriser les habitants de notre calme cité touche à sa fin, mesdames et messieurs, le Justicier n'a aucune issue !*

Si j'avais eu ce journaliste devant moi, je lui aurais collé mon poing dans la figure. Illuminé par la poursuite de l'hélicoptère, William faisait face à son destin avec un charisme incroyable. Je voyais nettement sa cape danser avec grâce dans la brise de cette nuit froide, ainsi que l'épée étrangement inerte qu'il portait sur son flanc ; elle aurait dû être zébrée d'éclairs de dépit, non ?

Il avait posé le pied droit au sol pour maintenir son équilibre, affrontant les rangées de voitures de police qui lui barraient le chemin devant lui quand derrière, il n'y avait que l'eau sombre d'un canal trop pollué pour que des poissons y trouvent la moindre parcelle d'oxygène pur. Qu'allait-il faire ?

Déjà, un nombre impressionnant de fusils et de pistolets étaient braqués dans sa direction. Je n'entendais pas ce qui se passait, mais je supposais qu'on lui ordonnait de se rendre.

Un frisson glacé me parcourut le dos.

Il avait la main sur le pommeau de son épée.

- WILLIAM ! NON ! criai-je, comme s'il pouvait m'entendre.

Le moindre geste serait considéré comme une menace par la police !

Il resserra son poing sur son arme.

- NOOOOOOOON !

Il fut criblé de balles en un instant, véritable cible vivante sur laquelle on s'acharnait pour être sûr de sa destruction totale, profitant du fait qu'il n'avait pas eu le temps de déployer son épée magique comme un bouclier. Les impacts sur son corps étaient si violents qu'il se convulsait comme un pantin désarticulé, incapable de faire quoi que ce soit d'autre hormis se laisser faire tirer dessus.

Une brusque nausée m'obligea à courir à mon lavabo, heureusement juste à côté, et si je ne vomis pas, les points noirs qui dansaient devant mes yeux témoignaient d'un malaise en préparation.

C'est là que le dénouement mortel de ce spectacle eut lieu.

- AAARRRGH !

Mon hurlement s'étrangla dans ma gorge lorsque la moto sur laquelle William se tenait toujours, à moitié écroulé dessus, se mit à faire de drôles de mouvements de droite et de gauche pour finir, alors que des policiers s'approchaient avec précaution pour l'arrêter, par foncer droit devant elle : dans l'eau.

Je tombai à genoux devant la télévision, pleurant toutes les larmes de mon corps comme les recherches commençaient déjà pour retrouver l'engin et le cadavre qui l'avait chevauché.

- *Mesdames et messieurs, nous allons rendre l'antenne. Il est bien entendu que nous vous tiendrons informés de l'évolution du travail des équipes de recherche qui récupéreront sans doute dans les meilleurs délais le corps de celui qui méprisait les lois plus que tout.*

Ça ne pouvait pas finir ainsi... Pas comme ça...

- Oh ! William...

Je laissai libre cours à mes sanglots, incapable de les contrôler de toute manière. Je n'avais jamais vraiment cherché le grand amour et quelque part, je n'y croyais pas, mais celui auquel j'avais dangereusement été prête à donner mon cœur, alors que nous venions à peine de nous rencontrer, m'avait été aussi vite arraché par les caprices d'un destin qui voulait que je désirerais un homme à en mourir et le comprendre une fois que ce serait trop tard. Une fois que *lui* serait mort...

Mort...

Je redressai la tête et foudroyai du regard le présentateur du JT qui saluait tous ses « joyeux » concitoyens.

- Espèce d'imbécile ! m'écriai-je entre deux sanglots. Il n'est pas mort ! Il n'est pas mort ! Il ne peut pas être mort ! (Je haussai subitement la voix, ma colère attisée par une immense vague d'un profond chagrin) William ! Tu ne peux pas être mort !

Soudain épuisée, je me pris la tête entre les mains. Tout était vain : ma colère était vaine, mon chagrin était vain, mes sentiments pour William Fersen étaient vains. Car il n'était plus.

- Tu ne peux pas être mort... glapis-je misérablement entre deux hoquets de souffrance.

- Je ne suis pas mort.

Je fis un bond en arrière et reculai sur les fesses jusqu'à me cogner le dos contre un de mes placards. William se tenait en face de moi, dans le couloir séparant la cuisine du salon, et il attendait.

J'eus de grandes difficultés à me remettre debout sur mes deux jambes et je regardais, totalement en proie à l'hallucination, cet homme qui abaissait sa capuche et enlevait son masque pour le jeter négligemment sur mon plan de travail. Un nombre incalculable de trous parsemait sa poitrine.

- C'est impossible… Je rêve…

Le visage très grave, il me dit :

- Non, Adeline. Je suis là.

Je m'avançai doucement, avec la peur qu'à chaque pas réduisant la distance qui nous séparait, cette hallucination disparaisse. Arrivée à sa hauteur, j'hésitai soudain à le toucher, puis me repris. Du bout des doigts, je sentis le cuir de sa poitrine, le cuir de ses épaules. Une déchirure plus importante et des taches de sang témoignaient d'une blessure plus grave, mais qui cicatrisait déjà d'après le peu que j'en voyais. Je sentis aussi la texture rêche de son épaisse cape à la matière indéterminée ; puis je sentis sa peau…

La peau de son cou, la peau de son menton piquant en raison de sa petite barbe, la peau de sa joue…

Il n'avait pas esquissé un seul geste durant tout le temps qu'il me fallut pour me rendre compte de sa réalité et quand je lui demandai… :

- C'est vraiment toi ?

… son simple « Oui » sonna comme la musique de la délivrance pour moi.

Oubliant tout ce qui nous avait séparés jusqu'à cette course folle qui avait failli lui coûter la vie, je me jetai à son cou et l'embrassai comme si, cette fois, ma propre vie en dépendait.

*****

Après sa bouche, j'embrassai chaque centimètre carré de son visage avec une frénésie à la mesure de la frayeur que j'avais éprouvée en le regardant à la télévision.

- Tu… es… vivant ! dis-je entre deux baisers, incapable de retenir les larmes de soulagement qui s'écoulaient à torrent sur mes joues. J'ai… eu… si… peur !

Il y avait une telle tendresse dans son rire lorsqu'il passa ses bras autour de moi que, si c'était possible, je redoublai d'ardeur dans mes baisers, quitte à lui dévorer la bouche si nécessaire (expression imagée bien entendu, vous avez saisi l'idée). Il n'était pas en reste puisque l'effet de surprise dissipé, il m'attira contre son corps pour me prouver que lui aussi, en matière de baiser sauvage, savait y faire.

Mon Dieu ! Je ne pouvais plus ignorer mes sentiments désormais. Je voulais cet homme, je le désirais, désespérément. Tout ce qui s'était passé depuis notre rencontre fut balayé en une seule bourrasque, seul comptait maintenant cet instant où n'existait plus au monde que lui et moi.

Je m'en écartai doucement, le souffle court. Il me regarda sans comprendre mes intentions, et c'était peut-être mieux comme ça. Ses pupilles couleur miel luisaient d'un feu jusqu'ici inégalé, ses cheveux bien que courts, étaient tout ébouriffés par le traitement que je leur avais infligé, ses lèvres, gonflées d'avoir été embrassées, étaient un véritable appel au péché.

Et je voulais pécher. Par-dessus tout.

Il écarquilla les yeux lorsque j'enlevai mon T-shirt après mon tablier.

- Qu'est-ce que tu… ?

Je le fis taire en m'emparant de ses lèvres pour une démonstration à ma façon du désir que je ressentais pour lui. Cela fonctionna car quand je reculai pour lui faire face, il me voulait au moins autant que je le voulais lui.

Je pris donc sur moi de le débarrasser de sa cape. Il inspira une grande goulée d'air lorsque je défis l'attache et que sa protection glissa souplement sur mon carrelage.

- Adeline…

- Chhhht, répondis-je en cherchant comment ouvrir cette espèce de gilet pare-balles qui se superposait à sa combinaison et qui l'avait protégé des policiers tout à l'heure.

- Adeline, tu ne sais même pas… ce que je suis.

Je l'observai. Il avait pâli, certainement angoissé à l'idée de me perdre dès lors que je saurais *ce* qu'il était (j'avais noté qu'il n'avait pas dit « qui »).

Je lui caressai le visage de la main, il en ferma les yeux et appuya sa joue contre ma paume.

- Je me moque de qui ou de ce que tu es. La vie est courte, et le ciel de Fort-Bénédicte s'éclaire trop rarement pour qu'on ne profite pas de chaque rayon de lumière qu'il nous offre.

J'avais repris les propos de Marianne parce qu'en cet instant, ils me semblaient plus qu'appropriés. Une curieuse lueur me fit baisser les yeux : c'était l'épée qui refaisait des siennes. Néanmoins, mon attention fut captée immédiatement par quelque chose de bien, bien plus important :

- Oh, Adeline... Je te veux tellement...

Il n'y avait aucune équivoque quant à la façon dont il me contemplait, sans aucun doute l'écho parfait de ce que devait lui renvoyer mon propre regard.

Je dégrafai mon soutien-gorge, qui tomba à terre dans un bruit mat. William ne bougea pas dans un premier temps, se contentant de me fixer avec une adoration qui, quand j'y repense, me fait autant frémir qu'à l'époque. Je me sentais belle à travers ses yeux, ce que je n'avais jamais cru pendant ma relation avec Paul, lequel quémandait plus souvent les compliments qu'il n'en distribuait. Là, c'était... magique.

Tout comme le voir se déshabiller devant moi, jusqu'à finir en sous-vêtement, fut un spectacle presque surréaliste tant il était... parfait.

Son corps musclé semblait ciselé dans le marbre le plus pur, pas un seul défaut, pas un seul faux-pli ne venait ternir l'image de perfection absolue qu'il me transmettait en se découvrant devant moi. Même le David de Michel-Ange pouvait courir se cacher face à cet exemple type de la beauté masculine dans toute sa magnificence.

Il capta mon admiration et m'offrit en retour un sourire canaille. Je retrouvais l'espièglerie qui le caractérisait depuis notre première rencontre et qui m'avait tant manquée.

Je fonds...

Il eut juste le temps de m'enlacer lorsque je me jetai sur lui pour l'abreuver de marques de mon désir et c'est en nous embrassant que nous perdîmes l'équilibre et roulâmes par terre, sur le tapis. J'éclatai littéralement de rire, suivie aussitôt par mon compagnon qui en serait certainement quitte pour une belle bosse sur la tête, laquelle se résorberait, avec ses capacités, quasi instantanément.

Il me fit passer sous lui et s'employa à retirer mon pantalon et mes chaussettes qu'il fit voler un peu plus loin sans se soucier de savoir où cela atterrirait. Personnellement, je n'en avais rien à cirer non plus à ce moment-là (je les retrouverais sur une lampe et dans un vase le lendemain), seule comptait la sensation de ses doigts sur ma peau. Il embrassa ensuite ma cheville gauche, à l'intérieur et à l'extérieur, m'obligeant à me tortiller en me tenant les côtes pour contenir mes rires de chatouilleuse invétérée. Cependant, quand il commença à remonter le long de ma jambe, puis de ma cuisse, les rires furent remplacés par des halètements tous plus significatifs les uns que les autres sur l'effet qu'il me faisait.

Un craquement plus tard et je sus que ma culotte avait rendu l'âme.

- J'espère que ce n'était pas ta culotte préférée, dit-il, l'air très satisfait.

Je me moquai de lui :

- Tu crois franchement que les femmes n'ont que ça à faire que de sélectionner leurs culottes pour un concours de favorites ?

Il rigola avant de me faire oublier mon sous-vêtement lorsqu'il traça un sillon de feu avec ses lèvres depuis le creux de mon cou jusqu'à mon nombril. Je n'avais absolument aucune crainte quant à ce qui allait suivre parce que c'était ce que mon corps réclamait, de fait, dès que je sentis son souffle à l'orée de mon entrejambe, l'incendie se communiqua à celui-ci.

Je retins ma respiration lorsqu'il plaça mes jambes sur ses épaules et murmurai son prénom en un long soupir une fois qu'il commença à jouer de ses lèvres et de sa langue sur mon point le plus sensible.

- William…

Il m'infligea un traitement impitoyable qui m'amena doucement, mais sûrement au bord de la folie, si bien que je n'avais presque plus conscience de mes gestes. Ce qu'il faisait avec sa bouche, et ses mains caressant ma poitrine… C'était le supplice le plus délicieux que je connaissais !

Je devais bouger car à un moment donné, il dut agripper mes hanches pour les clouer au sol. Or ce geste, au lieu de m'inciter à l'immobilisme, déclencha en moi un orgasme destructeur qui ravagea mon être conscient. Je me redressai brusquement et hurlai… :

- WILLIAM !

… avant de retomber sur le tapis, totalement vidée de mes forces.

Il se coucha à mon côté, le bras replié sous sa tête ; il me regardait comme jamais aucun homme ne m'avait regardée.

- Pourquoi rougis-tu ?

Je bafouillai et sentis le feu crépitant sur mes joues s'intensifier.

- Tes pensées doivent être sacrément impures pour que tu en perdes ton latin, toi, la prof de français. Tu devrais peut-être aller te confesser, s'amusa-t-il.

En réponse, il reçut mon poing sur l'épaule.

- Oh put… ! Mon Dieu, je suis désolée !

Mon dérapage linguistique venait du fait que j'avais visé l'épaule où il avait été blessé. *Quelle gourde ! Et après on essaie de démontrer que les blondes ne sont pas idiotes ! On peut dire que je fais tout pour prouver le contraire !*

William se frottait la zone endolorie en grimaçant.

- Ce n'est rien, j'ai commis une erreur et j'en ai payé le prix. Je vais devoir redoubler de vigilance à l'avenir, mais passons pour le moment. Je devrais plutôt m'inquiéter de ma sécurité à tes côtés, tu ne m'avais pas dit que tu avais des accès de violence lors de notre dîner aux *Voiles d'or*.

Je pris la mouche, vexée. Il s'esclaffa.

- Tu verrais ta tête !

- Mais qu'est-ce que vous avez tous à dire ça ?!

Il mit son index sur le bout de mon nez, ce qui me fit loucher.

- Il y a au moins une chose sur laquelle je m'accorderais avec Florent Vincel : ton visage est très expressif. Sexy, ce petit strabisme…

Je soufflai :

- Si tu continues, c'est toi qui vas me sembler de moins en moins sexy.

Son sourire se fit carnassier, le miel se transforma en rivière d'or dans ses yeux. Je voulais lui demander des détails sur la façon dont il s'était fait cette blessure à l'épaule, cependant j'oubliai tout dès qu'il s'empara de mes lèvres pour me montrer ce qu'était la signification du mot « tendresse ». Je me liquéfiai littéralement entre ses bras et pris l'initiative de passer sur lui sans cesser de l'embrasser. Nos langues avaient entamé une joute incroyablement sensuelle et je ne voulais pas déclarer forfait.

Sauf si…

Ses doigts suivirent la ligne de ma colonne vertébrale de haut en bas et de bas en haut en un frôlement qui fit remonter mon désir à son maximum. Son boxer noir constituait la dernière barrière entre nous et je pouvais nettement sentir à travers le tissu l'incroyable volonté de mon compagnon de me faire sienne très bientôt.

- Adeline, si tu continues à bouger ainsi le bassin, je ne réponds plus de rien.

- Oups, glissai-je avec sarcasme à son oreille, avant d'en mordiller le lobe.

Il poussa une sorte de grondement et je me retrouvai aussitôt sur le dos, les bras au-dessus de la tête, maintenus par une poigne d'acier, William sur le reste de mon corps.

- Au secours, je suis écrasée par un Justicier ! m'écriai-je en rigolant.

La seconde suivante, je ne rigolais plus du tout. Mes halètements incontrôlés étaient avalés par celui qui m'embrassait dans l'optique, cette fois, de m'apprendre la signification du mot « excitation », tout en jouant de son autre main à titiller la pointe de mon sein droit. J'avais beau me débattre pour faire cesser cette torture savoureuse, il m'était impossible de m'y soustraire. J'étais fichue, dans tous les sens du terme.

Jusqu'à ce que la pression se relâche tout à coup et que le sol dur malgré mon nouveau tapis, soit remplacé par un support moelleux et lisse.

- Qu'est-ce que… ? demandai-je en regardant autour de moi.

Nous étions dans ma chambre. *Ça alors, il nous a téléportés et je n'ai rien senti !* Je retins difficilement un gloussement totalement stupide de sortir de ma gorge après cette expérience hors du commun.

- Je ne peux plus attendre, Adeline, est-ce que tu as… hum… tu sais…

Je trouvais son embarras adorable.

- Il y en a une boîte dans le tiroir de la table de nuit.

Il s'assit sur le lit et ouvrit le tiroir en question. Il en sortit un préservatif pour lequel je devais remercier Marianne. Mon amie avait voulu me faire une blague récemment, pour mon anniversaire, et elle m'avait offert un panier garni, rempli non pas de charcuterie, mais de boîtes de capotes. Heureusement que William n'avait pas regardé dans la salle de bain où je les avais rangées ou il m'aurait prise pour une nymphomane dépravée.

- Laisse-moi faire, dis-je, alors qu'il déchirait le sachet.

Je le repoussai sur le lit et entrepris de m'amuser un peu à ses dépens. Je commençai par faire courir le bout de ma langue sur son torse, m'arrêtant uniquement pour mordiller les tétons offerts. Un grognement affreusement érotique échappa à ma victime qui caressait mes cheveux avec douceur malgré tout. Puis je descendis plus bas, et enlevai avec une lenteur atroce son boxer. Je caressai ses mollets, ses genoux, ses cuisses, puis l'objet de mon désir, sans jamais aller plus loin que l'effleurement de mise quand on voulait atteindre le degré de frustration extrême, admirant dans le même temps ses abdominaux se contracter dans l'effort de garder son calme.

- Adeline !

Son cri étouffé, mélange de colère et de plaisir, m'indiqua qu'il était temps d'arrêter de jouer. Je déroulai le préservatif, moi-même au-delà de l'excitation, et sans attendre, je le chevauchai complètement et sans restriction aucune.

Ce fut comme une explosion. Je vis des centaines de lumières scintiller autour de moi comme la sensation d'être emplie si parfaitement me comblait d'un bonheur indescriptible. Je n'étais pas la seule à éprouver du plaisir alors que nous n'avions pas encore bougé : William avait poussé un râle qui faillit me mener à l'orgasme tant mes cellules vibrèrent en écho.

Je ne pus retenir un premier gémissement lorsqu'il commença un mouvement de va-et-vient en moi et je m'accordai immédiatement à son rythme pour débuter en même temps notre voyage aux confins de la sensualité.

Je n'avais jamais rien connu de tel. Ses mains qui pétrissaient mes seins, sa bouche qui dévorait la mienne lorsque je me penchais vers lui, ses mouvements de bassin... C'était comme si je découvrais l'amour charnel pour la première fois, mon corps réagissait avec une telle réceptivité à ses élans que je ne m'appartenais plus.

Arrivée au paroxysme de notre union, j'accélérai mes propres mouvements, recherchant toujours plus loin une libération qui risquait d'en provoquer une autre et donc de mettre un terme à tout cela.

William me surprit en me faisant passer sous lui une nouvelle fois. *Non !* J'étais si proche de...

Oh !

Je renversai la tête en arrière sur l'oreiller et laissai les gémissements du début se transformer en véritables cris de pure jouissance à chaque coup de reins, délivré avec une force décuplée par une position favorable, mon amant ayant remonté mes jambes sur ses épaules pour me pénétrer encore plus profondément.

Mon amant.

- WILLIAM ! hurlai-je à m'en casser la voix lorsque l'extase inonda mon être en une déferlante qui se fracassa dans tous ses recoins, y compris les plus sombres.

Je croyais la chose impossible, mais je dus bien l'accepter lorsque la propre jouissance de mon compagnon, qu'il me signifia par un cri rauque terriblement sensuel après une dernière poussée au plus profond de mon plaisir, déclencha en moi un nouvel orgasme, au moins aussi puissant, si ce n'est plus, que le précédent.

William s'était effondré sur moi, m'écrasant de tout son poids et haletant dans mon cou pour reprendre son souffle. Cela dura une bonne minute, mais il finit par se retirer et je l'entendis enlever le préservatif qu'il alla jeter dans la salle de bain située sur le palier.

Je me remettais doucement de mes émotions, ce qui n'empêchait pas mes neurones de fonctionner.

- Tu as l'air de bien connaître les lieux, lui dis-je alors qu'il me rejoignait sur le lit enveloppé d'une nudité parfaitement assumée, nudité que je savourais du regard après l'avoir savourée au toucher. Tu nous as téléportés directement ici et tu ne t'es pas posé de question concernant la salle de bain.

Il sourit et déposa un baiser léger sur mon front après avoir rabattu les couvertures sur nous deux. C'était bien vu, je frissonnais.

- Je suis venu une fois pendant que tu dormais.

Je haussai les sourcils.

- Quand ?

- Le jour où la standardiste m'a dit que quelqu'un avait appelé pour savoir quand je rentrerais de mon reportage.

- Oh.

Il me caressa la joue.

- Je savais que c'était toi, et la culpabilité me rongeait. Il était aux alentours de 4h du matin, ton sommeil était assez agité. (*À qui la faute !* pensai-je) Tu as prononcé mon prénom.

Je déglutis.

- Non, je n'ai pas fait ça.

Il rigola puis adopta un air plus grave.

- Tu dormais, moi pas. J'ai ressenti le besoin de te réveiller pour te serrer contre moi, c'est pourquoi je suis parti très vite avant de m'exécuter. (Il poussa un long soupir) J'ai beaucoup de choses à te dire, Adeline, et je ne sais pas par où commencer.

- Alors ne commence pas.

Il eut l'air surpris.

- Pas ce soir en tout cas.

Il me regarda comme s'il voulait fixer dans sa mémoire tous les détails de mon visage.

- Tu es incroyable.

- Je croyais que c'était moi la plus normale des deux, blaguai-je.

J'en fus quitte pour un baiser brûlant et sauvage qui m'assura que ma vie ne serait, elle, plus jamais normale.

2ème PARTIE : COMMENT FAIRE PARTIE INTÉGRANTE DE LA VIE D'UN SUPER-HÉROS.

Chapitre VI : Voilà qui je suis

*****

Je m'étais endormie dans ses bras. *Je m'étais endormie dans ses bras !* Ça ne m'était jamais arrivé auparavant. J'avais pour malédiction personnelle de ressasser habituellement toute ma journée chaque fois que je posais la tête sur un oreiller et il en résultait une difficulté chronique à m'endormir que je n'avais jamais réussi à surmonter. En conséquence également, après nos ébats, mes ex finissaient toujours par ronfler du sommeil du bienheureux avant ma personne tandis que je les maudissais intérieurement de leur chance.

Avec William, tout était allé très vite. Il m'avait serrée contre lui simplement et j'avais goûté la senteur musquée de son parfum, accentuée par le fait qu'il venait de me faire l'amour avec passion. Je m'étais littéralement abandonnée au plaisir d'être dans ses bras, et alors que mille questions auraient dû tourbillonner dans mon esprit quant à la suite des événements et quant à la nature exacte de mon amant, j'avais ressenti une paix intérieure comme j'en avais rarement connue.

J'étais… à ma place.

Ce fut la dernière chose que mon esprit avait accepté d'assimiler avant qu'il sombre dans un sommeil profond et réparateur.

Je n'avais seulement pas imaginé que mon estomac trahirait mon repos pour se venger d'avoir été oublié depuis le déjeuner. Je sortis de ma bulle de *Belle au bois dormant* alors même que je rêvais d'un émincé de dinde recouvert de crème fraîche qui ne demandait qu'à être englouti dans la minute. En ouvrant les yeux, j'eus la triple déception de ne pas avoir l'assiette de dinde à disposition, de voir sur mon réveil qu'il était trois heures du matin, et d'entendre des grognements infâmes provenir de mon ventre.

Je m'assis dans le lit et un frisson me prit par surprise.

Oh !

Dans la brume d'un lever difficile, j'avais presque oublié : j'avais froid parce que j'étais nue, et j'étais nue parce qu'il y avait un homme dans mon lit ! Et pas n'importe quel homme… William Fersen, le personnage le plus irritant et le plus désirable qu'il m'ait été donné de rencontrer, n'était autre que le héros aux mystérieux pouvoirs qui gâchait l'existence de Théodore Vincel depuis un an en s'opposant à tous ses trafics, petits ou grands.

J'enfilai une chemise de nuit en le regardant. Il dormait paisiblement, ses épaules se soulevant et se baissant au rythme d'une respiration tranquille, gage de sérénité. Il était magnifique.

S'il n'est pas un être humain, qu'est-il donc ? J'avais été honnête tout à l'heure, sa véritable nature ne m'empêcherait pas de le désirer. J'avais compris que cette attirance étrange que nous partagions l'un pour l'autre était de celle qui ne s'embarrassait pas de vulgaires considérations comme l'appartenance à deux espèces différentes, toutefois elle ne m'empêchait pas de me poser des questions.

Un nouveau grognement stomacal me poussa à reprendre mes réflexions en me dirigeant vers la cuisine, où j'avais l'intention de me préparer un en-cas à la hauteur de la faim imposée par mes exercices physiques avec William. Je crus faire une crise cardiaque en repensant au poulet que j'avais complètement oublié sur le feu à l'arrivée de mon Justicier et dévalai le reste de l'escalier en courant pour éviter un incendie à la maison de ma tante. Quelle ne fut pas ma surprise lorsqu'en faisant irruption sur les lieux du crime, je ne vis ni mon fait-tout sur ma gazinière, ni les restes de pâte à macaron ; tout était propre et bien rangé.

Il a fait le ménage pendant que je dormais ?!

Les hommes se plaignent fréquemment de ne pas comprendre les femmes. Pour eux, nous sommes des créatures inquiétantes dont l'imprévisibilité et les changements d'humeur arrivent à donner le tournis aux plus aguerris d'entre eux. Franchement, si depuis des milliers d'années de partage de cette Terre, ils n'ont toujours pas compris qu'un peu de tendresse, de fidélité, et d'aide dans les tâches ménagères suffit largement à notre bonheur, c'est que toutes les rumeurs sur la localisation et l'efficacité de leur cerveau sont bien fondées.

En tout cas, quand je vis ma cuisine si nette et sentant bon le produit vaisselle, mes entrailles se transformèrent en nuée de papillons qui dansèrent dans mon ventre une chorégraphie des plus enjouées, et il me fallut tout mon self-control pour réguler l'explosion hormonale qui m'irradia lorsque j'imaginai William nu, portant uniquement un tablier pour passer l'éponge sur la table. J'avais eu un bel aperçu visuel et tactile de ses fesses dans la chambre, et je pouvais donc facilement les imaginer ici même, secouées par les mouvements du reste du corps et caressées par mes mains qui…

Arrête ! m'enjoignis-je. Je repoussai vaillamment la vague de chaleur qui avait commencé à enflammer toutes mes terminaisons nerveuses pour me concentrer sur la raison première de ma présence dans cette pièce.

Je sortis du réfrigérateur du jambon, du beurre et du gruyère et coupai un morceau de pain pour me faire un sandwich. Tout en m'activant, je réfléchissais à ma nouvelle situation : de groupie délaissée d'un journaliste à l'air canaille, j'étais passée au rang de maîtresse d'un super-héros euh… à l'air canaille aussi. Je ne savais pratiquement rien de lui, hormis qu'il avait une mère (biologique ?) et que son emploi était une couverture à la *Clark Kent* pour justifier ses enquêtes sur le Comité et ainsi agir à sa guise dans l'ombre contre la puissance malveillante de ce dernier. Et que savais-je réellement du Justicier, d'ailleurs ? me demandai-je en mordant dans mon casse-croûte. On ne voyait de lui que des images prises sur le vif, par des caméras de surveillance, et il n'accordait jamais aucune interview, malgré toutes les tentatives des journalistes du monde entier qui s'étaient cassé les dents à tenter de le contacter. J'avais toujours nagé dans le flou à son propos, comme tout le monde d'ailleurs, car aucune information valable ne circulait vraiment sur son compte.

On ne savait donc de lui que ce qu'on en voyait, à savoir peu, car hormis le *Fort-Béné*, la presse locale ne se mouillait pas pour apporter de l'exclusivité en relatant ses faits et gestes. Restait l'imaginaire… Des poupées à son effigie se vendaient comme des petits pains au marché noir bis (celui que ne contrôlait pas Théodore Vincel et alimenté par ses rares opposants encore en vie), certaines citant des phrases qu'il n'avait jamais prononcées (du style : « La Justice, c'est moi ! » à la sauce Louis XIV[34], ou encore : « Peuple de la Terre, je vous salue ! » à la sauce n'importe quoi). Une page *Facebook* internationale lui était même consacrée et je savais qu'on y bataillait sévèrement pour déterminer si son costume bien réel était plus grandiose que ceux des héros de BD ; débats totalement délirants au point qu'un appel aux dons avait été organisé pour envoyer au Justicier une réplique de l'armure d'*Iron Man* (ils avaient réussi à collecter trois mille dollars, avec ça je me demandais quels gadgets ils mettraient dans un truc qui pèserait si lourd que son porteur ne pourrait même pas soulever une jambe pour marcher).

Une chose était certaine : il était libre comme nous ne l'étions pas et c'était pour ça que les gens de la ville l'aimaient autant ; il représentait l'espoir d'une vie où Théodore Vincel et son organisation n'imposeraient plus leur diktat à la démocratie dans laquelle nous étions censés évoluer. Je l'avais toujours considéré

---

[34] Référence à la célèbre citation de Louis XIV : « L'État, c'est moi ! », qu'il n'aurait jamais prononcée non plus.

comme ça moi aussi, ne serait-ce que parce que je ne voulais pas croire que le Comité serait vainqueur pour toujours.

Je le respectais.

Mais je n'avais pas imaginé... *ça*.

Le tournant qu'avait pris ma vie avait de quoi donner le vertige, tout comme les milliers d'interrogations qui se bousculèrent dans mon esprit en même temps que je prenais un verre d'eau pour faire passer la bouchée que ma distraction m'avait empêchée de mâcher correctement avant de l'avaler. Qui était-il ? Pourquoi en était-il arrivé là ? Pourquoi Fort-Bénédicte au lieu de *Métropolis* [35] ? Qu'allions nous devenir tous les deux maintenant qu'il avait choisi d'utiliser son libre-arbitre pour me confier son secret ? Avions-nous seulement un avenir ensemble ?

- À te voir si songeuse, je me demande si j'ai bien fait de te rejoindre ici.

La miette qui fut aspirée dans le mauvais conduit quand j'avais ouvert la bouche pour crier de stupeur déclencha une quinte de toux qui me fit pleurer. Je dus reboire une bonne rasade d'eau pour reprendre le contrôle de ma gorge irritée et pouvoir foudroyer William du regard alors qu'il me tapotait gentiment le dos, vêtu uniquement d'une serviette nouée autour de sa taille.

- Arrête de te téléporter devant moi, tu vas finir par me faire mourir de peur !

- Je ne me suis pas téléporté. J'ai descendu les marches, mais tu n'as rien entendu, perdue que tu étais dans des réflexions dont je devine le sujet principal. Ça t'a empêchée de dormir ?

Une certaine inquiétude pointait dans sa sollicitude et je voyais bien à sa façon de se tenir qu'il était tendu. Il me fallait le rassurer.

- J'avais faim, dis-je simplement, en lui montrant le dernier bout de mon sandwich. Et avant de me réveiller, je dormais comme un bébé.

C'était la stricte vérité. Il parut soulagé... un peu.

- Tu veux que je te prépare la même chose ?

---

[35] Métropolis est la ville de Superman.

Il regarda les ingrédients devant lui et sourit.

- Pourquoi pas ?

Je coupai un autre morceau de ma baguette et me mis au travail, sous l'œil attentif de mon invité nocturne, qui s'était installé sur la chaise en face de la mienne.

- Dis-moi pourquoi tu paraissais tellement... ailleurs quand je suis arrivé.

Je levai les yeux vers lui, la tension était revenue. Je soupirai ; autant se jeter à l'eau.

- Je me posais des questions.

- Le contraire m'eut étonné.

- Mais j'étais sérieuse quand je t'ai dit que les réponses pouvaient attendre demain.

Il jeta un coup d'œil sur le four et leva un sourcil lourd de sens.

- Nous sommes déjà demain.

- Mange, dis-je en lui mettant son casse-croûte jambon-fromage sous le nez.

Je le défiais du regard et il dut s'incliner : il entama son en-cas, à contrecœur d'abord, puis avec conviction.

- Bon sang, j'avais plus faim que je ne le croyais !

Je lui servis un verre d'eau.

- Il y a peut-être une raison à cet appétit soudain : le fait de m'avoir fait monter au onzième ciel tout à l'heure.

Il cracha un peu de liquide sur la table, et j'éclatai de rire en le voyant essuyer sa maladresse avec mon torchon.

- C'est gentil à toi de détourner mes craintes avec un sujet de conversation rien de moins que choquant pour des oreilles innocentes.

- Et flatteur pour des oreilles masculines.

Il m'observa, avec un sourire malicieux.

- Tu me surprends à chaque seconde qui passe, qui aurait pu imaginer de tels mots dans la bouche d'une femme si à cheval sur les bonnes manières ?

Je ricanai en allant m'adosser au réfrigérateur pour étirer mes jambes.

- Cela ne fait pas de moi une sainte.

- Dieu merci ! rigola-t-il. Sinon tu irais tout droit en Enfer.

Il termina son sandwich de bien meilleure humeur qu'il ne l'avait commencé. J'avais adoré cet échange, dans le même esprit que ce que nous avions partagé pendant nos préliminaires. Mes anciens amants étaient plus du genre à passer à l'action de manière concentrée et silencieuse, or avec William j'avais découvert le plaisir d'échanger autant de paroles complices que de baisers pendant nos ébats, faisant, en toute logique, durer ceux-ci encore plus longtemps, à ma grande satisfaction.

J'avais peut-être des principes et des positions tranchées sur la bonne conduite en société, mais je n'en restais pas moins une femme consciente de ses désirs en privé. J'avais compris avec Benoît Clairemont en Première L que les relations sexuelles étaient un champ de découvertes que je prendrais plaisir à explorer, et effectivement, quelques années plus tard, je savais comment m'y prendre pour satisfaire un homme dans une chambre tout en atteignant ma propre jouissance. J'aimais faire l'amour, c'était un fait, alors une fois les six premiers rendez-vous passés, je m'autorisais à vivre ma féminité avec mon compagnon comme je l'entendais, et aussi souvent que je le voulais. Mon abstinence d'un an ne m'avait pas posé de problème puisque je l'avais choisie, néanmoins les caresses de William avaient réveillé en moi un appétit depuis trop longtemps mis en sommeil.

Alors mieux valait que celui-ci ignore quelles pensées m'animaient en cet instant, alors qu'il buvait un autre verre d'eau dont quelques gouttes s'étaient échappées et avaient roulé sur son torse en sillons humides que je m'obligeai à ne plus regarder au risque de courir les lécher. Je m'approchai, mais uniquement pour ranger ce qui allait dans le réfrigérateur.

- Tu veux un yaourt ? l'interrogeai-je, occupée à trouver une place pour le beurre sur l'étagère du bas où un reste de lasagnes prenait tout l'espace disponible.

- Je n'ai plus faim.

Tu vas rentrer, saleté ?! La plaquette de beurre me résistait, mais j'eus le dernier mot. Satisfaite, je fermai la porte et me retournai… pour voir William en train de me regarder avec un sourire d'une tendresse qui me donna l'impression que, plus légère, j'allais m'envoler.

- Merci, au fait, d'avoir rangé tout à l'heure, pendant que je dormais.

- Il m'a semblé utile de ne pas finir aussi carbonisé que le poulet.

- Oh ! Il est carbonisé ?

Je m'avançai pour vérifier l'état de la bête mais il m'arrêta au vol en rigolant.

- Mais non ! Il est parfaitement cuit, je plaisantais.

- Tu me surprends à chaque seconde, qui aurait pu imaginer qu'un super-héros pouvait se conduire comme un gamin de douze ans ? dis-je, faussement outrée.

Il m'offrit un sourire dentifrice auquel je ne me fiai pas.

- Disons que tu fais ressortir mes meilleurs côtés.

- Alors qu'est-ce que ce sera quand tu auras quatorze ans…

Nous nous fixâmes du regard puis… nous éclatâmes de rire tous les deux. C'était si bon ! Il n'y avait qu'avec Marianne que j'avais développé une complicité si libre que nous pouvions parler d'absolument tout, sans aucun tabou, et là, je pressentais que ce serait la même chose avec William. Je n'avais aucune idée d'où tout cela nous mènerait, mais je n'étais pas pressée de le découvrir. J'étais heureuse en cet instant.

Et je le lui démontrai en passant mes bras autour de son cou pour l'embrasser doucement.

- Adeline… murmura-t-il en prenant l'initiative d'approfondir le baiser et en passant ses bras dans mon dos, quitte à faire remonter un peu trop haut ma chemise de nuit, sous laquelle je n'avais pas mis de culotte.

Je savourais quant à moi le contact de sa peau si douce au niveau du torse dont je parcourais chaque centimètre avec mes doigts. Il me repoussa contre la paroi du réfrigérateur et colla ses hanches contre les miennes, m'indiquant sans aucune équivoque l'effet que notre échange avait sur lui à travers sa serviette de bain.

Je me sentis totalement électrisée.

Et la fis tomber par terre.

- Qu'est-ce que tu fais ? dit-il d'une voix rauque, sans cesser de me mordiller le cou, me mettant au supplice.

- Je te préfère ainsi, lui répondis-je alors, sans aucune hésitation.

Il m'observa, la fièvre lisible dans son regard de feu, fièvre qui passa en mode thermonucléaire lorsque sa main gauche dériva lentement vers mon postérieur dénudé.

- Je ne suis porteur d'aucune maladie, mais si tu veux qu'on monte, tu n'as qu'un mot à dire. Maintenant.

Il me laissait le choix des armes. Je choisis de lui faire confiance :

- Je prends un contraceptif.

Il émit une sorte de grognement irrésistible juste avant de me soulever par les cuisses pour se donner libre accès à ma féminité qui s'empressa de l'accueillir lorsqu'il y pénétra en profondeur d'un coup de reins incroyablement puissant, premier d'une série qui me transporta aux confins de l'extase. Ainsi, les jambes serrées autour de son bassin, je ressentis des sensations encore plus incroyables que lors de notre première union et je perdis le compte des fois où je gémis son prénom au rythme impitoyable qu'il m'imposait.

Ce fut à mon tour de pousser une sorte de grondement primal lorsque la délivrance me submergea à la seconde où William jouit en moi. Il rechercha ensuite son souffle dans mon cou et m'écrasa un peu plus contre le réfrigérateur, signe que ses jambes menaçaient de ne plus supporter notre poids à tous deux (étonnant d'ailleurs, pour un super-héros).

Je le surpris en lui relevant le menton pour pouvoir lui donner un baiser fougueux qu'il me rendit avec ferveur, ce qui lui permit peut-être d'oublier la faiblesse de ses jambes car il m'écrasa un peu moins.

- William… Qu'est-ce que tu fais demain ?

Il s'esclaffa doucement.

- Tu veux que j'aille consulter mon agenda pour te répondre ?

- Ne sois pas idiot…

Il effleura mes lèvres.

- Pourquoi me demandes-tu cela ? … et pourquoi rougis-tu comme une tomate trop mûre ?

- Je… euh… je me demandais si… eh bien…

- Oui ? dit-il en me mordillant le cou et en assurant notre position en me serrant contre lui.

Un gémissement m'échappa. *Parle avant de te ridiculiser !*

- Tu veux revenir demain ?

Voilà, c'était dit. Nous avions certes pris du plaisir ensemble, mais notre relation n'était pas clairement définie. En plus, l'heure tournant, je me doutais qu'on n'aurait pas le temps d'avoir cette conversation sur ses origines puisqu'il devait certainement travailler le lendemain. Alors je voulais qu'il sache que je voulais qu'il vienne me retrouver, parce que… j'avais besoin de lui.

- Parce que tu veux que je m'en aille maintenant ?

- Quoi ? Pas du tout !

J'eus un hoquet de surprise en voyant le décor changer subitement autour de moi : nous étions dans la salle de bain, dans la douche exactement, et l'eau se mit à ruisseler sur nos corps la seconde suivante. *Waw ! Je viens d'être téléportée avec le Justicier ! Encore !*

- Tant mieux parce que je comptais envoyer un SMS à mon patron pour l'informer que j'allais continuer à fouiner pour mon article et que je ne serai donc pas à mon bureau à 9h.

J'essayai de retenir l'immense sourire qui naquit sur mes lèvres ; peine perdue.

- Pas de grippe ou de gastro ?

William s'empara du gel douche à la fleur d'oranger dont il en versa un peu dans sa paume.

- Je te l'ai dit, je ne suis jamais malade. On ne m'aurait pas cru. Tourne-toi.

Ravie, je m'exécutai, et sentis avec délice ses mains me savonner de la tête aux pieds. L'étape rinçage fut pour moi absolument paradisiaque puisque la chaleur de l'onde plus la douceur de sa peau me transportaient au nirvana. Je le soumis au même traitement, bien sûr, et partis à la découverte de son corps dans une exploration chaste, mais incroyablement sensuelle qui confirma la perfection de l'homme que je lavais.

Totalement détendue, je n'eus aucune réaction lorsqu'il nous amena en un clignement d'œil dans la chambre où, pour la seconde fois, il m'enlaça sous les couvertures.

- Seras-tu là quand je me réveillerai ? demandai-je, anxieuse malgré ce qu'il m'avait dit.

- Je ne te quitterai pas.

Je ressentis une étrange émotion à cette phrase. Je ne voulais *en aucun cas* qu'il me quitte, effectivement.

Troublée par l'intensité des sentiments que je devinais prendre racine en mon cœur et dont pourtant je refusais pour le moment d'identifier la nature exacte, je fermai les yeux et m'endormis.

Sans effort.

*****

- Bonjour, belle endormie.

J'avais ouvert les yeux sur le visage de William qui me regardait avec son espièglerie habituelle, couché à mes côtés, la tête retenue par son bras.

Mon cœur fit un bond dans ma poitrine… avant que tout mon corps ne suive le mouvement.

- Hé ! Où vas-tu ?! Je suis si laid au réveil ?!

Il y avait de l'amusement dans sa voix. *Tu m'étonnes…* J'étais partie comme une fusée en direction de la salle de bain pour éviter de lui souffler au visage une haleine loin d'être fraîche.

- Franchement, Adeline ! Je suis au-dessus de ça ! entendis-je près de moi alors que je me brossais les dents.

- Loïs Lane n'a jamais intoxiqué Superman avant le petit-déjeuner ! rétorquai-je.

- C'est une BD, Adeline. Et si tu voulais éviter le tue-l'amour au réveil, il aurait fallu éviter de me parler en faisant des bulles avec ton dentifrice !

Il y eut un instant de flottement où j'eus l'impression que mon cœur s'arrêtait de battre, puis je regardai mon reflet dans le miroir : ah bravo !

Déjà, William se tordait de rire dans l'encadrement de la porte. La honte ! Je n'eus cependant pas le temps de gronder mon dépit puisque je me retrouvai à nouveau dans la douche sans avoir eu le temps de cligner des yeux.

Nous mîmes un peu plus de temps que nécessaire pour nous laver, car le désir fut plus fort que tout, mais ce fut donc propres et de bonne humeur que nous descendîmes prendre notre petit-déjeuner. William avait fait « un saut » par chez lui pour se procurer des vêtements autre que son costume troué et avait choisi la simplicité avec un jean et un T-shirt noir aux manches longues qui lui conféraient un sex-appeal véritablement dévastateur. Nous prîmes le temps de savourer notre café avec le pain craquant que j'avais fait décongeler dans le four et que nous avions chacun généreusement tartiné de *Nutella* avant de nous diriger vers le salon où je me doutais que la conversation qui suivrait serait longue et intense.

- Je suis désolé d'avoir ruiné ton canapé, au fait, dit-il comme nous nous installions en face à face autour de la table.

- Ce n'est pas grave, au moins tu es en vie. Je suppose donc que c'est le même morceau de métal qui t'a empêché de te dématérialiser hier soir, en sortant du gymnase Perret ?

Il hocha la tête, gravement.

- Tu veux me raconter ce qu'il s'est passé ?

William inspira un grand coup.

- Je préfère commencer par le début de l'histoire si tu le veux bien. Mais je te préviens, je vais remonter loin, très loin en arrière... bien avant ma naissance.

Je me calai plus confortablement dans mon siège, consciente de vivre un moment exceptionnel aux implications vertigineuses.

- Je t'écoute.

- Tu as entendu parler de l'Atlantide, je suppose.

Je fronçai les sourcils.

- Évidemment, qui ne la connaît pas ? Cette légende a traversé les siècles et encore aujourd'hui certains chasseurs de trésors la cherchent en Méditerranée.

- Ils ne la trouveront pas.

- Bien sûr, c'est une légende !

William darda sur moi un regard d'une intensité incroyable.

- Ce n'est pas une légende.

Il y eut un lourd silence entre nous.

- Tu… Tu veux dire que l'Atlantide a vraiment existé ? Et tu le sais parce que…

- Je suis un descendant des survivants du cataclysme qui l'a entièrement détruite.

J'observai mon compagnon d'un œil nouveau. Je m'étais attendue à plein de choses : l'araignée radioactive, E.T., une expérience scientifique, voire la mutation. Mais jamais cette île légendaire ne me serait venue à l'esprit pour expliquer ses origines.

- Il est encore trop tôt pour un cognac ? Je sens que je vais bientôt avoir besoin d'un verre.

William continuait à afficher une expression grave.

- Tu devais pourtant te douter que je n'étais pas, disons... normal.

- Dès le premier jour où tu es apparu devant Vincel, j'ai compris qu'il n'y avait rien de normal en toi. Il suffisait de te voir manier cette épée bizarre et disparaître à volonté.

Il se leva et alla chercher son arme qu'il posa sur la table. Vue de plus près et avec la lumière du jour, elle n'était pas aussi translucide.

- On dirait… qu'elle est différente.

- C'est l'orichalque.

- Mais ça n'existe pas !

- Tu connais l'orichalque ? Tu m'impressionnes, vraiment. En tout cas, contrairement à ce que tout le monde croit, il existe.

- Tu te fiches de moi ?

Il soupira.

- Non, Adeline. Et chaque fois que je t'exposerai quelque chose que tu trouveras hors du commun dans ce que je vais te dire, je ne me ficherai pas de toi.

Ok. D'une, je l'agaçais, de deux, il m'alertait à mots couverts que la suite de son récit irait de mal en pis côté ancrage mythologique.

- Excuse-moi, mais comme l'Atlantide est une cité qu'on croyait légendaire, l'orichalque est un métal qu'affectionnaient les auteurs antiques pour leurs récits épiques et qu'on croyait également légendaire jusqu'à ce que tu me dises le contraire il y a deux secondes. Un monde de certitudes est en train de s'écrouler autour de moi, sois indulgent si mes yeux menacent de sortir de leurs orbites à chaque phrase que tu prononceras par la suite.

- Je comprends.

Il passa sa main sur la lame qui s'illumina de l'intérieur à son contact. L'effet était saisissant car elle reprit cet aspect translucide que nous avions tous vu lors de la première apparition télévisée du Justicier.

- Est-ce que tu as lu les écrits de Platon sur l'Atlantide ? me demanda William.

Je n'étais qu'une modeste professeure de Lettres-Histoire en lycée professionnel, mais je pouvais me targuer de posséder une solide culture générale, cependant je devais avouer ma méconnaissance de l'œuvre de Platon à ce sujet, malgré les deux ou trois documentaires sur l'Atlantide que j'avais regardés sur *RMC découverte* ou sur *Arté*.

- Je sais qu'il en parle dans les dialogues du *Timée* et du *Critias*. Mais je ne les ai jamais lus. La dernière fois que j'ai entendu parler de l'Atlantide, c'était lors d'un documentaire où les scientifiques affirmaient que toutes les preuves indiquaient que l'île de Santorin [36] et son volcan étaient à l'origine du mythe... et de la fin de la civilisation minoenne [37] par la même occasion.

---

[36] L'île de Santorin, aussi appelée Théra, fait partie d'un archipel volcanique situé dans la mer Égée. On y trouve des ruines sur le site d'Akrotiri, témoignant de la dévastation d'une ville en plein épanouissement par une éruption volcanique cataclysmique vers 1500 av. J-C.

[37] Civilisation devant son nom à Minos, premier roi de Crète. IIIe/IIe millénaire av.

- Je vois duquel tu veux parler, leurs arguments et leurs preuves sont plutôt convaincants, mais ils se trompent. Platon, au IVe siècle avant Jésus Christ, est le seul qui se soit assez approché de la vérité, enfin… de manière très approximative. Il explique qu'un dénommé Solon, un homme politique vivant au VII siècle av. J-C, est allé en Égypte où des prêtres lui ont raconté l'histoire de « l'île d'Atlas » ou Atlantide, engloutie par les eaux vers 9600 avant notre ère. Toujours d'après Platon, les Atlantes vivaient dans un archipel au-delà des colonnes d'Hercule[38], vers l'Ouest, et formaient une civilisation maritime extrêmement riche et évoluée grâce à la protection du dieu Poséidon qu'ils vénéraient. Mais un jour, aveuglés par la cupidité et l'orgueil, ils auraient tenté de conquérir le monde méditerranéen, Grèce comprise, sans succès. Fou de rage contre ce peuple devenu décadent, Poséidon aurait déclenché un cataclysme qui détruisit totalement l'Atlantide en un jour et une nuit.

- Oui, je connais cette histoire. Reste à démêler le vrai du faux maintenant que j'ai la preuve sous les yeux que tout ceci s'est vraiment passé.

Il ferma les yeux un bref instant, puis inspira.

- L'Atlantide a bel et bien existé il y a 11 000 ans et c'était bien un archipel dont l'île principale était la grande capitale : Atlantis. Nous vénérions le panthéon Grec, mais notre protecteur était Poséidon. C'est lui qui… C'est lui qui…

William ne trouvait plus ses mots.

- Dis-moi. Tu sais que je l'accepterai.

Il leva son regard vers moi, l'émotion y résidant bien visible.

- C'est lui… qui nous a créés.

Je fronçai les sourcils, perplexe.

- Tu veux dire… comme les dieux l'auraient fait avec le reste de l'Humanité ?

Il secoua la tête à la négative.

J-C.
[38] Détroit de Gibraltar.

- Non. Pas comme l'Humanité. Il nous a créés pour sa gloire personnelle, pour se différencier de l'œuvre de son frère... des *autres*.

Ma bouche s'assécha subitement.

- Alors c'est pour ça que tu m'as dit que je ne savais pas *ce que* tu étais, au lieu de *qui* tu étais ? Tu n'es pas... humain alors ?

- Ça a rendu Zeus furieux. Non seulement Poséidon avait fait cavalier seul au mépris des ordres du roi de l'Olympe, mais il avait également rendu sa Création plus forte et plus en lien avec sa terre nourricière, terre riche en minerais précieux et entourée d'eaux poissonneuses ne pouvant que favoriser l'essor d'une civilisation extrêmement évoluée. Zeus était devant le fait accompli et ne pouvait pas détruire l'Atlantide nouvellement créée sans déclencher une guerre au sein de ses rangs. Il mit alors Poséidon en garde : si son peuple venait un jour à outrepasser son simple droit à la vie en s'aventurant sur des territoires *humains* pour les conquérir, il serait sans pitié.

William garda le silence un instant. Quant à moi, je n'arrivais décidément pas à me faire à l'idée que ce qui ressemblait à un simple mythe était la pure vérité d'un passé bien plus compliqué que ce je croyais déjà sur les bancs de l'université.

- Et impitoyable il l'a été.

- Oui.

Il ferma les yeux une nouvelle fois.

- William ?

- Ça va. C'est juste... Tout le monde pense que cette histoire n'est que du vent, une histoire moralisatrice pour les royaumes grecs de l'ancien temps. Or, la vérité, c'est que mes ancêtres ont tous été décimés et que leur descendance a dû depuis se battre pour sa survie. C'est lourd à porter.

Je lui pris la main, nos doigts s'entrelacèrent. Il les contempla un moment, sans dire un mot, et je respectai son silence. Bien qu'il n'avait pas lui-même vécu la terrible fin de l'Atlantide, l'atrocité des événements le touchait profondément.

Il me regarda ensuite, et ses yeux couleur miel semblaient s'être assombris.

- Zeus a assassiné des milliers d'innocents qui ne souhaitaient pas la guerre. Le peuple atlante avait commencé à s'élever contre la volonté expansionniste de son roi, gangrené par la cupidité et la folie. Déjà, les armées refusaient d'aller plus loin dans la conquête de nouveaux territoires et aux portes de ce qui est aujourd'hui la Grèce, les généraux décidèrent de faire demi-tour.

- Alors les Grecs n'ont jamais repoussé les armées atlantes ?

- Non. Comment l'auraient-ils pu ? Mes ancêtres avaient des armes et une force qu'aucune armée humaine ne pouvait égaler. Les Grecs ont simplement eu de la chance que le peuple atlante se soit rappelé la promesse faite à Poséidon de toujours vivre en harmonie sur leur archipel sans chercher à coloniser d'autres terres. Malheureusement... cette retraite ne fut pas suffisante pour apaiser la colère de Zeus. Jaloux de la création de son frère, il avait enfin un prétexte pour rappeler à son aîné qui était le maître de l'Olympe. Alors il ordonna à Poséidon de détruire lui-même l'Atlantide et d'en effacer toute trace, que ce soit dans ce monde ou dans les mémoires collectives. En 9600 avant J-C, la terre s'est déchirée sous les pieds des Atlantes, livrant passage à la lave qui recouvrit la majeure partie des îles avant que celles-ci ne se disloquent totalement à cause de tremblements de terre d'une intensité si énorme que même l'échelle de Richter[39] ne suffirait pas à les mesurer. Ceux qui essayaient de fuir en bateau furent engloutis en même temps que les dernières traces de l'existence d'un archipel au nord des Açores, et les humains qui avaient un jour croisé le chemin de ce peuple n'en gardèrent aucun souvenir. Zeus avait gagné : l'Humanité, ou tout du moins *son* Humanité, fut la seule à subsister et continua à le vénérer pendant des siècles, faisant ainsi perdurer sa puissance divine.

Nouveau silence.

- Je vais me chercher un verre d'eau. Tu en veux un ?

---

[39] Échelle de mesure des séismes.

William acquiesça et je me levai en direction de la cuisine. Il devait sentir que j'avais besoin d'une pause pour digérer ces premières révélations. Dire que nous n'avions fait qu'effleurer la surface de ce qu'il avait à me confier ! Je me demandais comment j'allais gérer l'après, une fois que je saurais tout ce qu'il y avait à savoir sur les origines de mon nouvel amant. Je ne pensais pas que cela remettrait en cause notre relation, au moins une chose dont j'étais persuadée, mais dans quelles mesures allions-nous la vivre cette « relation » alors qu'elle ne pouvait pas être moins normale que ça ?

Je rebouchai la bouteille après en avoir versé le contenu dans deux verres. *Zeus, Poséidon... Ils ont vraiment existé et nous ont créés !* pensai-je, encore abasourdie alors que je refermais le réfrigérateur. J'avais adoré étudier la mythologie au collège et à l'université, je prenais les légendes comme des histoires ô combien divertissantes avec tous ces héros, ces romances et ces aventures où les dieux avaient bien plus de traits humains qu'ils ne voulaient l'admettre. Déjà que j'avais du mal à croire en l'existence du Dieu des chrétiens malgré mon éducation catholique, alors imaginez l'état de mon esprit rationnel et cartésien à la mention de l'existence véridique du Panthéon grec ! J'étais tout bonnement sidérée.

Et William s'en doutait bien.

- Est-ce que tu arrives à encaisser pour le moment ? me demanda-t-il comme je lui tendais son verre.

Je vidai le mien d'une traite. Heureusement que ce n'était pas du cognac finalement.

- Ça va. C'est tellement... énorme. Une part de moi, en t'écoutant, n'arrête pas de crier au mensonge alors même que tu représentes à toi seul la preuve que tout ceci est vrai.

Il but une gorgée d'eau.

- J'ai bien peur que cette part de toi continue à crier avec ce qui va suivre.

Je pris une grande inspiration.

- Vas-y. Je suis prête.

- Zeus était ravi. L'Atlantide disparue, ne restaient que les civilisations qu'il chérissait, et grand roi, il ne chercha pas davantage à punir Poséidon, lequel avait prouvé à tous son allégeance à celui-ci. Plus personne ne parla de l'Atlantide pendant des années qui devinrent par la suite des siècles.

- Laisse-moi faire l'avocat du diable en disant que Poséidon n'a pas été aussi loyal envers son frère qu'il le prétendait puisque non seulement on a reparlé de l'Atlantide, mais en plus, sa légende a prospéré au point que plusieurs millénaires plus tard, on la cherche encore, sans se douter que des descendants de cette civilisation foulent le sol de cette terre, côtoyant ainsi l'Humanité si chère à Zeus.

William m'offrit un sourire complice.

- Bien vu.

- Je suis blonde, mais il m'arrive d'avoir des sursauts d'intelligence.

Il s'esclaffa franchement et cette fois, ce fut lui qui saisit ma main.

- Je ne sais pas comment tu parviens à rendre les choses si simples. Si tu savais comme j'ai angoissé à l'idée de te parler de tout ça, à l'idée que tu me fuies dès que tu aurais tout entendu ! Et pourtant, tu es là et tu sembles bien disposée à mon égard.

Émue, je préférai faire diversion avec un peu d'humour :

- Ça, c'est juste parce que je ne me suis pas encore remise de mes émotions de cette nuit et de ce matin. Mais attends que je redescende de mon petit nuage et tu verras comme je cours vite malgré mes cuisses trop larges.

Je pensais le faire rire, or son expression se fit plus sérieuse et sa main alla caresser ma joue.

- Adeline Tremen. J'ai adoré passer la nuit avec toi et me réveiller à tes côtés.

Je fonds... pensai-je en m'appuyant sur sa paume et en fermant les yeux pour savourer la douceur de sa peau.

- Et j'adore tes cuisses telles qu'elles sont. Tout comme le reste de ton corps.

J'ouvris les yeux et le fixai. *Mon Dieu, il le pense vraiment...* réalisai-je, envahie de nouveau par une émotion si forte qu'aucune diversion ne pourrait la dissimuler.

- Tes yeux se remplissent de larmes.

- C'est juste que c'est la première fois que... qu'on...

Gênée, je baissai ceux-ci sur l'épée. Il y avait comme une drôle de lueur en son sein, alors que William ne la touchait même pas. Bizarre...

- C'est la première fois qu'un homme te dit que tu es belle comme tu es ?

- C'est embarrassant, William, changeons de sujet, s'il-te-plaît, ou je vais mourir de honte devant toi.

Il ramena ma main devant ses lèvres et y déposa un doux baiser.

- C'est un sujet sur lequel nous reviendrons, compte sur moi.

Je pouvais nettement lire la promesse dans ses prunelles dorées.

- Pour l'instant, je veux savoir la suite de ton récit.

Il déposa un autre baiser sur mes doigts, puis accéda à ma demande :

- Poséidon a seulement sauvé les apparences auprès de Zeus. Il n'avait pas le pouvoir de vaincre son frère, mais il pouvait lui dissimuler certaines choses, notamment la petite flotte qu'il protégea du cataclysme en créant une sorte de brouillard qui la rendit invisible pour les hommes autant que pour les dieux. Une fois que tout fut terminé, il ordonna que la flotte composée d'environ cinq cents personnes soit divisée en trois. Chaque groupe devait se rendre à une destination différente afin de mettre le maximum de chance de leur côté pour survivre. Avec l'aide de Poséidon, l'un partit pour l'Égypte, un autre parvint sur les côtes mexicaines, et le dernier arriva dans une contrée entourée de brumes.

- Attends, attends, le coupai-je. Je ne suis pas une spécialiste en bizarreries de l'Histoire, mais je sais que de nombreuses questions se posent sur les similitudes entre les civilisations anciennes, notamment concernant l'érection de pyramides chez les mayas, et les égyptiens. Il y a donc vraiment un lien ?

- Le grand temple dédié à Poséidon, sur Atlantis, avait une forme pyramidale.

Je m'adossai à mon siège en laissant passer un sifflement entre mes dents.

- Eh bien. Deux grands mystères qui hantent les historiens depuis des siècles résolus en deux minutes ! Quand je pense que je vais devoir tout garder pour moi !

- Et que crois-tu qu'il se passerait si tu le criais sur les toits ?

Je ricanai.

- On me prendrait pour une folle sortie de l'asile sans permission ! (Je repris mon sérieux) Mais j'ai comme l'impression que l'aspect le plus fou de ton récit n'a pas encore été abordé. Je commence un peu à angoisser là.

- Alors imagine ce que je peux bien ressentir quand, pour la première fois, je fais suffisamment confiance en quelqu'un pour lui livrer mon histoire.

- C'est vrai. Mais je te le répète : ce que tu me diras ne me poussera pas à te fuir.

- Comment peux-tu en être si sûre ?

- Parce que quand bien même ma raison le voudrait, mon âme le refuserait.

Je me mordis la lèvre. Je n'avais pas prévu d'aller aussi loin dans ce que j'étais prête à lui révéler sur la profondeur de mes sentiments à son égard, ma crainte de le perdre m'avait poussée dans mes retranchements parce que plus que tout, je *voulais* être avec lui, peu importaient ses origines et ses activités de Justicier. Je ne savais pas si je l'aimais, et je ne voulais pas encore me poser la question, néanmoins, je ne pouvais ignorer le lien qui s'était créé entre nous, lien si puissant que l'idée même de le rompre me donnait la nausée.

William me contemplait avec un mélange de gravité et d'un sentiment bien plus profond, que je n'osais pas identifier. Son épée se mit à luire doucement, comme pour nous réchauffer le cœur.

- Pourquoi fait-elle ça ? demandai-je, trouvant la distraction plutôt bienvenue.

William ne cessait de me dévisager.

- Parce qu'elle ressent ce que je ressens.

Un silence pesant s'abattit entre nous. Brusquement embarrassée par ce non-dit, je décidai qu'il valait mieux repartir sur son histoire à lui plutôt que sur notre histoire à nous.

- Parle-moi de cette épée.

Mon compagnon baissa les yeux sur elle à contrecœur.

- Elle et sa jumelle ont été forgées par Héphaïstos, le dieu forgeron, à la demande de Poséidon.

- Il y a donc une autre épée comme celle-ci ? m'étonnai-je en me demandant quels prodiges était capable d'accomplir la deuxième lame mystère.

- Plus maintenant. Elle n'est plus de ce monde.

- Comment ça ?

- C'est compliqué.

- Comme tout ce qui a trait à toi depuis qu'on s'est rencontrés.

William parut amusé par ma remarque.

- Effectivement. Mais là, on arrive au stade le plus fou de mon histoire alors je te demande d'être la plus ouverte possible.

- Je t'écoute.

- Ok. Comme je te l'ai dit, mes ancêtres vénéraient le Panthéon grec et Poséidon en particulier. Le grand temple d'Atlantis lui était d'ailleurs dédié. Pour remercier sa Création pour sa loyauté, le dieu de la mer demanda à son neveu Héphaïstos de lui forger deux épées dont les pouvoirs rendraient leurs possesseurs invincibles en cas d'attaque de l'extérieur. Poséidon n'était pas stupide et il savait que Zeus chercherait par tous les moyens à trouver la faiblesse de son peuple, si évolué par rapport aux humains. Bien sûr, sa demande à Héphaïstos devait rester secrète et celui-ci, par amour de son oncle, accéda à sa requête. À partir d'orichalque et d'un autre alliage dont personne ne connaissait la composition, il forgea deux lames jumelles aux propriétés incroyables. La première lame avait une vocation offensive : incassable, elle pouvait tout trancher et permettait à son porteur de remporter toutes les batailles. La seconde était défensive : elle avait la capacité de se transformer en bouclier et de repousser tous les ennemis de son propriétaire, et au besoin, elle lui permettait de se volatiliser.

Bien que quelque chose semblait cogner à la porte de mon esprit pour attirer mon attention sur la première épée, je me focalisais surtout sur celle que j'avais devant moi et que j'avais déjà vue à l'œuvre, à la télévision et pour de vrai.

- Alors tous ces pouvoirs… ne viennent pas de toi ? Ils viennent de ton épée ?

William hocha la tête.

- Je ne possède pas le don de télékinésie, ni celui de me téléporter comme bon me semble, tout vient de l'épée, à condition qu'elle soit dans ma main ou à proximité immédiate. Par contre, j'ai hérité de la force et de l'endurance de mes ancêtres. Je ne suis jamais malade parce qu'aucun agent pathogène humain ne peut m'infecter, et jusqu'à ce malencontreux incident la nuit où j'ai atterri sur ton canapé, je pensais que je guérissais de toute blessure physique sans aucune intervention médicale.

- C'est incroyable.
- Tu te répètes.
- Je sais. C'est incroyable.

William pouffa.

- Et comment expliques-tu tous ces éclairs et cette manière qu'a ton épée de s'illuminer de l'intérieur ?

William redevint sérieux et saisit le pommeau de l'épée. Aussitôt, la lame reprit son aspect translucide si étrange.

- L'orichalque et le second alliage réagissent au porteur de l'épée. En sondant ses émotions, elle s'adapte à lui.

- Quoi, comme si elle était… douée de conscience ?
- D'une certaine manière, oui.

Un Justicier aux pouvoirs surnaturels débarquait dans ma ville et s'avérait être en réalité l'homme que je désirais le plus au monde. Issu d'une île mythique, il m'apprenait que des dieux avaient légué à son peuple des armes capables de le rendre invincible. C'était déjà beaucoup. Là, il allait falloir en plus que je me fasse à l'idée que lesdites armes étaient capables de raisonner comme un être vivant et d'interagir avec lui. Décidément, ça faisait vraiment beaucoup !

- J'attends l'heure du cognac avec impatience, tu sais ! dis-je en me massant les tempes.

- Il n'est pas encore 11h. Ne me dis pas que tu es une graine d'alcoolique, rétorqua mon compagnon avec un soupçon d'amusement dans la voix.

- Rabat-joie ! Bon, tu me disais que ton épée était exceptionnelle.

- Exceptionnelle, elle l'est. C'est elle qui choisit son porteur.

- Comme pour le roi Arthur ?

William fit une grimace presque comique tant elle déforma ses traits.

- Qu'est-ce que j'ai dit ?

- Rien. Laisse-moi terminer avec mon épée, s'il-te-plaît.

- Quand je disais que tu étais rabat-joie !

- Adeline…

- C'est bon, je me tais…

- Donc, cette lame exceptionnelle que tu as là s'appelle « Spiritus vitae ».

- Le souffle de vie…

- Exactement. Mais je préfère aller au plus cours alors je l'appelle « Vita ». C'est par elle que j'espère redonner un second souffle à Fort-Bénédicte.

Je ne pus m'empêcher de prendre sa main et de la serrer dans la mienne.

- Tu nous a à tous redonné espoir. Moi la première.

J'eus droit à un sourire ému, émotion transmise également par ses prunelles devenues aussi lumineuses que des fleuves d'or.

William secoua la tête.

- Je ne peux pas te parler de moi tant que je n'en ai pas fini avec mes origines. Pour terminer avec Vita, il reste encore des zones d'ombre sur ce qu'elle est capable de faire. Mes aïeux ont toujours pensé que Héphaïstos avait omis délibérément de tout révéler à Poséidon parce qu'il voulait être sûr de la dignité de ceux à qui son oncle en ferait cadeau ; d'où aussi la capacité de l'épée de refuser de servir quelqu'un jugé comme indigne de la porter. Poséidon avait confié Vita et sa sœur au grand prêtre du temple d'Atlantis qui les transmit à son successeur et ainsi de suite pendant des siècles. Le dernier des rois de l'archipel, Atlas, était, comme ses contemporains, aveuglé par le pouvoir et la richesse. C'est lui qui est à l'origine de la vague expansionniste atlante vers la Méditerranée. Au départ, il ne compta que sur l'enthousiasme de ses armées si puissantes que personne ne pouvaient empêcher leur déferlement, mais quand ses sujets finirent par se ressaisir, horrifiés de ce qu'ils étaient devenus, des membres d'une civilisation décadente et cruelle, ils se retournèrent contre leur roi et voulurent faire cesser la guerre. Atlas, qui était totalement fou, désira s'emparer des épées que protégeaient les gardiens du temple de Poséidon car, pour lui, le temps était venu de régner sans partage sur le monde. Il fut tué et ses armées furent heureuses de rentrer chez elles, multipliant les offrandes et les sacrifices aux dieux pour se faire pardonner d'avoir rompu leur serment. Lorsque la colère de Zeus s'abattit sur l'île à travers le bras de Poséidon, on pensa dans un premier temps que les épées jumelles avaient été perdues. Or, alors que les derniers survivants du cataclysme prenaient à jamais des voies différentes, on les retrouva dans la cale d'un des navires du troisième groupe.

- Celui qui est arrivé dans cette contrée mystérieuse, entourée de brumes.

- Oui. Elles étaient en parfait état, comme si le temps ou la catastrophe de l'Atlantide n'avait eu aucun effet sur elles ou leur fourreau.

- Leur fourreau ?

William fit une nouvelle grimace.

- Il y avait deux épées, mais un seul fourreau. Comme Vita protégeait déjà son porteur, on jugea plus intelligent d'associer celui-ci à sa jumelle.

Le tambourinement dans mon esprit tout à l'heure, à la mention de la première épée, devint martèlement assourdissant, comme un signal d'alarme concernant quelque chose en approche de suffisamment énorme pour me couper le souffle au point de me faire suffoquer.

Mon compagnon poursuivit, visiblement très mal à l'aise :

- L'épée garantissait la victoire au combat, et le fourreau, l'impossibilité d'être blessé : l'union des deux équivalait tout simplement à l'invincibilité pour leur propriétaire.

Je me levai si brusquement que ma chaise se renversa sur le carrelage dans un fracas épouvantable. Je me mis à faire les cent pas, tentant de contrôler ma respiration et le tremblement de mes poings serrés à m'en faire blanchir les articulations.

- Je vois que tes années d'étude t'ont permis de comprendre.

Des milliards d'idées se bousculaient dans ma tête au point que j'avais l'impression qu'à force de tournoyer ainsi, j'allais m'envoler également. William m'avait prévenue que ses révélations allaient me choquer, mais là ! Tout cela prenait des proportions auxquelles je n'étais absolument pas préparée. Je touchais du doigt la réponse à une énigme si épineuse pour l'Humanité depuis des siècles que je n'osais même pas en prononcer le nom.

- Je… j'ai besoin de l'entendre de ta bouche, dis-je, haletante. Si c'est moi qui le dis, je ne pourrai pas le croire.

- Et parce que c'est moi, ça fera forcément la différence ?

Je le foudroyai du regard pour sa stupidité. C'étaient bien les hommes pour ne pas comprendre qu'à certains moments dans un couple, il faut obéir au caprice d'une femme sans discussion et sans restriction !

- Ok, mais calme-toi d'abord, s'il-te-plaît, tu me fais peur là… D'accord, d'accord !

Un autre regard réfrigérant avait achevé de le convaincre de s'exécuter immédiatement.

- Son nom signifie « dure entaille » ou « foudre violente » et sa prononciation diverge selon les lieux et les époques, toutefois, le monde retient principalement celui d'Excalibur [40].

---

[40] D'après la légende, l'épée magique Excalibur ne pouvait être retirée de son rocher que par l'héritier d'Uther Pendragon. Arthur y parvint et devint roi de Camelot.

J'émis un petit rire hystérique qui m'apparut plus comme un couinement de lapin affolé. J'avais juré à William que je le croirais, peu importe où m'emmènerait sa vérité, or, bifurquer de l'Atlantide au cycle arthurien consistait en un virage qui mettait mes idées en vrac. Je ne savais plus quoi penser, hormis ceci :

- Et je suppose que la contrée entourée de brumes où a atterri le troisième groupe c'est…

- Avalon, me coupa mon interlocuteur.

*****

Jamais je n'avais autant souhaité pouvoir me jeter sur mon canapé pour m'y mettre en boule, recouverte de mon plaid, et ainsi oublier le monde et mes problèmes. Je sursautai quand la main de William se posa sur mon épaule. En me tournant vers lui, je vis qu'il tenait deux verres à la main.

- Du cognac. J'ai fouillé dans ton bar.

- Il est seulement 11h… dis-je, incapable de plus qu'un murmure.

- On s'en fout. Cul-sec. Je crois que tu l'as mérité.

Je haussai les sourcils de surprise, mais imitai William alors qu'il vidait son verre d'un trait. L'alcool me brûla un peu la gorge, mais il eut pour mérite de me remettre un peu d'aplomb pour affronter la suite.

- Ça va ?

C'était *mon*-justicier-atlante-porteur-de-la-sœur-d'Excalibur qui me demandait ça. *Grands dieux !*

Pour toute réponse, je lui retendis mon verre. J'avalai ensuite rapidement le liquide dont le deuxième passage acheva de me ramener sur Terre.

- Comment est-ce possible ? Ce sont deux légendes si différentes !

William me guida vers ma chaise et m'obligea à m'y asseoir tandis qu'il prenait le siège à côté de moi.

- Tout cela s'est passé il y a bien plus longtemps que la quête du Graal, Adeline. Il y a des zones d'ombre dans l'Histoire commune que les historiens ne peuvent combler parce qu'il existe des forces qui souhaitent que cela reste ainsi ; du moins pour le principal. Les Atlantes survivants se sont intégrés parmi les populations qui les ont accueillis et malgré la loi du secret, certains n'ont pas su tenir leurs langues. C'est comme ça que Solon a pu apprendre l'existence de l'Atlantide, parce qu'un prêtre de Saïs, en Égypte, connaissait cette histoire par le biais d'autres prêtres qui avaient rencontré ces survivants. Ce récit est parvenu aux oreilles de Platon qui l'a couché par écrit dans le *Timée* et le *Critias* et des millénaires plus tard, l'Atlantide est un mythe pour certains, et une réalité pour d'autres qui croient en son existence sans pouvoir la prouver.

- Le pourront-ils un jour ?

William secoua la tête à la négative.

- Non. Je ne sais pas pourquoi Zeus n'a pas empêché la légende de l'Atlantide de se répandre ; peut-être qu'il savait que son frère n'avait pas éliminé toute sa Création mais qu'il a préféré fermer les yeux pour ne pas lui faire la guerre, peut-être qu'il savait que de toute façon, cela ne changeait rien à sa supériorité sur le Mont Olympe et qu'au pire, cette histoire servirait de leçon à sa propre humanité, tombée elle aussi dans la guerre et la décadence. Toujours est-il que l'Atlantide est un mythe et qu'il le restera à jamais.

- Comme Avalon…

Il soupira.

- Je descends en droite ligne du groupe de survivants réfugiés à Avalon. Poséidon avait dû considérer que c'était le seul endroit où Zeus ne découvrirait pas l'existence des épées car les brumes qui l'entouraient en faisaient une sorte d'île où les humains ordinaires ne pouvaient pénétrer, et où le temps s'y écoulait beaucoup plus lentement que sur les autres contrées. Les habitantes d'Avalon, des femmes qui vénéraient les esprits de la nature, ont pourtant accueilli mes ancêtres avec gentillesse. C'était un endroit merveilleux où il faisait toujours beau, et où la végétation luxuriante promettait un avenir de paix à ceux qui avaient tout perdu. Pour remercier les prêtresses d'Avalon de leur accueil et également pour éviter toute tentation belliqueuse, il fut décidé de leur offrir Excalibur et son fourreau. Une telle sagesse émanait de ces femmes et de leur supérieure, la grande prêtresse, que mon peuple fut convaincu que c'était le bon choix. Par nostalgie cependant, il décida de conserver le souvenir de la confiance que leur avait un jour accordé Poséidon : « Spiritus vitae ». Même s'ils ne se mélangeaient pas, les habitantes de l'île et mes ancêtres vécurent en harmonie pendant plusieurs années selon leur ligne temporelle, et plusieurs millénaires selon celle des humains. Malheureusement, la décision de la grande prêtresse Viviane, connue sous le nom de Dame du Lac, de donner Excalibur et son fourreau au roi Arthur, pour préserver la pérennité de son île affaiblie par l'essor du christianisme au détriment des anciennes croyances, plongea ceux-ci dans la perplexité. Zeus n'avait-il pas ordonné la destruction de l'Atlantide pour préserver le culte à sa personne ? Ne pouvant croire à une trahison, ils observèrent l'évolution du cours des événements. Au début, ils pensaient leurs craintes apaisées en voyant qu'Excalibur avait choisi Arthur en tant que possesseur légitime puisqu'elle mettait ses pouvoirs à sa disposition. Mais l'influence de Guenièvre et la conversion d'Arthur au christianisme eurent raison de la confiance que Viviane et Morgane, son héritière, avaient placé en ce roi breton. Si elles parvinrent à récupérer le fourreau, il n'en fut pas de même avec Excalibur qui resta en possession d'Arthur. Mordred l'assassina pour s'en emparer, en vain. Heureusement, l'un des chevaliers d'Arthur, Bédivère, respectait les anciennes croyances et fit disparaître Excalibur en la jetant dans un lac.

- Je connais cette version de la légende arthurienne. On dit que la main de la Dame du Lac aurait jailli de l'eau pour reprendre l'épée.

- Ce n'était pas elle.

- Alors qui ? m'étonnai-je, véritablement passionnée par ce récit malgré mon choc.

- Personne ne le sait.

- Ça pourrait être Poséidon, non ?

- Je ne pense pas. Il ne s'était plus manifesté depuis l'arrivée des survivants atlantes sur Avalon. Et quand ceux-ci ont fini par en partir, il ne montra aucun signe de son existence. En fait…

William s'interrompit et devint songeur tout à coup.

- Oui ? l'encourageai-je.

- En fait je crois que Poséidon, comme tous les dieux de l'Olympe, a cessé d'exister à la minute où il n'y avait plus assez de fidèles pour croire en lui.

- Tu crois ?

Il haussa les épaules.

- Ça me paraît logique. (Il s'esclaffa en voyant ma tête) D'accord, c'est la seule chose un peu logique dans tout ce que je viens de te dire. Pourquoi sinon Viviane aurait-elle cherché à convaincre Arthur de défendre les anciennes croyances druidiques ? Et pourquoi les brumes d'Avalon auraient-elles disparu, causant par là la disparition de l'île elle-même ?

- Mais je croyais que le roi Arthur reposait en Avalon avec Viviane.

- Certaines légendes sont réelles, mais pas celle-là. Il est peu probable que les archéologues trouvent quoi que ce soit à Glastonbury[41], d'ailleurs.

- Alors, où Arthur est-il enterré ?

- Aucune idée.

Le vain espoir qui avait germé en moi disparut aussi sec. J'aurais vraiment aimé savoir cette information, même si je n'en pouvais rien faire étant tenue de garder le secret de mon compagnon.

- Que s'est-il passé pour tes ancêtres ?

- Ils ont quitté Avalon avant qu'elle ne disparaisse et Viviane ne les en a pas empêchés. Elle regrettait la tournure des événements, mais souhaitait conserver malgré tout l'amitié de mon peuple, d'où sa promesse de faire en sorte que le fourreau d'Excalibur ne puisse jamais être retrouvé par quiconque. Mes ancêtres préférèrent quitter pour toujours ce territoire et traversèrent la mer pour une autre contrée.

- Laisse-moi deviner : la Normandie médiévale.

---

[41] Ville du comté de Sommerset en Angleterre, où certains pensent que repose la dépouille du roi Arthur.

- Gagné. Au début, ils voulurent rester entre eux et construisirent un village où ils cherchèrent à vivre en paix. Mais les habitants des villages voisins eurent tôt fait de se rendre compte de leur différence et prirent peur. Une nuit, ils attaquèrent par surprise et brûlèrent toutes les habitations. Il était nécessaire d'entrer en clandestinité. Mes ancêtres se réfugièrent au nord de la Normandie et se fondirent dans la masse, allant même jusqu'à se convertir au christianisme. Au début, ils continuèrent à ne se marier qu'entre eux, mais par peur de la consanguinité, on décida d'aller plus loin dans la fusion avec les humains. Poséidon ne les avait pas faits si différents d'eux après tout puisque des enfants vinrent au monde. Chose étrange, les gènes atlantes n'étaient pas dilués dans les générations successives car on se rendait compte que dans chaque famille, l'un des enfants gardait systématiquement tout ce qui faisait les caractéristiques des fils de Poséidon : force et guérison éclair. « Spiritus vitae » avait également été conservée par les descendants du grand prêtre d'Atlantis, qui avait survécu au cataclysme et qui était venu en Avalon. Transmise de père en fils, c'était le trésor de notre peuple, dont le secret était férocement gardé. L'Histoire poursuivit son cours, alors que de moins en moins d'enfants « atlantes » naissaient sans qu'on en comprenne la raison. Et aujourd'hui, je suis le dernier, pour ce que j'en sais.

- Mais… et les Atlantes qui se sont réfugiés en Amérique et en Égypte ? Ils ont peut-être eux aussi des descendants qui te ressemblent.

- Non. Ma mère pense qu'ils n'ont pas réussi à pérenniser comme nous nous l'avons fait. Selon elle, Avalon nous a protégés de l'extinction le temps nécessaire à notre… résurrection si je puis dire. (Les traits de son visage reflétèrent l'amertume) Pour finir par de nouveau frôler l'extinction aujourd'hui…

- Alors tu tiens tes pouvoirs de ta mère ?

- De mon père. Ma mère est humaine et ils n'ont pas eu d'autre enfant.

- Et l'épée ?

- Mon père est un descendant du grand prêtre de Poséidon.

J'étais totalement abasourdie. William se pencha vers moi et prit mes mains dans les siennes.

- Vita ne s'était illuminée pour personne depuis 11 000 ans. Chaque enfant « atlante » devait tenir l'épée au cas où elle déciderait de changer le cours de sa transmission, mais jamais elle n'avait réagi, jusqu'à ce que…

- Jusqu'à ce que tu la tiennes dans tes mains.

William acquiesça de la tête.

- Tu avais quel âge ?

- Quatre ans.

Je haussai les sourcils de surprise.

- On attendait en général que l'enfant atteigne l'âge de raison pour le présenter à l'épée, mais je me rappelle que quelque chose m'attirait comme un aimant dans la chambre de mes parents. Je ne sais pas comment j'ai fait, mais j'ai réussi à trouver le dispositif qui actionnait l'ouverture de la cachette où reposait Vita. Ma mère s'est évanouie quand elle m'a vue la brandir avec mes petites mains, riant aux éclats alors qu'elle illuminait toute la pièce d'une lumière aveuglante. Mon père a commencé à m'entraîner à toutes les formes de combat le lendemain comme le voulait la tradition du porteur de l'épée.

- Tu vivais déjà à Fort-Bénédicte ?

- Non. J'habitais une petite bourgade reculée près d'Eu. Mon père est mort il y a quatre ans et ma mère avait une cousine qui vivait à Fort-Bénédicte. Elle avait besoin de la revoir et moi, j'avais besoin de prendre soin d'elle.

- De quoi est mort ton père ? Sans blessure par ce métal bizarre, et sans maladie, il aurait pu vivre indéfiniment, comme tous ceux de ton peuple.

- La règle de la vie et de la mort est la même pour tous. Seuls les dieux sont immortels, du moins le pensaient-ils avant que plus personne ne croie en eux. Nous vivons jusqu'à un âge plus ou moins avancé, puis nous mourons. C'est comme ça et nous l'acceptons.

- Sauf si tu tentes le diable en jouant au Justicier dans un lieu où un métal-poison peut te tuer à tout moment…

- C'est quelque chose que j'ignorais quand j'ai pris la décision de devenir le Justicier. Avec ma mère, nous nous sommes vite aperçus de ce que signifiait vivre à Fort-Bénédicte sous la houlette des Vincel, et je bouillais intérieurement. Nous avions toujours vécu dans l'ombre, comme tous ceux avant nous. Ne jamais se faire remarquer, ne jamais révéler notre secret : tel était notre mantra. Tout le monde l'acceptait, mais moi, je n'ai jamais pu. Est-ce que c'est pour ça que l'épée m'a choisi ? Je ne sais pas. En tout cas, j'ai tenté de faire profil bas comme mes parents m'y ont toujours exhorté. Mais le jour où ma mère s'est fait agresser en revenant du supermarché dans les quartiers sud, je n'ai pas pu faire taire la voix qui me hurlait d'agir. Ma mère boitera toujours parce que ses agresseurs l'ont trop gravement blessée à la hanche, alors je me suis juré qu'aucune autre mère ne subirait la même chose si je pouvais l'éviter. J'ai choisi de rompre avec la tradition du secret de mon peuple pour aider l'Humanité, celle pour qui Zeus avait voulu détruire l'Atlantide et à laquelle j'appartenais pourtant depuis ce choix qui avait été fait de quitter Avalon. Je ne le regrette pas et je pense que Héphaïstos a forgé cette épée pour que, justement, quelqu'un fasse un jour ce choix là : défendre la vie, sous toutes ses formes, quoi qu'il en coûte.

La gorge trop nouée pour parler, je regardais William avec un œil nouveau. Il avait brisé le secret que son peuple avait érigé en règle absolue pour venir en aide aux autres et était déterminé à suivre la voie qu'il avait choisie d'emprunter : celle pour la préservation de la vie. Je ne voyais pas en cet instant un simple justicier qui souhaitait noblement sauver sa ville, je voyais un homme qui avait, durant toute son existence, été tiraillé entre son devoir envers son peuple et sa conscience du bien et du mal, et qui avait finalement choisi de mettre sa vie au service de la Justice pour tous, sans restriction aucune. Définitivement, William Fersen était un héros.

- Adeline ?

- Chhht...

Il ne comprit pas tout de suite, mais quand je posai délicatement mes mains sur ses joues, son visage s'éclaira. Il accepta ensuite le long, très long baiser que je lui donnai et auquel j'essayai d'insuffler toute l'admiration et la fierté que je ressentais pour lui. J'avais dû atteindre le but recherché car il m'écarta doucement pour me contempler avec un mélange de stupeur et d'adoration.

- Tu es si… merveilleuse. Je ne…

Pour changer, c'est moi qui le fis taire en mettant un doigt sur ses lèvres.

- Comment s'appelle ta mère ?

Son regard se fit très doux.

- Rose. Rose Fersen.

- Rose… J'aime beaucoup ce prénom. Où vit-elle ? Et toi, où vis-tu ?

- Ma mère habite une petite maison dans le quartier Clos-Saint Thomas, au sud de la ville. Quant à moi, je ne vis pas très loin d'elle, dans un loft que j'ai aménagé dans un ancien garage qui tombait en ruines. C'est bien moins chaleureux que chez toi, mais c'est un endroit calme et peu fréquenté.

- Idéal pour un repaire de justicier, en somme.

- Là-bas je peux m'entraîner avec Vita sans être dérangé.

- Tu me fais voir ?

William haussa les sourcils de surprise.

- Quoi, maintenant ?

- Tu aurais oublié de mettre un drap protecteur sur ta *Batmobile* ou de mettre ton costume de Superman dans le panier à linge sale ? me moquai-je.

Après tout ce que j'avais entendu, j'avais besoin de concret et à défaut de rencontrer la mère de William dans l'immédiat (ne brûlons pas les étapes), j'avais vraiment envie de découvrir l'endroit où mon Justicier s'accordait le droit d'être lui-même et de s'y reposer.

Il s'esclaffa et se leva, m'entraînant avec lui.

- Il est possible que quelques chaussettes traînent par terre à côté du panier à linge sale, et que de la poussière se soit accumulée sur mes étagères.

- Ok, alors attends une minute.

Je me dégageai de lui et montai les escaliers. Je revins avec mon sac et un chiffon à poussière qui fit rigoler mon compagnon, puis j'attrapai mon téléphone portable et composai le numéro de Marianne.

Elle répondit à la deuxième sonnerie.

- Salut, ma belle !

- Salut, Marianne ! Comment vas-tu ?

- Extrêmement bien. J'ai passé une nuit torride avec Jason, je crois que je vais avoir du mal à bouger les jambes cet après-midi, au cours de Zumba. Remarque, je crois que lui aussi aura du mal à tenir debout, je l'ai mis à genoux au propre comme au figuré !

Elle s'esclaffa et je me mordis la lèvre en voyant William m'adresser un sourire goguenard. Non seulement il avait pu entendre ce que Marianne avait révélé sur sa nuit, mais je me doutais qu'il pensait en ce moment même, et comme moi d'ailleurs, à ce qu'avait été la nôtre.

Je me raclai la gorge.

- Justement, c'est à propos de ça que je t'appelle. Je ne vais pas pouvoir venir.

- Pourquoi ?

- J'ai du ménage à faire, répondis-je en adressant un clin d'œil à William qui pouffa.

- Du ménage ? N'importe quoi ! Tu adores danser, alors ton excuse poussiéreuse, tu peux te la nettoyer !

- J'adore surtout ton sens de la métaphore, Marianne.

- Tu as intérêt à me dire ce qui se passe sinon je débarque chez toi et je vérifie moi-même que tu passes l'aspirateur !

Je soupirai. Elle en était bien capable, et je ne voyais pas comment me dépêtrer de cette situation.

- Hé ! m'écriai-je, alors que William m'arrachait le combiné des mains.

- Allô, Marianne ? Je me présente, William Fersen, et la raison pour laquelle votre amie ne viendra pas à votre cours de Zumba est exactement la même que celle que vous lui avez donnée pour expliquer vos propres courbatures. D'autant que nous comptons remettre ça toute la journée et les suivantes aussi.

- William !

J'étais effarée. Il avait parlé tellement vite que mon amie n'avait pas pu en placer une et il venait de lui balancer de but en blanc que nous avions passé la nuit à faire l'amour alors que j'étais supposée ne plus jamais le revoir. Quant à la suite du programme…

- Si vous lui faites encore du mal, je vous arracherai les couilles et vous les mettrai sous le nez avant de vous les faire bouffer !

Je me pris la tête entre les mains. C'était bien Marianne, ça ! Parfois, je me demandais vraiment si elle ne se prenait pas plus pour mon père que pour mon amie. Je n'avais aucune idée de comment William allait gérer ça.

- J'ai bien compris. Mais dans ce cas vous penserez à les accompagner d'une sauce au poivre afin qu'elles soient plus faciles à avaler. Merci et bonne journée, Marianne.

Il raccrocha. J'en restai bouché bée.

- Quoi ? me demanda-t-il alors que je peinais à tendre la main pour récupérer mon téléphone.

- Elle va te tuer pour ça !

Il rigola.

- Je n'ai aucune crainte à ce sujet. Je pense avoir cerné ton amie d'après ce que tu m'en as dit et il me semble qu'elle va m'adorer, au contraire.

- Tu es fou.

Il était fou, il était complètement fou. Quand Marianne avait quelqu'un dans le nez, elle ne se gênait pas pour lui dire ses quatre vérités et je ne me souviens même pas du nombre de fois où elle avait épinglé Paul devant moi. Je ne voulais pas prendre parti à cette époque parce que je ne voulais perdre ni l'un ni l'autre. Là, j'avais le sentiment que si elle s'attaquait à William, je serais capable de lui retourner toute sa hargne à la figure, quitte à me brouiller avec elle définitivement. Mais qu'est-ce qui m'arrivait ? Jamais auparavant je n'avais été prête à mettre en péril mon amitié avec Marianne pour un homme.

William capta mon attention en s'emparant de mon visage :

- Ne te tourmente pas. J'appréciais déjà ton amie sans la connaître, mais après ce qu'elle m'a dit au téléphone, je pense que nous nous entendrons très bien.

- Mais enfin, elle a menacé de t'émasculer !

- C'est bien la preuve de son attachement à ton égard. Et puis, ne t'inquiète pas, je connais ce genre de personnage volcanique, je saurai l'amadouer.

- Autant amadouer un dragon !

Il rit.

- C'est à se demander comment tu y es parvenue, toi.

Je haussai les épaules.

- Honnêtement, je n'en sais rien. Nous sommes si différentes.

- C'est peut-être ce qui l'a motivée à vouloir être ton amie. Et honnêtement, je ne vois pas qui ne voudrait pas être ton ami. Tu es dynamique, souriante, généreuse, charmante, …

Je lui donnai un coup de coude.

- Arrête tes compliments. Ça me gêne.

- Il faudra pourtant que tu les acceptes puisque c'est la vérité.

- Tu cherches à détourner mon attention pour que je ne voie pas tes chaussettes qui puent, mais ça ne marche pas, emmène-moi chez toi ! ordonnai-je pour mettre un terme à ses éloges.

Il rit et saisit son épée avant de m'approcher tout contre lui.

- Une dernière chose…

La gravité soudaine de son expression m'inquiéta.

- Oui ?

- Mes chaussettes ne puent pas.

Son air espiègle m'accompagna alors qu'en un éclair, nous nous retrouvions dans son appartement.

*****

- Mais qu'est-ce que tu fais ?
- Je renifle.

- Quoi ?

- Ça va. Tu as raison, je ne sens pas d'odeur de chaussettes.

William rigola.

- Tu es impayable.

- Merci.

- Voici mon domaine.

Il s'était écarté pour me laisser embrasser l'espace du regard. C'était grand, c'était le moins qu'on puisse dire. L'atelier mécanique où nous étions avait été converti en une zone d'entraînement comprenant un cercle tracé sur le sol où je supposais que William s'exerçait à l'épée, un sac de sable, un banc de musculation avec des haltères de différents poids, des cibles pour des lancers de couteaux. Rien de tout cela n'était assez suspect toutefois pour le confondre en tant que Justicier et je soupçonnais qu'il devait avoir une pièce cachée où il rangeait son costume et son matériel. Plus loin, les murs de ce qui devait être l'ancien bureau pour accueillir les clients avaient été abattus pour créer une cuisine ouverte sur un coin salon et salle à manger. Un escalier métallique en colimaçon menait à une mezzanine où devait se trouver la chambre, supposai-je en voyant une housse de couette étalée sur le muret qui servait de rempart au vide. Vu les dimensions des lieux, j'aurais dû être impressionnée.

- C'est euh…

Je ne trouvais pas mes mots. En tant que prof de français, c'était inacceptable alors je fis un effort mental :

- … sobre.

Je ne voyais pas quel autre adjectif employer pour qualifier ce que j'avais sous les yeux sans vexer son propriétaire. Tout était de la couleur du béton, les espaces de vie n'avaient pas été délimités avec des peintures qui les rendraient chaleureux et les meubles avaient clairement… vécu. Le canapé deux places en cuir marron était au moins aussi usé que les trois chaises autour de la table en merengue. Pas de tableaux, ni de photos de famille pour personnaliser le tout ; cet endroit n'avait pas d'âme, comme si c'était plus un abri qu'une véritable habitation.

Je jetai un coup d'œil à mon compagnon. Il m'observait avec intensité.

- Quoi ?

- N'as-tu pas oublié que tu es un livre ouvert ?

Je soupirai, je comprenais maintenant pourquoi Nanette savait toujours quand je lui mentais. Moi qui croyais qu'elle avait un super pouvoir infaillible… En fait, même un super-héros n'avait pas besoin d'utiliser ses pouvoirs pour déchiffrer mes états d'âme.

- Désolée.

- Ne le sois pas, je m'attendais à ta réaction.

- Pourquoi ?

- Parce que c'est exactement ce que j'en pense. C'est froid et peu accueillant.

- Alors pourquoi y restes-tu si tu ne t'y sens pas bien ?

- Tu connais l'expression, « on ne peut pas avoir le beurre et l'argent du beurre ». Alors j'y suis tranquille pour faire ce que j'ai à faire, mais question confort et sentiment de bien-être, ce n'est pas très reluisant. De toute manière, je n'y passe guère de temps. La journée, je travaille pour le journal ou je passe voir ma mère ; la nuit, eh bien…

- Tu nous protèges du Comité.

Il sourit et déposa un baiser sur mon front.

- Je te montre la mezzanine ?

- Je te suis.

Un peu échaudée par la vision du rez-de-chaussée, j'espérais quand même que la partie nuit serait un peu plus engageante, car cela me peinait de savoir William dans un endroit si terne en comparaison avec ce qu'il était. Il était espiègle et plein de vie quand tout autour de lui ici était morne et froid. Ce n'était pas juste d'une certaine manière.

Il me rattrapa lorsque je butai sur la dernière marche et plongeai en avant droit vers mon humiliation.

- Décidément, c'est une manie, dit-il tandis qu'il m'aidait à reprendre mon équilibre.

J'étais rouge de honte. Ce n'était pas la première fois qu'il me disait ça, en plus ! Mieux valait que je me concentre sur la raison de ma venue ici.

Ok. C'était le type même de la chambre qui ne servait qu'à dormir. Murs nus, sommier et matelas recouverts de draps noirs, pas de tête de lit ; placards, une chaise en guise de table de nuit, un ordinateur portable qui était en train de recharger à même le sol.

Je me tournai vers William.

- Cet endroit, ce n'est pas toi.

Il haussa un sourcil. Je rougis, mais continuai :

- Il n'y a rien de toi ici. C'est comme si j'étais avec le Dr Jekyll dans la maison de Mr Hyde.

- Ma mère est comme toi, elle déteste la décoration.

- Je crois que nous avons donc d'ores et déjà quelque chose en commun.

- Je te l'ai dit, je ne me sens pas chez moi ici. Avant... le choix que j'ai fait, je vivais dans un appartement qui me convenait, je vivais une vie qui me convenait : une vie facile... quand tout autour de moi ne l'était pas.

- Alors c'est une manière pour toi de te rappeler ton devoir en permanence ?

Son regard sur moi se fit intense.

- On peut dire ça.

- Et toi dans cette histoire ?!

Il parut sincèrement surpris, notamment par la colère soudaine qui exsudait de tous les pores de ma peau.

- Moi ?

- Eh bien oui ! Toi ! Ici, je ne vois qu'un repaire de justicier qui n'a même pas un vrai nom hormis... le Justicier ! On ne dirait pas qu'un journaliste de talent, dont les articles profonds et incisifs sont capables de redonner espoir à ses lecteurs, y vit également. Qui crois-tu que tu es au plus profond de toi ? Un super-héros se bornant à déjouer des plans diaboliques ou un être vivant doté de la capacité d'apprécier les instants de bonheur qui s'offrent à lui ? Tu peux enlever le costume du Justicier, mais jamais tu ne pourras enlever celui de William Fersen ! Et à mon sens, cet homme mérite mieux que ce qu'il s'impose !

Les poings sur les hanches, je débitais mon discours comme si je m'adressais à un élève particulièrement obtus. Et sa façon de me dévisager avec un sourire parfaitement idiot ne fit que renforcer ma détermination à lui expliquer qu'il avait tort.

- Tu as quand même le droit de t'évader de… tout ça (je lui désignai l'épée qu'il avait montée et qu'il avait posée contre le mur) sans avoir à éprouver de remords. En dépit de tout ce que j'ai entendu sur tes origines, pour moi, tu es plus humain que tous ceux que j'ai rencontrés ! Et comment peux-tu être un héros si tu ne t'autorises pas un peu à être un homme ?! Et je…

Je ne pus pas finir ma phrase car il m'attrapa par le col de mon chemisier pour me ramener à lui et m'embrasser fougueusement. Sa langue vint ensuite conquérir ma bouche pour me donner plus encore l'impression d'être la captive la plus heureuse du monde et j'accueillis ses assauts avec autant de tendresse que de férocité, pour une joute qui m'amena en une minute à peine au comble de la passion.

Et quand il me dit… :

- C'est toi qui m'as rappelé que je pouvais être un homme heureux si je le voulais suffisamment.

… Je fondis comme neige au soleil. *Je n'ai jamais ressenti ça pour personne… Tout va tellement vite, je ne contrôle plus rien, et pourtant, je ne peux pas m'arrêter. Pas quand il me dit ce genre de choses…*

Mes mains tremblèrent, un frisson me traversa de haut en bas tandis qu'une sensation bizarre prenait naissance dans mes tripes. Quelque chose semblait tout à coup vouloir sortir de moi et je n'avais aucune idée de ce que ça pouvait être. Je savais juste… que c'était à l'œuvre et que la réponse à ma question intérieure n'allait pas tarder.

- Adeline, parle-moi.

William devait s'être aperçu de mon trouble.

- Je ne peux pas… j'ai la gorge nouée. L'émotion.

Il s'esclaffa et me serra davantage encore contre lui. C'est là que ça se produisit : son odeur me submergea, sa peau m'électrisa, et le voile se déchira.

Mon Dieu ! Je suis amoureuse de lui !

Mis bout à bout, les moments que nous avions passés ensemble comptaient sur les doigts d'une seule main (si l'on enlevait ceux où il était le Justicier à mon insu), nous nous connaissions donc à peine, et jusqu'ici, je n'étais jamais tombée amoureuse aussi vite. En fait, je croyais n'avoir jamais aimé que Paul, mais en comparant les sentiments que je lui portais avec ceux qui me poussaient vers William, je devais admettre que je m'étais totalement trompée et qu'en vérité, je ne savais rien de l'amour jusqu'à aujourd'hui. C'était… grisant et… flippant… et trop soudain.

Je me reculai, foudroyée par cette vérité que j'avais voulu garder enfouie en moi, mais qui avait lutté bec et ongles pour se révéler au grand jour de ma conscience égarée. C'était la raison pour laquelle j'avais tant souffert lorsque j'avais été abandonnée après ce dîner, la raison pour laquelle j'avais jeté aux orties tous mes principes de bonne conduite avec un homme, la raison pour laquelle j'étais prête à lutter contre Marianne pour la forcer à accepter celui-ci, et la raison pour laquelle j'avais si facilement occulté ses origines pour m'oublier dans ses bras : je l'aimais.

Si lors de notre rencontre au *Filet Mignon* il m'avait marquée, à sa visite au lycée il m'avait ensorcelée. Et après son baiser, j'étais condamnée pour l'éternité… de la plus douce et de la plus définitive des manières.

- Adeline ? Tu commences à me faire peur. Tu fais de l'hyperventilation, je crois que tu devrais t'asseoir.

Encore assommée par ma prise de conscience, je le laissai me guider vers le lit, sans un mot. Au bout de deux minutes d'un silence quasi complet, William prit mon visage dans ses mains et m'obligea à le regarder.

- Parle-moi ou je vais devenir fou à essayer de deviner ce qui est en train de t'entraîner loin de moi en ce moment.

Je sortis suffisamment de ma torpeur pour vouloir trouver quelque chose de réconfortant à lui dire sans passer par la case vérité.

- Je croyais que j'étais un livre ouvert ?

Ses traits se crispèrent, un éclat menaçant illumina le miel de ses yeux. Il ne goûtait pas du tout le sarcasme. En même temps, c'était complètement débile.

En même temps, je n'allais quand même pas…

- Excuse-moi. J'ai eu moment de panique en imaginant qu'un jour tu pourrais simplement ne jamais rentrer chez toi.

Mieux valait éluder le sujet de nos sentiments respectifs, surtout quand, de son côté, je ne savais pas vraiment à quoi m'attendre. Du désir et un attachement sincère, c'était certain ; mais l'amour, le grand… comme celui qui avait germé dans mon cœur… Marianne me dirait sans doute demain que j'avais complètement perdu les pédales, et ajouterait que j'étais dans une merde noire. Si elle savait vraiment à quel point !

Aimer un journaliste du *Fort-Béné*, ennemi juré de Théodore Vincel quand on était la fille d'un de ses ennemis jurés, c'était déjà corsé, mais aimer un super-héros atlante muni de la sœur d'Excalibur ! Si ce n'était pas de la folie, je ne voyais pas ce que c'était.

Bon. C'était clair.

J'étais dans une merde noire.

*****

- Pourquoi ai-je l'impression que tu me caches quelque chose ?

- Meuh non !

- C'est ça, et moi je suis le fils caché de Théodore Vincel, dit-il, sarcastique.

- Elle est bien bonne ! rétorquai-je.

Il me caressa la joue, je fermai les yeux, savourant ce contact.

- Tu vas m'obliger à prendre des mesures drastiques pour te faire avouer ton secret…

Quand il se pencha pour frôler mon cou de ses lèvres si douces, je frémis. Ce n'était pas une torture qu'on pourrait qualifier d'ordinaire, mais j'avais les mêmes risques de lui dire ce que je voulais taire : le plaisir autant que la douleur, pouvait faire perdre la tête.

- Je suis plus résistante qu'il n'y paraît.

Voilà ! Un peu de courage, ma fille ! Ce n'était pas quelques caresses qui allaient…

- Pas entre mes doigts, susurra-t-il à mon oreille avant d'en suçoter le lobe.

Bordel de Dieu !!!

- Je… je… je…

Tais-toi tais-toi tais-toi tais-toi tais-toi tais-toi !

- Oui ?

Ses mains glissèrent sur mes seins comme il décidait de mordiller ce petit bout de peau qui allait causer ma perte si jamais je le laissais continuer.

- Je… t'ai dit la vérité.

Sa main gauche se glissa entre deux boutons de mon chemisier et écarta le tissu de mon soutien-gorge pour avoir accès à la peau qui s'y cachait. Sa bouche s'activait toujours sur mon oreille.

Je me mordis la lèvre presque au sang. C'était si bon… sang ! Bon sang, non !

- William, j'adore, mais tes efforts sont vains, je ne te cache rien et Oh ! Oooh ! Oooooh !

Sa main venait de descendre bien plus bas, cheminant jusqu'à passer outre une autre barrière de tissu, jusqu'à m'arracher des gémissements de plus en plus sonores.

- William !

- Dis-moi, Adeline, et j'irai au bout de ce que j'ai prévu pour toi. Si tu restes fermée, mentalement je veux dire (*nom de nom !*), je te laisserai sur ta faim.

- Espèce de… Aaaaaah ! Ouiii !

- Oui, quoi ? Tu capitules ?

- Jamais !

J'avais ma fierté tout de même !

- Tu es sûre ?

- Ouiiiiiiiiii !

Euuuh…. ou pas. Avec ce cri-là, ma fierté venait d'être balayée comme poussière au vent.

- Tu es sûre de ne jamais capituler alors ?

- Non ! m'écriai-je, à bout de souffle et dangereusement prête à tomber dans le gouffre que mon compagnon creusait sous nos pieds. Je… je ne sais plus !

Ce qu'il me faisait ! Jamais aucun homme n'avait réussi à me procurer un tel plaisir juste avec ses doigts, à croire que mon corps avait décidé qu'il ne cèderait totalement qu'en présence de l'homme de ma vie. Bon sang ! Si mon corps s'alliait à mon cœur pour trahir ma raison, je n'allais pas tenir très longtemps !

- Parle-moi, Adeline ! murmura-t-il en intensifiant ses mouvements dans mon intimité.

- Je… Tu n'es pas prêt à entendre ça !

Ma dernière ligne de défense était en train de céder, je jouais mon va-tout.

- Je suis prêt à tout et dans tous les domaines. (Il déposait de petits baisers dans mon cou désormais) Maintenant, dis-moi.

- Tout… tout va changer si… je te le dis.

- Non, sauf si toi tu en décides autrement.

Il me torturait et pourtant, il n'y avait que de la douceur dans sa voix et dans ses gestes. Il n'était que ça, douceur.

- Je t'aime.

Il se pétrifia, puis je vis avec consternation son regard totalement ahuri se river au mien.

- Redis-moi ça si tu l'oses, fit-il d'une voix sourde.

J'aurais dû m'enfermer dans le silence pour ne pas subir l'éclat terrible de ses pupilles, mais cette vindicte soudaine, que je sentais gonfler en lui, gonfla plutôt ma détermination :

- Je t'aime, répétai-je en détachant chaque syllabe.

Alea jacta est, comme disait l'autre ! Je m'étais finalement jetée à l'eau et mon plongeon pouvait tout aussi bien me valoir la déception du siècle. Je n'avais pas voulu lui exposer mes sentiments, c'était lui qui m'avait forcée à les révéler alors que je les avais découverts à peine une minute auparavant. Je n'étais pas stupide et je savais qu'avouer son amour pour un homme au début d'une relation, c'était le meilleur moyen de le faire fuir à toute vitesse, mais comme je l'ai dit, je ne contrôlais plus rien. Alors je ne pouvais qu'attendre…

William me contemplait toujours, et contrairement à moi, ce n'était pas un livre ouvert. Qu'avait-il en tête ? Allait-il prendre peur ? Le temps semblait s'être figé, le monde devait s'être arrêté de tourner.

Et puis…

Un immense sourire naquit sur son visage et l'éclat de ses yeux qui m'avait paru si terrible s'intensifia suffisamment pour que je comprenne ma méprise : c'était une émotion incroyablement puissante qui en était à l'origine.

- Je t'aime, moi aussi.

Sous le choc, je ne réalisai pas immédiatement, mais une seconde plus tard, ce fut à mon tour d'irradier de bonheur.

- Comment est-ce possible ?

Il leva les sourcils et je compris que ma question était totalement stupide.

- Je reformule : comment est-ce possible d'aimer si vite et si fort quelqu'un qu'on connaît à peine ?

Il haussa les épaules, son visage exprimant toujours la plus grande joie.

- Je ne sais pas. En tout cas, je n'avais jamais dit ces mots auparavant. Ils refusaient de sortir, comme si quelque chose en moi les retenait pour les dire à la bonne personne : toi.

Je caressai son visage, goûtant le piquant de sa barbe sur ma paume et mes doigts.

- Nous sommes dans de beaux draps, dis-je en rigolant.

Il répondit par un sourire empreint de tendresse, qui se transforma ensuite en sourire carnassier.

- En parlant de draps…

Il m'allongea sur le lit et me donna un baiser sauvage avant de recommencer à me torturer de la plus délicieuse des manières.

- Une promesse est une promesse, dit-il alors que je criais mon plaisir.

Vidée, mais plus heureuse que jamais, je contemplais le plafond blanc déprimant lézardé de plusieurs fissures.

J'aime cet homme, j'aime cet homme, j'aime cet homme !

Mon moi intérieur n'arrêtait plus de chantonner ce refrain. Je lui aurais bien dit de se taire, mais le problème était que j'avais également envie de le reprendre à tue-tête. On pouvait m'accuser d'être en plein délire post-coïtal, or je ressentais si profondément ce lien qui m'unissait à William et que j'avais eu peur de définir en premier lieu, que je ne pouvais faire autrement que l'accepter avec toute la fougue d'une femme amoureuse.

- À quoi penses-tu ? demanda mon amant qui me regardait, la tête posé sur son bras replié.

- À de la guimauve romantique qui ne mérite pas d'être écoutée.

Il rit.

- Je ne te pensais pas du genre fleur bleue.

- Pardonne-moi, mais il y a encore plein de choses que tu ne sais pas sur moi.

- Je sais que tu es une adepte des bonnes manières, sauf quand tu glisses sur des frites.

Il reçut mon poing sur l'épaule.

- Et quand je t'irrite, aussi.

- Tu as le don de m'irriter, Justicier. Méfie-toi ou je vais te trouver un vrai surnom, pour changer : que penses-tu de Super-Livarot ?

- Je préfère le camembert, rétorqua-t-il avec un clin d'œil. Mais pour ce qui est de mes dons, je suis déçu. J'aurais seulement celui de t'irriter ? J'aurais cru avoir d'autres talents d'après les sons qui s'échappaient de ta bouche tout à l'heure…

- William ! C'est…

- Quoi ? Excitant ? me coupa-t-il.

- Gênant ! Enfin !

- Qu'y a-t-il de gênant à se prouver qu'on s'aime ? dit-il en commençant à déboutonner mon chemisier.

Il déposa ensuite de petits baisers de mon cou à mon nombril. Je n'avais plus aucun argument à lui opposer, surtout lorsqu'il enleva son T-shirt pour me dévoiler son buste si parfait. Là, il me devint impossible de penser à autre chose qu'à ma volonté de suivre le tracé de ses abdominaux jusqu'à…

Lorsqu'il s'approcha pour m'embrasser, j'en profitai pour défaire sa ceinture et sans cesser de goûter la saveur de sa langue, j'entrepris de le torturer à ma manière : manuellement. Sa façon de serrer un peu plus mes bras dans sa poigne m'indiquait l'effet que je lui faisais et au bout d'un moment, je décidai de le plaquer purement et simplement sur le matelas pour le dévêtir. Il me laissa m'occuper de lui comme je l'entendais, prenant comme des marques de mon pouvoir de femme les halètements qu'il tentait en vain de retenir. Puis, alors qu'il était au comble de l'excitation, je m'écartai pour me déshabiller devant lui. Il ne perdit pas une miette du spectacle, avec un éclat de prédateur dans le regard qui s'intensifia au moment où je fis descendre ma culotte le long de mes jambes.

Il se leva et m'embrassa avec passion. J'avais beau retourner le phénomène dans tous les sens, il n'y avait qu'avec William que mon corps agissait comme de la dynamite. Ce n'est pas qu'avec mes autres amants je n'avais pas de sensations, mais là, c'était tout bonnement incroyable, que ce soit dans les moments de tendresse, comme en cet instant, ou de sexe, comme dans l'instant qui suivit.

- Tu es merveilleuse, glissa-t-il à mon oreille alors qu'il me possédait à un rythme doux d'abord, puis beaucoup plus rapide.

J'avais trouvé en William un partenaire qui répondait à mes désirs avant même que je les eus formulés, cherchant toujours à me satisfaire et savourant mes réactions à ses caresses. C'était une âme généreuse, mais je n'étais pas en reste et lui rendais tout ce qu'il m'offrait, mettant en application ce que j'avais appris depuis ma première expérience au lycée afin de lui prouver par mes actes que je l'acceptais dans son entier, totalement et irrévocablement.

Alors je profitai de chaque seconde, de chaque coup de reins, de chaque grognement, dans toutes les positions que nous expérimentâmes et exprimai toute ma joie d'être une femme comblée dans un râle de délivrance qui déclencha celle de mon compagnon.

Nous restâmes ensuite un long moment à nous contempler l'un l'autre, sans rien dire, juste conscients que quelque chose était à l'œuvre entre nous, quelque chose contre lequel il ne servait à rien de lutter, mais que nous devions suivre ensemble, peu importe l'issue à laquelle cela nous mènerait. Pour une fois dans ma vie, je n'avais pas de plan et je n'en voulais pas. Comment aurais-je pu, de toute façon, prévoir quoi que ce soit étant donné l'identité de mon compagnon ? Tout ce que je savais, c'était que je l'avais choisi, lui.

L'heure tournant, nos estomacs se rappelèrent à notre bon souvenir et comme William n'avait rien de vraiment appétissant dans son réfrigérateur, il nous téléporta chez moi à ma demande pour que nous puissions profiter du poulet que j'avais cuisiné la veille. C'était assez étrange, au début, de voir ce Justicier à la génétique issue d'un peuple mythique mettre la table et s'occuper de faire cuire des nouilles pour accompagner les légumes et la viande. Paul, mon ex humain égoïste et cruel, n'avait jamais levé le petit doigt pour m'aider dans les tâches ménagères, alors voir William s'affairer avec enthousiasme dans la préparation de notre repas était assez perturbant. Il aurait pu avoir le monde à ses pieds… et il préférait le sauver… et chercher pendant cinq minutes une passoire dans mes placards encombrés.

À l'entendre maugréer, après qu'un trio de casseroles lui fut tombé sur le pied, je ne pouvais que sourire en me disant que le destin avait décidément de drôles de surprises pour nous autres. Si j'avais su…

Nous parlâmes de tout et de rien, comme tous les couples s'affairant en cuisine, et c'était comme si ce moment de partage, nouveau pour nous deux, était parfaitement naturel. Nous continuâmes ainsi à découvrir nos intérêts communs, mettant de côté d'un accord tacite les autres révélations que mon Justicier pourrait me faire, estimant que j'avais eu mon compte à ce niveau pour ce jour-là.

Nous passâmes l'après-midi à regarder des films et à explorer nos corps respectifs pour tenir les engagements que William avait pris auprès de Marianne lors de leur entretien téléphonique et au coucher du soleil, il décida qu'il était temps pour lui de regagner son repaire.

Il alla chercher son épée et me donna un long baiser d'au revoir.

- La prochaine fois, je t'autorise à faire une entrée officielle : par la porte, dis-je.

Il rit et répondit avec malice :

- J'en serai officiellement honoré. À condition que le pitbull n'ait pas l'intention de m'empêcher de rentrer.

Je levai les yeux au ciel.

- Quand tu parles de ma meilleure amie, évite de parler d'elle comme d'un vulgaire chien…

Il se décomposa.

- Rends-lui justice et parle d'elle en tant que dragonne échappée d'un asile de l'Enfer, terminai-je.

Il parut soulagé de ne pas m'avoir vexée, c'était mignon.

- Promis. Je la caresserai dans le sens des écailles.

Je l'embrassai sur la joue puis continuai vers son oreille que je mordillai.

- Il n'y a que moi que tu as le droit de caresser.

Il frémit avant de m'enlacer pour un autre baiser passionné.

- Crois-moi, je ne pense *qu'à* ça…

Je pris l'initiative de rompre notre étreinte, car au train où nous allions, elle risquait de ne pas avoir de fin, et je savais que William avait des responsabilités professionnelles à honorer, qu'elles soient liées au journal ou à son deuxième métier.

- Allez, va-t-en, Super-Camembert, sinon c'est toute une ville que tu vas faire attendre.

Ses prunelles s'éclairèrent : d'humour et d'autre chose de plus intime.

- Tu es extraordinaire.

- Je le sais, mais j'aime qu'on me flatte.

Son regard malicieux étincela.

- Je ne sais pas à quelle heure je finirai demain. Je t'appellerai en fonction et si tu en as envie, on pourra dîner ensemble. Tu me raconteras à quel point Marianne t'auras pressée comme un citron pour connaître le fin mot de nos retrouvailles.

- J'en salive d'avance, pour tout.

Je n'avais pu retenir une grimace et il ricana.

- Courage. À dragonne, dragonne et demi.

- Allez, il est temps pour toi de transplaner[42], Harry Potter. On se voit demain.

- Sans faute, dit-il en me caressant la joue.

L'instant d'après, il avait disparu, tout comme son épée.

Pfiou ! Pour un bouleversement, c'était un bouleversement ! Entre la nuit et la journée que je venais de vivre, j'avais de quoi cogiter pour le reste de la soirée et de mes jours, d'ailleurs ! J'étais contente cependant de pouvoir me retrouver seule chez moi pour me remettre tranquillement de mes émotions avant d'entamer la fin de ma semaine de travail et de me confronter au cerbère en chef de tous les cerbères féminins existants.

Une seule ombre gâchait un peu ma détente en perspective.

- Il faut *vraiment* que je m'achète un nouveau canapé !

---

[42] Dans la saga *Harry Potter*, de J. K. Rowling, transplaner est un synonyme de se téléporter d'un endroit à un autre.

Chapitre VII : Faire bonne impression

*****

Mr Planchet, mon directeur, était un as pour faire les emplois du temps. Il distribuait des fiches vers le mois d'avril pour que nous y inscrivions nos vœux concernant nos classes et nos horaires pour l'année suivante, puis, par je ne sais quelle magie, il réussissait à contenter tout le monde et à nous envoyer les fameux emplois du temps en juillet, à l'avance donc afin que les parents s'organisent pour la garde de leur progéniture. Pour cette qualité hors pair dans ce monde obscur et mal connu qu'est le monde enseignant, Mr Planchet n'était pas loin d'être vénéré par l'ensemble de l'équipe. Il y avait peu d'établissements, en effet, où les souhaits des professeurs en matière d'horaires étaient autant respectés. Mr Planchet avait compris que nous étions tous volontaires pour apporter un peu d'espoir aux jeunes consciences bénédictines qui ne nous en étaient pas toujours reconnaissantes, et il avait décidé de nous prouver sa propre reconnaissance.

Vous devez vous demander pourquoi ce laïus sur l'organisation des cours dans mon lycée alors que je pourrais tout aussi bien aborder directement la suite de mes aventures de « petite amie d'un super-héros ». Eh bien en voici la réponse : je n'aimais pas corriger mes copies en rentrant chez moi le soir, alors je demandais toujours des heures de creux pour travailler en salle des profs. Cette année, le jeudi, j'avais de la veine : petit cours de français avec le premier groupe de mes Secondes de 8h à 9h, puis deux heures pour travailler, puis accueil du second groupe de Secondes de 11h à 12h. L'après-midi, c'était histoire-géographie de 13h30 à 15h avec les Terminales Vente de retour de stage en milieu professionnel depuis peu, et français avec ma 1ère Log de 15h45 à 16h30.

Ce jeudi aurait donc dû être un jour ordinaire...

Mais Mr Planchet s'était arrangé pour que Marianne et moi ayons les mêmes heures de creux dans l'optique de nous permettre de créer des projets de classe ensemble, comme le duo efficace que nous étions devenues à ses yeux.

Donc...

- Marianne, laisse-moi au moins aller faire pipi, je me retiens depuis une demi-heure !

- Tu n'avais qu'à y aller à 8h ! Maintenant tu me suis dans une classe inoccupée et tu m'expliques tout ce qui s'est passé depuis qu'on s'est quittées mardi soir !

- Il fait froid en D 08 ! La bande du quartier Rimbaud a encore envoyé des cailloux pour casser les vitres, vu que la grille de protection n'a pas été installée et on n'a pas pu me trouver une autre salle, résultat, je me suis gelée avec mes élèves pendant une heure ! Maintenant tu me lâches la main et tu me laisses aller aux toilettes, espèce de tortionnaire en jupe moulante !

- Un autre de mes surnoms par les élèves ? demanda-t-elle en m'obéissant.

- Non, ça c'est celui que t'a donné Allison, la prof d'arts appliqués.

J'ouvris la porte des sanitaires réservés au personnel, Marianne m'y suivit. Elle s'adossa au mur carrelé, en face du lavabo alors que je me dirigeais vers le toilette de gauche.

- Je suis sûre que c'est parce que je lui ai demandé de bien verrouiller les portes des salles après ses cours. J'ai surpris un élève qui en avait profité pour voler des barrettes de mémoire d'ordinateur.

Elle avait haussé la voix pour que je l'entende.

- Je crois que c'est surtout parce que tu lui as signifié son erreur en finissant ta phrase par « espèce de gourde mal dégrossie », dis-je en la rejoignant pour aller me laver les mains. Je sais que tu ne l'aimes pas, mais ça ne t'autorise pas à l'insulter.

- Tu as raison, je me suis emportée ce jour-là. Ce n'était pas bien.

Je levai les yeux pour voir son reflet dans le miroir. Marianne, reconnaître ses torts ?

- J'aurais dû éviter le « mal dégrossie ».

Je pouffai, je me disais aussi…

- Marianne, sois un peu indulgente.

- Mais c'est une gourde ! Et ne viens pas me dire le contraire, tu penses comme moi.

Je soupirai.

- Disons qu'en rapport avec son manque de ponctualité et de sérieux dans le suivi de ses élèves et l'absence d'organisation dans son travail, je pencherais plus pour le terme « incompétente », tu vois.

- Pour moi, si tu n'as pas de rigueur et un minimum de conscience professionnelle, tu n'as rien à faire devant des enfants, et encore moins des adolescents aux neurones ébouillantés par leurs hormones.

- Je te comprends, mais tu es bien trop catégorique. Réfléchis bien à la ville où on se trouve et pense qu'Allison n'a pas encore demandé sa mutation. On peut au moins lui reconnaître qu'elle en a dans le ventre pour enseigner à Fort-Bénédicte au lieu de repartir dans sa Beauce natale.

- Pff…

- Je suppose que c'est ta façon de me dire que tu lui accordes maintenant le bénéfice du doute ?

- C'est ma façon de te faire comprendre qu'Allison n'est pas un sujet qui m'intéresse, dit-elle en ouvrant la porte des toilettes et me faisant sèchement signe d'en sortir.

Je soupirai à nouveau et me rendis sur les lieux de mon procès : la C 14, une salle tellement minuscule, dont l'odeur ambiante rappelait tellement les pieds, que plus personne n'y mettait les siens justement.

- Beuaaah ! C'est encore pire que la dernière fois où tu m'as traînée là ! Ouvre une fenêtre, bon sang ! Je vais m'évanouir !

Marianne s'exécuta sans un mot, certainement de peur de rendre son petit-déjeuner en ouvrant la bouche ; elle était toute verte.

Nous attendîmes en plein courant d'air que la pièce s'aère un peu, puis nous nous installâmes sur deux vieilles chaises branlantes.

- Raconte-moi tout.

Quand Marianne prenait son ton de général en chef, personne n'osait garder ses secrets face à elle. Seulement là, il allait falloir que j'en préserve un, et pas des moindres : l'identité du Justicier de Fort-Bénédicte, celui qui s'était téléporté blessé dans ma cuisine, et auquel j'avais dit que je l'aimais après une nuit de passion absolument démentielle.

- J'ai revu William et nous nous sommes réconciliés.

Elle me foudroya du regard. Je déglutis.

- Tu appelles ça tout ? Pour une prof de français, c'est assez léger côté narration des péripéties[43].

- Je regrette parfois de t'avoir filé mon programme !

- Et toi tu vas regretter de me faire perdre patience. Comment se fait-il que tu aies couché avec William alors que mardi encore tu me disais que tu ne voulais plus le revoir ?

Mon amie se faisait réellement du souci pour moi, je le voyais à la façon dont elle me regardait, fronçant les sourcils au point de faire apparaître une petite ridule de contrariété entre les deux.

- J'ai juste réfléchi à tes paroles. Tu ne peux pas me reprocher de t'avoir écoutée.

---

[43] Terme spécifique du schéma narratif pour désigner les actions dans un récit.

- Je ne t'ai pas dit non plus de coucher avec ! Qu'est-ce qui t'a pris ? C'est comme si j'avais quelqu'un d'autre en face de moi.

Je me mordis la lèvre. C'était vrai que Marianne m'avait toujours taquinée avec ma règle des six rendez-vous platoniques. Elle savait que je n'aimais pas précipiter les choses et s'en moquait un peu parfois, cependant, elle ne m'avait jamais fait me sentir obligée de rompre avec ce principe, pour la bonne et simple raison qu'elle le respectait, comme elle me respectait moi. Elle ne pouvait donc pas imaginer :

- Écoute, je… C'est différent avec William. Tout est… différent. Je… je l'aime et… quand je le lui ai dit, il m'a avoué que c'était réciproque.

Si sa mâchoire avait pu se décrocher de son visage, je l'aurais vu s'écraser sur le sol tant elle béait.

- Je sais que c'est un choc, et crois-moi, c'en est un pour moi aussi. Je n'avais rien prévu, il est apparu… je veux dire, il a sonné chez moi mardi soir, et je l'ai laissé entrer pour qu'on discute. Et une chose en entraînant une autre…

- Tu lui as dit que tu l'aimais !

Marianne me regardait comme si j'étais une extraterrestre.

- Je sais, je sais ! Je suis la première à me dire que tout ça va trop vite, mais je n'y peux rien ! Dans cette histoire, l'un ou l'autre ne contrôlons absolument rien ! Tout ce que je sais, c'est que mon cœur s'est brisé quand j'ai cru qu'il était mort… euh ! qu'il faisait le mort ! (*Crétine*, pensai-je ! en m'admonestant un coup de pied mental) J'ai compris alors que je n'avais jamais ressenti ça pour personne et que si je passais à côté de cette chance qui m'était offerte de vivre un amour véritable, je ne serais jamais réellement heureuse dans ma vie future.

Marianne soupira.

- Tu es sûre de ce que tu fais ?

Sur ce point, au moins, je pouvais être totalement honnête :

- Pour la première fois de mon existence, je choisis de suivre mon cœur plutôt que les plans que me dicte ma raison, alors je ne suis sûre de rien pour la suite, mais étrangement, je suis convaincue que j'ai fait le bon choix.

Mon amie me dévisagea longuement, comme si elle cherchait le moindre signe d'une inconséquence de ma part. Elle pouvait chercher, elle n'en trouverait pas.

- Tu sais que je lui ferais *vraiment* avaler ses testicules s'il te faisait du mal…

Je souris.

- C'est ta manière de me dire que tu me donnes ta bénédiction ?

Elle me donna une petite tape sur la main.

- Ne t'emballe pas, jeune fille, je dis juste que tu pourras faire des galipettes avec lui ce soir sans craindre que je te sermonne pour ta lubricité. (Je lui rendis sa tape sur la main) Tu auras ma bénédiction quand je lui aurai enfin parlé.

- Tu lui as déjà parlé.

- Et il m'a raccroché au nez après avoir réclamé de la sauce au poivre pour le jour où il devrait mâcher ses attributs masculins.

- Avoue qu'il t'a fait bonne impression.

Nous nous fixâmes du regard et il était hors de question que je lâche la première. Elle finit par lever les yeux au ciel.

- Bon d'accord, j'ai été surprise, c'était plutôt bien envoyé.

Marianne n'aimait rien tant que les joutes verbales et si elle trouvait un adversaire à sa hauteur, elle s'en faisait un ami pour la vie. D'où le peu d'amis qu'elle avait…

- Tu trouveras William sympathique, j'en suis certaine, ne serait-ce que parce qu'il a la langue aussi bien pendue que toi, ricanai-je.

Je pensais la taquiner, mais force me fut de regretter mon idée lorsque :

- Qu'en fait-il d'ailleurs de sa langue bien pendue pour te donner autant de courbatures, mmmh ?

- Marianne ! m'exclamai-je, outrée et les joues en feu.

- Allons, arrête de jouer les saintes nitouches ! Il a laissé entendre que vous aviez concouru pour la première place d'un marathon sexuel et à voir comment tu rougis et ton air béat de quelqu'un qui a eu une avalanche d'orgasmes, je suppose que ce n'était pas de l'esbroufe. C'était comment ?

- Marianne ! C'est gênant !

- Réponds ou je le bombarde de textos dignes d'une hystérique de l'amour avec ton téléphone pour lui montrer à quel point Roméo manque à Juliette.

J'allais lui rire au nez, cependant une alarme se mit à sonner dans mon esprit et je jetai plutôt un coup d'œil dans mon sac à main.

- Ne t'avise pas de faire ça ou je t'étripe, Marianne ! Merde ! Rends-moi mon portable ! m'écriai-je en tentant d'attraper son sac.

Elle me repoussa sur mon siège comme si ma menace n'était pas plus dangereuse qu'un pet de lapin.

- Adeline Tremen, tu vas me dire ce que je veux savoir !

- Tu peux courir ! dis-je en essayant de lui prendre le téléphone qu'elle venait de sortir de sa poche, sans succès.

- Mmmh... Je fais défiler tes contacts... Ah ! « F » comme Fersen, que voilà ! (Elle commença à pianoter) Mon. amour. tu. me. manques. Je suis. ta. petite. louloute. adorée. et toi tu es. mon adorable. nounours. en sucre.

J'écarquillai les yeux d'horreur et redoublai d'efforts pour reprendre mon bien.

- Ne t'avise pas de lui envoyer ce tissu de conneries ! Tu m'entends ?!

Elle se contenta de me repousser encore avec sa jambe, puis :

- J'adore. quand. tu enfonces...

- C'était fantastique - j'ai eu de nombreux orgasmes - on l'a fait dans la chambre – la cuisine – la salle de bain – j'ai crié son nom – on l'a fait sans protection – il a un corps de rêve – je ne pense qu'à lui depuis hier – je n'en peux plus d'attendre que la journée se termine pour le revoir !

J'avalai une grande goulée d'air après ma tirade enfiévrée. Marianne me regardait, stupéfiée au point de ne plus penser à m'empêcher de m'approcher d'elle. Je lui arrachai mon téléphone des mains.

Je poussai un grognement de dépit en voyant qu'elle n'avait pas du tout ouvert la fenêtre de messagerie et qu'elle s'était contentée de surfer sur mon application *Amazon*.

- C'est à ce point-là ?

Mon amie rayonnait, j'avais juste envie de disparaître sous la table. Les confidences sur les ébats sexuels n'avaient jamais été mon truc.

Elle tira la chaise à côté de moi et s'y assit. Elle me frotta ensuite le dos.

- Je suis contente pour toi.

Je lui jetai un œil, pas sûre d'avoir bien compris.

Elle haussa les épaules.

- Si ce William est parvenu à te faire sortir de ta coquille après ce que tu t'es imposé suite à ta rupture avec Paul, je ne peux que lui laisser sa chance quand je le verrai... (un sourire commença à étirer mes lèvres) demain.

Ok. Mes lèvres oublièrent le concept du sourire.

- Je t'adore, Marianne, mais il est hors de question que je te le présente aussi tôt.

- Pourquoi ? Je suis ton amie, ce n'est pas comme si j'étais ta mère !

- Tss ! Tu donnes l'impression d'être la grand-mère ronchon qui ne supporte pas que sa petite-fille sorte sans chaperon !

Elle parut offusquée.

- Eh bien vu que la petite-fille en question refuse les chaperons et les petits chapeaux, ça me semble normal de s'inquiéter pour elle !

L'allusion au rapport sans protection était claire. En d'autres circonstances, j'aurais été la première à me traiter d'imbécile au vu des risques de MST existants, seulement, comment lui expliquer que William ne pouvait me transmettre aucune de ces infections puisqu'il ne pouvait les contracter du fait d'une génétique surnaturelle ?

- Il a fait un test récemment et il n'y a rien à signaler de ce côté.

- Tu m'en voudras si je te rappelle la fois où j'étais chez toi et que Paul t'a transmis ses résultats sanguins par mail pour que tu l'invites enfin dans ton lit à votre prochain rendez-vous ?

- Il n'y a pas de mal à être prudente.

- Psychomaniaque dans ton cas. Enfin bref ! Tout ce que je veux te dire, c'est que si tu as jeté aux orties tous tes principes pour ce type, c'est que tu dois vraiment en être très amoureuse.

Je sentis mon visage s'échauffer et mon cœur battre plus vite.

- Je crois que jusqu'ici, je ne savais pas ce que c'était.

- C'est un univers inconnu pour moi également, dit-elle. Jason a le don de me faire sourire quand je n'en ai pas envie, personne avant lui n'y était parvenu.

- Pas même moi, répondis-je en lui donnant un petit coup de coude.

Elle m'attira contre elle et déposa un baiser sur mon front, puis elle conclut notre discussion par les mêmes mots que ceux que j'avais employés avec William après nous être livrés l'un à l'autre :

- Nous sommes dans de beaux draps.

Nous rîmes, puis repartîmes en salle des profs pour, cette fois, abattre réellement les préjugés sur la fainéantise enseignante en nous plongeant…

… dans une bonne tasse de café !

*****

- Sérieusement, Marianne ! Tu as promis d'être diplomate !

- Tu t'es rejoué notre conversation de la veille dans tes rêves cette nuit et tu me prêtes désormais des paroles que je n'ai pas prononcées.

- Marianne !

- Calme-toi, il t'a dit hier qu'il passerait vers 18h30, après son travail, et il n'est que 18h.

William n'avait pas pu se libérer la veille en raison d'un article casse-tête et d'une sortie nocturne costumée impromptue du fait de la présence discrète, mais avérée en ville d'un parrain de la pègre niçois venu prendre, semblait-il, des leçons auprès du maître en la matière : Théodore Vincel. Par conséquent, je n'avais pu qu'échanger quelques SMS avec mon Justicier avant de le laisser vaquer à ses occupations. Marianne poursuivit :

- Au lieu de stresser bêtement, viens plutôt regarder les catalogues de *Crack* [44] et *Ikea*, il faut bien te trouver un nouveau canapé vu que tu as renversé ton assiette de spaghettis bolognaise sur l'ancien !

Elle me regarda comme si j'étais un cas désespéré. C'était l'excuse que je lui avais servie pour expliquer l'absence de sofa.

- Jure-moi au moins d'être polie avec lui !

- Un canapé d'angle ne rentrerait pas dans cette pièce. J'aime bien celui-ci, en cuir marron, il y a des boutons électriques pour le mettre en mode relax.

- Marianne !

Elle soupira, exaspérée.

- Adeline, tu as fini de me harceler ? Je veille sur tes intérêts et c'est comme ça que tu me remercies ?!

Je posai ma tête sur son épaule. Elle avait raison.

- Il compte pour moi, comme jamais aucun autre auparavant. Je voudrais tant que vous vous entendiez bien !

Elle me tapota le haut du crâne.

- S'il te mérite, je lui serai aussi loyale que je le suis envers toi. Mais dans le cas contraire... Je t'aime trop pour laisser un homme te blesser comme Paul l'a fait.

- Je sais. Et je t'aime aussi.

Il y eut un silence, puis :

- Quand je pense que j'ai cédé pour te le présenter ce soir !

Elle ricana.

- Refuser aurait été reculer pour mieux sauter. Au moins tu seras fixée sur l'impression que j'aurai de lui.

- Mouais. Il risque tout aussi bien de s'enfuir en courant en voyant le genre de marâtre à qui il devra se confronter pour sortir avec moi.

- Il t'a dit qu'il t'aimait, non ?

- Oui, mais...

- S'il t'aime vraiment comme il le dit, me coupa-t-elle, il restera.

---

[44] Magasin de meubles belge.

- Paul était resté.

- Paul est surtout resté un connard fini.

Je gloussai.

- En voilà un qui ne me manquera pas.

- Heureuse de te l'entendre dire. À une époque je désespérais que tu formules cette phrase.

- J'étais stupide. En tout cas, j'ai bon espoir pour William. Il m'a aidé à faire la vaisselle et a même empêché ma maison de brûler en éteignant le feu que j'avais oublié sous ma sauteuse.

- Quand je pense que l'autre naze n'avait jamais mis un verre dans ton lave-vaisselle ! Si je devais le recroiser un jour, j'aurais toujours envie de lui arracher les yeux. Ce genre de mec, c'est un crime contre l'égalité des sexes. On devrait l'abandonner seul sur une île déserte !

- Tu rigoles ! Même Mère Nature finirait par en être exaspérée ! Elle s'arrangerait pour l'assommer à coup de noix de coco !

- J'imagine la caisse de résonance avec le choc ! Ce type a la tête aussi vide que l'endroit où devrait se situer son cœur !

Nous nous esclaffâmes ! Pour sûr, là où il était, Paul Cheverny devait avoir les oreilles qui sifflaient tant nous nous amusions à l'imaginer se débrouiller seul dans une nature sauvage, lui qui n'avait jamais su comment laver ses chaussettes, ni comment supporter le contact avec l'herbe lors d'un simple pique-nique.

Je ne l'avais jamais recroisé depuis notre rupture, il y avait pas mal de monde à Fort-Bénédicte, et c'était aussi bien comme ça. Les premiers temps, je n'allais vraiment pas bien et le voir au bras de sa pétasse longiligne n'aurait fait que me blesser davantage en me rappelant les raisons qui l'avaient poussé à me tromper. Par la suite, j'avais préféré l'oublier, tout simplement. Je n'éprouvais plus rien pour lui désormais si ce n'était un vague dégoût quant à sa personnalité futile et égoïste, je regrettais juste qu'il m'ait fallu une bonne année pour balayer définitivement les doutes qu'il avait semés dans mon esprit concernant ma capacité à m'accepter telle que j'étais.

Paul Cheverny appartenait à un passé clairement révolu. Maintenant, une autre voie s'ouvrait à moi : celle où un descendant du peuple atlante et Justicier de ma ville bien-aimée avait choisi de m'aimer.

Et de sonner à ma porte.

- Je vais ouvrir, proposa Marianne.

- Certainement pas ! ripostai-je en me précipitant dans l'entrée avant elle. Tu attends ici pendant que je le prépare psychologiquement !

- Mais enfin, tu lui as déjà dit que je serai là !

J'enfilai mon manteau.

- Par SMS ! Oh et d'abord, je ne vois pas pourquoi je continue à argumenter avec toi. (J'ouvris la porte) Je ne plaisante pas, attends dans la cuisine ou je te promets de te priver de café jusqu'à la fin de l'année scolaire !

Je refermai juste à temps pour ne pas entendre la fin du juron atroce qu'elle avait commencé à formuler, et descendis l'allée vers le portail.

William était là et souriait, je pouvais nettement le voir malgré l'obscurité ambiante.

- Tu la menaces de privation de café ? Alors comme ça le mythe du prof accro à l'arabica est réel ?

- Ce ne serait pas le premier mythe qui n'en est pas vraiment un, tu ne crois pas ? répondis-je en ouvrant la grille.

Il entra et me fit un clin d'œil avant de m'enlacer pour un baiser fougueux qui me fit frémir.

- Tu as froid ? Viens, entrons.

Avec ce genre de baiser, ma température avait dû atteindre les 3000 degrés, il avait donc mal interprété mon frémissement. Je l'ignorai.

- Tu te rappelles que Marianne m'a fait vivre un enfer jusqu'à ce que j'accepte de faire les présentations entre vous.

- J'ai un vague souvenir des mots que tu as employés : « emmerdeuse », « Cerbère de prison », « terrifiant »,

« examen complet ». Quoique pour « petite cuillère », j'avoue, je n'ai pas compris.

Je rougis instantanément. Marianne m'avait envoyé des SMS aujourd'hui et je lui avais vertement répondu que si elle continuait à me harceler, j'irais raconter à Jason combien elle était amoureuse de lui et qu'elle rêvait qu'il lui avoue la réciprocité de ses sentiments, puis, si ça ne suffisait pas, que je me chargerais de la découper en mille morceaux.

Elle m'avait traitée d' « adorable salope », puis avait demandé avec quelle arme j'oserais la charcuter. La petite cuillère m'avait semblé tout indiquée comme réponse ; or celle-ci avait pris un chemin inattendu, apparemment.

- Euuuh…

J'eus droit à un regard moqueur.

- Je vois. Je sens que je vais bien m'amuser avec vous deux.

- Tu as passé une bonne journée, sinon ?

Il haussa les épaules.

- Un épicier renversé par un chauffard ivre rue Saint-Honoré hier, une grand-mère tuée par son propre petit-fils ce matin parce qu'elle refusait de lui donner l'argent pour sa dose d'héroïne dans le quartier des Lilas, une bijouterie braquée dans le centre commercial cet après-midi sous les yeux des policiers qui n'ont rien fait pour empêcher les voleurs de repartir avec leur butin. Il faut dire aussi que les deux voleurs étaient les rejetons de membres connus du Comité. Je suppose que les policiers n'ont pas voulu faire de zèle.

- Dire qu'aux informations télévisées locales on ne parlera que des bonnes actions du jour de Théodore Vincel ! Ça me dégoûte. Heureusement que le *Fort-Béné* existe !

- Henri, notre rédacteur en chef, a encore reçu des menaces de mort ce matin. (Il baissa la voix) Je ne resterai pas très longtemps, j'irai surveiller sa maison cette nuit. On ne sait jamais.

Il guettait ma désapprobation, je le sentais. Comment pourrais-je lui en vouloir d'assurer la sécurité d'un des derniers garants de la liberté d'expression à Fort-Bénédicte ?

- Je comprends, rassure-toi.

Il m'embrassa sur le front, puis :

- Ton amie qui nous observe par la fenêtre est certainement au bord de l'explosion. Mieux vaut entrer, ne serait-ce que pour éviter de mourir congelés dans ton allée.

Je souris, mais je n'en menais vraiment pas large. Comment allait se dérouler cette première rencontre entre ma meilleure amie indomptable et mon Justicier intrépide ?

Il n'y avait maintenant plus qu'une chose à faire : avancer et croiser les doigts.

*****

- Marianne, je te présente William. William, je te présente Marianne.

Au moins, elle lui avait laissé le temps d'enlever son manteau avant de se placer devant nous, bras croisés et menton levé, dans une posture de défi qui impressionnait d'autant plus du fait de son mètre quatre-vingt avec talons et sa crinière brune et bouclée qui lui descendait jusqu'à la taille. Elle ressemblait à une déesse... de la guerre.

- Alors comme ça, il n'y a pas que votre plume qui est acérée... commença mon amie.

Ok, début du match et je manquais déjà d'air ; non elle n'avait pas osé...

- ... votre sens de la répartie à l'oral l'est également. J'ai acheté de la sauce au poivre, au fait.

J'allais souffler de soulagement parce qu'on avait évité l'allusion sexuelle (« votre plume acérée... », franchement j'avais carrément l'esprit mal placé !), toutefois je ne m'en tirais pas à si bon compte avec le rappel de la teneur de leur précédent échange téléphonique.

La menace en guise de bonjour, Marianne faisait fort !

Je la foudroyai du regard...

… avant de manquer me faire un torticolis en tournant la tête vers mon compagnon, lequel venait de me stupéfier par sa réaction : il avait éclaté de rire.

- Enchanté de faire enfin votre connaissance, Marianne, dit-il en lui tendant la main. Je suis ravi d'apprendre que nous ne serons pas à court de sauce au poivre en cas de besoin, quoique je doute que ça arrive. Vous feriez une bonne recrue au *Fort-Béné*, vous savez, on peut dire que vous avez… le sens de la formule.

- D'habitude, ce n'est pas le genre de compliment qu'on me fait, dit-elle en faisant comme si elle n'avait pas vu sa main.

- J'ai toujours dit qu'il ne fallait jamais négliger un talent, quelle que soit la forme sous laquelle il se présente.

Marianne plissa les yeux et l'observa, soupçonneuse.

- D'autres avant vous ont essayé de me flatter. Je ne marche pas.

William se pencha un peu plus vers elle, sans perdre son entrain ni son air espiègle.

- Quoi, faut-il qu'une dragonne ne puisse pas être brossée dans le sens de ses écailles ?!

La surprise la fit reculer, ensuite, elle riva son regard à celui de William. Lui restait d'un calme souverain, la main toujours tendue, tandis que je restais pétrifiée à me demander quand elle allait lui sauter à la gorge.

Or…

- Elle peut, tant que celui qui la flatte se souvient qu'elle peut le carboniser quand bon lui semble.

Elle lui serrait la main et oui ! Elle souriait vraiment !

- Je saurai m'en souvenir, dit William.

Par je ne sais quelle magie, la glace venait d'être brisée entre eux. C'était une situation surréaliste et complètement tordue (après tout, qui aime se faire insulter en guise d'entrée en matière ?), mais j'en étais folle de joie !

- Allons nous installer dans le salon, Marianne a ramené de quoi prendre l'apéritif.

William jeta un coup d'œil sur la table basse où régnait une profusion de petits fours, de *Piccolinis* au fromage et à la bolognaise, de saucisses cocktail, de tranches de rosette et de saucisson à l'ail, ainsi que de biscuits en tout genre.

- Il y en a pour un régiment ! Que va-t-il m'arriver si je ne finis pas mon assiette ? dit-il en se tournant vers mon amie.

Elle lui sourit gentiment, puis, tout aussi gentiment, elle traça une ligne avec son pouce sur sa gorge.

- Je vois, ricana William.

- Tu comprends pourquoi il ne sert à rien de faire un régime quand on côtoie une fan de charcuterie, renchéris-je.

Il s'assit sur l'une des chaises de salle tandis que Marianne prenait l'autre. Elle détestait mon fauteuil et avait toujours refusé de s'asseoir dedans, préférant mon canapé qu'elle me reprochait encore d'avoir taché.

- Je peux vous laisser tous les deux pendant que je vais vous chercher des boissons dans le frigo ? m'enquis-je, légèrement inquiète des menaces d'émasculation que pourrait à nouveau proférer Marianne dans mon dos.

William coupa la chique à mon amie en la devançant pour lancer joyeusement :

- Vas-y. Je saurai faire la conversation si Marianne est trop timide pour l'entretenir.

L'intéressée redressa les épaules, signe d'une répartie cinglante en préparation. Je m'éclipsai, rassurée par la lueur d'amusement sincère dans les prunelles de mon amant, qui avait l'air d'apprécier les joutes verbales au moins autant qu'elle, vu la façon dont il avait volontairement formulé sa phrase pour chatouiller une dragonne qui ne demandait que ça.

Dans la cuisine, je sortis le saladier de punch que nous avions préparé ensemble, Marianne et moi, et entrepris de le disposer avec les verres sur un plateau. Concentrée sur ma tâche, je n'entendais pas vraiment ce qui se disait dans le salon et quand je revins, mes invités débattaient sur un sujet rien de moins que vital : la préférence à accorder à la rosette ou au saucisson à l'ail.

- Et ça donne plus de goût dans une raclette !

Marianne avait la mine réjouie de quelqu'un qui vient de clore avec brio une brillante argumentation.

- Et plus encore l'envie de s'enfuir en courant une fois le processus de digestion commencé, contra William.

Je vis mon amie se figer puis mettre la main à sa bouche pour vérifier son haleine.

- William : 1, Marianne : 0.

Ils se tournèrent vers moi, comme je posais le plateau sur la table.

- J'espère que tu aimes le punch, dis-je à mon compagnon.

- À condition qu'une meilleure amie, Cerbère de prison aux dires de certaine, n'y ait pas mis de mort aux rats.

- Adeline Tremen ! On se connaît depuis six ans et tu me présentes comme une dragonne et un Cerbère de prison ? (Elle paraissait peinée) Il va falloir que je redouble d'amabilité pour que tu m'accordes enfin le statut que je mérite : celui de reine des harpies.

Je pouffai et nous servis. Elle continua :

- Il y a bien plus efficace que le poison pour se débarrasser d'un homme volage. Je crois que du détergent et une allumette suffisent…

Je lui jetai un regard noir. Elle avait décidé de sortir le grand jeu, ce soir. Décidément… William ne se laissa pas démonter.

- Je suis au courant des méthodes de rupture peu conventionnelles d'Adeline. J'admire son sens du spectacle. (Il but une gorgée de liquide verdâtre) Excellent, ce punch.

Il se tourna vers Marianne alors qu'elle l'observait à la limite de l'insupportable.

- Et jouons carte sur table, voulez-vous, Marianne ?

Je me raidis. Il braquait son regard sur elle et sa posture indiquait qu'il comptait prendre le dessus dans cette conversation ; qu'allait-il dire ?

- Je ne suis pas Paul Cheverny et ne le serai jamais. J'apprécie que vous vous fassiez du souci pour Adeline, mais je pense pouvoir vous rassurer en vous disant que dans cette histoire, c'est elle qui a toutes les cartes en main…

Un frisson glacé parcourut ma colonne vertébrale, j'avais compris l'allusion aux révélations qu'il m'avait faites et à sa décision de croire en ma discrétion, et en mes sentiments.

- ... et je ne doute pas qu'elle les utilise avec la sagesse et la pondération dont vous et moi manquons cruellement, il me semble. Faites-lui confiance.

Une onde de chaleur me traversa de part en part à ce compliment, cependant je ne pouvais l'apprécier car je n'arrivais pas à m'ôter de l'esprit que cette petite leçon de morale n'allait pas plaire à mon amie. Je savais qu'elle avait une confiance aveugle en mon jugement, mais en ce qui concernait mes relations amoureuses, elle se montrait tellement protectrice que c'en était parfois étouffant : je le lui avais plusieurs fois reproché et elle n'avait pas spécialement apprécié, d'où l'instant dramatique qui se jouait devant moi.

Celle-ci plissait déjà les yeux comme si elle s'apprêtait à transpercer William de centaines de poignards à la seconde.

- Il me semble...

Je retins mon souffle.

- ... qu'il était temps qu'Adeline se trouve un homme qui la mérite.

Je manquai d'air. *What ?* C'était aussi simple que ça ? Quelques échanges incisifs et des compliments à mon égard et il était décidé que William était un homme pour moi ? Je n'avais jamais compris les critères de sélection de mon amie concernant mes fréquentations et comme elle n'avait jamais vraiment apprécié aucun de mes petits amis, je m'étais dit que personne ne trouverait grâce à ses yeux de faucon mal luné. Je m'étais fourvoyée, à l'évidence, et avais la nette impression d'être la dernière des gourdes. Je n'avais décidément rien compris à sa logique et force m'était de considérer l'idée que je n'y comprendrais certainement jamais rien.

William, comme Marianne d'ailleurs, m'ignoraient toujours.

- Alors, maman valide le choix de sa fifille ?

Elle lui délivra un coup de poing sur le bras. Ok, bon, c'était sûr, elle l'appréciait. Jamais au grand jamais elle n'avait voulu toucher Paul et si par accident cela se produisait, elle faisait une moue dégoûtée qui n'échappait évidemment jamais à son destinataire, lequel se répandait ensuite auprès de moi en récriminations contre cet exemple type d'une garce déchaînée. Ici, elle... souriait amicalement.

Un grand poids sembla tout à coup s'envoler de mes épaules. Qu'aurais-je fait si la situation de détestation réciproque entre Paul et Marianne s'était reproduite avec William ? Je n'aurais voulu perdre ni l'un ni l'autre, mais je n'aurais certes pas désiré souffrir comme j'avais souffert la dernière fois d'être la Belgique entre L'Allemagne et la France en 1940 : la neutralité n'empêchait pas d'être blessée par des indélicats englués dans leur haine. Or, la façon dont ils se taquinaient tous deux me laissait à penser qu'une entente, voire une amitié était possible entre nous trois.

C'est donc d'excellente humeur que j'entrepris de me conduire comme une hôtesse respectable et raffinée :

- Marianne, tu vas me passer le bol de saucisses ou je dois te l'arracher des mains ?!

*****

Je n'aurais jamais cru cela possible, mais nous passions un si bon moment tous les trois que nous ne vîmes pas le temps passer. Marianne et William n'arrêtaient pas de s'envoyer des vannes sans qu'aucun d'eux ne gagne véritablement la partie et je m'amusais follement à les écouter. Ils n'arrêtaient pas de me solliciter pour opérer un arbitrage dans le jeu du « qui a raison et qui a raison ? » et je ne pouvais décemment que les conforter dans l'idée qu'ils étaient tous les deux totalement infréquentables. Même les questions plus qu'indiscrètes posées par Marianne (« *As-tu été marié ? T'es-tu déjà drogué ? As-tu déjà tué quelqu'un ? Est-ce que tu fouilles ton nez devant la télé pour manger tes copains* [45]? ») avaient été source de fous-rires du fait des réponses inventives et très intelligentes de mon compagnon, qui avait dû s'exercer depuis longtemps à l'art

---

[45] Copain est un terme qui désigne une crotte de nez.

d'esquiver les interrogatoires trop personnels (« *N'est-ce pas la nature du célibataire d'être marié avec lui-même ? Je me suis drogué aux* Kinder Bueno *pour suivre mes cours de journalisme, ça compte ? J'ai tué la dernière personne qui m'a posé cette question... prépare-toi. Je me suis inscrit sur* Copains d'avant[46] *pour chercher ceux que je n'ai pas réussi à dévorer* »).

Il était donc 21h lorsque William se leva pour annoncer qu'il devait retrouver son rédacteur en chef pour finaliser l'éditorial du dimanche.

- Ton patron te fait revenir bosser un vendredi soir alors que tu étais à ton journal toute la journée ?!

William et moi échangeâmes un coup d'œil complice. Je pris la parole :

- Marianne, nous avons la chance d'avoir un emploi du temps qui nous permet de jouir de certaines libertés le soir, mais être journaliste, c'est accepter de sacrifier quelques soirées voire des nuits complètes pour informer le public des choses importantes qui se passent dans la ville et ailleurs.

Mon amie me regarda avec exaspération.

- Tu ne serais pas prof, toi, par hasard ? (Elle se tourna vers William et me pointa du doigt) Elle a des sursauts de déformation professionnelle de temps en temps, parce qu'elle oublie qu'elle n'est pas face à des ados à instruire, mais c'est une chic fille. Un peu pénible quand même, tu devrais y penser pendant qu'il en est temps... Aïe ! Tu fais mal quand tu pinces, Adeline !

- Et toi tu devrais te taire !

Mon amant éclata de rire puis tendit la main à Marianne pour lui dire au revoir. Celle-ci la serra chaleureusement et s'empressa de repartir dans le salon pour nous laisser seuls, non sans rappeler qu'en tant que reine des harpies, elle se ferait une joie de le trucider si jamais il oubliait sa promesse de se comporter honorablement avec moi.

---

[46] Site où l'on peut retrouver d'anciens camarades de classe.

Je mis mon manteau et raccompagnai William jusqu'au portail. Il faisait nuit noire et le vent froid me faisait regretter de ne pas être sortie avec une couverture supplémentaire dans laquelle je me serais enroulée.

Bien sûr, ces considérations de frileuse invétérée disparurent de mon esprit lorsque celui-ci fut totalement concentré sur la sensation de ses lèvres pressées contre les miennes. William me serrait étroitement contre lui et je goûtais avec un bonheur absolu les caresses de ses mains, sagement situées dans mon dos d'abord, puis déroutées plus au sud dans une volonté évidente de marquer un territoire pourtant déjà conquis.

- Demain soir, je t'emmène dîner au *Filet Mignon*. (Mon cœur et mon estomac s'emballèrent tous les deux à cette idée) J'ai apprécié cette rencontre avec ton amie, mais là, tu ne seras *qu'à moi*.

La façon dont ses pupilles luisirent quand il prononça ces derniers mots fit qu'un autre endroit de mon anatomie s'emballa, mais celui-ci, je ne le mentionnerai pas (ce récit est déjà suffisamment choquant comme ça pour des esprits pudibonds, inutile de leur donner des boutons, les pauvres).

- J'ai hâte d'être à demain, alors. Veille bien sur Henri.

Il sourit, me donna un baiser sur le front, puis rejoignit sa voiture. En d'autres circonstances, je serais bien restée pour observer son départ, comme le font les amoureuses dans les romances, mais il faisait vraiment trop froid pour prendre le risque de me transformer en glaçon. Et puis, j'allais le revoir le lendemain.

À condition qu'il ne se fasse pas tuer en voulant protéger son rédacteur en chef ou la ville en général... glissa une petite voix dans ma tête.

J'allais la chasser lorsque je me souvins de quelque chose que j'avais occulté depuis quelques jours :

- Marianne ? appelai-je depuis l'entrée.

- Oui, je veux bien que tu ouvres le paquet de pop-corn que tu gardes jalousement dans ton placard !

Je levai les yeux au ciel.

- Ce n'est pas ça que j'allais te demander ! râlai-je en allant tout de même chercher son dû.

En vérité, je savais qu'elle adorait les pop-corn et c'était pour elle que je les avais achetés. Je ne lui avais rien dit, car rien ne lui plaisait tant que de fouiller dans ma cuisine en quête de nourriture à picorer. J'avais évidemment caché mes lassos à la fraise et mes pâtes à mâcher au caramel dans un endroit du salon où elle ne les trouverait jamais.

Je pris donc le paquet que je vidai dans un saladier et revins dans la salle, où je reconnus le générique d'*Elementary*, la série préférée de mon amie.

- Voilà ton pop-corn, chanceuse qui ne grossit jamais !

- Merchi ! dit-elle alors qu'un fil rouge dépassait de sa bouche, déjà en pleine opération mastication.

Furieuse, je lui arrachai ma boîte de bonbons des mains et lui fourrai le saladier dans les bras.

- Ne touche pas à mes bonbons si tu veux vivre.

Elle haussa les épaules et plongea la main dans son bien.

- C'était quoi ta question ?

- Mmgnngn mmmnggngnng mmmkmshh Rogngg mnnnl mmh ?

- Non, désolée, je n'ai rien compris, répète.

J'avalai les deux cubes de pâte à mâcher au caramel qui s'étaient collés sur mes dents, m'empêchant de parler correctement.

- Je te disais, as-tu enfin des nouvelles de ton ami chercheur à la fac de Rouen pour le bout de métal que je t'ai donné à analyser ?

- Oh, ça ! Oui, j'ai complètement oublié de te le dire. Il m'a envoyé un mail ce matin et il était plutôt curieux : il disait que le morceau de métal était un alliage principalement composé d'AL 13.

Je levai les yeux au ciel. Nos collègues de maths-physiques se plaisaient, au lycée, à nommer les produits chimiques selon leur symbole et leur numéro atomique. Je ne m'en étais jamais préoccupée parce que, jusqu'ici, il n'y avait que les élèves que ça rendait chèvre, mais là…

- Désolée mais ça fait longtemps que j'ai oublié mon tableau périodique des éléments. Il va falloir que tu m'éclaires.

Vu la tête de Marianne, je venais de proférer une énormité à classer parmi les *Perles du Bac.*

- M'enfin, Adeline ! AL 13 ! Tu ne sais pas ce que c'est ?!

Je comprenais en cet instant les gens qui n'aimaient pas les profs à cause de leur propension à vouloir instruire tout le monde, même des gens ayant quitté les bancs de l'école depuis des années.

- Tu es vraiment une quiche dans tout ce qui touche aux maths ou à la physique, toi.

Je la foudroyai du regard, elle leva les mains en signe de paix.

- Pas de souci ! Je serais incapable de rappeler la règle du COD[47] ou du CDI si ma vie en dépendait !

- Du COI ! Complément d'objet indirect, pas contrat à durée indéterminée…

- Peu importe. En ce qui concerne ton bout de métal : en gros, c'est de l'aluminium.

Je haussai les sourcils, bouche bée.

- Hein ? C'est tout ? De l'alu ?

Mon cerveau se mit à tourner à plein régime. Comment William avait-il pu être empoisonné par un métal aussi commun ? Il se serait rendu compte de sa nocivité depuis le temps ! Il y en avait partout, ne serait-ce que dans une cuisine pour envelopper les aliments !

Marianne dut voir ma perplexité car elle secoua la tête et saisit ma main dans la sienne.

- C'est un alliage, Adeline. Ça veut dire qu'il n'y a pas seulement de l'aluminium dedans.

J'ouvris la bouche pour lui demander ce qu'il y avait d'autre dans cet alliage, mais elle m'interrompit à dessein :

- Tu es une vraie quiche en chimie, mais je vais quand même t'envoyer le mail de mon ami rouennais. (J'acquiesçai en hochant la tête) Bon, je t'explique : c'est un alliage peu répandu d'après lui, du genre de ceux qu'on utilise surtout pour la conception de caissons destinés au transport de produits dangereux.

- Dangereux ?

---

[47] Complément d'objet direct.

- Bah ouais, genre toxique ou explosif.

- Toxique… explosif… répétai-je, sentant la peur se répandre dans mes veines.

Quel était le projet de Théodore Vincel nécessitant ce genre de matières à risque ? Tout cela était très inquiétant, et je comptais bien aborder le sujet avec William le lendemain.

- Tu as l'air pensif. Tu sais quelque chose sur ces traces d'AL 13 et de sang ?

Toute à mes réflexions, j'allais répondre par la négative lorsque la fin de sa question se répercuta en une sorte d'écho dans mon esprit.

- Tu as dit « sang » ?

- Oui, tu penses bien que ce n'est pas l'alliage en aluminium qui a retenu son attention. Il a relevé du sang sur l'arête du morceau de métal et d'après lui, ce sang n'est vraiment pas normal.

Une brique d'une tonne tomba dans mon estomac et s'alourdit avec ce qui suivit :

- Il se demande quel est le lien entre les deux et d'où ils peuvent provenir.

Une sirène se déclencha aussitôt dans ma tête, hurlant à la nécessité de stopper là les investigations de l'ami de Marianne.

- Est-ce que tu revois bientôt ton ami ? dis-je en tentant de maîtriser mon stress.

- Pas spécialement. Pourquoi ?

- En fait, j'aimerais récupérer ce morceau de métal.

- Pourquoi ? Et pourquoi avais-tu besoin de le faire analyser, Adeline ? J'espère que tu ne mijotes rien de stupide !

- Comme si c'était mon genre ! rétorquai-je en me forçant à apparaître plus assurée que je ne l'étais. J'en ai besoin pour… Mr Danceny, le marchand de journaux près de chez moi. Il a été cambriolé voilà quelques semaines et comme il savait que nous avions un labo de physique, il s'est dit qu'on pourrait trouver quelque chose sur ce bout de ferraille, bien plus vite que la police en tout cas.

Marianne leva les yeux au ciel. J'avais fait mouche en utilisant l'argument de la police. Elle respectait cette profession, mais détestait les cow-boys de Théodore Vincel, motivés pour *ne pas* protéger leurs concitoyens. Pour sûr, la plupart du temps, les habitants de Fort-Bénédicte préféraient régler leurs différends sans en passer par l'aide du commissariat, tant celui-ci, malgré quelques rares exceptions, était rempli de ripoux à la solde du maire. Alors il était facile de comprendre pourquoi Mr Danceny avait préféré passer par une voie secondaire pour faire avancer l'enquête sur son cambriolage (qui n'aboutirait jamais, au demeurant).

- Avec Jason, on avait prévu de nous balader dans le vieux Rouen ce week-end. Si tu veux, je peux appeler Franck et te ramener ton métal-mystère lundi.

Je soupirai de soulagement mentalement.

- Merci, ça me convient.

Il était temps de changer de sujet.

- Alors, tu te fais un week-end romantique avec Jason ? Il faudrait que tu me le présentes, officiellement je veux dire. Ainsi, je pourrais jouer les mères castratrices avec lui comme toi tu t'amuses à l'être avec mes prétendants depuis qu'on se connaît.

Elle ricana.

- Tu ne serais pas crédible, tu es trop gentille.

Je croisai les bras, énervée.

- Gentille, moi ? C'est sûr que comparée à toi j'ai l'air d'être mère Térésa, cependant, je ne suis pas une bonne poire qui dit amen à tout.

Manquerait plus que ça ! pensai-je.

- Je n'ai pas dit que tu étais une bonne poire, juste que tu n'étais pas douée pour jouer les cerbères de prison. La preuve, tes élèves t'adorent, même quand tu leur hurles dessus.

- Ça, c'est juste parce que je suis une enseignante exceptionnelle.

- Ou qui a juste un melon exceptionnel, rétorqua-t-elle.

- Humpf ! Si je veux, je peux faire peur à Jason en le menaçant de s'en prendre à sa virilité !

Elle éclata de rire.

- C'est ça, et tout de suite après, tu t'excuseras auprès de lui d'avoir si inconséquemment manqué aux bonnes manières. Je ne t'ai jamais entendu employer le mot « couilles », alors je ne vois pas comment tu vas le menacer de les lui arracher.

- Couilles ! Han, tu vois !

Elle se leva et tapota le haut de mon crâne, comme on fait pour une enfant capricieuse. Summum de l'humiliation.

- Je te laisse, je rentre. Je suis crevée et je dois me préparer psychologiquement à être réveillée trois fois cette nuit par cette bande de tarés qui font des courses de rue à côté de chez moi.

L'énervement d'avoir été si peu considérée en tant que menace ultime pour un futur gendre céda la place à la compassion. Marianne vivait dans un quartier bien moins calme que le mien.

- Encore ? Je croyais qu'ils étaient partis plus loin.

- Plus loin ils sont tombés sur le gang des Bricks, après ça ils ont dû se dire qu'il y avait moins de risque à faire du bruit par chez nous. Les Bricks ont leur réputation…

Je lus de la peine sur son visage, je pressai sa main dans la mienne.

- Rappelle-toi que Noah avait fait son choix. Tu as fait tout ce que tu pouvais pour l'éloigner des Bricks, tu n'as rien à te reprocher.

- Si seulement ce petit con avait bien voulu m'écouter au lieu de se laisser embrigader par ces types ! Il ne se serait pas bêtement fait tuer en voulant voler le contenu d'un des conteneurs du port ! Tout le monde sait que c'est l'endroit le plus surveillé de la ville depuis des années ! On ne peut même plus y mettre un pied !

Les larmes de Marianne s'écoulaient en des torrents aussi furieux que sa voix.

- Rappelle-toi que tu as fait tout ce que tu as pu. Et aujourd'hui, tu peux empêcher d'autres jeunes de tomber dans la délinquance en leur montrant qu'ils valent mieux que ce que Vincel et ses sbires leur laissent espérer.

Elle haussa les épaules.

- Parfois je me dis que tout ça est vain.

- Ce n'est pas une raison pour abandonner.

Elle attrapa son manteau, puis son sac à main, et soupira :

- Tu as raison. Lui résister, c'est déjà beaucoup. Espérons que le Justicier finira par le faire tomber, lui et sa bande. Bonne nuit, Adeline.

- Bonne nuit, Marianne. Mes amitiés à Jason.

- Il espère que les courbatures de tes nuits de folie ne t'empêcheront pas de continuer à te déhancher à son cours de Zumba mercredi.

Je m'esclaffai.

- Aucun risque.

Elle ouvrit la porte et descendit l'allée en direction du portail. L'air froid s'engouffrait dans mon entrée et mes vêtements, me faisant claquer des dents et je fis un dernier signe de main à mon amie avant qu'elle ne disparaisse de ma vue. De nouveau à l'intérieur et au chaud, je rangeai les restes de notre apéro dînatoire et montai à l'étage pour enfiler ma chemise de nuit et ma robe de chambre.

J'emportai également mon ordinateur portable pour surfer sur le web, confortablement installée sur mon lit. J'avais reçu le mail du scientifique rouennais que Marianne m'avait transféré en rentrant chez elle, ce qui allait me faciliter les choses. J'entrepris donc de mener des recherches sur le transport de produits dangereux et les matériaux requis pour leur confinement dans des caissons étudiés pour parer à toute éventualité.

Je cherchai, donc.

Malheureusement, que fait une quiche en physique lorsqu'elle mène des recherches poussées sur un domaine qu'elle ne maîtrise pas du tout ?

Elle s'endort sur son clavier.

*****

En m'éveillant, au petit matin, je compris que je m'étais assoupie en plein travail. Sinon je n'aurais pas porté ma robe de chambre et je…

Pourquoi cette couverture est-elle sur mes jambes ?

Je ne me rappelais pas avoir eu froid - chose peu probable de toute façon puisque ma chaudière était réglée pour que la température dans la maison ne descende pas en dessous des 20 °C – et je ne me rappelais pas avoir sorti cette protection laineuse, jusqu'ici entreposée en haut de mon dressing.

J'allais tirer dessus lorsque mes sens du toucher et de l'ouïe m'avertirent d'une présence étrangère dans mon dos. Je réagis au quart de tour :

- Hiiiiiiiiiiiiiiiiiiiiiiiiiiiiii !!!!!!!

D'abord le cri de terreur.

- Argh ! Aïïïeeeeeuuuh !

Ensuite le cri de douleur.

- Arriiiiiiiiii !

Et enfin le cri… en fait, celui-là était indéfinissable.

Il me semble qu'il serait opportun, après cette avalanche d'onomatopées, d'expliquer la nature de cette présence étrangère. Quoique… les lecteurs de cette histoire doivent certainement être plus intelligents que je ne le fus en cet instant et ont probablement d'ores-et-déjà compris que William était à l'origine de mon dérapage cardiaque.

Mais enfin… imaginez que vous vous endormez seule dans une maison vide et que vous vous réveillez avec un type qui vous ronfle dans les oreilles et dont l'une des mains s'est égarée sur votre fessier. Vous feriez quoi ?

- Oh mon Dieu, Adeline ! Laisse-moi t'aider à te relever ! s'exclama mon intrus qui s'empressa d'abord d'écarter l'épée qu'il pointait sur ma gorge et sur laquelle je louchais, paralysée d'angoisse.

- Tu as failli m'embrocher, crétin ! m'écriai-je, hors de moi, en le repoussant et en me relevant seule malgré la douleur qui irradiait de mon crâne à mon postérieur, due à la chute que m'avait valu ma panique (je m'étais cognée contre le coin de ma table de chevet).

- Tu as crié, j'ai cru à une attaque. C'était instinctif.

- Bien sûr que j'ai crié ! Je me réveille alors qu'un type ronfle en même temps qu'il me pelote sur mon lit !

Je ne sais ce qui m'énerva le plus : voir William éclater de rire ou tenter de se refreiner en se mordant la joue sans succès, se donnant un air complètement idiot.

- Laisse tomber ! maugréai-je en me dirigeant vers la salle de bain.

William m'y suivit. Je vis mon reflet dans le miroir, et bon sang, j'étais affreuse ! Mes cheveux avaient l'air d'avoir servi de nid à une famille de corbeaux, mes yeux étaient encore rouges d'avoir trop regardé l'écran de mon ordinateur et j'avais le teint de quelqu'un atteint de gastro-entérite. Mon humeur passa à un stade critique, d'autant plus lorsqu'en voulant ramasser ma serviette de bain tombée par terre, mon coude cogna contre le rebord du lavabo, tapant en plein sur l'extrémité saillante de l'humérus répondant au doux nom d'épicondyle qui fait bien mal quand elle est sollicitée de cette façon (que celui qui n'a jamais un jour maudit son coude après un choc lève la main s'il l'ose…).

- Allons, Adeline, ce n'est pas si grave.

Ok. Mieux valait que je me taise ou j'allais lui faire sa fête.

- Grumpf.

- Si ton argument se résume à ça, c'est que tu es d'accord avec moi.

Caaaalme… plaaaage… cocotiers…

- Tourne-toi.

- Quoi ?

- Je vais enlever ma chemise de nuit, donc tourne-toi.

Il haussa les sourcils.

- C'est ridicule, je t'ai déjà vue toute nue ! Et nous n'avons pas fini de nous expliquer.

- Tu m'énerves ! Tu sais quoi ? Sors de cette salle de bain ! Si tu veux qu'on parle, laisse-moi me réveiller tranquillement grâce à une bonne douche. J'ai failli mourir de peur parce qu'un type en combinaison de cuir et en cape, armé d'une épée magique, a oublié de signaler sa présence. Tu peux comprendre que je sois légèrement de mauvaise humeur, non ?!

Il soupira.

- Tu as raison, j'ai été maladroit. Je t'attends en bas.

- C'est ça, dis-je en lui claquant la porte au nez.

J'inspirai un grand coup. Cette relation m'était importante, toutefois, comme nous nous connaissions à peine, des ajustements seraient nécessaires pour que celle-ci évolue dans le bon sens : éviter de me surprendre au réveil en était un bon exemple. Bon Dieu ! Mon cœur battait encore beaucoup trop vite et les tremblements dans mes jambes depuis que William m'avait menacée avec son épée ne voulaient pas cesser.

Je me déshabillai et entrai dans la douche. L'onde chaude me fit beaucoup de bien et acheva de faire partir les dernières brumes de sommeil qui entouraient mon esprit. Je me détendis et pus repenser à ce qui s'était produit avec plus de sérénité. William n'avait pas voulu me faire peur en venant dans mon lit. Hormis son masque et ses bottes, il portait encore sa tenue de Justicier, ce qui tendait à prouver qu'il m'avait rejoint aussitôt après ses activités, sans passer par chez lui, et qu'il avait été trop fatigué pour se dévêtir. Je me fis également la réflexion qu'il ne se serait jamais laissé aller à tant de légèreté s'il n'avait eu une entière confiance en moi, et que s'il me tenait si étroitement serrée contre lui, c'était peut-être parce qu'une mauvaise nuit lui en avait fait ressentir le besoin.

Je déglutis. La culpabilité m'envahit.

J'achevai de me laver et me sécher le corps et les cheveux, me dépêchai de m'habiller, puis dévalai les escaliers.

- William, je m'excuse pour…

- Adeline, je m'excuse pour…

Nous nous étions exprimés et tus en même temps. J'observai mon compagnon : il portait un jean et une chemise blanche et il sentait l'after-shave ; il s'était téléporté dans son loft pendant que je me lavais, donc.

Ah. Il y avait deux croissants et deux verres de jus d'orange sur la table et une odeur de café embaumait la cuisine. Il ne s'était donc pas contenté de se laver.

- Tu as été chercher le petit-déjeuner ?

- J'ai failli t'embrocher, comme le crétin que je suis, c'est la moindre des choses.

Je me mordis la lèvre.

- J'ai été dure avec toi. Désolée. Je ne suis jamais de très bonne composition le matin, du moins pas tant que je n'ai pas pris ma douche.

Il m'offrit un sourire contrit.

- Tu n'as pas à t'excuser. J'étais tellement fatigué hier que je ne me suis aperçu que je n'étais pas dans ma chambre qu'une fois mes bottes enlevées ; j'avais pourtant pensé à la maison quand je me suis téléporté…

Que devais-je comprendre à ça ? Que William se sentait si peu chez lui dans son loft qu'en pensant à sa « maison », l'épée l'avait immédiatement conduit ici, jusqu'à moi ? La perplexité sur le visage de mon amant alors qu'il me regardait m'indiquait que l'idée lui était également passé par la tête. Il la secoua.

- Tu dormais en prenant ton ordinateur portable pour un oreiller, et tes pieds étaient gelés. Je n'ai pas résisté à la tentation, alors je me suis allongé près de toi, sous ta couverture. Je ne pensais pas que j'allais sombrer dans un si profond sommeil. Quand tu as crié, je ne savais plus où j'étais et j'ai réagi à l'instinct. J'ai commis une erreur.

- C'est vrai.

Je croisai les bras sur ma poitrine, il baissa le regard.

- La prochaine fois que tu me fais ce genre de surprise, il serait souhaitable que tu ranges d'abord tes vêtements de Justicier dans un endroit sûr. Nanette cachait régulièrement des choses dans le double-fond de son armoire, elle n'a jamais eu confiance dans les banques de Fort-Bénédicte. Tu pourrais les y mettre. Quant à ton épée… on pourrait improviser une cache dans ma chambre pour qu'elle ne soit jamais loin de toi.

Son visage s'éclaira, puis sans que je m'y attende, il m'écrasa contre lui pour m'embrasser sauvagement.

Toute tourneboulée par l'expérience, il me fallut bien quelques secondes pour lui demander ensuite, alors qu'il éteignait la cafetière, pourquoi il ricanait bêtement.

- Je repensais à tout à l'heure avec l'épée. Je t'imagine en poulette à la broche.

Je levai les yeux au ciel. Apparemment, j'avais dégoté un Justicier avec un sens de l'humour à la noix.

- Je comprends pourquoi les créateurs de BD n'ont jamais développé sur le quotidien des héros avec leurs dulcinées, ça aurait cassé le mythe.

- C'est dommage, on aurait pu savoir que Peter Parker[48] se met les doigts dans le nez devant la télé, ou que Wonder Woman a mauvaise haleine le matin.

- Quelle vision glamour tu m'offres juste avant mon petit-déjeuner, dis-je en m'attablant.

Il rigolait en versant notre café dans nos tasses.

- Mon glamour à moi ne se vendrait pas bien à Hollywood.

- Tu m'étonnes.

Il s'assit. Je mordis dans mon croissant et savourai chaque bouchée, depuis le croquant extérieur jusqu'au moelleux intérieur et son léger goût de beurre. J'adorais les viennoiseries, surtout lorsqu'elles étaient toutes fraîches, sorties du four du boulanger, cependant j'évitais de trop en abuser pour garder un tour de taille acceptable à défaut d'être parfait.

Une gorgée de café plus tard et j'étais parfaitement réveillée, prête à affronter la discussion compliquée qui s'annonçait.

- Tu veux me parler de cette nuit ? demandai-je alors qu'il reposait son verre de jus d'orange vide sur la table. À voir ta fatigue, la surveillance du domicile de ton patron n'a pas été de tout repos.

Je connaissais l'identité secrète de William Fersen, mais rien ne me garantissait qu'il veuille bien aller au-delà de cette révélation en partageant avec moi le déroulement de chacune de ses missions.

Il but une gorgée de café avant de me répondre, la mine sombre :

- Je suis resté jusqu'à 3h du matin environ. Ensuite, j'ai fait une ronde dans les quartiers environnants et j'ai dû empêcher deux policiers de violer une femme qu'ils contrôlaient.

---

[48] Spiderman.

Je ne dis rien à ce sujet car il n'y avait rien à dire. Les policiers de Fort-Bénédicte étaient acquis à la cause Vincel, lequel arrosait de pots-de-vin les plus grandes brutes, qui se chargeaient ensuite de mettre au placard ceux à qui il restait encore une conscience. Il y avait un dicton qui courait chez nous : « Délinquant plutôt que policier, car le premier ne te livrera pas toujours au Comité ». La jeune femme que William avait sauvée avait eu beaucoup de chance.

- J'espère que tu leur as donné une bonne leçon.

- Est-ce que quatre rotules brisées entrent dans ta conception d'une bonne leçon ? Je hais les violeurs.

Je réfléchis : je n'étais pas quelqu'un de violent, mais les sbires de Vincel faisaient trop de dégâts, d'autant qu'il fallait dissuader d'autres de ces barbares de suivre leur exemple.

- Ils vivront, mais ne pourront plus être policiers. C'est parfait.

- Ce n'est pas la première fois que Henri reçoit des menaces de mort, mais la dernière en date était accompagnée de photos de lui prises à différents moments de la semaine passée.

- Quelqu'un l'a épié. Tu crois que c'est juste pour lui faire peur ?

- Henri n'a jamais cédé devant la pression, même venant du maire. Beaucoup l'admirent pour ça, moi le premier. Il est la tête pensante du *Fort-Béné*, et j'ai peur que Vincel finisse par décider de le supprimer pour éliminer l'opposition que le journal représente.

- Mais les habitants de Fort-Bénédicte tiennent à ce journal et Vincel le sait, c'est pour ça qu'il n'a pas pu le supprimer jusqu'ici. Ni lui, ni ses journalistes.

- Oui, mais sa mainmise sur la ville est de plus en plus écrasante, bientôt j'ai peur que la population soit trop craintive pour continuer à nous protéger. Même mes collègues sont à bout parce que l'engagement ne suffit pas toujours à payer les factures et qu'en tant que journaliste du *Fort-Béné*, nous savons que nous n'avons pas le droit à l'erreur, sinon, nous le paierons à prix fort ; Vincel y veillera.

- Il guette le moindre faux pas.

- Exact. Henri est celui qui maintient la cohésion dans le groupe, et j'ai peur que, lui disparu, son œuvre s'effondre.

- Et toi là-dedans ?

- Je dois redoubler d'ardeur pour faire tomber le Comité avant que ça n'arrive. Le problème c'est que ses ramifications sont tellement étendues et complexes que chaque fois que je contrecarre ses plans, d'autres sont mis en œuvre, facilités par le fait que sa tête pensante est le maire d'une ville mise à disposition de la grande criminalité.

- On en revient donc au même homme : Théodore Vincel. Or, tant qu'il apparaîtra comme un chevalier blanc auprès de notre gouvernement incompétent, il sera intouchable.

- L'idéal serait de le démasquer publiquement, sans qu'aucune parade ne puisse l'innocenter. Mais l'homme est prudent et n'est jamais directement impliqué dans ses trafics, d'où la difficulté de rassembler des preuves contre lui.

- Les sous-fifres que tu appréhendes ne collaborent-ils pas ensuite avec la police en échange d'une liberté provisoire ?

William secoua négativement la tête.

- J'ai trouvé en la personne du commissaire Jovert, de la PJ de Rouen, un allié inestimable. Il a passé toute son enfance à Fort-Bénédicte et sait ce qu'il s'y passe. Nous nous sommes rencontrés par hasard alors qu'il venait en visite chez une tante et alors qu'il aurait dû tenter de m'appréhender, tel qu'il est ordonné dans toutes les circulaires ministérielles qui me déclarent comme un criminel, il s'est proposé de m'aider. Chaque fois que je lui ramène l'un des pantins de Vincel, il s'arrange pour monter un dossier béton auprès du procureur qui se charge ensuite de les faire enfermer.

- Le procureur est-il au courant de votre association ?

- Il n'est pas stupide, mais se garde bien de poser des questions.

- Vincel a-t-il déjà tenté quelque chose contre le commissaire Jovert ? Après tout, il n'est pas dans ses habitudes de laisser quelqu'un lui mettre des bâtons dans les roues.

L'expression de William s'assombrit.

- Jovert connaissait ton père.

Ce fut à mon tour de m'assombrir. Je n'aimais pas aborder ce sujet.

- Et ?

- À une certaine époque il l'avait mis en garde contre Théodore Vincel, mais il n'a pas cherché plus loin. Il se sent un peu responsable de ce qui s'est passé et peu lui importent les pressions de notre maire, il veut contribuer à sa chute. Par ailleurs, c'est un trop bon élément pour qu'on se passe de ses services à Rouen alors il considère qu'il ne craint pas grand-chose.

- Est-ce qu'il... sait ?

- Non. C'est mieux ainsi, pour sa sécurité.

Un éclat étrange brilla dans ses yeux lorsqu'il me regarda et je compris : moi, je savais, et pour cette raison, ma sécurité était compromise. Il avait fait ce choix et l'avenir nous en révélerait les conséquences.

- Es-tu toujours motivée pour notre dîner de ce soir ?

Avait-il encore peur de m'avoir refroidie avec ses confidences ? Mieux valait être claire :

- Tu crois que je suis du genre à dire « non » à un repas gratuit au *Filet mignon* ?

William pouffa.

- Je pourrais te demander de payer ta part... après avoir mangé ton foie gras comme ce Benjamin.

Je ris également.

- Tu n'as plutôt pas intérêt.

Je redevins sérieuse, me rappelant subitement la raison pour laquelle je m'étais endormie avec mon ordinateur portable.

- J'allais oublier, Marianne a pu me dire ce qu'était ce métal auquel tu es allergique. (Mon amant focalisa son attention sur moi) C'est un alliage spécifique d'aluminium qui ne court pas les rues parce qu'il est essentiellement utilisé pour des caissons de transport de matières dangereuses. Et au fait, comment t'es-tu blessé ?

L'air pensif, William répondit :

- Ils ont dû piéger ces caissons et les faire exploser pour protéger leur contenu quand je me suis approché de trop près de l'endroit où les œuvres d'art récoltées par Florent Vincel pour son exposition étaient entreposées. La première fois, j'ai été pris par surprise et ça aurait pu mal tourner si tu n'avais pas été là pour me soigner. La seconde, j'ai eu beau faire attention, la caisse a explosé pareillement et un petit éclat m'a transpercé l'épaule, heureusement sans gravité. Je pense que ces caisses métalliques sont extrêmement précieuses pour qu'on y intègre un dispositif d'autodestruction à détecteur de mouvement.

- Tu crois que Vincel trame quelque chose d'énorme ?

William mordit dans son croissant, puis :

- J'ai un mauvais pressentiment. Je dois absolument savoir ce qu'il y a dans ces caisses, mais depuis la dernière fois, Vincel a dû prendre de nouvelles précautions pour que je ne les trouve pas.

- Je peux faire quelque chose ?

Il prit ma main et y déposa un baiser.

- Tu es suffisamment mêlée à ma double-vie sans qu'en plus je ne t'expose volontairement au danger.

Joueuse, je décidai de le taquiner :

- Je pourrais dîner à nouveau avec Florent Vincel…

Sa main se crispa sur la mienne, ses pupilles devinrent des fleuves d'or liquide.

- Florent Vincel te désire bien plus que tu ne le crois, Adeline, et ce que Vincel veut, Vincel fait tout pour l'obtenir. Il est hors de question que je te laisse à lui, ne serait-ce que pour dîner.

- On dirait que tu es jaloux.

- Je suis jaloux *et* prudent. Florent Vincel n'est peut-être pas aussi abject que son père, mais je ne lui ferai jamais confiance. Surtout en ce qui te concerne.

- Tu exagères, j'ai été claire avec lui et il a accepté la situation.

- Peut-être. Mais n'oublie pas de qui il est le fils.

La tournure que prenait la conversation commençait à me mettre mal à l'aise.

- Changeons de sujet, si tu veux bien. Que fait-on après le *Filet mignon* ?

Il n'était pas dupe, je m'en doutais. Mon changement de cap n'avait d'autre but que de détourner l'attention de ce personnage complexe qu'était Florent Vincel. Toutefois, William ne chercha pas à repartir sur le sujet. Il but plutôt une nouvelle gorgée de café, sourit, puis se volatilisa pour réapparaître dans mon dos, et ensuite nous emmener en un clignement d'œil dans ma chambre où il s'employa à me donner un aperçu de ce que serait notre soirée dès que nous serions sortis du restaurant.

*****

Ce fut l'une des plus belles nuits de ma vie. Outre notre amusement à chacun de revenir sur les lieux de notre rencontre en constatant que le gérant du *Filet mignon* et sa serveuse maladroite ne nous avaient pas oubliés et étaient ravis de nous retrouver tous les deux, nous avions passé un moment inoubliable de complicité partagée autour d'un repas absolument fabuleux. Désireux de se faire pardonner notre arrosage au cocktail de la dernière fois, le personnel s'était fait un devoir de nous servir les petits plats dans les grands, et en ressortant du restaurant, j'avais l'impression que mes papilles et mon estomac ne se relèveraient jamais d'un tel excès d'une si bonne nourriture.

Je rêvais depuis longtemps de vivre ce genre de bonheur simple, à savoir de goûter autant la compagnie d'un homme que j'aimerais que la gastronomie d'un établissement que j'affectionnais pour la chaleur de son accueil. Je n'avais pourtant pas imaginé que cela puisse être aussi vivifiant et stimulant. Nos discussions avec William variaient d'un sujet à un autre et si nous n'étions pas toujours d'accord sur tout, je trouvais nos échanges absolument passionnants sur le plan intellectuel, au point de ne pas voir le temps passer à ses côtés. J'avais des étoiles plein les yeux lorsqu'il me raccompagna chez moi, et après qu'il se fut chargé de m'y envoyer purement et simplement, dans la chambre à coucher, je ne pus que jeter aux orties les dernières craintes qui me restaient du fait d'avoir effectué si vite le grand plongeon vers le grand amour, entendu qu'une chance comme celle-là ne pouvait être refusée.

C'est ainsi que j'intégrai véritablement le quotidien de mon super-héros et qu'il s'intégra au mien. Il nous fallut prendre nos marques au début, comme un couple normal dans le sens où nous apprîmes à nous découvrir tous deux pour connaître les défauts et les qualités de chacun, et comme un couple anormal puisqu'il fallut que je m'accommode de ses sorties nocturnes pour protéger la ville de son ennemi intérieur. Eh oui ! Être la petite amie du Justicier n'était pas ce qu'on pouvait appeler une situation sentimentale simple… si tant est qu'il ait un jour existé des situations sentimentales simples dans ce bas-monde !

Nous nous retrouvions le plus souvent chez moi après son travail parce qu'il préférait ma maison à son loft sans âme. Son métier de journaliste faisait qu'il n'avait pas d'horaires fixes, mais nous arrivions toujours à nous voir régulièrement et nous passions simplement du temps à savourer la présence de l'autre.

William continuait à enquêter sur ces étranges caisses dont le métal pouvait le blesser (d'où une prudence démultipliée pour éviter que ça ne se reproduise), et dont le contenu lui était toujours inconnu. Il avait beau se démener, il fallut bien qu'il accepte, arrivé à la veille de Noël, que ce mystère ne serait pas résolu dans l'immédiat, car les opérations avaient dû être soit stoppées, soit mises en stand-by en attendant que le Justicier trouve autre chose à se mettre sous la dent. Et ce n'étaient pas les motifs à intervention qui manquaient à Fort-Bénédicte ! Braquages, agressions, meurtres, trafic de drogue, la ville était soumise depuis quelque temps à une activité criminelle en dehors des taux habituels, un peu comme si tous les voyous, en transe à l'approche de Noël, avaient décidé de fêter l'événement à leur façon. William ne chômait donc pas, et je devais faire avec…

Avec ses absences chroniques, et avec les risques qu'il prenait à chaque sortie…

Je savais dans quoi je m'engageais quand j'avais décidé de vivre pleinement ma relation avec William, mais le stress permanent d'apprendre sa mort au journal télévisé était parfois difficile à gérer. Pourtant il le fallait. Pour lui… pour nous.

Puisque j'étais en vacances scolaires depuis peu, je m'occupais donc en préparant mes cours pour la rentrée de janvier, en faisant un peu de shopping avec Marianne, et en cuisinant des biscuits sablés en forme de sapin que je donnais ensuite à une association aidant les SDF, lesquels appréciaient de savoir que, contrairement aux autorités municipales qui les ignoraient royalement, certaines personnes n'avaient pas oublié qu'ils étaient des êtres humains sensibles aux joies des fêtes de fin d'année.

Le matin du 24 décembre, j'avais un programme bien établi en tête. Vu que William devait travailler sur un article concernant l'utilisation des fonds destinés à la mise en place de la crèche annuelle tant aimée par tous les enfants de la ville pour payer les repas du maire au *Fouquet's* lors d'une récente visite à Paris, j'avais prévu de mitonner un repas de Noël pour Marianne et moi. Nous n'avions aucune famille ni l'une ni l'autre, tout du moins, dans le cas de Marianne, pas de famille digne de ce nom, donc depuis six ans, nous passions les fêtes ensemble. En général, nous finissions toujours toutes les deux avec un peu trop de champagne dans le nez, par conséquent je lui laissais toujours mon ancienne chambre pour qu'elle cuve le trop-plein et réfléchisse, comme je le faisais de mon côté, aux bonne résolutions qu'elle ne tiendrait jamais.

Je sortais juste de la douche quand j'entendis la sonnerie de mon téléphone fixe. Je dévalai l'escalier pour saisir le combiné :

- Allô ?

Je pestai mentalement contre ma serviette de bain que je n'avais pas bien enroulée autour de moi et qui tomba mollement à mes pieds, me laissant toute nue et gelée dans mon salon.

- Adeline, c'est Marianne.

Toute excitée à l'idée de la soirée à venir, je me lançai dans l'exposition de mon programme en occultant la voix dans ma tête qui me soufflait que celle de mon amie n'avait pas son timbre habituel.

- Salut, j'espère que tu t'es préparée psychologiquement pour ce soir. J'ai loué *Love Actually* [49] et *Le père Noël est une ordure* ! Rien à voir, mais on va bien rigoler. *Amazon* m'a livré également le dernier *Just Dance*[50], j'espère que tu as aussi travaillé ton jeu de

---

[49] Comédie romantique avec Keira Knightley qui se passe pendant les fêtes de Noël.
[50] Jeu vidéo où l'on danse devant la TV.

jambes pour éliminer les bouchées aux escargots que je nous ai concoctées. Je pensais faire des macarons fourrés à la crème de pistache et…

- Adeline…

Cette fois-ci, je tiquai.

- Marianne, quelque chose ne va pas ? Tu as une voix bizarre.

- Tout va bien, c'est que…

Marianne était capable de vous atomiser verbalement en deux secondes si l'envie lui en prenait, par conséquent, si elle bafouillait, c'était qu'il y avait effectivement un problème.

- Marianne, ne tourne pas autour du pot, tu m'inquiètes plutôt qu'autre chose.

Je l'entendis soupirer.

- C'est par rapport à ce soir. Je… je ne vais pas pouvoir venir.

Je mis quelques instants à encaisser le choc. Nous étions chacune le pilier de l'autre, surtout en cette période difficile où l'on se retrouvait normalement avec les membres chéris de sa famille, chose dont nous étions privées toutes deux grâce à Théodore Vincel. Depuis six ans que nous nous connaissions, jamais nous n'avions passé les fêtes isolées dans notre coin. Nanette, de son vivant, était toujours aux anges lors du réveillon parce que, selon elle, c'était un des jours où elle riait tellement avec nous qu'elle en aurait presque acheté des couches pour personnes âgées… parce que c'était un moment spécial où nous étions heureuses d'être ensemble… parce que nous riions comme si le maire n'avait jamais tenté de détruire nos vies. Nous avions promis après sa mort que, quoi qu'il arrive, nous ne romprions jamais ce qui était devenu une tradition. Pourquoi trahir cet engagement ?

- Pourquoi ? articulai-je d'une voix blanche.

Marianne semblait de son côté totalement désespérée quand elle me répondit :

- Le père de Jason a fait un AVC cette nuit. Il est à l'hôpital de Rennes, où il habite. Jason a une phobie de tout ce qui se rapproche d'une structure hospitalière alors il m'a demandé si je pouvais l'accompagner.

Que vouliez-vous répondre à ça ?!

- Oh ! Je suis tellement désolée pour eux. Bien sûr que tu dois l'accompagner !

- Tu es sûre ? me demanda-t-elle avec des trémolos dans la voix. On s'est pourtant promis de toujours passer les fêtes ensemble, je me fais l'impression d'être une traîtresse !

- Ne dis pas n'importe quoi ! Tu aimes Jason et il a besoin de toi pour passer une épreuve difficile. Tu lui adresseras tous mes souhaits de rétablissement pour son père.

- Tu es géniale, on te l'a déjà dit, ça ?

- Ta nouvelle résolution pour la nouvelle année sera de me le répéter tous les jours.

Elle éclata de rire.

- À condition que j'aie un accès illimité à ton badge pour la machine à café !

Ce fut à mon tour de rigoler.

- Tu peux courir !

- Merci, Adeline, dit-elle plus sérieusement.

- C'est normal, quand pars-tu ?

- Jason est déjà en train de charger ma valise dans le coffre. C'est la première fois que je vais rencontrer sa famille. Drôles de circonstances, pas vrai ?

- Ne t'en fais pas, ils t'aimeront.

- Pour le moment, je te dirais que c'est le cadet de mes soucis. Jason est dans un sale état, ça me retourne les tripes de le voir comme ça.

- C'est justement pour ça que tu dois partir avec lui. Tu seras son roc, et tu l'aideras à traverser tout ça.

- J'espère.

- J'ai confiance en toi. Sous ta carapace de dragonne, tu as un grand cœur, il le sait. C'est pour ça qu'il te veut près de lui.

Un reniflement se fit entendre dans le combiné. Je décidai de ne pas relever, Marianne détestait pleurer : ça lui rappelait l'époque où elle ne faisait que ça.

- Pars l'esprit tranquille, Marianne, et n'hésite pas à m'appeler en cas de besoin.

- C'est toi mon roc, tu le sais au moins ? me dit-elle.

Un léger sourire se dessina sur mes lèvres.

- Comme tu es le mien. Maintenant raccroche et va voir ton futur beau-père.

- Je t'appelle dès que je peux.

Elle raccrocha, non sans un dernier reniflement d'émotion.

En reposant le téléphone sur son socle, je ressentis deux choses : la première, une réelle compassion pour Jason et sa famille ; la seconde, la terrible déception de me retrouver sans personne avec qui partager le réveillon de Noël.

*****

Il me restait un gros paquet de copies de BEP blancs de français et d'histoire-géographie à corriger, alors après avoir rangé ma cuisine, qui ne serait pas sous le coup cette fois-ci d'un branle-bas de combat gastronomique, je m'installai sur la table de ma salle à manger et me mis au travail, ne faisant qu'une pause très rapide sur l'heure du midi pour un sandwich au jambon, et aux alentours de 16h pour envoyer un texto à William l'informant du tour quelque peu décevant qu'avait pris ma journée.

Il ne m'avait pas répondu, et à 18h j'achevai de recopier mes notes dans mon cahier, en vue de les remettre ensuite sur le portail *École directe*, servant de lien avec les familles qui souhaitaient suivre l'évolution de la scolarité de leur bambin.

Je me connectai ensuite au site en question et eus une agréable surprise :

- Saloperie !

Toutes les notes du premier semestre que j'avais rentrées en français pour ma classe de 1ère Logistique avaient disparu. Bon sang ! Je n'avais plus qu'à tout recommencer ! *Caaaalme… cocotiers… C'est Noël, ce n'est pas le moment de monter en pression.*

Je m'adossai à mon siège en expirant et en pensant au sketch de Danny Boon : « Je vais bien, tout va bien. Je suis gai, tout me plaît. » La positive attitude, il paraît qu'il n'y a rien de mieux pour chasser la tension.

Là, je sentais déjà que ça faisait effet.

- Bordel de rooooognnntudjuuuuuu, j'en ai plein le cul de cette m…

- Je vois que j'arrive au bon moment.

Je fis un tel bond sur ma chaise que je basculai sur le côté et atterris sur le sol carrelé dans un fracas épouvantable.

- Quand vas-tu cesser de tomber dans les pommes chaque fois que je t'éblouis par ma suprême beauté ?

William hurlait si bien de rire qu'il n'arrivait même pas à soulever mon coude pour m'aider à me relever. Il était effectivement si beau dans sa chemise bleue, son pantalon noir et son blazer bleu nuit, qu'il y avait vraiment de quoi se brûler la rétine, cependant son arrogance méritait une réponse appropriée :

- Quand tu arrêteras d'utiliser ta suprême bêtise pour te passer de sonner à la porte !

- Hahaha ! Tu es si drôle malgré toi ! Il faut bien que j'en profite !

L'œillade noire que je lui adressai le motiva à stopper son hilarité.

- Un jour quelqu'un va se rendre compte que tu sors de chez moi sans y être jamais entré normalement.

Il se contenta de me mettre sous le nez le jeu de clés que je lui avais donné trois jours auparavant.

- Tu ne t'es pas téléporté ? demandai-je, incrédule.

- Je me suis garé devant chez toi et j'ai salué ton voisin qui sortait ses poubelles. Il m'a même souhaité un joyeux Noël.

- Je vois, je n'ai plus qu'à consulter un ORL, je ne t'ai pas entendu entrer.

- Tu étais très… (il se pencha par-dessus le dossier de ma chaise pour regarder la page de saisie des notes sur *École directe*) occupée. (Puis se tournant vers moi) Est-ce que c'est tout de même une bonne surprise ?

Mon sourire lui donna la réponse, que mon baiser confirma juste après. William me serra dans ses bras et approfondit celui-ci au point que mes jambes eurent soudainement du mal à supporter mon poids. Enfin :

- J'aime ce genre de surprise.

Il m'offrit un clin d'œil coquin.

- Je m'en doutais un peu.

Je pouffai, non sans lui envoyer gentiment mon poing dans l'épaule.

- Avant que tes chevilles n'explosent, tu pourrais m'expliquer pourquoi tu es là alors que tu devais terminer ton article ?

- Ma source principale a mystérieusement disparu. Je ne peux pas publier l'article sans les derniers documents qu'elle devait me fournir ce matin par une voie sécurisée. Ne voyant rien arriver, je me suis un peu renseigné et... black out total. On m'a court-circuité.

Horrifiée, je demandai :

- Quand tu dis que ta source a disparu...

Il haussa les épaules, défaitiste.

- Ce n'était pourtant pas le scandale du siècle, mais Théodore Vincel verrouille tout ce qui le touche de près. Il se doit de paraître incorruptible pour garder son image de saint luttant contre le criminel que je suis.

- Je suis désolée.

William caressa ma joue.

- Henri aussi, il m'a accordé ma soirée.

Je sentis un autre sourire naître sur mon visage.

- On peut la passer tous les deux, alors !

J'allais lui sauter au cou...

- Non.

Ou pas.

- Quoi ?

Ma déception était certainement très visible, car il m'attira à lui pour me serrer dans ses bras.

- Je... commençai-je.

Il me coupa net :

- Je te laisse une demi-heure et pas une minute de plus pour te faire belle pour ce réveillon.

- Mais je croyais que…

- Chut, dit-il en posant son index sur mes lèvres, ce qui me fit immanquablement loucher. J'ai dit que nous ne le passerions pas tous les deux et je maintiens. Nous le passerons à trois.

Il enleva son doigt, me laissant réfléchir à ce qu'il venait de m'annoncer.

Trois ? Il ne m'avait jamais parlé d'un ami suffisamment proche pour fêter Noël avec lui, et Marianne était à Rennes, j'avais reçu son texto comme quoi elle était bien arrivée. Alors avec qui d'autre que lui voulait-il me faire passer le réveillon ?

- Oh !

Son regard devint intense. J'avais vu juste.

- Non ! Mais non, c'est encore trop tôt ! Et ça se prépare un moment comme ça ! Non, William !

- Il y a beaucoup de non là-dedans. Tu parles comme si tu avais le choix.

- Non, William ! répétai-je, à la fois furieuse et angoissée.

- Mais enfin de quoi as-tu peur ? Ma mère t'aime déjà.

La Terre sembla se mettre à tourner plus vite. Je n'étais pas contre l'idée de rencontrer la mère de l'homme que j'aimais, mais j'avais envisagé cela dans un futur assez lointain. Tout de même, ce n'était pas le genre de chose à prendre à la légère ! Là, je n'avais qu'une demi-heure pour me préparer psychologiquement à ne pas avoir l'air d'une folle furieuse devant la femme qui avait élevé William, le Justicier de Fort-Bénédicte.

- De quoi j'ai peur ? Mais euh… déjà on ne débarque pas chez les gens sans prévenir !

Il ricana.

- Henri nous avait déjà accordé notre soirée quand j'ai reçu ton texto. Je suis passé chez moi puis chez ma mère pour l'avertir de ta situation. Elle m'a ordonné de te ramener par la force si tu faisais des difficultés. Dois-je mettre en application les consignes que j'ai reçues ?

Je lui jetai un coup d'œil.

- Tu n'as pas amené Vita avec toi. Tu ne pourras pas me téléporter chez ta mère.

Il m'offrit un sourire carnassier et se pencha à mon oreille pour me susurrer :

- Je n'ai pas besoin de Vita pour t'emporter à destination sur mon épaule comme un jambon.

Je fis une grimace.

- Merci pour l'analogie, très classe. On n'est plus dans l'ère préhistorique au cas où tu ne le saurais pas.

Je sentis son souffle à mon oreille, il en baisa tendrement le lobe avant de le mordiller. Une explosion intérieure augmenta ma température corporelle.

- Tricheur ! dis-je en haletant.

- Vingt minutes, maintenant.

Je soupirai. J'avais compris depuis longtemps que mon Justicier était une tête de mule des plus coriaces.

- Dis-moi seulement qu'elle a oublié l'épisode de la frite… suppliai-je alors que je montai la première marche de l'escalier.

Il éclata de rire et alla se chercher à boire dans le réfrigérateur.

Ce Noël risquait d'être intéressant…

*****

Nous arrivions au Clos-Saint Thomas, un quartier dit sensible dans une ville qui l'était déjà complètement.

- Tu as dit que nous serions trois. Que fait la cousine de ta mère, celle pour qui vous êtes venus à Fort-Bénédicte ?

William serra un peu plus le volant et garda le silence un instant. Je compris que j'avais gaffé.

- Oh pardon, je suis vraiment maladroite. Elle est morte, c'est ça ? Quelle idiote !

Mon Justicier posa sa main sur ma cuisse et la pressa doucement. Je sentais la chaleur de sa peau à travers mon collant (j'avais opté pour une tenue adaptée, à savoir une petite robe noire, une veste assortie et des escarpins rouges vernis).

- Elle n'est pas morte, rassure-toi. C'est juste que… (Ses traits se crispèrent) elle a quitté la ville quelques mois après que ma mère a acheté sa maison tout à côté de la sienne.

- Vraiment ? C'est on ne peut plus ingrat.

- C'est un euphémisme. Ma mère l'a épaulée après la mort de son mari, elles s'étaient toujours bien entendues malgré la distance. C'était une manière aussi pour elle de se sentir utile, je crois. J'étais indépendant, elle était veuve depuis trop longtemps… elle a ressenti le besoin de s'occuper de quelqu'un. Élisabeth nous a caché la mise en vente de sa maison, nous avons découvert le pot-au-rose lorsque le camion de déménagement est arrivé pour emmener tous ses meubles.

- Dur.

- Je n'aimais pas beaucoup Élisabeth donc, foncièrement, son départ ne m'a pas attristé. Néanmoins, je lui en veux terriblement d'avoir fait souffrir ma mère qui s'est sentie trahie comme jamais.

- Ta mère n'a pas souhaité repartir dans ta ville natale ?

- Elle n'en avait pas les moyens. Et puis j'avais trouvé du travail au *Fort-Béné*, elle n'aurait pas voulu que je quitte mon poste.

Il y eut un bref silence. Puis :

- Ce fut une période difficile. Un soir, ma mère est sortie faire quelques courses dans la petite supérette près de chez elle. (Il eut un rire amer) Elle savait que je devais passer la voir le lendemain et il lui manquait du sucre pour qu'elle confectionne les meringues que j'aime tant. Elle voulait me faire plaisir… ils lui ont arraché son sac à main puis lui ont asséné des coups de pied jusqu'à ce qu'ils la laissent pour morte sur le trottoir.

La pression de sa main sur ma cuisse se fit celle d'un étau.

- Je suis désolée, William.

Ses traits se crispèrent sous l'afflux d'une brusque souffrance.

- Je n'étais pas là… Et maintenant elle est handicapée à vie.

Je pris sa main dans la mienne.

- Ce n'était pas ta faute. Comment aurais-tu pu le savoir ?

Il expira.

- Ça a été le déclic. J'avais été élevé dans l'optique de toujours dissimuler mes dons, mais à quoi ceux-ci me servaient-ils si je ne pouvais les utiliser pour protéger des innocents, à commencer par les gens que j'aimais ? Je me suis mis en chasse le jour où ma mère est sortie du coma et j'ai réussi à faire enfermer tous les membres du gang qui l'avaient agressée. Je restais discret au début, mais je savais que Fort-Bénédicte serait toujours un coupe-gorge tant qu'elle ne serait pas débarrassée du cancer que représentent Vincel et le Comité. Alors je suis devenu le Justicier.

Il me regarda lorsque je déposai un baiser léger sur sa paume.

- Tu es un héros… pas parce que tu combats le crime grâce à tes pouvoirs, mais parce que tu as choisi d'écouter ta conscience pour aider tes concitoyens plutôt que les traditions ancestrales d'un peuple quasi disparu.

Le sourire qu'il m'offrit était empreint de gratitude et… (mon Dieu !) d'amour. Une envolée de papillons s'agita dans mon ventre. Au point que je ne ressentis aucune angoisse lorsqu'il m'annonça :

- On y est.

Il arrêta la *207* devant une petite maison en briques bénéficiant d'un jardinet donnant sur la rue. Une guirlande à LEDs blanches clignotait au-dessus du petit porche abritant l'entrée des visiteurs que nous étions. Je pris une grande inspiration. C'était la première fois que je rencontrais la famille de l'un de mes petits amis. Paul s'était fâché avec ses parents depuis longtemps et il était trop fier pour faire le premier pas, j'avais vite abandonné tout espoir qu'il me présente à eux. Là, la situation était différente… en tout.

- Prête ? me demanda William en glissant ses doigts entre les miens comme pour m'encourager à répondre par la positive.

- J'ai les genoux qui tremblent.

Il s'esclaffa et sonna à la porte. Les quelques secondes qui s'écoulèrent avant qu'elle ne s'ouvre me parurent des heures. J'allais rencontrer la femme qui avait élevé cet homme qui m'aimait suffisamment pour me révéler sa double identité de Justicier. Elle devait être comme lui, extraordinaire. Elle…

- Comme je suis heureuse que vous soyez là, tous les deux ! s'écria-t-elle en s'élançant d'abord vers son fils pour le serrer dans ses bras, puis, sans me laisser le temps de comprendre ce qui m'arrivait, en me réservant le même traitement.

Elle s'écarta ensuite pour mieux m'observer, un sourire radieux sur les lèvres et ses mains chaudes qui serraient les miennes pour une étreinte de bienvenue à la chaleur aussi agréable que déconcertante.

- Hum... Maman, je te présente Adeline. Adeline, voici ma mère.

- Madame Fersen, je suis ravie de vous rencontrer, dis-je poliment.

- Pas de ça entre nous, ma chérie, appelez-moi Rose et venez vous mettre au chaud à l'intérieur.

Elle glissa sur le côté et c'est là que je remarquai sa gêne à la jambe. Sa démarche douloureuse était visible, mais masquée par une double dose de bonne humeur. Rose Fersen était réellement heureuse de nous voir tous les deux. Mon stress s'atténua.

William entra à ma suite et prit nos manteaux pour les ranger dans la penderie à notre droite. Rose nous précéda après dans le salon où elle nous invita chaleureusement à nous asseoir pendant qu'elle s'occupait de sortir du four les canapés apéritif qu'elle avait préparés.

Mon compagnon m'attira vers le sofa et déposa ensuite un doux baiser dans mes cheveux. Nous étions dans une pièce assez petite, décorée dans un esprit rétro avec des couleurs très claires sur les murs. S'y trouvaient un canapé en tissu blanc orné de petites fleurs et un fauteuil relax en velours rouge près d'une cheminée où un bon feu crépitait et réchauffait l'atmosphère. Plusieurs photos très mignonnes de William en culottes courtes trônaient sur une petite bibliothèque remplie de vieux classiques. Il y avait également un coin repas avec une table ronde recouverte d'une nappe blanche parsemée de paillettes argentées sur laquelle étaient disposés des bougeoirs argentés ainsi que de la vaisselle en argent et porcelaine. C'était très joli.

- Tu vois, le premier contact fut positif, chuchota-t-il à mon oreille.

- Tu l'as hypnotisée avant que j'arrive ? répliquai-je sur le même ton.

Il rit.

- Cela fait si longtemps qu'elle me tanne pour te rencontrer que je n'en avais nul besoin. Elle a sauté de joie quand je lui ai parlé de ton SMS.

- Ne suis-je pourtant pas censée être celle qui lui a ravi le cœur de son fils ? Une mère n'est jamais aussi enjouée de voir son petit garçon voler de ses propres ailes avec une autre femme.

William s'esclaffa à nouveau, puis dit sérieusement :

- Tu es tout ce qu'elle pouvait me souhaiter.

Je rougis instantanément, mon cœur se liquéfia. Du coup, quand sa mère réapparut, je le regardais toujours, et ce, j'en avais bien conscience, avec un sourire parfaitement idiot sur le visage.

Rose Fersen arborait un air épanoui quand elle boita jusqu'à nous pour déposer un plateau chargé de mini-pizzas, de mini-quiches et d'un nombre impressionnant de petits fours de diverses sortes sur la table basse. Il y avait là un excellent moyen d'entamer la conversation avec notre hôtesse :

- Vous avez fait ces petits-fours vous-même ? lui demandai-je. Ils sentent vraiment bons.

Son sourire s'élargit.

- William m'a dit que vous étiez fine cuisinière, ouverte à toutes les expériences culinaires. Je sens que sur ce point, nous allons bien nous entendre. Il n'y a pas plus gourmande que moi sur cette Terre.

Charmée, je fus suffisamment à l'aise pour plaisanter :

- À une exception près. Et je range tous les résultats de mes expériences culinaires dans un endroit sûr…

Je montrai mes hanches légèrement rebondies. Rose éclata de rire et regarda son fils.

- J'ai décidé que j'adorais ta fiancée, mon chéri.

Ni une, ni deux, mes joues s'enflammèrent. C'était certes jouissif d'entendre la mère de votre compagnon dire qu'elle vous adorait, c'en était une autre de vous désigner par un qualificatif annonçant un mariage imminent. Tout allait déjà si vite avec William comparé à tout ce que j'avais vécu, inutile d'en rajouter une couche.

- Ça tombe bien, j'adore moi aussi ma *petite amie*. Décidément, nous avons les mêmes goûts !

Mon compagnon était dans mon dos, mais j'avais compris, à la modulation de sa voix sur la « petite amie », qu'il avait envoyé un signal à sa mère sur la nécessité de ne pas mettre la charrue avant les bœufs. Au moins, là-dessus, nous étions aussi sur la même longueur d'onde.

Il se leva :

- Que voulez-vous boire, mesdames ?

- William, assieds-toi, je m'en occupe, s'offusqua Rose.

Il l'assit d'autorité sur l'un des fauteuils. Ils irradiaient la complicité et l'affection.

- Dis donc, petit garnement, un peu de respect envers ta vieille mère ! Je suis censée représenter l'autorité ici, et tu devrais m'obéir quand je te dis de ne pas t'occuper de mon apéritif !

Son sourire démentait sa colère apparente.

- Tu n'es pas plus tyrannique que je ne suis petit, alors je vais t'aider ce soir, que tu le veuilles ou non.

- Tu concèdes tout de même que tu es un garnement ?

- Évidemment.

- Ah !

- Adeline ?

Encore éblouie par cet échange entre membres d'une famille unie et aimante, je mis un instant à comprendre la requête de William.

- Oh ! Euh, un kyr royal.

- Parfait, et toi, maman ?

- Tricheur. Ne crois pas que je vais te pardonner ton insolence juste parce que tu me regardes avec ces yeux-là ! Et arrête de sourire !

Je notai que je n'étais pas la seule à qui les pupilles de William retournaient le cerveau... ou à être horripilée par sa fausse désinvolture.

Rose soupira, vaincue.

- Je vais prendre un mojito.

- Et c'est parti !

William disparut dans la cuisine et je me retrouvai seule avec sa mère. Je ne savais pas vraiment comment réengager la conversation.

- Merci, Adeline.

Je haussai les sourcils, surprise.

- Pour quoi ?

Rose se leva du fauteuil rouge avec difficulté et me fit signe de m'asseoir alors que je m'apprêtais à venir l'aider. Elle me rejoignit sur le sofa et prit mes mains dans les siennes. Elle avait de beaux yeux gris qui, en cet instant, brillaient de larmes contenues.

- Merci de lui apporter tant de bonheur en l'acceptant tel qu'il est.

Je rougis !! Comme première conversation avec ma belle-mère, c'était embarrassant ! Elle détacha de son cou un lourd médaillon jusqu'ici dissimulé dans sa robe et l'ouvrit devant moi. Il y avait deux photos en son sein : celle d'un adulte qui ressemblait à s'y méprendre à William, avec tout de même quelque chose de différent dans ses yeux dorés empreints de gravité, et celle d'un petit garçon de huit ou neuf ans dont je reconnaissais le sourire espiègle.

- C'est William et son père, Laurent. Mon mari est mort il y a quatre ans, ce fut une perte extrêmement douloureuse.

- Je comprends. Je suis désolée.

Rose me regarda avec un sourire triste.

- Je sais ce qui est arrivé à votre famille, pas parce que William m'en a parlé, mais parce que c'est de notoriété publique. Je suis désolée également que vous ayez perdu tous vos proches.

Je ne répondis pas. Nanette avait été une vraie mère pour moi, heureusement que Marianne avait été là pendant les fêtes de fin d'année ou je n'aurais plus eu le cœur de les fêter du tout.

- Mon mari était le modèle absolu pour William et c'était d'autant plus difficile… dans sa situation.

Je hochai la tête, voyant où elle voulait en venir.

- Je l'ai élevé avec tout l'amour qu'une mère peut donner à un enfant, mais je ne pouvais pas le conseiller concernant son héritage atlante. Il a toujours assez mal vécu la nécessité de ne pas se dévoiler au reste du monde pour aider son prochain, mais il a toujours obéi aux règles de son père. Jusqu'à mon agression. (Elle serra un peu plus mes mains) Il avait désespérément besoin de se sentir utile pour expier ce qui m'est arrivé.

- Ce n'était pourtant pas sa faute, intervins-je.

Elle acquiesça.

- Il s'est plongé à corps perdu dans son travail et son rôle de Justicier. Il y a trouvé un peu plus de sens à sa vie et j'en étais heureuse, mais je le voyais de plus en plus seul... Il n'a pas voulu garder le contact avec ses anciens amis et même s'il s'entend bien avec ses collègues du journal, je sais qu'il les tient à distance. Il est d'un naturel sociable et espiègle, je ne peux accepter qu'il sacrifie cette part de lui pour être ce héros dont la ville a besoin. Je ne peux l'accepter, c'est mon fils... Il a le droit d'être heureux, entouré de gens qui l'aiment pour son humanité... même si humain, il ne l'est pas en vérité.

Je repensai au loft dans lequel William vivait : sans âme, sans chaleur. Rose me décrivait exactement ce qui transparaissait de son fils en regardant son intérieur. Elle poursuivit :

- Un soir, il m'a emmené dîner au *Filet Mignon*, et je commençais à lui parler de mes craintes quand je me suis aperçue qu'il ne m'écoutait pas du tout. En me tournant dans la direction où était braqué son regard, j'ai vu un peu plus loin une jeune femme qui faisait furieusement les cent pas sur le palier, un téléphone à la main. (Je frémis : elle racontait ma rencontre avec William de son point de vue) Il était comme totalement absorbé par cette vision, au point qu'il m'a fallu lui demander s'il la connaissait. C'est là que j'ai manqué mourir de peur en le voyant se téléporter en plein milieu du restaurant pour lui venir en aide lorsqu'elle a glissé sur cette frite. Sur le moment, je n'ai pas compris ce qui lui était passé par la tête pour agir de manière aussi inconséquente, et je fulminais, mais par la suite... Quand il m'a reparlé de vous, j'ai compris.

Un peu étourdie par ces révélations, je demandai :

- Qu'avez-vous compris ?

- Que grâce à vous, mon fils allait à nouveau vivre sa vie. Pleinement.

- Je… je… bégayai-je, incapable de trouver les bons mots.

- Il est heureux avec vous, Adeline. Je suis sa mère, je le sens. Et tout comme j'ai aimé son père jusqu'à la dernière fibre de mes os, vous l'aimez aussi. Je sais que désormais, il n'envisagera plus son avenir uniquement comme le Justicier. Je vois déjà le bien que vous lui faites, il sourit en permanence.

- Je… ne sais pas quoi dire.

Elle m'offrit un sourire si doux que des larmes me montèrent aux yeux.

- Ne dites rien. Sachez seulement que ma porte vous sera toujours ouverte et qu'au besoin, vous trouverez en moi une amie, une conseillère ou… une mère.

Je ne compris que je pleurais vraiment que lorsque Rose m'attira à elle pour me serrer fortement contre sa poitrine généreuse. Elle était si désarmante ! Je n'avais plus de famille depuis tellement longtemps !

- Oh… Rose.

- Séchez vos larmes, ma chérie. Vous ne serez plus jamais seule pour Noël.

- Hum… J'ai raté un épisode ?

Je me redressai, totalement confuse et aussi curieusement heureuse. William se tenait sur le pas de la porte avec les boissons et arborait une mine inquiète.

- Maman ? demanda-t-il de manière un peu fraîche à sa génitrice tandis que je séchais mes larmes.

Il devait croire que Rose avait profité de notre tête-à-tête pour me dire des horreurs de belle-mère possessive. Je me sentis le devoir de prendre sa défense.

- Ce n'est rien, William. J'avais juste… oublié, ce que c'était que d'avoir une mère pour vous ouvrir les bras à Noël.

Dieu ce que mes parents et Nanette me manquaient ! Une main caressa affectueusement mon dos ; Rose. Cette femme était décidément la bonté incarnée. Je lui souris.

- Merci, Rose. Pour tout ce que vous m'avez dit.

Grâce à elle, ce soir, j'en savais plus sur la personnalité complexe de mon Justicier, c'était une chose appréciable. Et d'autre part, je ressentais quelque chose qui m'avait manqué, j'en prenais conscience, depuis la mort de Charles, Barbara et Nanette Tremen : le sentiment que j'avais à nouveau une famille.

*****

Le reste de ce réveillon du 24 décembre fut une succession de petits instants merveilleux, du genre que je n'avais plus connu depuis trop longtemps : depuis la dégustation des huîtres jusqu'au déballage des cadeaux sous le sapin. Comme ma venue était impromptue, je pensais que je n'aurais rien, mais force me fut de constater que Rose Fersen était déterminée à me faire entendre que, désormais, chez elle, c'était chez moi, lorsqu'elle me tendit un petit paquet contenant un livre de recettes italiennes. J'en étais toute retournée, William était aux anges.

Nous prîmes congé vers une heure du matin, après avoir insisté auprès de Rose pour faire sa vaisselle et la ranger dans ses placards pour lui éviter d'avoir à le faire le lendemain. Elle était très fatiguée et ça aurait été un crime que de la laisser se débrouiller alors qu'elle avait mis tant d'énergie à nous concocter ce repas. Elle me serra contre elle avant que nous nous quittions et j'étais incapable de parler en montant dans la voiture de William, tant j'avais la gorge nouée par l'émotion. Moi qui croyais passer un Noël déprimant…

- Ça te dérange si on passe chez moi ? J'ai quelques affaires dans mon coffre à y déposer.

Je fis « non » de la tête, encore toute à mes souvenirs de cette merveilleuse soirée.

Il n'y avait pas beaucoup de route entre la maison de mon petit ami et celle de sa mère, cependant, en arrivant au loft, je somnolais déjà.

De fait, je le laissai décharger sa voiture comme bon lui semblait et ne prenant pas la peine de me démaquiller ou de me déshabiller, je m'effondrai littéralement sur son lit, où je m'endormis aussitôt.

Je suis à l'arrière d'une voiture, il fait nuit. Je suis fatiguée, et le chauffage m'assomme un peu plus à chaque seconde. Je ne veux cependant pas fermer les yeux, car devant moi se joue mon spectacle préféré.

Papa conduit et maman est sur le siège passager. Elle a monté le son de l'autoradio parce que sa chanson favorite est en train de passer, mais pas trop non plus, pour ne pas me faire mal aux oreilles. Maman prend soin de moi, comme toujours. Là, elle fredonne le morceau d'un monsieur aveugle, qui parle d'une dame qui s'appelle Georgia. Maman se contente toujours de fredonner parce qu'elle pense qu'elle a une voix de crécelle. Je ne sais pas ce que c'est une crécelle. En tout cas, ça fait toujours rire papa qui, lui, adore faire comme le monsieur qui crie les lettres TNT sur une musique qui me fait mal à la tête. Papa se dit un grand fan d'ACDC[51]. Je ne comprends pas bien.

Toujours est-il que maintenant, j'assiste à mon moment préféré : quand papa prend la main de maman dans la sienne et que leurs doigts s'enlacent, se délacent et se caressent comme s'ils étaient eux aussi des amoureux. Papa m'a dit que je saurai ce que c'est un jour et qu'il faudra que le garçon que je choisirai soit quelqu'un de bien ou alors il lui plombera le derrière. Maman lui a dit de se taire, j'ai trouvé ça très drôle.

Ils sont beaux tous les deux, mais plus encore quand ils se touchent les mains dans la voiture. Papa sourit sans s'en rendre compte, et j'entends maman soupirer de bonheur devant moi. Ils s'aiment énormément. Je les aime encore plus.

Je finis par m'assoupir, le son de la radio a été réduit au minimum. Je ne fais pas de rêve, je suis bercée par les vibrations de la voiture et je me sens bien.

---

[51] ACDC est un groupe de hard rock dont l'une des chansons s'intitule « TNT ».

Je dors toujours et pourtant j'ai l'impression d'entendre mon père crier que quelque chose ne va pas, qu'il y a un problème avec les freins. Maman lui dit d'utiliser le frein à main, mais papa a peur qu'à cette vitesse on finisse par faire des tonneaux. Ça commence à crier fort dans la voiture, il faut vraiment que je me réveille pour comprendre ce qui se passe. J'ai six ans, mais ma maîtresse dit que je suis très intelligente.

J'ouvre les yeux au moment où quelque chose explose à l'avant, transformant notre véhicule en manège de fête foraine : il vire à gauche, à droite, puis saute et se met à tourner dans tous les sens avec des bruits terribles. Je suis secouée tellement fort que je vomis. Je n'ai pas le temps de pleurer, un cri déchirant transperce mes tympans et tout devient noir.

J'ouvre et je ferme les yeux par à-coups. Tout est si étrange. J'entends une voix d'homme crier d'appeler les secours, ensuite j'entends les sirènes, puis je vois des mains se tendre vers moi après qu'une espèce de gros ciseau s'est chargé de découper la ferraille qui m'écrase. Je tourne la tête pour regarder du côté de mes parents, mais une main s'abat sur mes yeux et je ne vois rien.

- Là, tu es en sécurité maintenant, ma puce. Tu es notre petit miracle.

Je ne comprends pas. Qui est ce monsieur qui me porte vers une ambulance ? C'est quoi, un miracle ?

- Elle n'a que des égratignures, l'entends-je annoncer à un homme en blanc.

- On va vérifier. Vous avez trouvé des numéros de téléphone pour contacter sa famille ? répond celui-ci en m'observant de haut en bas.

- Pas encore. C'est... compliqué.

Le pompier a un drôle d'air, comme moi quand je n'ose pas dire à maman que j'ai cassé l'un de mes jouets.

Je ne sais pas ce qui me prend, mais je me mets debout et cours si vite qu'aucun des deux n'a le temps de me rattraper avant que je n'arrive à la voiture. Enfin... ce qui était la voiture... Elle est toute écrasée.

- Maman ! Papa !

- Attrapez-la ! crie le pompier qui me poursuit. Il ne faut pas qu'elle voie !

Quelqu'un brandit un drap mais c'est trop tard. Maman m'avait expliqué que dans le corps, il y a du sang rouge qui nous rend vivant.

J'ai six ans et je suis intelligente, ma maîtresse me l'a dit. Alors je comprends que tout le sang qui coule de l'endroit où le gros ciseau coupe, appartient à des gens qui ne le sont plus... vivants.

Ces gens, ce sont mes parents. C'est leur sang qui coule par terre, leur sang qui a éclaboussé mes vêtements et l'intérieur de la voiture.

Je ne les verrai plus jamais se tenir la main.

Le pompier m'attrape au moment où, de ma gorge, sort le cri le plus terrible que j'ai jamais entendu.

- ADELINE ! ADELINE !

L'espace d'un instant, je me crus à nouveau dans le véhicule en plein tonneaux et je continuai à hurler à pleins poumons.

- ADELINE, RÉVEILLE-TOI !

CLAC !

J'ouvris brusquement les yeux et me redressai vivement pour comprendre ce qui m'arrivait.

J'étais toujours vêtue de ma robe noire, j'étais dans le lit de William, chez lui, et celui-ci se tenait juste à côté de moi, l'air totalement affolé. Ma respiration saccadée était due au fait que mon cœur cognait contre mes côtes, j'avais froid parce que j'avais sué d'angoisse, j'avais mal à la joue parce que William m'avait giflée, et j'étais au bord des larmes parce que je savais pourquoi il l'avait fait.

- Adeline, je t'en prie, je deviens fou à essayer de comprendre ce que tu as ! Parle-moi ! dit mon petit ami alors que j'éclatais littéralement en sanglots dans ses bras.

Il me serrait contre lui comme je m'y agrippais désespérément pour retenir contre moi quelque chose qui ne m'avait pas été volé par Théodore Vincel.

- Adeline !

Sa voix était terriblement inquiète.

- Je... commençai-je difficilement. C'est la première fois que... je me souviens.

- De quoi parles-tu ?

Il m'obligea à lui faire face comme une nouvelle crise de larmes me secouait. Je dus lutter pour reprendre mes esprits.

- L'accident. Mes parents. Je me souviens des détails et c'était... horrible !

Il fronça aussitôt les sourcils et une grande colère s'afficha sur ses traits.

- Vincel paiera. Je te le jure.

Il m'attira à lui et ses caresses dans mon dos m'apaisèrent au bout d'un moment.

- J'ai eu si peur, murmura-t-il. Tu as poussé ce cri... je n'avais jamais rien entendu de tel.

- J'ai revécu le moment où...

Il m'interrompit par un baiser.

- Chut. Vis l'instant présent. Je suis là, avec toi.

- Oui...

Je l'embrassai aussi, insinuant ma langue dans sa bouche. Je voulais goûter son arôme pour oublier les effluves de sang qui flottaient encore à la marge de mon esprit. Il comprit mes intentions et s'offrit à moi tout entier. C'était certainement le plus beau cadeau de Noël que je pouvais espérer. La sensation de mes doigts glissant sur sa peau acheva de me ramener dans le présent, un présent que je devais savourer pour le bonheur qu'il m'apportait. J'étais heureuse avec William et je savais que c'était un homme bien dont mon père n'aurait pas voulu « plomber le derrière ». C'était suffisant.

Je nous dévêtis et pris pleine possession de son corps. Je passai la main à un moment, et il s'employa à me combler au-delà de mes espérances, reléguant mes souvenirs funèbres à l'arrière-plan de mon être conscient. Quand il s'enfonça une dernière fois au plus profond de moi, je me cambrai et poussai un nouveau cri qui me convainquit que je ne ferais plus d'autre cauchemar cette nuit. Mêlée à la mienne, sa jouissance fut aussi sonore que brutale et il s'effondra ensuite sur moi, le souffle coupé.

- Merci, murmurai-je.

Il m'emporta sur lui quand il roula sur le dos et ses doigts s'affairèrent dans ma chevelure.

- Dors, tu me trouveras ici à ton réveil.

- Je ne veux pas t'empêcher de veiller sur la ville, dis-je sincèrement.

- Ce soir, je veille sur toi.

Il ne pouvait voir mon sourire, mais il dut comprendre que ses paroles me causaient un immense plaisir quand je resserrai mon étreinte contre lui. Il rabattit les couvertures sur nous et je fermai les yeux, me laissant glisser sans crainte dans un sommeil qui ne pourrait être que paisible.

*****

Je fus réveillée par la sensation de froid sur ma peau. J'étais toujours nue et le drap avait glissé, dévoilant mon dos. Je tâtai le matelas à côté de moi et m'aperçus que j'étais seule.

Je m'assis et observai la mezzanine éclairée par la lueur du jour passant par les vitres du rez-de-chaussée. William n'était pas là.

J'aurais pu ressentir de la déception vu qu'il m'avait promis d'être près de moi ce matin, mais je ne me voyais pas réagir en égoïste alors que tant de gens à Fort-Bénédicte comptaient sur lui.

Je m'enroulai dans le drap et descendis l'escalier dans l'optique d'aller satisfaire mon estomac en lui offrant un bon petit-déjeuner. J'étais au milieu des marches quand je stoppai net.

Le spectacle qui se jouait devant moi avait de quoi statufier n'importe qui et c'était logique après tout, mais je n'y étais pas du tout préparée. De fait, je restais là, bouche bée, à regarder William se mouvoir torse nu. Il maniait son épée avec une lenteur et une précision témoignant d'un entraînement pour le moins intense et mortel. Il fermait les yeux alors même qu'il effectuait des enchaînements à l'intérieur des cercles tracés sur son sol et chacun de ses mouvements était d'une grâce à nul autre pareil. C'était tout bonnement incroyable et je perdis le fil des minutes qui s'écoulèrent à l'observer de mon point de mire.

J'étais la petite amie d'un super-héros aux pouvoirs issus d'une ascendance et d'une épée mythiques. Ma vie n'allait pas être simple, elle risquait même d'être encore plus dangereuse qu'elle ne l'était comme simple habitante d'une ville soumise au Comité. J'avais juré de préserver ce secret pour protéger l'homme que j'aimais, celui-là même qui affrontait tous les dangers pour nous aider.

Et je l'acceptais. Vraiment. J'en étais même fière.

Et j'eus l'impression de recevoir un second cadeau de Noël quand mon Justicier se tourna enfin vers moi et que, m'avisant ainsi, à le regarder avec passion, il m'offrit le plus beau sourire dont j'aurais pu rêver.

Il me fit signe de le rejoindre et je m'exécutai en veillant à ne pas me prendre les pieds dans les draps et ainsi dégringoler le reste de l'escalier. Il me prit dans ses bras et me fit tournoyer en riant.

- Joyeux Noël, dit-il en me reposant à terre et en m'embrassant avec toute la fougue qui l'habitait.

- Je t'aime, lui répondis-je dès que mes lèvres furent disponibles.

- Je t'aime aussi, Adeline.

Nous restâmes un instant front contre front, puis lorsqu'il sentit mon frisson de froid, il nous téléporta dans sa salle de bain où je pus me réchauffer grâce à une onde bienfaisante. En sortant de la cabine de douche, je vis que William était passé par chez moi pour me ramener des vêtements que j'enfilai rapidement avant d'aller le retrouver à la cuisine.

Je me doutais qu'il y était en raison de l'odeur de brûlé qui s'était répandue dans tout le loft.

- Il me semblait que c'était l'heure du petit-déjeuner, pas du barbecue, le taquinai-je en arrivant derrière lui.

Il se battait avec des œufs sur le plat qui ressemblaient désormais à du caoutchouc grillé.

- Il est quasiment midi, alors j'ai voulu faire un petit-déjeuner amélioré à la sauce anglaise, avec œufs et saucisses. Je crois que c'est fichu pour les œufs.

- Et où sont les saucisses ?

Il eut l'air gêné.

- Euh… en fait j'ai oublié que je n'en avais plus.

Je ris ; les hommes… tous les mêmes.

- Et si on allait chez moi ? proposai-je. Mes placards sont plein de vilaines choses pour avoir de vilaines cuisses.

Il soupira.

- Cet appartement, c'est juste une catastrophe. Je ne peux même pas t'accueillir convenablement. Tu parles d'un héros…

- Ce serait ennuyeux si tu étais parfait. Quant à cet appartement, il y a peut-être une solution…

- Le brûler me semble idéal ! s'esclaffa-t-il en éteignant le gaz et en jetant les œufs à la poubelle.

- Tu pourrais habiter chez moi.

La poêle lui échappa des mains et tomba sur le sol dans un fracas épouvantable. William se redressa ensuite pour me fixer avec un air ahuri.

Je me mordis la lèvre. Je venais de passer outre mes barrières encore une fois en lui proposant de vivre ensemble. Ça faisait quoi… environ deux mois qu'on se connaissait ? C'était n'importe quoi, surtout que je ne voulais plus aller trop vite dans cette relation. N'importe quoi, vraiment…

Et pourtant…

Cette soirée avec la mère de William et cette nuit entre ses bras avaient changé la donne. Je n'avais jamais eu peur de l'engagement, puisque j'étais plutôt du genre relations sérieuses, cependant j'attendais toujours une sorte de signal interne qui me communiquerait le moment où je pouvais décider d'aller plus loin avec une personne. Or en ce moment, je ne pouvais pas, alors qu'il hurlait dans ma tête, faire comme si je ne l'entendais pas.

- Tu… tu es sérieuse ?

William était encore sous le choc, visiblement.

- Oui, je le suis.

C'était la vérité, je le sentais dans toutes mes fibres.

- Tu as conscience des implications ? Et… des risques ?

- Évidemment.

- Je veux dire… Tu n'as peut-être pas envisagé à quel point ça pouvait être dangereux.

- Il n'y a pas plus de risques à vivre avec toi qu'à coucher avec toi dans des maisons séparées, rétorquai-je, un peu agacée par sa manière d'insinuer que ma proposition était imprudente.

Il rougit, je n'y étais pas allée par quatre chemins pour lui dresser le tableau de notre situation.

- J'ai décidé de t'aimer qui que tu puisses être, peu importent les conséquences, et toi, tu as décidé de me révéler ton secret parce que tu voulais m'aimer sans entraves. Je ne vois pas en quoi le fait d'habiter ensemble me fera courir plus de risques que je n'en coure déjà en te fréquentant. Et je te rappelle qu'avant même de te rencontrer, j'étais déjà inscrite sur la liste noire de Théodore Vincel.

William soupira. Mon argument était valable, il le savait.

- Adeline…

- Quant aux implications… le coupai-je. Crois-moi, je suis la première à me dire que tout ça va trop vite, mais étrangement, depuis hier soir, ça ne me fait plus peur. Tu l'as dit toi-même, ton loft n'a rien d'un foyer, et je suis d'accord avec ta mère, tu as le droit d'avoir une vie normale. Je te veux toi, tout comme je veux que cette ville soit débarrassée du Comité, et je sais que je suis capable de rendre heureux l'homme aussi bien que le Justicier.

Mon petit ami ne semblait pas convaincu, ce qui froissa quelque peu ma fierté.

- J'ai bien senti ta réaction quand ma mère a parlé de toi comme ma *fiancée*. Tu t'es raidie comme du bois. Et si tu n'étais pas prête pour ça ?

Cette fois, c'est mon ego qui se sentit insulté.

- Il y a un pas de géant entre habiter ensemble et projeter de se marier, si c'est ça qui te fait peur.

Mon ton était un peu cassant parce que je supposais qu'il craignait que je lui passe la corde au cou trop vite. Dans l'histoire, je n'avais pas oublié qu'il avait rectifié les choses auprès de sa mère et que lui non plus ne voulait pas d'un mariage express et imprudent, chose dont je n'avais jamais parlé. Malgré tout, ce n'était pas parce que je n'envisageais pas de convoler en justes noces avec William tout de suite que l'idée m'horrifiait, comme elle semblait l'horrifier lui, à voir son expression en cet instant. Je me sentis offensée.

- Adeline, tu n'y es pas du tout, dit-il en me saisissant les épaules et en secouant la tête. Je n'ai pas peur de… *ça*.

Il déglutit. Ah ! Quel menteur ! Je tentai de me dégager, il m'en empêcha en serrant plus fort.

- Ok, oui, d'accord, j'angoisse à l'idée d'un mariage qui me semblerait nettement prématuré au stade où on en est.

- Est-ce que je t'ai demandé de m'épouser ?! l'interrompis-je. Ou de me faire un enfant ?! (Il devint livide à ces mots, attisant ma colère) Pour qui me prends-tu ?! Je t'ai simplement proposé de faire un bout de chemin ensemble, sous le même toit ! Mais si tu préfères t'infliger ce que tu penses être la nécessité pour un Justicier de vivre dans un vieux local désaffecté, décrépi et qui sent le moisi, libre à toi !

Il se mordit la lèvre et pouffa, ce qui me fit sortir de mes gonds. Je me dégageai vivement de son emprise et allai chercher mon sac à main, que j'avais laissé sur le canapé la veille. Je jetais tous mes principes à ses pieds et mettais mon cœur à nu pour lui, et il *se moquait de moi* ?! Je n'avais plus rien à faire ici.

Seulement, je n'avais pas fait deux pas vers la porte que je me retrouvais téléportée sur la mezzanine, couchée sur le lit de William, celui-ci m'empêchant de fuir en m'y écrasant de tout son poids.

- Pousse-toi ! Je ne peux plus respirer ! ahanai-je, au bord de l'asphyxie.

Il se releva légèrement, de sorte que l'air puisse de nouveau circuler dans mes poumons. Je laissai échapper malgré moi un râle peu gracieux. Puis :

- Pousse-toi ! Tu as dit ce que tu avais à dire, j'ai très bien saisi le message ! m'écriai-je.

- Tu n'as rien compris du tout, si je puis me permettre, Adeline chérie. Et mon loft ne sent pas le moisi.

Il me souriait tendrement. Cette succession de virages à 180 degrés dans son attitude me fit voir rouge.

- Tu m'exaspères, à la fin ! Je te propose quelque chose de sérieux et tu réagis en flippant d'abord, puis en te moquant de moi ensuite. Tu crois maintenant que me faire les yeux doux en me bloquant sur ton lit va me faire fondre et oublier ce qui vient de se passer ?! Désolée ! Je sais ce que je veux et je sais parfaitement les risques que je prends pour l'obtenir, que ce soit sur le plan sentimental ou vital ! Tout peut très bien tourner court et capoter, on peut tout aussi bien finir par se détester et briser ce qui reste de nos cœurs respectifs, mais au moins on le saura ! Tu peux aussi être découvert en tant que Justicier, comme je peux être ciblée en tant que Tremen, mais au moins nous serions deux à affronter tout ça ! Tu crois qu'en restant chacun chez soi tu me protèges de Théodore Vincel, or il m'avait déjà cataloguée comme son ennemie avant que tu n'arrives dans cette ville ! Alors qu'est-ce qui te permet de croire que tu connais mieux les risques que moi ?! Je suis…

- D'accord.

- … à même de prendre mes décisions de manière réfléchie et prudente. Je…

- D'accord.

- … suis une grande fille et je fais mes propres choix. Tu…

- D'accord.

- pourrais avoir un chez-toi accueillant pour changer, et pourtant, tu le prends comme une grosse blague. Ça me blesse, figure-toi, et je pensais que tu serais un minimum intéressé par…

- D'accord.

- Mais arrête de dire d'accord, nom d'un chien ! m'écriai-je, à bout. Et puis, d'abord, pourquoi tu répètes ça, sans arrêt ?!

Il pouffa de nouveau, déclenchant ma fureur.

- Ôte-toi de là, espèce de… ! Ouille !

- Argh ! Adeline !

La pression sur mon corps et mes poignets s'envola subitement. J'étais libre, mais je m'en fichais un peu là.

- Tu vas bien ?

Avec mes mains plaquées sur mon visage pour contenir vainement la douleur qui irradiait mon crâne suite à un coup de boule accidentel avec mon super-héros, je ne voyais pas celui-ci alors qu'il s'enquérait de mon état. Je ne pouvais que le deviner.

- Aïe ! Adeline ! Tu m'as mis le doigt dans le nez !

Beurk !

- Même pour donner des gifles je ne suis pas douée, pas étonnant que tu ne veuilles pas vivre avec moi.

- Si tu te taisais, cinq minutes, au lieu de poursuivre ta harangue enflammée, je pourrais peut-être t'expliquer sur quoi je suis d'accord.

Je le foudroyai du regard. Il avait le nez tout rouge.

- Je suis d'accord pour qu'on fasse un bout de chemin ensemble, sous le même toit. Pour la suite, on avisera.

Je me figeai, oubliant la douleur lancinante dans mon crâne.

- Tu es d'accord ?

Il leva les yeux au ciel.

- C'est ce que je me tue à te dire depuis tout à l'heure !

- Pourquoi ?

- Mais parce que tu ne me laisses pas en placer une, tiens !

- Non ! Pourquoi acceptes-tu ? Tu n'avais pas l'air emballé du tout à cette idée.

Il s'allongea à mon côté, sa main lui servant d'appui pour sa tête.

- J'ai surtout vu le danger avant d'y voir les avantages. Si nous allons sur cette pente, tu seras d'autant plus exposée aux menaces qui pèsent sur le Justicier et je ne peux pas le tolérer.

- Mais je viens de…

- Chut, me coupa-t-il en posant son index sur mes lèvres. Je sais ce que tu as dit, je t'ai écoutée. Tu as raison, je ne peux pas t'imposer mes peurs, et qu'on vive ensemble ou pas ne changera pas grand-chose au danger auquel tu t'exposes en étant avec moi. J'ai choisi de te faire entrer dans mon monde et je dois en assumer les conséquences, à commencer par le fait que tu bouleverses totalement celui-ci.

Je fronçai les sourcils, ne sachant pas si c'était là un compliment ou une accusation. Ses lèvres remplacèrent son index pour un chaste baiser, puis il me regarda droit dans les yeux.

- Tout ceci va effectivement trop vite… (je me raidis) mais tes arguments ont su me convaincre.

Mon cœur s'emballa tout à coup.

- Je me rends compte qu'attendre encore ne serait qu'une perte de temps. Et… c'est agréable de se sentir bien chez soi, avec une personne pour parler de sa journée après un dur labeur. Alors… quand veux-tu annoncer à Marianne que je vais m'installer avec toi ?

Mon cœur cognait comme un fou contre mes côtes, mais je m'en fichais car j'étais dans un état euphorique intense. Je lui répondis :

- Dès son retour de Bretagne.

Il me sourit et je vis qu'il avait été sincère dans ses paroles. Alors qu'il était plus spontané que moi, j'avais été finalement celle qui avait balayé ses réserves pour une décision qui, quelques mois en arrière, m'aurait laissé penser que j'étais totalement folle. Faisant fi de l'incertitude quant au bien-fondé de ce projet, j'y plongeai donc la tête la première, guidée seulement par un instinct aussi inédit que puissant, instinct qui me soufflait que la route que je traçais pour William et moi ne serait certes pas simple, mais qu'au final, elle nous mènerait vers un bonheur que je n'aurais jamais osé espérer auparavant.

*****

Il y a des moments dans la vie où on se dit qu'on a été d'une bêtise navrante. Mes propos précédents vous ont peut-être paru d'une naïveté affligeante, pleins d'un romantisme dégoulinant et écœurant. Vous me croirez si je vous dis que je pense la même chose, avec le recul ?

Franchement… : « *mon instinct qui me soufflait que la route que je traçais pour William et moi ne serait certes pas simple, mais qu'au final, elle nous mènerait vers un bonheur que je n'aurais jamais osé espérer auparavant.* » Pff ! C'est joliment tourné, mais encore faut-il que ce soit la vérité !

Dans l'histoire des instincts défectueux, le mien aurait mérité que je réclame un gros dédommagement au service après-vente pour tromperie sur la marchandise ! Quand on voit à quel bonheur je suis confrontée en cet instant…

Non, non, non ! Ne vous faites pas une fausse idée ! Je ne regrette absolument pas cette décision de vivre avec William, ni tout ce qui a suivi, pas du tout, ce n'est pas ça. C'est juste que j'aurais dû voir venir les choses avec plus de lucidité, peut-être alors que j'aurais pu anticiper… ça, et ne pas voir autre chose qu'un ciel bleu là où les ténèbres n'attendaient qu'un prétexte pour tout engloutir.

Et c'est ce qu'elles ont fait.

Alors, oui, je me sens stupide quelque part, même si je ne regrette rien.

Encore maintenant, alors qu'il s'apprête à… Rien que d'y penser je dois me retenir pour ne pas vomir. J'inspire, j'expire…

C'est bon, j'arrive à me reprendre. De toute façon je n'ai pas le choix.

Encore maintenant, alors que tout ce que j'aime dans la vie est sur le point de prendre fin, je ne peux me résoudre à me dire que c'était une erreur. Je m'étais battue pour que mon compagnon accepte que je fasse partie intégrante de son quotidien et j'avais remporté la victoire, j'en étais fière.

Seulement, à ce moment-là, je n'imaginais pas comme la noirceur humaine est capable de patience, jusqu'à attendre le bon moment pour révéler son potentiel de destruction. J'aurais pourtant dû en avoir une idée - après tout, j'avais perdu mes parents – mais j'étais simplement… trop amoureuse pour me soucier de ça.

Or je suis dans cette situation où on repense aux grands discours qu'on a pu tenir et qui, eux, ne tiennent pas face à la dure réalité.

Cette réalité que j'ai ignoré tous ces mois parce que je vivais dans ma bulle de bonheur absolue avec l'homme que j'aimais, un héros aux multiples facettes dont l'une était qu'il s'employait à me combler chaque jour comme si j'étais son plus précieux trésor.

Cette réalité qui m'a rattrapée et qui me dévisage maintenant avec le sourire froid du psychopathe qui s'apprête à commettre un meurtre.

Cette réalité qui m'assure que ma mort suivra celle du Justicier, l'homme blessé et ligoté qu'on maintient à genoux devant moi, qui, privé de son épée comme de ses pouvoirs, ne pourra rien empêcher, et qui me fixe avec, dans ses prunelles dorées, un désespoir abyssal et un message d'excuse.

Cette réalité qui me souffle au visage que le Comité a gagné.

3ème PARTIE : COMMENT LA VIE AVEC UN SUPER-HEROS PEUT DÉRAPER.

Chapitre VIII : La vie à deux

*****

Je passerai sous silence l'épisode mouvementé où j'ai annoncé à Marianne que, désormais, William allait vivre avec moi. Sachez simplement qu'elle m'a d'abord accusé d'être enceinte et inconséquente, puis, quand elle a su que je n'attendais pas d'enfant, elle s'est contentée de me qualifier d'inconséquente. Vous me direz que c'est un qualificatif un peu étrange pour un personnage aussi volcanique que ma Marianne, et je vous répondrai que j'ai préféré utiliser cet adjectif-là pour rester dans un niveau de langage acceptable pour ce récit. Je tairai également ceux qu'elle a utilisés pour William, qui avait absolument tenu à être à mes côtés pour lui annoncer la nouvelle. Dire que j'avais moins tremblé dans mes chaussettes quand il avait fallu que j'annonce à Nanette, à 16 ans, que je n'étais plus vierge lorsqu'elle avait trouvé dans ma chambre une boîte de préservatifs à l'intérieur de laquelle le compte n'y était pas ! Bref, William avait encore une fois réussi à calmer la bête par je ne sais quel envoûtement linguistique, et après quelques échanges musclés, elle avait fini par cesser de l'insulter. Si elle ne validait pas ce choix, au moins se comporta-t-elle en meilleure amie en m'épaulant malgré tout.

Avec Jason et quelques collègues de William, elle nous aida à procéder au déménagement des affaires de celui-ci, lesquelles se résumaient à pas grand-chose, finalement. Ses vieux meubles furent emmenés par un camion d'Emmaüs pour vivre une deuxième vie ailleurs, et ses vêtements furent rapidement emballés. Bien entendu, William et moi avions auparavant mis de côté les « preuves compromettantes » dans une pièce du sous-sol que nous avions créée pour lui, dans laquelle se trouvaient toutes sortes de gadgets de surveillance pour éviter des intrusions non désirées dans son nouvel antre.

Personne ne venait jamais ici, pas même Marianne qui avait développé une sorte de phobie pour les endroits enterrés, alors nous n'avions pas peur qu'elle pose des questions sur ces nouveaux aménagements. Pour faire bonne mesure, j'avais tout de même mis ma machine à laver et mon sèche-linge contre la paroi, ainsi que des étagères pour ranger des bouteilles de vin, histoire que ma cave paraisse à peu près normale.

C'est ainsi que j'allais laver les chaussettes du Justicier à quelques centimètres de l'endroit où il s'entraînait et planifiait ses patrouilles nocturnes. C'était assez comique dans un sens.

Les premiers temps, nous blaguions beaucoup sur le sujet, car il m'avait surprise plusieurs fois en se téléportant d'abord dans sa cache, puis derrière mon dos, alors que j'étendais notre linge sur les fils prévus à cet effet. Les caméras de surveillance lui permettaient de savoir si j'étais seule à la maison et donc s'il lui était possible de jouer au Justicier attardé qui fait sursauter sa petite amie avec un « Bouh ! » sonore qui marchait à tous les coups, vu que je ne l'entendais jamais arriver. J'aimais étendre mon linge en écoutant de la musique et je ne pouvais m'empêcher de danser si la chanson comptait parmi mes préférées. C'était une habitude que William avait découverte, qui le faisait hurler de rire, et surtout qu'il aimait stopper en me faisant peur, comme le crétin adorable qu'il pouvait être à l'occasion.

Ça me rendait dingue, mais je ne lui en voulais jamais parce qu'il savait aussi qu'en me laissant lui enlever son costume et qu'en me soulevant ensuite sur la machine à laver, une fois dévêtue également, pour me faire toutes sortes de choses indignes d'un Justicier, je lui pardonnais toujours. Et lui, l'être mystérieux dont toutes les femmes rêvaient secrètement de devenir la maîtresse, adorait plus que tout que je lui enlève son masque en lui disant que je préférais l'homme au héros.

Ça faisait partie de ce quotidien nouveau et palpitant que nous avions embrassé tous les deux, et qui nous rendait heureux.

Marianne finit par en convenir au bout d'un moment, parce qu'elle arrêta de lancer des piques à William et de me lancer des œillades incendiaires. Nous étions fin janvier et avions emménagés depuis un bon mois lorsqu'elle me dit ceci :

- Bon, je sais que j'ai mal réagi quand j'ai su que tu allais vivre avec ton petit-copain seulement après quelques semaines de relation. Mais je dois dire que je ne t'ai jamais vue aussi radieuse, alors… Peut-être que ce n'était pas une si mauvaise idée en fin de compte.

Nous étions toutes les deux dans la cour de récréation à ce moment-là, et nombre d'élèves me virent prendre mon amie dans mes bras et la serrer contre moi.

- Arrête, Adeline, dit Marianne en rigolant. Ou ces marmots vont encore croire qu'on est lesbiennes !

Je partis en éclat de rire, et je me rappelle que cette journée, malgré sa fraîcheur et un jet de pierre de voyous qui brisa quelques vitres au rez-de-chaussée, fut à classer parmi celles que je ne voulais pas oublier.

*****

Rose Fersen était certainement la plus heureuse de tous. Elle me confia, un soir où nous l'avions invitée à la maison et tandis que j'avais obligé William à récurer la casserole où il avait fait brûler du lait, qu'elle avait trouvé son fils changé depuis notre rencontre, mais que depuis notre mise en ménage, il s'était littéralement transformé. Le garçon espiègle qu'elle avait toujours connu, mais que ses fonctions de Justicier et son appartement morose avaient rendu bien trop sérieux, était de retour. Selon elle, j'étais à l'origine de cette mutation, et elle en fut d'autant plus convaincue quand je lui appris que dès le premier instant, au restaurant, William n'avait cessé de rire de moi.

Évidemment, ce dernier avait écouté aux portes et s'était empressé de lancer :

- Il faut dire qu'Adeline est tellement drôle malgré elle !

Nous avions bien ri. Rose était une personne attachante, qui voyait toujours le côté positif des choses et qui ne se laissait jamais abattre. La preuve : quand je me risquai à lui demander si sa hanche la faisait à ce point souffrir, elle me répondit que la douleur lui rappelait qu'elle était vivante et à même de connaître ses petits-enfants.

Je m'en voulus d'avoir posé cette question sur tous les plans. J'avais été indiscrète et surtout, j'avais laissé à Rose une occasion de me harceler encore une fois avec une éventuelle descendance. J'éludais toujours sans la vexer, ne souhaitant pas aborder le sujet avec elle. C'était trop intime, déjà, et puis tellement angoissant aussi.

Ça n'avait rien à voir avec la peur d'engendrer des petits Atlantes ! Honnêtement, qu'ils aient le patrimoine génétique d'un peuple mythologique m'indifférait totalement. J'avais juste peur d'engendrer… tout court.

D'aussi loin que je me souvienne, je n'avais jamais été vraiment attirée par les jeunes enfants. Je n'aurais par exemple jamais pu être professeure des écoles, tant ça ne me correspondait pas. J'avais cependant compris que j'étais faite pour ouvrir l'esprit des adolescents avec lesquels j'aimais converser et avec lesquels j'avais développé une aisance qui me permettait d'éviter les conflits. Ça ne m'avait pas empêché de retrouver plusieurs fois ma voiture rayée ou avec des pneus crevés, mais je n'avais pas à me plaindre comparé à certains autres établissements de la ville où les professeurs venaient en tramway par peur qu'on leur brûle leur véhicule.

Tout ça pour dire que j'étais décidée à aborder le sujet « bébé » avec William, mais dans un avenir lointain. Les couches, les biberons, les cris, je n'étais vraiment pas prête pour ça. Je le serais certainement, un jour, mais pas maintenant. Donc Rose devrait patienter avant d'être grand-mère !

C'était déjà parfois difficile de gérer un Justicier ! Alors imaginez une ribambelle de petits prodiges capables de se téléporter sur le toit de la maison sur un caprice ! J'en avais des sueurs froides rien que d'y penser !

*****

Je reviendrai après sur la gestion difficile d'un Justicier, sachez déjà que, quelque part, vivre avec un journaliste, c'était au moins aussi compliqué.

Par exemple, William possédait un instinct redoutable quand il s'agissait de savoir si quelqu'un lui mentait ou non. De fait, quand il s'enquérait des causes de la disparition du dernier biscuit ou du dernier bonbon d'une de nos boîtes « spéciales grignotage devant la télé le soir », il ne me croyait jamais quand je lui disais que Marianne était passée dans la journée et avait opéré une razzia dans nos placards. Là, il levait systématiquement les yeux au ciel et me bombardait de questions dans le but de m'embrouiller l'esprit, et je finissais toujours par admettre que je n'avais pu résister à l'appel des pâtes à mâcher.

- Tu aurais dû être flic ! grognai-je, un jour.

- Désolé, moi j'arrête les criminels, je ne prends pas de commission sur leurs petits trafics. Quoique je me vois bien ramener des menottes à la maison pour les soirs où je travaille, non seulement tu pourrais m'attendre en déshabillé sexy, mais ça t'empêcherait aussi de manger les bonbons que je me réserve.

J'avais lancé la boîte vide en direction de sa tête ; il s'était contenté de se téléporter pour l'éviter et *Clic !* … j'avais soudain senti le contact de quelque chose de froid autour de mes poignets alors qu'une voix murmurait à mon oreille :

- Alors, mademoiselle Tremen, cela vous plaît d'enfreindre la loi ? Votre réponse ferait un très bel article pour le *Fort-Béné*.

Mon Dieu…

Donc vous l'avez compris, à ce niveau, la vie à deux était assez folklorique. Et je n'ai pas abordé la question de notre emploi du temps.

William n'avait aucun horaire fixe et je ne savais jamais vraiment à l'avance s'il rentrerait pour dîner avec moi ou non. Je n'en concevais pas vraiment de frustration puisqu'il s'arrangeait toujours pour qu'on passe du temps ensemble, mais je devais admettre que cela requérait une sacrée organisation. Vive les téléphones portables et les forfaits illimités !

J'avais opté pour un professionnel dans l'âme qui ne lâchait jamais rien, et je l'admirais pour ça avant même de le connaître.

William était de ces journalistes qui creusent en profondeur un sujet pour en faire le meilleur article possible. Il ne publiait jamais s'il n'était pas sûr à cent pour cent de son information et enquêtait des semaines s'il le fallait pour débusquer ce qu'on avait mis tant de soin à cacher.

En l'occurrence, il se plaisait à révéler certains sombres petits secrets des gorilles travaillant pour Vincel et d'autres membres du Comité. Dernièrement, il s'était plu à égratigner le chef de notre police, un ripoux notoire dont la publication du montant de ses fraudes à l'impôt sur le revenu l'avait humilié auprès du ministre de l'Intérieur, qui, ayant eu vent de l'affaire, avait immédiatement réclamé sa démission. Le maire n'avait eu d'autre choix que d'approuver avec enthousiasme, histoire de maintenir son image d'incorruptible en place. Ce fut un jour de fête à Fort-Bénédicte.

Suivi d'un jour comme les autres, puisqu'un ripou pire encore avait été nommé à la place du précédent. Avec tous les trafics et la violence qui gangrenaient la ville, ainsi que tous ces mafieux qui avaient une dent contre le *Fort-Béné*, la révocation du chef de la police n'avait été qu'une victoire en demi-teinte.

William avait beau tenter de me le dissimuler, je savais qu'à quasiment chaque parution de ses articles, il recevait des menaces de mort à son endroit.

Même si elles ne me concernaient jamais, il se montrait alors plus protecteur et passait plus de temps dans son costume de Justicier à mettre des bâtons dans les roues des commanditaires, puisque, bien sûr, il savait qui ils étaient.

Au fil du temps, mes craintes d'un attentat en représailles du travail de mon compagnon s'apaisèrent, car si vraiment il représentait une gêne majeure, nul doute que le Comité aurait pris des dispositions beaucoup plus drastiques ne nécessitant aucun avertissement préalable. C'était certainement une cible mineure comparé à son rédacteur en chef, Henri, qui profitait de ses éditos pour exprimer clairement ses idées sur le régime que nous subissions à Fort-Bénédicte. William le savait aussi, mais il se faisait quand même du souci. Je ne pouvais guère lui en vouloir.

Il m'aimait, je ne pouvais en douter à sa façon de vouloir toujours me protéger, et il n'était pas rare, en cette fin d'hiver, qu'en revenant le soir à ma voiture, toujours munie de mon spray au poivre et de mon couteau suisse, je ressente cette présence bienveillante qui me surveillait du haut des immeubles jusqu'à ce que je démarre le moteur de ma petite *Fiat*.

William n'en oubliait pas pour autant sa mission et même si j'aurais préféré l'avoir toutes les nuits avec moi, cela me rassurait de le savoir en patrouille pour veiller sur nous comme il le faisait depuis un an. Parfois je m'endormais seule et le retrouvais au réveil, parfois c'était l'inverse, parfois… rien du tout.

Dans ces moments-là, une angoisse terrible m'oppressait la poitrine et je redoutais d'allumer la radio ou la télévision, au risque d'entendre la nouvelle de la mort du Justicier. Il avait un point faible, maintenant, et j'étais bien placée pour savoir que ce métal pouvait lui être fatal. Poséidon avait-il donc oublié quelque chose dans sa conception des Atlantes ? Ou les avait-il tenus par le talon pour les tremper dans le Styx, au risque qu'ils finissent comme Achille [52] ?

*****

Vous l'avez compris, être la compagne d'un super-héros n'est pas facile. J'aurais bien voulu, à certains moments, que Superman, Iron Man ou tout autre héros de BD soit réel, histoire que je puisse me confier à quelqu'un qui vive la même chose que moi. Avec Jane Foster, Virginia « Pepper » Potts[53] et les autres copines, nous aurions pu fonder notre propre équipe de *Desperate housewives* et échanger nos recettes de bonheur conjugal pendant que nos hommes sauveraient le monde.

Cela m'aurait fait un bien fou de pouvoir parler à quelqu'un qui aurait compris tout ce que je pouvais ressentir à vivre un quotidien à ce point au-delà du réel. Rose paraissait tout indiquée, cependant, il y avait des sujets que je ne voulais pas aborder avec elle, au risque qu'elle se fasse davantage de souci ; l'histoire du métal-poison, par exemple. Et puis, malgré sa bonne humeur, sa santé restait fragile et je voulais la protéger.

Je gardais donc tout en moi, consciente de la nécessité de préserver ce secret si important et consciente aussi parfois du fardeau qu'il pouvait représenter pour ses garants. Je m'en voulais de ne rien dire à Marianne alors qu'elle était la plus proche amie que j'avais jamais eue. Elle ne m'avait jamais rien caché et jusqu'ici, c'était réciproque. Lui mentir m'arrachait le cœur, surtout lorsque je devais trouver des excuses pour expliquer les fréquentes sorties nocturnes de mon compagnon. Elle le savait à cause d'une gaffe que j'avais faite un soir où je m'ennuyais dans mon lit et qu'après une rafale de textos, elle m'avait demandé si mon homme n'en était pas jaloux. Je

---

[52] Achille est un demi-dieu. Pour le rendre immortel, sa mère, Téthys, le trempa dans le Styx en le tenant par le talon. Les eaux du fleuve firent effet sauf à l'endroit tenu par la mère, qui devint le point faible du fils. Achille fut tué d'une flèche empoisonnée qu'il reçut dans le talon.
[53] Compagnes de Thor et Iron Man.

lui avais répondu que j'étais seule, et que je commençais à en avoir l'habitude. Le lendemain, elle m'avait proposé les services d'un détective privé pour vérifier que William n'avait pas une maîtresse ! Heureusement, elle s'était elle-même ravisée juste après en disant :

- Mmmh non. Laisse tomber. Même moi je dois avouer que j'aimerais que Jason me regarde comme William te regarde… comme si tu étais son miracle personnel. Donc pas de maîtresse. Il est quand même chiant de te laisser si souvent en plan au lieu de réchauffer ton lit !

Qu'aurais-je dû lui dire ?

- Marianne, si tu savais qu'il a décidé d'aller à l'encontre de la tradition du peuple atlante dont il est issu en devenant le Justicier et en sauvant des vies toutes les nuits grâce à l'épée jumelle d'Excalibur, tu ne dirais pas qu'il est chiant !

Certainement… Or, je ne le pouvais pas.

- C'est vrai que c'est chiant, mais il sait se rattraper autrement.

- Au lit ? avait-elle ricané.

- Pas seulement.

William savait que, tout comme sa mère, je m'inquiétais pour lui dès qu'il enfilait son costume. Il faisait donc tout pour me rassurer et suprême honneur, en gage de la confiance absolue qu'il avait en moi, il menait ses enquêtes dans la plus grande transparence à mon égard.

Il ne me demandait pas mon aide sur le terrain et ne l'aurait pas demandée de toute façon. Il avait été clair sur ce point, il ne voulait pas me mettre en danger plus que je ne l'étais déjà en vivant avec lui. Toutefois, quand il piétinait sur une affaire, ou quand il avait simplement besoin d'en parler, il me demandait mon avis et en tenait compte. Il s'agissait le plus souvent de trafics de stupéfiants, de braquages, d'incendies criminels ou d'agressions de la part de gangs affiliés de près ou de loin au Comité, entendu qu'aucun criminel ne pouvait exercer à Fort-Bénédicte sans son aval. Mais il y avait également des affaires beaucoup plus complexes liées cette fois aux organes dirigeants du Comité. William avait réussi à en identifier quelques uns, tous des hommes d'affaire ou des notables dont les enseignes cachaient de belles entreprises mafieuses à la mécanique parfaitement rôdée, et dont l'envergure n'était rien comparée à celle de la tête pensante de l'organisation : Théodore Vincel. Chaque fois que William réussissait à déjouer l'un de leurs plans, ou, à deux occasions, à faire tomber l'un des lieutenants du maire, ce dernier le remplaçait par un autre immédiatement, histoire que la pieuvre conserve tous ses tentacules.

Par ailleurs, il se produisait un étrange phénomène depuis quelque temps auquel William et moi ne comprenions rien. Entre le 15 janvier et le 10 février, cinq personnes, dont on avait signalé la disparition aux autorités, étaient subitement réapparues dans des quartiers sordides, sans aucun souvenir de ce qui leur était arrivé, et même sans aucun souvenir du tout. Amnésiques ou carrément lobotomisées, ces personnes, sans lien entre elles puisqu'il y avait des individus moyens comme des voyous dans le lot, venaient s'ajouter à la liste des mystères insolubles sur lesquels William devait travailler.

Il me fallait alors gérer la frustration de mon super-héros, qui se sentait parfois inutile dans une ville au bord du gouffre, sachant que l'un comme l'autre, nous sentions que quelque chose se tramait par en-dessous, quelque chose qui achèverait de l'y précipiter.

Les livraisons d'œuvres d'art pour le compte de Florent Vincel et son exposition avaient continué sans autre cargaisons explosives illégales et celle-ci avait été annoncée pour le 5 avril. Nous n'avions aucune idée de ce qu'il avait bien pu y avoir de si dangereux dans le gymnase Perret pour que le maire n'hésite pas à sacrifier des tableaux de valeur afin que le Justicier ne découvre pas les raisons premières de cet acheminement multiple. J'avais émis sérieusement une fois l'idée de réinterroger Florent Vincel et si William avait paru intéressé sur le moment, il s'était mis dans une colère noire dès qu'il avait compris que j'aurais été celle qui pose les questions autour d'un dîner entre amis.

J'avais eu quelques contacts téléphoniques avec le fils de notre ennemi depuis notre soirée ratée, car je n'avais pas voulu couper totalement les ponts avec lui. William l'ignorait, évidemment, et je n'étais pas fière de le lui cacher. Toutefois, je pensais que cela aurait été un tort de l'occulter totalement car, d'une part, je lui avais promis de lui accorder une seconde chance en tant qu'ami potentiel, et d'autre part, j'avais cet instinct un peu étrange qu'il pourrait nous aider un jour contre son père. Nos conversations se limitaient toujours à quelques minutes et à des sujets non sensibles, hormis le jour où il avait bien fallu que je lui avoue que j'avais quelqu'un dans ma vie (aveu qui avait espacé d'un bon mois sa réponse au SMS que je lui avais envoyé par la suite pour prendre de ses nouvelles). Florent Vincel savait que je restais sur la réserve avec lui en raison du passé commun de nos géniteurs, mais que je faisais des efforts pour le connaître en tant qu'individu et non en tant que fils d'une ordure abjecte, c'est pourquoi il se montrait si patient et je devais l'avouer, si digne d'amitié. Jamais il ne remit sur le tapis ses sentiments pour moi et malgré sa douleur certaine de me savoir heureuse avec un autre homme, il me faisait toujours sentir que mes appels lui faisaient plaisir dans un quotidien qu'il n'arrivait pas à changer.

Il vint un moment néanmoins où je fus décidée à passer outre les recommandations de mon Justicier. Fin février, le nombre de disparitions-réapparitions avait explosé, faisant de cette affaire la priorité numéro un de William. On comptait désormais dix-huit personnes qui avaient été retrouvées errant dans des rues glauques et dans un état de choc profond, dépendant maintenant des soins de leurs proches pour finir leurs vies, brisées avant même d'avoir vraiment commencé. William avait eu beau tenter de les interroger en tant que journaliste ou Justicier, il n'y avait rien à en tirer, parce que les criminels responsables de leur état leur avaient tout pris.

Ça associé au reste, à la violence omniprésente et quotidienne, faisait que William maudissait plus que jamais les bandits qui dirigeaient cette ville. Il avait beau y patrouiller des nuits entières et la sillonner en long, en large et en travers, il faisait toujours chou blanc, ce qui faisait exploser sa frustration et son sentiment d'inutilité.

Le soir où il découvrit lui-même une dix-neuvième victime, une pauvre fille d'à peine vingt ans qui n'était même pas d'ici, et dont il suspecta qu'elle avait également été violée, il avait atteint les limites de ce qu'un être drapé d'humanisme et de justice peut supporter. Il était rentré à la maison après avoir laissé la jeune victime aux urgences, et s'était enfermé dans le silence de son repaire le reste de la nuit pour tenter de comprendre pourquoi Zeus avait créé l'engeance des hommes, si c'était pour qu'ils se comportent pire que des animaux. Pour un Atlante ayant hérité de la sagesse de Héphaïstos et des prêtresses d'Avalon, il y avait de quoi désespérer.

Ce que je ne pouvais tolérer.

Alors qu'il broyait du noir en solitaire, je pris donc mon téléphone et envoyai un texto qui allait peut-être tout bouleverser... dans le bon ou le mauvais sens.

*****

Je fermai la portière de ma petite *Fiat* et observai le paysage autour de moi, charmée. Derrière, des maisons bourgeoises à grands volumes avec des colombages typiques de Normandie repeints en des teintes de bois plus clairs côtoyaient des constructions plus modernes. Devant, s'étalaient une plage de galets et une mer agitée par le vent de mars et la marée montante, dont je pouvais entendre le bruit des vagues depuis la promenade en dur sur laquelle je me trouvais, et qui accueillait habituellement, l'été, des restaurants divers et des petites cabanes blanches pour les baigneurs. La ville du Havre ne mettait en place ces installations qu'à partir du mois d'avril en général, période à laquelle, dès qu'un rayon de soleil l'éclairait, ses habitants se ruaient à la plage pour s'y promener, jouer au volley-ball ou à la pétanque sur les terrains mis à disposition, ou encore y manger les fameuses *Frites à Victor* ou déguster des glaces à l'italienne. Mais en ce 15 mars, date à laquelle Florent Vincel avait pu seulement se libérer pour notre rendez-vous, le paysage, vide de tous ses commerces et manquant de soleil, avait un autre visage ici, plus mystérieux et tout aussi envoûtant. Il y avait en ces lieux une atmosphère que j'avais toujours appréciée, et que je me plaisais à retrouver dans les tableaux des impressionnistes comme Monet et son *Impression, soleil levant,* ainsi que dans les œuvres d'autres artistes exposés au MuMa[54]. J'aimais cette ville parce que les gens y étaient accueillants, et aussi parce qu'il y avait de quoi être fier dans le fait de vivre dans une cité à ce point transformée en à peine vingt ans. Si seulement Fort-Bénédicte avait connu une telle évolution positive ! Au lieu de ça, elle avançait un peu chaque jour vers les ténèbres où notre bon maire voulait la précipiter...

Je soupirai et me dirigeai tranquillement vers *La Croisette,* un bar-salon de thé situé sur le front de mer, là où je devais retrouver celui qui, je l'espérais, allait aider sans le savoir l'ennemi de son père à faire échouer ses plans.

Arrivée la première, je choisis de monter à l'étage, où on avait une vue panoramique de la plage et plus loin, des porte-conteneurs quittant l'imposante structure qu'était Port 2000. Le ciel était chargé de gros nuages gris annonçant une averse dans les minutes à venir, et la température d'à peine dix degrés m'avait convaincue que j'avais bien fait d'opter pour mon manteau le plus épais.

Cinq minutes après avoir commandé un cappuccino, je me réchauffais les doigts sur ma tasse en observant le départ d'un *British Ferry* vers les eaux anglaises.

- Bonjour, Adeline.

Florent Vincel me souriait chaleureusement, l'air sincèrement ravi de me revoir après si longtemps. Je lui souris et lui tendis ma main qu'il serra. Il était exclu que nous nous fassions la bise, nos rapports étaient peut-être cordiaux, ils n'étaient pas non plus de l'ordre de ce que pratiquent les amis proches.

- Bonjour, Florent. Heureuse de vous revoir, dis-je.

- Moi aussi. Ce n'est pas pareil quand nous nous parlons par téléphones interposés. C'est quand même mieux quand on peut communiquer de visu.

- Mes élèves vous contrediraient. Quand je les regarde dans la cour, je les vois en petits groupes et c'est plutôt sympa. Mais après,

---

[54] Musée Malraux, situé le long de la plage du Havre.

je me rends compte qu'ils ne se parlent pas vraiment, pendus qu'ils sont à leurs applications de Smartphones.

Démarrage de la conversation sur un sujet neutre. Bien.

- Monsieur, vous désirez boire quelque chose également ? demanda la serveuse lorsqu'elle nous eut rejoints.

- Un café long sans sucre, merci.

J'avais compris, à la façon dont elle dévisageait Florent avec angoisse, qu'elle l'avait reconnu. Les Havrais, comme les Dieppois, connaissaient la réputation sulfureuse de Fort-Bénédicte et de ses dirigeants, de fait, ils préféraient éviter un maximum de nouer des relations avec notre ville, pour éviter tout risque de contamination par l'infection que représentait le Comité. Il n'était donc pas rare de voir des Bénédictins venir respirer un air pollué, mais démocratique dans les autres grandes métropoles normandes, or malheureusement l'inverse n'était pas vrai, ou si peu...

- De par mes fonctions auprès de la jeunesse de la ville, je suis sensible à toutes ces applications qui ravissent nos jeunes, mais nous compliquent la vie.

Je m'astreignis à l'impassibilité pour ne pas lui montrer ce que je pensais de la politique de la ville concernant sa « jeunesse ». De toute façon, je suspectais que Florent Vincel le savait parfaitement, mais qu'il feignait de ne pas s'en rendre compte.

- Je crois que j'en suis arrivée au point où je ne peux plus supporter de voir des selfies de jeunes filles pensant que mettre leur bouche en cul de poule pour une photo leur confère du sex-appeal.

Le fils du maire s'esclaffa doucement. La serveuse lui apporta son café qu'il commença à boire, alors que je finissais mon cappuccino.

- Vous faites vraiment le plus beau métier du monde, vous savez ?

Je lui jetai un coup d'œil en biais. *Encore sincère !*

- Je croyais que c'était fini le temps où les gens y croyaient encore. Aujourd'hui, nous sommes plutôt vus comme une caste de fainéants incompétents, plus doués pour faire grève que pour faire cours.

- C'est assez injuste quand on voit le travail de votre équipe pour apporter connaissances et équilibre aux jeunes de votre quartier.

Je reculai sur ma chaise, bras croisés, et lui servis un sourire narquois. Il leva les yeux au ciel comme je disais :

- C'est appréciable d'être reconnu à sa juste valeur.

- Vous êtes décidément impitoyable, Adeline. Vous savez que je suis capable de reconnaître que vos efforts sont vertueux, même s'ils ne servent pas les intérêts du Comité.

- Je vous taquinais, Florent.

Il me fixa, un peu surpris, puis éclata de rire quand il comprit que je me payais vraiment sa tête.

- C'est agréable d'être reconnu à sa juste valeur, répéta-t-il.

Gêne désamorcée, phase 2, mise en confiance.

- Justement, j'ai vu votre interview sur la chaîne locale. Votre exposition s'annonce grandiose, ça doit représenter un travail titanesque.

Ses yeux brillèrent et il commença à me raconter en détail les progrès qu'il avait faits, ainsi que les œuvres qui seraient présentées au public.

Envoi n°1 !

- J'ai entendu dire que vous aviez rencontré quelques problèmes et que plusieurs toiles avaient été perdues.

Les sourcils de Florent Vincel se froncèrent.

- Pas perdues, détruites dans une explosion. À cause du Justicier.

Je pris un air innocent.

- Comment est-ce possible ? Vous aviez de la nitroglycérine dans les caisses contenant vos œuvres, ou quoi ?

Le fils du maire rit au bon moment, mais j'avais remarqué la façon dont il avait bloqué sa respiration avant de s'exécuter. *Il y avait bien des produits instables dans ces caisses !*

- De la nitro ! On n'est pas au Far West, Adeline.

- Quelque chose de plus moderne, alors ? Je ne sais pas… du C4 ?

À voir sa tête, je m'éloignais du sujet, car ses épaules se détendirent. *Zut ! La plaie ! Je n'y connais rien en explosifs, moi ! J'aurais dû prévoir une liste !*

- Adeline, les tableaux n'explosent pas en temps normal, c'est le nombre de visiteurs aux expositions. Et je compte bien que ça soit le cas avec la mienne.

Ok, changement de sujet tout en subtilité… Je n'en tirerai rien de ce côté-là. Jouons le jeu pour contre-attaquer ensuite sur l'envoi n°2.

- Vous y mettez beaucoup de cœur, je suis admirative.

- Merci du compliment. Je trouve une grande satisfaction à m'investir dans ce projet culturel, c'est très important pour moi. Vous êtes bien placée pour le comprendre de par votre profession.

Je haussai les épaules.

- C'est comme tout métier, il y a des hauts et des bas, des gloires et des échecs. Il faut aussi prendre en compte notre public : on peut avoir le plus beau projet du monde, s'il ne correspond pas aux envies des gens, ils n'y adhèreront pas.

- Vous avez connu des déceptions comme ça ?

Je ricanai.

- Si je vous disais le nombre de fois où je suis arrivée toute fière du cours que j'avais préparé et que je me suis retrouvée finalement seule à l'apprécier parce que ça ne correspondait pas au profil ou au niveau de mes élèves… On apprend et on s'adapte. Il y a l'instinct aussi, parce qu'avec les années, on sent avec quelles classes on va pouvoir mettre en place des projets, et avec quelles autres il vaut mieux les laisser dans nos tiroirs. Mais chaque fois qu'on arrive au bout d'une aventure collective, comme un voyage ou la création d'une simple affiche pour le CDI, c'est toujours un moment d'intense satisfaction.

J'avais terminé, mais Florent Vincel m'observait toujours avec un drôle d'air et une lueur un peu trop prononcée dans les yeux.

- Quoi ?

Il sourit.

- J'aime vous écouter parler de votre métier. On sent que ça vous passionne, cela vous rend encore plus belle.

Je ne pus m'empêcher de rougir. *Alerte ! Alerte ! Sujet sensible ! Fais diversion !*

- On m'a dit que les profs avaient toujours tendance à trop parler de leurs cours. J'essaie de ne pas me montrer trop enthousiaste et de ne pas trop m'étendre par peur d'assommer mes interlocuteurs, mais je crois qu'il m'arrive de me laisser emporter.

- Je pourrais vous écouter pendant des heures. Votre petit ami n'en fait-il pas autant ?

Là, je devins écarlate.

- Florent, ce n'est pas correct. Et nous ne sommes pas là pour faire l'état de vos pedigrees à chacun.

Son sourire moqueur me fit comprendre qu'il me taquinait. J'avais été claire avec lui, je ne consentais à le fréquenter qu'à condition qu'il accepte que nos relations restent purement amicales. Cette entorse à la règle était donc une vengeance pour tout à l'heure.

- Et ça vous fait sourire ? dis-je, exaspérée.

- C'est un juste retour des choses, non ?

- Pas du tout, vous devriez vous excuser.

- Vous avez raison. Je vous présente mes excuses pour vous avoir mise dans l'embarras.

Ok, il n'avait pas l'air désolé du tout, un peu comme William qui proférait de fausses excuses quand je m'énervais sur lui après qu'il m'eut fait sursauter en apparaissant dans mon dos juste pour s'amuser.

Envoi n°2, ça devient n'importe quoi là.

- Bon. D'après ce que vous me dites sur la diversité et la qualité des toiles que vous présenterez à votre exposition, celle-ci ne pourra qu'attirer beaucoup de monde. Les gens sont friands de tableaux qui évoquent la mer, surtout quand ils ne l'ont pas chez eux, donc je me dis qu'il y aura un afflux de visiteurs de toute la région.

Il sourit chaleureusement. Je poursuivis :

- Sauf s'ils entendent parler de ces gens qui disparaissent pour ensuite revenir à l'état de zombi.

Le sourire de Florent disparut aussitôt, et une certaine tension s'installa entre nous. Cela ne me plaisait guère, toutefois je décidai d'aller plus loin dans l'offensive.

- Ce serait la première fois en vingt ans que Fort-Bénédicte serait mise en lumière pour sa culture et non pour ses crimes ou, plus récemment, pour son Justicier masqué. J'espère que, comme ce dernier, vous allez faire en sorte d'arrêter les criminels qui sont à l'origine de ces enlèvements. Toute la ville est terrorisée, et ça risque de faire peur aux amateurs d'art susceptibles de se déplacer pour l'exposition.

Les traits crispés, l'expression fermée, Florent me fixait avec un mélange de colère et d'abattement. Un lourd silence était tombé entre nous, ce qui me rendit très mal à l'aise, m'obligeant plusieurs fois à avaler ma salive pour ma gorge devenue sèche.

- J'espère que vous n'êtes pas là sur demande de votre petit copain journaliste afin de me tirer les vers du nez sur cette affaire.

Dans tes dents, Adeline ! Tu aurais dû la prévoir celle-là ! Et maintenant ? Qu'est-ce que tu fais ? Il faut tout de suite apaiser la suspicion de Florent ou tu cours à la catastrophe, espèce de cruche !

Heureusement pour moi, seuls les violents tremblements de mes jambes auraient pu me trahir quand je lui mentis :

- Je vois que vous non plus, vous n'avez pas confiance en moi, dis-je en le toisant impitoyablement.

La meilleure défense étant l'attaque, j'avais décidé d'utiliser la méthode de l'honneur bafoué pour me sortir du pétrin dans lequel je me trouvais.

- William ne veut pas de mon aide sur le terrain pour ne pas me mettre en danger, et de mon côté, je n'ai pas pour habitude de trahir mes amis. *(Une vérité, un mensonge)* Comment osez-vous me prêter de telles intentions ?! (Je me levai, prête à partir ; autant donner dans la tragédie à ce stade) Au revoir, Florent.

Il me saisit la main pour m'arrêter dans mon élan, ensuite il se leva et me fit face.

- Adeline, je ne voulais pas vous manquer de respect. Restez avec moi... s'il-vous-plaît.

Je soutins son regard peiné, puis hochai la tête.

- Allons prendre l'air, proposa-t-il, sans lâcher ma main.

Nous descendîmes voir le gérant et mon compagnon paya l'addition, en vrai gentleman. Puis nous sortîmes, traversâmes la route et allâmes au bord de l'eau, tout ça en silence.

- Adeline, je vous réitère mes excuses pour tout à l'heure.

Je me tournai vers la mer, magnifiquement houleuse. Le vent caressait la crête des vagues qui fondaient sur le rivage dans un bruit rendu assourdissant par la valse des galets malmenés par les flots. Un rayon de soleil perça les nuages en cet instant, donnant au paysage un aspect presque magique.

- Je ne vous accusais de rien, Florent. Mais votre réaction me pousse à me poser des questions. J'aurais cru que le Comité était au-dessus de ce genre de pratiques monstrueuses...

Faux et archi faux, tout le monde à Fort-Bénédicte savait que les pires atrocités y étaient couvertes par le Comité.

Il soupira.

- Adeline, le Comité n'est pas derrière chaque acte criminel de cette ville, et surtout pas derrière cette affaire d'enlèvements.

Je lui fis face et le dévisageai. Bon sang ! Il avait l'air si sincère ! D'un coup, mon sentiment de culpabilité quant au fait de cuisiner un « ami » s'apaisa. Il me mentait lui aussi, et pas qu'un peu.

- Qui serait responsable d'après vous ?

Il secoua la tête.

- La police fait son enquête là-dessus, c'est tout ce que vous avez besoin de savoir.

- La police..., dis-je avec sarcasme.

Nouveau soupir de sa part.

- Vous voyez toujours tout en noir, Adeline.

- C'est parce que j'ai eu vingt ans pour m'habituer aux ténèbres qui dirigent cette ville, rétorquai-je avec amertume, me tournant à nouveau vers la mer. Et je n'ai pas envie qu'on me retrouve moi aussi à l'état de zombi sur un trottoir crasseux d'un quartier mal famé. N'ai-je pas le droit d'être inquiète ?

Je sentis une main sur mon épaule, puis je pivotai malgré moi vers mon interlocuteur qui déclara :

- Je vous jure qu'il ne vous arrivera rien, Adeline.

Il y avait une telle passion dans ses yeux ! Pour autant, celle-ci était concurrencée par l'incertitude.

- Vous ne pouvez pas le savoir, Florent. À moins que le Comité et sa tête pensante disparaissent, comme tous les habitants de Fort-Bénédicte je resterai une victime de leur oppression. Le Justicier nous a redonné espoir, et c'est certainement le plus beau cadeau qu'il pouvait nous faire, mais il ne peut pas non plus protéger chaque citoyen. Alors d'ici à ce qu'il vainque le Comité, il y aura encore des dommages collatéraux, dont je peux faire partie.

- Adeline…

Florent Vincel avait l'air de souffrir, déchiré par un conflit intérieur. Peut-être qu'il allait me dire ce que je voulais…

- Je ne peux pas m'opposer à mon père. Il est trop puissant.

Il me l'avait déjà dit, mais le coup fut rude à encaisser. Il ne me révélerait rien sur ce qui se tramait dans les sous-sols du Comité. *Lâche…*

C'était la première fois que je le voyais vraiment comme tel, et il le lut sur mon visage.

- Je suis désolé, Adeline.

Je m'obligeai à ne pas le condamner et lui souris faiblement. Sa position était intenable et il avait eu son lot de souffrances avec un père pareil. Seulement… j'étais persuadée que même sans son héritage atlante, William aurait malgré tout enfilé un masque et un costume pour libérer Fort-Bénédicte de la chape de plomb qui l'écrasait. Malheureusement, tout le monde n'avait pas l'étoffe d'un héros, à défaut de celle de super-héros…

- N'en parlons plus, dis-je en frissonnant.

Le vent s'était rafraîchi, et le soleil avait été caché par un nuage noir bien plus menaçant que les autres. Sûrement un signe pour le futur de notre ville.

- Il va bientôt pleuvoir. Peut-être devrions-nous en rester là pour aujourd'hui.

J'accédai volontiers à la proposition de Florent, énoncée avec plus de tristesse que de frustration. Je le comprenais, chaque fois que nous nous étions vus, ma méfiance et sa lâcheté étaient entrées en collision pour nous rappeler à chacun comme nos origines pesaient sur notre tentative d'entente amicale.

- Je vous raccompagne à votre voiture.

Là, le vent balaya mes cheveux au moment de lui dire au revoir, comme il balaya les illusions que j'avais eues sur cette rencontre avec Florent. J'avais échoué une nouvelle fois dans ma tentative de lui soutirer des informations sur les plans de son père, et notre entrevue s'était encore mal terminée.

- Dois-je considérer que notre amitié n'existe plus ?

La question, posée avec angoisse et chagrin comme j'ouvrais ma portière, m'attrista véritablement, et quelque part, je regrettai d'être à ce point sujette à la compassion.

Je me tournai vers le fils de l'homme qui avait assassiné mes parents :

- Vous n'êtes pas comme votre père, je le sais, et nous avons tous nos défauts. Je resterai votre amie, Florent.

J'étais sincère. Il soupira de soulagement.

- Viendrez-vous voir l'exposition ? demanda-t-il timidement alors que je m'asseyais et démarrais le moteur de ma *Fiat*.

Terrain neutre. Bien.

Je lui offris un sourire engageant.

- Je ne raterai ça pour rien au monde.

Il s'écarta pour que je puisse manœuvrer ma sortie, puis me fit un signe de la main quand je partis.

Le bilan de cette journée était négatif : je n'avais rien appris d'intéressant qui pourrait servir la mission du Justicier, j'avais une nouvelle fois failli attirer les soupçons sur mes motivations réelles pendant cet entretien, et malgré l'estime que j'avais pour Florent Vincel, j'avais été choquée par sa lâcheté que je savais réelle. J'avais espéré qu'il parviendrait à la surmonter pour nous aider.

Pour autant, je n'arrivais pas à lui retirer ma confiance. Il y avait quelque chose en lui qui me poussait à ne pas vouloir totalement couper les ponts, comme une lueur d'espoir cachée sous des strates d'amertume et de manque de foi en soi, comme un homme de valeur enfermé dans une prison de peur.

Nanette m'avait enseigné qu'il fallait toujours accorder le bénéfice du doute à autrui, quelles que soient les circonstances. Or, je n'avais que ça pour cerner Florent : le doute.

Mieux valait ne pas y songer jusqu'à notre prochaine rencontre, je lui avais promis de passer à l'exposition et je comptais bien tenir mon engagement.

Je ne savais pas que celui-ci allait tout précipiter…

*****

William se gara près de l'entrée du parc des expositions. Il y avait déjà beaucoup de monde, ce qui ne nous surprit pas outre mesure pour un dimanche printanier malheureusement pluvieux. Le mois de mars s'était achevé sans nouvelles disparitions, mais avec autant de violence que d'habitude, alors nous avions tous accueilli le mois d'avril et ses premières journées ensoleillées avec un grand enthousiasme. L'arrivée du printemps était très symbolique à Fort-Bénédicte puisque l'espoir de beaux jours devant nous ne concernait pas uniquement la météo. Il régnait donc malgré la pluie une atmosphère légère en ce 7 avril, date à laquelle nous nous rendîmes avec William à cet événement qu'était l'exposition, inaugurée le vendredi soir en grandes pompes avec tous les officiels de la région et d'ailleurs. Nous avions réservé sa découverte au dimanche, sachant pertinemment qu'elle serait bondée. Les Bénédictins étaient toujours friands de ce genre d'événement, l'art étant un excellent moyen pour oublier l'espace d'un instant que nous vivions dans une ville totalement corrompue.

- Tu es sûr de vouloir y venir ? demandai-je à mon compagnon. Après tout, c'est en surveillant l'acheminement de toutes ces toiles que tu as été blessé.

William actionna la fermeture centralisée de sa *Peugeot 207*.

- C'est aussi grâce à ces toiles que j'ai pu découvrir mon talon d'Achille.

- Ta kryptonite plutôt, le repris-je avec un clin d'œil.

Il sourit.

- Disons que j'ai des références culturelles plus nobles que les tiennes.

Et il me rendit mon clin d'œil.

- Vantard !

- Geek !

- Ce n'est même pas une insulte !

- Sauf si je te range dans la catégorie Sheldon Cooper [55] !

- Oh !

Il prit le dépliant sur l'exposition et commença à taper trois fois dessus comme pour toquer à une porte.

- Toc toc toc, Adeline ! Toc toc toc, Adeline! Toc toc toc, Adeline !

- C'est toi qui es complètement toqué… dis-je en avançant vers l'entrée, suivie par un journaliste Justicier totalement demeuré et … hilare.

Mon doux-dingue me rattrapa bien assez vite pour déposer un baiser sur ma capuche à défaut de mon front (pluie oblige) et m'offrir son bras. Et malgré sa propension à se moquer de moi, je l'acceptai de bon cœur, charmée en vérité par son humour et son espièglerie.

Après avoir payé nos billets et avoir procédé aux habituelles vérifications des sacs pour cause d'état d'urgence national (un comble dans une ville où les hommes du maire étaient plus armés que ses concitoyens), nous entrâmes au cœur de cette ancienne manufacture de tabac reconvertie en parc des expositions.

- Tu crois vraiment que ce que cache le maire n'a rien à voir avec ces tableaux ? questionnai-je à voix basse, en faisant un geste du bras visant à montrer les œuvres accrochées aux murs et déjà admirées par de nombreux visiteurs.

William prit une inspiration avant de me répondre :

---

[55] Sheldon Cooper est un personnage de la série « The Big Bang Theory », et adepte de toutes les BD sur les super-héros. Il ne sait pas vraiment se comporter en société et tape toujours trois fois aux portes quand il veut parler à une personne.

- Je crois qu'une fois que Vincel a vu que j'avais compris qu'il profitait de ces toiles pour convoyer ses caisses mystères, il a changé de stratégie pour agir sereinement.

- Je suis désolée que tu ne sois pas parvenu à découvrir son plan.

Il hocha simplement la tête. Je savais que la frustration de ne pas avoir réussi à saisir la nature et l'ampleur du projet de Théodore Vincel le rongeait de plus en plus, même s'il évitait de me le montrer. Par ailleurs, il n'était pas le seul à avoir un mauvais pressentiment sur le sujet ; je redoutais moi aussi, et ce dans un avenir pas si lointain, la mise en œuvre de son plan, quel qu'il fût, et l'impossibilité pour William de le contrecarrer avant qu'on ait à en déplorer des victimes.

J'avalai difficilement ma salive.

- Viens, me dit William en me tirant vers l'avant. Maintenant que ces tableaux sont là, il serait dommage de les ignorer.

C'est ainsi que nous déambulâmes tranquillement, main dans la main, dans les allées de l'exposition. Nous admirions le talent de ces artistes de tous temps qui avaient décidé de représenter l'océan sous toutes ses formes, allant d'une surface lumineuse et plane reflétant le ciel, aux vagues déchaînées éclairées uniquement par les zébrures orageuses déchirant le voile opaque nocturne. C'était magnifique.

Florent a bien travaillé, pensai-je. Et je me gardai bien de partager cette pensée avec William. S'il savait que je n'avais pas coupé les ponts avec le fils de notre ennemi… et que je lui avais menti pour aller le retrouver…

Une fois encore, j'avalai difficilement ma salive. Même si mon mensonge n'avait pour vocation que d'aider William dans son enquête sur le mystérieux trafic auquel se livrait Théodore Vincel, j'avais conscience de flirter avec la ligne rouge. Mon compagnon avait été très clair, il ne voulait plus que je l'aide sur le terrain dans ses agissements de Justicier. Il avait déjà eu du mal à passer outre ses craintes d'être en couple avec moi, alors pour lui, maintenant que nous vivions ensemble, rééditer l'expérience de m'utiliser comme appât auprès du fils d'un des mafieux les plus dangereux du pays était devenu un tabou. De fait, je n'osais imaginer ce qu'il dirait s'il savait que non seulement je communiquais par SMS avec Florent Vincel en cachette, mais qu'en plus, je ne pouvais m'empêcher, malgré ma méfiance, d'apprécier ce dernier.

En effet, je trouvais admirable qu'il se soit à ce point démené pour la réussite de cette exposition dont il m'avait parlé avec un enthousiasme débordant et sincère lors de notre précédent entretien au Havre. J'avais beau savoir que le projet de Florent avait caché quelque chose de louche à un moment donné, pour une raison que je ne m'expliquais pas, j'avais la conviction profonde que celui-ci n'en était pas l'instigateur, et qu'il était honnête dans sa description de sa volonté de rendre l'art accessible au plus grand nombre. Contrairement à William, il m'était impossible de le haïr parce que, justement, j'arrivais à distinguer le bien dans cet homme tourmenté et complexe, enchaîné à un nom et à un père qui l'avaient brisé. Peut-être était-ce naïf, sûrement était-ce imprudent, mais les enseignements de Nanette s'étaient trop bien imprégnés dans mon esprit. J'avais réservé mon jugement jusqu'à en être certaine et voici ce que nos contacts ponctuels m'avaient appris : Florent Vincel n'était pas innocent, mais il n'était pas non plus mauvais.

Chose que je devais taire pour le moment.

- Tu es bien pensive.

Je m'aperçus seulement que William m'observait avec perplexité. Nous nous étions arrêtés devant la célèbre *Vue du port de Dieppe*, de Vernet, datant de 1765 et conservée habituellement au musée de la Marine à Paris, et je n'avais pas dit un seul mot à son sujet.

- Excuse-moi, j'étais en train de me dire… que j'aurais dû boire quelque chose avant de partir. Je suis assoiffée.

- Tu veux que j'aille te chercher une bouteille d'eau ? C'est bien la seule boisson autorisée dans l'expo.

Un peu honteuse de mes coupables pensées face à tant de bonté, j'acquiesçai en le remerciant.

- Ça te dérange si j'avance un peu ?

- Vas-y, je te rejoindrai.

Sur ce, William fendit la foule à la recherche du Saint Graal : une bouteille d'eau, dont je n'avais même pas envie.

353

Je soupirai, puis avançai en direction d'une immense toile représentant un galion espagnol se battant avec les éléments dans une lutte inégale dont personne ne savait quelle serait l'issue. Je n'étais pas une spécialiste, mais je trouvais ici remarquable la façon dont l'artiste, un inconnu normand ayant vécu au XVIIe siècle, avait rendu les mouvements des vagues et ceux des voiles du navire, d'un réalisme tout bonnement impressionnant.

- Adeline Tremen ! Ça par exemple, quelle surprise !

Un frisson parcourut mon échine en entendant cette exclamation prononcée d'une voix presque méprisante, que je n'avais que trop espéré ne plus jamais entendre.

Je me tournai vers celle-ci.

- Paul, saluai-je sèchement en avisant mon ancien petit ami.

Il n'avait pas du tout changé depuis la dernière fois où nous nous étions vus, dans des circonstances quelque peu mouvementées. Il était toujours aussi beau, avec son mètre quatre-vingt-dix, ses cheveux blonds épais impeccablement coiffés, et son corps d'athlète. Toutes les femmes devaient encore se pâmer devant lui, et d'ailleurs, nombre de celles qui nous croisaient lui jetaient des regards admiratifs. Je ne pouvais les blâmer puisque j'avais été l'une d'entre elles, éblouie par la perfection de cet Adonis incarné, perfection qui ne servait en réalité qu'à masquer la platitude et la névrose du personnage, rien de moins que détestable.

Il se tenait devant moi dans toute sa splendeur de mâle sûr de son effet, et l'espace d'un instant, je regrettai de ne pas m'être au moins maquillée pour éviter le ridicule face à lui. Puis, je me rappelai que je me sentais bien comme j'étais, si bien que je n'avais pas à rougir de mon apparence, et surtout, je pris conscience que Paul Cheverny, l'Apollon qui m'avait tant fait souffrir l'an passé, m'était devenu totalement indifférent.

J'avais William désormais, et j'étais parfaitement heureuse d'être avec quelqu'un pour qui manger du saucisson n'était pas synonyme de péché mortel.

- Alors tu t'es décidée à abandonner tes romans *Harlequin*[56] pour venir apprécier la vraie nature de l'art ?

À l'époque où nous étions ensemble, je reprochais déjà à Paul de se montrer mesquin et petit dans sa façon de s'adresser aux gens. En m'en rappelant, je me demandais comment j'avais pu rester aussi longtemps avec un tel imbécile, justement le genre d'homme que je m'étais toujours employée à éviter. Avais-je été à ce point éblouie par sa beauté, contrastant avec ma propre banalité, pour faire autant abstraction de ses gigantesques défauts ? Au moins aujourd'hui étais-je débarrassée de mes œillères pour lui répondre :

- Merci de te souvenir de mon goût pour la lecture, Paul. Ça me touche, mais, vois-tu, je n'aime pas l'idée « d'abandonner » un livre, je dirais plutôt que j'ouvre une parenthèse rafraîchissante avec le monde extérieur avant de m'y replonger avec encore plus de délice, peu importe sa maison d'édition d'origine, vu que, *moi*, j'ai l'esprit ouvert. En tout cas, je n'ai pas vu ton nom sur le dépliant présentant les artistes exposés dans cet antre dédié à la « véritable nature de l'art ». Comme tu dois être déçu. Je sais que bien peu de choses dans ta vie comptent autant que cette *belle* carrière de peintre que tu t'es construite.

J'avais vu sa mine satisfaite se décomposer au fur et mesure de mon discours, pour être remplacée par une expression de fureur noire à l'issue de celui-ci. Mon sarcasme sur sa « belle carrière » de peintre avait fait mouche. Bien fait !

- Tu as peut-être perdu tes manières, mais pas tes kilos, très chère, rétorqua-t-il dans le but manifeste de me blesser.

- Tu vois, en gardant mes kilos et en t'éjectant de ma vie, je trouve que j'ai gagné au change.

Il s'assombrit encore plus, sauf que quand nous entendîmes… :

- Pauuuuul !

… un sourire mauvais se dessina sur ses traits.

L'origine du bruit ne tarda pas à se faire connaître en la personne d'une jeune femme aux cheveux très noirs et aux jambes interminables, mises en valeur par le legging qu'elle portait avec des mocassins adorables a priori très coûteux, tout comme le pull en

---

[56] Maison d'édition spécialisée dans la littérature sentimentale féminine.

cachemire qui descendait sous ses fesses, et dont une ceinture mettait l'accent sur la finesse de sa taille.

Je ne pus m'empêcher de me trouver vraiment très gourde d'avoir cru un jour que Paul m'avait vraiment aimée, quand il ne s'intéressait visiblement qu'aux top models. Et je regrettai aussitôt cette pensée dès que je vis le regard cruel de mon ex tandis que sa nouvelle petite amie lui embrassait le cou sans se soucier de ma présence.

- Cynthia, *ma beauté*, je te présente Adeline Tremen.

Il avait, bien sûr, fait exprès d'insister sur « sa beauté », le salaud. L'intéressée se rendit enfin compte de mon existence, et me tendit la main. Je la serrai, peut-être était-elle plus sympathique que ce malotru qu'elle accompagnait.

- C'est l'une de mes ex, l'informa-t-il.

Cynthia me regarda, totalement décontenancée.

- Ton ex ? Elle ?

Ok. Elle n'était pas plus sympathique que son petit copain, lequel haussa les épaules et poussa un long et très faux soupir.

- C'était une période où l'inspiration m'avait désertée, je n'avais plus aucun repère. J'ai fait de mauvais choix.

Sa cruauté était décidément sans limite, mais moi, je n'étais pas sans défenses. Je m'adressai à Cynthia en ignorant superbement Paul :

- C'était aussi une période où il n'avait pas un sou parce qu'aucune galerie d'art ne voulait de ses tableaux, et où il était très heureux de m'avoir choisie pour ne pas avoir le ventre vide, lui dont l'inspiration avait déjà fui avant même notre rencontre. Pour me remercier, il ne faisait ni le ménage, ni les courses, ni rien qui puisse m'aider, parce que d'après lui, ce sont des tâches triviales qui empêchent de communier avec son art intérieur. Tss ! Pour faire passer la pilule, je suppose qu'il vous a dit que vous étiez sa muse et que grâce à vous, son talent était à son apogée, (Cynthia jeta un coup d'œil surpris à Paul, j'avais fait mouche) or, il est seulement à l'apogée de ce qu'on apprend à dessiner en CP. Croyez ceci : il ne fera que vivre à vos crochets comme il l'a fait avec moi, cette période où, mieux vaut que vous le sachiez, il n'était pas très fidèle non plus… Ah, à voir votre expression, il ne vous en avait pas parlé. Ça aussi c'est un mauvais choix.

Cynthia parut sincèrement choquée, et regarda Paul avec circonspection. Même si elle n'avait pas été spécialement aimable avec moi, je considérais comme un devoir de la prévenir sur le vrai visage de l'homme au bras duquel elle se plaisait à parader. Ce n'était pas tant pour lui éviter de souffrir que pour qu'elle comprenne qu'il n'y avait vraiment pas de quoi pavoiser avec lui ; en vérité, il n'avait aucun talent.

Paul écarta Cynthia puis m'attrapa le bras pour me tirer près de lui :

- Comment être fidèle quand on doit se forcer à baiser un laideron ?!

Au comble de la fureur après ce qu'il venait de me lancer à la figure, je rétorquai :

- Je préfère être un laideron plutôt qu'un loser égoïste dans ton genre !

Je n'étais pas la seule à être envahie par la colère, elle irradiait dans les yeux de Paul également. Cette joute verbale allait très mal finir.

- De toute façon, personne ne voudra jamais de toi, et tu finiras aussi laide et seule que quand je t'ai ramassée et que j'ai eu pitié de toi !

- Paul ! s'exclama Cynthia, véritablement outrée.

Comme l'interpellé, j'ignorai cette dernière car mon sang se mit à bouillir dans mes veines ainsi qu'à cogner contre mes tempes, et mon poing se serra de lui-même. Tout cela allait *vraiment* mal finir.

- Lâche-moi, ou je te fais avaler tes bijoux de famille, connard !

Il ricana et serra plus fort.

- Où sont passées tes bonnes manières, Adeline ? Je croyais que tu chargeais d'habitude ta poufiasse de meilleure amie d'insulter à ta place…

- Je n'ai pas besoin de Marianne pour te dire d'aller te faire foutre, pauvre mec ! Quoique, avec ceci, je pense que tu en seras *impuissant* !

Paul n'eut pas le temps d'éviter le genou que je lui envoyai de toutes mes forces dans ses parties, et il s'écroula immédiatement, le souffle coupé par la douleur. Quelques personnes avaient assisté à la scène, mais aucune n'aida mon ex qui se tenait l'entrejambe en haletant, ce qui me laissa supposer que ses propos abjects n'étaient pas tombés dans l'oreille de sourds.

- Cynthia… appela-t-il en tendant la main vers la jeune femme.

Celle-ci le regarda, puis moi, puis… quitta les lieux sans un regard en arrière.

- C'est ta faute… salope ! gronda mon ex dans ma direction.

Je n'eus pas le temps de riposter car le contenu d'une grande bouteille d'eau lui fut versé sur la tête, lui arrachant un cri de surprise.

William se détacha du petit attroupement et s'avança vers moi, sans cacher la bouteille de *Vittel* dont il revissait le bouchon rouge.

- Mais qu'est-ce que… ?

Paul n'eut pas l'occasion de demander des explications, la réponse lui fut donnée lorsque William me saisit par la taille pour me ramener à lui et m'embrasser avec passion. Il me fit un clin d'œil ensuite et s'adressa à mon ancien amant :

- Pour ton bien-être, je te conseille de ne plus t'approcher de *ma* petite amie. (Paul en fut estomaqué – non seulement je n'étais pas seule, mais en plus j'avais mis le grappin sur un homme encore plus beau que lui, et sincèrement épris qui plus est) Dans le cas contraire, je crains de devoir utiliser une méthode moins agréable pour te remettre les idées en place.

Mon ex pâlit. J'avais dit qu'il n'était pas très courageux.

En même temps, les menaces de mon compagnon avaient été délivrées avec une telle lueur mortelle dans le regard, qu'il y avait de quoi pâlir, effectivement.

- Ah, et j'oubliais. Je m'appelle William Fersen et je travaille au *Fort-Béné*, je me souviens maintenant que ma collègue de la rubrique culturelle m'a parlé d'un certain Paul Cheverny qui la supplie sans cesse depuis quelque temps d'écrire un article sur ses toiles. Autant que je te livre sa réponse en personne après tout, puisque nous sommes tous réunis ici. Elle a dit, je cite : « Un boulanger fait de bien meilleures croûtes ! ».

Les badauds qui assistaient à la scène ne purent s'empêcher de glousser, et Paul, mon ex narcissique et arrogant, en resta médusé. L'image était assez comique, lui la bouche ouverte, et la main encore placée sur sa zone endolorie. William conclut la discussion :

- Eh bien, bonne journée. (S'adressant à moi) Viens, mon ange, nous n'avons pas fini la visite.

Une main possessive sur mes hanches, il nous fit avancer, abandonnant dans le ridicule et la solitude l'homme qui m'avait tant blessée.

*****

- Est-ce que ça va ? me demanda-t-il un peu plus loin.

J'avais eu plusieurs dizaines de mètres pour faire le point sur mon état d'esprit après ces retrouvailles musclées avec Paul, et il était clair :

- Je suis furieuse et en même temps, absolument… enchantée.

William haussa les sourcils.

- Explique.

- Je suis furieuse d'avoir été bête au point de tomber amoureuse de ce dégénéré sans cœur, et enchantée de constater qu'il ne suscite en moi que mépris et répulsion.

- Avec ce qu'il t'a dit, je n'aurais pas compris que votre séparation te fasse encore du mal.

- Tu as entendu ?

- Crois-moi, si j'avais eu Vita dans les mains, je n'aurais pas perdu de temps à écarter les badauds, je me serais téléporté devant lui pour qu'il te lâche et je lui aurais fait manger ses dents à ce sale type ! Tu m'as devancé en lui envoyant ton genou dans les testicules.

Je ris.

- J'espère seulement l'avoir empêché définitivement de se reproduire !

William m'imita.

- Effectivement, ce serait rendre service à l'humanité. (Il redevint sérieux) Franchement, tu es sûre que ça va ? Les mots qu'il a utilisés…

Je secouai la tête.

- Rassure-toi. Je m'accepte telle que je suis et je crois que c'est bien ce qui l'insupporte, parce que justement, cela l'empêche de me contrôler. (Me rapprochant de lui et passant mes bras autour de sa taille) Et puis contrairement à ce qu'il disait, je ne suis pas seule, mon garde du corps est bien plus agréable à regarder que lui.

Il s'esclaffa.

- Ça c'est vrai !

- Pas plus humble par contre…

Il m'attrapa par le bras et me ramena contre lui pour me donner un baiser enfiévré, le genre de ceux qu'on ne fait pas en public pour ne pas choquer les badauds. Lorsqu'il me relâcha, j'avais le souffle court et un brasier s'était déclenché dans mon bas-ventre, de fait, je me rapprochai encore, histoire d'en avoir davantage, quitte à me faire expulser de l'exposition pour exhibition.

Il s'écarta et murmura :

- Tu vois, j'ai largement de quoi ne pas me montrer humble…

J'aurais dû lui dire que c'était un grand cornichon arrogant, trouver une répartie valable à l'expression de sa trop grande confiance en lui. Or, tout ce que je fus capable d'articuler fut :

- Fais-moi l'amour maintenant.

Ses prunelles étincelèrent et de l'or liquide y remplaça le miel.

- Je n'ai pas pris Vita avec moi, je ne peux pas nous téléporter à la maison.

Le sous-entendu était clair ; si tu le veux, il faudra d'abord dire adieu aux bonnes manières et faire ça ici. William pensait que mon sens des convenances m'interdisait de faire ça dans un lieu où on pourrait être surpris. Il ne savait pas qu'en licence, j'avais expérimenté la chose à l'arrière d'une Renault Clio, sur le parking même de l'université, et que si je n'avais pas eu l'occasion de réitérer l'expérience, celle-ci avait été loin d'être désagréable.

De fait… :

- Fais-moi l'amour, William.

… j'avais détaché chaque syllabe pour insister sur ma volonté. Le brasier s'était étendu à tout mon corps et je n'avais plus de bouteille d'eau à me verser sur le crâne pour me rafraîchir les idées, et les hormones.

Mon petit ami me prit par la main et me prouva que même sans ses pouvoirs de Justicier, il était tout à fait capable de déjouer les autorités. Il parvint en effet à nous faire contourner le service de sécurité pour nous emmener à l'unique étage des lieux, abritant les bureaux de l'exposition, et en toute discrétion, força le verrou d'une pièce inoccupée où il se chargea de satisfaire mes exigences avec un entrain et une passion qui me laissèrent pantelante lorsque nous redescendîmes en direction de la foule des autres visiteurs.

J'étais encore trop dans mon nuage orgasmique pour avoir vraiment conscience des gens et des toiles que je dépassais, alors je me laissais simplement entraîner par la main sûre de mon amoureux, cette main si douce qui savait si bien prendre soin de moi… de haut en bas… ce pouce qui…

- Aïe !

Pour le coup, la collision avec le dos musclé de William me fit revenir sur terre, mais pas tant que cette main, que je jugeais si douce précédemment, qui désormais broyait la mienne comme dans un étau.

- Recule, Adeline.

Il obstruait mon champ de vision, par conséquent je ne comprenais pas la raison pour laquelle il avait freiné si brusquement, pour ensuite me demander de revenir sur mes pas.

- Qu'est-ce qu'il y a ? demandai-je, lui désobéissant en tentant de voir par-dessus son épaule.

Il se retourna de sorte de continuer à me boucher la vue, ce qui m'irrita d'abord, avant que je voie l'inquiétude dans ses yeux.

- Ne discute pas et fais ce que je te dis ! dit-il sèchement en me poussant en arrière.

- Mais enfin pourquoi est-ce que tu… ? *Merde !*

- Vous pouvez admirer ici, Monsieur le Maire, une œuvre de Sacha Von Dietenberg, un peintre de l'époque de Vermeer, que le talent de ce dernier a éclipsé trop vite, si vous voulez mon avis. Dietenberg méritait d'être reconnu de son vivant, ses esquisses montrant les côtes flamandes sont remarquables.

Mr le Maire ! Théodore Vincel était en train de visiter l'expo avec quelques huiles de la ville et des gardes du corps qui leur faisaient de la place en bousculant les gens. Il était guidé par un spécialiste des fresques maritimes, et s'apprêtait à passer juste devant nous ! Bon Dieu ! N'avait-il pas déjà honoré ces lieux de sa présence lors de l'inauguration ? Que faisait-il ici ? Ma dernière confrontation avec le maire ne s'était pas bien déroulée et il était hors de question que j'attire à nouveau son attention, surtout maintenant que je sortais avec le Justicier.

Au moment où j'esquissais un premier pas de repli stratégique, je sus que celui-ci était voué à l'échec :

- Et qu'avons-nous là ? Il me semble apercevoir un visage familier dans cette foule joyeuse de Bénédictins.

Je me figeai, et je sentis que William m'imitait. *Foule joyeuse ?* Tout le monde s'était empressé de s'écarter au maximum de Vincel et sa clique pour raser les murs. Aucune âme qui vive dans ce hall n'avait envie d'attirer l'œil de rapace du chef d'un des plus puissants groupes mafieux de l'Union Européenne. Malheureusement pour moi, j'avais réussi ce challenge. Le maire venait droit dans ma direction, un sourire cruel sur les lèvres bien plus effrayant que celui servi par Paul précédemment…

Sourire qui s'accentua lorsqu'il vit qui avait glissé ses doigts entre les miens et l'attendait de pied ferme avec une lueur de défi dans le regard.

- Tiens, tiens, tiens. Quelle charmante association vois-je ici… Le reporter le plus décrié du *Fort-Béné* et la fille de mon ancien rival, Fersen et Tremen. Et ça rime en plus !

La voix dégoulinante de venin me fit frissonner de peur, et imperceptiblement, je me rapprochai de William pour me rassurer, lequel s'en rendit compte et serra un peu plus ma main dans la sienne.

- Mr le Maire, salua sèchement ce dernier.

Vincel se tourna vers ses collègues, qui nous dévisageaient déjà avec agressivité.

- Voyez comme la jeunesse d'aujourd'hui est un chantier sur lequel nous devons *absolument* mettre l'accent, messieurs, au risque qu'elle tourne mal et se mette à écrire ou enseigner n'importe quoi !

J'avais beau ne pas vouloir de confrontation avec le maire, sa façon d'insinuer qu'il fallait modeler les jeunes pour les empêcher de contester l'autorité du Comité me fit voir rouge, exactement comme six ans auparavant.

- Faire réfléchir les jeunes générations sur la moralité de ceux qui les gouvernent, ce n'est pas n'importe quoi, lançai-je, glaciale.

L'étincelle malveillante dans l'œil de Théodore Vincel, lorsqu'il me regarda, me fit froid dans le dos.

- Auriez-vous des commentaires à faire, Mr le Maire, sur les rumeurs qui circulent comme quoi vous vous apprêteriez à mener une purge dans les rangs du Comité pour écraser toute velléité de changement ?

Je me demandais ce qui était passé par la tête de William pour sortir une question pareille, car si la façon dont Vincel m'avait regardée m'avait mise mal à l'aise, celle dont il foudroya mon compagnon du regard me convainquit que a) celui-ci avait tapé juste avec cette histoire de rumeurs dont il ne m'avait pas parlé, b) en osant le dire ici, devant les propres collaborateurs du maire devenus soudain soupçonneux, il venait de franchir une ligne extrêmement dangereuse… pour me faire passer au second plan des préoccupations de celui qui me haïssait autant que je le haïssais. C'était hautement téméraire.

Non. C'était de la folie.

- Je ne sais pas où vous allez pêcher vos informations, Fersen, mais vous devriez revoir l'équilibre mental de vos sources. Si je dois mener une purge, ce sera uniquement pour éliminer les nuisibles qui empêchent cette ville de se développer correctement sur le bassin normand.

- Et qu'entendez-vous par « nuisibles » ? Les gens qui osent clamer leur refus de votre tyrannie ? Le Justicier ? demanda William qui avait adopté le ton neutre et professionnel d'un journaliste en interview.

Vincel s'esclaffa. Mes genoux tremblèrent.

- Vous vous acharnez encore à voir en l'ennemi public n°1 quelqu'un qui œuvre pour le bien, alors même qu'il prouve tous les jours qu'il n'en a rien à faire des lois ; lois qu'il se sent le droit de bafouer parce qu'il a des gadgets qui le font passer pour un alien. On ne peut pas dire que vous soyez très avisés, au *Fort-Béné*.

- Nous le sommes assez pour continuer à exister en tout cas, et ce malgré plusieurs tentatives pour faire disparaître le journal... ou ses employés.

Cette fois, l'atmosphère déjà lourde devint étouffante, et je désespérais de trouver une issue à cette situation dantesque. J'écarquillai les yeux en voyant mon sauveur arriver.

Florent...

Il ne lui fallut que quelques secondes pour comprendre ce qui se passait, dès qu'il aperçut son père et William et surtout, dès qu'il m'aperçut moi, livide et le suppliant discrètement du regard d'intervenir pour mettre un terme à tout ça.

- Je ne suis pas sûr que le Fort-Béné ait les reins assez solides pour un procès en diffamation suite aux propos insultants d'un de ses *petits pigistes*[57].

William répliqua :

- Je suis en repos, aujourd'hui, et je ne vous ai pas accusé directement. Comment se fait-il que vous vous soyez senti visé ?

Vincel s'approcha de lui, à seulement quelques centimètres de son visage.

---

[57] Journaliste indépendant payé à la tâche. Sa situation professionnelle est instable, car ses revenus dépendent de ses commandes.

- Votre insolence est divertissante, tout comme celle de votre journal... De l'ordre de celle d'un moucheron s'évertuant à combattre un lion. Mais vous savez, Fersen, que le lion est le roi des animaux et qu'il le restera longtemps encore.

- Vous vous prenez donc pour un roi ?

- Mr le Maire ! Le peintre Vladimir Madevski a effectué le déplacement jusqu'ici et souhaite vous rencontrer. Il ne peut pas rester longtemps.

Théodore Vincel n'avait pu répliquer du fait de l'interruption de son fils. Florent s'était campé derrière son géniteur psychopathe dans une attitude totalement neutre et professionnelle de celui qui attend le bon vouloir de son employeur pour la suite des opérations.

Vincel senior recula un peu et adressa un sourire mauvais à William.

- Il serait dommage, effectivement, de faire attendre Mr Madevski pour si peu de choses... (Se tournant vers moi) Mes respects, Mademoiselle Tremen, vous adresserez mes salutations à votre directeur, Mr mmmhhh... Planchet c'est ça ? C'est un brave garçon qui ne se décourage jamais pour demander des subventions. Dommage que la mairie ne soit pas aussi riche que celles d'autres villes normandes...

Je pinçai les lèvres pour ne pas répondre. Je savais pertinemment que mon établissement avait arrêté de recevoir des subventions municipales à partir du moment où mon nom avait figuré sur la liste de son personnel. Et le courage de mes collègues dans la volonté affirmée de sortir nos élèves d'une voie tracée par le Comité n'avait pas arrangé les choses.

- Quant à vous, Fersen, (la voix se fit doucereuse et coupante comme un rasoir) je vous souhaite de continuer à bien manier les mots. D'aucuns disent qu'ils sont bien plus puissants qu'une arme... à tort ou à raison.

Un glaçon me parcourut l'échine, la menace était certes indirecte, mais on ne peut plus claire.

- Papa ! Allons-y, nous sommes attendus.

L'œillade assassine que reçut Florent pour sa nouvelle interruption vint confirmer tout ce que ce dernier m'avait dit sur leurs relations. Comment pouvait-on haïr à ce point le fruit de ses propres entrailles ?

Alors que le maire et tous ses sbires se détournaient déjà de nous et que mon petit ami me tirait en arrière pour nous diriger vers la sortie, j'adressai un remerciement silencieux à Florent, dont j'avais croisé le regard. Celui-ci hocha discrètement la tête et ne put s'empêcher d'afficher une expression peinée lorsqu'il avisa nos doigts toujours entrelacés à William et moi. Je n'y pouvais rien, et m'apprêtais à suivre mon compagnon quand je captai dans mon champ de vision une image dont je ne saurais que plus tard à quel point elle ferait de ma vie un enfer brûlant : c'était celle de Théodore Vincel se retournant pour héler son fils et se ravisant en constatant le regard de ce dernier pour une femme passée dans le camp de l'ennemi.

Si j'avais su…

*****

… je n'aurais pas menti à William comme je le fis dès que nous fûmes à l'abri dans la voiture, moteur en marche.

- C'est donc ça que tu retiens de notre entrevue avec le maire ?! C'est n'importe quoi !

- Je t'en prie, Adeline, j'ai bien vu comment le fils Vincel te regardait ! Il te désire encore ! Et pas qu'un peu si tu veux mon avis !

- On était dans de sales draps et il nous en a tirés. Ce n'est pas pour autant qu'il faut en tirer des conclusions scabreuses ! Cesse d'être bêtement jaloux ! On a d'autres problèmes sur les bras !

Il souffla comme un buffle enragé, mais ne pipa mot, preuve que mon dernier argument avait fait mouche.

- Tu crois qu'il va essayer de te tuer après ce qui s'est passé ? demandai-je, après un court silence.

William était toujours tendu, mais moins agressif lorsqu'il me répondit :

- Je n'en sais rien. C'est la première fois que nous nous trouvons en face l'un de l'autre. Enfin… hormis la fois où je l'ai menacé en public en tant que Justicier. (Il réfléchit) Ce ne serait pas judicieux de me supprimer maintenant, alors qu'il y avait des témoins autour de nous. Si je disparaissais, les habitants de cette ville n'auraient pas à chercher longtemps le coupable. Le maire a beau faire, nos concitoyens restent attachés au *Fort-Béné* et à ses journalistes.

- J'ai peur, William.

Il posa tendrement sa main sur mon genou.

- Il ne t'arrivera rien, mon ange.

- Ce n'est pas pour moi que je m'inquiète…

Je lui pris la main et la baisai. Mon cœur cognait encore dans ma poitrine à cause du stress occasionné par notre rencontre avec le maire, mais j'étais sincère en lui disant que je m'en faisais plus pour lui que pour moi. La façon dont Théodore Vincel l'avait fixé… comme un insecte à écraser…

- Adeline…

Nous terminâmes le trajet jusqu'à la maison en silence. Là, je le guidai d'autorité vers notre chambre où nous nous contentâmes de rester allongés sur le lit, blottis l'un contre l'autre, dans la paix que peut apporter un réconfort mutuel. Il n'y avait pas besoin de mots, juste de sentir l'être aimé contre soi, de pouvoir humer son parfum et de caresser sa peau douce et chaude.

Il me fallut bien deux bonnes heures pour me remettre de mes émotions de l'exposition et deux autres pour cesser de regarder toutes les deux minutes par la fenêtre si les sbires du maire n'allaient pas débarquer en force sur ma propriété pour nous arrêter sous un quelconque prétexte fallacieux.

William n'était pas tranquille, lui non plus. Je le déduisis parce qu'il prit une semaine de congés sur les vacances scolaires d'avril qui débutaient pour être avec moi. Il me disait qu'ainsi je me ferais moins de soucis pour lui, or je n'étais pas dupe et savais que c'était surtout afin de garder un œil sur ma personne.

Par chance, Théodore Vincel ne chercha pas à nous nuire. D'autres bénédictins moins chanceux, six en fait, avaient été retrouvés la même semaine errant dans les rues en ayant oublié jusqu'à leur nom, portant à vingt-cinq leur nombre total depuis janvier. Vu que je ne figurais pas parmi eux, je supposais que le maire avait des affaires autrement plus urgentes à régler que mon trépas, ou celui de William, et que je pouvais à nouveau respirer normalement, à défaut de me réjouir, étant donné le sort horrible de ces victimes.

J'avais donc commencé à me tranquilliser et à reprendre une vie à peu près normale, comme William avait repris ses patrouilles après avoir passé de trop nombreuses nuits à veiller sur moi ou sur les membres et les locaux du *Fort-Béné*.

Cela faisait plus d'une dizaine de jours que j'avais repris les cours et comme les élèves, j'attendais avec impatience la succession des jours fériés de mai pour étrenner avec Marianne et Jason le nouveau barbecue que William nous avait achetés. Nous nous entendions vraiment bien tous les quatre, et nos soirées ensemble étaient toujours amusantes et conviviales. Jason et moi n'aimions rien moins qu'observer les joutes verbales digestives entre William et Marianne en buvant notre café bien chaud quand on savait que ces deux-là le boiraient froid à force de gaspiller bêtement leur temps et leur salive.

J'adorais ces moments entre amis, surtout en ces temps troubles, et j'imaginais déjà Marianne en train de se moquer de mon amoureux en lui préconisant de se fournir des lasers chez Superman pour mettre le feu au charbon de bois. Avec Paul, c'était toujours des disputes qui me donnaient la migraine et qui me poussaient à m'isoler dans ma chambre le temps qu'ils en terminent. Là, leurs chamailleries étaient si drôles que j'avais plusieurs fois fait brûler la nourriture sur la gazinière en ne voulant rien rater de leurs scènes.

Côté boulot, l'une de mes classes étant partie en stage en entreprise, j'avais un emploi du temps allégé, ce qui me permettait de rattraper mon retard sur mes copies, de m'avancer dans mes cours, et de consacrer mon temps libre à mon compagnon, lequel, décidément très joueur quand il s'agissait de réchauffer l'ambiance morose due à la tension générale provoquée par ces disparitions, m'en remerciait en menant des « enquêtes en profondeur » sur ma personne, à la recherche d'un trésor caché dont une seule lettre du nom lui était connue : le G. Et comme il le trouvait à chaque fois, grâce aux indications phoniques que je lui fournissais au fur et à mesure de ses pérégrinations en terrain humide, il se disait lui-même le plus chanceux des hommes.

Ce 3 mai donc, détendue après que William m'eut annoncé qu'il semblerait que les enlèvements étranges aient apparemment cessé depuis quelque temps, je m'étais rendue à mon lycée en sifflotant, de très bonne humeur malgré la petite nuit que j'avais passée.

- Alors, que nous raconte Adeline Tremen sur ses amours ce matin ?

- Certainement autant que toi, Marianne Chaumont.

Celle-ci s'assit à côté de moi, sur le canapé, et Solène, notre collègue d'espagnol prit le fauteuil qui restait.

- Marianne m'a dit que ton journaliste était *caliente* du genre volcan explosif. Félicitations, Adeline, il va peut-être écrire un article sur sa manière de faire fondre tes chamallows.

Imaginez à quel point je devins cramoisie à cette assertion à laquelle je ne m'attendais pas du tout. Et imaginez aussi le fou rire qui s'ensuivit pour mes deux collègues qui s'étaient récemment découvert le goût commun pour l'humour potache et les thèmes de discussion autour de l'anatomie masculine.

- Tes chamallows ! Solène, tu es une vraie pépite ! rigolait encore ma meilleure amie en essuyant une larme au coin de ses yeux.

- C'est toi qui la dévergondes. Tu finiras en mère maquerelle ! grondai-je, à son intention.

- Allons, Adeline, il n'y a pas de mal à crier sur les toits que ton petit ami est une bête de sexe !

- Parce que tu crois que ça plairait à Jason que tu cries sur les toits que c'est une bête de sexe ?!

Elle lâcha un soupir rêveur.

- Pour Jason, ce n'est pas pareil. C'est un véritable *dieu du sexe* !

- Aye, caramba ! s'écria Solène.

- C'est pour ça que je ne veux pas trop étaler ma chance, je n'ai pas envie qu'on essaie de me le piquer. C'est mon jouet cochon à usage exclusif.

- Tu es franchement grave, Marianne, lui dis-je.

- Dis donc, ton prof de zumba, il n'aurait pas un frère jumeau par hasard ? demanda Solène.

- Attends, j'ai une meilleure idée ! Si je t'inscrivais sur *Meilleuresrencontres.com* ?! Je me charge de créer ton profil et de te trouver un dieu du sexe qui ne souffre d'aucune névrose et qui n'est pas encombré d'une mère hystérique.

- Excellent !! Trouve-moi un type avec des tatouages sur le bras ! J'adore les tatouages tribaux, ça me rend toute chose...

- Je suis entourée de mabouls et de nymphos, soufflai-je, en quittant la salle des profs avec mes photocopies sous le bras.

La sonnerie allait retentir et je n'avais pas envie de voir Marianne et Solène en train de dresser la liste des critères pour le dieu du sexe de cette dernière.

Bonjour, Madame! B'jour ! Bonjour, Madame Tremen ! Hello, Madame how are you today! Coucou Madame! Grumpf!

En montant les escaliers vers le deuxième étage, je répondais poliment aux salutations plus ou moins enthousiastes de mes élèves de cette année et des années précédentes. Certains faisaient évidemment comme s'ils ne me voyaient pas ou grognaient à mon passage (d'où le « Grumpf »), mais je ne m'en formalisais pas. Les ados se vexent facilement quand on leur confisque leurs portables jusqu'à la fin du cours...

Après avoir encore une fois attrapé une casquette au vol, que je rendis à son propriétaire, je tournai à l'angle du couloir pour atteindre ma salle, et manquai tomber à la renverse en butant sur les pieds d'un jeune qui semblait finir sa nuit à même le sol.

Ses amis l'exhortaient à se lever, mais l'autre, un grand dégingandé vêtu d'un jean et d'un polo bleu, avait mis sa casquette sur ses yeux pour être libre de ronfler jusqu'à la sonnerie, et donc ne broncha pas. J'aurais pu continuer mon chemin, mais j'étais décidément de très bonne humeur alors je fis signe aux élèves de s'écarter de leur camarade, puis, me plaçant à côté de ce dernier, je lâchai mon cartable de trois tonnes juste à côté de sa tête. Il fut tellement surpris par le bruit occasionné qu'il sauta trop vite sur ses pieds et se cogna dans le mur.

Quand il m'avisa, les bras croisés et un sourire narquois face à lui, il eut l'air aussi furieux que stupide, dans l'hilarité générale.

- Couchez-vous plus tôt la prochaine fois.

Je lui tournai le dos et allai dans ma salle suivie par les rires et les sifflements joyeux des témoins de la scène. C'est là que j'entendis :

- Mais c'est qui cette prof, *wesh* ?! C'est une folle ! Elle aurait pu m'écraser la tête !

Ce devait être *Dormeur* [58] qui, finalement, n'avait pas le même humour que ses camarades.

- C'est Madame Tremen. Elle t'aurait jamais mis son sac dans la figure, elle est géniale, alors fais gaffe à ce que tu dis. Et estime-toi heureux de ne pas avoir eu affaire à la *vieille peau de vache*, elle t'aurait bouffé tout cru ! le prévint une autre voix adolescente que je ne reconnus pas.

- C'est pas une prof qui va me faire peur !

- T'es vraiment un *schlag*[59], toi. Retourne dans ta poubelle !

- Tu me parles pas comme ça, je vais te niquer ta race, sale bâtard !

J'allais me précipiter vers les deux jeunes pour empêcher la bagarre qui n'allait plus tarder à éclater quand, au son qui suivit, je compris que je pouvais entrer tranquillement dans ma classe :

- QU'EST-CE QUE C'EST QUE CET ATTROUPEMENT ?! VOUS N'AVEZ RIEN D'AUTRE À FAIRE QUE DE BLOQUER LE PASSAGE DANS LES COULOIRS ?! ET VOUS ?! VOUS VOUS APPRÊTIEZ À VOUS BATTRE ?! VENEZ PAR LÀ QUE JE VOUS EN EXPLIQUE MA FAÇON DE PENSER !

- J'irai pas avec vous, wesh ! Je...

---

[58] Nain dans *Blanche-Neige*.
[59] Désigne un gros nul, un déchet.

- ENCORE UN MOT ET JE PIÉTINE VOTRE AMOUR-PROPRE DEVANT VOS PETITS COPAINS EN VOUS TRAÎNANT AVEC MOI S'IL LE FAUT ! AVISEZ-VOUS SEULEMENT DE VOUS MONTRER INSOLENT ET VOUS VERREZ COMMENT LA VIEILLE PEAU DE VACHE SE MET EN COLÈRE !

- Mais…

C'était un tout petit « mais ». Finalement, *Dormeur* s'était écrasé comme un moucheron devant le charisme de Marianne en mode thermonucléaire.

- EXÉCUTION !

Je pouffai de rire en entendant leurs pas dans le couloir, direction le bureau du CPE. Une minute plus tard, la sonnerie retentit et j'accueillis mes élèves de CVA pour un cours sur la structure d'un roman.

La matinée se déroulait tranquillement.

J'avais exclu l'un de mes secondes parce qu'il avait traité la jeune fille devant lui de « grosse pute », j'en avais collé un autre parce qu'il n'avait toujours pas son matériel depuis un mois, qu'il avait soi-disant laissé dans un carton de déménagement (il n'avait jamais déménagé), et j'avais confisqué son portable à une blondinette qui se prenait en photo sous-titrée « sosie de Gisèle Bündchen » (la pauvre avait besoin de lunettes ou d'humilité, au choix).

Il était environ 9h30, et j'abordais la notion de point de vue interne dans un récit, quand une curieuse odeur me parvint.

- Madame, vous ne trouvez pas que ça sent bizarre ?

Tous les élèves se mirent à renifler et à acquiescer.

- On dirait une odeur… commença Charlène, ma meilleure élève.

- De brûlé, finis-je.

Je retins la peur qui s'insinua en moi à l'éventualité d'un véritable incendie. Nous avions toujours fait nos exercices annuels au lycée, et nous étions plutôt bien préparés si ça devait arriver. Or, aujourd'hui, alors que l'odeur devenait de plus en plus forte, et donc l'éventualité de plus en plus certaine, je me demandais pourquoi l'alarme ne s'était pas déclenchée.

J'allais me diriger vers la porte pour regarder dans le couloir ce qu'il en était quand la fumée qui passa sous celle-ci déclencha la panique dans la classe.

Il ne fallait plus tergiverser.

- Silence ! Prenez uniquement vos téléphones portables pendant que je vous compte ! Vous vous mettrez par deux et ne lâcherez votre voisin sous aucun prétexte ! Je passe devant avec le premier brassard, Pierre, vous fermerez la marche avec le second, comme on vous l'a appris en formation de sécurité-incendie ! Retenez au maximum votre respiration et avancez tête baissée pour éviter d'inhaler trop de fumées ! Vous êtes prêts ?

C'étaient des ados de quinze ans que j'avais en face de moi. Comment pouvaient-ils être prêts à devoir sauver leurs peaux dans une situation de grand danger ? Mon Dieu…

- On y va !

Lorsque j'ouvris la porte, je dus juguler la panique totale qui s'empara de moi à la vue des flammes incandescentes qui s'échappaient du faux-plafond et qui avançaient de plus en plus vite, consumant tout sur leur passage, comme attisées par un souffle démoniaque.

J'avais une quinzaine d'enfants en charge et je me devais de les conduire hors de cet enfer. J'avançai donc en rasant les murs, et en ouvrant chaque porte devant moi pour vérifier que mes collègues avaient pris conscience de ce qui se passait et avaient commencé à évacuer leurs élèves. Heureusement, car Mme Burel, enseignant l'anglais, n'avait rien remarqué. Ils nous suivirent donc jusqu'aux escaliers, où la fumée de plus en plus épaisse nous faisait tousser et pleurer.

D'autres classes quittaient les lieux, plus ou moins dans le calme, car on entendait des cris de terreur devant et derrière nous. Je supposai que les étages supérieurs avaient déjà commencé l'évacuation puisque le feu venait du dessus. Notre lycée n'était pas très grand, mais il était bâti sur quatre niveaux avec des salles nombreuses et spacieuses pour accueillir convenablement notre public. Cinq cents personnes se croisaient ici tous les jours, et aujourd'hui, il fallait impérativement qu'elles fuient le danger mortel que ces murs représentaient en cet instant.

À un moment, je trébuchai et m'affalai sur le palier de tout mon long. Ce fut Charlène qui m'aida à me relever en me demandant, complètement terrorisée, si j'allais bien. Je la remerciai et la poussai à accélérer la descente, elle comme le groupe, parce que l'atmosphère devenait de plus en plus irrespirable, en plus de devenir de plus en plus opaque.

Enfin, nous arrivâmes à destination.

*****

- SORTEZ ET REJOIGNEZ LES AUTRES DANS LA COUR ! criai-je à mon groupe dont je fis à nouveau le décompte à mesure que chaque membre s'enfuyait de ce brasier dont l'avancée dans le bâtiment administratif ne permettait plus à personne de sortir dans la rue.

Heureusement que la cour de récréation était très grande, au moins ici nous pouvions réunir tout le monde en attendant les secours, d'autant que l'endroit n'était pas sous le vent. Je fus prise d'une quinte de toux, mes yeux pleuraient malgré moi. J'aperçus le CPE courir dans ma direction.

- Boris ! Tous mes élèves sont sortis ! Où est Marianne ?

- Elle est saine et sauve avec sa classe. Mr Planchet s'occupe de vérifier qu'on a récupéré tout le monde en attendant les secours.

- Comment se fait-il qu'ils ne soient pas déjà là ? demandai-je en essuyant mes yeux.

- Je ne sais pas, je…

Boris Darandier fut coupé par l'explosion d'une vitre au premier étage. Nous eûmes tout juste le temps d'éviter les débris en nous plaquant contre la porte en verre.

- Seigneur ! cria-t-il, horrifié.

C'est à cet instant que nous vîmes arriver derrière nous un autre groupe d'élèves totalement paniqués. Ils étaient plus d'une vingtaine à dévaler les escaliers vers la sortie en pleurant et en hurlant, certains ayant des blessures aux mains ou encore à la tête.

- Boris, vérifiez qu'il n'y a pas de danger avec les fenêtres ! dis-je en entrant pour stopper la cohue tant bien que mal. ARRÊTEZ ! ATTENDEZ QU'ON VOUS DONNE LE SIGNAL !

Puis me tournant vers une jeune fille au regard affolé :

- Qui est votre professeur et où est-il ?

- On était en espagnol avec mademoiselle Samson ! Pourquoi vous ne nous laissez pas sortir ?! On va tous brûler !

- Calmez-vous, et répondez à ma question ! Où est votre professeure ?

- Je ne sais pas ! Tout s'écroule là-haut et on a failli être bloqués par les flammes ! On va tous mourir !

Comprenant que je n'allais rien en tirer, j'allais demander à quelqu'un d'autre quand j'entendis crier depuis l'extérieur :

- C'est bon, Adeline ! Faites-les sortir le plus vite possible !

- VOUS AVEZ ENTENDU ?! vociférai-je pour couvrir le vacarme ambiant. COUREZ ET METTEZ-VOUS À L'ABRI DEHORS AVEC LES AUTRES !

Alors qu'un flot de jeunes gens terrifiés me bousculait pour sortir, je vis Solène descendre les dernières marches de l'escalier en boitant et en tentant de soutenir sur ses frêles épaules le poids d'un jeune homme inconscient, dont une partie du visage était maculée de sang.

Je me précipitai pour l'aider en même temps que j'appelai le CPE au secours, ayant compris immédiatement que je ne pourrais pas porter le blessé à l'extérieur toute seule. Solène était dans un état de choc très prononcé, c'était un miracle qu'elle soit parvenue jusqu'à nous en supportant le poids de son élève.

- Je voulais être sûre qu'il n'y avait plus personne…Un morceau de plafond est tombé. Il… il m'a poussée et il l'a reçu à ma place. Je… je…

- Mademoiselle Samson ! s'écria Boris Darandier en arrivant et en prenant facilement le garçon dans ses bras puissants. Est-ce que vous êtes blessée ?

Elle cilla et le regarda sans comprendre.

- Je… voulais vérifier qu'il n'y avait… plus personne.

Un autre bruit de fenêtre brisée se fit entendre, faisant hurler ma collègue de frayeur. La fumée devenait de plus en plus épaisse et l'air de plus en plus chaud. Nul doute que les flammes allaient bientôt entièrement consumer le bâtiment.

- Il faut sortir d'ici !

J'acquiesçai et allai glisser mon bras sous celui de la professeure d'espagnol lorsqu'un hurlement se fit entendre au premier étage. Boris et moi nous regardâmes, effarés.

- Je… voulais être sûre qu'il n'y avait plus personne…

- Occupez-vous d'eux ! dis-je en mettant d'autorité le bras de ma collègue traumatisée sous celui du CPE.

- Mademoiselle Tremen, non !

Trop tard, je montais déjà l'escalier quatre à quatre pour trouver l'origine du cri.

- ADELINE !

Je ne regardai pas en arrière et poursuivis ma route jusqu'à destination. La porte coupe-feu était encore ouverte, et je m'élançai dans les couloirs en proie aux flammes. Il fallait aller très vite avant que le chemin que j'avais emprunté ne soit lui aussi condamné.

- IL Y A QUELQU'UN ?

J'eus juste le temps de plonger en avant quand un morceau du faux-plafond tomba au sol avec le néon qui y était installé. Je me relevai en toussant, la vue brouillée par la fumée, consciente que si je ne trouvais pas très vite la personne qui avait hurlé, nous allions mourir toutes les deux asphyxiées avant qu'on ne retrouve nos corps calcinés.

- IL Y A QUELQU'UN ?! criai-je, aussi fort que possible.

Des flammes sortirent tout à coup du trou dans le plafond, et commencèrent à prendre vie pour dévorer avec voracité tout ce qu'elles pouvaient engloutir à proximité. Au centre d'une fournaise à l'appétit d'ogre, je transpirais à grosses gouttes, mes cheveux libres collés à mon crâne, le cœur sur le point d'exploser de terreur.

- Mon Dieu…

Je suis en Enfer ! Affolée, je tentai de repérer un extincteur, en vain. Je savais que j'aurais dû quitter les lieux immédiatement, je le savais. Mais comment aurais-je pu vivre dans la conscience qu'un adolescent avait péri dans cet incendie alors que j'avais été si proche de le trouver ?!

- VOUS M'ENTENDEZ ?! IL FAUT QU'ON SORTE D'ICI ! MAINTENANT !

Je courus pour ouvrir les portes de toutes les salles de classe et vérifier entre deux quintes de toux s'il y avait du monde à l'intérieur, sachant qu'il était de plus en plus difficile d'y voir quoi que ce soit en raison de l'épaisseur des fumées qui m'entouraient.

- HÉ HO ! EST-CE QUE... Argh !

Je m'affalai de tout mon long sur le sol et m'écorchai les mains et les genoux dans l'opération. En me relevant, je compris que ma chute n'avait pas été due à un quelconque débris, non. C'était une jeune fille inconsciente, probablement celle qui avait hurlé tout à l'heure, et probablement une 3ème Prépa Pro, car elle n'avait pas l'air d'avoir plus de 14 ans.

Dans une situation où j'aurais pu raisonner clairement, j'aurais appliqué les méthodes de SST[60] avec calme, mais le feu qui se propageait à la vitesse de l'éclair dans l'espace où je me trouvais annihilait chez moi toute pensée cohérente. De fait :

- Aïe !

- Désolée, dis-je alors que, désolée, je ne l'étais pas du tout. J'ai dû vous gifler pour aller plus vite. Vous pouvez-vous lever ?

L'adolescente regarda autour d'elle, désorientée, puis commença à crier sans interruption. Au moins, j'étais sûre qu'elle respirait. Je la saisis brutalement par les bras et la forçai à se mettre debout. Je crus un instant qu'elle allait retomber avant de comprendre qu'en fait, c'était elle qui m'avait retenue alors que le vertige me gagnait.

Comme elle, j'avais inhalé trop de fumée et je risquais moi aussi de faire un malaise.

- On va mourir ! entendis-je glapir à mes côtés.

---

[60] Sauveteur Secouriste du Travail.

- Certainement pas ! grondai-je en l'obligeant à me suivre comme je me mettais à courir comme une folle dans les couloirs en direction des escaliers menant à la sortie et à Boris Darandier.

J'avais l'impression de vivre la scène d'un mauvais film catastrophe où les héros s'enfuient alors que la terre s'ouvre sous leurs pieds. Là, tout brûlait autour de nous et même si je faisais comme si je n'en avais pas conscience, j'entendais parfaitement les craquements qui annonçaient un écroulement en bonne et due forme de la structure avec nous dedans.

- Plus vite ! Plus vite !

Après avoir failli tomber plusieurs fois, je crus mourir de soulagement en voyant au loin la porte coupe-feu que j'avais dépassée quelques minutes auparavant.

- Là ! Nous sommes sauvées ! m'écriai-je en pointant du doigt l'espace encore épargné par les flammes qui serait notre salut.

J'obligeai ma jeune accompagnatrice à accélérer et des points lumineux commençaient à danser devant mes yeux lorsque nous arrivâmes à destination. Encore un petit effort et…

- ATTENTION !!!

Je m'étais ruée sur la jeune fille pour lui faire un rempart de mon corps alors que le monde semblait s'effondrer autour de nous.

Une seconde plus tard, je me dis que nous devions être encore vivantes puisque malgré mes oreilles qui bourdonnaient, j'entendais ma compagne d'infortune pleurer toutes les larmes de son corps, et les muscles de mon dos m'avertissaient qu'ils avaient comme été piétinés par un troupeau de buffles au complet.

Je m'assis doucement pour ne pas m'évanouir, puis je constatai la situation.

- Merde…

On pense à tort que les profs de français sont des adeptes des grands discours et des phrases éminemment complexes. Ce n'est pas faux. Mais, croyez-moi, on est aussi capable de faire court quand les choses sont limpides au point qu'un discours ne pourrait rien y changer.

Comme quand on sait qu'on est foutu.

Et je le sus à la seconde où je vis l'amas de débris nous bloquer la seule issue possible à l'enfer dans lequel nous étions maintenant prisonnières.

- Quel est votre nom ? demandai-je à la jeune fille qui devait certainement être arrivée à la même conclusion, mais qui s'obstinait à appeler à l'aide.

Elle mit un petit temps à comprendre ma question, puis c'est un visage strié de larmes qu'elle tourna vers moi :

- Clémence... Clémence Chirubot.

J'avançai vers elle et essuyai sa joue de ma main.

- Écoutez-moi, Clémence, je m'appelle Adeline Tremen. Les secours ne devraient pas tarder à arriver, mais en attendant, je veux que vous déchiriez un bout de votre T-shirt pour protéger votre visage et que vous restiez le plus longtemps possible au plus près du sol pour ne pas davantage respirer les fumées.

- Mais... et si les secours n'arrivent pas à temps ? Et s'ils... Et s'ils ne parviennent pas jusqu'ici avant que... avant que... ?

Elle était au bord de l'hystérie, il fallait que je la calme par n'importe quel moyen.

- Eh bien le Justicier nous sauvera.

Une étincelle d'espoir s'alluma dans ses prunelles marron. Mon cœur se serra.

- Vous croyez ?

Je lui offris un semblant de sourire, je n'avais pas pu aller au-delà.

- Protégez votre visage, maintenant.

Alors qu'elle s'exécutait, je la regardai sans rien faire. Elle aurait dû concevoir des soupçons sur mon inaction ; après tout, l'imiter aurait prouvé que je croyais réellement en une fin heureuse à tout ceci. Mais elle ne sembla pas se rendre compte que je me voyais déjà rejoindre mes parents, préférant certainement se focaliser sur le héros de notre ville qui serait forcément là pour nous épargner à toutes les deux une mort atroce.

Malheureusement, ce qu'elle ne savait pas, c'était que William n'était pas à Fort-Bénédicte aujourd'hui. Son enquête sur ces gens déclarés disparus puis retrouvés dans un état second l'avait conduit à

Rouen pour la journée auprès du commissaire Jovert, pour suivre une piste dont il n'était pas sûr de l'intérêt réel. Bref, le Justicier ne nous serait d'aucun secours.

Alors je laissai l'espoir à Clémence.

Moi, je n'en avais aucun.

*****

- Ma… Madame Tremen…

- Chhhut. Ça va… aller.

- Je… ne peux plus… respirer…

- Je sais… (J'avais le même problème, mais je ne devais pas en faire état) C'est bientôt fini.

Je fermai les yeux et m'adossai à la masse de débris qui constituait notre tombeau. J'avais enlevé mon gilet pour recouvrir la tête de Clémence, d'une pour limiter l'inhalation de la fumée qui emplissait tout mon champ de vision, et de deux, pour qu'elle n'ait pas à assister au spectacle des préparatifs de notre fin prochaine.

Il ne devait pas s'être écoulé plus de vingt minutes entre le moment où j'étais revenue à cet étage et celui-ci, pourtant, j'avais l'impression que ça faisait des heures que j'avais remonté cet escalier… et des années que nous étions bloquées là… à attendre la mort.

Je n'arrivais pas à me dire que j'avais été stupide d'être allée chercher Clémence. Comment se dire qu'on a été stupide d'essayer de sauver un enfant ? C'était dangereux, je le savais bien, et j'avais vu suffisamment de fictions ou de reportages sur des accidents véridiques pour savoir qu'il y avait une chance que la sauveuse se transforme en co-victime. Cependant, je n'étais pas de ceux qui assistent sans rien faire là où l'impossible y compris doit être tenté. Alors je l'avais tenté… Ouais.

Conclusion, ça n'avait pas été couronné de succès et j'allais mourir. Je ne reverrais plus jamais ni William ni Marianne. Voilà… À quoi bon épiloguer sur le sujet ?

Je soupirai.

Au moins aurais-je permis à une jeune fille de ne pas mourir avec le sentiment qu'on l'avait abandonnée.

Une larme roula sur ma joue, mon corps se faisait de plus en plus lourd.

Les ténèbres m'attendaient, je le sentais.

- NON !

Je sursautai en entendant ce cri et ouvris les yeux au moment où le Justicier se précipitait à mes côtés pour s'enquérir de mon état.

William...

Le contact de ses deux mains gantées sur mon visage me ramena totalement sur terre, mais son regard sombre terriblement inquiet me redonna le coup de fouet dont j'avais besoin pour me reprendre.

- Je vais bien. Il faut... qu'on sorte d'ici, dis-je en montrant la jeune fille qui, toujours sous mon gilet, devait avoir perdu connaissance.

William s'empara de mes lèvres avec force et malgré le manque d'oxygène dans mes poumons, je lui rendis son baiser. Nos regards s'accrochèrent ensuite, sans qu'aucune parole ne fut échangée, et je sus exactement ce qu'il ressentait (amertume, colère, peur) et surtout pourquoi :

- Elle d'abord, dis-je avec détermination.

Il ne pouvait pas nous téléporter toutes les deux en même temps.

Mon Justicier saisit avec une extrême précaution la frêle silhouette de l'adolescente et avant de disparaître, déclara :

- Je la mets en sécurité et je reviens te chercher aussitôt.

- Je ne bouge pas d'ici, répondis-je, une fois seule, cherchant le comique dans une situation qui ne l'était vraiment, mais alors *vraiment* pas.

Il y avait tellement de petites lumières qui dansaient devant mes yeux désormais qu'il ne me serait pas venu l'idée de me lever. J'étais déjà suffisamment intoxiquée sans en plus m'offrir une commotion cérébrale, conséquence d'une rencontre fortuite entre ma tête et le sol. Mais je n'avais pas besoin non plus de bouger !

Je souris. Finalement, tout allait bien se terminer. William allait me sauver, il l'avait dit. Tout se passerait bien, il me suffisait d'attendre une minute ou deux.

Ouf ! Quelle histoire ! Dire que ça aurait pu vraiment mal tourner pour moi !

Mes nerfs rompirent et je gloussai. Enfin... j'avais *commencé* à glousser...

Un bruit au-dessus de moi me fit lever la tête.

Non !

Un froid glacial m'envahit alors que j'étais prisonnière d'une fournaise, et je sus : les ténèbres m'attendaient, je le sentais.

Maman... Papa...

Elles m'attendaient, je le sentais.

Je le sentais.

Maman... Papa...

Je chutai.

*****

Drôle de sensation de se sentir tomber dans un gouffre sans fond pour ensuite opérer un freinage brutal précédant une remontée à une vitesse frôlant celle de la lumière. Non pas que ce fut un retour à la case départ. Non.

Loin de là.

- Adeline ! Oh mon Dieu, Adeline ! Est-ce qu'elle respire ?

Tiens, je connaissais cette voix, tout comme je connaissais sa propriétaire, une jeune femme magnifique aux longs cheveux bruns et bouclés lui cascadant dans le dos. Seulement, pas moyen de me rappeler d'où. Je haussai les épaules et m'intéressai à l'objet de son attention.

Ah.

- Je vous en prie ! Dites-moi qu'elle respire !

Son interlocuteur ne répondit rien et posa son fardeau sur le sol, avec une délicatesse extrême. Il portait une sorte de combinaison de moto en cuir très épais, certainement noire mais pour l'instant grise de poussière, et une cape avec capuche cachant un visage viril avec une petite barbe et un masque pour cacher un regard tourné vers…

Oh.

Une petite blonde aux cheveux emmêlés et poisseux de sang était le point de mire général et celle pour qui s'inquiétait la top-model aux talons vertigineux. Je fronçai les sourcils en m'approchant pour mieux l'observer. Elle avait de multiples coupures sur ses bras nus et sur son visage, son pantalon lacéré découvrait une jambe droite couverte d'hématomes et surtout, elle n'avait aucune réaction lorsque son sauveur prononçait son prénom.

- Adeline… Adeline, serrez-moi la main.

Il y avait… comme une note désespérée dans sa voix. C'est alors qu'il se pencha vers sa bouche et que sa main se glissa sur son ventre. *Vérification de la respiration*, me souffla une voix dans ma tête qui semblait approuver l'examen opéré en cet instant.

L'homme masqué releva soudain le visage vers la femme brune, et après une brusque inspiration, dit :

- Il me faut un défibrillateur.

Elle chancela, comme si on lui avait envoyé un coup en pleine poitrine. Derrière moi, j'entendis des éclats de voix choquées : « J'ai entendu le mot défibrillateur ! », « Non ! Oh non ! Madame Tremen ! » « Elle a sauvé Clémence ! Il faut qu'il la sauve aussi ! » « Le Justicier va la sauver, hein ?! » « Mais putain ! Il est où le SAMU ?! »

- Reculez, vous n'avez pas besoin de voir ça ! ordonna une voix autoritaire au moment où celui qui ressemblait à un justicier commençait un massage cardiaque sur la victime au sol, dont les traits m'étaient étrangement familiers.

- Mr Planchet… le défibrillateur était à l'accueil du bâtiment… geignit quelqu'un.

- Eh bien, escaladez le mur nous séparant de la rue et courez en chercher un à la première pharmacie que vous trouverez ! aboya la même voix autoritaire. Et allez voir pourquoi les pompiers ne peuvent pas accéder à l'établissement ! (Il finit dans un murmure) Bientôt tout ne sera plus que cendres.

Je préférai occulter ce qui se passait derrière et me concentrer sur le drame qui se jouait sous mes yeux.

- Adeline, c'est moi, Marianne. Je t'en prie, reviens-nous, sanglotait la belle brune.

Elle s'était agenouillée près de la femme inconsciente et lui tenait la main. Celle-ci ne réagissait toujours pas, et ce, malgré la vigueur avec laquelle le héros masqué tentait de la ranimer.

Celui-ci ne disait rien, toutefois, je percevais comme une aura de rage désespérée autour de lui, expliquant pourquoi il s'appliquait à poursuivre son massage quand, au bout d'un moment, il devint évident qu'il ne servait plus à rien. La pauvre jeune femme ne se réveillerait plus jamais.

S'acharnant toujours, le justicier ne se préoccupait pas à l'évidence des pleurs de la plupart des membres de l'assistance qui avaient compris avant lui la vérité. Il continuait à masser, et à tenter d'insuffler de la vie là où il n'y en aurait plus. Il massait…

- Monsieur… commença la dénommée Marianne.

Il continuait encore.

- Monsieur !

Et encore.

- JUSTICIER ! IL FAUT…

- NON ! JE NE PEUX PAS L'ACCEPTER ! hurla celui-ci, la brisure de sa voix, sur la fin, nettement audible malgré l'appareil qu'il portait pour en modifier la teinte.

Un grand silence tomba sur l'assemblée. Marianne, les joues inondées de larmes, contemplait l'homme masqué, la stupéfaction le disputant au chagrin sur son beau visage.

- Je ne peux pas l'accepter, répéta-t-il plus doucement.

Pour je ne sais quelle raison, j'eus soudain envie de le prendre dans mes bras.

- C'est fini. Vous avez fait tout ce que vous avez pu, mais… elle est… morte.

Marianne avait cherché à lui faire voir la vérité, mais il sembla que ce fut à elle que celle-ci causa le plus grand choc : elle se plia en deux et éclata en sanglots déchirants.

Cette fois, le justicier recula ses mains. Puis, lentement, il détacha l'épée qu'il portait au côté et la posa près de lui. Celle-ci brilla étrangement pendant un instant, puis redevint inerte. C'était un phénomène surnaturel, et pourtant, je m'en fichais car ça ne représentait rien comparé à la détresse émanant de cet homme mystérieux ; une détresse moins voyante que celle de Marianne, mais qu'on pouvait deviner au moins aussi abyssale que la sienne, si ce n'est plus.

J'en vins à me demander quel genre de lien l'unissait à… Adeline. Étrange comme prononcer son prénom provoquait un pincement dans ma poitrine.

Il s'empara de l'autre main de… d'Adeline, et la pressa très fort. Mais certainement moins fort qu'il pressait les mâchoires, comme pour s'empêcher de laisser échapper quelque chose qui n'aurait pas dû être révélé. Dans tous les cas, il avait lui aussi pris conscience qu'ils l'avaient perdue. Pour toujours.

Je regardai le bâtiment en flammes, puis le corps inerte de la malheureuse.

Quel gâchis… Elle était si jeune…

Elle…

Mon cœur rata un battement. *Moi !* Elle, *c'était moi* !

Bon sang ! Je me demandais pourquoi ses traits m'étaient si familiers, or la réponse était si simple en vérité ! C'était mon reflet qui agonisait !

J'avais assisté à ma mort en spectatrice, espérant une issue heureuse alors même que ma présence hors de mon propre corps attestait de l'impossibilité qu'elle se concrétise. Tout ça était ridicule... et injuste... et... douloureux.

Très douloureux.

Aïe… J'avais vraiment mal.

- Qu'est-ce que…

- Oh mon Dieu ! Votre épée ! Regardez !

Pliée en deux en raison de la douleur dans ma cage thoracique, je ne pouvais cependant pas faire comme si je n'avais pas remarqué l'épée du justicier se mettre à briller si intensément qu'il me fallut plisser les yeux pour continuer à la regarder.

Et là :

Bon sang de bon sang !

- Argh !

- Reculez, Marianne !

Encore sous l'effet de l'incroyable souffrance, j'eus du mal à réaliser que celle-ci coïncidait avec l'apparition d'une espèce de lueur bleutée qui courut de la base de l'épée jusqu'à sa pointe, suivie de la contraction de mon corps réel qui s'arc-bouta comme en réaction au phénomène précédent.

- Qu'est-ce qui se passe ?! glapit Marianne alors qu'un deuxième éclair déclenchait un deuxième spasme, beaucoup plus fort que le premier, qui m'arracha un hurlement.

- Reculez, j'ai dit ! tonna cette fois l'homme masqué, et celle-ci s'exécuta.

Encore sonnée par la douleur, je titubai vers mon double, comme attirée irrésistiblement vers elle. C'est là que je l'entendis :

- Héphaïstos, je rends grâce à ta sagesse et à ta bonté et te promets de toujours honorer mon héritage pour te remercier d'avoir forgé Vita.

L'homme masqué remerciait un dieu de l'Antiquité en faisant alterner son regard sur son épée et sur mon double qui… hummmpff ! aïïïe ! s'arc-boutait encore une fois pour…

Je compris pourquoi !

Pour revenir à la vie.

J'écarquillai les yeux. La seconde suivante, j'étais aspirée dans un précipice où je tombai, tombai et tombai, mais au lieu d'y ressentir l'horreur d'une issue fatale, j'étais juste emplie du sentiment heureux qu'enfin je rentrais chez moi.

*****

Une caresse sur ma joue, une pression sur ma main, des lèvres sur mon front. Ce furent les premières sensations de mon retour au monde conscient. Il ne me restait plus qu'à ouvrir les yeux. Plus facile à dire qu'à faire, mais je luttai.

Il était là. Échevelé, le regard hanté, le visage émacié et blême, mais il était là.

- William.

Je crus qu'il allait parler mais ses lèvres se mirent à trembler et il s'empara de ma main pour dissimuler les traits de son visage. Mon cœur se comprima dans ma poitrine quand je vis ses larmes s'écraser sur mon drap.

- William, soufflai-je. Tout va bien.

Il mit encore quelques secondes avant de pouvoir se maîtriser. Puis :

- C'était un incendie criminel.

- Quoi ?

Sa voix était si rauque que je n'entendais qu'un mot sur deux.

- C'était un incendie criminel, répéta-t-il, plus fort.

- Oh.

Je ne voyais pas quoi dire d'autre.

William se leva et se passa une main dans les cheveux en inspirant un grand coup.

- Le SAMU n'est pas arrivé à temps sur les lieux parce que des émeutes ont éclaté dans tout le quartier avec des barricades. Le temps que la police disperse ces gens aux motivations pour le moins douteuses, tu…

Il appuya le front contre la vitre de la chambre.

- Tu as failli… tu es…

- Morte.

Il me fixa. Je haussai les épaules, mal à l'aise.

- Je le sais.

- Comment ?

- Peu importe.

Je n'avais pas envie de m'étendre sur un sujet dont le souvenir encore vivace était trop étrange pour être mentionné.

- Adeline…

- Laisse tomber. (Il fonça les sourcils) Je sais que Vita m'a sauvée, mais je ne sais pas comment ni pourquoi. Peut-être pourras-tu m'éclairer.

Il soupira, mais une lueur nouvelle éclairait ses prunelles.

- Elle t'a sauvée… Tu n'as même pas eu besoin d'opération, tes lésions internes ont été également réparées. Je n'en reviens toujours pas et pourtant, ça semble tellement logique. *Spiritus vitae.*

- Le souffle de vie…

Il acquiesça.

- Je t'avais dit que nous ne connaissions pas tous les pouvoirs de l'épée.

- Mais je croyais qu'elle ne protégeait que son porteur ?

William vint s'asseoir au bord de mon lit et caressa ma joue du dos de sa main.

- Que serait son porteur sans la femme qu'il aime ?

Nos regards s'accrochèrent, puis nos bouches se joignirent. Longtemps.

- Comment as-tu su ? lui demandai-je enfin.

- Le commissaire Jovert a reçu un coup de fil d'un de ses indics. Je me suis aussitôt téléporté. (Ses traits se décomposèrent) Je ne sais pas ce que j'aurais fait si…

Je l'interrompis en posant mon index sur ses lèvres.

- Je suis là.

Un silence pesant s'installa entre nous, lourd de tout ce qu'il aurait voulu me dire mais que je ne voulais en aucun cas entendre. Je vivais, c'était le principal.

- Où est Marianne ?

Mieux valait repartir sur un sujet qu'on pouvait maîtriser. L'expression de William se transforma : il était comme positivement ému.

- Nous t'avons veillé le reste de la journée et toute la nuit. Jason était là aussi, mais il est rentré chez lui se changer. Marianne a refusé de rentrer avec lui quand je le lui ai proposé. Elle m'a dit qu'elle me jetterait par une fenêtre si j'osais à nouveau émettre l'idée qu'elle te quitte même pour une heure.

Je souris.

- Elle t'aime bien, tu sais.

Il me rendit mon sourire, mais sa peur était encore trop récente pour que celui-ci contamine vraiment ses yeux.

- Elle est allée s'acheter une barre chocolatée pour tenir le coup. Tu veux que j'aille la chercher ?

- S'il-te-plaît.

Il m'embrassa le front et sortit. Deux minutes s'étaient à peine écoulées quand mon amie entra en trombe dans ma chambre pour éclater en sanglots dans mon cou.

Un peu prise au dépourvue par cette réaction, je me contentai de lui tapoter le dos le temps qu'elle se reprenne. William s'installa pendant ce temps sur le fauteuil et regardait le paysage au dehors.

- Allons, Marianne, reprends-toi. Je vais bien, je t'assure.

Elle se redressa un peu et je me sentis obligée d'attraper le paquet de mouchoirs sur le meuble de chevet pour le lui tendre, tant elle dégoulinait.

- Merci. (Un bruit de trompette retentit dans la pièce) Snirfl !

- Pas de quoi, dis-je en ne pouvant m'empêcher de sourire.

- Si tu savais comme j'ai eu peur… On ne te voyait pas ressortir et Mr Planchet et Boris Darandier ont failli m'arracher les bras pour m'empêcher d'aller te chercher. Petite sœur… que ferais-je sans toi ?

Une boule d'émotion obstrua ma gorge. Marianne et moi étions les meilleures amies du monde et notre passé douloureux avait renforcé ce lien au point que nous savions que nous pourrions toujours compter l'une sur l'autre en cas de besoin. C'était un fait indéniable sur lequel nous ne ressentions pas la nécessité de parler, de fait, nous ne nous épanchions jamais sur nos sentiments respectifs. Alors l'entendre me dire ces mots…

- Marianne Chaumont, deviendrais-tu sentimentale ?

Mieux valait détourner la conversation ou je ne pourrais plus empêcher mes larmes de couler.

Elle renifla à nouveau et pouffa :

- Ça jamais !

- C'est bien ce qui me semblait. Allez, trêve de mièvreries, donne-moi un verre d'eau, j'ai l'impression que j'ai du verre pilé dans le fond de ma gorge.

Elle repoussa la masse de ses cheveux bouclés dans son dos et se redressa pour s'exécuter. Je bus à grandes gorgées, véritablement assoiffée, et Marianne m'arracha mon verre vide pour me le remplir à nouveau.

- Le lycée n'est plus qu'un tas de cendres, dit-elle en me le tendant.

- Marianne !

La voix de William avait claqué comme un fouet, faisant sursauter l'intéressée, pourtant difficilement impressionnable.

- Il fallait bien le lui dire ! se défendit-elle.

- Tu aurais pu attendre, elle vient à peine de se réveiller !

Ils se foudroyaient du regard maintenant. Pff…

- Est-ce qu'il y a d'autres blessés ? demandai-je calmement, histoire d'étouffer dans l'œuf la querelle naissante. Comment va Clémence ?

Ce fut Marianne qui me répondit :

- Elle se remettra, tu lui as sauvé la vie. Enfin… toi et le Justicier.

Je ne pus empêcher mon regard de dériver vers William. Il s'était à nouveau tourné vers la fenêtre. Je le revis m'embrasser alors que je pensais ne plus jamais le revoir dans ce couloir où j'étais retenue prisonnière.

J'avalai une bonne gorgée d'eau…

- C'est fou… poursuivit mon amie. Quand on t'a crue morte, il avait l'air… dévasté. Comme un homme qui perd la femme qu'il aime.

Pfffft !

…. gorgée qui explosa en geyser hors de ma bouche, et qui arrosa tout mon drap.

Marianne fronça les sourcils en voyant les dégâts, puis se retourna vers William, lequel restait obstinément tourné vers la fenêtre, sans doute pour qu'on ne voie pas son expression, mais dont la mâchoire contractée témoignait de la tension qui raidissait ses muscles.

- Marianne, vraiment ! Tu as vraiment une imagination débordante !

Ma tentative humoristique était bien vue, sauf que mon amie n'en tint pas compte. Elle restait fixée sur mon compagnon au point que la situation devint franchement gênante. Je ne savais plus comment la désamorcer lorsque :

- Non… Mais non. Comme s'il pouvait… Non.

Marianne s'esclaffa et se tourna vers moi avec le sourire de quelqu'un qui vient de se rassurer par rapport à un doute subit.

- Est-ce que tu as faim ?

La question, posée à brûle-pourpoint, fut une bénédiction.

- Je ne suis pas contre un *Twix* du distributeur.

- C'est parti !

Et elle sortit de la pièce aussi vite qu'elle était entrée.

- Pfiou ! On a eu chaud !

- À qui le dis-tu ! renchérit William en venant s'asseoir près de moi. J'aime bien ton amie, mais là, j'ai juste envie de la téléporter en Antarctique pour qu'elle aille voir sur la banquise si j'y suis !

Je pouffai, puis, plus sérieusement.

- Elle dit vrai, n'est-ce pas ?

- À quel propos ?

Je lui lançai un coup d'œil mauvais. Il haussa les épaules.

- Il ne reste plus rien de ton lycée.

J'accusai le coup avec difficulté. Au début, je n'étais pas partie dans l'idée d'exercer toute ma carrière dans cet établissement, mais je m'y sentais si bien, l'atmosphère était si conviviale malgré les difficultés quotidiennes, que je ne me voyais pas aller ailleurs. Les habitants de Fort-Bénédicte, même les plus réfractaires à l'enseignement privé, s'accordaient tous pour dire que nous faisions du bon travail et que nombre de leurs enfants avaient retrouvé foi en leur potentiel à défaut d'obtenir leurs diplômes avec mention. Nous faisions ce que nous pouvions avec les armes en notre possession et chaque petit succès nous permettait de conserver l'espoir que les choses pouvaient s'améliorer dans cette ville.

Mais maintenant, c'était fini. Et je n'avais pas besoin de me casser la tête pour connaître le coupable.

- Pourquoi ? Pourquoi maintenant ? Vincel aurait pu brûler cet endroit des milliers de fois. Qu'est-ce qui a changé ?

Je ressentis une brusque fatigue tout à coup et je baillai. William balaya ma question d'un revers de main.

- Ce n'est pas le moment de te tourmenter à ce sujet. Repose-toi, je vais passer à la maison te chercher quelques affaires et je reviens.

- Marianne ? balbutiai-je, les paupières déjà atrocement lourdes.

- Elle comprendra.

Je sentis à peine ses lèvres sur mon front, j'étais vidée.

Et après un incendie, un éboulement et un arrêt cardiaque, je n'éprouvai aucun remords à me vautrer dans les bras de Morphée.

*****

Il s'écoula huit longues journées avant qu'on me laisse sortir de l'hôpital. Dans l'entrefaite, je reçus de nombreuses visites de mes amis et collègues voulant voir comment je récupérais des conséquences de « mon acte héroïque ». J'avais beau rappeler que l'héroïne en question avait failli finir aplatie comme une crêpe sous des blocs de béton, personne ne voulait en démordre. Et ce n'était pas l'article du *Fort-Béné* sur les événements qui amoindrissait mon rôle dans l'histoire ! Les amis de William avaient interviewé Clémence et sa famille pour recueillir leur témoignage et ceux-ci s'étaient répandus en éloge à mon sujet, considérant que ma volonté de ne pas vouloir abandonner la jeune fille était à mettre au même plan que le sauvetage réussi du Justicier. Gênant, mais bon. C'était bizarre aussi de voir ma photo à côté de celle, classique et de mauvaise qualité, de William en tenue de super-héros, en apparition fantomatique dont on ne voit que la silhouette émerger de l'ombre. Cela me rassurait quant au fait que les élèves du lycée n'avaient ni filmé ni pris de photos du drame qui s'était déroulé dans la cour, la chose ayant été envisageable au vu de notre génération actuelle obsédée par les buzz. Comme quoi il y avait encore de l'espoir en ce qui concernait la moralité de l'être humain. Bref !

Je savourais également les piques indirectes adressées à Théodore Vincel par le *Fort-Béné*, qui s'interrogeait avec moult étonnement sur ces étranges émeutes éclair sans véritable motif qui avaient empêché les secours d'intervenir sur les lieux du sinistre. Étrange aussi comme la police, elle, y était arrivée la première, forçant le Justicier à s'échapper alors même qu'il venait de sauver la vie d'une jeune femme. C'était à se demander si tout ça n'avait pas été orchestré par un quelconque génie du mal non identifié…

En parlant de lui…

J'étais touchée que Jason accompagne le plus souvent Marianne à l'hôpital pour me rendre visite. Je savais qu'il détestait le milieu médical et ses efforts témoignaient d'une affection qui m'allait droit au cœur. De même pour Rose qui, quand William avait un contretemps au journal, prenait le bus pour me voir. Nous bavardions de choses et d'autres et j'appréciais ces moments en sa compagnie, surtout quand elle m'amenait des cookies faits maison.

Je me remettais doucement, donc, en sachant que j'avais perdu mon emploi. Mes collègues m'avaient informée que le maire avait promis, dans un discours télévisé, de reconstruire un nouveau bâtiment dédié à l'éducation des jeunes ouailles de la ville, et qu'en attendant, les élèves de mon établissement seraient dispatchés dans les autres lycées du département. Quid du personnel ? Néant, bien évidemment, et j'avais fort à parier que notre groupe de penseurs bienveillants qui prônaient l'espoir dans une cité qui étouffait, verrait son chômage technique être prolongé à la rentrée de septembre. Autant ne pas se faire d'illusions !

Et après la visite de Florent Vincel, d'illusions, je n'en avais plus du tout…

C'était le sixième jour après mon réveil et j'avais vraiment hâte de rentrer chez moi. J'étais en train d'enfiler difficilement un pull (à défaut d'avoir des os cassés, j'avais des gigacourbatures) lorsqu'on avait frappé à la porte.

- Entrez !

J'avais la tête coincée dans le col, de fait, je ne sus l'identité de mon visiteur que quand celui-ci m'aida à terminer l'opération délicate dans laquelle je m'étais engagée.

- Permettez.

J'eus un mouvement de recul involontaire. L'expression de Florent Vincel devint lugubre, et il fit deux pas en arrière. Il tenait un bouquet de roses rouges à la main.

- Que faites-vous ici ?

J'étais surtout surprise de sa présence, mais je n'avais pu retenir une pointe d'agressivité dans ma voix. Après tout, il travaillait pour celui qui avait ordonné l'anéantissement de mon lieu de travail alors… Son expression atterrée renforçait la pâleur de son visage, le visage de quelqu'un qui n'avait pas dormi depuis plusieurs jours.

- Je… Je suis venu prendre de vos nouvelles.

- Je suis vivante, dis-je sèchement.

Je savais que Florent Vincel n'était pas aussi cruel que son père, toutefois, je savais aussi qu'il n'avait jamais eu le courage de s'opposer à lui. Avait-il eu vent de ce que Théodore prévoyait pour mon établissement ?

- Je sais ce que vous pensez en ce moment, Adeline. Je le vois à la façon dont vous me regardez.

- Encore ce fichu livre ouvert ! grommelai-je, exaspérée.

Je n'eus pas le temps de faire le moindre mouvement, Florent Vincel s'empara de mes mains et les pressa fortement dans les siennes, l'air désemparé.

- Je vous assure que je n'avais aucune idée de ce qui allait se passer. Mon père ne m'a rien dit et j'ai eu beau le confronter sur le sujet, il nie catégoriquement avoir ordonné de mettre le feu à votre lycée. Vous aviez raison, je n'ai pas su vous protéger…

Le timbre désespéré de sa voix tendait à me faire croire qu'il était sincère.

- Je vous supplie de me faire confiance. Je ne vous ai jamais voulu aucun mal et ce même si…

Il se tut et baissa les yeux. Il en avait trop dit ou pas assez.

- Finissez ce que vous avez commencé, Florent. Même si quoi ?

Il resta muet un instant, ensuite, il expira longuement.

- J'ai des sentiments pour vous, Adeline, et je préfère être honnête, vous savoir avec William Fersen me déplaît.

J'allais lui dire que ce n'était pas ses affaires, mais il me prit de court :

- Cependant, j'ai accepté la situation, parce que… quelque part, je crois que je conserve l'espoir que vous vous apercevrez que fréquenter ce journaliste n'est pas bon pour vous. (Choquée par ses paroles, je sentis la colère monter en moi) Il ne vous mérite pas, c'est juste un type arrogant qui gagne sa vie en dénigrant le monde entier.

Piquée au vif, je commençai :

- Vous êtes jaloux et…

Il me coupa encore une fois :

- Oui, je suis jaloux. (Il serrait toujours mes mains très fort) J'aimerais vous avoir pour moi. (Trop fort) Mais je n'irais pas jusqu'à vous tuer parce que votre cœur en a préféré un autre. Mon père, par contre…

J'oubliai la pression sur mes phalanges et le fixai, estomaquée.

- Vous voulez dire… que votre père a brûlé mon lycée… parce qu'il voulait venger votre ego ?!

Il hocha la tête à la positive. J'étais totalement stupéfiée par cette révélation.

- Je ne peux que spéculer parce qu'il n'a rien confirmé, mais je suis sûr qu'il a décidé de vous punir quand nous nous sommes rencontrés à l'exposition.

- Mais nous ne nous sommes vus qu'une minute à peine !

- Mon père savait que vous et Fersen aviez emménagé ensemble. La fille de Charles Tremen et ce journaliste du *Fort-Béné* ! Je vous ai dit que votre nom seul suffisait à lui donner des boutons… alors ce nom associé à celui d'un de ses opposants les plus farouches ! Ensemble, vous deveniez un problème.

- C'est insensé. Ça fait des mois maintenant, il aurait pu nous faire disparaître bien avant l'exposition. Pourquoi se focaliser sur moi après tout ce temps ?

- Réfléchissez. Vous tuer, c'était toucher Fersen en plein cœur et donc se débarrasser de lui sans avoir à le supprimer et donc sans mécontenter la populace attachée aux membres du *Fort-Béné*. (Il leva les yeux au ciel pour montrer ce qu'il pensait de cet attachement) Et enfin, vous tuer, c'était effacer la dernière trace de l'humiliation qu'il avait subi par votre père, et... par vous.

- Moi ? Mais je ne l'ai jamais humilié ! Je ne suis pas folle à ce point !

Il secoua la tête et s'assombrit davantage.

- Mon père me hait autant qu'il aime le nom que nous portons et la réputation qui lui est associée, Adeline. À Vincel, on ne refuse rien.

- C'est totalement ridicule !

Je n'arrivais décidément pas à y croire. Un éclair de douleur traversa le visage du fils Vincel.

- Vous vous êtes refusée à moi, Adeline. C'est dur à admettre, mais je ressens encore cette frustration de n'être qu'un ami à vos yeux, même si je suis plutôt dans l'acceptation. En vous voyant avec Fersen à l'exposition, je pense que cette frustration a affleuré suffisamment à la surface pour éveiller les soupçons de mon père, à qui j'avais toujours caché jusqu'ici notre... relation. Il m'a interrogé par la suite sur les sentiments que je nourrissais à votre égard... une Tremen. Je le dégoûtais... (Il demeura un instant silencieux puis enchaîna) J'ai eu beau noyer le poisson et flirter avec des femmes après cela, je pense qu'il a compris la situation et a agi en conséquence.

- C'est un monstre, dis-je, figée.

- Je suis d'accord avec vous. C'est pourquoi je vous exhorte à la plus grande prudence. Il a d'autres préoccupations en ce moment et je pense que vous ne faites plus partie de ses priorités. Ne le mettez plus en colère, cependant. Je vous en prie.

Un tourbillon d'émotions et de questions tournoyait dans mon esprit, me réduisant au silence. Enfin :

- Je… Je ne sais pas quoi vous dire.

- Vous n'avez rien à me dire. Je voulais juste que vous sachiez que je ferais tout ce que je peux pour vous protéger parce que… parce que… je vous aime. *Je vous aime.*

Il avait répété ces derniers mots avec plus de force.

- Florent…

Il abandonna mes mains pour prendre mon visage en coupe et plonger son regard dans le mien.

- Adeline… Je vous aime. Ça fait six ans maintenant et je ne peux plus continuer à feindre l'indifférence.

Il y avait tant de tendresse dans ses yeux que je ne savais pas comment m'y prendre pour le repousser sans le blesser.

- Je vous en prie, ne faites pas ça. En dépit de votre ascendance, j'ai de l'estime pour vous, et nous pouvons être amis. *Uniquement des amis.*

- Je pourrais te rendre heureuse, dit-il en posant son front contre le mien. Je t'aime.

Je sentais son souffle sur mon visage. Il avait fermé les yeux et je me doutais que si je laissais les choses perdurer, il tenterait à nouveau de m'embrasser. Cette situation était trop pénible à supporter, je voulais que cela cesse.

- Je suis heureuse avec William.

J'avais parlé avec conviction, il ne pouvait guère s'y tromper. Florent Vincel s'écarta légèrement, sans lâcher mon visage, et me contempla douloureusement.

- Je suis désolée, soufflai-je. Je suis sincère.

Il eut un sourire triste, que je ne pouvais manquer puisque son visage était toujours aussi proche du mien.

- Fersen ne vous mérite pas.

- Ça, ce n'est pas à vous d'en juger !

Nous sursautâmes tous les deux en entendant cette voix derrière nous. Je sentis mon sang se retirer de mon visage lorsque la haute silhouette de William s'avança dans la chambre, une expression meurtrière sur ses traits d'habitude empreints de jovialité.

- Vous n'avez rien à faire ici !

Florent Vincel n'était peut-être pas à son aise face à la stature virile de son furieux rival, mais il fallait reconnaître que la façon dont il se mit à le toiser avait quelque chose de courageux.

- Adeline est mon amie et j'ai autant le droit qu'un autre de m'assurer qu'elle va bien !

- Vous n'avez jamais eu ce droit, que ce soit par le nom que vous portez ou par votre incapacité à empêcher votre père de lui faire du mal ! cracha William.

Mon compagnon avait la langue aussi affûtée que sa plume, par conséquent je pressentais une tournure désastreuse à cette confrontation.

- Florent, peut-être devriez-vous… commençai-je.

Il ne m'écouta pas et s'avança plutôt vers son adversaire.

- Vous n'êtes pas mieux placé que moi, vous qui faites tout pour la mettre en danger avec vos articles à charge ! Si vous vouliez vraiment la protéger, vous sortiriez de sa vie !

- Je me passe du jugement du rejeton d'un malfrat notoire ! Jugement faussé par des sentiments dont il sait qu'ils ne seront *jamais* partagés par l'objet de son désir !

La façon dont William avait insisté sur le mot « jamais » n'avait pour vocation que de blesser son interlocuteur en retournant le couteau dans la plaie. Ce genre de coup bas pour marquer son territoire n'avait rien d'élégant, ce qui m'assura que nous étions entrés dans une phase de non-retour de cette discussion, où tous les coups étaient permis.

Et effectivement :

- Vous n'êtes qu'un scribouillard raté qui ne fait que dans l'écho de rumeurs sur une ombre criminelle que vous prenez bêtement pour un justicier ! Quant à mon jugement, je vous garantis qu'il se base sur des faits solides ! Adeline vaut bien mieux qu'un sombre individu mal dégrossi dans votre genre et je n'espère pas, *je sais* qu'elle s'en rendra compte ! s'écria Florent, qui semblait avoir perdu le contrôle de ses nerfs.

William était prêt à se jeter sur lui.

- Et une fois qu'elle s'en sera rendu compte, elle viendra directement se jeter dans vos bras, n'est-ce pas ?!

Le silence de Florent Vincel était éloquent. Ils allaient *vraiment* s'étriper si je n'intervenais pas rapidement !

- Arrêtez, tous les deux, risquai-je. Je…

William m'interrompit en s'écriant :

- Vos illusions égoïstes n'ont d'égal que votre lâcheté ! Vous avez beau soutenir que vous n'êtes pas comme votre père, il y a un point sur lequel vous vous rejoignez : vous êtes au moins aussi écœurant !

J'avais esquissé deux pas pour m'interposer, mais il était déjà trop tard. Ils se jetèrent l'un sur l'autre et ce ne fut ensuite, jusqu'à l'arrivée de la sécurité, qu'une succession de coups de poings et de pieds ainsi que d'empoignades et de roulades à terre. Tout ça dans une pièce minuscule où je ne dus mon salut qu'à l'idée que j'avais eue de me coller au mur pour éviter d'être un dommage collatéral dans la bagarre opposant mon super-héros de petit ami au fils de son plus grand ennemi.

C'était le genre de moment où on a juste envie de ne plus voir personne pour ensuite tenter de chasser sa migraine par un bon *Doliprane 1000.*

*****

J'étais tellement en colère après cet épisode que j'avais effectivement prétexté un énorme mal de tête pour être seule avec moi-même. J'avais ainsi pu faire le point sur les révélations de Florent Vincel concernant ses sentiments pour moi et la menace qui planait sur mon existence à cause de mon couple.

J'avais donc pris la décision, à l'issue de ces réflexions, d'abord de prendre mes distances avec Florent puisque mon respect ou mon amitié ne lui suffisaient pas, et ensuite, de cacher à William que le maire avait voulu me tuer parce que nous étions un couple dangereux. Il avait mis du temps à accepter le fait que je pouvais le rendre heureux, alors il était hors de question que le doute s'installe dans son esprit au risque qu'il veuille à nouveau s'éloigner de moi pour mon bien.

Quand il revint, le lendemain, et que nous abordâmes ce qui s'était passé la veille, je maintins cette deuxième résolution, ce qui ne m'empêcha pas de lui reprocher son comportement inadmissible. Cet esclandre avait dû faire le tour de l'hôpital et je détestais être remarquée de la sorte. C'était une atteinte au bon sens et aux bonnes manières.

- C'est un comble que tu me fasses la leçon à moi et que lui, tu le prennes en pitié ! aboya-t-il.

William ne paraissait pas avoir décoléré depuis son altercation avec Florent Vincel et était d'une humeur épouvantable.

- Vous vous êtes tous les deux comportés comme de parfaits crétins ! m'emportai-je, fatiguée après une journée et une nuit à ressasser tout ça. Venant de toi, je trouve que c'est d'autant plus décevant !

- Venant de moi ?! Et qu'aurais-je dû faire selon toi ? Le laisser m'insulter et tenter de te séduire ?!

- Ne sois pas stupide ! Tu l'as été suffisamment hier !

- Et toi tu l'as été sur toute la ligne !

- Pardon ?! m'écriai-je, outrée.

- Tu peux me faire la morale autant que tu veux, j'avais raison sur le fait que Florent Vincel te voulait encore dans son lit !

- Comment aurais-je pu le deviner ?! La presse faisait écho de ses dîners avec d'autres femmes et il ne m'a jamais laissé entendre dans ses messages qu'il...

Je m'arrêtai net, consciente d'avoir commis la gaffe du siècle. Et vu l'expression de William en cet instant, je n'allais pas tarder à m'en mordre les doigts. Il plissa les yeux et se ramassa sur lui-même, comme un prédateur prêt à bondir sur sa proie.

- J'aimerais que tu finisses ta phrase, ma chérie. Tu étais en train de parler des messages de Florent Vincel...

J'eus l'impression que tout mon sang alla se réfugier dans mes pieds en un quart de seconde.

- Tu ne m'avais pas dit que tu étais restée si étroitement en contact avec le fils du maire, continua-t-il d'une voix doucereuse qui me fit froid dans le dos.

Quelque part, j'aurais préféré qu'il me hurle dessus. Là, c'était entre le constat douloureux et le mépris le plus total ; un mélange qui me rendait vraiment malade.

- Je voulais juste t'aider, dis-je piteusement, consciente d'avoir trahi sa confiance et de mériter sa colère.

Il rit. D'une manière grinçante qui m'écorcha les oreilles.

- Alors tu t'es dit que tu pourrais flirter avec Vincel dans mon dos. Merci, ça m'aide beaucoup.

- Arrête ! rétorquai-je, énervée. Je ne flirtais pas avec lui ! Je cherchais à en obtenir des informations concernant ton enquête.

- On était pourtant d'accord pour que tu restes en-dehors de tout ça ! Je ne voulais plus t'utiliser comme appât !

- Mais tu piétines, ne me dis pas le contraire ! Il fallait que je lui pose des questions ! J'étais la seule à pouvoir le faire sans attirer des soupçons !

- Combien ?

Prise au dépourvue, je ne compris pas le sens de sa question.

- Quoi ?

La mâchoire de William était terriblement contractée alors qu'il regardait par la fenêtre le paysage extérieur pour éviter de me regarder moi.

- Combien de fois es-tu allée retrouver Florent Vincel pour lui poser des questions ?

Je soupirai, honteuse. J'avais fait ce que j'avais jugé nécessaire pour aider William dans son enquête, mais il n'en restait pas moins que j'avais menti à l'homme qui partageait ma vie.

- Une fois. C'était avant l'exposition. Nous sommes allés prendre un café au Havre.

William ferma les yeux une seconde, puis :

- Je suppose que c'est le fameux jour où on t'a envoyée en formation là-bas…

Je m'approchai de lui, mais il leva la main pour m'arrêter.

- Écoute, repris-je d'une voix tremblante. Je ne t'ai pas menti pour te blesser, j'espérais qu'en communiquant avec lui à l'occasion, il laisserait échapper une information qui pourrait nous aider à faire tomber le Comité. C'était risqué, je sais et je…

- Tu es allée trop loin.

Sa voix était tranchante comme le rasoir.

- Non, je…

Il se tourna vers moi et son regard me cloua sur place.

- Je m'en vais.

Mes jambes se dérobèrent, je me retins in extremis au lit et parvins à rester debout.

- Quoi ?

- Je pars.

Cette fois, le monde se mit à tournoyer trop vite pour que je conserve mon équilibre. Je m'effondrai au sol, la respiration devenue hachée en raison d'immenses sanglots qui voulaient sortir de ma bouche, mais qui restaient coincés dans ma gorge.

William se précipita à mon secours et me releva. Je m'accrochai à lui désespérément, au bord de l'hystérie.

- Ne… ne… ne… me laisse pas ! Je n'ai… jamais été attirée par Florent Vincel. Je… je voulais juste… t'aider ! Je… William ! Je suis désolée ! Je ne veux pas que ça se termine ainsi !

Je tremblais tant j'avais peur qu'il me quitte. J'avais eu du mal à me remettre de ma rupture avec Paul, celle-ci me briserait définitivement. Je ne me voyais tout simplement pas vivre sans lui.

- Adeline…

Je me mis à pleurer sans retenue, sûre qu'il allait prononcer les mots qui me détruiraient.

- Je vais juste retourner chez nous… (La voix se fit plus douce) Je ne compte pas mettre fin à notre relation.

J'eus quelques difficultés à me calmer suffisamment pour lui demander confirmation. Il me serra un peu plus contre lui et me caressa doucement les cheveux.

- Je t'aime, Adeline, rien n'a changé malgré les événements. Seulement, tu m'as menti et même si je conçois tes motivations, c'est dur à encaisser. J'ai juste besoin d'être un peu seul… pour réfléchir.

- Ce n'est jamais bon quand on s'isole pour réfléchir sur son couple, dis-je, l'affolement reprenant place dans mon cœur.

William m'écarta de lui et me fixa durement.

- Je ne vais pas te mentir, tu m'as déçu. (Une rivière de larmes s'écoula de mes yeux à ces mots) Mais en aucun cas je n'envisagerais ma vie sans toi.

Il déposa un baiser sur mon front puis me quitta avant que j'aie pu prononcer un mot.

Il me fallut des trésors de self-control pour ne rien laisser paraître de cette énorme dispute auprès de Marianne ou de Rose, qui étaient venues toutes les deux me rendre visite dans l'après-midi sans (par chance) rien savoir de ce qui s'était joué entre Florent Vincel, William et moi depuis la veille.

Mon compagnon ne revint que le lendemain pour les formalités de mon départ de l'hôpital et pour me ramener chez nous. Un silence pesant régnait dans la voiture depuis que nous étions partis, et de plus en plus nerveuse, je ne cessais de tordre mes mains sans en avoir vraiment conscience.

- Je vais déposer ton sac dans la chambre.

Ce fut tout ce que William prononça en arrivant à la maison. Dépitée, je ne savais pas quoi faire de ma carcasse, désespérée à l'idée d'avoir perdu à jamais la confiance et la complicité que j'avais construites avec celui qui partageait ma vie. Du moins la partageait-il pour l'instant… Il avait beau dire, son visage sombre avait de quoi m'alerter sur la nature de ses réflexions après notre querelle.

J'allai dans la cuisine et saisis un économe pour éplucher quelques légumes, histoire de m'occuper les mains et l'esprit. À défaut de tenir une conversation avec mon petit ami, au moins pouvais-je nous préparer un bon repas. Sauf s'il décidait de me planter là pour aller déjeuner ailleurs...

Je laissai tomber la carotte sur la table en soupirant.

- Suis-moi, Adeline.

Je sursautai. William se tenait à l'entrée de la pièce et me tendait la main, le visage grave. Je ne cherchai pas à poser des questions, je le rejoignis plutôt, et le laissai m'entraîner en silence vers la cave, dans la partie secrète qu'il s'était aménagée. La porte glissa ensuite derrière nous, nous coupant du monde extérieur.

- Là, dit-il en me montrant ses écrans de contrôle.

Je tournai la tête vers ce qui m'apparaissait comme le quai d'un bassin de la zone portuaire. Il n'y avait pas de son, mais on pouvait voir deux hommes discuter, protégés à distance par des gorilles armés qui surveillaient les alentours. Je m'approchai davantage pour mieux voir la scène et cillai. L'un d'eux était Florent Vincel, reconnaissable malgré son œil au beurre noir et sa lèvre fendue (je supposai qu'il n'avait pas dû en expliquer les causes à son père, sinon ce dernier aurait cette fois organisé une tentative de meurtre contre William).

- Pourquoi me montres-tu ça ? demandai-je à mon compagnon, un peu perplexe sur sa manière d'engager le dialogue avec moi.

Il pointa le deuxième homme, un grand costaud chauve à la mine patibulaire.

- Sais-tu de qui il s'agit ?

- Non, je ne le connais pas.

- C'est Drastan Vadirovitch, l'un des plus grands mafieux d'Europe de l'Est, basé à Minsk, en Biélorussie. Le Comité est son concurrent direct à l'Ouest. Il y a déjà eu plusieurs escarmouches entre leurs gangs pour le contrôle de certaines zones et Vadirovitch et Théodore Vincel se haïssent cordialement.

- Pourquoi venir en personne chez son ennemi ? Ça n'a pas de sens, raisonnai-je.

- Les deux entités forment chacune de leur côté une puissance terrible, mais si elles venaient à s'allier...

- Ça me semble tiré par les cheveux tant que Vincel est aux commandes du Comité, dis-je en me focalisant à nouveau sur l'écran où les deux hommes discutaient toujours. Une alliance de ce genre ne peut se faire que si les têtes pensantes ont la même vision, or tu viens de me dire qu'ils se haïssent.

- En effet.

Ne voyant pas où il voulait en venir, je me tournai vers lui :

- C'est… Je ne comprends pas.

- Regarde bien, me dit-il en montrant le moniteur.

M'exécutant, je fus surprise de voir tout à coup les hommes de Vadirovitch s'effondrer les uns après les autres.

- Que se passe-t-il ? C'est en direct ?

- Non, c'était en tout début de matinée.

Vadirovitch cria quelque chose et sortit un pistolet de son manteau, qu'il pointa vers Florent Vincel. Il n'eut a priori pas le temps de tirer car il tomba lourdement à terre, inerte.

- Il est mort ? questionnai-je, choquée par ce spectacle.

- Regarde Florent Vincel.

- C'est… (Je plissai les yeux pour mieux discerner l'objet qu'il retirait du cou de son ennemi) une fléchette tranquillisante ?

Je reculai, totalement abasourdie. Le fils du maire, celui qui m'avait assuré de sa différence par rapport à son géniteur, celui qui avait réussi à me toucher par la gentillesse dont il avait fait preuve à mon égard et par sa grande culture, venait de dévoiler en réalité son vrai visage. Il n'était pas juste un pion dans l'échiquier impitoyable de Théodore Vincel, comme il me l'avait fait entendre, non. Il participait aussi aux machinations orchestrées par la tête pensante du Comité.

J'avalai difficilement ma salive, prise d'une terrible colère contre moi-même d'avoir voulu laisser une chance au fils de l'assassin de mes parents. De par mon métier, j'aurais dû savoir que, parfois, on ne peut rien pour sauver les gens d'eux-mêmes.

- Pourquoi ne pas l'avoir tué ? Cela aurait été plus simple, dis-je en tentant de retrouver la maîtrise de ma voix.

William épiait chacune de mes réactions.

- Le tuer reviendrait à déclarer la guerre au cartel de Vadirovitch, ce n'est pas ce que veut le Comité.

- Alors que lui veulent-ils ?

L'image s'était arrêtée sur Drastan Vadirovitch en train d'être traîné vers un entrepôt par les hommes de Florent Vincel.

- Je me suis rendu dans cet entrepôt avant de venir te chercher. Il était vide. Ils doivent retenir Vadirovitch ailleurs. Je ne sais pas ce qu'ils lui veulent, et comme tu l'as dit, cela me frustre à un point inimaginable.

- William…

Son regard se fit plus perçant encore, il me saisit les deux bras et m'obligea à l'affronter, presque nez à nez.

- Je suis terriblement frustré de ne pas connaître le fin mot de ce que trame Théodore Vincel, et quand je vois les forces qu'il met en œuvre pour y parvenir, je suis d'autant plus inquiet quant à ce qui nous attend. D'un autre côté, ça renforce également ma conviction que tu ne dois pas t'impliquer dans tout ça, ni de près ni de loin. Est-ce que tu comprends ?

Je hochai la tête. Comment aurait-il pu en être autrement ? Je n'étais absolument pas préparée à embrasser la carrière de justicier et je ne l'avais jamais voulu de toute façon. Cependant, je ne me voyais pas non plus laisser William mettre sa vie en danger pour combattre le crime à Fort-Bénédicte sans l'aider un minimum, en fonction de mes aptitudes. Là encore, je me trompais. J'avais voulu soustraire des informations au fils Vincel et je n'avais pas été suffisamment capable de relever mes boucliers, par conséquent mon jugement avait été affecté par la sympathie qu'il m'avait inspirée et je ne m'étais pas assez méfiée.

J'étais résolument faite pour aider des jeunes gens à prendre confiance en eux dans la construction de leur avenir professionnel, mais pas pour jouer les détectives auprès d'adultes dont les mauvais choix avaient conditionné leur destin. J'étais trop… gentille.

Je n'avais jamais voulu être le Robin de Batman, cependant, la désillusion avait un goût amer.

- Je me suis montrée bien naïve, dis-je dans un souffle.

Le miel dans les prunelles de William devint rivière d'or. J'avais l'impression que ça faisait une éternité que j'avais été privée de ce phénomène magnifique. Seulement celui-ci s'estompa pour faire de nouveau place à une sombre gravité :

- J'ai réfléchi à ce que tu avais fait et à tes motivations. Je veux que tu saches que je n'aurai jamais aucun secret pour toi en ce qui concerne mes activités de Justicier, néanmoins c'est tout ce que je pourrai te concéder. Plus que jamais, il est exclu que tu m'aides à nouveau sur le terrain, comme tu l'as fait après notre rencontre. Et encore moins auprès de Florent Vincel.

- À cause de ce que tu viens de me montrer.

Il prit mon visage en coupe dans ses mains.

- Non. Parce qu'il t'aime et que malgré ses beaux discours, j'ai peur qu'il cherche à te posséder. D'une manière ou d'une autre.

Cette peur était bien lisible dans ses yeux.

- Ce que Vincel veut, Vincel obtient...

Je me remémorai cette phrase de Florent Vincel lors de notre échange à l'hôpital. Quelque chose en moi m'empêchait de croire qu'il en serait vraiment capable, malgré tout, William avait raison : *un Vincel ne demande pas, il prend.*

- Je te promets de ne plus agir de manière inconsidérée, même pour t'aider.

- Et Florent Vincel ?

Je soupirai :

- J'avais de toute façon décidé de couper les ponts après ce qu'il m'a dit. (Levant les yeux vers William) Je n'accepte pas qu'il ait suggéré que tu ne me méritais pas, parce que malgré tous ces mois qui se sont écoulés après que nous ayons décidé de vivre ensemble, je me réveille encore parfois en me demandant si tout ça n'était pas qu'un rêve magnifique. Je me dis que ce n'est pas normal de me sentir parfois si heureuse que j'ai l'impression de ne plus toucher terre.

Une étincelle brilla dans l'une de ses pupilles et je sus qu'il était ému par ma déclaration.

- T'ai-je déjà dit comme je t'aime ? murmura-t-il.

Une larme roula sur ma joue, il l'essuya aussitôt. Je souris.

- Il m'est arrivé de te l'entendre dire à l'occasion, mais c'est toujours flatteur.

Il s'esclaffa doucement, le doré remplaçant à nouveau le miel dans ses yeux. Je sentis mon cœur devenir plus léger, puis tout à coup, il parut sur le point de s'envoler lorsque William m'embrassa comme jamais il ne m'avait embrassée auparavant : avec un mélange de passion, de joie et de sensualité exacerbée, mais surtout avec une possessivité dont je ne mis pas longtemps à comprendre l'origine.

Il voulait définitivement signifier que je lui appartenais. À lui, et à lui seul.

- Téléporte-nous dans notre chambre.

Et moi je voulais définitivement lui appartenir.

À lui, et à lui seul.

Chapitre IX : La morsure du serpent

*****

Plusieurs jours passèrent. L'épisode dramatique que j'avais vécu à mon lycée avait laissé des traces puisque je me sentais encore trop fatiguée pour sortir de la maison. De toute façon, l'aurais-je voulu que William et Marianne m'auraient étripée si je m'étais amusée à me balader dehors au lieu de faire une cure de repos.

J'avais négocié fermement avec eux pour m'occuper moi-même des tâches ménagères, arguant notamment devant mon petit ami qu'il avait suffisamment à faire avec les méchants de la ville pour s'éviter de passer l'aspirateur. J'étais en convalescence, je n'étais pas impotente, et puis maintenant que je me retrouvais au chômage technique, j'allais devoir m'obliger à rester active d'une manière ou d'une autre pour ne pas devenir chèvre à force d'ennui.

Heureusement, William tint sa promesse en me tenant au courant de tout ce qu'il faisait en tant que Justicier. Il m'avait expliqué qu'il continuait à mener l'enquête sur les disparitions et réapparitions mystérieuses d'habitants de la ville, à visage découvert auprès des victimes, et en masque et capuche auprès des gangs dont il téléportait des membres dans un endroit choisi pour un interrogatoire en règle sur ces événements. En général, William les emmenait sur d'anciennes grues abandonnées sur le port et laissait le vertige agir comme sérum de vérité. Une vérité qui ne lui apportait rien de bien concluant.

Il avait beau faire, c'était comme si toutes les informations sur le phénomène, ses causes et ses conséquences, étaient verrouillées.

Mon Justicier avait même été jusqu'à cambrioler plusieurs maisons de notables dont il connaissait les liens avec le Comité, mais le secret était éminemment bien gardé, prouvant ainsi à quel point celui-ci était brûlant.

Quand je dis brûlant... Environ deux semaines après mon retour à la maison, William interrogea de manière musclée l'un de ces notables, un certain Delmont, membre du conseil d'administration d'une entreprise spécialisée en pétrochimie. Je pense qu'on peut dire que parmi les héros de BD, peu avaient autant de scrupules que William concernant la violence. Celui-ci avait beau savoir se défendre et tuer si besoin, jamais il ne faisait couler le sang si ce n'était pas nécessaire, même avec des brutes comme les sbires de Vincel. Cependant, nous sentions tous deux qu'il y avait une épée de Damoclès au-dessus de notre tête et que si nous ne voulions pas qu'elle s'abatte sur nous avec toute la force du Comité, il faudrait utiliser tous les moyens dont nous disposions, à savoir une autre épée, aux pouvoirs bien réels celle-ci.

Cette nuit-là donc, je l'attendis dans sa pièce secrète jusqu'à 4h du matin en regardant les chaînes d'informations européennes sur les différents écrans de contrôle, alors qu'il m'était impossible de dormir. Il apparut couvert de sang, et dans un premier temps, je me précipitai vers lui pour l'aider.

Il me repoussa doucement :

- Ce n'est pas le mien, Adeline.

J'en restai coite, peu habituée à le voir rentrer dans cet état. Quand il enleva son masque et ses lentilles, je constatai que ses prunelles étaient presque aussi sombres que ces dernières, et que les traits de son visage étaient creusés, le vieillissant de presque dix ans d'un coup. Je n'avais pas besoin de le voir essuyer l'hémoglobine qui ruisselait encore de la lame de Vita pour comprendre que son projet avait mal tourné.

- Que s'est-il passé ? demandai-je.

William s'assit sur sa chaise, le regard fixé sur le béton au sol. Je n'étais même pas sûre qu'il le voyait vraiment.

- William ? insistai-je doucement.

Je posai ma main sur mon épaule, et la retirai aussitôt, dégoûtée par le bruit de succion que mon geste avait occasionné. Elle était rouge et… *Je vais vomir mes tripes !!!!* … il y avait de petits morceaux plus sombres qui s'y étaient collés. William bondit de sa chaise et manqua me déboîter le bras en m'emmenant au petit lavabo d'appoint qu'il avait installé. Il se chargea ensuite de faire partir les horribles traces sous l'onde froide qui me fit frissonner.

- William… C'est bon, tu es en train de m'arracher la peau des doigts.

Il me lâcha, sa pâleur me broya le cœur.

- Dis-moi.

Il soupira, puis :

- Il devait être surveillé, je ne vois pas d'autre explication… Il allait se mettre à table, Adeline ! Il allait tout me dire ! Tout à coup, il y eu un drôle de bruit dans son bureau, là où nous étions, le bip d'un mécanisme qui se met en place. Il a crié « Oh non, je vous en prie ! » et ses yeux se sont écarquillés d'horreur. J'ai compris qu'il ne s'adressait pas à moi et j'ai juste eu le temps de plonger à terre quand les murs ont craché des lames en forme de faux. Je ne savais pas à quoi à m'attendre… en tout cas, pas à retrouver Delmont coupé en deux à hauteur de la taille…

Je réussis à juguler une brusque nausée provoquée par l'imagination de la scène. Quelle horreur !

- Je crois qu'il va me falloir envisager l'idée de capturer Théodore Vincel et lui faire avouer ses crimes.

Je frissonnai à nouveau, mais cette fois, pas à cause de l'eau froide.

- Non, William. Tu m'as dit toi-même qu'il fallait qu'il passe devant la justice de notre pays, par un procès en bonne et due forme. Si tu lui arraches des aveux, ceux-ci n'auront aucune valeur, tu le sais très bien.

- Mais au moins je l'empêcherais d'accomplir son projet machiavélique, quel qu'il soit, répondit-il sombrement.

- Qu'en sais-tu ? Ça risque aussi bien de précipiter les choses. Non, l'unique chance que nous avons de l'empêcher d'agir, c'est de savoir exactement de quoi il retourne. Il faut que tu continues à chercher.

- Pour continuer à voir des gens se faire couper en deux ? dit-il, sarcastique.

- Tu savais parfaitement à qui tu avais affaire en devenant le Justicier. Tu ne me l'as jamais dit clairement, mais je sais que tu as déjà vu plus que ton compte de cadavres à cause du Comité.

- C'est vrai, mais là, je crois qu'on a atteint des sommets dans l'horreur. Je n'avais jamais été confronté à ça. Je sens que j'arrive en bout de course et mon adversaire a toujours une longueur d'avance sur moi, c'est insupportable ! C'est à croire que je ne serai jamais capable de confondre Vincel et ses hommes… C'est à se demander à quoi me servent les pouvoirs de mon engeance si je ne suis pas capable de faire tomber un simple mafieux…

William n'était pas du genre à baisser les bras, ce qui prouvait à quel point son mal-être était profond. Je me creusais la tête pour trouver la formule qui lui mettrait du baume au cœur quand mon regard s'arrêta sur l'un des écrans de contrôle.

- Vadirovitch ! m'écriai-je en me ruant sur le clavier de la console pour enregistrer la séquence diffusée en direct sur l'une des chaînes biélorusses officielles que William surveillait.

Celui-ci me rejoignit en une fraction de seconde pour scruter l'écran, sans plus s'occuper du sang que son costume étalait sur ma chemise de nuit, alors que nous nous tenions côte à côte.

- Je croyais qu'ils l'avaient tué ! Comment se fait-il qu'ils l'ont simplement renvoyé chez lui ?

Je n'en revenais pas de voir l'homme que j'avais observé se faire emmener par les hommes de Florent et Théodore Vincel après avoir été attaqué à la fléchette tranquillisante répondre depuis la fenêtre de sa limousine blanche hors de prix aux questions de plusieurs journalistes qui l'interviewaient sur le trottoir, devant un night-club à l'aspect huppé.

William était concentré sur les images qui étaient diffusées, ses sourcils se fronçant de plus en plus à chaque seconde, jusqu'à lui donner un air franchement inquiétant. Enfin, quand le reportage fut terminé, il se redressa et resta pensif un moment.

- Tu y comprends quelque chose ? Tu parles un peu biélorusse ? lui demandai-je, pour le sortir de son isolement.

Il me regarda et me répondit très sérieusement :

- Vadirovitch est un homme qui aime le luxe, mais jamais il n'accepte d'interview, ni n'étale sa fortune ainsi au grand jour. Dans les milieux de grande criminalité, ce sont ceux qui en montrent le plus qui sont en mauvaise posture. Les plus puissants sont ceux dont on ne parle pas, or sa façon détachée de répondre à leurs questions sur les sommes qu'il compte dépenser ce soir tend à prouver qu'il s'est produit un événement qui l'a fragilisé au sein de son organisation. Ce qui n'est quand même pas normal… il sait pourtant comment ça marche… Il avait un drôle de regard en plus. Repasse-moi la séquence, chérie.

Je remis la bande au début et, sans comprendre les mots, déduisis des comportements qu'effectivement, il se passait quelque chose d'anormal au pays de Drastan Vadirovitch. Quelque chose qui n'était, ô coïncidence, certainement pas sans rapport avec sa petite visite à Fort-Bénédicte quelque temps auparavant. Il n'y avait donc qu'une chose à faire :

- Il faut que tu prennes un billet d'avion et que tu ailles trouver Drastan Vadirovitch.

*****

- Tu es sûre que ça va ? me demanda William pour la deuxième fois.

Je tirai la chasse d'eau puis essuyai la sueur perlant à mon front.

- Ce n'est rien, j'ai dû attraper une sorte de virus. Marianne m'a dit qu'il y en a un qui sévit dans tous les établissements de la ville et qui met tout le monde à plat. Des troubles intestinaux, comme une réplique de la gastro avant l'été. Cool, tu devrais essayer !

Il s'esclaffa.

- Tu arrives à faire de l'humour après avoir rendu la totalité de ton petit-déjeuner, quelle femme !

Amusée, je saisis la main qu'il me tendait et le laissai me relever. Ce faisant, je fus prise d'un léger vertige.

- Adeline, tu devrais prendre rendez-vous chez le médecin. Hier déjà, tu ne te sentais pas très bien.

La veille, William était resté avec moi pour se remettre de la nuit précédente, mais surtout pour préparer son départ en Biélorussie, ainsi que les arguments qu'il faudrait qu'il étaye devant Henri, son supérieur, pour qu'il lui paye le voyage en tant que journaliste faisant un reportage susceptible d'égratigner le Comité, bête noire du *Fort-Béné*. Grâce à mes compétences de professeure de français, je l'avais aidé dans cette tâche, et grâce à mes compétences de femme, je l'avais aidé à préparer sa valise (un Justicier est un Justicier, mais c'est aussi un homme avant tout… déduisez-en ce que vous voulez ^^). Je bouclais celle-ci lorsqu'il me fallut courir aux toilettes pour vomir tripes et boyaux, moi qui n'avais, ce matin-là, pris qu'un verre de lait et une tranche de pain de mie en guise de petit-déjeuner. Cela avait suffi pour me faire séquestrer sur le canapé le reste de la journée par un conjoint en mode attention abusive. J'en avais été quitte pour lui donner ses arguments couchée sous un plaid, encore barbouillée, mais sans plus aucun épisode vomitif de la journée. Pour moi, c'était le lait qui n'était pas passé. Pas de quoi fouetter un chat, ou faire une crise cardiaque. Heureusement que je n'avais pas mentionné devant lui le bref étourdissement du jour d'avant ou il m'aurait conduite aux urgences pour un check up complet.

Je rejetai sa proposition d'un geste nonchalant de la main.

- Bah ! Je ne vais pas aller engorger les cabinets médicaux pour qu'on me prescrive du repos et du *Doliprane* ! Demain ça ira mieux, tu verras.

William me regarda, peu convaincu.

- Tu es pâle, je n'aime pas ça. Je devrais peut-être rester avec toi aujourd'hui et remettre mon voyage dans l'Est à plus tard.

Je ricanai.

- Et tu vas poser une journée enfant malade, je suppose ? William ! Je ne suis pas un bébé, je peux m'occuper de moi. Et puis, interroger Drastan Vadirovitch est bien plus important que les loopings de mes intestins.

- Tu es sûre ?

Je lui souris.

- Va voir Henri pour lui soumettre ton idée de reportage à l'Est. Tu n'as pas besoin de perdre ton job toi non plus.

Il fronça les sourcils.

- Vincel paiera pour ça aussi.

- Je te crois. Mais pour l'heure, ne sois pas en retard à ton travail.

Il déposa un baiser léger sur mon front.

- Je t'appelle tout à l'heure pour savoir si tout va bien.

- Oui, papa, rigolai-je.

Il me quitta ensuite, me laissant seule dans ma nouvelle fonction de femme au foyer. Sans avoir jamais dénigré ce choix de vie, je n'avais jamais non plus envisagé de l'épouser auparavant. Je ne me voyais qu'indépendante financièrement, avec un métier dans lequel je pourrais m'épanouir et aider les autres à en faire autant. L'enseignement m'avait apporté tout cela, même si ce n'était pas le job le mieux payé au monde, et même si par moments on avait juste envie d'arracher les yeux des élèves récalcitrants.

Il fallait pourtant que je m'accommode de ma nouvelle situation. J'avais appris que certains de mes collègues avaient finalement pu trouver une place dans les lycées de la région, mais la plupart des membres de l'équipe éducative étaient dans la même situation que moi : punis d'avoir osé parler de liberté dans une ville où chaque mot de la devise nationale sonnait plutôt comme « Comité ».

Après m'être lavé les dents, je jetai un œil à la maison. Que pouvais-je bien faire ? La cuisine était rutilante, jusqu'aux plaques de cuisson qui brillaient, j'avais nettoyé tous les tapis et les rideaux de la salle, et fait tout le ménage à l'étage. Mon panier à linge était vide, vu que j'avais fini de repasser la veille, et mes carreaux étaient si propres que, tout à l'heure, un merle s'y était cogné. Heureusement, la pauvre bête n'avait été que sonnée, et elle avait repris son envol quelques secondes plus tard.

Moralité, je ne savais que faire de ma couenne.

J'aimais lire, mais je n'avais pas envie de passer mes journées vautrée dans mon canapé. Au final, ça ne ferait qu'augmenter ma frustration d'avoir été quelque part assignée à résidence. J'avais pensé faire quelques recherches sur ces gens qui disparaissaient et réapparaissaient mystérieusement, mais William faisait déjà le maximum et il m'avait interdit de prendre des risques.

Ainsi debout au milieu de la cuisine, les mains sur les hanches, je soupirai.

Mon soupir fut coupé par un hoquet.

Mon hoquet s'acheva par une remontée mécanique que j'eus juste le temps d'évacuer aux toilettes grâce à une course contre la montre effrénée.

- Saleté de virus ! pestai-je, la main sur le ventre.

Je n'avais plus rien à vomir, et rien que l'idée de manger me retournait l'estomac. Je n'étais pas souvent malade, je passais souvent à travers les épidémies de gastro ou de grippe. Cette année, je m'étais de nouveau estimée chanceuse, mais force m'était de constater que j'avais crié victoire trop vite.

J'allai voir s'il me restait des médicaments contre les vomissements dans ma salle de bain et fus déçue de n'en voir aucun. Je pris un élastique pour m'attacher les cheveux, puis je souris.

Ça y est ! J'ai quelque chose à faire !

Sans me presser, vu que je n'avais aucun rendez-vous à honorer, je mis mes bottines et ma veste dans l'optique de me rendre à pieds à la pharmacie. Elle n'était pas loin et une promenade ne pouvait me faire que du bien. Nous profitions sur Fort-Bénédicte d'une matinée en tous points normande en cette période de l'année, avec un soleil au rendez-vous, des nuages prêts à le cacher en quelques minutes, et des températures fraîches sans être froides. Justement, cet air vivifiant ne pourrait que m'aider à contrôler ma nausée si elle réapparaissait.

Je sortis donc de chez moi et fermai mon portail à clés. Il ne me fallut qu'une dizaine de minutes pour parvenir jusqu'à la place Émile Zola où se situait la pharmacie ainsi que mon boulanger, mon boucher et mon primeur. Il y avait toujours du monde là-bas parce que les produits vendus étaient de bonne qualité, que les commerçants étaient aimables, mais surtout parce que c'était un endroit beaucoup plus calme que nombre d'autres quartiers de la ville où sévissaient des bandes au service du Comité, spécialisées dans le racket. Peut-être que si je n'avais pas été aussi angoissée par mes symptômes, j'aurais mieux fait attention au comportement des gens que je croisais. En y repensant, je me dis que j'aurais dû remarquer l'air déconnecté de certains passants. Mon Dieu… J'aurais dû…

Je pris mon mal en patience dans la file d'attente en regardant un vieil épisode d'une série sur notre chaîne locale grâce à un téléviseur placé en hauteur, soulagée que j'étais de ne plus ressentir de nausées. J'avais vraiment bien fait d'aller dehors, car je me sentais de nouveau en forme. Ce virus était tout de même assez bizarre. Certainement aussi bizarre que l'une de mes voisines, Mme Bouvier, qui passa devant moi sans répondre à mon salut, et sans avoir l'air de remarquer qu'il y avait des gens autour d'elle, elle si bavarde en temps normal justement.

- Nous avons des raisons de penser que l'homme masqué qui se fait appeler « le Justicier » est à l'origine de la vague d'enlèvements qui nous a tous préoccupés ces derniers temps. Si vous avez des informations cruciales qui pourraient nous aider à appréhender ce criminel, je vous invite à vous rendre dans l'aile ouest de la mairie où vous serez dirigé vers des personnes compétentes. Nous savons que vous accomplirez votre devoir de citoyen.

J'avais froncé les sourcils, écœurée en voyant le programme être interrompu par notre maire pour un appel à la délation qu'il avait déjà fait peu après l'arrivée du Justicier en ville et qui n'avait servi à rien. Les Bénédictins l'aimaient et ne le dénonceraient pas. Et ce n'était pas en diffusant ce spot toutes les heures depuis la veille que la municipalité obtiendrait des résultats ! C'était exaspérant à défaut d'être inquiétant, avait dit William, qui ne comprenait pas ce choix de reprendre une tactique qui n'avait jamais fonctionné. Exaspérant, c'était le mot ! Depuis hier, on ne pouvait pas regarder la chaîne locale sans être pollué par ce spot, et plus d'une fois, en préparant les valises de William pour la Biélorussie, j'avais pesté contre ces interruptions intempestives. Dans la pharmacie, personne ne bougea sauf un homme ; ne voyant pas l'intérêt d'écouter une énième fois les mêmes âneries dignes du temps de la collaboration sous Vichy, il obtint l'autorisation d'une des pharmaciennes d'éteindre le poste. Je me retins de l'applaudir.

- Vous désirez ?

J'oubliai immédiatement Théodore Vincel pour me concentrer sur la jeune préparatrice souriante et plutôt jolie qui m'avait accueillie. Pas étonnant qu'à chaque fois que je venais, je voyais la plupart des clients masculins présents s'arranger pour se faire servir par elle ! Les hommes !

- Cela fait un jour ou deux que je me sens un peu patraque et ce matin, j'ai encore été prise de nausées. J'ai entendu dire qu'un virus agressif sévissait en ville, si vous avez quelque chose qui puisse m'éviter d'aller chez le médecin, je suis preneuse.

- Il y a effectivement un virus qui sévit en ville en ce moment, mais il n'a rien à voir avec des nausées. Les gens se plaignent de crampes d'estomac, un peu comme une mauvaise digestion, mais ne vomissent pas, et ça ne dure pas plus d'une journée. J'ai l'impression que l'épidémie est en train de se transformer en quelque chose de plus sérieux qui agit sur les connexions neuronales... J'ai vu des gens au comportement bizarre ce matin et... Hum. Pardon. Vous dites que ça fait quelques jours que vous ne vous sentez pas bien ?

Non pas que l'origine de cette épidémie-mystère ne m'intéressait pas, mais là, j'avais plutôt envie de connaître l'origine de mon propre trouble.

- Deux, et ce n'est que passager. Ça finit toujours par passer.

La jeune femme me scruta de ses yeux verts perçants. Je ne savais pas qu'on pouvait poser un diagnostic juste en observant le visage de quelqu'un… À moins qu'elle ne cherche à lire mes secrets les plus profonds grâce à la carnation de ma peau… N'importe quoi !

- Mmh, finit-elle par dire.

- Vous pourriez être plus explicite ? m'impatientai-je.

- Ces troubles dont vous me parlez n'interviennent-ils qu'en cours de matinée ?

Je réfléchis. Hier, j'avais eu mal au cœur peu après le petit-déjeuner, et le jour d'avant, mon étourdissement s'était produit avant midi.

- Oui.

Sur le moment, je ne compris pas pourquoi la pharmacienne se fendit d'un grand sourire, mais lorsqu'elle se dirigea vers l'étagère sur sa droite, je sentis un gros glaçon descendre le long de ma colonne vertébrale.

Mais pourquoi je n'y ai pas pensé ?!

La jeune femme revint avec trois boîtes différentes.

- J'ai pris deux modèles sur la même marque et un autre d'un concurrent. Dans ces cas-là, les femmes ont besoin d'être sûres.

Encore assommée par la situation, je n'arrivais pas à parler. Mon interlocutrice me prit en pitié :

- Il vous suffit d'uriner sur l'embout, puis d'attendre que le résultat s'affiche. Le plus cher est électronique et vous dira tout aussitôt, je vous conseille de le faire en dernier. Pour les deux plus simples, il faut regarder le nombre de bâtons ; si vous en avez deux, vous êtes bien enceinte.

Enceinte…

Je ne pouvais voir mon visage, mais je me doutais bien qu'il devait être pâle comme la mort. J'étais venue pour soigner une pseudo gastro, et je ressortais avec des tests de grossesse ! À aucun moment l'éventualité d'être enceinte ne m'avait traversé l'esprit, car avec William, nous étions à des années lumière de concevoir un enfant ! Il s'était habitué à notre vie à deux et se remettait doucement de ce qui m'était arrivé lors de l'incendie de mon établissement, par conséquent comment lui annoncer qu'à ses responsabilités de Justicier allaient s'ajouter les responsabilités de papa ? Il n'était pas prêt pour ça !

Et moi dans tout ça ? Étais-je prête ?

Le tourbillon de pensées qui menaçait de m'engloutir disparut quand la pharmacienne posa doucement sa main sur la mienne.

- Mais… je prends la pilule, dis-je dans un murmure mal assuré.

- La pilule n'est pas fiable à 100% chez toutes les femmes, c'est pour ça qu'on conseille son association avec un préservatif les premiers temps.

J'eus la bouche soudain sèche. Non seulement j'étais peut-être enceinte des œuvres de mon petit ami atlante après seulement trois mois et demi de vie commune et six mois de relation, mais en plus j'aurais pu l'être après notre première nuit d'amour, vu que ma pilule ne semblait guère de taille à lutter contre ses spermatozoïdes en mode super-héros de la reproduction pour le coup.

L'air compatissant, la pharmacienne dit :

- Il n'y a rien de sûr pour l'instant. Rentrez chez vous et faites les tests, vous y serez mieux pour… appréhender la situation.

Je clignai des yeux, un peu hagarde, puis me retournai. Il y avait encore plus de monde que tout à l'heure et je monopolisais l'attention. C'était contraire aux bonnes manières.

Cette constatation me permit de me reprendre quelque peu et je réglai mes achats avant de quitter les lieux.

Le retour à la maison se fit dans le brouillard le plus complet, de fait, je ne répondis même pas à Mr Hacourt, mon voisin direct, lorsqu'il me dit bonjour en même temps qu'il mettait ses poubelles sur le trottoir.

En fait, j'avais agi comme un automate, un peu comme Mme Bouvier à la pharmacie, jusqu'à cet instant fatidique où j'attendais le résultat du premier test dans mes toilettes.

La deuxième bande était si nette que je n'avais déjà plus aucun doute sur les résultats du deuxième test. Bingo ! Deux bandes aussi.

Eh bien voilà. Tu es enceinte, ma fille.

J'avais beau le savoir, une partie de moi n'arrivait pas à y croire.

Restait le troisième test, l'électronique, pour achever de prendre conscience de mon nouvel état. Je réitérai donc l'opération, pour voir s'afficher : « Enceinte. Deux semaines. »

Merde ! Je suis enceinte ! pensai-je en m'asseyant sur le toilette, la tête entre les mains.

Je suis enceinte, je suis enceinte... me répétai-je, sentant une drôle d'émotion naître en moi au fur et à mesure que l'idée s'ancrait finalement dans toutes les fibres de mon être.

Et c'est en allant jeter les tests dans la poubelle de la salle de bain que je compris la nature de cette émotion : mon reflet dans le miroir au-dessus de l'évier me transmettait l'image d'un visage rayonnant, le visage d'une personne qui prend soudain conscience qu'un grand bonheur se profile pour elle.

Je souris à ce visage... qui m'en renvoya un éblouissant.

Je suis enceinte !

Mes mains et mes genoux tremblaient, mon cœur cognait contre mes côtes par le déferlement d'adrénaline. J'allais fonder une famille ! Plus tôt que prévu, c'était sûr, et plus compliqué qu'une grossesse normale à cause de l'héritage atlante, mais... j'allais fonder une famille ! Avec le plus parfait des hommes !

Comment allais-je l'annoncer à William ? Je ne pouvais tout de même pas lui dire ça par téléphone !

Des petits chaussons ! Il faut que j'achète des petits chaussons qu'il trouvera ce soir à côté de son assiette quand il rentrera du travail !

Ou une layette ? Des couches ? Non, beurk, pas des couches ! Ce n'est pas le meilleur côté de la vie de parents, ça.

Non, des chaussons, c'est bien. J'irai dans le centre, dans un magasin spécialisé, et j'en profiterai ensuite pour aller en librairie acheter des livres sur la grossesse ! Je n'y connais rien en bébé ! Et si j'étais nulle ? Oh mon Dieu, si j'étais une mauvaise mère ? Pff !

Ne pas commencer à paniquer, juste savourer le moment présent ! William, tu vas être papa ! Trop commun, non ? Mon amour, tu as posé les germes de la vie en mon sein ! Trop pompeux, on se croirait dans une tragédie de Racine. William ? Il y avait une bonne raison à mes nausées de ce matin.

Emportée par mon enthousiasme, je dévalai les escaliers, prête à saisir mon sac à main au vol et à foncer à ma voiture pour exécuter mon plan.

Mon cœur débordait de joie désormais et j'avais l'impression que je ne pourrais jamais attendre le retour de William pour lui annoncer cette merveilleuse nouvelle.

J'étais heureuse, tellement heureuse !

Être arrêtée dans mon élan par des bras puissants, qui m'immobilisèrent ensuite juste avant que je sois plongée dans le noir par une cagoule enfoncée sur mon visage me dégrisa complètement.

Je hurlai de terreur et me débattis de toutes mes forces en propulsant mes jambes dans tous les sens. Le résultat fut que mon agresseur se trouva déséquilibré et que je tapais tout ce qui se trouvait à portée de mes pieds : table, chaises qui tombèrent dans un grand fracas, ustensiles en tous genres. Au bruit, nous nous battions dans la cuisine.

- Merde, Dom, assomme cette furie qu'on en finisse ! s'écria une autre voix impatiente.

Totalement paniquée, je poussai un nouveau hurlement, aussi fort que je pus.

Il fut stoppé net lorsque le coup me fit sombrer dans le néant.

*****

Je poussai un cri aigu lorsque l'eau glacée me tira de l'inconscience.

Désorientée et trempée, je mis quelques secondes à me rappeler ce qui m'était arrivé. Sentir les entraves sur mes pieds et mes mains m'y aida.

J'étais assise sur une chaise sur laquelle j'étais ligotée, dans une pièce sombre et humide que j'identifiai grâce à l'odeur fortement iodée des lieux comme faisant partie d'un des entrepôts du port.

- Eh bien, fillette, il était temps que tu te réveilles ! Le patron arrive d'ici cinq minutes, il a hâte de te parler.

- Qui êtes-vous ?! Qu'est-ce que vous me voulez ?! demandai-je, effrayée à la vue de cet homme à la mine patibulaire.

Il s'approcha de moi et reluqua mon soutien-gorge devenu visible sous le tissu mouillé.

- Cinq minutes, ce n'est pas beaucoup, mais je peux profiter de tes jolis nichons que tu as là-dessous.

Je hurlai à l'aide lorsqu'il déchira le devant de mon chemisier et tentai d'échapper à cette brute. Le résultat fut que ma chaise bascula sur le côté, et que ma tête cogna sur le bitume.

- Que se passe-t-il ici ?! tonna une voix depuis l'autre bout de la vaste pièce où je me trouvais, couvrant le juron de mon ravisseur qui se redressa ensuite pour faire face à l'intrus.

- Mr Vincel, je…

- Sortez d'ici, Dominique.

Une douleur lancinante rampait dans mon crâne, cependant elle n'était pas puissante au point de m'empêcher d'identifier le Vincel qui venait d'arriver.

- Florent… murmurai-je, horrifiée.

- Allez attendre mon père à l'extérieur, son arrivée est imminente.

- Mais Mr le Maire a dit que…

- Exécution, Dominique !

Celui-ci grogna, mais obéit.

Une seconde plus tard, Florent Vincel se précipitait vers moi. Je tentai de me libérer, totalement terrifiée, en vain.

Il commença par me remettre en position assise, puis s'accroupit face à moi.

- Je suis désolé, Adeline. Je n'aurais jamais cru qu'on en arriverait là.

Il avait l'air sincère, pourtant il ne faisait pas un geste pour me détacher.

- Espèce de salaud ! m'écriai-je juste avant de lui cracher au visage.

Il ferma les yeux puis s'essuya. Lorsqu'il me regarda à nouveau, son visage n'exprimait que la plus farouche détermination.

Il sortit de sa poche une seringue contenant un liquide verdâtre et me l'enfonça dans le cou. Je hurlai et me débattis de toutes mes forces.

Florent Vincel plaqua sa main sur ma bouche.

- Chut, Adeline. Nous n'avons pas beaucoup de temps. Le moment venu, vous devrez faire exactement tout ce que je vous dis, vous comprenez ?

Un peu sonnée par la puissance du produit inconnu qu'il m'avait injecté, je ne pus que hocher la tête.

Un bruit de klaxon me fit sursauter. Florent Vincel expira puis répéta :

- Il est vital que vous fassiez ce que je vous dis, Adeline. Quand le moment viendra, vous le saurez. Pour le moment, continuez à vous débattre.

Je ne comprenais rien à ce qui se passait, mais le brouillard se dissipa quand Florent Vincel tira ma tête en arrière par les cheveux pour ensuite posséder ma bouche avec une violence inouïe. Sa main glissa ensuite dans mon chemisier pour presser mon sein droit à travers le soutien-gorge, tandis qu'il continuait à me dévorer comme un prédateur affamé.

Je ruais, je hurlais, tentant désespérément de lui faire lâcher prise, en vain. J'étais totalement en son pouvoir quand :

- Eh bien, mon fils, je vois que tu as enfin décidé de profiter de mon enseignement en ce qui concerne les femmes.

Florent Vincel se recula un peu, et sa façon de me fixer du regard avant de faire face à son père, comme s'il était désolé de ce qu'il m'avait fait subir, avait été tellement fugace que je me demandai si je n'avais pas rêvé.

Enfin, pour le moment, j'avais d'autres soucis en tête, comme l'arrivée du chef du Comité.

- Cette fille est à moi. Personne d'autre ne la touchera.

On aurait pu s'attendre à ce que Théodore Vincel remette à sa place son fils rebelle, or, il y avait presque de la fierté dans sa voix lorsqu'il lui répondit :

- Si tu la veux, tu l'auras…

Sa voix honnie se fit ensuite plus cassante :

- … Mais pas avant qu'elle ait joué son rôle dans notre plan.

Au moment où je m'interrogeais sur le plan dont il parlait, la réponse s'avança d'elle-même, l'air hagard.

- Rose ?

La mère de William regarda dans ma direction, sans réellement me voir. On aurait dit… un zombi… Exactement comme Mme Bouvier tout à l'heure !

- Que lui avez-vous fait ?! m'écriai-je, furieuse de voir cette femme entre les mains de ce prédateur.

Théodore Vincel vint vers moi, l'air satisfait, un éclat de pure cruauté dans les prunelles.

- Dire que depuis le début vous étiez la clef ! Je voyais deux problèmes différents alors qu'en fait, il n'y en avait qu'un.

- Je ne vois pas de quoi vous voulez parler ! me défendis-je.

- Rose ? appela-t-il.

Je me raidis.

L'intéressée s'approcha, toujours muette, toujours… étrange. Vincel reprit :

- Décline-moi l'identité de ton fils.

- Mon fils s'appelle William Fersen.

Rose ne semblait pas être réellement avec nous. Elle fixait un point par-dessus l'épaule du maire et avait débité sa réponse comme un automate.

- Toute son identité, Rose.

Elle ne cilla même pas :

- Mon fils s'appelle William Fersen et descend du peuple d'Atlantis. Il est l'héritier de Héphaïstos et de Poséidon, et le Justicier qui se plaît à déjouer vos plans depuis plus d'un an.

La sidération céda la place à la terreur quand tous les éléments s'emboîtèrent dans ma tête. D'une manière que je ne comprenais pas encore, Rose avait tout dit à Théodore Vincel à propos du secret de William. Celui-ci savait donc désormais que le Justicier et le journaliste à la plume acérée qu'il ne supportait pas étaient une seule et même personne, dont l'un des piliers dans l'existence était la fille de son ancien rival, elle-même considérée comme une épine dans son pied maléfique. Il aurait pu tout aussi bien s'éviter de nous amener ici, Rose et moi, et nous mettre une balle dans la tête pour affaiblir son ennemi juré. Malheureusement, la longévité du maire à la tête de la ville et du Comité s'expliquait par sa grande intelligence, et je me doutais qu'il avait mis celle-ci à profit pour l'exécution d'un plan bien plus retors, sans être pour autant difficile à deviner.

- Vous voulez vous servir de nous comme otage, n'est-ce pas ?

Le maire me sourit, comme pour me féliciter pour mon esprit de déduction.

- N'est-ce pas magnifique ? La mère et la petite amie du Justicier entre mes mains. S'il ne vient pas au petit rendez-vous que je lui ai fixé, ce n'est pas un homme… Si tant est qu'il l'ait jamais été.

Il s'esclaffa, je serrai les dents.

- Vous ne vous en tirerez pas comme ça, sifflai-je, mordante. Vous et vos hommes ne faites pas le poids face à ses pouvoirs !

Le rictus de satisfaction qu'il afficha lorsqu'il se pencha vers moi pour me regarder droit dans les yeux me fit froid dans le dos.

- Ma chère, qu'est-ce qui vous fait croire que je vais l'autoriser à utiliser ses pouvoirs contre moi ?

- Vous croyez que vous pouvez le priver de ses pouvoirs ? Votre arrogance finira par vous étouffer, il est impossible que…

Je me stoppai, et à mesure que mon esprit prenait toute la mesure du caractère dramatique de la situation, le rictus de mon ennemi ne fit que croître sur son horrible visage.

- Non… Comment… ?

Vincel se redressa, l'air très content de lui.

- Les caméras de surveillance, ma chère Adeline. Il ne nous a pas échappé que le Justicier ne pouvait plus utiliser ses pouvoirs lorsqu'il était touché par l'alliage métallique à base d'aluminium qui compose nos caissons de transports de matières dangereuses. Produire des balles avec ce matériau ne fut pas très compliqué. Bénie soit notre génération portée sur l'image !

- Bénies soient les générations qui écartelaient les gens comme vous !

Le maire s'esclaffa à nouveau.

- Quel tempérament ! J'avoue que les velléités du Justicier de rendre justice sans outrepasser les limites de la violence sont ridicules, toutefois cela m'a plutôt rendu service malgré les torts qu'il m'a causés. Je suis toujours là, sur le point d'éradiquer la dernière menace à l'achèvement de la constitution de mon empire.

- Vous n'êtes pas seulement mégalomane, vous êtes complètement fou !

- Fou ? Non. Juste lucide concernant la place qui sera la mienne d'ici peu.

- Je ne comprends pas.

Vincel sortit quelque chose de sa poche. *Oh non* ! *Encore une seringue* !

Je ne me débattis pas, je savais que c'était inutile. Je foudroyai plutôt mon interlocuteur du regard.

- Alors c'est ça, vous voulez m'empoisonner pour que William trouve mon cadavre ! Vous n'êtes qu'un sale…

- Vous faites erreur, très chère, me coupa le maire sur un ton à la fois poli et tranchant. Quel manque d'élégance ce serait de ma part d'opter pour un simple meurtre par empoisonnement. Non, j'ai quelque chose de bien plus distingué en tête qui va m'être permis grâce au petit miracle que vous voyez dans cette seringue.

Il me fit admirer l'objet en question. Il renfermait bien une substance liquide, mais celle-ci était totalement transparente, comme de l'eau.

- Qu'est-ce que c'est ?

- Ça, mademoiselle Tremen, c'est ce qui va faire de moi l'homme le plus puissant de ce continent… dans un premier temps. J'entends bientôt être celui devant qui même les chefs d'États devront courber l'échine.

Je haussai les sourcils de surprise. William et moi savions que Théodore Vincel faisait tout pour que les tentacules du Comité s'étendent le plus loin possible, nous ne nous doutions pas qu'il avait des objectifs à ce point ambitieux en tête.

- Je répète ce que j'ai dit : vous êtes fou.

Le maire rit, puis il siffla l'un de ses sbires jusqu'ici caché dans un renfoncement de l'entrepôt. J'écarquillai les yeux d'horreur en voyant ce que l'homme tenait entre ses mains.

Vita !

- Comment avez-vous… ? grondai-je.

Je n'eus pas le temps de poser ma question.

- Rose ? appela Vincel.

L'interpellée, jusqu'ici occupée à regarder le mur en face sans donner l'impression de s'intéresser à ce qui se passait autour d'elle, se retourna vers nous.

- Dites comment cet objet s'est retrouvé en ma possession.

Rose le fixa, sans qu'aucune expression passe sur son visage, et dit :

- C'est moi qui vous l'ai apporté.

Stupéfiée, je ne pouvais tout simplement pas croire à cette trahison. Rose n'aurait jamais fait une chose pareille, c'était impossible !

- Mensonge ! m'écriai-je.

Ils m'ignorèrent tous les deux.

- Bien, visiblement, mademoiselle Tremen a encore du mal à comprendre la situation, il va falloir être plus concret pour son esprit lent.

L'insulte, futile et stérile, me passa complètement au-dessus. J'avais d'autres soucis en cet instant, comme notamment la résolution de ce casse-tête aberrant.

- Alors, Rose, dites-moi ce que vous trouvez le plus beau chez vous physiquement, poursuivit Vincel.

Sans hésiter, elle répondit :

- Mes cheveux.

- Pourquoi ?

- Parce que j'en prends soin, ils ont une belle longueur et brillent, même les mèches argentées.

- Aimeriez-vous les couper ?

- Pour rien au monde.

Vincel me regarda, satisfait. Je ne voyais nullement où cet échange totalement improbable allait nous mener. C'était vraiment n'importe quoi.

- Bien, Rose. Je veux que vous preniez ceci, et que vous coupiez vos cheveux à ras.

J'ouvris des yeux grands comme des soucoupes quand ma belle-mère prit Vita, que son ennemi mortel lui tendait, pour ensuite trancher net des poignées épaisses d'une chevelure dont je savais qu'elle tirait auparavant une grande fierté.

- Rose ! Rose, arrêtez ! lui criai-je. Rose !

- Hahaha ! Vos efforts sont divertissants, mais aussi totalement inutiles. Rose Fersen est entièrement sous mon contrôle grâce à mon produit miracle, un annihilateur de volonté dérivé du « souffle du diable »[61], mais à l'efficacité mille fois supérieure. Bien sûr, il y a eu quelques tâtonnements, au début : entre la difficulté de s'approvisionner en ingrédients, pour la plupart illicites et sujets à la combustion spontanée, que nous acheminions en même temps que les toiles prévues pour l'exposition de Florent, entre le déplacement régulier de nos laboratoires sur le port pour éviter la curiosité envahissante de votre petit ami à cause duquel nous avons plusieurs fois frôlé la catastrophe, et entre le nombre de nos essais sur des citoyens de la ville qui n'ont pas été concluants à cause de l'instabilité de la formule...

Alors la fois où William avait été blessé par un morceau de métal-poison lors d'une explosion et ces gens qui disparaissaient puis

---

[61] Le « souffle du diable » ou scopolamine est considérée comme l'une des drogues les plus dangereuses au monde. La substance annihile la volonté de la victime et agit comme un sédatif central qui n'empêche pas celle-ci de conserver ses fonctions motrices, faisant d'elle une sorte de zombi. Elle est utilisée en Colombie par les gangs pour détrousser les touristes.

*qu'on retrouvait complètement hagards dans les rues de la ville, tout
ça était lié !*

Je réalisai que ces énigmes sur lesquelles William butait depuis
tout ce temps était en réalité des rouages d'un plan machiavélique
ourdi sans remords aucun par un Théodore Vincel qui jubilait en
m'expliquant en détail comment il avait réussi à botter son ennemi
en touche.

- Une fois le produit stabilisé, il nous fallait vérifier son efficacité
réelle sur une personne extérieure à la ville. Nous avons donc passé
sur le caractère éphémère de ses effets en commençant par renvoyer
Drastan Vadirovitch à l'Est pour le Comité, avec quelqu'un pour lui
administrer ses doses quotidiennes, nécessaires à la continuité de sa
soumission à ses anciens rivaux. Ses efforts réussis pour saper les
fondations de son propre groupe mafieux nous ont décidés à passer à
l'étape suivante : un essai à grande échelle, permis par nos loyaux
amis du service des eaux de Fort-Bénédicte ! Grâce à cette méthode
d'administration, plus de problème de dissipation des effets du
sérum pour les grands amateurs d'eau du robinet, comme votre belle-
mère a priori ! Voilà pourquoi celle-ci s'est empressée de dénoncer
son fils quand elle a vu mes spots à la télévision ! Dommage que
vous ayez été plus portée sur l'eau minérale, j'avoue que cela
m'aurait plu de vous voir vous joindre à Rose pour organiser la
défaite de celui que vous aimez. Mais passons. Fort-Bénédicte n'est
qu'une étape pour moi. Maintenant que la substance est au point, je
vais pouvoir étendre mon pouvoir à des cibles plus stratégiques :
politiques, artistes, financiers, ils me mangeront tous dans la main.

Je ne savais pas ce qui était le pire : sentir les mots du maire
pénétrer mon esprit, le glaçant au passage, ou voir ceux-ci se
concrétiser avec le spectacle d'une Rose lobotomisée, en train de se
défigurer en un sens, avec une arme mythique dont son fils était
l'héritier légitime.

D'ailleurs…

- Si elle vous avait dit qu'elle préférait ses yeux, vous lui auriez
demandé qu'elle se les crève elle-même pour votre petite

démonstration, n'est-ce pas, hein ?! Monstre ! J'ai hâte de voir William vous planter cette épée dans le cœur !

Vincel m'attrapa le menton fermement, et dirigea ses lèvres vers mon oreille pour murmurer :

- Non, Adeline. Votre William ne fera rien de cette épée car Rose nous a expliqué tout ce qu'il y avait à savoir sur elle. En conséquence, elle ira attendre dans un autre entrepôt un peu plus loin, que nous nous soyons occupés de votre petit ami. Oh, j'oubliais... En ce qui concerne les yeux, j'ai toujours préféré m'en occuper en personne. Comme je me suis occupé *en personne* de trafiquer les freins de la voiture de vos parents. Quel dommage que la petite fille que vous étiez ait dû assister à ce drame... Peut-être la vie vous aurait-elle paru moins dure si vous aussi étiez morte dans l'accident...

En un éclair, le cri perçant poussé par ma mère lorsque notre voiture était partie en tonneaux sur l'autoroute me revint en mémoire. Ce ne fut pourtant pas son hurlement qui me perça les tympans en cet instant, mais le mien, alors que je tentais désespérément de me lever pour aller réduire en charpie l'homme qui venait d'avouer le meurtre de mes parents. J'avais beau l'avoir soupçonné toutes ces années, l'entendre le confirmer d'une manière aussi désinvolte et moqueuse avait déclenché en moi un état de fureur incontrôlable.

- BÂTARD ! SALAUD ! JE TE TUERAI ! ORDURE ! ASSASSIN ! TU VERRAS TES TRIPES AVANT DE MOURIR, POURRITURE !

Ne me contenant plus, je débitais menaces et insultes à une cadence dont je ne me serais pas crue capable jusqu'ici, cadence qui augmenta quand je réalisai que cela ne faisait qu'amuser celui qui avait anéanti ma famille.

Seulement, à un moment, il dut en avoir assez car, sans crier gare, il empoigna mes cheveux pour me tirer la tête en arrière et enfoncer l'aiguille de la seringue dans mon cou. Je ne hurlais plus, je vociférais et tentais de le mordre dans le même temps.

J'y parvins d'ailleurs, ce qui me valut une gifle monumentale qui me fit voir trente-six chandelles. Et alors que j'allais, au vu de la façon dont le maire relevait son autre main, en prendre une deuxième…

- PAPA, ARRÊTE !

… Florent Vincel lui retint le bras.

Un silence pesant tomba dans la pièce. Ma joue avait gonflé, je le sentais à la façon qu'elle avait de me lancer férocement.

- Comment oses-tu interférer… Fils ou pas, je…

- Je ne veux pas que tu la touches !

La voix de Florent était pleine de détermination et de colère contenue, peut-être qu'il allait me sauver en fin de compte !

- Nous étions d'accord pour qu'elle me revienne, *à moi*. Je ne veux pas que tu l'abîmes avant que j'aie pu en profiter !

Je tressaillis d'horreur face à cette nouvelle révélation. Non seulement Florent Vincel était au courant du projet de mon enlèvement, mais en plus, il y avait vu une opportunité pour me garder pour lui seul, en profitant de la disparition de son rival.

Ce fut à son tour d'être agoni d'injures.

Mais loin de s'en amuser, il s'assombrit, et eut tôt fait de me bâillonner pour ne plus m'entendre… ou en tout cas, ne plus comprendre les sons que je continuais à vociférer.

Le père et le fils m'observaient toujours. L'un avec haine, l'autre avec atterrement.

- Mais comment peux-tu trouver cette fille désirable, Florent ? Elle n'est même pas belle. Elle est grasse au niveau des hanches, du cul, et des cuisses !

- Elle est parfaite, pour moi.

Florent s'avisa du regard aiguisé de son père et ajouta d'un ton morne :

- Ses cuisses seront parfaites quand je serai en leur centre.

Je blêmis, chose que ne manqua pas de remarquer l'œil de vautour du maire.

- Eh oui, mademoiselle Tremen, je gage que ce n'était pas mon fils que vous auriez voulu entre vos cuisses, mais vous conviendrez désormais qu'il eut fallu y réfléchir à deux fois avant de lui préférer William Fersen. Maintenant, vous avez reçu une dose de notre *imperium voluntatis* [62], comme nous l'avons baptisé au Comité, et je gage que d'ici quelques minutes, comme votre belle-mère, vous aurez à cœur de satisfaire les exigences de Florent. Je dis bien, *toutes* ses exigences. Et en la matière, en tant que Vincel, je pense qu'il sera très inventif, n'est-ce pas fils ?

Il y avait une sorte de menace à peine voilée dans la façon dont Vincel s'adressa à Florent, mais pour l'heure, la nausée qui me prit n'avait rien à voir avec cette relation père-fils douteuse, mais plutôt avec la façon dont je serai immanquablement violée par un homme que j'avais ô combien mal jugé.

- Bien, ceci étant dit, Olivier, il serait temps d'aller mettre la sœur d'Excalibur en sûreté un peu plus loin.

L'ordre claqua, l'homme s'exécuta en arrêtant Rose dans son opération capillaire.

Cinq minutes plus tard, nous entendions le moteur d'une voiture démarrer au-dehors.

- Est-ce que tout est prêt pour accueillir notre invité, messieurs ? demanda Théodore Vincel d'une voix impatiente.

Je ressentis la montée d'une nouvelle nausée. Tous les éléments du piège étaient en place et il se refermerait bientôt sur l'homme que j'aimais. Je ne pourrais même pas le soutenir dans cette épreuve de laquelle il ne ressortirait pas vivant, non. Je ne pourrais que suivre sa fin de manière détachée, avec un corps et un esprit dont je ne jouirais plus de la propriété, parce que déjà, je pouvais sentir le pouvoir de la volonté de Théodore Vincel se répandre dans mes veines et détruire toutes les barrières que j'avais érigées.

Ma tête partit d'elle-même en arrière et je manquai m'évanouir.

- Ça commence, dit Vincel père.

- C'est la fin, dit Vincel fils.

La fin, oui.

Je n'aurais bientôt plus rien.

---

[62] Latin : signifie « Pouvoir de la volonté ».

Je ne serais bientôt plus rien.

*****

Vous vous demandiez sûrement depuis le prologue quelle peut être cette horrible situation dans laquelle je me trouve.

Voilà.

C'est celle-ci.

J'avais certes connu un drame dans mon enfance, la mort de mes parents, mais j'avais réussi à remettre ma vie sur les bons rails grâce à l'amour de Nanette d'abord, à l'amitié de Marianne ensuite, et à mon épanouissement dans le contact éducatif avec la jeunesse.

En rencontrant William Fersen, jamais je n'aurais cru que ma vie allait à ce point basculer, dans le positif dans un premier temps, puis dans l'horreur absolue.

Vivre avec un super-héros n'est pas de tout repos, c'est l'évidence, mais c'est aussi très dangereux. Je pense, maintenant que je suis sur le point d'être violée et assassinée, que j'aurais dû effectivement prendre le péril que j'encourais avec plus de considération. L'amour nous fait parfois agir aveuglément, et à ma décharge, je ne savais pas qu'on pouvait être à ce point aveuglément amoureuse.

J'aurais dû être plus réfléchie, donc, comme je l'ai dit un peu plus tôt dans ce récit.

Mais au final, est-ce que ça aurait changé quelque chose ?

Aurais-je bien fait de tourner le dos à tous ces instants de bonheur par peur des représailles contre mon super-héros de petit ami ?

Aurais-je bien fait de renier mes sentiments et ceux de William pour lui permettre de vivre une vie de héros, certes, mais solitaire et malheureuse ?

Devais-je regretter d'avoir glissé sur cette frite ? La réponse est non bien sûr.

Quand j'y repense…

Une frite…

*****

J'ai dû m'évanouir parce que quand je reprends conscience, je n'ai plus de bâillon, je sens la froideur d'une lame contre ma gorge, et j'entends la voix de William exhorter son propriétaire de ne pas me faire de mal.

- Dépose les armes que tu as sur toi, Justicier, et nous verrons, ordonne le maire derrière mon dos.

C'est lui qui me tient.

Je vois dans une sorte de brouillard William déposer plusieurs objets à terre. Il n'a pas voulu s'avouer vaincu malgré l'absence de son épée. C'est héroïque... et inutile. Il se tient désormais immobile, les bras écartés.

La seconde suivante, je pousse un glapissement de surprise lorsque les coups de feu retentissent. Une odeur infâme de poudre me remplit les narines, William s'écroule.

- Ils n'ont visé aucun organe vital, tu ne mourras donc pas tout de suite. Je veux d'abord faire quelques expériences sur toi.

Un râle de douleur me parvient et réussit à me faire sortir un peu de ma torpeur.

- William ! Va-t-en ! Il va t'obliger à...

Je me tais comme la lame presse plus profondément ma gorge jusqu'à la faire saigner. Je sens les gouttes de mon sang s'écouler de mon cou jusqu'à ma poitrine.

- Laissez Adeline et ma mère tranquilles ! Je ferai ce que vous voulez !

- C'est bien la première fois que vous vous montrez raisonnable, Fersen. Félicitations.

Vincel a dû faire signe à ses sbires qui se précipitent sur William pour le ligoter et lui arracher son masque.

Il s'approche ensuite de lui, me libérant ainsi de la menace de son couteau.

- Tu vas me servir de cobaye, toi l'héritier de l'Atlantide. Si mon *imperium voluntatis* fonctionne sur toi, tu me seras très utile dans ma conquête du pouvoir. Avoir le fameux Justicier et son épée divine à mes ordres… J'en frissonne d'anticipation !

La vision de William obéissant à Théodore Vincel me remplit d'effroi et je tente de me débattre à nouveau. Je ne parviens qu'à gagner une nausée encore plus violente et la sensation imminente que mon corps ne m'appartiendra bientôt plus.

- Mais d'abord, il me paraît important de te montrer que je ne serais pas arrivé là où j'en suis si j'avais laissé mes ennemis se moquer de moi sans les punir en retour. Il me semble que c'est au tour d'Adeline de se prêter à ma petite démonstration du miracle de *l'imperium voluntatis.*

Mon cœur s'emballe sous la panique, j'ai beau nager en eaux troubles, je me rappelle parfaitement de ce que Théodore et Florent Vincel ont prévu pour moi.

- ADELINE ! NON ! LAISSEZ-LA !

- WILLIAM ! crié-je, alors qu'un homme me détache et me force à me remettre debout.

Celui-ci me rattrape alors que mes jambes se dérobent.

- Allons, Mr Fersen, vous ne pensiez quand même pas que j'allais libérer la fille de Charles Tremen pour qu'elle s'adonne à son passe-temps favori de mettre des idées saugrenues dans la tête des jeunes voués au Comité depuis leur naissance ?

- ADELINE !

- Florent, comme convenu, voici la part de notre accord. Tu ne pourras plus m'accuser d'ignorer tes désirs. Tu vas pouvoir les combler maintenant, *l'imperium voluntatis* est déjà à l'œuvre, ce n'est qu'une affaire de secondes avant qu'elle ne tombe devant toi, cuisses ouvertes. (Florent Vincel me saisit par le bras et me ramène contre lui sans que je ne puisse rien y faire) Emmène-la à côté, il y a tout ce qu'il faut pour favoriser l'intimité du couple, et tâche de te montrer à la hauteur ! Je veux entendre les gémissements d'extase de la belle !

- ADELINE ! hurle à nouveau mon compagnon, dont le désespoir dans la voix et les prunelles ne m'échappe pas, impuissant qu'il est à me sauver d'un sort plus terrible que la mort.

Je n'ai plus assez de forces pour lutter contre la poigne de Florent qui m'entraîne avec lui dans la pièce où il m'infligera le pire des outrages, et la porte se ferme sur le rire cruel du maire.

*****

J'ai beau avoir l'impression de n'être plus qu'une poupée de chiffon incapable du moindre mouvement, je parviens à mordre Florent Vincel quand celui-ci, après m'avoir prise dans ses bras pour me transporter sur un lit en métal déjà bien rouillé agrémenté d'un matelas à la propreté douteuse, se permet de dévorer ma bouche, forçant de sa langue le barrage de mes dents.

Il s'écarte vivement, le souffle court, l'air sinistre.

- Adeline...

J'ai mis mes dernières forces dans cet acte de rébellion, je sais que je ne pourrais plus lever le petit doigt si ma vie en dépendait, mais je n'abandonne pas.

- Florent, murmuré-je faiblement. Vous n'êtes pas obligé de faire ça.

Je cherche désespérément à réveiller cette parcelle d'humanité que j'avais cru voir en lui, me raccrochant à l'idée que, peut-être, je ne me suis pas totalement trompée sur son compte.

Il me caresse doucement le menton, je n'arrive pas à déchiffrer son expression et c'est d'autant plus effrayant pour moi. Sa main continue lentement son chemin sur mon cou, des larmes incontrôlables jaillissent sur mes joues. Il prend mon visage en coupe, sans qu'aucun mot ne soit prononcé, puis frotte son nez au mien avant de déposer une pluie de baisers sur mes lèvres.

- Je... je vous en supplie, je ne veux pas perdre mon bébé, réussis-je à articuler misérablement.

Florent Vincel se fige au-dessus de moi. J'ai l'impression que le temps s'est arrêté, lui aussi, jusqu'à ce qu'enfin il daigne me regarder dans les yeux, totalement horrifié.

- Vous... vous êtes... enceinte ?

Je ne peux pas hocher la tête ni même acquiescer verbalement tant ma gorge est nouée, mais je vois qu'il comprend.

C'est alors qu'une larme unique roule sur sa joue, et qu'il s'effondre sur moi, m'emprisonnant sous son poids et entre ses bras avec lesquels il me serre avec une telle force qu'un gémissement de douleur m'échappe.

- Oh, Adeline. Je suis tellement désolé, tellement désolé…

Je suis en train de suffoquer, de fait, je ne me préoccupe pas vraiment de ses regrets, quels qu'ils soient. J'entends un juron étouffé, puis l'air pénètre à nouveau mes poumons comme mon étau se desserre.

- Pardon, Adeline. Je ne veux pas vous faire de mal, je vous le jure !

Je le foudroie du regard, autant pour m'avoir écrasée que pour sa tentative stupide de me vendre son viol soi-disant indolore.

Il secoue la tête et soupire.

- Je ne vais pas vous violer, Adeline.

Un drôle de bruit sort de ma gorge, ce devait être un ricanement cynique. Peu importe. Après ses paroles devant son père et sa démonstration d'affection ici, il pense que je vais gober un truc pareil ?!

- *Il me semble que tes affaires n'avancent guère, fils ! Ne me dis pas qu'il faut que je vienne pour te montrer comment on baise une salope !*

J'émets un hoquet de terreur pure à l'idée que Théodore Vincel me possède aussi. Florent, lui, se contente de fermer les yeux avec force.

Lorsqu'il les rouvre, je peux y lire une détermination que je n'y avais jamais vue, hormis la fois où il m'avait embrassée aux *Voiles d'Or*.

- Le sérum commence à peine à faire effet, alors si tu voulais bien ME LAISSER SAVOURER NOTRE ACCORD !

Il finit sa phrase en criant au mur derrière nous, puis se tourne vivement vers moi, alors même qu'il est toujours à califourchon sur ma personne.

- Adeline, chuchote-t-il, il faut que vous m'écoutiez très attentivement. Je n'ai su les plans de mon père qu'au dernier moment et j'ai dû lui faire croire que j'allais le soutenir dans sa capture de William Fersen si cela me permettait de vous avoir pour moi seul.

Je hausse les sourcils de stupeur, je ne suis pas sûre d'avoir bien entendue. *« Lui faire croire ? »*

- Il faut me croire quand je vous dis que je ne vous ferai jamais de mal. Si j'ai joué cette comédie, c'était pour éviter que mon père vous fasse violer par quelqu'un qui n'aurait pas mes scrupules, ni mes… sentiments à votre égard. Je me suis arrangé pour donner le change et ça a fonctionné… pour le moment.

Je fronce les sourcils cette fois, Florent secoue la tête.

- Je sais ce que vous vous dites et c'est entièrement ma faute. C'est juste que… vous voir ainsi molestée par mon propre père et ne rien pouvoir faire dans l'immédiat… C'était trop d'émotions, je me suis laissé emporter. Je suis désolé… pour vous et… (il avala difficilement sa salive) pour l'enfant. Ce que je veux, c'est que vous compreniez que je suis de votre côté. Mon père est allé trop loin cette fois, et je ferai tout pour le faire tomber ; à commencer par vous libérer, vous… et Fersen.

Un fol espoir naît en moi, espoir qui redouble quand je sens le contrôle de mes doigts me revenir petit à petit en des milliers de petites fourmis.

- *FLORENT ! Je n'entends toujours rien !*

L'intéressé ignore son géniteur et se redresse pour se positionner à côté de moi, les mains sur les barreaux.

- Tout à l'heure je vous ai injecté l'antidote à *l'imperium voluntatis* parce que je savais que mon père en ferait usage sur vous. Les deux produits luttent pour dominer votre corps, c'est pour ça que vous n'avez plus de forces, mais vous ne devriez pas tarder à retrouver l'usage de vos membres. Pour l'heure, il faut que vous fassiez un effort pour vous servir de vos cordes vocales parce que si nous voulons sortir vivants de cet entrepôt, il va falloir nous montrer convaincants, Adeline. Nous n'avons pas droit à l'erreur.

J'ai beau être intensément soulagée par la confession de Florent Vincel, sur lequel je ne m'étais pas trompée au final (par chance), je suis totalement terrifiée quant à la suite des événements. Rien ne me dit que le fils du maire, ayant rallié notre camp, puisse véritablement nous sortir du bourbier infâme dans lequel nous sommes.

- *JE M'IMPATIENTE !*

La voix honnie me donne la force nécessaire pour hocher la tête à la question silencieuse de Florent : « *Prête ?* »

Celui-ci donne un violent coup de hanche dans le matelas, ce qui a pour effet de provoquer un grand boum ainsi qu'un grincement désagréable, conséquence du choc de la structure du lit contre le mur en béton et de l'écrasement de ses ressorts.

- Montre-moi que tu aimes ce que je te fais ! s'écrie mon faux-violeur pour être audible de l'autre côté de la cloison.

Je m'exécute, et n'ai pas le temps de réfléchir à la qualité de ma simulation de gémissements d'extase qu'il faut que je recommence… plus fort.

Il va falloir nous montrer convaincants ! Les paroles de Florent Vincel me pénètrent alors qu'il pousse une espèce de grognement sourd en même temps qu'il recommence à faire cogner le lit contre le mur.

Les fourmis remontent désormais le long de mes jambes et de mes bras, je peux maintenant agiter les orteils.

Chaque fois que Florent imprime à ses hanches ce mouvement d'avant en arrière, je me force à gémir comme si je faisais l'amour avec William, pour être la plus crédible possible, y compris face à ce dernier. Il ne faut en aucun cas que Théodore Vincel, certainement en train de jouir de la détresse de mon compagnon en cet instant, ne se doute de quoi que ce soit.

D'ailleurs :

- *ADELINE ! ADELINE ! SALAUDS ! J'AURAI VOTRE PEAU À TOUS !*

Mon estomac se soulève et je me retiens pour ne pas vomir. J'inspire un grand coup et continue à jouer mon rôle en ignorant les cris de William. Au bout d'un moment, il s'arrête et je suppose qu'on a dû le bâillonner. Je ferme les yeux, je suis en enfer.

« *Si nous voulons sortir vivants de cet entrepôt* ». Je veux survivre à ceci, je veux que William et Rose y survivent également, mais pour ça, je dois faire croire que je prends du plaisir à être violée, parce que *l'imperium voluntatis* a annihilé ma volonté. C'est pour ça que je rouvre les yeux et que j'ose ceci :

- Accélérez le rythme et ordonnez-moi de vous appelez par votre prénom ! chuchoté-je à mon voisin.

Celui-ci en manque presque un mouvement, mais se reprend immédiatement et augmente la cadence de ses coups de reins dans le vide. Je gémis de plus en plus fort, en réponse.

- HURLE MON NOM ! JE VEUX QUE TU JOUISSES POUR MOI !

Une part de moi, en entendant ça, a envie d'éclater de rire. Je suis actuellement sur un lit, toute habillée à côté d'un type qui fornique si bien avec le matelas qu'il nous y fait tous les deux rebondir comme deux balles, et qui me demande d'avoir un orgasme personnalisé sans même m'avoir touchée. Dans d'autres circonstances, cela pourrait être effectivement très drôle, histoire de faire une bonne blague à quelqu'un.

Sauf qu'ici, nos vies sont en jeu, et qu'il n'y a rien de drôle à tout ça. C'est pourquoi :

- OH MON DIEU, FLORENT ! OUI ! FLORENT ! MON DIEU, OUIIIIIII !!!!

J'ai à nouveau fermé les yeux pour simuler cet orgasme et quand je les rouvre, je vois Florent qui m'observe étrangement, une étincelle de désir et d'une émotion plus profonde dans ses prunelles. Je me mords la lèvre, gênée, mais il se détourne pour imprimer deux dernières impulsions au lit qui va frapper encore plus violemment le mur, puis il émet un long et puissant râle de satisfaction ne laissant aucun doute de l'autre côté sur la libération de sa jouissance dans mon corps offert.

Déstabilisée moi aussi, je tente de me concentrer sur le retour de la maîtrise de mes membres encore flageolants. Je parviens à m'asseoir sans aucun étourdissement, puis Florent me tend la main pour m'aider à me remettre debout.

Je perds l'équilibre et il me retient doucement contre lui. Ce faisant, je m'empourpre au contact d'une proéminence plutôt prononcée sous la ceinture de son pantalon.

Il a la bonne idée de feindre l'ignorance de mon trouble et enlève l'élastique qui retenait mes cheveux pour leur donner l'apparence négligée de quelqu'un qui vient juste d'avoir un rapport sexuel torride juste avant. Mon chemisier déjà abîmé et laissant voir mon soutien-gorge n'a pas besoin d'une deuxième retouche. Il s'occupe ensuite de ses propres cheveux puis se pince les lèvres pour donner l'impression qu'elles ont été embrassées.

- NOUS SOMMES PRESSÉS, FLORENT ! IL EST TEMPS DE NOUS REJOINDRE !

Je me mets à trembler de partout, terrorisée. Je ne me sens pas capable d'affronter Théodore Vincel, il va se rendre compte de la supercherie ! J'ai le cœur au bord des lèvres.

Florent pose ses mains sur mes épaules et me regarde droit dans les yeux.

- Je ne laisserai rien vous arriver, vous avez ma parole, dit-il dans un murmure. Vous êtes une femme forte, vous pouvez le faire. Pensez… (il se mordit la joue) à votre bébé et… (il recommença) à William. Faites ce que je vous dis et tout ira bien.

J'inspire une grande goulée d'air.

- Bien, approuva mon interlocuteur. Maintenant, nous allons sortir, et pour cela il faut que mon père soit entièrement persuadé de notre petit manège. Il va donc falloir jouer les prolongations, je suis navré.

Je ne suis pas idiote et j'ai déjà saisi que je vais devoir à nouveau faire montre de mes talents de tragédienne, mais cette fois face à mon public, dont fait partie William. Rien que l'idée de croiser son regard après qu'il m'ait entendue… j'en ai les tripes à l'envers.

- Ça va aller, Adeline. Vous allez le sauver.

Je frémis aux mots que Florent a employés. Jamais je n'avais envisagé la possibilité que nos rôles à William et à moi fussent un jour inversés, et que je fusse celle sur qui allait reposer notre survie à tous deux. Comment même *aurais-je pu* l'envisager ?!

Mais peu importe ! Le fils du maire a raison. Je dois le sauver, et je *vais* le sauver !

Le vent de la détermination inflexible m'enveloppe quand je lui réponds :

- Allons-y.

*****

Je manque faire tout capoter à notre sortie de la *rape room*[63]. En suivant Florent, j'ai croisé le regard de haine et de détresse infinie de William. Cela plus la vision de lui ligoté, bâillonné et maintenu à genoux, a suffi pour qu'un glapissement désespéré s'échappe de ma gorge.

- Qu'est-ce qu'elle a ? demande Théodore Vincel, soudain soupçonneux.

Son fils me donne un discret coup de coude en même temps qu'il répond à son père :

- Sûrement un effet secondaire de *l'imperium voluntatis*.

- Ou alors tu ne l'as pas assez ramonée, lui rétorque le premier en m'observant, lentement, de bas en haut.

Je me force à ne pas réagir au langage ordurier utilisé, ni à la vue de William se débattant avec ses liens, plus désespéré et plus en colère que jamais.

Florent Vincel passe un bras possessif autour de mes épaules, pour donner le change et certainement également par peur que je commette un nouvel impair.

- J'ai l'âme romantique, papa, je ne ramone pas, je fais l'amour. Et correctement ce me semble, pas vrai ma chérie ?

Le visage de William se déforme de douleur lorsqu'il va de Florent à moi. Il s'imagine que j'ai été violée, malheureusement, je ne peux pas l'en détromper, au contraire...

---

[63] Salle de viol.

Je lève un regard vide vers Florent Vincel, lequel s'empresse de s'emparer de mes lèvres. Je réponds machinalement à son baiser qui se veut brutal et intrusif, comme pour imprimer définitivement sa marque en moi... pour montrer qui est mon maître, le fils d'un monstre dont il est vital qu'il soit convaincu de sa fidélité à son égard.

Théodore Vincel soupire, puis :

- Tu n'es qu'un faible. J'ai toujours cru que tu n'étais qu'un bâtard issu du ventre déloyal de ta garce de mère malgré nos ressemblances physiques. Quand je te vois en lover pathétique devant cette Tremen, voulant lui « faire l'amour » au lieu de la baiser comme tu aurais dû, j'ai juste envie de vomir. Sans le sérum, elle n'aurait jamais ouvert ses cuisses pour toi. Tu ferais bien de me remercier, d'une part pour avoir assuré ta position au Comité avec la capture du Justicier, et d'autre part pour t'avoir permis de jouir pour la première fois de ta minable petite vie.

Rester impassible est pour moi très difficile, je ne suis pas comédienne et on m'a plusieurs fois signifié qu'on peut lire sur mon visage comme dans un livre ouvert. Or, ma vie et celle de l'homme que j'aime sont en jeu ici et je ne peux me permettre de laisser transparaître le dégoût absolu que je ressens envers ce père capable de mettre plus bas que terre un fils dont il n'a en réalité jamais voulu. Florent Vincel n'est pas un homme très courageux, d'où son incapacité chronique à se révolter contre ce tyran abject, mais en ce moment, il risque sa vie pour me protéger. Je ne suis pas tant atterrée par la façon que le maire a eue de parler de moi, que par la façon irrespectueuse et tout bonnement abominable qu'il a eue de parler à son fils. La main de Florent broie mon épaule et j'ai mal ; dans ma chair et pour lui.

C'est pourtant d'un ton parfaitement neutre qu'il prend la parole :

- Merci pour ta franchise, papa, mais elle est inutile dans le sens où ça fait longtemps que tes postures et tes regards sont suffisamment éloquents pour que je comprenne que tu me détestes... depuis que je suis né en fait. À trois ans, je savais déjà que je ne recevrais aucune marque d'affection de ta part. (Je me retiens de porter une main consolatrice sur le bras de mon voisin, je n'y peux rien, je suis touchée par son discours) Je ne t'ai jamais rien demandé hormis du temps avec elle (il me désigne du menton), il me semble donc que mon silence sur tes capacités dérisoires à être père me permet de passer celui-ci comme je l'entends. Et j'entends bien faire l'amour avec Adeline Tremen, cette femme que tu hais juste parce qu'elle te rappelle un homme bien meilleur que tu ne le seras jamais.

Le poing de Théodore jaillit à une telle vitesse ! Je n'ai pas le temps d'esquisser le moindre mouvement qu'il a déjà atteint sa cible : le visage de Florent.

Le nez de celui-ci est en sang, mais il reste digne pour dire :

- À moins que tu aies quelque chose à ajouter, je vais te laisser avec Fersen pendant que j'irai me trouver un coin un peu plus tranquille pour profiter des charmes de ma compagne.

Père et fils s'affrontent en silence, et j'ai peur que la rebuffade de Florent ne nous coûte nos efforts de liberté.

Heureusement :

- Je te laisse une demi-heure, le temps qu'on voit si *l'imperium voluntatis* fait effet sur l'Atlante, ensuite tu reviens ici. Selon le résultat, soit il marchera avec nous, soit tu ordonneras à *ta compagne* de lui tirer une de nos balles spéciales dans la tête. Avec ça, on est sûrs qu'il ne se relèvera pas. Je préfère les super-héros dans les BD plutôt que dans le monde réel.

Je tourne la tête vers le mur pour que personne ne me voie devenir livide. Mon sang a reflué de mon visage si vite que j'en suis tout étourdie, et je ne dois qu'à un suprême effort de volonté de rester debout. Florent croche mon bras, mais je devine que c'est parce qu'il sait que je suis sur le point de flancher.

- À tes ordres. Comme toujours.

Il y a un bref silence, ensuite, Florent m'entraîne avec lui vers l'extérieur. Nous croisons une vingtaine d'hommes armés jusqu'aux dents qui me rappellent à quel point notre position, comme notre plan, sont précaires.

En parlant de plan... À peine montée dans sa *Porsche*, je l'interroge :

- Qu'est-ce que vous comptez faire ? Ils ont dû injecter *l'imperium voluntatis* à William maintenant, et quand ils s'apercevront qu'il n'aura aucun effet sur lui…

Florent démarre la voiture et entame une marche arrière pour nous éloigner d'ici.

- Il n'aura vraiment aucun effet sur lui ?
- William boit de l'eau du robinet.

Mon chauffeur soupire, ce qui a pour effet de décupler mon angoisse pour mon petit ami.

- Je pensais qu'on aurait peut-être une marge… En même temps, s'il avait été sous l'influence de *l'imperium voluntatis*, je ne sais pas vraiment comme il aurait pu nous aider à nous en sortir.

- Que comptez-vous faire alors ? Nous avons moins d'une demi-heure devant nous ?! le pressé-je.

Il carre les épaules et serre les mâchoires avant de me répondre :
- Nous allons reprendre l'épée et la lui redonner.

*****

Il nous a fallu plus de dix minutes pour arriver devant l'entrepôt où les hommes du maire gardent Vita, et je n'ai aucune idée de la façon dont nous allons procéder pour la leur reprendre.

- Restez dans la voiture, Adeline.
- Quoi ? Mais je veux vous aider !

Florent secoue la tête.
- Je suis le fils de Théodore Vincel, je peux les approcher.
- Mais votre père a dû laisser des instructions pour…

Je me tais lorsqu'il me montre la crosse du pistolet qui dépasse de sa veste, et je le regarde, bouche bée.

- Il est temps pour moi d'assumer mes choix, Adeline. En l'occurrence, maintenant, c'est celui d'avoir choisi votre camp, dit-il simplement.

Je n'ai pas le temps de lui demander s'il est sûr de vouloir utiliser son arme, il est déjà parti. J'observe les alentours et ne vois aucun garde à l'extérieur, j'en déduis qu'ils ne doivent pas être nombreux à l'intérieur, le danger reposant davantage sur le porteur de l'épée que sur l'épée en elle-même.

Deux minutes après l'entrée de Florent dans la structure, je sursaute. Une fois, deux fois, trois fois, quatre fois.

Quatre coups de feu, quatre hommes, quatre cadavres.

Je déglutis. Même si je ne tiens pas le pistolet et même si je ne ressens aucune pitié pour ces sbires du Comité, j'ai l'impression d'avoir du sang sur les mains.

C'est pour sauver William.

Ma conscience s'apaise, mon dégoût s'efface un peu. Théodore Vincel s'apprête à tuer l'homme que j'aime, je dois user de tous les moyens pour empêcher ça. Comme cautionner un quadruple meurtre.

Florent revient avec Vita. Il n'a ni la stature ni le charisme de William, cependant, je dois avouer qu'il m'impressionne. Cet être lâche et malheureux s'est transformé en un semblant de justicier pour sauver une femme qui l'a rejeté et son rival ; cela force le respect. Et en cet instant, il n'apparaît ni comme un lâche, ni comme un malheureux : juste comme un homme déterminé à aller jusqu'au bout de la mission qu'il s'est assignée.

Ses traits sont crispés quand il remonte dans la voiture, il ne dit rien et se contente de me donner l'épée.

- Nous n'avons que peu de temps devant nous. Il faut repartir.

Mon cœur bat la chamade dans ma poitrine. Florent a pu se débarrasser de quatre gardes du Comité, mais contre vingt hommes, plus ceux à l'intérieur du bâtiment... J'ai peur que nous nous fassions cribler de balles avant même d'arriver devant le maire.

Nous nous arrêtons devant l'entrepôt. Mon chauffeur a pris garde de ne pas rouler trop vite pour ne pas attirer les soupçons des gardiens de ce qui m'apparaît désormais comme une forteresse. Il sort et contourne tranquillement le capot pour m'aider à sortir du véhicule.

De loin, les mercenaires doivent croire qu'il s'agit simplement d'une forme de possessivité, d'autant que la main de Florent s'est posée sur mes reins, désormais cachés par sa veste de costume qu'il m'a fait enfiler.

En vérité, il ne s'agit de rien de tout cela. Florent nous a arrêtés à quelques encablures d'ici, dans un endroit tranquille, pour fixer Vita dans mon dos à l'aide de ruban adhésif rangé dans son coffre. S'il m'a aidée à descendre de la voiture, c'est simplement parce que l'épée me gêne dans mes mouvements, et s'il a posé sa main sur mes reins, c'est parce qu'il a peur qu'un pan de sa veste se soulève avec la brise légère qui fait voleter mes cheveux défaits, servant désormais à dissimuler la poignée de la sœur d'Excalibur dépassant sur ma nuque.

Nous en sommes certains, notre petit tour ne fera pas long feu et nous allons être vite démasqués, cependant ce n'est pas un problème. Du moins, tant que nous parvenons au Justicier, au porteur légitime de cette épée mythique, en un seul morceau.

J'ai conscience de la difficulté de la tâche qui s'annonce, tout comme de ce qu'elle a déjà coûté à mon protecteur.

C'est pourquoi je lui saisis la main et l'arrête devant le grand rideau métallique qui nous sépare de la fin de ce drame, quelle qu'elle soit.

- Florent, peu importe ce qui arrivera maintenant, je veux que vous sachiez que... je... merci.

Ses yeux s'assombrissent de tout ce qu'il aimerait me dire et qu'il devra contenir parce que rien n'est possible entre nous. Je ne sais pas si je prends la bonne décision, mais je me hisse sur la pointe des pieds pour saisir son visage douloureux et lui donner le seul et unique baiser mutuel que nous partagerons jamais, si nous survivons à tout ceci. La surprise le fait se raidir, toutefois il se reprend rapidement et me réclame dans l'urgence ce qu'il a désespérément attendu pendant les six ans que j'ai passés à l'ignorer. Je ne réfléchis pas et lui donne tout ce que je peux, ma langue entrant en symbiose avec la sienne dans ce ballet qu'il leur impose et dont je lui laisse la manœuvre. Il gémit et me serre fort contre lui pour approfondir encore ce baiser à classer parmi les plus passionnés que j'ai jamais reçus. Nos dents s'entrechoquent, ses mains s'égarent sur mes fesses qu'il presse pour que je sente la puissante érection qui déforme son pantalon. Il gémit encore à ce contact intime et suce ma langue avec avidité pour finir en apothéose cet instant où pour la première et unique fois, je lui ai appartenu, à lui seul.

Il me colle contre lui si fort que je peux sentir son cœur battre contre le mien, sa bouche se dirigeant ensuite vers mon oreille pour me murmurer :

- Je sais ce qu'il en est. À ton tour sache que je chérirai précieusement ce cadeau magnifique que tu m'as fait jusqu'à la fin de mes jours, qu'elle arrive dans quelques minutes ou dans plusieurs décennies. Je me sens en paix grâce à toi maintenant, Adeline.

Je n'ai aucun regret. J'ai embrassé Florent Vincel pour qu'il sache que malgré la non réciprocité de ses sentiments, j'éprouve un profond respect à son égard et pour qu'il comprenne que son courage présent le rend digne d'être aimé, même si ce n'est pas par moi. Je suis heureuse qu'il ait saisi le message, heureuse d'avoir senti en lui quelque chose se réparer.

Ses lèvres effleurent une dernière fois les miennes comme ses yeux recèlent effectivement un océan de calme d'une profondeur qui me bouleverse bien plus que le baiser précédent.

- Je t'aime, souffle-t-il, et je sais qu'il ne me le dira jamais plus.

Il glisse ses doigts entre les miens avant de frapper trois coups puissants sur le rideau métallique.

Celui-ci s'ouvre doucement dans un grincement désagréable et nous pénétrons à l'intérieur de l'entrepôt, accueillis avec un sourire narquois par Dominique, le colosse qui m'a enlevée chez moi et déchiré mon chemisier. En jetant un œil dans le coin supérieur droit du rideau de fer, je constate la présence d'une caméra de surveillance, ce qui me laisse supposer que notre échange passionné n'a pas été aussi discret que je le pensais, mais heureusement, personne ne semble soupçonner un quelconque retour à la conscience de mon côté.

Florent me guide dans plusieurs couloirs que je n'avais pas vus à mon arrivée ici, assommée que j'étais, et je tente de mémoriser le plan de la sortie, dans l'optique de mettre Rose en sécurité dès que les hostilités commenceront, vu qu'à coup sûr, le maire et sa clique tenteront de se défendre face aux velléités d'évasion d'un Justicier au-delà de la colère.

Nous arrivons devant une lourde porte en métal que je reconnais comme celle derrière laquelle j'avais été enfermée, et où maintenant mon petit ami est aux prises avec un meurtrier.

- *À défaut de ton obéissance, j'aurais au moins le plaisir d'avoir ta peau et ton épée ! Adieu, Justicier !*

Mes yeux s'écarquillent d'horreur en entendant cet éclat de la part du maire, et en une nanoseconde, je prends conscience de la situation : un, Théodore Vincel a compris que son *imperium voluntatis* n'a aucun effet sur le sang atlante de William, deux, il n'a que faire des cinq minutes qui restaient au délai qu'il avait imposé à son fils avant d'exécuter son ennemi par mes soins.

Je me rue à l'intérieur sans plus me soucier de Florent derrière moi.

- NON ! m'écrié-je, en proie à une peur sans nom en imaginant l'index du maire presser la détente de son arme braquée sur le visage de mon bien-aimé.

Seulement, à mon arrivée dans la pièce, poursuivie par Florent, le bras tendu de Théodore Vincel change immédiatement de cible et je réalise avec horreur que c'est moi que la balle en métal-poison va transpercer de part en part.

Je n'ai pas encore poussé mon second cri que plusieurs choses se passent en même temps.

D'abord, je sens une vive douleur dans mon dos à l'endroit où l'adhésif retient Vita contre ma peau, puis, sans même avoir le temps de comprendre ce qui se passe, me voilà derrière William brandissant la sœur d'Excalibur qui se transforme en bouclier juste à temps pour nous protéger de la pluie de projectiles que Vincel et ses sbires nous envoient.

- Cache-toi dans le renfoncement, là-bas ! me hurle-t-il alors que les balles sifflent à mes oreilles.

Il lui reste suffisamment de force pour se téléporter, mais il est vulnérable. J'en suis tellement terrorisée que mes jambes transformées en plomb refusent de me porter où que ce soit.

- ADELINE !

J'écarquille les yeux quand deux bras puissants m'attirent sans pitié vers le lieu en question. *Florent !* Malheureusement pour mon sauveur, William ne sait pas qu'il n'est pas mon violeur, alors me voir ainsi quasiment traînée vers l'arrière…

Mon Justicier s'élance en rugissant vers le fils du maire au mépris des balles, Vita redevenue épée et prête à plonger au travers du corps de ce dernier. La pointe s'arrête à un millimètre de mon sternum, alors que j'ai forcé mes jambes à bouger pour me placer devant sa cible.

Je ne peux manquer l'éclair douloureux dans les prunelles d'or de William, qui doit se demander si je suis encore sous l'effet de *l'imperium voluntatis.*

- ATTENTION ! crié-je en pointant du doigt Dominique, le colosse qui tentait une approche par derrière.

William et moi ne pouvons que le regarder s'écrouler face contre terre, un trou ornant désormais l'arrière de son crâne. La fumée qui se dégage au-dessus de mon épaule et le bourdonnement dans mon oreille droite m'épargnent la recherche de l'origine du coup de feu. Florent a utilisé l'une de ses dernières balles pour abattre un mercenaire décidé à tuer son rival. Rival qui nage en pleine confusion face à ce retournement de situation, et dont l'immobilisme l'expose à ses ennemis.

- WILLIAM ! (Il sursaute et me fixe) ROSE !

Effectivement, je suis dans une sécurité relative dans cette espèce de recoin, mais sa mère, elle, est toujours debout à l'autre bout de la pièce, à attendre les ordres de Théodore Vincel, quoique de manière de plus en plus vacillante.

Une respiration plus tard et deux des hommes du maire se retrouvent embrochés, et Rose apparaît comme par magie à mes côtés.

- Adeline… commence son fils en m'aidant à la réceptionner.

- Je m'occupe d'elle. Occupe-toi de lui, lui dis-je fermement.

Je ne sais s'il a compris que je l'autorise à passer Théodore Vincel par le fil de son épée, toujours est-il que les coups de feu redoublent quand les hommes qui gardaient l'entrepôt dehors entrent en force dans la pièce pour faire tenter une sortie à leur chef.

Je maintiens Rose contre moi à mesure que les tremblements qui la secouent menacent de lui faire perdre l'équilibre et Florent se place devant nous pour nous protéger d'une balle perdue.

- L'effet de *l'imperium voluntatis* se dissipe en elle, crie-t-il pour couvrir le vacarme qui s'intensifie au gré des hurlements de douleur des hommes qui tombent un à un, fauchés par la hargne vengeresse du dernier Atlante. Personne ne lui a donné à boire depuis ce matin et mon père n'a pas voulu lui remettre une dose, je suppose que c'est parce qu'il prévoyait de la tuer aussi.

J'ai beau avoir conscience de l'horreur des mots employés par Florent, sur le destin qu'aurait connu ma belle-mère s'il n'avait pas été chercher l'épée, je l'écoute à peine. Toute mon attention est focalisée sur William et le combat qu'il mène malgré ses blessures. Il utilise à plusieurs reprises la force répulsive de son bouclier pour envoyer ses ennemis s'écraser contre un mur, et quand ce n'est pas suffisant, il les transperce.

Vita a été conçue pour protéger son porteur alors qu'Excalibur devait lui faire remporter toutes les batailles. Il n'empêche, malgré sa vocation défensive, l'épée de William peut également tuer toutes les menaces immédiates. Et des menaces, en cet instant, il y en a beaucoup, les hommes de Vincel se jetant les uns après les autres dans la mêlée pour protéger leur patron jusqu'ici bloqué à quelques pas de la porte.

Le nombre de nos ennemis se réduisant rapidement, incapables de résister à la maîtrise mortelle de l'art du combat de l'héritier de l'Atlantide, je commence à espérer la fin prochaine du drame en cours. Peut-être que…

Un gémissement et un…

- Adeline ?

… émis d'une voix pâteuse par la petite femme que je serre contre moi depuis une éternité, j'ai l'impression, multiplie au centuple cet espoir.

Lorsque Rose, libérée de *l'imperium voluntatis*, réalise ce qui se passe et se met à hurler de terreur, je l'empêche de commettre un acte déraisonnable guidé par la peur en la serrant davantage.

- Ne bougez pas, Rose !

- William ! crie-t-elle en se débattant, à la vue de la bataille dans laquelle son fils est engagé.

- Il gère la situation ! Il faut que nous restions à l'abri.

Elle cesse de se débattre, mais crie à chaque coup de feu. Ils se font de moins en moins nombreux à mesure que les rangs de la garde du maire diminuent… jusqu'au dernier homme.

Celui-ci tente une manœuvre désespéré et va s'empaler lui-même sur Vita. Son corps s'effondre mollement à terre quand William s'en libère d'un geste sec.

Vita n'a plus l'apparence que je lui connais habituellement, sa lame translucide est recouverte d'un sang épais qui goutte sur le sol.

C'est ce sang que fixe l'assassin de mes parents quand il comprend que pour lui tout est perdu.

Il lève ensuite les yeux vers William qui se dresse face à lui, stature impressionnante dans son costume couleur de ténèbres, et un sourire cruel naît sur son visage honni.

- Bien joué, Justicier. Il semble que tu me tiens en ton pouvoir incommensurable… (Il pousse un soupir forcé) Je suppose que maintenant, tu vas appeler la police. Je ne résisterai pas, je le jure.

- C'est une chose dont je m'assurerai quand je vous livrerai aux hommes du commissaire Jovert, vous tomberez pour tentative de meurtre et empoisonnement de masse. Vous… êtes… fini, achève William en détachant chaque syllabe avec délectation.

L'air satisfait de Vincel fond comme neige au soleil. Le maire sait parfaitement que Jovert, qui l'a déjà ouvertement critiqué dans la presse régionale indépendante au profit du Justicier, ne lâchera rien jusqu'à ce qu'il soit derrière des barreaux hypersécurisés à perpétuité. Vincel devient alors la haine personnifiée.

Considérant le danger écarté, je me suis approchée doucement de la scène en tenant fermement Rose par le bras. Florent m'a emboîté le pas et c'est là qu'il attire sur lui les foudres de son père.

- Tu as donc fini par trouver les couilles pour te retourner contre moi, hein, Florent ?! Je ne sais pas si je dois t'en détester ou t'en féliciter. À mon sens te féliciter me paraît la meilleure option vu que je ne peux pas te détester plus que je ne te déteste déjà, et que j'avais fini par croire que de couilles, tu n'en aurais jamais, rejeton maudit que tu as toujours été à mes yeux ! Une gêne, une épine dans le pied, rien d'autre qu'un résidu de merde de chien collé à mes basques depuis trente ans, préférant s'émerveiller devant l'envol de papillons peints sur une toile plutôt que de s'intéresser à l'entreprise familiale ! J'ai cru un moment pouvoir te former pour que tu sois enfin digne du nom de Vincel et du Comité, mais j'aurais dû me douter que le romantisme débile de ton idiote de mère déteindrait sur toi.

Embarrassée, je jette un œil en biais à Florent, dont je ne peux qu'admirer le calme stoïque face à ce déversement d'insultes proférées par son géniteur.

- Quand je pense que tu es tombé amoureux de cette Tremen ! poursuit celui-ci en me désignant du menton. Il y a des centaines de filles dans cette ville, mais non, il a fallu que tu t'amouraches de la fille de Charles et Barbara ! Barbara… (ses yeux s'enflamment de colère quand il prononce le nom de ma mère) Elle m'a repoussé comme sa fille t'a repoussé, insultant de son mépris mes avances et mes cadeaux !

Je tombe des nues, et visiblement je ne suis pas la seule. Florent bée à s'en décrocher la mâchoire. Le maire poursuit :

- Elle se croyait trop bien pour avoir ne serait-ce qu'une aventure avec moi et m'a giflé le jour où je suis allé la voir pour lui donner une dernière chance. Nous étions en pleine période électorale. Tu ne te souviens pas, Adeline ? Tu étais là pourtant…

William m'observe avec stupeur, mais personne n'est plus étonné que moi. Je ne me souviens pas du tout de cet épisode alors même qu'il m'aurait permis, bien des années plus tôt, d'assembler les pièces du puzzle de la haine farouche de Théodore Vincel à l'encontre de ma famille. Pourtant, comme nombre de souvenirs avec mes parents depuis l'accident qui leur coûta la vie, ma mémoire a fait un blocage sur celui-ci.

- Tu ressembles tellement à ton père, petite Tremen, que j'ai préféré t'oublier, toi et ta vieille bique de tante toutes ces années. J'avais gagné, je m'étais vengé. Tu étais insignifiante, toi la petite prof mal peignée d'un lycée qui ne tarderait plus à fermer par mes soins. Mais il a fallu que ton nom rejaillisse dans la liste de mes problèmes, associé à un autre nom, encore plus problématique : Fersen, le teigneux, le satané petit gratte-papier de ce torche-cul dont les habitants de cette ville n'arrivent pas à se passer. J'ai continué à temporiser jusqu'à l'exposition le mois dernier, jusqu'à ce que je comprenne que mon crétin de fils avait connu le même genre de déconvenue que moi. C'était insupportable ! Le nom de Vincel était devenu une marque, sa simple évocation faisait frémir jusqu'en Russie et une petite dinde risquait de tout compromettre en révélant au grand jour la femmelette que j'ai engendrée ! *Ce que Vincel veut, Vincel prend !* En plus de t'utiliser comme appât pour ton petit ami atlante, j'ai décidé de t'enlever pour qu'enfin Florent honore le nom qu'il porte, or, tout ce qu'il a réussi à faire, c'est de creuser sa tombe et la tienne. Car je n'en resterai pas là, sois-en sûre !

Le maire s'est empourpré de colère pendant son discours. Je n'ai jamais vu la haine distordre à ce point les traits d'un individu. Vincel n'est que ça, haine.

- Vous ne ferez rien du tout, intervient William. Vous croupirez dans un trou duquel vos alliés ne pourront jamais vous faire sortir.

- Je n'ai pas besoin de sortir de mon trou pour vous envoyer en Enfer, vous et tous ceux que vous aimez !

William ne répond pas et sort son téléphone portable pour composer un numéro. Vincel se déchaîne alors :

- Vous ne perdez rien pour attendre ! Je vous briserai ! Je vous démolirai ! Je vous détruirai ! Je…

PAN !

J'émets un cri étranglé quand le coup de feu retentit, et observe, incapable du moindre mouvement, le corps sans vie de Théodore

Vincel s'affaisser lentement au sol, une balle en plein milieu du front.

Son meurtrier n'est autre que son propre fils.

*****

- Pourquoi avez-vous fait ça ?! s'écrie William en se tournant rageusement vers Florent Vincel, lequel tient toujours dans ses mains l'arme encore fumante qui a servi à tuer son père.

- Il aurait mis ses menaces à exécution, dit celui-ci simplement, en abaissant le bras, sans aucun remords dans la voix.

- Il devait être traduit en justice pour ses crimes !

- Mon père connaissait beaucoup de monde, la prison ne l'aurait pas empêché d'attenter à la vie de vos proches. Là, au moins, Adeline est en sécurité.

Le poing de William part à la vitesse de l'éclair dans la mâchoire de Florent, au même endroit où son père l'a frappé peu de temps auparavant.

- Il fallait qu'il meure, dit ce dernier sur un ton parfaitement neutre.

- Ce n'est pas à cause de votre père que je vous ai frappé, répond mon compagnon d'une voix à faire geler un iceberg.

- Je sais.

Florent ne paraît pas du tout désolé. William s'apprête à le frapper de nouveau, mais je l'en empêche.

- Non. Florent m'a administré l'antidote à *l'imperium voluntatis* avant que tu n'arrives. Je n'ai jamais été sous son contrôle, il ne m'a jamais…

Les mots se bloquent dans ma gorge. Que serait-il advenu de nous si le fils de notre ennemi n'avait pas rallié notre camp ? Il m'aurait simplement utilisée comme objet sexuel jusqu'à ce qu'il se lasse de moi, puis m'aurait tuée comme William et Rose.

Rose…

Elle aussi se place entre William et Florent, en boitant.

- Adeline a fait ce qu'il fallait pour survivre et cet homme l'y a aidé, dit-elle. C'est tout ce qui devrait compter pour toi, quel que soit le nom qu'il porte.

Mon petit ami fait des efforts pour se reprendre, et c'est plus calmement mais toujours sur un ton accusateur qu'il parle :

- Le Comité est une pieuvre aux multiples tentacules, sans Théodore Vincel, nous ne pourrons jamais l'éradiquer complètement.

Un lourd silence nous oppresse. William a raison, Vincel disparu, un autre membre de son organisation peut encore prendre sa place et faire tomber une nouvelle chape de plomb sur Fort-Bénédicte.

- Mon père n'était pas le seul à connaître tous les secrets du Comité.

Je me retourne vers Florent, surprise par cette annonce. Il regarde William avec une drôle de lueur dans les yeux, comme une sorte de détermination qui me met subitement mal à l'aise. Je comprends que mon instinct ne me trompe pas quand :

- Faites venir le commissaire Jovert et dites lui d'amener des renforts de l'armée pour encadrer notre police. Une fois que j'aurai commencé à faire tomber des têtes, il risque d'y avoir des remous du côté de nos partenaires.

- Florent, non, soufflé-je, saisissant ses intentions.

Il me regarde alors et son expression se fait plus douce, plus tendre. J'ignore William dont je vois du coin de l'œil les poings et la mâchoire se contracter en nous avisant ainsi.

- J'ai pris ma décision, Adeline. Il est temps que je répare les torts que j'ai causés à cette ville, et à vous tous.

- Mais vous nous avez sauvés…

- Non, Adeline. En m'aidant à ne plus avoir peur de mon père, donc à devenir un homme, c'est vous qui m'avez sauvé. La moindre des choses est que je fasse en sorte que vous puissiez à nouveau vivre dans la quiétude d'une ville débarrassée du Comité.

- C'est votre vie que vous risquez, rien de moins.

- Si c'est mon destin, alors je l'accepte, parce que ce sera en accomplissant quelque chose de bien. Pour changer…

- Non, je ne peux pas vous laisser vous sacrifier pour nous ! Ce n'est pas juste !

Il passe outre la menace que représente mon compagnon et caresse ma joue de ses doigts. J'entends un grognement sur ma droite.

- Appelle ton commissaire, William, dit fermement Rose, empêchant ainsi son fils de se comporter en rustre jaloux.

J'entends celui-ci faire quelques pas puis parler à quelqu'un. Je suppose qu'il s'agit de Jovert. Je reporte mon attention sur Florent.

- C'est mon choix, Adeline. Acceptez-le comme je l'accepte. Et contrairement à ce que vous pensez, ce n'est que justice.

- Je suis tellement désolée pour vous.

Il m'offre un sourire teinté d'amertume.

- Vous êtes une femme généreuse, Adeline Tremen... Une femme exceptionnelle. Vos parents seraient fiers de vous.

Je n'aime pas qu'on parle ainsi de mes parents en général, comme si les gens savaient ce qu'ils penseraient de mes actes alors qu'ils ne sont plus. Pourtant, en cet instant, le compliment de Florent me touche, et mes yeux se remplissent de larmes.

Des larmes pour mes proches disparus enfin vengés, des larmes pour avoir échappé de peu à la mort, des larmes pour cet ami qui compte se sacrifier.

- Le commissaire Jovert est en route, il a contacté la base militaire la plus proche d'ici pour qu'ils bouclent la ville en l'attendant. Il a demandé à ce que vous commenciez la liste des personnes à arrêter dans l'urgence pour que ses hommes s'en occupent immédiatement, avant que ce qui s'est produit ici ne commence à se savoir.

Florent hoche la tête.

- Alors ne perdons pas de temps.

*****

William vient de raccrocher de sa conversation avec Jovert. Ils sont en contact permanent pour organiser au mieux les suites de l'arrestation de Florent Vincel, notamment parce qu'il va falloir s'expliquer sur la mort de feu Monsieur le maire de Fort-Bénédicte. Outre sa position de chef du Comité, Théodore Vincel avait été un homme politique reçu à plusieurs reprises à l'Élysée lorsque le Justicier avait fait surface sur notre territoire, et il ne fallait pas oublier que les plus hautes autorités, dans leur plus haute stupidité, avaient catalogué ce dernier parmi les ennemis de la République.

Vu que les principes régaliens de celle-ci ne s'appliquent pas à Fort-Bénédicte, je ne vois pas comment William aurait pu être leur ennemi, mais bon... La logique à la française dirons-nous...

Le commissaire Jovert tient l'affaire la plus importante de sa carrière, certainement la plus importante depuis des décennies, mais il faut bétonner les preuves et se montrer implacable dans la poursuite de toute l'organisation. Je me doute bien que le démantèlement du Comité sera long et pénible, et reposera entièrement sur le témoignage d'un de ses personnages-clés : Florent.

Il parle avec mon petit ami depuis presque deux heures, listant les noms et les fonctions des membres les plus haut placés du Comité, livrant tout ce qu'il sait pour faire tomber l'empire mafieux que son père a construit dans le sang et la peur de milliers d'innocents. Je sais qu'à la minute où l'information de la fin du maire et du rôle que son fils a joué dans celle-ci circulera, celui-ci ne pourra plus faire un pas sans craindre un attentat contre sa vie. Il faudra donc plus qu'une prison à sécurité maximale pour le protéger jusqu'au procès où il s'est engagé à témoigner.

Je les observe, lui et William. Ils sont dissemblables et se détestent, pourtant, ils font œuvre commune pour une juste cause : la libération de la ville. Je prends conscience maintenant que tout va changer. La mort du maire et la chute du Comité ouvrent la voie vers un avenir lumineux à Fort-Bénédicte et je ne doute pas qu'après plus de vingt ans de soumission aux ténèbres, à supporter la violence au quotidien, ses habitants sauront prendre cet avenir en main. Quant à William...

Après l'agression de sa mère, il s'est juré de lutter contre les criminels qui gangrenaient cette ville. Débarrassé d'eux, va-t-il continuer à porter le costume de Justicier ou ranger définitivement Vita dans sa cachette secrète ? Va-t-il décider de pousser plus loin son engagement envers moi maintenant qu'il peut apprécier la vie de famille sans craindre qu'on la lui ravisse en représailles ?

Cette dernière pensée tourbillonne sans fin dans ma tête et je pose mes mains sur mon ventre sans réfléchir. Je ne sais pas si mon geste ou mon expression inscrit le mot « enceinte » sur mon visage, toujours est-il qu'en tant que livre ouvert maladroit, j'ai malgré moi laissé échapper l'information que l'instinct d'une femme, d'une mère comme Rose, ne peut que saisir au vol.

- Adeline… chuchote ma belle-mère, à côté de laquelle je me suis assise quand les parlementations ont commencé.

Toute cette situation a drainé l'énergie de Rose, qui ne peut plus tenir debout. Je souhaite donc la conclusion de celle-ci, pour notre retour dans notre foyer, en sécurité loin d'ici.

Mais en attendant :

- Oh, Adeline chérie… Est-ce qu'il sait ?

Je la regarde et vois des larmes de joie perler à ses yeux. L'émotion me gagne moi aussi et je secoue la tête à la négative. Avec tout ça, je n'ai pas eu le temps d'annoncer à William qu'il va être père. Il s'en est fallu de peu de toute façon qu'il n'en sache jamais rien.

Rose prend ma main et la serre très fort dans les siennes. Elle ne se contient plus et sanglote en murmurant :

- Comme je suis heureuse !

William se méprend sur les larmes de sa mère parce qu'il raccroche le téléphone et se précipite vers elle en lui disant que le cauchemar que nous avons vécu est terminé.

Rose ne le détrompe pas, je comprends qu'elle veut me laisser la primeur de l'annonce de ma grossesse.

- Viens, maman. Je vais t'emmener chez toi, il reste un peu de temps avant que le commissaire Jovert arrive.

Elle se relève avec difficulté. Toutes ces émotions l'ont fatiguée et ont accentué son boitement. Par ailleurs, la station assise sur un sol bétonné froid, humide et nauséabond n'a certainement pas arrangé les choses. Elle sera mieux chez elle, effectivement, pour se remettre de tout cela. Le témoignage de Florent la dispensant de la présenter à la police, elle n'a de toute façon plus rien à faire ici, où l'odeur de poudre et de mort est suffisamment forte pour hanter ses rêves pendant des semaines.

Lorsqu'ils disparaissent tous deux, je me retrouve seule avec Florent Vincel.

- Connaissiez-vous son secret avant de… vous engager avec lui ? me demande-t-il avec gêne.

- Oui, il me l'a révélé.

- Je vois.

Le silence s'installe et devient pesant. William ne va pas revenir dans l'immédiat, il va d'abord s'assurer que sa mère va bien avant de se téléporter à nouveau ici.

- Depuis quand savez-vous que vous êtes enceinte ?

La question est plus qu'indiscrète et je peux voir la gêne s'inscrire à nouveau sur les traits crispés de Florent. Je décide d'être honnête.

- Juste avant d'être enlevée par Dominique et son complice.

Il devient écarlate et ses épaules s'affaissent, signe d'un profond abattement.

- Je suis désolé. Si j'avais su…

- Je ne vous en veux pas, le coupé-je. Vous avez fait un choix difficile, je vous respecte pour cela.

Il me fixe avec reconnaissance.

- À défaut de votre amour, je suis heureux d'avoir votre respect. Et je vous souhaite d'être heureuse vous aussi avec Fersen.

Il est sincère, je le sens. Ce qui me pousse à le respecter davantage.

Le silence s'installe de nouveau, mais il ne me dérange plus. Tout est clair entre nous.

C'est là que William apparaît.

Et que les sirènes se font entendre au loin.

*****

- Adeline, il vaut mieux que je te ramène aussi à la maison.

- Non, je veux rester avec toi, dis-je à William.

- Adeline, Jovert et ses hommes ne connaissent pas ma véritable identité.

- Mais ils savent que je suis la fille de Charles Tremen. Deux témoignages valent mieux qu'un, non ? Et puis sinon, comment expliquer tous ces morts ?

- Je ne veux pas vous mêler à ça, Adeline, objecte Florent.

- Votre père n'a pas supporté notre confrontation à l'exposition et a décidé de se débarrasser de celle qui lui rappelle son rival. Je pourrai aussi expliquer que Théodore Vincel m'a avoué avoir saboté la voiture de mes parents pour provoquer leur accident. Si je dis que c'est grâce à vous que je m'en suis sortie, vous aurez peut-être des circonstances atténuantes lors de votre jugement.

Je ne me fais pas d'illusion, Florent ne pourra pas échapper à la prison malgré sa bonne action me concernant. Seulement, si j'interviens, il ne sera peut-être pas vu comme le monstre que les gens croient qu'il est, comme l'était son père. Plus j'y pense, plus je me dis que c'est la meilleure chose à faire.

- Ainsi, on pensera que vous avez tué votre père pour me protéger.

- Mais ce n'est pas la vérité et nous le savons tous les trois.

- Si cela peut alléger votre peine, je suis prête à altérer la vérité sur ce point.

William reste étrangement silencieux pendant notre échange. Il m'observe à la loupe et son regard me met mal à l'aise parce que je sais que son esprit se lance dans des présuppositions absurdes comme de savoir si ma défense des intérêts de Florent Vincel est une preuve de mon attachement amoureux à son égard. Je lui dirai qu'il se trompe et qu'il n'y a jamais eu que lui, mais ce n'est pas le moment.

Les sirènes se rapprochent et ma décision est prise.

- Je ferai une déposition auprès de Jovert, puis je témoignerai en votre faveur.

Florent se tourne avec colère vers William.

- Vous allez donc la laisser se mettre en danger dans son é…

Je lui écrase le pied pour lui couper la parole. Il a failli dire « *dans son état* », j'en suis sûre ! Heureusement, ça marche, il tient sa langue, et je ne pense pas que mon compagnon ait compris ce qui lui est caché. Ce n'est vraiment pas le moment pour en parler.

- Théodore Vincel mort, je ne vois pas qui va vouloir m'empêcher de témoigner sur sa tentative de meurtre à mon encontre. Je ne détiens aucune information sur le Comité contrairement à vous, je ne suis pas un danger pour eux.

Je me tourne vers William et je vois que malgré son inquiétude, il se range à mes arguments. Il ne peut pas ignorer qu'on le questionnera sur sa propre intervention ici et celle-ci passera mieux avec une innocente sur le point d'être exécutée.

Florent soupire, je sais que j'ai gagné. William remet son masque et l'appareil qui change sa voix.

Il était temps, car déjà des policiers apparaissent dans l'embrasure de la porte et nous demandent de lever les mains en l'air.

Je m'exécute, un peu effrayée par tous ces hommes cagoulés en tenue de combat munis d'armes automatiques. Ils sont de notre côté, mais il y a vraiment de quoi être impressionnée par ces policiers d'élite accompagnés de plusieurs soldats qui se répartissent dans la pièce pour vérifier qu'il n'y a personne d'embusqué.

Au bout de cinq minutes entre un type plutôt maigrelet, aux cheveux dégarnis dont le regard d'aigle a fait le tour de la pièce et pris la mesure de ce qui s'y était passé en une nanoseconde à peine. C'est certainement le commissaire Jovert.

Il nous fixe tour à tour, tous les trois, en commençant par William et en finissant par moi. À la façon dont il fronce les sourcils à ma vue, je pense qu'il n'apprécie que moyennement que le Justicier ait oublié de mentionner ma présence dans leurs conversations téléphoniques précédentes.

Il se dirige vers nous d'un pas déterminé et je suis hypnotisée par son charisme au point d'en oublier que je peux baisser les mains. C'est William qui s'en charge pour moi.

- Eh bien, Justicier, il semble qu'enfin la vermine de Fort-Bénédicte soit mise hors d'état de nuire.

Jovert foudroie Florent du regard, signifiant ainsi qu'il le catalogue dans la catégorie vermine lui aussi. Je ne peux guère l'en blâmer car j'ai conscience qu'en raison de ses actes, allant de sa lâcheté envers son père jusqu'à sa complicité avec le Comité, le fils du maire sera détesté par la majorité des gens pendant très longtemps ; des gens qui ne sauront jamais à quel point ses nuances de ténèbres et de clarté rendent cet homme complexe et moins évident à condamner.

- Mademoiselle Tremen ?

Je sursaute à l'évocation de mon nom par le commissaire.

- Vous savez qui je suis ?

- Le Justicier n'est pas le seul à avoir travaillé à faire tomber Théodore Vincel. J'admirais votre père et à sa mort, j'ai tenté d'ouvrir à de multiples reprises des enquêtes sur celui que mon instinct m'indiquait comme son assassin. Mais on m'a mis des bâtons dans les roues et l'aide de notre ami masqué sur ce point fut d'un grand secours. J'avoue que retrouver régulièrement dans mes cellules des membres du Comité ficelés comme des saucissons avec les preuves accablantes de leur forfait dans des paniers garnis fait partie des meilleurs moments de mon existence. Malheureusement, tout savoureux que c'était, je regrettais toujours que ces hommes ne puissent nous servir la tête de Vincel sur un plateau. C'était une vraie pourriture, mais une pourriture qui savait protéger ses arrières. Maintenant, à vous voir présente en ces lieux, je pense qu'il a commis l'erreur qui lui a été fatale.

- Mademoiselle Tremen a été enlevée par les hommes du maire et amenée ici pour être confrontée à lui, explique William d'un ton parfaitement neutre, comme si nous ne nous connaissions pas. Après avoir avoué devant elle sa responsabilité directe dans la mort de ses parents, il a tenté de l'assassiner… mais Florent Vincel l'en a empêché, et l'a sauvée.

L'intéressé tourne la tête vers William. Il est troublé par la façon dont son rival semble reconnaître sa valeur.

- C'est pour elle que vous vous êtes retourné contre votre père ? demande Jovert en scrutant nos réactions à chacun.

Florent reporte son attention sur lui.

- J'ai rencontré Mademoiselle Tremen à plusieurs reprises et je l'ai toujours respectée pour le travail qu'elle a accompli avec les jeunes de cette ville. C'est une innocente qui ne menaçait en rien le Comité, mon père est allé trop loin.

Le silence s'abat sur notre groupe pendant lequel j'ai l'impression que chacun de nous est passé au rayon X par l'œil d'aigle du représentant de la justice. Puis :

- Bien, je pense que je peux accepter cette explication même si je sens qu'il y a quelque chose que vous ne me dites pas. (Se tournant vers William) Comment se fait-il que vous vous soyez retrouvé sur place ?

- Je patrouillais dans les parages et j'ai vu les vingt hommes qui gardaient les lieux, répond William sans hésiter. J'ai compris qu'il se passait quelque chose d'essentiel alors je me suis téléporté à l'intérieur du bâtiment. J'ai ainsi vu Mr Vincel défendre la vie de Mademoiselle Tremen et pris la décision d'intervenir.

J'ai toujours vu dans les séries TV que l'instinct du policier est un outil très efficace dans la résolution de ses enquêtes et que certains en ont un très exacerbé. Je pensais que c'était exagéré, mais à voir la façon dont Jovert fronce les sourcils, visiblement peu convaincu que les événements se soient déroulés totalement tel que le Justicier le décrit, je me ravise. Jovert appartient à la catégorie de ceux qui possèdent un instinct très très exacerbé.

- Très bien. Et qui a tué le maire ?

Je jette un œil à William, je pensais qu'il avait tout dit au commissaire. Visiblement, il n'a pas été dans les détails pendant qu'ils étaient au téléphone, et maintenant, ce dernier attend une réponse.

- C'est moi, déclare Florent.

Jovert a l'air surpris par son assurance. Il n'affiche aucun regret.

- Menaçait-il directement votre vie ?

Je veux répondre à la positive, mais William m'attrape discrètement la main, profitant que Jovert se soit concentré sur

Florent. Je comprends alors que ce n'est pas à moi de décider à sa place de ce que sera la vérité.

- Non.

Encore une fois, Jovert est surpris. Il ne s'attendait certainement pas à ce que cet homme réputé pour sa lâcheté soit capable de tuer quelqu'un de sang froid, qui plus est l'être qu'il a toujours craint depuis l'enfance.

- Je l'ai tué parce qu'il était une menace pour l'humanité. J'ai toujours haï mon père, l'enlèvement de Mademoiselle Tremen a été une sorte de déclencheur. Il voulait la tuer pour le nom qu'elle portait, je l'ai tué pour le nom qu'il m'a obligé à porter.

Ainsi en est-il. En cachant la véritable raison de son parricide, à savoir la volonté de nous protéger des représailles que n'aurait pas manqué d'organiser Vincel père depuis sa cellule, il me met à l'abri de commérages éventuels sur ma relation avec lui et d'un possible attentat du Comité contre ma personne en guise de représailles contre lui cette fois-ci. Si nous ne sommes rien l'un pour l'autre, je ne cours pas de danger, et il le sait. Or, à ce stade, nous ne sommes pas rien l'un pour l'autre et il me coûte de dire au revoir à une personne que, désormais, j'aurais été fière de qualifier d'ami.

Je me tais néanmoins, consciente des enjeux et des risques pour l'enfant que je porte d'être trop exposée dans cette affaire. Mon silence tranquillise mon Justicier qui relâche ma main.

Jovert ne dit rien dans un premier temps, ensuite il s'éloigne de quelques pas pour donner l'ordre à ses hommes d'évacuer les cadavres de l'entrepôt, en commençant par celui du maire.

Il revient et s'adresse à moi :

- Nous garderons l'information de votre enlèvement secrète jusqu'au procès où vous témoignerez. Je crois qu'il est préférable que personne ne vous voie sortir d'ici par la porte. Je peux garantir la discrétion des hommes que vous voyez ici, mais une fuite est toujours possible si vous vous montrez à la centaine d'agents qui attendent dehors.

- Je vais la ramener chez elle, intervient William d'un ton qui ne souffre aucune discussion.

Jovert hoche la tête et continue :

- En ce qui vous concerne, Justicier, je ne peux que vous féliciter et vous témoigner toute mon admiration pour les efforts que vous avez faits pour sauver Fort-Bénédicte. Nous allons nous occuper d'assainir l'eau de la ville en commençant par le service qui la gère. Nous saurons qui a versé *l'imperium voluntatis* dans les réserves, soyez-en sûr. Restez disponible si jamais nous devons faire appel à vous lors du procès de Mr Vincel fils.

- Je ne serai pas loin, dit-il avec une sorte de chevrotement étrange dans la voix.

Je l'observe, curieuse, mais ses pupilles sombres ne me donnent aucun élément de compréhension sur le trouble qui l'anime et qui transparaît également dans la raideur de sa posture. Je mets ça sur le compte du contrecoup des derniers événements et ne m'en préoccupe plus.

- Mr Vincel, reprend Jovert qui fait signe à l'un de ses hommes. Je vais vous passer ces menottes (il les saisit de la main de son collègue) et vous allez venir avec moi à Rouen. Vous conviendrez que vous serez plus en sécurité là-bas qu'ici pour nous parler de *l'imperium voluntatis*. Nous vous tiendrons au secret jusqu'à nouvel ordre et pendant ce temps, vous nous aiderez à appréhender la totalité du réseau connu jusqu'à ce jour sous le nom de Comité. Vous serez ensuite jugé pour vos actes et certainement envoyé en prison pour une peine que les tribunaux fixeront. Avez-vous compris ?

- Je ferai ce qui doit être fait.

Florent se laisse menotter, le visage animé d'une sombre détermination. Mon cœur se serre pour lui, et nous échangeons un dernier regard avant que l'un des lieutenants de Jovert ne l'entraîne avec lui vers la sortie.

- Mademoiselle Tremen, j'ai cru comprendre que vous viviez avec William Fersen, le journaliste, m'interpelle le commissaire.

J'ai la bonne idée de ne pas regarder William pour qui je ne suis censée être qu'une innocente à ramener chez elle, auprès de son conjoint certainement très inquiet à l'heure qu'il est de son absence. Dire qu'il ne s'est même pas écoulé une journée depuis mon enlèvement ! J'ai l'impression que cette suite d'événements, jusqu'à leur sanglante conclusion, a duré des semaines !

Je hoche simplement la tête.

- Je ne vous demanderai pas de lui cacher ce qui vous est arrivé, mais je pense qu'il comprendra les raisons qui font qu'il serait dangereux qu'il publie un article trop détaillé sur le sujet dans le *Fort-Béné*.

- Je lui dirai.

- Bien. Je vous recontacterai quand j'aurai besoin de vous, d'ici là, rentrez chez vous et reposez-vous. Vous avez été très courageuse.

- Merci.

Il nous salue, puis se dirige vers la sortie. Je ne me rends compte que j'ai retenu ma respiration qu'une fois que j'expire de soulagement à la seconde où Jovert a quitté cette pièce.

Je sens qu'on me tire en arrière, c'est William. Il m'attire contre son torse et referme ses bras autour de moi. Je ferme les yeux et quand je les ouvre, une petite brise agite mes cheveux, je suis sur le toit de l'entrepôt où j'étais enfermée, et j'ai une vue très claire du dispositif policier mis en place par Jovert pour sécuriser le périmètre. Et on peut dire qu'il est impressionnant : des camions militaires, des fourgons du RAID, des voitures de police et de gendarmerie, …

Je vois une voiture banalisée qui s'éloigne, entourée d'une dizaine de motos et de plusieurs fourgons de police. Je suppose que Jovert et Florent sont dans cette voiture. Je soupire en les suivant des yeux.

- Est-ce que ça va ? me demande William qui a désactivé l'appareil qui module sa voix.

Je me retourne vers lui et l'avise en train de m'observer. Il a enlevé ses lentilles de contact et sa capuche, et ses prunelles renferment une peur et une incertitude qui me broient le cœur. Je me jette dans ses bras et sanglote, la tension qui m'habitait jusque là se relâchant subitement.

- Oh, William !

Il resserre son étreinte, mais je perçois à nouveau cette raideur que j'ai décelée tout à l'heure quand il parlait avec Jovert. Je sèche mes larmes, bien qu'avec difficulté.

- Je ne le désire pas, si c'est ce qui t'inquiète.

La crispation de ses bras m'indique que j'ai touché le point sensible. J'avais donc raison. Je m'écarte de lui et décide d'être honnête :

- William, avant de revenir à l'entrepôt avec Vita pour te sauver, je l'ai embrassé.

Il blêmit et fait deux pas en arrière.

- Mais tu viens de dire que…

- Je ne le désire pas, je l'interromps. Et c'est encore d'actualité. (Je passe ma main sur sa joue, il ne se dérobe pas) Je ne l'ai pas fait parce qu'il m'attirait, je l'ai fait pour qu'il accepte nos adieux et qu'il puisse aimer quelqu'un qui le lui rendrait. Il était nécessaire qu'il tourne la page.

- Et ça a marché ?

L'aigreur de la jalousie pointe dans sa voix, mais je lui souris.

- Florent Vincel n'a jamais été une menace pour toi, parce que dans mon cœur, la place est déjà prise. (William tressaille en entendant mes paroles) Il le sait, comme il sait que nous ne nous reverrons jamais pour cette raison. Le fait de m'avoir sauvée de son père lui permettra peut-être d'obtenir une peine de prison moins lourde. Il faudra alors qu'il prenne sa vie en main, avec une personne qui saura l'aimer comme il le mérite.

Les épaules de mon petit ami s'affaissent et il expire longuement.

- Je suis désolé, Adeline. Je crois que… je comprends ta démarche. Tu as le cœur généreux. Tu es… exceptionnelle.

Je fronce les sourcils, prise d'une tension soudaine comme il répète les mêmes mots que Florent Vincent tout à l'heure. Mon angoisse ne vient pas tant des mots en eux-mêmes, mais de l'expression qu'il arbore, identique à celui qu'il avait pris à tort comme un rival, au moment où celui-ci avait compris que notre séparation était proche.

- William ? demandé-je. Tes blessures ne sont pas cicatrisées ?

Avec les balles qu'il a reçues, c'est étonnant qu'il tienne encore debout. Il secoue doucement la tête et m'offre un léger sourire… forcé.

- Ça va. Les balles ont traversé la chair, ce qui n'a pas empêché le processus de guérison. Vita a accéléré le processus quand tu es arrivée avec. J'ai juste… eu peur de te perdre.

Je passe mes bras autour de son cou et lui donne un doux baiser.

- Sans toi, nous ne serions pas sur ce toit. Merci.

Je comptais le rassurer par mes paroles, mais j'ai l'impression fugace qu'elles n'atteignent pas leur objectif, au contraire. Pourtant, il nous a sauvés dans cet entrepôt. Sans Vita et leurs capacités jumelées, Rose, Florent et moi serions morts. Il doit le savoir…

Je cesse de me poser des questions quand les lèvres de William s'abattent sur les miennes pour transformer ce qui n'était qu'un tendre baiser en quelque chose de plus profond, au-delà même de la passion. Je réponds immédiatement à son étreinte et oublie tout ce qui nous a menés ici.

J'oublie mes craintes, j'oublie le monde, j'oublie tout.

*****

William nous a téléportés dans notre chambre, à la maison, et a posé Vita dans un coin. Nous ne parlons pas.

Aucun mot ne pourrait traduire ce que je ressens en cet instant où nous avons besoin de sentir le corps de l'autre pour être certains de notre réalité. Nous sommes en vie. Nous le savons, mais ce n'est pas suffisant.

Nous avons failli nous perdre l'un l'autre et pour contrer la frayeur qui s'est distillée dans nos cellules comme du venin, le venin de Théodore Vincel, il n'y a qu'une solution : nous perdre l'un dans l'autre.

La respiration de William est calme et profonde alors qu'il caresse mon buste. Il me fixe de son regard couleur miel où le désir s'emploie à chasser la peur. Le frôlement de ses doigts sur ma peau hypersensible fait augmenter ma température, et je me mords la lèvre pour ne pas gémir.

Il écarte les pans de tissu de ce qui reste de mon chemisier pour dévoiler mon soutien-gorge noir et passe la langue sur sa lèvre inférieure. Je veux embrasser cette langue et cette bouche, mais il me repousse doucement avec son index sur mon sternum. Il semble satisfait quand je m'immobilise et fait glisser son doigt jusqu'à mon nombril. Je frémis.

Il pose ensuite ses mains sur mes épaules et enlève le chemisier en caressant mes bras dans le même temps. Je me sens électrisée alors même qu'aucun de nous deux n'est nu.

Il me contourne en déposant des baisers légers sur la base de mon cou, occasionnant chez moi une série de frissons. Ses doigts s'activent ensuite dans mon dos et mon soutien-gorge tombe à terre, dévoilant ma poitrine, puis c'est au tour de mon pantalon de disparaître. Je l'entends humer mes cheveux avant de le voir revenir vers moi pour s'emparer de mes lèvres avec une douceur savamment contrôlée. Je m'enflamme et en veux plus.

C'est à mon tour de le dévêtir.

Je commence par sa cape qui tombe avec grâce sur le sol, puis je défais sa cuirasse protectrice pour avoir accès à sa combinaison. Je descends doucement la fermeture éclair et m'attelle à caresser la peau en-dessous, du bout des ongles.

La respiration de William se fait plus rapide.

Il m'aide à lui enlever sa tenue et le voilà en boxer noir devant moi. Je le regarde, il est parfait. Je me demande encore comment un homme si beau peut m'aimer et me désirer à ce point, moi et mes défauts. Ses muscles saillent lorsque je passe mes doigts dessus et j'ai l'impression d'être une souris caressant un lion... un lion aux prunelles hypnotiques.

Je me régale à le toucher si innocemment comme lui s'astreint au calme pour faire durer ce moment. Le temps s'est comme suspendu, il n'y a plus que nos sentiments et nos sensations.

À leur plus chaste paroxysme.

Seulement je ne veux pas de chasteté, et à voir la façon dont son excitation tend le tissu de son boxer, je me doute que lui non plus. Alors je la libère et l'enlace avec ma langue. Je n'ai jamais été une adepte de cette pratique qui m'a toujours embarrassée et j'avais bien souvent rechigné à accorder ce plaisir à Paul quand il m'en faisait la demande du temps où nous étions en couple. Avec William, c'est différent. Je suis différente. J'ai confiance en moi et confiance en nous, alors j'éprouve une sorte de satisfaction sensuelle à me mettre à genoux dans le but de l'amener à la jouissance, prémisse d'une extase plus grande encore lorsque nos corps entreront vraiment en symbiose. Plus consciente que jamais que la vie est courte, je laisse tomber mes dernières barrières en accélérant mon rythme de succion. Je me retiens de sourire quand je lève les yeux une nouvelle fois vers mon amant. Jusqu'ici, il se contentait de savourer l'instant les paupières closes, or désormais, il braque son regard sur moi et m'observe avec une lueur de plaisir sauvage que je ne lui avais jamais vue auparavant et qui a l'air de le surprendre, comme s'il n'avait jamais éprouvé ça avec aucune autre femme. Cette idée me transporte au-delà de tout et renforce mon sentiment de puissance. Je plaque mes mains sur ses fesses et aspire plus fort, jusqu'à ce que je voie William basculer la tête en arrière, libérant un râle de plaisir pur en même temps qu'il m'en transmet la preuve en plusieurs coups de reins involontaires témoignant du fait que j'ai pris tout pouvoir sur lui.

Puis, comme à chaque fois que nous faisons l'amour, ses jambes se mettent à trembler après l'extase et il tombe à genoux au sol, face à moi. Il cherche son souffle autant qu'il cherche mon regard où j'insuffle tout l'amour que j'éprouve pour lui.

Je fronce les sourcils comme s'allume en ses prunelles une lueur désespérée que je ne peux manquer tant elle est intense, mais il me rabat contre son torse avant que j'aie pu poser la moindre question, me caressant si bien la colonne vertébrale jusqu'au creux de mes reins que j'oublie tout pour me concentrer sur la ligne de feu qu'il est en train de tracer dans mon dos.

Ses baisers sur mon cuir chevelu me procurent des frissons qui se répercutent dans tous les recoins de mon être et je dois lutter pour ne pas gâcher la magie de l'instant en cherchant trop vite à assouvir mon désir.

Mais tout mon self-control est mobilisé lorsqu'il m'écarte un peu pour s'occuper de mes seins qu'il prend en coupe d'abord puis qu'il malaxe en me regardant droit dans les yeux, comme pour me défier de lui dire d'arrêter. Il trouve ensuite les pointes qu'il agace jusqu'à ce qu'elles se tendent, suppliantes, vers lui. Je suis au bord de la folie et pourtant je tiens bon, mes mains restent sagement le long de mon corps. Un sourire espiègle se dessine lentement sur les lèvres de William et je comprends qu'il va me mettre au supplice.

- Oh !

Je me mords l'intérieur de la joue pour ne plus rien laisser échapper, mais c'est difficile quand il suçote chacun de mes tétons après l'autre et qu'il en profite pour écarter le tissu de ma culotte afin de glisser deux doigts dans mon intimité. Il est doux au début et sa lenteur m'amène vers un gouffre de frustration, seulement, après quelques minutes de ce traitement infernal, son rythme change ; tant celui de ses doigts que celui de sa langue. Il devient brutal et implacable, indubitablement déterminé à prouver sa domination dans cette manche de notre jeu érotique, et, j'en suis intérieurement persuadée, déterminé à effacer pour toujours l'idée que Florent Vincel aurait pu réclamer sa part de ce corps pendant que j'étais à sa merci. Par conséquent je décide de ne plus retenir mes gémissements, je veux qu'il entende à quel point je lui appartiens, à quel point, toute ma vie, il n'y aura jamais que lui.

Mon cri résonne dans la chambre quand je jouis. William en profite pour glisser un troisième doigt en moi en même temps qu'il m'embrasse férocement. Nos langues s'entremêlent et je ressens à nouveau le plaisir monter au creux de mes jambes. Je commence à accompagner ses mouvements et c'est là qu'il me repousse en arrière pour m'enlever ma culotte. Je pense qu'on en arrive au stade final de notre union, là, à même le sol, mais je me trompe.

La tête de William disparaît entre mes cuisses et ses mains agrippent fermement mes hanches pendant qu'il entreprend d'explorer mon jardin secret avec sa bouche. Je ne peux pas m'échapper et je me rends compte que j'adore ça. Moi qui exultait tout à l'heure parce que j'avais pris le pouvoir sur lui en goûtant sa saveur masculine, je réalise que le voir me retourner la faveur m'excite autant, si ce n'est plus.

Le plaisir est grisant, bien plus que le pouvoir.

L'orgasme me frappe violemment et mes jambes risquent de ne pas me porter si après ça je dois aller sur le lit.

Aucun problème. William m'emporte dans ses bras comme si je ne pesais pas plus qu'une plume et me dépose doucement sur le matelas. Il m'embrasse aussi, et je suis plus que prête à l'accueillir.

Lorsqu'il s'enfonce en moi, le monde se met à tourner et j'ai la vision d'un homme aux cheveux longs qui forge une épée. Je vois aussi une ville surplombée par un temple magnifique à forme pyramidale. La ville disparaît sous les flots, mais l'épée demeure en des mains justes, jusqu'à ce qu'elle soit entre celles de l'élu qui l'utilisera pour la première fois dans sa vocation ultime : faire le lien entre les Atlantes et l'Humanité, pour forger une destinée commune empreinte de justice.

Les visions, rien moins que réelles, j'en suis sûre, se sont succédé à chaque va-et-vient de William et je ne peux retenir une larme de couler sur ma joue. L'homme que j'aime croyait avoir trahi les traditions de son peuple en révélant les pouvoirs de Vita au grand jour, or, il ne faisait qu'accomplir une prophétie vieille de plus de 10 000 ans. Il avait eu raison de penser que Héphaïstos souhaitait que l'harmonie entre Atlantes et humains déteigne sur ses pairs rivaux et même s'ils avaient disparu par manque de fidèles, la vocation de Vita, elle, avait perduré tous ces millénaires.

Un petit cri m'échappe.

Mon plaisir ne cesse d'augmenter et je sens que, bientôt, je vais atteindre la jouissance. C'est là qu'une autre vision m'apparaît : Vita s'illuminant pour un petit garçon de quatre ans qui joue dans une chambre d'adulte ; c'est William. La vision se modifie alors et me montre ce même William, adulte, à travers la vitre d'une fenêtre donnant sur un vaste jardin bien entretenu. Je ne vois pas qui est avec lui mais il semble bien s'amuser dehors et rire aux éclats, jusqu'à ce qu'une lumière aveuglante attire son attention du côté de la fenêtre en question.

Je ne comprends pas ce que ça veut dire, je ne sais pas si cette scène-ci a réellement existé ou non, néanmoins, j'ai la sensation qu'elle est très importante et que je dois la conserver dans un coin de mon esprit. Les visions cessent quand il me retourne sur le ventre, à quatre pattes. William est derrière moi et ne cherche pas à me ménager. Il me tient par les cheveux et me pilonne avec violence, allant si fort et si loin que ses bourses claquent contre ma peau en feu. Car je brûle littéralement. J'adore cette position parce que son indécence multiplie mon excitation, et si je ne peux pas avoir d'orgasme ainsi, elle a le pouvoir de libérer totalement la femme que je suis de tous ses tabous, notamment en me poussant à me cambrer davantage pour sentir son sexe si long et si dur au plus profond du mien.

William le sait et il en profite également car l'effet est autant décuplé pour lui que pour moi. Généreux, il s'arrange pour contrôler son rythme et ne pas en finir trop vite. Il accélère puis ralentit afin de jouer en même temps avec mes seins ou mon clitoris, pour recommencer ensuite à toute allure en s'agrippant à mes hanches avec force. Je devine ses intentions et je me crispe d'une savoureuse anticipation : il veut me faire basculer définitivement dans la folie. C'est déjà arrivé plusieurs fois et dans ces cas-là, je prends la tête des opérations jusqu'à la victoire finale. Mon partenaire ne m'aurait pas entraînée sur cette voie s'il n'espérait pas pour notre union charnelle une conclusion en apothéose. Je sais quel effet je peux avoir sur lui, alors je compte bien lui en offrir une.

Je me dégage tout à coup de son emprise et le fais basculer sur le lit. Je ne peux plus attendre alors je l'enfourche entièrement et mène la danse comme je l'entends : furieusement, rageusement, follement. Je me penche entre deux pour l'embrasser ou lui mordre la base du cou, lui qui suit le rythme que je lui impose en me fixant avec adoration.

Je me redresse et le guide aussi loin que possible. Il se redresse aussi et me maintient profondément emboîtée contre lui pendant qu'il embrasse, lèche et suce mes seins. J'ai renversé ma tête en arrière, offerte à lui pendant qu'il s'active à faire monter notre excitation mutuelle à des niveaux jusqu'ici inégalés. Et puis…

Il suffit ! *Je* dirige la manœuvre !

Je le repousse violemment sur le matelas et reprends mes mouvements de va-et-vient à une cadence infernale. Mon cœur bat très vite et j'ai l'impression que toutes mes cellules entrent en ébullition. William a fermé les yeux, et je crois qu'il est au bord de l'explosion parce qu'il émet des râles à chaque fois que nos chairs se rencontrent au plus profond.

Justement… Ma bulle de plaisir grossit, encore et encore, jusqu'à atteindre le point de non-retour.

Jusqu'à…

Nous crions tous les deux quand vient le moment de la délivrance. Je crois que je n'avais jamais joui de la sorte, avec autant… d'abandon. William gémit alors qu'il est encore secoué de spasmes libérateurs très violents. Je crois que lui non plus n'a jamais joui de cette façon.

Je souris.

Nous sommes vivants et nous avons célébré cette vie en nous unissant dans la totalité de nos corps et de nos âmes.

Cet instant *est* un cadeau de la vie.

Une vie que je porte *en moi*.

$$*****$$

Nous sommes allongés l'un à côté de l'autre, en silence, à contempler le plafond. Ma peau me picote encore alors qu'il s'est écoulé plusieurs minutes depuis ce gigantesque orgasme qui a quasiment fait exploser ma conscience dans tout l'univers.

Mes jambes sont tellement molles, et mon corps tellement alangui, que je doute pouvoir marcher jusqu'à la salle de bain dans l'immédiat.

Qu'à cela ne tienne ! Je me blottis contre le torse de mon amoureux qui passe son bras dans mon dos. Je suis heureuse et je décide de l'aiguillonner.

- Maintenant que nous avons atteint la perfection dans l'art du sexe, on risque de s'ennuyer les prochaines fois que nous ferons l'amour, tu ne crois pas ?

Je ris et le regarde. Il a l'air bien plus intéressé par le plafond que par moi.

- William ?

Je ne remarque pas tout de suite combien sa mâchoire est contractée. Je me redresse.

- William ? répété-je d'une voix douce.

Il tente de sourire, mais ses yeux renferment encore cette lueur désespérée que j'ai vue pendant notre union. Cette expression lugubre et tourmentée que j'ai pu lire sur son visage sur le toit de l'entrepôt est de retour, de manière plus prononcée encore. Une alarme retentit quelque part en moi.

- Je n'ai jamais éprouvé tant d'amour et de plaisir charnel que depuis que je t'ai rencontrée, Adeline.

Le compliment est flatteur mais sa voix est sombre. Je fronce les sourcils.

- Tu m'as rendu heureux comme jamais j'aurais pu penser l'être un jour, poursuit-il.

L'alarme dans ma tête devient tonitruante quand il soupire et se lève pour enfiler son boxer. J'attends qu'il continue, le cœur battant d'angoisse, mais il se contente de prendre des affaires propres dans l'armoire et de s'en revêtir. Ensuite, il saisit Vita qu'il accroche à sa ceinture.

Le malaise grandit en moi et je ressens le besoin de m'en protéger. Je m'enveloppe dans le drap et m'assois.

- Parle, William. Je vois bien que quelque chose te tracasse.

Il ferme les yeux un instant. Il pâlit comme quelqu'un qui repousse une brusque souffrance. Puis il me fixe durement.

- En quittant la maison de ma mère tout à l'heure, j'ai pris une décision. Ce qui s'est passé prouve que je ne peux pas être le

Justicier et mener une vie normale, en mettant en danger les gens que j'aime.

Je suis prise d'un vertige, saisissant parfaitement ce que cette révélation sous-entend. William ne s'en aperçoit pas et poursuit, gêné :

- Je voulais te le dire sur le toit de l'entrepôt, mais j'ai été submergé par le soulagement de te savoir en sécurité et... par mes sentiments pour toi. J'aurais peut-être dû tout arrêter, mais je ne m'en sentais pas capable... jusqu'à maintenant.

C'est à mon tour de juguler une brusque douleur qui explose à l'intérieur de moi. Ma voix n'est qu'un filet rauque lorsque je dis :

- Alors... cette façon dont tu m'as fait l'amour... C'était parce que tu savais que c'était la dernière fois ?

Il baisse la tête.

- Je sais que je n'aurais pas dû. Il m'est d'autant plus difficile de te quitter maintenant.

Te quitter...

J'ai froid.

Je suis trop abasourdie pour pleurer ou crier. Je ne comprends rien à ce qui arrive. L'instant d'avant il me sauve parce qu'il m'aime et me le montre en me faisant l'amour comme jamais, ensuite il me dit qu'il a l'intention de me quitter... parce qu'il m'aime justement.

- Ta décision est prise et tu ne reviendras pas dessus.

Ce n'est pas une question. Je vis avec William depuis plusieurs mois, je le connais bien. C'est d'autant plus injuste... je sais que rien de ce que je dirai ne le fera changer d'avis.

- Quand ? demandé-je simplement, pour rompre le silence qui s'est installé entre nous.

Je suis comme déconnectée de la situation dramatique dans laquelle je me noie pourtant. Il va partir, je devrais le supplier de rester, mais je n'en fais rien. C'est tellement n'importe quoi... Je sais que c'est la réalité, mais je ne parviens pas à m'y raccrocher.

- Tout de suite.

J'ouvre la bouche, mais rien n'en sort. Je suis juste... sous le choc.

- Je vais prendre le principal. Jette le reste. De toute façon je quitte la ville.

- Jeter… Quitter…

Une boule se forme dans ma gorge.

Je veux lui dire que je suis enceinte, que je porte son enfant, et que s'il peut me quitter moi, il n'a pas le droit de l'abandonner lui. Mais les mots refusent de sortir, la boule les bloque.

Je suis incapable de bouger également, alors je ne peux qu'observer William prendre ses vêtements dans l'armoire et se téléporter pour les emmener ailleurs. J'ai cru mourir l'espace d'un instant, mais le revoilà.

- Où vas-tu ? demandé-je, dans un suprême effort.

Je réussis à reprendre la parole à partir du moment où je ne pense pas au bébé.

- Mieux vaut que tu n'en saches rien. Idem pour ma mère. Je te laisse la mettre au courant.

- Tu veux l'abandonner elle aussi ?! Sans rien lui dire ?! Et les habitants de Fort-Bénédicte ?

Il se crispe aux mots employés, puis ses épaules s'affaissent.

- Je vais terminer le travail ici en aidant Jovert à appréhender tous les membres du Comité. Puis vous ne me reverrez plus. Les habitants de cette ville, vous comprises, pourront prendre un nouveau départ.

Je ne comprends pas. De quel nouveau départ veut-il parler ? Que sera ma vie sans lui ?

Je pense au petit être qui grandit dans mon ventre et de nouveau, ma gorge se noue. Je suis incapable de sortir le moindre son.

William s'approche de moi et j'essaie désespérément de faire sortir les mots de ma bouche. Je ne suis pas de ces femmes qui cachent leur grossesse à leur amant. Je *veux* lui dire qu'il va être père !

Il s'agenouille et me fixe comme pour graver à jamais mes traits dans sa mémoire. Son désespoir est aussi lisible dans ses prunelles que sa détermination. Il met ses deux mains sur mes joues et m'embrasse sauvagement. Il me dévore littéralement.

Pour me dire adieu.

Il s'écarte puis recule doucement. Je vacille, le sol est en train de s'ouvrir sous mes pieds, je suis sur le point de tomber dans un abîme de souffrance et pourtant je n'arrive pas à crier. Rien ne vient, rien ne sort, car j'ai l'impression de n'être plus rien.

- Je t'aimerai toute ma vie, Adeline Tremen.

Je tends la main vers lui, la respiration totalement désordonnée du fait de la crise d'hystérie qui s'annonce, et j'essaie de me lever.

- J'ATTENDS UN BÉBÉ !

Le hurlement, strident, s'est finalement frayé un passage vers l'extérieur…

Pour résonner dans une chambre vide.

Chapitre X : Déconnexion, résignation, adoration

*****

J'effleure mon ventre arrondi et souris doucement en sentant la réponse à cette caresse. Un petit pied vient de me dispenser un coup. La sage-femme qui s'occupe des échographies m'a dit que j'allais mettre au monde un ou une adepte du cyclisme tant les jambes du bébé ont tendance à pédaler pour un oui ou pour un non. J'ai refusé de connaître le sexe de mon enfant avant la naissance, j'aurai donc la surprise de voir un petit William ou une petite Adeline montrer le bout de son joli nez à l'accouchement.

Un petit William...

Je pousse un long soupir et regarde par la fenêtre. L'hiver est bien là : les températures sont glaciales au-dehors et le soleil passe son temps à se cacher derrière des nuages qui déversent une bruine journalière désagréable. Parfois elle se transforme en grésil, mais jamais en neige. Cela aurait été trop beau. Je ressens un autre coup de pied en moi, et une vague de culpabilité m'envahit.

Je suis partie à la dérive après le départ de William huit mois plus tôt. Marianne s'est fait énormément de soucis et m'a obligée à voir mon médecin, lequel a diagnostiqué une dépression et m'a conseillé de suivre une thérapie pour femme enceinte et... seule.

Seule…

Dans les faits, je ne l'étais pas vraiment. Rose me soutenait malgré son propre chagrin et m'exhortait à me reprendre pour mon bébé à naître. Son petit-fils ou sa petite-fille…

Elle avait surmonté le traumatisme de son enlèvement avec maestria, racontant même à qui voulait l'entendre, pour expliquer la chute soudaine de ses cheveux, qu'elle n'aurait jamais dû acheter un shampoing qualifié de miraculeux présenté sur un étal douteux de son marché de quartier. Rose était une force de la nature.

Elle souffrait du choix de son fils, et pourtant, elle mettait toute son énergie à m'épauler. Elle passait tous les jours me rendre visite, moi qui restais cloîtrée chez moi à regarder par la fenêtre la vie s'écouler en-dehors de mes murs, moi qui n'avais plus goût à rien, moi qui n'avais plus d'emploi, moi qui souffrais atrocement à chaque seconde de l'absence de l'homme que j'aimais plus que ma propre vie.

Rose était aussi douce et bonne. Elle m'apportait des petits gâteaux, me faisait la lecture du *Fort-Béné*, me permettant ainsi de connaître le sort du Comité après la chute de son cerveau. J'appris donc que Florent Vincel avait passé un accord écrit avec le commissaire Jovert et le procureur de la République pour leur fournir toutes les données sur *l'imperium voluntatis* afin qu'elles ne tombent pas entre de mauvaises mains, et pour dénoncer l'ensemble des membres et partenaires du réseau avant de témoigner contre eux à leur procès, avec toutes les preuves dont il disposait grâce aux fichiers de son père auxquels il avait accès. En échange, il se voyait accorder le droit d'exercer une peine de prison plus modérée dans un établissement pénitencier où il ne craindrait pas pour sa vie, et les juges se passaient de mon témoignage. De toute façon, avec tout ce qu'ils avaient déjà réuni grâce à Florent, ils n'avaient pas besoin de moi.

J'avais eu une seule fois de ses nouvelles entre son arrestation et son incarcération : on m'avait livré un bouquet de lys magnifiques avec une carte sur laquelle étaient inscrits quelques mots. Des mots qui m'avaient percé le cœur à leur lecture. « Il a plaidé en ma faveur auprès de Jovert et des magistrats pour limiter ma peine. Je l'ai mal jugé. Je vous souhaite d'être heureux ensemble, vous le méritez. »

Le sang s'était mis à battre contre mes tempes, une migraine sévère s'était ensuite acharnée à me marteler le crâne. J'avais jeté les fleurs et la carte, moins pour oublier Florent Vincel que la personne à qui il avait fait référence.

Les premiers temps de notre rupture, William était omniprésent en tant que notre super-héros dans les colonnes du *Fort-Béné*, qui relayait sa mise hors d'état de nuire des derniers membres du Comité, tous livrés bâillonnés et ligotés à la justice. Les journaux du pays et du monde entier ne parlaient plus également que de sa réhabilitation par les autorités gouvernementales qui avaient enfin pris conscience qu'il était nécessaire de faire le ménage dans celles, corrompues, de la ville. Ainsi, tout le conseil municipal fut remplacé provisoirement en attendant les nouvelles élections, en allant de même pour tous les fonctionnaires de police ripoux désormais montrés du doigt par une population qui n'avait plus peur de les dénoncer. Les gens qui avaient été affectés aux postes clés n'étaient pas des Bénédictins, mais ils s'étaient vite fait respecter quand on s'aperçut qu'ils étaient compétents en plus d'être honnêtes.

Le visage de notre ville avait alors commencé à changer, les statistiques criminelles à baisser, et le moral des habitants à remonter. Tous savaient qu'ils devaient cette nouvelle ère à leur Justicier et tous ne l'en aimèrent que davantage. Aussi, le choc fut rude quand il annonça à une journaliste du *Fort-Béné*, pour la première fois qu'il s'adressait directement à la presse, sa volonté de se retirer puisque la ville n'avait plus besoin de lui. Il partait combattre l'injustice ailleurs.

Ce jour où Rose était arrivée en larmes pour me montrer la Une en question est un souvenir entouré de brouillard pour moi. Tout ce dont je me rappelle, c'est d'avoir glissé au sol et d'avoir senti quelque chose en moi se fendre en deux.

J'avais plongé ensuite dans une nuit permanente où je me complaisais pour éviter de souffrir dans une lumière qui ne ferait que m'exposer la vérité de la manière la plus cruelle qui fût : il ne reviendrait jamais.

Cela avait duré jusqu'à mes cinq mois de grossesse. Je ne faisais plus rien à part me lever, me laver, manger, dormir, et répondre de manière laconique et peu développée aux tentatives désespérées de Rose ou Marianne d'engager une quelconque conversation avec moi. Elles avaient du mérite, remarquez, de supporter une telle loque humaine. Même si ce n'était pas toujours facile. Rose me regardait avec compassion et se faisait un devoir de veiller sur moi, tandis que Marianne faisait des efforts surhumains pour ne pas me secouer comme un prunier pour m'obliger à me sortir de ma torpeur. Il est arrivé tout de même qu'elle explose…

La première fois, ce fut lorsque je lui avouai toute la vérité sur William. J'avais décidé de ne plus la lui cacher, considérant que ma rupture avec mon petit ami me dégageait de l'interdiction de me confier au moins à une personne en qui j'avais une confiance aveugle. Elle l'avait voué à tous les maux de la Terre et des Enfers, vous pensez bien. Et moi… disons qu'elle ne me parla plus pendant une bonne semaine. Elle était revenue ensuite, et avait compris que jamais je ne m'excuserais de l'avoir tenue éloignée du secret de William pendant tout ce temps. Elle a fini par me pardonner.

- Tu crois qu'il serait resté si tu étais parvenue à lui dire que tu es enceinte ? m'avait-elle demandé un jour.

Je m'étais si souvent posé la question, sans trouver la réponse. Ce jour-là, elle vint pourtant avec une facilité qui me déconcerta :

- Je n'y suis pas parvenue et je n'ai aucun moyen de le joindre. Les faits sont les faits. Inutile de se torturer avec des « si ».

J'avais ensuite replongé dans ma nuit perpétuelle, la succession des jours n'ayant aucune importance à mes yeux.

Jusqu'à un moment.

Je me souviens. J'étais assise, là, à cette fenêtre, et je regardais comme en cet instant le paysage dehors. Le chat du voisin jouait avec une feuille que la brise faisait tourner autour de lui. C'était une belle journée d'automne. Je venais de replacer une mèche de mes cheveux derrière mon oreille gauche et en abaissant ma main, j'ai frôlé ce petit ventre qui peinait à prendre du volume malgré la bonne santé générale du fœtus, conséquence de mon état psychologique.

J'ai sursauté lorsque le coup est parti, puis j'ai baissé les yeux et j'ai ensuite plaqué mes mains sur mon ventre. *Toc !* Un nouveau coup.

J'ai eu l'impression que la foudre s'abattait sur moi, et qu'un voile opaque se déchirait dans mon esprit.

- Pardonne-moi… ai-je susurré, les joues inondées de larmes de bonheur et de remords. Je n'ai plus pensé à toi depuis qu'il est parti et j'ai agi en égoïste. Désormais c'est terminé. Tu passes avant tout le reste.

À partir de ce jour, j'ai tenu parole. J'ai commencé à remonter la pente, chose que mon médecin avait attribuée aux séances de thérapie auxquelles je n'étais jamais allée. Marianne et Rose m'ont accompagnée avec une loyauté et une dévotion pour lesquelles je ne les remercierai jamais assez, et ensemble nous sommes parvenues à ce que je retrouve, si ce n'est le bonheur complet, au moins un équilibre qui me permette d'apprécier les menus plaisirs du quotidien. C'est ainsi que je pus pleurer de joie lorsque Jason, qui avait été un véritable ami pendant la période difficile que je traversais, vint me demander la main de Marianne, avec laquelle il avait emménagé dans une petite maison un mois avant cela. Il avait voulu faire les choses dans les règles avant de lui poser la question et comme Marianne me considérait comme sa seule famille, il avait voulu me demander ma bénédiction. Je la lui avais accordée avec le plus vif enthousiasme ! Mais malgré sa volonté de faire les choses dans les règles, lui comme sa fiancée avaient le sang trop bouillonnant pour organiser les festivités sur toute une année. Ils convoquèrent alors la famille de Jason à Fort-Bénédicte au mois de décembre pour une fête surprise qui s'était avérée être leur cérémonie de mariage. Je me rappelle que sa mère s'était évanouie dans les bras de son mari, qui avait recouvré la santé, et qui jouissait pleinement du bonheur de son fils. J'en étais à mon septième mois de grossesse.

Marianne avait tenu à passer les fêtes avec Rose et moi pour respecter notre engagement réciproque à toujours fêter Noël ensemble. Jason en était tout content de toute façon parce qu'il adorait Rose et les gâteaux à la cannelle qu'elle faisait exprès pour lui et dont il emmenait toujours un *Tupperware* complet quand il revenait dans le nid d'amour qu'il avait réussi à créer pour ma meilleure amie. Jason se montrait très protecteur à mon égard et se mettait en colère dès que j'approchais de près ou de loin un outil servant à l'entretien de la maison de Nanette. Je l'aimais tendrement, parce qu'il avait su apprivoiser ma dragonne-Marianne, et qu'il la rendait heureuse à un point inimaginable. Elle avait changé, d'ailleurs et s'était assagie. Elle avait retrouvé un poste dans un autre établissement privé professionnel de la ville et exerçait ses talents de professeure de maths avec autant de rigueur et d'autoritarisme qu'autrefois ; nonobstant, elle arrivait à mieux canaliser son agressivité et que ce soit ses collègues ou son directeur, personne ne s'en plaignait. Bon, évidemment, les élèves détestaient sa tyrannie et lui avaient trouvé toutes sortes de surnoms comme « Barbie démoniaque », ou « Diable en jupons », ou « Duclair l'embrouille » (le nom de famille de Jason est Duclair) ; je l'avais appris par Solène qui avait pu avoir un poste dans le même établissement. Il n'empêche, mon amie était heureuse, et moi je l'étais sincèrement pour elle.

Le temps a ensuite continué à s'écouler. Et aujourd'hui…

La culpabilité laisse à nouveau la place à la paix. À huit mois et demi de grossesse, je peux voir la peau de mon ventre se soulever dès, et c'est fréquent, que le bébé se prend pour Lionel Messi[64] dans mon utérus. Cela m'amuse et m'aide à ne pas être triste. Il m'arrive encore de fondre en larmes à cause du manque de William. Après tout ce temps, la blessure est toujours si vive et elle refait surface à n'importe quel moment : devant mon armoire, dans la douche, au supermarché. Je parviens cependant à la canaliser et à la faire refluer pour ne pas qu'elle perturbe mon petit. Il est tout désormais. Je

---

[64] Joueur de football.

compte les journées qui me séparent de mon terme avec impatience. Nous sommes le 29 janvier et dans seize jours, le 14 février (jour de la Saint Valentin, mais j'évite d'y penser), je le découvrirai enfin.

Je fredonne une chanson en caressant mon bedon devenu énorme et qui me donne parfois l'impression qu'il faudrait me faire rouler pour que j'avance plus vite dans la rue. Je suis surprise de la force de l'attachement qui me lie à cet enfant que je ne connais pas encore, moi qui avais peur d'être mère. C'est comme si, de ce côté au moins, quelqu'un me susurrait que je n'avais aucune inquiétude à avoir et que tout se passerait bien. Alors je suis confiante.

- Tout se passera bien, mon chéri, tu verras.

Je relève la tête et contemple le ciel. Il est chargé de neige. Peut-être qu'enfin les gamins du quartier pourront faire des bonhommes de neige, vu comme décembre a été pluvieux. Il me revient que notre nouveau maire s'est inspiré des belles décorations de la mairie du Havre pour celles de Fort-Bénédicte. Je pourrais peut-être y faire un tour, avec un peu de chance, elles n'ont pas été désinstallées après Noël…

Je me lève et étire mes jambes gonflées. J'ai l'impression de peser une tonne. Les joies de la grossesse ! Je ricane bêtement quand l'image d'une baleine en pleine séance de stretching s'impose dans mon esprit. C'est l'effet que je me fais.

Je lève les bras pour refaire mon chignon quand deux choses se produisent : la première, c'est une douleur fulgurante dans le bas-ventre, la seconde, c'est une cascade pure et simple d'un liquide chaud qui dévale mon pantalon pour inonder mes chaussettes, mes chaussons et le sol où je suis.

Je me fige, comme si attacher mes cheveux allait déclencher une nouvelle inondation, puis mes neurones se remettent à fonctionner pour me faire comprendre ce qui est en train de m'arriver.

Effectivement, je comprends.

Et j'attrape mon téléphone.

*****

- Comment je peux avoir mal comme ça et n'en être encore qu'à six centimètres, bordel de merde ?!

Cela fait des heures et des heures que je patiente en salle d'accouchement, où l'on m'a installée, et cela faisait déjà des heures et des heures qu'on m'avait fait patienter dans une chambre d'attente, réduite à supporter à intervalles réguliers des monitorings et des examens dont j'ai perdu le compte. Comme la poche des eaux s'est rompue, je ne peux pas attendre chez moi que mon col se dilate tranquillement. Je dois donc supporter l'attente, épuisée à cause du stress et des contractions qui reviennent à la charge toutes les cinq minutes. Ma politesse légendaire s'est évaporée, comme mon amabilité.

Marianne, Rose et Jason sont venus avec moi, mais seule Marianne a été autorisée à m'accompagner plus loin que la salle d'accueil des familles. Elle porte une blouse et des protège-chaussures qui portent également sérieusement atteinte à son sex appeal. C'est une piètre consolation à ma situation, mais dans l'état de nerfs où je suis, je la savoure.

- Il paraît que pour les primoparturientes[65], c'est toujours plus long. Il te faut patienter dans le calme pour faciliter le processus. C'est écrit ici.

- *Il paraît que pour les primoparturientes, c'est toujours plus long. Il te faut patienter dans le calme pour faciliter le processus. C'est écrit ici.*

J'ai répété de manière railleuse et désagréable ce que vient de dire Marianne.

- Putain ! J'aimerais savoir si le type pédant qui a écrit ce bouquin à grand renfort de mots scientifiques a la moindre idée de ce que c'est que de devoir patienter avec l'impression qu'un alien est en train de vouloir déchirer tes entrailles avant de chercher à passer par un conduit bien trop petit pour lui ! Je lui souhaite la plus belle constipation de sa vie à ce connard ! On verra s'il va patienter dans le calme pour faciliter le processus !

---

[65] Femme qui accouche pour la première fois.

Marianne n'a aucunement l'air choqué par mon discours ou mon vocabulaire, elle se contente de poursuivre sa lecture et de tourner les pages du *Manuel d'un bon accouchement* qu'elle a acheté en prévision de ce jour. Personnellement, j'ai lu de nombreux livres sur la grossesse pour me rassurer au mieux et j'ai suivi les cours de préparation à l'accouchement qu'on dispense dans les hôpitaux. Il n'empêche, j'ai l'impression que tout ce que j'ai appris dans les livres est balayé par ce que je suis en train de vivre et subir.

- Ça fait quasiment une journée complète que je pourris ici ! Je suis crevée parce que les contractions m'empêchent de me reposer, j'ai l'impression que je pourrais tuer pour manger un steak mais on ne veut pas me donner à manger ! Tout ça encore, ce ne serait rien si j'avais droit à la péridurale ! Mais non ! Avec le bol que j'ai, j'aurai droit à une épisio [66] douloureuse et je ne pourrai plus aller faire pipi pendant des jours sans avoir l'impression qu'on a installé un bûcher entre mes jambes !

- Ton vagin s'en remettra, ne t'inquiète pas. Les femmes mettent des enfants au monde depuis des millénaires. Si c'était si horrible, toutes auraient porté des ceintures de chasteté et notre race se serait éteinte depuis belle lurette.

Je foudroie Marianne du regard. J'ai juste envie de l'envoyer au diable, elle et sa façon de me rassurer. Elle sourit.

- Il est écrit ici qu'à six centimètres, l'indice de douleur est loin d'être le plus élevé. Quant à ton vagin, il s'en remettra, effectivement, mais auparavant, il connaîtra l'apparence d'un chou-fleur.

Elle me montre le passage. Je lui arrache le livre des mains et le jette contre un mur où il s'écrase avant de tomber dans une grosse poubelle.

- Panier ! rigole Marianne.

---

[66] Épisiotomie : pendant l'accouchement, l'obstétricien ou la sage-femme fait une petite incision chirurgicale au niveau de la vulve sur la paroi vaginale et sur les muscles du périnée afin de permettre au bébé de sortir plus facilement.

Je recale une mèche de mes cheveux affreusement décoiffés derrière mon oreille et je ris aussi. Elle se moque de moi pour tempérer la situation, et ça marche.

Enfin…

- Raaaaahmmmmmmmmgnnnnnnnnnnnnnntaaaaahhh !

- Waw ! Adeline ! Ton ventre s'est tellement contracté qu'il n'était plus rond mais limite pyramidal ! Elle devait vraiment être douloureuse celle-là !

- Ferme-la et ramène-moi l'anesthésiste ! Je vais tuer cet enfoiré s'il ne me fait pas une piqûre tout de suite !

J'ai crié mon ordre dès que ma respiration m'est revenue suite à la douleur terrible que j'ai eu tant de mal à juguler et à empêcher de s'extérioriser en un long hurlement. Les jointures de mes doigts sont encore blanches de m'être cramponnée à mon matelas en attendant que ça passe.

Mon amie, nullement vexée par mes grossièretés, s'approche et tamponne mon front moite de sueur avec un gant humide. Son expression est redevenue sérieuse.

- Tu ne peux pas avoir de péridurale, comme ta mère avant toi. Et même si c'était le cas, il serait trop tard de toute façon maintenant. Tu vas devoir encaisser, ma chérie. C'est la seule solution.

Je l'observe droit dans les yeux. Il y a dans ses paroles un message implicite qu'il m'est impossible de ne pas capter : je vais avoir mal, à en devenir folle. Je vais souffrir à en hurler, au point de m'en casser la voix. Mais elle sera là.

Toujours.

Mes yeux se remplissent de larmes et je saisis sa main que je serre dans la mienne. Nous ne disons rien pendant une minute, les mots sont inutiles. Nous savons que nous serons toujours là l'une pour l'autre.

Et puis…

- Hmmmmmmmgnnnnnnhmmmmaaaaaaaaaaaahhhhhh !!!!

Je n'ai pas crié très fort.

Mais j'ai bien broyé sa main.

*****

- Putain ! Mais donnez-lui quelque chose ! C'est inhumain un truc pareil !

- Il n'y a pas plus humain qu'un accouchement. Votre amie est très courageuse, c'est bientôt terminé.

- Bientôt terminé ? Ça fait plus de 24 heures !

- C'est souvent plus long pour une primoparturiente et…

Marianne et l'aide-soignante revêche qu'on nous a assignée pour assister la sage-femme se retournent de concert vers moi et me regardent, un peu surprises et un peu effrayées. Jusqu'ici, je n'avais pas jugé utile de participer à la conversation autour de moi parce que j'étais trop occupée à mordre dans le drap du lit pour ne pas hurler à chaque contraction, désormais si intenses et si rapprochées que la vision d'un alien sur le point de faire exploser mon ventre ne m'avait jamais parue aussi réelle. Toutefois, il a suffi que j'entende le mot « primoparturiente » sur un ton arrogant pour que je me redresse en mode furie meurtrière, le drap toujours dans la bouche, débitant un chapelet de jurons infâmes que je m'étais toujours refusée à employer jusqu'à ce jour.

- Euh… je vais voir pour qu'on vérifie une nouvelle fois votre col.

Je me repositionne sur le côté, la bouche mâchouillant toujours le tissu rêche, les jambes écrasant le grand coussin en forme de boudin qu'on m'a donné pour me sentir plus à l'aise sur le côté.

- Tiens bon, Adeline chérie. Tu y es presque ! m'encourage Marianne comme l'aide-soignante part chercher sa collègue.

Deux minutes plus tard, la sage-femme m'annonce la sentence :

- Le col est presque entièrement dilaté. C'est imminent.

J'aurais bien soupiré de bonheur, mais une contraction atrocement douloureuse m'oblige à me mordre la lèvre, allant de fait à l'encontre de l'accord stipulé avec Marianne lors de notre arrivée ici.

Marianne est la femme la plus courageuse que je connais et si elle a des failles, elle sait les cacher. Sauf une : le sang.

- Adeline, tu… t'es mordue et tu… tu…

En tout cas le sien s'est retiré de son visage plus vite que la lumière.

- Vite ! Rattrapez-la ! je crie aux infirmières.

Trop tard, le temps qu'elles comprennent ce qui est en train de se passer, Marianne tourne de l'œil et s'écroule en arrière, faisant tomber tout ce qui avait eu le malheur d'avoir été à sa portée. Si je n'avais pas déjà si mal, je me serais cogné la tête contre les barreaux en fer de mon lit.

- *Je viens, mais arrange-toi pour que je ne voie pas de sang !* m'avait-elle dit quand, à l'accueil de la maternité, on m'avait demandé si je voulais que quelqu'un m'accompagne en salle d'accouchement.

- Est-ce qu'elle va bien ? demandé-je, comme les deux femmes vérifient l'état de mon amie.

La sage-femme retire sa main de sous la tête de celle-ci et répond :

- Elle a une petite entaille sur le crâne. (Je blêmis) Rien de méchant, il va falloir qu'un médecin regarde ça de plus près. Nous allons l'emmener ailleurs et nous reviendrons après.

Elles sortent dans le couloir et reviennent ensuite avec un infirmier qui a tout du Monsieur Muscle. Il a l'allure d'un viking dopé aux stéroïdes car ses biceps font la taille de mes cuisses et il mesure au moins deux mètres ; c'est un géant. Il saisit Marianne avec pourtant la plus grande délicatesse et l'emmène hors de la salle, suivi de la sage-femme et de l'aide-soignante.

Quand la porte se ferme, je sens un grand froid m'envahir. Marianne s'est blessée en tombant dans les pommes et je ne sais même pas ce qu'on va lui faire, je supporte une douleur terrible alors que je sais pertinemment qu'elle n'a pas encore atteint son paroxysme, et surtout, me voilà seule pour affronter le moment le plus terrifiant de toute ma vie, plus terrifiant encore qu'être face à Théodore Vincel menaçant de me tuer.

Toute seule…

La vague est si violente que dans un premier temps, le choc anesthésie la souffrance. Puis, passé quelques secondes, cette dernière prend le pas sur tout le reste et me torture infiniment plus que ce ventre qui n'a de cesse de vouloir se fendre en deux.

Je suis seule et terrorisée.

Je suis seule et désespérée.

William m'a abandonnée. Il m'a aimée, il m'a sauvée, il m'a émerveillée, puis il m'a quittée.

Je ne veux pas élever ce bébé toute seule. Je ne suis pas prête !

J'ai peur ! J'ai peur ! J'ai peur ! Oh ! Où es-tu alors que j'ai tant besoin de toi ?!

Les pensées les plus noires tournent en tourbillon dans mon esprit, si bien qu'elles viennent à bout de mes dernières barrières.

Et je pleure. Je pleure à sanglots, à torrents. Je pleure pour évacuer un peu ce qui est en train de me broyer le cœur, si cœur il existe encore. Je sais que ce n'est pas bon pour le bébé d'avoir ce genre de pensées au moment de lui faire découvrir notre monde. Qu'y verra-t-il d'ailleurs ? Une mère qui l'aimera, à l'évidence, je le savais jusque dans mes fibres, mais une mère écrasée par le chagrin dont les larmes seront son premier contact avec elle.

Cette idée me donne la nausée et je ne retiens plus mon désespoir. Il s'affiche haut et fort devant les infirmières qui reviennent et se figent en me voyant ainsi.

Elles s'approchent ensuite doucement, le regard chargé de compassion. Elles savent.

Elles savent que mes pleurs ne sont pas ceux de la douleur d'enfanter… qu'ils sont bien plus terribles et plus profonds, du genre de ceux qu'on ne souhaite avoir jamais à verser.

- Vous êtes très courageuse, mademoiselle Tremen. Vous avez fait les trois quarts du chemin. Je vais vous examiner.

La sage-femme s'attelle à la tâche pendant que l'aide-soignante me donne un mouchoir pour me moucher. Elle m'éponge ensuite le front et mes joues trempées de larmes.

- Judith, on va commencer.

L'aide-soignante regarde sa collègue qui a fini mon examen, puis moi. L'expression revêche qu'elle arborait jusqu'ici a totalement disparu, son ton est doux quand elle dit :

- Il va falloir que vous commenciez à pousser dès que vous sentez la contraction arriver. Il est l'heure de faire connaissance avec votre bébé.

J'écarquille les yeux, mon cœur s'emballe à cause de la panique. Ma respiration devient difficile et je tremble de partout.

- Non ! Je n'y arriverai pas, je n'ai pas la force, dis-je.

Et les larmes se déversent à nouveau sur mon visage.

Les deux femmes sont devant mes jambes écartées et elles se regardent.

- Vous voulez qu'on vous laisse un instant ? Le temps de vous reprendre ?

Je veux répondre que j'apprécierais, mais la contraction m'en empêche et je me retrouve à pousser malgré moi, tel qu'on me l'a appris aux cours d'accouchement.

- Oui, c'est bien, mademoiselle Tremen. Poussez ! Poussez plus fort ! Accompagnez bien la contraction. Tenez, tenez, te…

Je m'arrête. J'ai les oreilles qui bourdonnent, le sang qui pulsent à mes tempes, le cœur qui s'affole et mes jambes tremblent. J'essaie de reprendre mon souffle, persuadée d'avoir effectué une remontée après une plongée en apnée dans les abysses.

- C'est bien, mais il faut pousser plus longtemps. Le bébé n'a presque pas bougé.

Je regarde la sage-femme à travers mes cheveux trempés de sueur. L'impression d'avoir fait tous ces efforts pour rien est un nouveau coup de poignard qui déchire ma poitrine. Je ferme les yeux pour encaisser.

Déjà, je sens une nouvelle contraction approcher. Elle doit s'afficher sur l'appareil que suivent les infirmières.

- Allez, Adeline. Vous devez faire descendre ce bébé et pour ça, il faut pousser.

- Je n'y arrive pas !

- Vous pouvez y arriver !

- Non !

- Mademoiselle Tremen ! Vous avez porté cet enfant pendant neuf mois et vous êtes à quelques minutes de le rencontrer enfin. Il vous suffit de pousser et cette attente sera récompensée, m'encourage l'aide-soignante.

- Puisque je vous dis que je n'en ai pas la force ! Je ne peux pas y arriver ! m'écrié-je, ma voix se brisant sur les derniers mots.

Il se passe alors deux choses en même temps : la première, c'est que je sens une main à la peau très douce effleurer la mienne, puis s'en emparer pour entrecroiser mes doigts aux siens ; la seconde, c'est le cri de surprise que poussent ensemble les femmes qui tentaient de me redonner courage. J'entends également le bruit de tabourets à roulettes qui reculent vivement.

J'ouvre les yeux pour comprendre ce qui se passe.

Et me noie dans deux rivières d'or.

*****

Je crois rêver, mais la douleur qui prend naissance dans mes entrailles et augmente en intensité m'affirme que ce n'est pas le cas.

- Cette épée... Vous êtes le... Vous êtes le...

William ne tourne même pas la tête pour regarder Judith et sa collègue :

- Je suis le père de son enfant. Et vous, vous êtes tenues par le secret professionnel.

Un grand silence s'abat sur la salle d'accouchement. Je suis tellement sous le choc que pas un son ne sort de ma bouche et que je suis incapable de faire autre chose que de fixer l'hallucination qui se tient à côté de moi, et dont le contact de sa peau me paraît pourtant bien réel.

William, qui ne porte pas de costume, pose Vita derrière lui. Il émane d'elle une drôle de lueur dorée qui l'entoure comme une sorte d'aura. Se téléporter ici avec cette épée hautement reconnaissable, c'est afficher au grand jour sa véritable identité devant deux membres du personnel hospitalier à la mine totalement médusée.

La sage-femme est la première à se reprendre :

- Vous avez un jour sauvé mon fils d'une agression par une bande de voyous. Je garderai votre secret.

- Grâce à vous, le policier qui rackettait les gens de mon immeuble est en prison. Vous avez ma parole d'honneur que je ne révélerai rien à personne.

Je leur jette un coup d'œil. Elles se sont redressées, et paraissent absolument sincères et déterminées. Leur cas est réglé semble-t-il.

Reste le plus compliqué.

Je m'apprête à dire à William d'aller se faire foutre car malgré toute ma souffrance d'avoir été séparée de lui, il ne lui suffit pas de se pointer comme une fleur après huit mois d'absence pour espérer que je l'accueille avec le sourire.

Au lieu de ça, ma tête bascule en arrière et je roule des yeux effrayés tandis que la sensation qu'on me déchire de l'intérieur croît jusqu'à devenir insupportable.

- Poussez, mademoiselle Tremen ! s'écrie la sage-femme en tentant de couvrir le hurlement viscéral qui s'est frayé un chemin hors de ma gorge, comme Judith et elles se précipitent pour continuer mon accouchement.

La douleur est trop abominable pour que je pense à faire autre chose qu'à hurler. Je n'arriverai décidément à rien, pousser est absolument inenvisageable.

- Adeline. Je suis là, avec toi. Il faut que tu pousses.

Sa voix attire mon attention. C'est comme si je découvrais qu'il était effectivement présent avec moi, dans cette pièce, et je peux noter le moindre aspect de ses traits tendus par l'inquiétude et autre chose de plus sombre encore, qui résonne en moi pour le fait d'en connaître les mêmes tourments. Il porte un pull cintré en col roulé noir ainsi qu'un jean et des chaussures de ville. Il sent bon.

J'avais presque oublié à quel point il sentait bon.

Des sanglots me secouent à nouveau et la douleur se multiplie. C'est intolérable, je ne peux plus, je ne peux plus, je...

Ses lèvres s'abattent sur les miennes en un baiser qui me transporte au-delà de tout, même de la souffrance. Mais quand il s'écarte, trop rapidement, cette dernière revient à la charge, terrible, implacable.

- Tu peux y arriver, Adeline. Je vais t'aider.

Je ne comprends pas jusqu'à ce qu'il s'empare de Vita. L'épée fait alors quelque chose d'extraordinaire : elle nous enveloppe tous les trois dans son étrange aura dorée. Je n'ai pas le temps de m'appesantir sur le reflux de la souffrance ou sur le hoquet d'admiration des infirmières qu'il me serre la main à me la broyer :

- Maintenant, Adeline !

Je ne réfléchis pas et je pousse de toutes mes forces, visualisant le chemin que mon enfant doit parcourir pour me rejoindre et l'exhortant mentalement à m'aider à le retrouver.

J'aspire une grande goulée d'air en me ré-adossant à mon lit. Des petites lumières dansent devant mes yeux mais je ne m'en préoccupe pas car :

- Bravo, mademoiselle Tremen ! Encore deux poussées comme celle-là et je verrai sa tête !

Mon cœur cogne contre mes côtes. L'effort est colossal et je dois le répéter encore plusieurs fois. Mais j'en suis capable. Je fixe William qui tient toujours Vita. L'aura est encore là.

- Est-ce qu'elle a atténué la douleur ? demandé-je, toujours abasourdie par ce prodige.

- Non. Elle t'a simplement redonné la force de l'endurer jusqu'à la délivrance.

- Spiritus vitae…

Nos regards s'accrochent. Il y a tant à dire ! Tant à…

Cette fois c'est moi qui broie sa main. Il n'en a cure et se penche à mon oreille pour me souffler des encouragements. Cela fonctionne. À deux reprises.

- Je vois sa tête !

William cille pour la première fois et son visage devient livide. C'est là que je comprends à quel point c'est une épreuve pour lui aussi. Et pourtant il n'en montre rien.

Il y a de nombreux sujets dont il faut qu'on parle, rien n'est réglé entre nous, et cependant, en cet instant, je ne veux qu'une seule et unique chose : qu'il voie son bébé.

Je prends l'initiative de la poussée et suis ensuite les instructions pour le passage de la tête. J'ai mal, mais par un miracle que je mets sur le compte de Vita, je suis capable de mettre la douleur de côté pour aller jusqu'au bout.

Je pousse un dernier cri, puis tout est fini. Plus aucune douleur, plus aucune contraction, plus de bruit dans la pièce. Le temps suspend son vol et mes ongles s'enfoncent dans la peau de William, qui me soumet au même traitement sans s'en rendre compte.

Un petit cri déchire le temps et l'espace et au même moment, je tends les bras pour réceptionner le minuscule être humain qui vient de sortir de mon corps. On nous recouvre d'un drap pour favoriser le peau contre peau sans perte de chaleur et je ne peux détacher mes yeux de cette merveille toute rose qui s'agite déjà dans tous les sens, comme à l'échographie.

- Qu'est-ce… Adeline… Qu'est-ce que c'est ?

Ma bulle exclusive éclate et je me rappelle que je n'étais plus seule dans cette pièce à attendre cet enfant. William se contient de plus en difficilement, ce qui explique sa difficulté à articuler. Quant à sa question…

Bon sang ! J'étais tellement sidérée et éblouie que je n'avais même pas pensé à regarder le sexe du bébé. Je m'empresse de soulever le drap et souris, alors qu'une bouffée d'amour s'épanouit dans mon corps.

- C'est Camille. Ta fille.

C'en est trop pour William. Il pleure et se penche vers elle pour lui déposer un tendre baiser sur le front. Il fond ensuite sur ma bouche pour m'embrasser avec une ferveur indescriptible. Son baiser a le goût de ses larmes et je n'ai pas le cœur de le repousser. Il est heureux d'être père et me le montre, mais ce n'est pas pour autant que nous voilà devenus une famille. J'éloigne cette pensée et me concentre sur l'instant présent.

Je place la petite fille sur mon sein pour lui donner le colostrum ou premier lait, celui qui la protégera de nombreux microbes avant la sortie de la maternité. Je ne prévois pas de l'allaiter, j'ai fait le choix du biberon, cependant, je veux qu'elle ait toutes ses chances dès le départ. Je contemple béatement mon bébé qui, après quelques essais infructueux, trouve de lui-même la technique pour aspirer le précieux liquide. C'est une sensation un peu désagréable, mais je m'en fiche. C'est ce genre de moments de félicité qu'il faut savoir savourer en silence le temps qu'ils durent.

Le temps qu'une sage-femme tape dans ses mains par exemple.

- On va procéder aux soins. Monsieur le Justicier, vous…

- Fersen.

- Pardon ?

- Mon nom est Fersen. William Fersen.

Je n'ai pas besoin de le voir pour être sûre du sourire espiègle que William affiche en cet instant. Le ton de sa voix l'a trahi. Ça doit lui faire du bien de pouvoir révéler à des inconnus qui il est en réalité.

- Euh… Monsieur le J… Fersen, Oh ! Le journaliste ! Je… Vous… Bref ! Hum… Vous devriez prendre votre fille contre vous pendant que nous nous occupons de… hum… votre compagne.

La gêne de la sage-femme est compréhensible. Pour un revirement de situation, c'est un revirement de situation. Moi qui étais arrivée en future mère célibataire désespérée, j'avais fini par être assistée par mon compagnon Justicier avec lequel rien n'était décidé.

William se tourne vers moi, l'air incertain. Il a, à l'évidence, suivi le même raisonnement.

- Tu veux bien ?

Comment aurais-je pu le lui refuser ?

Je hoche la tête, il s'approche. Avec mille précautions, qui m'arrachent d'ailleurs un sourire tant il met du temps à procéder, il la prend dans ses bras et s'installe avec elle en peau contre peau sur un fauteuil. À partir de là, je comprends qu'une bulle exclusive s'est formée autour de lui pour n'y laisser la place qu'à ce père et cette enfant qu'il chérit déjà visiblement comme la prunelle de ses yeux.

Une certaine mélancolie s'empare de moi à les observer ainsi. J'avais tant rêvé de cet instant ! Seulement, dans mes songes, William n'était jamais parti sans laisser de nouvelles pendant des mois.

J'aurais pu m'engluer dans cette mélancolie si la douleur ne m'avait pas fait sursauter en poussant un cri étranglé.

- Désolée, mademoiselle Tremen, mais il faut recoudre. Et sans la péridurale…

Je m'écroule sur mon matelas et jette un œil sur Vita. Elle a repris un aspect opaque, signe qu'elle n'interagit plus avec nous. Dépitée, j'attrape mon drap de lit et fais comme tant d'autres avant moi qui ont également dues être recousues dans leur intimité : je mords et je hurle.

*****

Tous les tests du nouveau-né ont été pratiqués sur Camille. Quant à moi, j'ai bien peur de ne plus jamais oser aller aux toilettes, j'en ai eu confirmation lorsqu'on m'a installée dans un fauteuil roulant pour m'emmener à ma chambre. Heureusement, j'ai mon bébé dans les bras, cela me permet d'occulter un peu la douleur de mon bas-ventre.

- Monsieur, voulez-vous emmener votre… mademoiselle Tremen ?

Je me tourne vers William. Il a assisté à mon accouchement, mais jusqu'à il y a quelques heures, nous avions officiellement rompu. Il peut tout aussi bien choisir de repartir à l'instant, quitte à revenir plus tard, pour voir son bébé uniquement.

La voix de William est tranchante quand il répond :

- Je ne les quitte pas.

Il a insisté sur le « les ». Cela veut dire qu'il m'inclut dans son idée. J'évite son regard, je suis trop émotionnellement chamboulée pour réfléchir plus avant à tout cela. Et j'ai faim.

Horriblement faim.

Mon estomac ne fait que gronder dans l'ascenseur où le silence règne entre nous. Les infirmières ont proposé de prévenir Rose, Jason et Marianne que je rejoignais ma chambre avec ma petite fille en bonne santé. Elle pèse 3.2 kg et mesure 52 centimètres, elle est robuste et tonique. Quoique là, elle est juste… endormie.

Je l'observe, elle est si petite entre mes bras. Je replace correctement sur sa tête le bonnet en laine blanche tricoté par Rose et je décide de prendre la parole :

- Ils vont tous monter d'un instant à l'autre. Tu sais que tu vas devoir t'expliquer.

Je l'entends soupirer derrière moi. Les portes de l'ascenseur s'ouvrent et nous sommes accueillis par une sage-femme, la cinquantaine épanouie, le sourire sincère de quelqu'un qui a conscience de faire le plus beau métier du monde.

- Mademoiselle Tremen, on vous a installée chambre 47. (Mon estomac grogne comme un lion enragé) On va également vous apporter quelque chose à manger. Suivez-moi.

Elle nous conduit jusqu'à destination et me prend Camille pour la mettre dans un de ces berceaux transparents de maternité, emmitouflée dans la turbulette et la couverture que William a trouvées dans le sac que Marianne avait emmené. La petite ne bronche pas, ses deux petits poings encadrent sa tête tournée vers la fenêtre. Elle est adorable.

- Je vais faire le nécessaire pour qu'on vous apporte à manger. Je reviens ensuite.

William m'aide à m'installer sur le lit d'hôpital. Il est environ 17 heures, je sais que je ne dormirai pas avant d'avoir mangé, cependant, je ne suis pas contre une couverture sur mes jambes.

Il achève de me border lorsque la porte de ma chambre s'ouvre et que trois personnes perdent subitement l'expression de félicité qu'elles arboraient en y pénétrant. Tout le monde s'est figé en voyant l'intrus, quitte à en oublier le nourrisson qui dort à mes côtés. Mon instinct de mère prend le dessus :

- Si vous voulez vous disputer, faites-le hors de cette pièce. Il est hors de question que vous réveilliez Camille.

Rose, qui n'avait jusqu'ici d'yeux que pour son fils, se tourne vers le berceau. Son expression passe alors du choc à la tendresse, puis à la tristesse quand elle regarde à nouveau William. Elle est la première à sortir.

Marianne, apparemment remise de sa chute de tout à l'heure, la suit dans la foulée, non sans avoir envoyé un regard meurtrier à l'ennemi devant elle, signifiant sans équivoque que la confrontation dans le couloir sera terrible. Seul Jason reste.

- Je ne m'en mêlerai pas, dit-il à William. Tu es venu, c'est le principal pour moi. Sache seulement que si tu disparais encore, je te retrouverai où que tu sois, et je te ferai la peau.

Jason a toujours été un adepte de la non-violence, c'est pourquoi j'écarquille les yeux de stupeur à sa menace : il est on-ne-peut-plus sérieux.

- Je n'ai pas l'intention de partir.

Jason hoche la tête, William sort de la pièce. Je le suis du regard.

- Tu l'aimes encore énormément.

Ce n'est ni une question, ni un reproche. Jason s'est assis sur le lit, près de mes pieds.

- Oui.

- Tu espères recoller les morceaux ?

- Je n'en sais rien, il m'a fait tellement de mal... (Je soupire) Il est apparu comme ça, pendant que j'essayais de pousser, en se fichant comme d'une guigne que les infirmières le voient avec son épée.

Jason aussi est au courant de la double identité de William Fersen. Je n'ai jamais regretté d'avoir été honnête avec lui, il a toujours été de bon conseil, et d'une discrétion hors pair.

- C'est un gros risque, dit-il, surpris.

- Elles ont juré de garder le secret.

- Où est l'épée ?

Je lui indique les manteaux du menton. Celui de William est très long.

- Il l'a caché dedans quand on est remontés ici.

Mon ami ne peut résister à la tentation et jette un coup d'œil à l'arme mythique.

- La sœur d'Excalibur, hein ? C'est vraiment un truc de dingue.

Je hausse les épaules. Ma merveille à moi fait des petites grimaces dans son sommeil, elle doit avoir mal au ventre. Je pose ma main sur elle, et elle cesse de s'agiter.

- Elle est vraiment mignonne. Elle a ton nez.

Je m'approche du berceau, curieuse de vérifier l'assertion. Effectivement, Camille ne pourra pas me renier à ce niveau. Je souris.

- Tu feras une très bonne mère.

Je souris davantage, sans cesser de contempler l'enfant.

- Elle aura besoin de toi... et de son père.

Je me crispe.

- Tu l'as entendu, il a dit qu'il n'a pas l'intention de partir.

- Tu sais bien ce que je veux dire.

- Je pense que Marianne serait loin d'être d'accord avec toi.

- Marianne est impulsive et je l'aime pour cela. Malgré tout, elle se trompe sur une chose.

- Laquelle ?

Il se penche vers moi et me caresse doucement la joue.

- On ne peut pas oublier un amour comme celui-là.

Je me tourne vers la fenêtre. Vue sur le parking… pas de chance.

- Elle ne te pardonnerait jamais d'être parti ainsi, sans lui laisser de nouvelles, rétorqué-je.

- C'est vrai. Mais elle n'est pas toi. Et je ne serais pas parti pour la protéger de ma vie de Justicier.

Un frisson me traverse. Je n'ose pas regarder Jason.

- Je ne peux pas lui pardonner comme ça, même si je ne peux pas m'empêcher de l'aimer.

- Je ne te demande pas de lui pardonner. Juste de l'écouter.

Ce qu'il dit me pousse à l'affronter.

- Pourquoi le défends-tu ? Tu viens de le menacer de le tuer.

Son regard se fait triste.

- Contrairement à mon père, le sien (il pointe Camille du menton) est revenu pour assister à sa naissance. Et revendique son droit d'être présent pour son enfant.

Je fronce les sourcils.

- Mais… je ne comprends pas. Ton père était là à ton mariage.

- Albert est mon beau-père.

La révélation me scie les jambes.

- Marianne…

- Ne t'en a pas parlé parce que je le lui ai interdit, me coupe-t-il. C'est pour ça qu'on s'est fâchés quand tu nous as avoué la vérité à propos du Justicier. Marianne t'en aurait voulu pendant encore longtemps si je ne lui avais pas rappelé que nous avions nous aussi un secret.

Je sais que je ne peux pas éprouver du ressentiment contre lui, mais quelque part, je me sens trahie.

- Pourquoi ?

- Ça n'a rien à voir avec la confiance ou l'amitié. Je veux que dans l'esprit des gens Albert soit vu comme mon père, comme *moi* je le vois. Ma mère et lui se sont rencontrés alors qu'elle était enceinte et totalement seule. Ils sont tombés amoureux et le jour de la naissance, c'est lui qui l'encourageait à pousser, et non mon géniteur. Il m'a aimé comme son fils et n'a jamais fait de différence avec les autres enfants qu'il a eus ensuite avec celle qu'il avait épousée. Je l'ai toujours appelé « Papa » et ça ne changera jamais. Malgré tout, il y a des moments où je me demande ce que maman ou moi avons bien pu faire de mal pour que mon vrai père nous abandonne ainsi sans un mot.

Touchée par son histoire, je réponds :

- Vous n'avez rien fait de mal, c'est lui qui est en tort.

Le sourire de Jason est empli de résignation.

- Je le sais. Mais parfois je l'oublie et je me le demande encore. C'est pour ça que je ne souhaite pas à ta fille d'avoir un jour à se poser cette question.

- D'où ta menace de tout à l'heure.

Il acquiesce.

- Ma mère n'a pas cessé d'aimer l'homme qui l'a fait si cruellement souffrir, et ce malgré l'amour qu'elle voue à Albert également. Je te l'ai dit, on n'oublie jamais un amour comme celui-là. Et je n'ai jamais vu deux personnes s'aimer autant que toi et William, c'en est à la limite du surnaturel.

Il se tait et je médite ses paroles.

J'aime William de tout mon cœur, voilà un fait avéré. Il m'a fait souffrir atrocement par son abandon, voilà un autre fait avéré. Il est revenu, mais puis-je faire comme s'il ne s'était rien passé ? Et puis… il n'a jamais évoqué les modalités de son retour en ce qui nous concerne. Son baiser dans la salle d'accouchement était-il celui d'un homme éperdument amoureux ou simplement éperdument reconnaissant d'être père ?

Je ne sais pas quoi faire.

C'est là qu'il rentre.

Je n'ai pas vraiment le temps de réagir à la marque très visible de doigts sur sa joue, indice très clair que Marianne a été franche avec lui, car il dépose un baiser rapide sur le front de sa fille avant d'en faire de même avec moi.

- Je pars.

Mon cœur tressaute dans ma poitrine et ma main s'agrippe d'elle-même au bras de William que je serre. *Très* fort.

Son regard sur moi devient douloureux :

- Je vais revenir un peu plus tard, quand tu seras seule. Nous pourrons parler. (Je serre davantage) *Je te le promets*, Adeline, je vais revenir tout à l'heure.

Il a l'air sincère… et profondément ébranlé. Je ne sais pas quelle expression je dois afficher, mais je n'en ai cure. Je le crois quand il dit qu'il reviendra.

William profite que je l'ai lâché pour récupérer son manteau et son épée cachée à l'intérieur.

- N'oublie pas ta promesse, Justicier, l'avertit Jason d'une voix glaciale.

L'intéressé ne réagit pas et se dirige vers la sortie. La porte claque, et j'ai la sensation qu'il a emporté avec lui tout l'air de la pièce.

*****

Il est plus de 21 heures et il n'est pas là. Les horaires de visite sont depuis longtemps terminés, mais Vita permet de les contourner aisément. Je ne comprends pas qu'il ne soit pas là, je sens la panique me gagner.

Et s'il ne respectait pas sa promesse ?

Camille s'agite dans son berceau, je vais la voir. J'ai changé sa couche et lui ai donné à manger, je ne me débrouille pas si mal pour une novice, même si mes gestes sont assez maladroits. On m'a dit d'attendre un peu pour lui donner son premier bain, il faut qu'elle reste bien au chaud pour l'instant. Je caresse sa joue et elle s'apaise, comme si elle savait que c'était moi qui la rassurais dans son sommeil.

Je soupire et m'assois sur mon lit, vaguement dérangée par le tic tac de l'horloge murale qui égrène ces minutes interminables. Je repense à cette fin d'après-midi, après que William m'a laissée avec mes visiteurs.

Ce fut on ne peut plus explosif, il fallait s'en douter.

Marianne, entre deux soupirs d'extase devant Camille, n'arrêtait pas de fulminer en faisant les cent pas, modulant seulement son vocabulaire contre son ennemi pour ménager la mère de celui-ci, accessoirement extraordinairement calme tout le temps où elle resta avec nous.

- Comment a-t-il osé se ramener ici après huit mois de silence radio ?! Il croit qu'on peut tout effacer comme ça, par magie, et oublier qu'il est parti ?!

- Il n'a rien demandé de tel.

Je m'étais sentie obligée de le défendre. Mal m'en avait pris.

- Et *toi*, comment peux-tu le soutenir après tout ce qu'il t'a fait endurer ?!

- Je ne le soutiens pas. Je remets simplement les choses à leur place.

- Il t'a abandonnée alors que tu étais enceinte ! Voilà comment elles sont à leur place, les choses !

- Marianne !

Jason l'avait foudroyée du regard. L'effet était saisissant, mais insuffisant pour calmer ma meilleure amie.

- Quoi ?! C'est la vérité ! Vous l'avez oublié ?!

- Déjà, il ne savait pas qu'elle était enceinte ! avait-il rétorqué.

- Il l'aurait su s'il avait passé ne serait-ce qu'un coup de fil en huit mois !

- Marianne, tais-toi ou je…

- Marianne a raison, Jason.

Nous nous étions tous tus car c'était Rose qui avait pris la parole. Elle poursuivit :

- Mon fils a fait un choix, et je considère comme vous qu'il était mauvais. Il a abandonné les personnes qu'il chérissait pour les protéger, sans se préoccuper du mal qu'il allait causer. Il n'a ensuite jamais eu le courage de prendre de nos nouvelles à chacune. Je lui en veux, moi aussi, pour la souffrance que j'ai endurée, et celle, incontestablement plus terrible encore, que j'ai vu Adeline supporter.

Nous étions tous stupéfaits d'assister à l'énumération des griefs que cette mère aimante avait contre son super-héros de fils. Même Marianne avait l'air gêné.

- Il n'empêche, avait continué Rose, il est revenu et semble-t-il, a l'intention de rester. Il appartient désormais à chacun de faire le choix de lui pardonner ou pas. Et chacun devra respecter le choix des autres. Alors, Marianne, croyez bien que je ne vous blâmerai pas si vous décidez de haïr mon fils jusqu'à la fin de ses jours, cependant, si Adeline ou Jason ne vont pas dans votre sens, vous devrez vous plier à leur opinion.

J'avais noté qu'elle ne s'était pas incluse dans l'idée d'absoudre William de ses péchés. Rose était calme au dehors, mais je me doutais bien qu'en dedans, l'affaire devait être plus délicate.

C'est peut-être pour cette raison que Marianne avait plié.

- Très bien. Cela me paraît raisonnable. Pour ma part, ce n'est pas demain la veille que j'accepterai d'être dans la même pièce que William Fersen !

Jason avait levé les yeux au ciel, mais s'était gardé d'émettre tout commentaire. Après tout, il était rare que Marianne se range du côté de la raison.

Quant à ce que moi j'allais faire…

Tout dépendrait de ce qu'il allait me dire ce soir.

*****

Je zappe depuis une heure les chaînes de télévision. Il y a bien des émissions intéressantes malgré l'heure tardive (22h30), mais mon cerveau refuse de se focaliser sur ce qu'on y dit. Du coup, je désespère en appuyant toutes les secondes sur ma télécommande.

Je finis par me lasser et éteins le poste quand l'apparition d'une silhouette sombre du côté du fauteuil me fait sursauter.

William pose Vita contre le mur. J'allume ma lampe de chevet.

- D'où viens-tu ?

Mon ton est un peu sec, effet causé par le stress de l'attente.

- De chez ma mère.

- Oh.

Je n'ai pas besoin de poser plus de questions ; à voir sa tête, la confrontation n'a pas dû être facile. Et elle ne me regarde en rien.

William s'approche du berceau et caresse la joue de Camille. Son expression lugubre s'efface, ses yeux s'éclairent, et un sourire se dessine lentement sur ses traits. Il est conquis.

- Elle a ton nez.

Son timbre de voix est un peu plus rauque que la normale, j'en déduis que l'émotion lui noue la gorge, et que je ne suis pas la seule à être stressée. Il prend la petite main de sa fille dans la sienne et semble s'émerveiller de la différence de taille. Personne ne parle, et le silence fait grimper ma nervosité à des sommets. Je décide d'aller au cœur du sujet.

- Comment as-tu su ?

Ses pupilles d'or se braquent sur les miennes, il lâche la main de Camille et vient s'asseoir près de moi.

- J'ai parlé à Florent Vincel.

Je me raidis.

- Quand ?

- Il y a une semaine.

Je lâche un soupir de soulagement. Je ne sais pas ce que j'aurais fait s'il m'avait dit qu'il connaissait ma situation et avait malgré tout décidé de me laisser seule.

- Il était entendu par le commissaire Jovert à Rouen. Je me suis arrangé pour être présent lors de l'audition. Alors qu'ils allaient l'emmener dans un fourgon, il m'a discrètement demandé si toi et le bébé vous alliez bien. Je n'ai rien répondu… le choc…. J'ai voulu me convaincre qu'il avait appris notre rupture et qu'il ne cherchait qu'à remuer le couteau dans la plaie par ses mensonges, mais ça ne collait pas. Vincel a toujours été sincère quand il s'agissait de toi. J'ai donc réglé les dernières formalités qui me liaient à Jovert, puis je me suis résolu à faire une chose que je m'étais juré ne jamais faire après avoir quitté Fort-Bénédicte.

- Laquelle ?

- Regarder en arrière.

Un étrange silence s'abat entre nous. J'ai du mal à encaisser le fait que, si je n'avais pas été enceinte, il ne serait jamais revenu. C'est lui qui est à l'initiative de la reprise de la discussion.

- Je me suis téléporté sur le toit de la maison d'en face de chez toi et j'ai attendu de te voir. Il était dix-huit heures environ. J'ai vu la voiture de Marianne s'arrêter devant ta grille et Jason et elle t'ont aidée à en descendre. (J'essaie de me remémorer cette scène en même temps qu'il parle) Tu étais de profil et tu portais un long manteau, je ne voyais pas bien. Et puis, ils sont remontés en voiture après t'avoir dit au revoir, et c'est là que j'ai compris. Quand ils se sont éloignés, tu leur as fait un signe de la main et un pan de ton manteau s'est écarté, ne laissant aucun doute sur ton état et sur le fait que j'en étais responsable.

Je me souviens enfin du soir dont il parle. Je revenais d'une visite de suivi prénatal à la maternité et j'avais même plaisanté avec la sage-femme sur mon nouveau statut de femme-bouée. Cependant, ce souvenir passe au second plan quand je percute la signification de la fin de sa phrase.

VLAM !

La joue de William s'orne pour la deuxième fois de la journée de l'empreinte d'une main. Je n'y suis pas allée avec le dos de la cuillère.

- Tu as cru que je pouvais être enceinte d'un autre ? m'écrié-je, furibonde. Je ne suis pas aussi douée que toi pour faire une croix sur les gens que j'aime !

William ferme les yeux une seconde, puis :

- Pourquoi ne m'as-tu rien dit ?

J'ai envie de le gifler encore, et bien plus fort, mais devant les larmes qui perlent à ses yeux, je me déballonne. Je lui réponds néanmoins sur un ton glacial :

- Tu ne m'en as pas laissé l'occasion. Le temps que je me remette de mes émotions après tout ce qui s'était passé, tu m'avais rayé de ta vie !

- Je sais que je suis parti brutalement, mais… j'ai appris que j'allais être père par *Florent Vincel* ! Comment pouvait-il être au courant alors que moi…

Je me redresse et le toise impitoyablement.

- Il l'a su dans cette pièce où il devait me *violer* ! (J'insiste volontairement sur le dernier mot ; bingo, il tressaille) Je venais juste de jeter les tests de grossesse dans ma poubelle quand j'ai été enlevée, et je l'ai supplié de ne pas abuser de moi, au risque que je perde l'enfant ! C'est là qu'il m'a dit de faire semblant d'être droguée et consentante ! *Il me sauvait*, alors que *toi, tu es parti* !

C'en est trop. Ma colère n'est pas aussi forte que la souffrance qui me perce le cœur à évoquer ces souvenirs si douloureux. Je lui assène un nombre incalculable de coups de poings contre la poitrine en sanglotant :

- Tu es parti ! Tu m'as abandonnée ! J'étais seule et désespérée ! J'ai cru que je n'allais jamais surmonter la dépression pour le bébé ! Et au moment où j'ai l'impression que je suis de nouveau sur de bons rails, tu reviens pour tout casser.

William reste imperturbable pendant que je le laboure de coups de poings. Il se laisse ainsi frapper jusqu'à ce que mes forces m'abandonnent et que je m'effondre sur lui en pleurant toujours. Là, il m'enlace et m'embrasse doucement le sommet du crâne en me berçant.

J'ai vidé mon sac. Dieu ce que j'en avais eu besoin ! J'ai certainement autant rêvé que William ne m'ait jamais abandonnée qu'il me revienne afin que je puisse lui dire ses quatre vérités, et voilà, mon souhait s'est exaucé. Je ne m'en sens pas mieux pour autant, comme si ce qui avait été brisé à son départ ne pouvait être réparé.

Je le repousse doucement, mais fermement.

- Que veux-tu ?

Ma voix est encore chevrotante, néanmoins, je le fixe avec détermination. C'est à son tour d'hésiter.

- Je veux… J'aimerais… faire partie de sa vie.

- Je croyais que tu ne pouvais pas avoir d'attaches…

William ignore mon ton agressif et répond simplement :

- Je me suis trompé.

La tête me tourne et je vacille. J'aurais basculé à terre si deux bras fermes ne m'avaient pas maintenue.

Je répète, amère :

- Tu t'es… trompé.

Je retrouve mon équilibre et me dégage violemment de sa poigne pour lui asséner au visage :

- Et c'est maintenant que tu t'en rends compte ?! Alors que j'ai tant souffert à cause de toi ? Alors que tu as piétiné tous les efforts que j'ai faits pour être avec toi ?! Alors qu'il n'y a plus aucun espoir pour toi et moi ?!

Son expression s'est assombrie pendant mon discours, jusqu'à devenir lugubre. Je n'avais pas prévu d'aller si loin dans mes récriminations, mais il m'a fait sortir de mes gonds. Je vois ses yeux briller plus que la normale alors qu'un rayon de lune nous touche tous les deux et nous éclaire doucement.

Une larme roule sur sa joue lorsqu'il dit d'une voix rauque :

- Je n'ai aucun espoir que tu me pardonnes, mais entends ce que j'ai à te dire. Notre séparation m'a amené au bord du gouffre, moi aussi, mais j'étais sûr d'avoir fait le bon choix… jusqu'à ce que je te voie, si belle, portant notre enfant. J'ai cru que mon cœur allait éclater sous le coup de l'émotion, et j'ai compris… J'ai compris que j'avais commis la plus grosse erreur de ma vie. Je pensais que je ne pouvais pas aller contre ma nature, et qu'en reniant ma vocation de Justicier, je finirais par gâcher notre relation.

- Je ne t'ai jamais demandé une telle chose ! m'emporté-je.

Camille émet un petit couinement, je dois veiller à ne pas monter le volume sonore au risque de la réveiller, voire d'attirer l'attention des infirmières du service.

- Je sais, poursuit William. Mais ce qui s'est passé avec les Vincel… Ce qu'ils t'ont fait, et… failli te faire…

Il ferme les yeux et fronce très fort les sourcils, comme pour évacuer un souvenir extrêmement douloureux.

- Je ne l'ai pas supporté. Au début, j'étais stupéfait de voir comme nous nous accordions bien tous les deux, avec ma double vie. Et puis, tout a tourné à la catastrophe. Je me suis dit que c'était finalement impossible pour nous d'être ensemble sans qu'il t'arrive malheur à cause de moi. Je voulais te protéger. Je croyais…

Je l'interromps, sarcastique :

- Quoi ? Que croyais-tu ? Que j'allais accepter et refaire ma vie avec le sourire ?

Il secoue la tête.

- Même si ça m'aurait arraché les tripes de l'apprendre, j'aurais préféré. Oui.

Le silence s'étire entre nous, je ne sais pas quoi répondre à ça. Ou peut-être que si :

- Sale con.

William accuse le coup sans broncher, seules ses épaules qui s'affaissent trahissent son abattement.

- Je sais que je mérite bien pire.

- Laisse-moi le temps de trouver l'inspiration.

Il prend une grande bouffée d'air puis me fixe à nouveau.

- Je sais que j'ai tout gâché entre nous et te dire que pendant ces huit mois, il n'y a pas un jour où je n'ai cessé de penser à toi, qu'il n'y a pas un jour où je n'ai cessé de t'aimer de toute mon âme, ne fera pas pencher la balance en ma faveur. J'en ai conscience. Je veux juste que tu saches que je veux être là pour vous deux. Pour toi en tant que... ce que tu voudras, pour elle en tant que père aimant et présent. Je vais reprendre mon travail au *Fort-Béné*, c'est vu avec Henri, et j'habiterai pas loin d'ici. Il y a une petite maison à louer quelques rues derrière. Je veux voir grandir Camille.

- Et ta nature dans tout ça ? rappelé-je, cassante.

- J'assumerai les deux rôles. Mais pas à Fort-Bénédicte.

- Je ne comprends pas.

- Je suis intervenu dans cette ville parce qu'elle était au bord du gouffre, corrompue jusqu'à l'os par une bande de criminels agissant en toute impunité. Aujourd'hui, le Comité est tombé et Fort-Bénédicte se relève de ses cendres. Je suis libre d'intervenir où je veux en France ou dans le monde, en tout cas loin de vous. Il me suffira de me téléporter. En agissant ainsi, il y aura moins de risques de représailles à votre encontre. Ma décision est prise et je m'y tiendrai. Tout ce que je te demande, c'est de ne pas m'exclure totalement de ta vie.

Je ne sais pas quoi dire. S'il avait eu cette idée de génie avant, peut-être que nous aurions pu continuer à vivre heureux. Mais il est trop tard, et je réalise que, malgré mon amour pour lui, je n'ai plus confiance. Il reste qu'il est le père de ma fille, et que je ne peux décemment pas la priver de lui.

Je laisse volontairement le silence s'étirer entre nous. Puis, sur un ton neutre, qui, je le sais, le blessera, je dis :

- Camille a besoin de son père. Tu pourras venir à la maison la voir et tu auras ton mot à dire en ce qui concerne son éducation. Mais nous deux…

Mon cœur se brise à nouveau. J'aurais tout donné pour qu'il revienne quelque temps auparavant, seulement, maintenant qu'il est là, je ne peux me résoudre à tout effacer aussi simplement.

Les traits de William se crispent, je devine qu'il refoule une vague de souffrance, et c'est dans un murmure qu'il me répond :

- Je comprends.

Il comprend, mais je ressens le besoin de m'expliquer tout de même.

- Pendant… ton absence, j'ai ardemment souhaité que tu reviennes en me demandant pardon. Je pensais que nous pourrions… recommencer, être une famille, avec le bébé. Mais il y a quelque chose, là-dedans, (je lui montre ma poitrine) qui s'est cassé dans la salle d'accouchement, juste avant que tu arrives. Je crois… je crois que c'est au moment où toutes mes illusions se sont envolées. Je ne t'exclurai donc pas de ma vie, puisque tu me le demandes pour Camille, mais pour mon bien, je vais devoir désapprendre à t'aimer.

Il ferme les yeux et essuie rapidement le coin de son œil. J'ai la nausée, comme aux premiers temps de ma grossesse.

- J'ai entendu ce que tu as dit. Je veux que tu saches que de mon côté, rien n'a changé : je n'ai aimé et n'aimerai jamais que toi. Il n'empêche, je respecterai ta décision.

- Dans ce cas ma porte te sera toujours ouverte.

Nous nous regardons, indécis quant à la façon dont nous devons nous comporter l'un avec l'autre à la lumière de notre nouvelle relation. William avance une main hésitante vers ma joue, puis se ravise et la ramène vers lui. Cela me soulage, car malgré mes paroles précédentes, je ne sais pas si un contact prolongé risque de me faire rechuter. J'étais sincère ; je l'aime encore, ardemment, mais il m'a fait trop de mal.

Alors je dois me convaincre que William Fersen ne sera désormais que le père de ma fille, et qu'il me faut tourner la page sur ce qui nous a unis si je veux me reconstruire.

Je le dois.

J'en suis convaincue.

Même si dans mes rêves cette nuit-là et toutes les suivantes depuis, j'entends la voix de Jason qui me rappelle : « *On n'oublie pas un amour comme celui-là* ».

Chapitre XI : Visites nocturnes

*****

Quatre mois ont passé.

William a tenu ses promesses. Il s'est fait ré-embaucher au *Fort-Béné*, où il publie des articles toujours aussi pertinents, mais beaucoup plus légers qu'auparavant, du fait que le Comité tombé et la délinquance en recul, il y a maintenant plus de place pour la culture dans ses colonnes. Il a l'air épanoui dans son métier, ça se sent à sa plume. Je le sais parce que j'ai conservé mon abonnement au journal et que j'apprécie son talent de journaliste pointilleux et à l'écoute. Au moins une habitude qui n'a pas changé…

L'arrivée de Camille dans ma vie a effectivement tout bouleversé. On a beau le savoir et s'y préparer mentalement, quand un nourrisson s'intègre dans notre quotidien, on s'étonne de voir à quel point on a l'impression d'être dans l'improvisation permanente.

Au début, j'étais heureuse de constater que ma petite fille pouvait dormir de 21h à 6h du matin sans interruption, et je me considérais comme ultra-chanceuse de pouvoir récupérer de mon accouchement grâce à un sommeil réparateur. Chose que je n'avais pas anticipé, et dont Rose, ma mère de substitution, m'avait pourtant prévenue, c'était que mon bébé faisait exactement comme moi. Et une fois qu'elle eut récupéré…

Au bout d'un mois et demi à me lever toutes les nuits à 1h et 4h pour donner le biberon, je ne faisais même plus attention à mon reflet dans le miroir. Je savais pertinemment ce qu'il renvoyait : l'image d'une sorcière aux cheveux laissés à l'abandon, aux cernes violacées, et aux yeux hagards de celle qui a respiré la fumée de son chaudron bien trop longtemps.

À cette époque, Rose, Marianne et Jason venaient le plus souvent possible et couvraient littéralement Camille de tendres attentions. Jason m'avait confié qu'elle lui donnait de plus en plus envie de devenir père à son tour, et qu'il attendait que Marianne soit prête pour lui demander de fonder leur propre famille. Il est si gentil… Toujours à couver Marianne, à anticiper ses désirs et à chercher son bonheur. C'était vraiment l'homme qu'il lui fallait, car il avait su voir les failles dans le bouclier de la dragonne, et s'était toujours employé à les guérir par la constance de ses sentiments. Du reste, pour une fois, c'était mon amie qui avait anticipé ses désirs en m'avouant après sa confidence, et sans concertation aucune, qu'elle avait arrêté la pilule pour faire une surprise à son mari. Je m'attendais donc à ce que Camille ait un petit copain ou une petite copine pour jouer avec elle dans l'année à venir. Vu comment Jason adorait les enfants, la surprise ne pourrait que lui plaire.

Dans le même temps, Rose s'était réconciliée avec William, entendu qu'une mère ne peut rester fâchée à vie avec son fils, à la condition tout de même qu'il lui promette, sur la mémoire de son père, de tenir ses engagements envers sa fille et moi.

Ce qu'il a fait, comme je l'ai dit.

Il a emménagé quelques rues derrière, dans un loft qu'il a aménagé cette fois-ci avec goût, dans l'optique d'en faire un vrai pied-à-terre accueillant, et non un simple repaire de Justicier froid et déprimant. Nous nous sommes mis d'accord pour ne pas perturber

Camille en la faisant aller de maison en maison. Pour le moment, William la visite chez moi.

Je sais qu'il aimerait passer quotidiennement à la maison pour profiter d'elle au maximum, mais il respecte mon espace en ne venant que tous les deux jours. Là, il se comporte comme un père en adoration devant sa fille qui le lui rend bien, toujours à lui sourire et à le chercher du regard dans la pièce. Il a insisté pour être présent à chaque événement important, de son premier rendez-vous chez le pédiatre à son premier petit pot. Je dois dire qu'il est excellent dans ce rôle auquel il n'était pas préparé. Il ne rechigne pas à changer une couche, il ne tourne pas de l'œil quand il faut vider le reste du biberon dans l'évier (l'odeur est infecte pour ceux qui ne connaissent pas), et il rit lorsque Camille recrache la cuillérée de purée de potiron qu'il veut lui faire goûter.

Et mon cœur se serre en le voyant aujourd'hui rire aux éclats alors qu'il est en train d'essuyer la purée de haricots verts qu'il a jusque dans les cheveux.

J'ai lutté…

Oh, croyez bien que j'ai lutté…

Jusqu'à il y a quelques semaines.

Je n'ai pas pu reprendre mon travail d'enseignante parce qu'il n'y a pas de postes vacants en ville et que le nouveau lycée Saint Éloi en reconstruction ne rouvrira ses portes qu'en septembre. Je ne m'inquiète pas, car je sais qu'une place m'y est réservée, ainsi qu'à tous mes collègues qui se sont, comme moi, retrouvés au chômage technique à cause de Théodore Vincel. J'en suis même contente parce que je ne me vois pas reprendre les cours à temps plein avec si peu d'heures de sommeil à mon actif. Camille se réveillait souvent, au début, et même si j'avais la possibilité de me reposer pendant ses siestes, je ne le faisais pas, pour la simple raison que je devais m'occuper de tenir ma maison et de refaire mes cours pour les classes dont j'aurai la charge très bientôt.

Passés ses deux mois et demi, j'étais au bord de l'épuisement, incapable que j'étais de m'obliger à faire la sieste pendant la journée.

Or, je m'étais réveillée un jour en excellente forme et la raison m'avait autant stupéfiée que ravie. Ma fille faisait enfin ses nuits.

J'avais beau être toujours aussi occupée, le simple fait de dormir une nuit complète rechargeait mes batteries et me redonnait confiance pour les journées à venir. Même mes cernes s'étaient peu à peu estompés ! Cela relevait du miracle !

Et ce n'était pas peu dire...

Quand Camille eut plus de trois mois, j'angoissais de moins en moins sur les risques de mort subite du nourrisson. Malgré tout, une nuit, je m'étais réveillée à cause d'un cauchemar terrible dans lequel j'ouvrais son volet au matin pour m'apercevoir qu'elle avait cessé de respirer. Je m'étais donc levée et dirigée vers sa chambre en face de la mienne pour me rassurer.

Je m'étais figée sur le palier.

La porte était entrebâillée, ce qui ne m'empêchait pas de voir ce qui s'y passait, notamment grâce à une lune très lumineuse cette nuit-là.

La vision me surprit d'abord, puis me plongea dans la perplexité, et enfin, dans un trouble profond lorsque je compris de quoi il retournait vraiment.

Camille était dans les bras de son père, qui jetait une couche sale à la poubelle. Celui-ci attrapa ensuite un biberon que je ne reconnus pas comme l'un des miens, le secoua et le lui donna à boire. La façon qu'elle avait de dévorer goulûment son dû m'indiqua que Camille était affamée, ce que, dans ces cas-là, elle ne se privait pas de signaler par des cris sonores et outrés. Je n'avais rien entendu, mon babyphone était pourtant bien branché... Oh. Le mien, oui, mais le sien...

William avait dû le débrancher pour ne pas que je sache qu'il était là. *Pourquoi ?* m'étais-je demandé. La réponse était venue aussitôt :

- Chhht... Maman a besoin de dormir, ma douce. Elle commence seulement à ne plus être très fatiguée. Tu te rappelles que, la nuit, c'est papa qui s'occupe de toi ? Ce sera comme ça jusqu'à ce que tu dormes d'une traite. Comme ça, demain, maman pourra jouer avec toi et te couvrir de câlins comme elle le fait si bien depuis que tu es née.

Il s'installa dans le siège à bascule et commença à fredonner une berceuse. J'étais totalement hypnotisée, incapable du moindre mouvement ou du moindre son, littéralement foudroyée par la vision qui s'offrait à moi. Je restai ainsi jusqu'à ce que William soit sûr que Camille dorme profondément, puis m'éclipsai rapidement en le voyant se diriger vers la porte. Je regagnai mon lit, troublée, le cœur battant la chamade, et bien me prit de simuler le sommeil parce qu'à travers mes paupières mi-closes, je pus distinguer la silhouette de William approcher. Je sentis ensuite ses lèvres se poser en un doux baiser sur mon front, et ses doigts repousser l'une de mes mèches de mon cou à mon épaule. Je me retins de frémir ou de modifier le rythme de ma respiration et entendis :

- Ton petit trésor est en sécurité et dort paisiblement. Que tes rêves soient doux, mon ange.

Le silence redevint complet ensuite dans ma chambre, mais j'attendis quelques instants pour ouvrir les yeux. Personne. Il avait disparu.

Bouleversée par ce qui venait de se passer, j'avais mis un certain temps à me rendre compte que des larmes coulaient sur mes joues. Je m'étais contentée de fixer ma porte, tentant d'assimiler les faits : a) Camille ne faisaient absolument pas ses nuits contrairement à ce que je pensais b) C'était William qui s'occupait d'elle quand je dormais c) Il le faisait dans le but de me soulager sans rien demander en retour d) Il le faisait parce qu'il m'aimait.

C'était le genre d'information qui risquait de tourner en boucle dans ma tête au point de m'empêcher de me rendormir. Mais rien n'était moins perturbant que le dernier point :

e) Ce qui était cassé à l'intérieur de moi, cette confiance envers William qui s'était brisée à cause de son abandon, venait tout à coup de se réparer, me laissant l'impression d'être à nouveau moi-même dans ce que j'avais de plus optimiste, et, chose impressionnante et pourtant logique, dans ce que j'avais de plus amoureuse.

*****

Il a d'abord fallu que je rassemble mon courage.

Après plus de trois mois à dresser des barrières entre William et moi, j'ai dû les détruire pierre par pierre, nuit après nuit, chaque fois qu'il visitait Camille en pensant que je dormais tranquillement dans la chambre d'à côté.

Je ne me lassais pas de le regarder par l'entrebâillement de la porte, mes sentiments et ma confiance se renforçant à mesure que ces images de lui avec sa fille se gravaient dans mon cœur. J'ai reculé l'échéance jusqu'à ce que je me sente prête.

Et ce soir, je le suis.

Camille a quatre mois maintenant. Elle ne boit plus qu'un biberon la nuit et William, de fait, reste moins longtemps à chaque fois. Il est temps de lui dire que je sais.

Je fonce vers mon lit quand je le vois qui se dirige vers la porte, comme à l'accoutumée. Je suis tournée vers la fenêtre, de sorte qu'il ne voit pas mon visage.

Ses pas feutrés me paraissent pourtant assourdissants tant je les attendais. Je tremble. Tellement que je suis sûre qu'il va comprendre que je feins d'être endormie le premier pas dans ma chambre effectué.

Le matelas s'affaisse près de moi sous le poids de l'homme qui vient de s'y asseoir. Puis il ne se passe plus rien, pendant suffisamment longtemps pour que mes tremblements redoublent du fait de ma nervosité.

C'est là que je sens sa main se poser doucement sur mon épaule. En réponse, mon corps frissonne violemment.

- Chérie, tu trembles… murmure-t-il avec inquiétude. Dire que je ne peux même pas te réchauffer en te prenant dans mes bras…

La dernière phrase est prononcée avec une frustration et un dépit qui font accélérer les battements de mon cœur.

- J'espère que tu n'as pas de fièvre au moins.

Sa main effleure mon front, mais je sais que ce ne sera pas suffisant pour lui. Quand nous étions en couple et que je revenais du travail avec le nez coulant et les yeux rougis, il avait toujours une façon bien à lui de s'assurer de ma température corporelle : en frôlant ma peau de sa bouche.

Je pivote la tête de sorte que ses lèvres, alors qu'il se penche à nouveau sur mon front, touchent les miennes.

Il sursaute et s'écarte en me fixant avec stupeur.

Je m'assois et lui fais face.

- Adeline, je… je suis désolé. Je n'aurais pas dû, je…

Je l'empêche de continuer en plaquant mon index sur sa bouche et je dis :

- Ce n'était pas un contact accidentel, William. Je *savais* que tu étais là, et je *voulais* t'embrasser.

Il écarquille les yeux, tant et si bien que je ne peux rater l'émotion qui embrase ses prunelles quand il finit d'assimiler mes paroles.

- Ad…ne…

Je souris et retire mon doigt pour qu'il puisse vraiment s'exprimer.

- Adeline.

William me contemple comme si j'étais son miracle personnel, mes mains se mettent à trembler de nouveau.

- Je sais ce que tu as fait pour moi. Et surtout, je sais *pourquoi* tu l'as fait. Maintenant, j'aimerais savoir pourquoi tu ne m'en as rien dit.

William est toujours ému quand il répond :

- Parce que je ne voulais pas que tu te sentes redevable envers moi. Parce que je ne voulais pas que tu te sentes mal à l'aise en ma présence plus que tu ne l'es déjà. Parce que je ne voulais pas t'encombrer avec les sentiments que je te porte alors que tu ne voulais plus de moi.

- C'est là le problème, dis-je en le regardant droit dans les yeux.

Je laisse le silence perdurer juste le temps de le voir être gagné par l'incertitude.

- Je n'ai jamais cessé de vouloir de toi.

Les digues rompent et il se met à pleurer doucement, submergé par un sentiment que je ne sais pas identifier, mais qui me pousse à l'attirer à moi pour le bercer contre mon sein.

- Oh, Adeline… Je t'aime tellement, murmure-t-il en me serrant davantage contre lui. Je suis désolé de ce que je t'ai fait endurer.

J'embrasse et caresse ses cheveux pour le réconforter. Je vérifie mon cœur, il est de nouveau entier et prêt à tout pour l'homme qu'il a choisi.

- Je te pardonne.

William renifle, puis se redresse en me scrutant, s'assurant que mes paroles soient exemptes de tout doute. Pour ma part, je sais qu'il n'y en a aucun. Alors je reprends avec force :

- Je t'aime. Et on n'oublie pas un amour comme celui-là.

Ses yeux se remplissent de larmes à nouveau, sauf que cette fois, il ne les laisse pas couler. À la place, il m'offre le sourire le plus pur et le plus beau que je lui aie jamais vu.

Et puis…

- Alors épouse-moi. Parce que super-héros ou pas, je ne peux pas vivre sans toi.

Épilogue

*****

J'interromps ma tâche une minute, le temps de boire un verre d'eau. Ce faisant, mon regard se pose sur la photo où je pose avec William qui tient Camille dans les bras, tous souriants devant la mairie où nous avons lié nos destins.

Je me souviens…

Le mariage fut une réussite. Célébré en octobre parce que nous n'avions pas la patience d'organiser les noces sur toute une année, il n'en fut pas moins illuminé par un soleil radieux et des températures très agréables pour l'époque. Nous n'étions passés que par la mairie du fait que ma pratique de la religion n'avait jamais été très assidue, et que celle de mon compagnon se focalisait sur un dieu forgeron auquel plus aucun temple n'était dédié. Marianne était mon témoin, et Jason, celui de William, entendu que depuis notre réconciliation, ces deux-là sont devenus les meilleurs amis du monde.

William était beau à tomber dans son costume noir et blanc tout simple, et je crois que j'étais belle moi aussi. Le souvenir de mon image en tant que mariée ne s'est pas vraiment imprimé dans mon esprit tant je flottais sur mon nuage pendant cette journée. À mes yeux, il n'y avait rien d'autre au monde que cet homme à la lignée mythique, qui n'arrivait pas à détourner le regard de ma personne plus de deux minutes, et le petit ange que nous avions conçu tous les deux, et qui, du haut de ses neuf mois gazouillait et souriait si bien qu'elle nous vola la vedette en ravissant le cœur de tous les amis présents à la fête.

J'avais enfin cette famille qui me manquait cruellement depuis la mort de Nanette, et cette idée suffisait à me propulser au sommet de la montagne du bonheur. J'étais désormais mère et épouse à côté de ma fonction d'enseignante que j'avais retrouvée un mois plus tôt dans des locaux flambant neufs avec des équipements dernier cri dont le nouveau maire nous avait fait cadeau en gage de sa bonne foi, dans l'affirmation continue de sa volonté de faire changer le visage de Fort-Bénédicte, ville où la jeunesse n'aurait plus à avoir peur pour son avenir.

Mr Planchet avait été confirmé dans sa fonction de chef de notre nouvel établissement par le diocèse et il n'était pas rare de le voir dans la cour de récréation, un sourire aux lèvres aux intercours, pendant qu'il observait les allées et venues des anciens et des nouveaux élèves qui s'étaient inscrits chez nous. Il était heureux, comme nous l'étions également. Toute l'équipe réunie savourait de se retrouver, et nous étions plus soudés que jamais, apportant un entrain, une solidarité et un dynamisme qui rassuraient et ravissaient les parents de nos jeunes, dont l'avenir n'avait jamais été aussi prometteur.

Nous avions donc retrouvé nos habitudes, comme la file d'attente à la machine à café, le regret de ne pas avoir assez de légumes à la cantine, le rattrapage de casquettes au vol dans les escaliers, ou encore les sommations incessantes d'éteindre les portables qui se mettaient à sonner en plein milieu d'une évaluation, déclenchant l'hilarité générale dans les classes. Marianne s'était retrouvée affublée d'un nouveau surnom qui amusait énormément William et Jason : « Garce and Furious », en hommage à la saga « Fast and Furious » sur les grosses cylindrées. Loin de s'en offusquer, elle en était fière, car tout despote qu'elle était dans ses cours, elle tirait ses élèves vers le haut et parvenait immanquablement à leur faire doubler leur moyenne de maths, tout en les forçant à mieux travailler les autres matières en les terrorisant un peu. Sacrée Marianne ! Elle ne changerait jamais !

Quand je pense au discours qu'elle a fait à notre repas de mariage ! Après avoir fait mon éloge en assurant à toute l'assistance que je n'avais aucun défaut, elle avait remercié William pour l'avoir faite tata d'une si jolie merveille appelée Camille. Ensuite, elle lui avait dit qu'elle me confiait à lui et qu'il avait intérêt à m'honorer chaque jour qui passerait en montrant ostensiblement le couteau et la poivrière qu'elle tenait dans sa main comme pour porter un toast en notre honneur. Si j'avais été outrée par sa façon de rappeler la fois où elle l'avait menacé de lui faire avaler ses testicules s'il me faisait du mal, William, quant à lui, avait éclaté de rire, car c'était lui qui avait soumis l'idée de la sauce au poivre pour ce plat sortant de l'ordinaire. Marianne avait souri et j'avais compris qu'elle lui avait enfin pardonné ces huit mois où elle m'avait vue traverser l'enfer par sa faute.

C'était une merveilleuse journée, vraiment, et cinq ans plus tard, j'en suis toujours émue.

Mais ce n'est pas tout ça, j'ai du travail, et je compte bien m'y atteler !

*****

Je repose la photo de notre mariage à sa place, sur l'étagère au-dessus du réfrigérateur. Pourquoi mettre ce genre de souvenir dans une cuisine, me direz-vous ? Je répondrai que c'est une pièce où je passe beaucoup de temps, et j'aime pouvoir poser souvent mon regard sur des moments heureux du passé qui m'ont permis d'accéder au bonheur présent.

J'entends un éclat de rire depuis le jardin. Je vois Camille, bébé, sur l'une de mes photos, puis je tourne la tête vers l'extérieur et souris. À cinq ans, ma fille a bien changé. En plus des yeux et de la carrure athlétique, elle a la curiosité et l'espièglerie de son père. De moi, elle tient son goût pour les pâtisseries, de beaux cheveux blonds qui lui arrivent aux épaules, et une passion pour les livres dont elle m'oblige à raconter les histoires tous les soirs, sans faute. Elle est vive et bonne, toujours prête à rire et à aider les autres. Je considère que ce sont d'autres traits de caractère qu'elle tient de son père, mais William me trouve injuste envers moi-même. D'après lui, Camille a hérité de ce qu'il y a de meilleur en nous, et elle est la digne fille de ses deux parents.

Il est revenu hier d'une intervention « masquée » en Centrafrique où une association avait réclamé de l'aide après que des criminels lui eurent imposé un droit de passage pour accéder au chantier de l'école dont elle avait commencé la construction pour la population locale. Il ne lui a pas fallu longtemps pour donner une bonne leçon à ces types grâce à Vita et pour dissuader tout autre groupe de bandits d'imiter les malheureux qui, à l'heure qu'il était, devaient en être encore à tenter de trouver leur chemin dans la brousse profonde où le Justicier les avait abandonnés. Les gens sur place ne savaient même plus comment le remercier tant ils n'auraient jamais cru qu'un tel héros s'intéresse à leur cas.

Ce qu'ils ne savent pas, c'est que William, bien informé de ce qui se passe dans le monde grâce à son métier de journaliste, cible particulièrement les problèmes dont il sait que les autorités internationales ou locales ne prendront pas la peine de résoudre. Résultat, sur tous les continents, on le surnomme maintenant non plus uniquement « le Justicier », mais, « le Dévoué ». Ça n'aurait pas été très vendeur au cinéma, mais ce titre représente bien ce qu'il est : un être hors du commun dévoué au bien-être de sa famille pour laquelle il est prêt à tout, mais aussi à l'Humanité dans son ensemble, et sans distinction aucune, allant du plus grand penseur politique de l'Occident, au plus petit paysan de Patagonie.

En cela, il a accompli les vœux de Héphaïstos, en cela il a achevé de réunifier les descendants de Zeus et Poséidon.

Je suis si fière de lui, si fière de la famille que nous formons, lui, Camille et moi.

Tous les trois…

Camille ne porte pas en elle le gêne atlante, elle est cent pour cent humaine, et malheureusement, les tentatives des trois dernières années pour lui donner un petit frère ou une petite sœur qui jouerait avec elle et les triplés de Marianne et Jason n'ont jamais abouti. La fin annoncée de la lignée de Poséidon m'a plus contrariée que William, étrangement, mais toutes les épreuves que nous avons surmontées l'ont conforté dans la confiance qu'il a en Héphaïstos, c'est pourquoi il a fini par balayer mes craintes d'un avenir sans super-héros d'une seule réplique :

- Ne t'inquiète pas. Je suis persuadé que Héphaïstos avait prévu une telle éventualité, je ne doute donc pas qu'à l'avenir, quand je me ferai trop vieux, Vita désignera un nouveau « Super-Camembert », qui défendra ses valeurs et protègera l'Humanité de son mieux contre l'injustice.

William a exprimé ce jour-là sa foi inébranlable dans les desseins de ce dieu que ses pairs mettaient à l'écart pour sa difformité quand il s'avérait qu'il était le plus sage de tout le Panthéon. Pour mon mari, même si Héphaïstos n'existait plus, son héritage perdurait à travers Vita, c'est pourquoi il fallait laisser le destin suivre son cours jusqu'à ce qu'un nouveau porteur de l'épée apparaisse.

C'était ce qu'il disait un an plus tôt.

*****

J'avais fini par me faire une raison moi aussi et je n'aurais peut-être jamais repensé à cette conversation si, il y a sept mois et par le plus pur hasard, je n'avais pas découvert que j'étais enceinte de mon deuxième enfant.

On dit parfois qu'il y a des signes avant-coureurs autres que l'absence de règles pour éveiller les soupçons concernant une éventuelle grossesse. C'est la vérité. Une vérité, pour ma part, quelque peu gênante quoique infaillible.

J'avais éprouvé la même chose quand j'étais enceinte de Camille, à un degré moindre du fait du traumatisme de mon enlèvement, puis de ma séparation d'avec William, or, cette fois, le phénomène s'était reproduit à un point où il y avait de quoi rougir de honte, mine de rien, surtout que je n'avais pas compris aussitôt de quoi il retournait.

Comme je l'ai dit précédemment, malgré mon sens aigu des bonnes manières, j'assume totalement le plaisir que je prends à l'acte sexuel, et avec un partenaire comme William, j'en prends beaucoup et relativement fréquemment. Nous nous aimons et notre dépendance l'un à l'autre se traduit souvent par un besoin de se retrouver nus entre nos draps. Jusqu'ici, rien d'anormal pour un couple marié et heureux en ménage, me direz-vous.

Or, quand cette dépendance vire carrément à l'addiction, il y a de quoi se poser des questions. Et c'est ce que William a fait sept mois plus tôt :

- Adeline, ça fait quatre fois de suite. Je veux bien avoir un métabolisme différent de la norme humaine, mais moi aussi j'ai mes limites.

C'était un samedi après-midi. Nous avions prévu d'inviter Rose, Marianne, Jason, et leurs triplés à manger à la maison le soir même, et pour nous permettre de préparer un repas gargantuesque pour nourrir les garçons Duclair, père et fils, aussi voraces les uns que les autres, la mère de William avait proposé de garder Camille.

À peine avait-elle refermé la grille derrière elle que j'avais tout simplement arraché le T-shirt de mon mari en lui ordonnant de me prendre immédiatement sur le tapis du salon. L'intéressé avait paru surpris par mon ton dictatorial, mais c'était exécuté avec un empressement et un professionnalisme qui m'avait valu trois orgasmes successifs.

Très content de lui, comme toujours dans ces cas-là, William nous avait téléportés dans la salle de bain pour nous rafraîchir, avant de nous mettre à cuisiner pour de bon. Sauf qu'à peine arrivée dans la cuisine, j'avais senti monter en moi une excitation nouvelle et hautement explosive, conséquence d'un souvenir qui avait affleuré à mon esprit : celui de notre première nuit, et notamment de nos ébats contre le réfrigérateur. Ni une ni deux, j'avais attrapé mon mari par le col de sa chemise neuve et après l'avoir plaqué contre l'appareil en question pour l'embrasser sauvagement, je lui avais fait comprendre sans équivoque ce que j'attendais de lui. William était quelqu'un de positif et de joueur en toutes circonstances, il avait donc simplement éclaté de rire en me traitant de coquine avant de m'emmener dans notre chambre, que je ne lui avais plus permis de quitter ensuite.

- C'est à se demander si je te satisfais pleinement, avait-il dit en prenant une fausse voix outrée.

- Mais bien sûr que tu me satisfais ! m'étais-je défendue sur le même ton. Je ne sais même pas combien d'orgasmes j'ai eu depuis le début de l'après-midi !

J'avais eu droit à un clin d'œil.

- Seize. Moi, je les ai comptés.

- Oh !

C'était vrai. À ce stade, ce n'était plus un effet boule de neige, mais un effet d'avalanche. Je n'avais jamais connu ça dans un temps aussi limité, c'était carrément n'importe quoi. Je m'étais demandé si je n'étais pas détraquée.

- Aujourd'hui est un paroxysme, je dirais. Ça fait bien trois jours que tu es en feu, et je ne vais pas pouvoir suivre ton rythme bien longtemps. Tu recharges tes batteries bien plus vite que je ne recharge les miennes, un comble pour l'héritier de l'Atlantide !

Mes joues étaient devenues cramoisies, ce qui l'avait fait éclater de rire.

- Une vraie nympho !

Je lui avais mis un coup de poing dans l'épaule.

- Non pas que je m'en plaigne, avait-il encore rigolé. Mais avec tout ça, on n'aura plus qu'à commander des pizzas pour le dîner de ce soir, et à se débrouiller pour trouver une excuse autre que ton addiction au sexe. Aïe !

J'étais en colère contre lui, qu'il se moque ainsi de ce dérèglement hormonal qui…

Nom de Dieu !

Oubliant l'excitation sexuelle qui me tenaillait encore, je m'étais dressée d'un bon dans le lit pour courir jusqu'à mes vêtements, enfilés à la hâte. J'avais ensuite dévalé les escaliers en ignorant William qui me croyait juste vexée comme un pou, et étais sortie en trombe de la maison pour gagner la pharmacie.

Ce n'est qu'une fois sur place que je m'étais rendu compte de mon apparence échevelée, le T-shirt à l'envers et à peine rentré dans mon jean, aucune chaussettes dans mes baskets.

- Donnez-moi tous les tests de grossesse que vous avez en rayon ! avais-je réclamé à la préparatrice.

C'était celle qui m'avait servi lors de ma découverte de ma première grossesse.

J'avais mis encore moins de temps à sprinter vers la maison qu'à l'aller et étais rentrée totalement essoufflée devant un William passablement énervé par mon comportement d'échappée de l'asile. Il s'était inquiété quand il m'avait entendu claquer la porte d'entrée puis s'était demandé où j'avais bien pu aller. Il ne lui avait fallu qu'un coup d'œil sur la boîte que je venais de sortir du sac de la pharmacie pour fermer la bouche et serrer les dents pendant que je m'asseyais sur le toilette pour procéder à tous les tests.

Quand j'y repense… Jamais je ne l'avais vu si heureux.

Autant dire qu'il s'était employé après ça à m'offrir de nouvelles avalanches orgasmiques, arguant qu'il fallait toujours combler les envies des femmes enceintes, et que nous avions réellement une bonne excuse pour les pizzas que nous servirions au repas. Il s'était seulement absenté pour aller acheter du champagne, puis, à son retour, m'avait réaffirmé en paroles et en actes, combien il m'aimait. Peu lui importait que son deuxième enfant ait ou non des gènes atlantes, il avait tellement souhaité donner un frère ou une sœur à Camille, lui qui avait souffert d'être fils unique…

Autant dire que la soirée fut magique. Rose avait pleuré, parce qu'elle aussi espérait voir perdurer l'héritage atlante en dépit de l'harmonie avec les humains voulue par Héphaïstos. Elle savait qu'il y avait une chance sur deux pour que ses espoirs soient déçus, mais apparemment, William n'était pas le seul à avoir la foi (chrétienne pour sa mère). Jason m'avait serrée dans ses bras, Camille et les triplés avaient sauté de joie une fois qu'ils eurent bien compris qu'un nouveau compagnon de jeu allait bientôt voir le jour, et Marianne, ma magnifique amie, après m'avoir embrassée, annonça qu'elle aussi avait une surprise qu'elle souhaitait nous faire ce soir : des jumeaux. Jason, qui l'ignorait, en était tombé à la renverse, ce qui avait provoqué un fou-rire général.

Le vent du renouveau avait sonné et nous avions donc pris des dispositions, en commençant par vendre la maison de Nanette.

Nous nous y sentions bien, mais elle devenait trop étroite pour une famille allant s'agrandir et une double vie de Justicier.

Il était temps pour moi de tourner la page de mon foyer passé pour me consacrer à celui qui verrait grandir mes enfants et abriterait mes vieux jours.

*****

Cela fait deux mois maintenant que nous avons emménagé dans cette grande maison de campagne, à quinze minutes en voiture du centre de Fort-Bénédicte. La vie y est paisible et surtout, William a pu aménager l'espace pour mener ses activités de « Dévoué » dans le plus grand secret.

Il y a quatre belles chambres, l'une d'elle sert de salle de jeux à Camille et de bureau pour moi. La chambre du bébé à naître est décorée dans des tons neutres, du brun et du crème avec une petite frise au milieu représentant des nounours en train de jouer de la trompette.

Je me plais vraiment ici. Camille aime distribuer des graines aux poules que nous avons accueillies il y a trois semaines et moi, j'aime la voir soulever les volatiles pour vérifier chaque jour si elles ont pondu des œufs. Ma fille apprécie surtout la visite des enfants terribles de Marianne, car malgré le fait qu'ils aient un an de différence et que les uns soient des garçons et l'autre une fille, ils s'entendent parfaitement. Je crois même qu'il y a une tendresse plus particulière entre elle et Thibault, le plus redoutable du trio, adepte de la punition à la tartinade de Nutella sur le visage de ses frères quand ils ne le suivent pas dans ses bêtises (je cache toujours mon Nutella quand ils viennent chez moi).

J'entends un autre éclat de rire. C'est celui de William. Il joue avec Camille dehors et je suppose qu'il s'amuse à faire tournoyer sa fille dans les airs, comme elle le lui réclame dès qu'il est là. Elle lui a vomi sur la tête une fois, mais ça n'a pas eu l'heur de le décourager, il l'aime trop pour ça. Il n'aime pas quand je me moque de lui en l'appelant le « papa gâteau », mais il est tellement baba d'admiration devant la chair de sa chair que c'en est risible parfois. D'ailleurs…

Je souris en le voyant tomber par terre, dans l'herbe, sa fille se faisant une joie de lui sauter sur le dos pour l'achever. J'ai envie de voir le spectacle de mise à mort alors je rapproche ma chaise de la fenêtre, puis j'attrape Vita que je cale sur mes genoux le temps de m'attacher les cheveux avec un élastique.

Camille s'est enfuie quand son père s'est relevé et je soupçonne qu'elle est partie se cacher derrière le poulailler, comme d'habitude. William lui dit que c'est une froussarde et la défie de se mesurer à lui.

Je ricane. Ce « papa gâteau » n'est vraiment pas crédible en monstre mangeur de petites filles. Je jette un coup d'œil sur Vita, que je m'apprête à faire briller. Mon super-héros de mari a pleinement confiance en moi et n'a donc émis aucune objection quand je lui ai proposé la première fois d'aiguiser et nettoyer son épée de temps en temps à sa place. J'ai l'habitude maintenant.

Il ne me reste plus qu'un dernier coup de chiffon pour qu'elle soit comme neuve. Le bébé me donne un coup de pied. Il est plus calme que sa sœur, mais il est plus dur à porter… plus lourd. J'ai d'autant plus l'impression d'être un petit tonneau à rouler que lors de ma première grossesse.

- Oui, mon chou, maman se dépêche de terminer pour avaler un bon verre de jus d'orange.

Le petit se manifeste peut-être moins que son aînée, toujours est-il qu'à 16h pile, tous les jours, il tape du pied dans mon ventre jusqu'à ce qu'il ait son content de jus d'orange. En voilà un qui sait ce qu'il veut.

Je ne trouve pas le chiffon que j'ai posé pour aller me chercher un verre d'eau tout à l'heure. Je le cherche et l'aperçoit sur le bord de la fenêtre, je n'ai qu'à me pencher un peu pour m'en saisir.

Et hop ! Viens par là, toi !

Ce faisant, mes sens me rendent compte de deux choses : la première, c'est la vue de mon mari dehors qui éclate de rire pour je ne sais quelle raison, la seconde c'est la sensation d'un contact direct entre mon ventre et le plat de l'épée que je tiens contre moi.

Tout à coup, une lumière aveuglante émane de Vita et m'éblouit tant et si bien que j'ai l'impression que le Soleil a franchi la distance qui le séparait de la Terre pour se mettre à briller dans ma cuisine. Je n'y vois plus rien tellement la lueur est intense.

En me reculant sur mon dossier pour ensuite détourner les yeux de l'épée, la lumière s'évanouit subitement. Quelques secondes me sont nécessaires pour que la vue me soit rendue et je dirige mon regard vers l'extérieur.

William est totalement figé et tourné dans ma direction. Son expression ahurie témoigne d'une incompréhension totale du phénomène dont, apparemment, il a été lui aussi le témoin. Je sais qu'il peut me distinguer à travers la vitre puisque je n'ai pas voulu mettre de rideaux. Il me voit donc, tenant Vita, à l'origine d'un exploit qui n'aurait pas dû se produire entre mes mains pleinement humaines.

Et là je comprends.

Les larmes aux yeux, je serre la poignée de la sœur d'Excalibur puis ramène la lame contre mon ventre rond.

Au premier contact, la pièce s'illumine à nouveau de cette lueur si aveuglante, preuve d'un incroyable pouvoir à l'œuvre, lequel pourra exprimer toute sa puissance en temps voulu : à savoir dans quelques semaines à peine désormais.

J'écarte ensuite l'épée et distingue mon mari à nouveau.

Lui aussi est en larmes, lui aussi a compris.

C'est désormais un fait : ni des Atlantes, ni des super-héros, il ne sera le dernier.

FIN

Remerciements

À Aurore Aylin, pour avoir bien voulu, une fois encore, jouer les relectrices en chef pour ce roman.

À Dyane, pour la création de la couverture.

Aux personnes assez folles pour suivre les dingueries que je poste régulièrement sur ma page Facebook, et dont l'enthousiasme pour ce projet m'a encore plus motivée pour le mener à bien. C'est, après tout, suite à un énième délire à propos de fromages normands que le surnom « Super-camembert » s'est retrouvé intégré au récit.

Aux arbres verts, aux vaches dans les prés et aux allergies de printemps.

Vive la Normandie !

Table des matières

ISBN : 978-2-9561236-0-6
Imprimé par Amazon Createspace
Dépôt légal : Janvier 2018

www.ingramcontent.com/pod-product-compliance
Lightning Source LLC
Chambersburg PA
CBHW052347020726
47503CB00001B/139